L'HOMME QUI DEVINT DIEU

Paru dans Le Livre de Poche :

DAVID, ROI
LA FORTUNE D'ALEXANDRIE
JÉSUS DE SRINAGAR
MADAME SOCRATE

Moïse :
1. UN PRINCE SANS COURONNE
2. LE PROPHÈTE FONDATEUR

GERALD MESSADIÉ

L'homme qui devint Dieu

LAFFONT

Première partie

LES ANNÉES OBSCURES

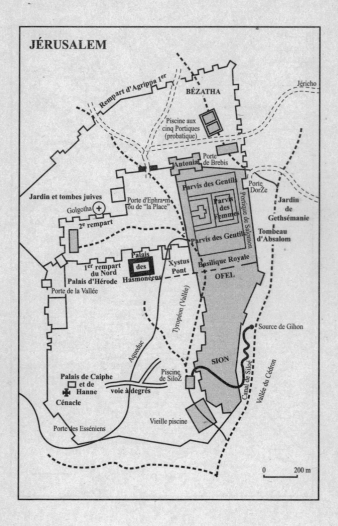

JÉRUSALEM

Rempart d'Agrippa 1er

BÉZATHA

Jéricho

Piscine aux
cinq Portiques
(probatique)

Porte
de Brebis

Antonia

Porte
DorZe

Jardin et tombes juives

Parvis des Gentils

Golgotha

Porte d'Ephraïm
ou de "la Place"

Parvis
des
Femmes

Portique de Salomon

Jardin
de
Gethsémanie

2e rempart

Parvis des Gentils

Tombeau
d'Absalom

1er rempart
du Nord
Palais d'Hérode

Palais
des
Hasmonéens

Xystus
Pont

Basilique Royale

OFEL

Porte de la Vallée

Source de Gihon

Aqueduc

Tyropéon (Vallée)

SION

Canal de Siloé

Vallée du Cédron

Palais de Caiphe
et de
Hanne

Piscine
de Siloé

voie à degrés

Cénacle

Vieille piscine

Porte des Esséniens

0   200 m

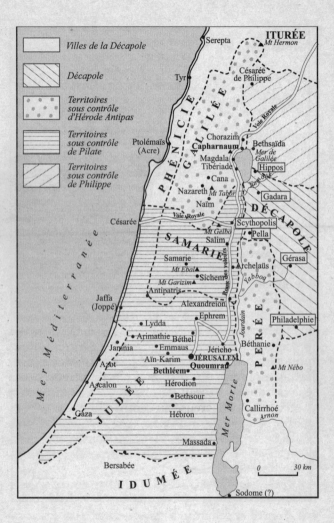

Villes de la Décapole

Décapole

Territoires sous contrôle d'Hérode Antipas

Territoires sous contrôle de Pilate

Territoires sous contrôle de Philippe

ITURÉE

Serepta
Mt Hermon

Tyr

Césarée de Philippe

PHÉNICIE

GALILÉE

Voie Royale

Ptolémaïs (Acre)

Chorazim

Capharnaum

Bethsaïda

Magdala
Tibériade

Mer de Galilée

Hippos

Cana

Yarmouk

Nazareth *Mt Tabor*

Gadara

Naïm

DÉCAPOLE

Césarée

Voie Royale

Mt Gelboé

Scythopolis

Salim

Pella

SAMARIE

Samarie

Gérasa

Mt Ebal

Sichem

Mt Garizim

Archelaüs

Jabboq

Antipatris

PÉRÉE

Jaffa (Joppé)

Alexandreion

Jourdain

Ephrem

Philadelphie

Lydda

Arimathie
Béthel

Béthanie

Jannia

Emmaüs

Jéricho

Azot

Aïn-Karim

JÉRUSALEM

Mer Méditerranée

Bethléem

Quoumran

Ascalon

Hérodion

JUDÉE

Bethsour

Hébron

Calirrhoé

Gáza

Arnon

Mer Morte

Mt Nébo

Massada

0   30 km

Bersabée

I D U M É E

Sodome (?)

I

VIGNETTE

Chaleur, lumière et poussière s'étaient fondues en un magma, comme il advenait souvent à la fin de l'hiver. Il envahissait Jérusalem comme une malédiction. Fouetté par des rafales de vent, il s'élevait aux carrefours en tourbillons rageurs, comme s'il avait été animé d'humeurs, celles d'un démon frustré. Il aveuglait, collait à la peau moite, bouchait les narines et faisait crisser les dents. Il séchait aussi et noircissait les rigoles de sang et de sueur sur le dos et les jambes de l'homme nu qui haletait en mon- tant la rive gauche du Tyropeion, suivi par deux légionnaires en proie à la toux. L'homme portait sur les épaules un tasseau de chêne de près de quatre coudées[1] de long, creusé au centre d'une mortaise et, pour le stabiliser, il avait passé son cou dans la mortaise. Des badauds, qui n'avaient rien de plus honnête à faire par ce temps à faire avorter des chiennes, se tenaient sur le chemin.

« Peux pas voir son visage », dit l'un d'eux. « Qu'a-t-il fait ? »

« Ephraïm, celui qui a presque estourbi un voya-

---

1. Environ deux mètres.

geur la semaine dernière, sur le mont du Mauvais Conseil. »

« Comment a-t-on su que c'était lui ? »

« D'abord, le voyageur s'est échappé et a décrit son voleur, ensuite cet imbécile est allé au bordel et a payé avec une pièce d'argent. »

« Je ne vois pas ce qu'un voyageur honnête faisait sur le mont du Mauvais Conseil. »

« Et je ne vois pas comment on tolère un bordel dans la Ville Sainte. »

« De toute façon, on ne peut pas voir grand-chose dans cette maudite poussière. Allons. »

Des enfants gambadaient sur la route, braillant dans les nuages de poussière des obscénités sur le sexe du condamné. Une vieille femme empoigna l'un d'entre eux et le gifla pour faire un exemple. Les gamins manifestèrent alors leur amusement de manière différente ; ils inventèrent sur-le-champ une comptine : « Ephraïm enfile la porte d'Ephraïm, la porte d'Ephraïm est la dernière d'Ephraïm ! » En effet, le cortège sinistre se dirigeait vers la Porte d'Ephraïm, celle qui menait sur le chemin d'Emmaüs, de Lydda et de Joppé, mais l'homme nu, lui, n'irait nulle part, car la Porte menait d'abord au Golgotha, la Colline du Crâne, sur laquelle il serait bientôt crucifié.

« Filez ! » cria un légionnaire aux gamins, feignant de les poursuivre. Les gamins décampèrent. A la Porte d'Ephraïm, une petite tornade de poussière vint à la rencontre des trois hommes et disparut dans une ruelle. Les légionnaires firent un signe de tête aux gardes, qui jouaient aux dés et qui répondirent par un hochement de tête distrait.

« Trente-troisième cette année », dit un garde.

« Seize étaient des voleurs », dit l'autre.

Ils retournèrent à leur partie. Le voleur et les légionnaires commencèrent à gravir le Golgotha. Ce n'était pas une colline escarpée, mais le voleur était à bout de souffle ; il s'arrêta un instant. « En route », dit un légionnaire. Ils atteignirent enfin le sommet. Cinq croix s'y dressaient, dont l'une était plus haute que les autres. Un simple poteau se dressait aussi, attendant la traverse que le voleur déchargea sur le sol, poussant un ahan de toute la force de ses poumons. Le voleur regarda les croix et frissonna. Sur l'une d'elles pendaient les restes d'un cadavre, le sommet déchiqueté par les milans, le bas par les prédateurs de poil, probablement des renards et des chacals. Les côtes du flanc gauche avaient été nettoyées. Une jambe manquait, arrachée par les charognards après que les bourreaux avaient brisé les tibias. Le cou, en particulier, avait été si furieusement malmené par les milans que le crâne sans yeux ne tenait plus au tronc que par des ligaments desséchés. Le crâne se balançait dans le vent, sur la poitrine, comme en une dénégation obstinée.

Un légionnaire produisit le jugement qui condamnait Ephraïm à la mort par crucifixion et le tendit au bourreau en chef qui attendait là et qui était visiblement myope, parce qu'il dut mettre quasiment le document sur son œil droit pour le déchiffrer.

« Ephraim », dit-il, « mais c'est le nom de mon fils aîné ! »

Il cligna des yeux pour dévisager le voleur. Puis il claqua des doigts et deux assistants saisirent le condamné par le bras et le traînèrent au poteau. Les jambes du condamné fléchirent. On le remit sur pied et on le plaqua au poteau. On enfila sur ses bras deux nœuds coulants de corde que l'on serra sous ses aisselles. Entre-temps, le bourreau en chef, perché sur une échelle, fixait la traverse sur le poteau à l'aide de nœuds en croix.

Quand la croix fut ainsi dressée, les assistants jetèrent les bouts libres des cordes par-dessus la traverse et hissèrent le voleur pantelant dont les jambes pendaient à moins d'un mètre du sol.

« Allons-y ! » dit le chef.

Les légionnaires se tenaient à distance, pour éviter la puanteur du cadavre pourrissant. Le bourreau en chef déplaça son échelle et, la calant sur la gauche, tira de la grande poche de son tablier de cuir un clou long comme la main et un marteau ; puis, s'emparant d'un des poignets du voleur, le plaqua sur l'extrémité de la traverse et tâta les tendons pour repérer l'endroit où planter le clou, avant le poignet, entre le radius et le cubitus. Il enfonça d'abord le clou d'une poussée vigoureuse de la main, sur une profondeur d'un doigt. Le voleur poussa un hurlement qui réveilla les échos tout autour de la Colline du Crâne et s'éleva vers le ciel jaune pour y atteindre sa pleine stridence avant de redescendre vers des notes rauques, presque animales, entrecoupées de spasmes.

« Bons poumons, hein ? » dit le bourreau en chef. « Ils te tiendront en vie un peu plus longtemps ! » Et il enfonça le clou à coups de marteau dans le bois. Le voleur pleurait. Le sang coulait de son poignet et tombait en taches noires sur la terre desséchée. Le bourreau descendit de son échelle et la déplaça du côté droit. Cette fois, le voleur tenta de résister. Par deux fois, il dégagea son poignet de l'emprise de son tortionnaire, qui en manqua perdre l'équilibre. Le bourreau jura. Il parvint à maintenir le poignet droit sur la traverse et, sans prendre autant de soin que la première fois pour reconnaître les tendons, il enfonça le second clou avec une force furieuse et le martela quasiment jusqu'à la tête, tandis que le voleur poussait des cris haletants.

« Laissez aller maintenant », commanda-t-il à ses aides.

Les cordes se détendirent et le corps du condamné s'effondra soudain. Ses épaules craquèrent et son visage blêmit. Un grognement, tout ce que son cou tendu pouvait produire, sortait de sa bouche. Il pendait maintenant sur ses poignets cloués. Les assistants défirent les nœuds coulants avec l'extrémité d'un bâton et enroulèrent les cordes. Le bourreau descendit de nouveau de l'échelle et s'essuya le front du revers de la main. Il se pencha vers les pieds de sa victime, les saisit pour les remonter un peu, de telle sorte que, l'un sur l'autre, ils reposassent sur un billot en pente déjà ajusté sur la croix. D'un seul clou, il les fixa tous deux au billot. Puis il déplaça encore l'échelle et grimpa pour clouer au-dessus de la tête du condamné une planchette de bois gravée du seul mot : « Voleur ».

Les légionnaires se désintéressaient apparemment du supplice ; ils examinaient la plus haute croix, au sommet de laquelle était fixée une autre planchette gravée du mot « Assassin », au-dessus d'un homme encore en vie qui leur tira la langue. Le bourreau se lava les mains dans une bassine, jeta un coup d'œil au voleur qui bavait, et rejoignit les Romains.

« Il a l'air de tenir le coup, celui-ci », dit un légionnaire, désignant l'assassin du menton.

« Ouais », répondit le bourreau. « N'est là que depuis trois jours. Un Zélote. A poignardé un soldat. Vous devez être au courant. »

« Ah, c'est lui ! »

L'homme là-haut, un gaillard bien bâti, regardait ses spectateurs. Sa langue gonflée et pourpre dépassait de ses lèvres décolorées, mais c'étaient surtout ses épaules, distendues à la limite de la dislocation, qui révélaient sa souffrance. Le supplicié tendit un peu le cou et, d'une voix rauque, dit : « Porcs ! » Le bourreau cracha en réponse, saisi d'une rage frénétique. « Damné bâtard ! » marmonna-t-il, et il courut s'emparer de son échelle et d'une sorte de gourdin. Il monta l'échelle pour atteindre les jambes de l'assassin et brisa les tibias de deux coups. Le supplicié ferma les yeux. Son corps tendu, jusqu'alors soutenu par le billot sur lequel ses pieds étaient cloués, s'effondra soudain. Quelques instants plus tard, il frissonna. Perché sur son échelle, le bourreau lui tâta le cœur de l'index, hocha la tête et descendit en souriant.

« C'en est fini de cette ordure ! » dit-il. « Il aurait duré une semaine, le chien ! »

« Une semaine ! » s'écria un légionnaire.

« J'en ai eu un il y a deux ans qui pouvait encore parler après une semaine ! Il m'injuriait ! » dit le bourreau en riant.

Un coup de vent les enveloppa. Ils toussèrent. « Je n'ai plus rien à faire ici et je prendrais bien une bière », dit le bourreau.

« Moi aussi », dit un légionnaire.

« Bon, allons-nous-en. Avec ce temps, votre poussin aura suffoqué dans quelques heures. C'est seulement par beau temps et quand il pleut qu'ils durent plus longtemps », dit le bourreau. « Alors ils respirent mieux ou ils ont quelque chose à boire. »

Un assistant hissa l'échelle sur ses épaules et les cinq hommes reprirent le chemin de Jérusalem.

« Savez quoi », dit le bourreau, « il y a trois ans un de ces types crucifiés a été volé ! Oui, volé ! Comme un linge qui sèche sur une corde ! Des gens sont venus la nuit et ont enlevé les clous et l'homme ! Jamais retrouvé ! Parlez d'un coup, voler un malfrat ! »

« Ce n'était pas un malfrat », observa un assistant. « C'était un Zélote. »

« Et qu'est-ce qu'un Zélote ? Une variété de malfrat. »

Ils descendirent la colline et disparurent. Le Golgotha était presque silencieux. Les gémissements du voleur continuaient. Des milans surgirent dans le ciel jaune. La poussière dansa sur la face du soleil. Un soleil qui semblait animé de pulsations, qui le portaient au stade de tache verte à celui d'abcès pourpre, une divinité menaçante qui ne pouvait certainement pas être Dieu.

II

UN SOUPER AVEC HÉRODE

Par un après-midi d'été incandescent, en la sept cent quarante-sixième année depuis la fondation de Rome[1], le capitaine du navire marchand romain *Marsiana* reposait sur le pont arrière, sous une tente rayée, mâchant des feuilles de rue et sirotant de l'hydromel tandis que son bateau se balançait à l'ancre à Ostie, port de Rome. Les feuilles de rue, une drogue importée de Palestine, étaient censées prévenir le coup de soleil, mais tout le monde savait que leur jus induisait une humeur désinvolte. Et le capitaine était plutôt tendu depuis que, quelques jours plus tôt, on lui avait notifié la réquisition du *Marsiana* par l'Etat, pour le transport d'un passager de très haut rang : tout simplement un légat impérial, Caius Claudius Metellus. Il devait accompagner cet ambassadeur au port d'Ashkelon, en Palestine, et du coup, il devrait se passer, pendant les trois semaines de traversée, des petits agréments de son métier : les combines et bordées aux escales et les divers moyens de faire du blé qui n'étaient pas déclarés au propriétaire du *Marsiana*, comme colporter du vin ici et de la verrerie là.

Pourquoi l'illustre compère ne voyageait-il donc pas à bord de l'une des deux galères militaires qui devaient escorter le *Marsiana* pour le protéger contre les pirates ? se demandait le capitaine, jetant un regard sombre sur les deux navires élancés et bas, peints en noir et jaune avec une voile jaune, qui se balançaient doucement à brève distance.

Par-dessus le marché, le légat était en retard.

« Comment dois-je l'appeler ? » vint demander le

1. 8 av. J.-C.

premier officier. « Votre Excellence ou Votre Eminence ? »

« Tu ne l'appelleras pas du tout. C'est moi qui t'appellerai quand il aura besoin de quelque chose. »

Le regard de l'officier parcourut les quais, puis se posa sur les galères, dont le pont supérieur était encombré de rameurs presque nus, quarante-huit par navire, qui prenaient le frais avant de gagner leurs postes.

« C'est quoi, tout ce remue-ménage ? » demanda l'officier.

« Je t'ai déjà dit. Le bonhomme doit porter en Palestine un décret de recensement. Histoire de fric. Chaque Juif doit cracher quelques pièces. Jusqu'ici, Hérode, le roi de Palestine, empochait l'argent. Maintenant César veut sa part. Pour être sûr qu'il n'y aura pas d'entourloupettes, César montre ses biceps. Un légat, des galères et tout le bazar. »

« Beaucoup d'argent ? » demanda l'officier avec de grands yeux.

« On m'a dit que la dernière fois qu'Hérode a fait les poches de ses sujets, il leur a tondu pour six cents talents d'argent[1]. »

« Misère ! » dit l'officier. « Et quelle sera la part d'Hérode cette fois-ci ? »

« Le vieux compère doit sa couronne à César. Copain-copain, ils partagent. Ou peut-être César empoche-t-il tout, qu'est-ce que j'en sais ? » répondit le capitaine en expédiant par-dessus bord un jet de salive verte.

L'officier fit craquer ses phalanges de frustration.

« Pourquoi a-t-il choisi le *Marsiana* ? » demanda-t-il.

« J'en sais rien. Le voilà ! Grouille-toi, fissa ! »

Une petite foule s'était assemblée sur le quai. Huit esclaves posèrent une litière sur le pavé gras. Un

---

1. Environ 750 000 F 1980, mais probablement plus de mille fois cette somme en pouvoir d'achat de l'époque.

jeune cavalier descendit prestement de cheval et courut lever la courtine pour tendre son bras au voyageur encore invisible. Un homme maigre, au visage soucieux, saisit le bras et posa un pied à terre, puis l'autre, brossa sa toge de la main. s'étira et posa un regard méfiant sur la coque bulbeuse du *Marsiana*. Un bandeau pourpre étincelait au bas de sa toge et ses cheveux argentés, coupés court, scintillèrent au soleil. Le capitaine courut au bas de la passerelle pour accueillir son passager, mais il fut évincé dans son empressement par les capitaines des galères, qui présentèrent les premiers leurs respects.

Une heure plus tard, le légat, son secrétaire et ses quatre esclaves étaient installés à bord du *Marsiana*, les ancres furent levées et les rames commencèrent à labourer les flots pendant que l'on déroulait les voiles. Metellus s'assit mal à l'aise sous la tente arrière. La vérité est qu'il avait peur de la mer, parce qu'il avait entendu trop d'histoires de tempêtes déchaînées et de monstres marins. Telle était la raison pour laquelle il avait choisi de voyager sur un navire de haut bord comme le *Marsiana*, parce qu'il pensait que les huit coudées de bord de ce genre de bateau le protégeraient mieux contre les fortes vagues et les tentacules visqueuses que les ponts bas des galères.

Metellus n'était guère plus à l'aise à l'égard des réactions possibles au décret qu'il portait. La cour l'avait prévenu de la duplicité d'Hérode et de la nature révoltée des Juifs. Il n'avait jamais mis le pied en Palestine et lui qui n'avait pas cillé en présence de rebelles tels que les Raéciens et les Moésiens, pour lesquels une épée était une épée et un talent un talent, il se méfiait de la plupart des races qui vivaient à l'est d'Athènes, Asiates, Galates, Bithyniens, Syriens et gens de même farine, en dépit des étiquettes rassurantes qui avaient été plaquées sur leurs contrées, provinces impériales ou sénatoriales. Il ne repensait jamais sans acrimonie ni stupeur à une conversation qu'il avait eue avec un prince parthe, prêtre de surcroît. Couvert de bijoux jusqu'au nombril, ce type avait soutenu que tout ce que l'on appelle réalité était irréel et déformé par les sens. Et que ferait-on sans les sens, je vous prie ? avait rétorqué le légat. Ah, c'est sans eux, allégua le Parthe, que l'on baignait « enfin dans la réalité réelle » !

A ces appréhensions à l'égard de la mer et du Levant, qu'il dissimulait dignement à son secrétaire, s'ajoutait le fardeau d'une solitude relative, de l'inaction, bref de l'ennui, tombeau de tous les sentiments. Trois mois à contempler les vagues et les nuages et à manger du poisson et des carottes dans la grossière compagnie des marins, cela ne se prend pas d'un cœur léger, même avec le réconfort des vers de Virgile que son secrétaire, quand il en serait prié, lui réciterait dans la pénombre moisie de la cabine.

Aussi, quand, le second jour, le capitaine laissa transpirer, prudemment sinon hypocritement et par l'entremise du secrétaire, que, si ce n'avait été en raison de la présence auguste d'un envoyé impérial à bord, il aurait permis à un certain marchand d'embarquer à l'escale prochaine de Messine, le légat comprit le message. Il feignit la magnanimité et déclara qu'il ne s'opposerait pas à la présence d'un autre passager pour Ashkelon. Toute compagnie serait bienvenue si elle mettait fin aux récits ennuyeux et sinistres du capitaine sur des naufrages, des requins et des monstres abyssaux. La perspective d'un nouveau voyageur fit presque passer le mal de mer.

Le légat compta les jours jusqu'à Messine. Il ne fut pas déçu. Le marchand, un homme qui atteignait le terme de sa cinquantaine et de sa calvitie, n'était pas indigne de la compagnie d'un légat, bien qu'il ne fût qu'un marchand. Dans son port militaire, quand il exprima comme il se devait sa gratitude d'être admis à bord, le légat devina une longue expérience de l'armée. Il ne se trompait pas : le marchand s'était battu en Arménie, sous les ordres de César et avec le rang de lieutenant. Une heure après qu'il eut été présenté au légat, et alors qu'ils partageaient un repas dans une taverne sous la protection de deux légionnaires, le marchand avait acquis assez d'assurance pour évoquer ses jours glorieux. Il avait été présent à l'émouvante cérémonie où Phraatès IV, roi des Parthes, avait rendu à César les aigles de Crassus et d'Antoine, puisque Auguste acceptait de respecter l'indépendance parthe.

« C'était il y a douze ans ! » soupira le marchand. Le vin y contribuant, le légat se sentit d'aise à la découverte de son compagnon de fortune. Il invita celui-ci à l'accompagner aux bains, car il éprouvait le besoin de se rafraîchir après cinq jours en mer sans bain ni rasage. Le marchand l'en remercia et, devinant qu'il devait son privilège à sa conversation, il continua d'entretenir le légat tandis que les deux hommes assouplissaient leurs muscles dans le tepidarium, puis quand ils descendirent dans la piscine froide, ne s'interrompant que lorsque le masseur africain le frotta aux huiles aromatiques et que le barbier le rasa.

Il n'était, expliqua-t-il, devenu marchand que parce que son beau-père, lui-même un marchand, avait perdu ses trois fils dans diverses guerres, la dernière ayant été la campagne contre les Pannoniens, qui s'était terminée l'année précédente. Le vieil homme cherchait désespérément un successeur auquel il pût faire confiance, pour reprendre un commerce florissant. C'est ainsi que le lieutenant organisa son départ de l'armée et embrassa son nouveau métier. Il traversait deux fois par an la Méditerranée en direction de l'orient, une fois en été, l'autre en automne, pour acheter des épices, de l'ivoire, brut et sculpté, des pierres précieuses, du nard, de l'encens et de la myrrhe, ainsi que des herbes médicinales. Il connaissait la Cyrénaïque, l'Egypte, la Judée, la Syrie, Chypre, et il avait même poussé jusqu'à Pergame, la Bithynie et le Pont. Il dit qu'il parlait couramment le grec, l'araméen, l'égyptien et d'autres langues.

Le légat avait manifesté quelques signes particuliers d'intérêt quand le marchand avait cité la Judée ; le marchand saisit l'indice. Il déplora l'entêtement arrogant des Juifs. Ils étaient tellement moins civilisés que les Romains ! Ils n'adoraient, et fanatiquement, qu'un dieu, qu'ils appelaient Yahweh, qu'ils craignaient pourtant de manière indigne ; il était presque impossible d'expliquer leurs rapports avec ce dieu, totalement différents du respect que les Romains portaient à Jupiter ou les Grecs à Zeus ; non, c'était presque une affaire de famille : ils considéraient ce dieu comme un père consacré à la puissance des seuls Juifs et de nul autre. « Notre Jupiter », dit le marchand, « commande le sort de tous les hommes. Mais ce Yahweh, on croirait qu'il dénie l'humanité à tous ceux qui ne sont pas juifs. » César et Antoine, poursuivit le marchand, avaient été bien inspirés de désigner comme roi des Juifs un homme aussi peu scrupuleux qu'Hérode.

« Hérode est-il vraiment un homme peu scrupuleux ? » demanda le légat, visiblement intéressé.

Le marchand se rendit compte que la soudaine curiosité de son interlocuteur à l'égard du roi de Palestine dérivait de l'objet de son voyage. La circonspection s'imposait donc ; certains jugements pourraient être répétés.

« Parlez sans peur », dit le légat, « vous me rendez service. »

« Hérode est en effet un roi sans scrupules », dit le marchand, « mais il faudrait ajouter qu'il serait difficile de trouver un autre homme capable de faire régner l'ordre dans un pays tel que la Palestine. Les Juifs guettent sans cesse l'occasion de le renverser. Mais quand je dis 'les Juifs', c'est un terme vague, car ils sont divisés en factions plus ou moins antagonistes. Il y a les Samaritains, les Pharisiens, les

Sadducéens, qui adorent le même dieu, mais selon des rites différents. Et parmi ceux-ci, et surtout parmi les Pharisiens, il existe des sectes différentes qui poursuivent des buts opposés... »

« Et que veulent les Juifs ? » demanda le légat.

« Restaurer le trône de David, leur plus grand roi. C'est pourquoi beaucoup d'entre eux attendent un nouveau roi qui les libérera avec l'aide de leur dieu Yahweh. Ils appellent ce roi futur le Messie. »

Le légat rumina sur ces informations. On lui avait dit à Rome que la Palestine était un pays agité et que le décret de recensement pourrait y susciter des troubles. Mais il avait plus appris en une conversation avec un marchand que ne lui en avaient dit les courtisans prétendument bien informés de l'empereur.

Le temps avait passé. Il fallait retourner au bateau. Un vent chargé d'orage soufflait dans les rues et sur le port, fouettant les vagues au-delà de la jetée et plaquant la toge contre les jambes du légat. « Rien qu'un petit grain », commenta le capitaine, en accueillant l'officier impérial à son retour. Le légat n'osa pas le contredire, de peur de paraître ignorant ou peureux. Cependant, peu après qu'ils eurent quitté le port en direction de Cyrène, les vagues grossirent et la coque ronde du *Marsiana* tangua et roula si fort que le légat dut quitter les rambardes d'où il observait l'écume blanchir les ponts des galères à bâbord et tribord. Le ciel, qui était d'abord resté clair, se chargea de nuages plombés, un éclair étincela à quelques coudées, semblait-il, de la galère à tribord et une lourde pluie rendit soudain le pont tellement glissant que le légat, voûté, les jambes écartées sans grâce, s'empressa de gagner sa couche, s'accrochant au bras de son secrétaire. Quand il se fut allongé, il blêmit, puis verdit. Le malaise s'ajoutant à la peur de la noyade fit bonne mesure de la contenance impériale. Le légat gémit.

Le marchand accourut. Il portait un gobelet d'eau

qu'il chargea le secrétaire de tenir tandis qu'il glissait une boîte d'ivoire hors du vaste sac de cuir qui pendait à son flanc. Il en retira trois boulettes noires, guère plus grandes ni plus appétissantes que des crottes de lapin, qu'il fit avaler au légat avec l'autorité d'un médecin. Le désarroi ne laissait pas chez le légat de place à la peur d'être empoisonné ; il avala les boulettes et l'eau et, un peu plus tard, somnola. Puis son ronflement rivalisa dans la cabine avec le grondement de la mer.

Quand le légat s'éveilla, il faisait pleine nuit. La tempête avait passé. Une brise allègre avait rendu au *Marsiana* un balancement plus aimable. Le secrétaire dormait à la poupe. Le légat avait soif ; il partit à la recherche de ses esclaves pour qu'ils lui portassent quelques-uns des citrons doux qu'il avait fait acheter à Messine. Des marins réparaient la voile carrée d'artimon, à la lumière des lanternes. A bâbord et à tribord, les feux des galères semaient des paillettes d'or sur la mer, comme en hommage à Neptune. Mâchant ses quartiers de citron doux, le légat reconnut le marchand dans une forme sombre accoudée au bastingage. Il était difficile, dans l'obscurité, de savoir si le marchand séchait son manteau au vent, ou s'il observait les étoiles. Le légat le rejoignit.

« Son Excellence se porte-t-elle mieux ? » demanda le marchand.

« En effet, je vous en remercie. Quelle était cette drogue que vous m'avez administrée ? Elle a fait merveille. »

« Rien de très mystérieux : de l'argile et de l'ellébore, un des remèdes ordinaires de l'Orient contre la nausée. L'argile apaise l'estomac et l'ellébore, les nerfs. »

« Observiez-vous les étoiles ? » demanda le légat. « Votre commerce comporte-t-il le déchiffrement des astres ? »

22

« Non, mais à voyager dans ces régions, on ne peut que se familiariser avec l'astrologie. »

« Et que disent les étoiles ? » demanda le légat, d'humeur désormais amène.

« On m'a dit en Egypte qu'il fallait guetter, ces jours-ci, des signes importants dans le ciel. Une longue période, qui a duré plus de deux mille ans, vient à son terme. Nous quittons l'ère du Bélier pour entrer dans celle du Poisson. Et, selon les prêtres de Thèbes, cela devrait entraîner de grands changements. »

« De grands changements », murmura pensivement le légat.

Il croyait, lui aussi, aux signes et aux présages. Il leva les yeux et ne vit qu'un poudroiement argenté. Les signes viendraient quelques mois plus tard.

Quand le *Marsiana* toucha enfin Ashkelon le légat avait l'impression d'avoir longtemps vécu en Orient. Il éprouva de la gratitude envers le marchand et lui demanda s'il pouvait l'aider de quelque recommandation. Le marchand comprit à bon escient qu'on lui signifiait courtoisement son congé et répondit qu'il avait été payé par l'honneur d'avoir partagé pendant la traversée la compagnie d'un personnage aussi éminent que l'envoyé impérial ; de toute évidence, un ambassadeur venant de Rome pour s'entretenir avec un roi ne pouvait pas être vu débarquant avec un marchand. Quand le commandant de la garnison eut été avisé de l'arrivée d'un légat impérial, et qu'il se fut empressé d'aller l'accueillir à son débarquement avec tous les honneurs requis, le marchand s'était discrètement éclipsé.

Le légat prit immédiatement la route pour Jérusalem, afin de retrouver Hérode le Grand. On lui avait offert de voyager en litière, mais il avait décidé de faire le chemin à cheval, ce qui convenait mieux à la dignité d'un officier romain. Passe encore qu'en métropole des sénateurs âgés ou lui-même se fissent porter en litière, mais à l'étranger, il convenait de veiller à représenter comme il le fallait la puissance de l'empire.

Lui et son escorte prirent la route la plus courte vers Gaza, par le bord de mer, puis la route du nord vers Jérusalem, qui passait par Emmaüs. Plus tard, lors d'une tournée buissonnière du pays, le légat comprendrait que ce n'était pas la région la plus caractéristique de Palestine, car elle ne présentait ni le charme rural de la verte Galilée, ni la fascination métaphysique qui émane de la Judée orientale, où les monts de Judée se dissolvent dans la réverbération métallique de la mer Morte et où le vent fouette des nuages de poussière comme des légions de spectres chuchotant des imprécations. Et pourtant, le légat, succomba déjà aux sortilèges de l'Orient.

C'était un homme honorablement instruit. Le paysage désolé évoqua pour lui des visions de chars d'airain égyptiens poursuivant les Mèdes dans un bruit assourdissant et dans une pluie horizontale de flèches. Il suscita aussi la vision d'autres hordes d'envahisseurs barbares qui s'étaient rués à l'ouest et au sud, vers les rives fertiles du Nil, sauvages galopant après un rêve diffus d'abondance, et dont les armes rudimentaires étincelaient dans ce soleil cruel. Il ne savait pas les noms de ces peuplades, il imaginait seulement leurs peaux tannées, leurs muscles maigres, leurs côtes saillantes... Il frissonna ! Il posa la main sur le pommeau de son sabre, comme s'il allait pourfendre ces ennemis de la civilisation, de la loi et de l'ordre romains. C'était heureux, songea-t-il, que l'empire étendît sa grande ombre sur ces régions. Le plus loin ces démons étaient repoussés, le mieux c'était.

« Ces démons ! » s'étonna le légat. « J'en suis venu à penser à des démons ! » Les démons n'étaient guère une image familière à un Romain. La notion la plus courante qu'un homme, un citoyen de l'empire, pût concevoir de créatures mauvaises et infernales était celle de lémures, larves montées des ténèbres pour envahir les maisons impies. Mais des démons ! Le légat sourit de sa défaillance et écouta, comme pour se rassurer, le claquement sec des sabots sur la route. Mais en dépit de la clarté de l'air et de la lumière aveuglante, quelque miasme subtil se dégageait certainement de la terre de ce pays, songea le légat. Car il se reprit à penser que les démons n'étaient peut-être pas, après tout, une forme tellement improbable du surnaturel. Chaque pays n'engendrait-il pas ses propres races d'esprits aussi bien que ses arbres et ses animaux propres ?

« Passez-moi une gourde », dit-il à son secrétaire.

Il était assoiffé et se demandait si le soleil d'Orient n'avait pas commencé à attaquer sournoisement son cerveau. Tout de même, songea-t-il, amusé par son obsession, il n'était pas aisé d'imaginer que Jupiter régnât sur ce pays aussi. Jupiter ne gouvernait que des gens civilisés, dans des cités comme Rome et dans des régions fertiles comme la Campanie. Mais ici ! Rien ne parlait de sa puissance, ni de celle d'Apollon, de Mercure, de Junon ou de Minerve. Une autre puissance dominait-elle ces régions arides ? Il but à la régalade. Toutes ces pensées ne menaient nulle part ; il ferait mieux de se préparer à sa rencontre avec Hérode le Grand et à manifester l'autorité dont il avait été investi. C'était pour le surlendemain.

Le légat s'était attendu à trouver un tyran de province, et goujat ; en conséquence, il s'était composé à l'avance une mine hautaine. Il fut surpris de découvrir un roi. Mais il ne le découvrit pas tout de suite. Il fut d'abord accueilli aux portes de Jérusalem par un détachement militaire qu'il estima à près de cent hommes et dont il dut admettre que les armes et la prestance ne le cédaient en rien, à celles des Romains. Des chevelures blondes luisaient sous des casques, suscitant l'étonnement du secrétaire, et le légat se souvint que César Auguste avait personnellement offert au potentat quatre cents gardes gaulois ; quelques dizaines d'entre eux avaient été inclus dans le détachement, sans doute pour rappeler au légat Metellus que la faveur impériale l'avait de longue date précédé en Orient et que, somme toute, il n'était qu'un légat. Quant aux soldats d'Orient qui formaient le gros de l'escorte, ils ne semblaient guère plus intimidés par la vingtaine de légionnaires romains auxquels on avait, à Ashkelon, prêté des montures. Mais il faut dire que les Italiques avaient été quelque peu défraîchis par la traversée.

Le discours d'accueil du commandant du détachement, en excellent romain, fut courtois et concis. Le roi Hérode le Grand se félicitait de la visite d'un envoyé de son puissant ami César Auguste et lui souhaitait la bienvenue. L'illustre visiteur était convié à prendre du repos dans le palais qui avait été aménagé à son intention et à honorer de sa présence le dîner qui serait donné le soir même au palais royal. Il ne restait plus qu'à se mettre en marche, après une réponse reconnaissante.

« Admirable ! » confia le légat à son secrétaire. « Un courrier rapide nous a donc devancés depuis Ashkelon, pour alerter le roi. C'est ainsi qu'ils ont pu organiser cet accueil. Pays bien tenu. »

Ils pénétrèrent dans un dédale de rues, tout de suite après avoir franchi la Porte Hippique. Quelques regards, que le légat jugea froids, balayèrent leur passage. Puis les cavaliers de tête piétinèrent devant un vaste portail, des gardes à pied s'agitèrent et, à l'aspect de la bâtisse, le légat comprit qu'il était parvenu à destination. Le commandant lui expliqua qu'on avait installé ses quartiers dans le Palais hasmonéen, où le roi avait longtemps vécu avant de faire bâtir une autre résidence. Le légat dessella, le commandant prit congé, le majordome, suivi d'une phalange de serviteurs et d'esclaves noirs, prit sa succession et guida le Romain à ses appartements ; c'étaient ceux du roi lui-même.

« Le bâtiment que vous voyez là-bas, par la fenêtre, est le Temple, rebâti par notre auguste roi », dit le majordome, qui parlait romain. « Le bain de Votre Excellence sera prêt à votre gré. »

Son geste indiqua des esclaves noirs. Le légat demeura seul avec son secrétaire, dont la main caressait les mosaïques de marbre. Ils se regardèrent en hochant la tête.

« Les émissaires de César sont bien reçus », dit le secrétaire.

« Et que sera le souper ! » répondit le légat.

Il demanda son bain. Quelques quarts d'heure plus tard, des vapeurs qui lui semblèrent être celles du santal l'avisèrent qu'il était prêt. Il se plongea songeur dans la piscine d'albâtre, sous l'œil rouge des esclaves.

« Faites passer le message aux légionnaires : pas plus d'un gobelet de vin pour toute la soirée. On ne sait jamais. »

Le secrétaire dévala les escaliers porter l'ordre. Oint, massé, un peu trop parfumé à son gré, le légat examina d'un regard sourcilleux ses bottes de chevreau blanc, vérifia l'agrafe et l'arrangement des plis de sa toge, fit trois pas dans un sens et trois dans l'autre, attendant qu'on vînt le chercher. On toqua à sa porte ; c'était le majordome, derrière lequel se profilait une phalange de gens en costumes orientaux, chambellans, gens de cour, puis encore les gardes gaulois. Un cortège se forma pour franchir les quelques pas qui séparaient le Palais hasmonéen du Nouveau Palais.

Des torches embrasaient l'air tout autour du palais, peignant d'ocre pâle les hauts murs et les quatre tours, semant des étincelles d'or sur les armes et les armures de la rangée de gardes disposée devant le portail. Dans la première salle, où quatre trépieds dignes de titans exhalaient des fumées odorantes, d'athlétiques gardes noirs, lance au poing, fixaient un horizon perdu. Dans la suivante, c'étaient des Juifs et des Gaulois, qui se tenaient sur chaque marche d'un escalier menant à un niveau supérieur. Deux adolescents levèrent une lourde draperie, des cymbales retentirent et le légat se trouva enfin en présence d'Hérode.

C'était un homme accoutumé à inspirer la peur. Le visage olivâtre, la mâchoire carrée, les rides épaisses et lourdes, les cheveux longs et noirs, mais surtout les yeux, sombres, fortement cernés, agates noires serties dans des poches de peau fragile, presque violette, qui lui prêtaient une ressemblance avec les lézards. Il souriait, mais les sillons qui joignaient ses narines aux commissures de sa bouche n'exprimaient ni gaieté ni douceur. Il ouvrit les bras en signe de bienvenue, mais ils étaient assez forts pour étouffer un homme. Il avança d'un pas, rien qu'un, et le légat dut franchir le reste de la distance. L'accolade fut forte et répétée. Le légat comprit sur-le-champ qu'il était en territoire étranger. Il n'était qu'un porteur de message. Cet homme était un ami de Rome, mais il était aussi le chef des Sept Provinces, la Judée, la Samarie, la Galilée, la Pérée, la Trachonitide, la Batanée et l'Auranitide, pas un de ces soldats que la chance et un bon glaive, peut-être aussi les faveurs d'un despote sénile, avaient soudain porté de la soupe militaire de fèves au gibier farci et à la couronne, mais le fils d'un prince d'Idumée et d'une princesse arabe. Les veines et les artères que personne n'avait encore réussi à trancher charriaient bien du sang royal, même si, comme le marchand l'avait dit sur le bateau, Hérode n'était pas considéré comme un légitime roi juif. Et ce n'était pas un prince fainéant : il avait successivement asservi les Parthes, les Arabes, et maintenant les Juifs. Le légat comprit l'affection de César pour Hérode ; César savait reconnaître un vrai roi. Toujours attentif aux détails, le légat jeta à la dérobée un coup d'œil sur la tenue du roi ; elle en valait la peine. Une robe de pourpre, brodée d'or et d'argent, serrée à la ceinture par une large ceinture d'or tressée et garnie de gemmes, drapait largement les formes quelque peu ventrues du monarque. Une émeraude ronde de la taille d'une cerise scintillait sur un doigt d'une main, un rubis de la même taille sur un autre. Les bottes de chevreau noir étaient aussi brodées d'or. Sur maints chefs de tribu et roitelets que le légat avait rencontrés, un tel excès d'ornements ne faisait que trahir un manque de confiance en eux-mêmes ; sur Hérode, ce n'était pas un excès, mais presque de la désinvolture. Un air de flûte s'éleva de quelque part, peut-être était-il produit par un musicien caché par les draperies. Hérode s'étendit sur le divan central qui faisait face aux tables dressées et invita le légat au divan situé à sa droite. Ainsi, songea le légat, ils avaient adopté l'habitude de manger à la romaine. Des chambellans conduisirent les gens de l'escorte à leurs places.

Le vin fut servi, non dans des gobelets, mais dans des rhytons d'or grecs, en forme de cornes de bélier. Hérode fut évidemment servi le premier mais il ne parut pas s'en être avisé jusqu'à ce qu'un esclave placé derrière lui se fût emparé du récipient, eût goûté le vin et l'eût replacé après avoir attendu un temps. Tout le monde attendait que le roi eût avalé sa première gorgée. Enfin, Hérode leva son verre au légat et but. Le légat goûta au breuvage, qu'il trouva riche et moelleux, parfumé aux clous de girofle ; il demanda à le couper d'eau. Entre-temps la musique avait pris du volume, mais juste assez pour couvrir la conversation d'Hérode avec son hôte. Comment César se portait-il ? Quelles avaient été ses plus récentes victoires ? Le légat avait-il fait une bonne traversée ? Et quel était l'heureux objet de sa visite ?

« Je suis venu soumettre à Votre Majesté le décret

de recensement que César souhaite voir mettre en œuvre dans votre royaume. »

Hérode ne cilla guère et son sourire demeura. Et pourtant, il faudrait désormais qu'il partageât le produit de l'impôt avec César. « Le fera-t-il vraiment ? » se demanda le légat.

« Les souhaits de César seront mes ordres », dit Hérode.

La présentation des plats avait commencé. D'abord vinrent des perdrix farcies au jus de grenade, puis des brochettes de langoustines et d'olives, suivies d'écorces de citrons amers fermentées dans le miel, pour changer de goût entre les plats, puis des soles frites à la crème aigre, avec des oignons et du persil haché, des poitrines de canard cuites avec des figues dans une sauce au vin, avec du jus de caroube frais pour rafraîchir encore le palais, puis encore de l'agneau rôti aux rhizomes d'arum relevé de sauce au safran et à l'échalote, des salades de chicorée à l'huile d'olive, à l'ail et au sel, et finalement du pain de miel garni de crème, de gelée d'amande et de datte, des pâtisseries diverses et des raisins frais.

« J'avais espéré vous offrir des cailles farcies aux langues de rossignol », dit Hérode, « mais malheureusement, ce n'est pas encore la saison des rossignols. »

Le légat murmura un compliment embarrassé ; le repas était suffisamment exotique pour alimenter plus d'une conversation, une fois de retour à Rome.

« Je me suis aussi laissé dire que les soldats romains sont frugaux. C'est pourquoi j'ai donné l'ordre que pour eux l'on réduise de moitié les services », dit Hérode négligemment.

Cette dernière manifestation d'autorité était un peu lourde, car le légat, qui dégelait à peine, se figea dans un silence maussade. Néanmoins, les premières bouchées — des langoustines et des olives au jus de citron — entamèrent insidieusement sa morgue. Quand il mordit dans sa première cuisse de perdrix et qu'il savoura la peau croquante et translucide, la chair brune d'une peccamineuse tendreté, la sauce à la grenade subitement aigre et douce et relevée de poivre vert, il recommença à fondre ; il sourit irrésistiblement et redemanda du vin. Comme s'ils n'attendaient que ce signe d'approbation, ses gardes haussèrent la voix à l'autre extrémité de la salle et la musique s'enfla également ; Hérode retint un sourire : le Romain était à point plus tôt qu'il ne l'avait prévu ; le moment était opportun pour lancer un assaut psychologique avant que l'ambassadeur fondît et coulât de partout. Il faudrait verser de l'argent à Rome, c'était inévitable, mais ces gens devaient apprendre que, si ce n'était Hérode, ils n'auraient pas un seul sesterce à attendre de l'Orient. Le potentat demanda si Son Excellence disposait désormais d'une idée claire de la situation en Palestine.

« Eh bien, Majesté, si je dois comprendre quelque chose, c'est bien que vous dominez solidement cette situation. Mais je voudrais que l'on m'explique pourquoi ce pays en particulier semble être si rebelle. On m'a dit ceci et cela sur les Juifs, mais j'avoue mon incapacité à comprendre pourquoi tant de factions et de rivalités divisent votre peuple. J'ai vu mon lot de querelles dans les lointaines provinces romaines, mais elles déchiraient d'habitude des tribus qui n'étaient pas apparentées et elles étaient causées par des raisons matérielles évidentes, terres fertiles, cités, butins, alors qu'ici, je ne vois guère de motif à des humeurs révoltées endémiques à ce que l'on m'a dit. »

« Non ? » répliqua Hérode. « C'est peut-être parce que les Romains ont meilleure opinion des Juifs que les Juifs eux-mêmes. Je veux dire que les Romains croient encore qu'il existe une nation juive, alors que les Juifs, eux, savent que c'est une fiction. »

Le légat ne pouvait articuler une syllabe ; sa bouche était pleine de chair de perdrix, et il rayonnait de délices gastronomiques.

« Voyez-vous », dit Hérode, « depuis que le grand royaume de David commença à décliner, il y a huit siècles, les Juifs se sont éloignés les uns des autres. Prenez les Samaritains, par exemple. Ils prétendent descendre des Dix Tribus, c'est-à-dire qu'ils revendiquent le titre de vrais Hébreux, par le sang, aussi bien que par la foi et les coutumes. Mais cette revendication constitue un total démenti d'un Livre sacré, le Livre des Rois, selon lequel ils avaient été massivement déportés en Assyrie et y avaient perdu leur identité raciale dans des unions païennes. Ce serait déjà là une grave cause de discorde avec les autres Juifs. Mais par-dessus le marché, les Samaritains prétendent qu'un autre Livre sacré, le Deutéronome, est faux, puisqu'il situe le lieu élu de Dieu sur le mont Zion, alors que, selon eux, c'est le mont Garizim, à quelques lieues de là... »

Le légat, qui n'avait pas la moindre idée de ce qu'étaient le Livre des Rois ou le Deutéronome, hocha la tête en plongeant ses doigts dans un bol d'eau tiède et parfumée. Puis il but une gorgée de vin et nota qu'il était différent de celui qui lui avait été d'abord servi. Le premier avait été léger et frais, celui-ci était chambré et plus riche ; c'était du muscat, préparé avec la variété de raisin que l'on appelait « les dattes de Phénicie ».

« Par ailleurs », reprit Hérode, « les Samaritains soutiennent que l'autel de Dieu aurait dû être construit, non sur le mont Ebal, comme le veulent les autres Juifs, mais plutôt sur le mont Garizim. Ils sont tellement sectaires », dit Hérode en levant les sourcils, « qu'ils considèrent à la fois le sanctuaire ancien construit à Shiloh, et le Temple, que j'ai commencé à reconstruire il y a plusieurs années, comme tout simplement apostatiques. »

« Ecervelés ! » s'écria le légat en mâchant de l'écorce de citron.

« Oui, écervelés. Et maintenant, ils sont à couteaux tirés avec les autres Juifs, qui s'aventurent rarement dans leur province et qui ne se mélangent guère à eux avec moins de répulsion qu'eux-mêmes avec les autres Juifs. »

« Comment des Juifs ont-ils pu devenir tellement hostiles à d'autres Juifs ? » demanda le légat, en se servant des filets de sole qu'il enfouit généreusement sous une couche de crème.

« Il semble que la querelle ait commencé à la fondation de la secte samaritaine, il y a presque neuf siècles, quand Omri, le roi de la province septentrionale d'Israël, le royaume méridional étant Juda, avec Jérusalem pour capitale, acheta une certaine colline pour deux talents d'argent, d'un homme appelé Shemer. Omri bâtit là une cité, dont il fit sa capitale, et ce fut Samarie. Dès lors, la singularité des Samaritains s'affirma rapidement. Achab, fils d'Omri, épousa une princesse étrangère, la Phénicienne Jézabel, introduisant ainsi avec elle les cultes de Baal et d'autres dieux phéniciens au cœur de son centre religieux et, presque en même temps, il construisit un temple juif. Ce n'était pas contradictoire, c'était blasphématoire, et les autres Juifs, menés par le prophète Elie, crièrent vengeance. D'ailleurs, la dynastie des Omrides fut anéantie par la suite et un émissaire du prophète Elisée installa un nouveau roi, Jéhu. Vous me suivez ? »

« A la lettre, Majesté. »

« Comment trouvez-vous ce vin ? »

« Bon pour les dieux. »

« Un seul Dieu suffira, merci. J'en ferai porter à votre palais. Vos soldats sont-ils habitués à boire ? » demanda Hérode.

Le légat jeta un coup d'œil à ses gardes et fronça les sourcils ; ils avaient certainement dépassé le seuil du gobelet unique.

« Mieux vaudrait restreindre leur consommation un moment », dit-il.

Hérode donna des ordres en ce sens et le légat demanda :

« Et les Samaritains ? »

« Les Samaritains ? Ah oui, ils avaient été vaincus par les prophètes. »

« Qu'est-ce qu'un prophète ? » demanda le légat.

Hérode murmura en hébreu une réflexion sournoisement ironique et dit : « Qu'est-ce qu'un prophète ? Un homme habité par l'inspiration divine et qui guide les autres. Bien. La paix, sinon la satisfaction, aurait dû régner à nouveau en Samarie. Ce royaume du Nord, rebaptisé Israël, était gouverné par une dynastie fondée par un grand prophète et tout aurait dû aller sans heurts. Mais non, deux autres prophètes, Amos et Osée, pleins de fureur apocalyptique, commencèrent à clamer que la fin d'Israël était proche. Sans doute avaient-ils une bonne intuition militaire, car de fait, Israël tomba, après un siège de trois ans mené par Sargon II, roi d'Assyrie. Ce fut à l'issue de ce siège que les Samaritains furent déportés en Médie et en Mésopotamie et qu'ils furent remplacés dans leur propre pays par des gens de la cité païenne de Cutha, ce qui est la raison pour laquelle les Juifs les appellent des bâtards. »

Hérode garnit son plat d'une large portion de poitrines de canard et de figues ; le légat suivit son exemple. Tous deux vidèrent leurs rythons, qui furent instantanément remplis.

« Mais vous-même, Majesté, ne détestez pas Samarie, si je comprends bien. N'avez-vous pas choisi la ville comme votre capitale ? »

« Vous voulez dire Sébaste, comme nous l'appelons maintenant. Oui, j'aime le climat, c'est pourquoi je rebâtis la cité. Je ne peux pas dire que cela ait beaucoup servi la cause des Samaritains. Maintenant, les autres Juifs sont jaloux d'eux. »

« Et qui sont ces autres Juifs ? »

« D'abord, vous avez les Pharisiens. Je ne suis pas sûr qu'ils aient vraiment été des Juifs à l'origine. Il y a des philosophes à la cour qui disent le contraire », dit Hérode en mâchant une grosse bouchée. « Le nom de Pharisien dériverait de Parsi, c'est-à-dire habitant de la Perse. En fait, eux et eux seuls parmi les Juifs partagent avec les Perses une certaine représentation du ciel qui comprend les anges. Comme les Perses également, ils ont classé les anges en une hiérarchie assez complexe d'archanges, de chérubins et de séraphins, que les Samaritains et les Sadducéens à la fois rejettent avec mépris. »

« Des anges ? » répéta le légat en rotant.

« Des anges, créatures éthérées à l'image de l'homme, mais probablement dénuées de sexe. Ils ont des ailes sur le dos », expliqua Hérode. « De toute façon, les Pharisiens sont tout à fait des Juifs, maintenant. Ils prétendent même occuper une place unique parmi les Juifs. D'abord, ils se considèrent comme les seuls réellement fidèles à la Loi de Moïse. Ensuite, ils revendiquent le rôle de transmetteurs directs de la Loi orale du prophète Ezra et des prêtres du premier Temple... Je lis dans vos yeux que vous ne savez pas ce que sont les Lois orale et écrite. »

« Vous lisez bien », dit le légat, en cherchant une position favorable à sa digestion.

« La Loi écrite, que nous appelons aussi Loi de Moïse, est contenue dans l'un de nos Livres les plus anciens, le Deutéronome. Elle fournit à tous les Juifs les instructions précises sur ce qu'il faut faire dans toutes les circonstances possibles de la vie. Toutefois, comme les Romains le savent bien, la vie est toujours imprévisible. Par exemple, le Deutéronome décrète qu'"un seul témoin ne peut suffire pour inculper un homme de n'importe quel crime ou péché : l'accusation doit se fonder sur les témoignages de deux ou trois témoins". Ce qui est efficace pour prévenir la calomnie et les procès douteux. Mais supposez qu'un des deux témoins meure avant de témoigner. Que faut-il alors faire ? Laisser le coupable impuni ? C'est là que la Loi orale est utile. »

On servit du jus de caroube frais. « Goûtez-en »,

dit Hérode, « cela facilite la digestion. » Il vida son gobelet d'un trait et le légat l'imita. Puis l'agneau rôti fut présenté sur un vaste plateau d'argent au roi et à son hôte. Le fumet du safran, relevé d'échalote, effleura le nez du Romain, qui soupira ; il avait sommeil, il avait mangé bien plus que de coutume, et des plats trop exotiques pour ses habitudes plutôt spartiates ; il devrait refuser l'agneau ; et pourtant, il ne jugeait pas nécessaire d'exercer sa volonté pour une cause aussi peu appropriée qu'un banquet royal exceptionnel. Après tout, il était invité par un roi et cela n'advenait pas tous les jours ; il se servit donc de l'agneau et aussi des rhizomes d'arum qui l'intriguaient. Et quels étaient ces clous noirs piqués dans la viande ? Des clous de girofle ! Ces rares clous de girofle ! Et ces petits grains noirs dans la sauce ? « Des baies de genièvre », expliqua Hérode. Le légat savoura la rare conjugaison du sentiment de puissance et du raffinement décadent, aussi rare que les épices qui exaltaient les saveurs des aliments. Il saisit un rhizome avec l'émotion enchantée d'un adolescent qui touche pour la première fois le téton d'un sein ; il avait aussi bu plus que de raison ; il manqua défaillir de plaisir. Le rhizome fondit dans sa bouche, diffusant entre langue et palais la douceur piquante de l'oignon sauvage mariée à l'âcreté délicate des baies de genièvre. Au diable les Juifs !

« Les Pharisiens... », dit Hérode, s'interrompant pour détacher une fibre d'agneau entre ses molaires, « les Pharisiens sont donc essentiellement une caste de docteurs. Ils sont les spécialistes de l'interprétation des deux Lois, et ces Lois étaient les piliers de la foi juive, ils se considèrent donc comme les gardiens de la nation juive. Malheureusement », ajouta Hérode d'un ton menaçant, « ils se mêlent de politique. Une tendance tout à fait déplorable. »

Ces mots éveillèrent des réminiscences lointaines dans la mémoire brumeuse du légat, qui tourna ses yeux embués vers Hérode, s'efforçant de donner à ses rides une expression soucieuse.

« Ainsi », dit Hérode en remuant pour mettre ses parties génitales à l'aise avec une royale assurance « ils ont eu l'audace d'envoyer trois délégations successives, mais grâce au ciel, infructueuses, pour demander à Marc-Antoine que je sois démis ! »

Le légat feignit de suffoquer et manqua s'étrangler.

« Assommez-les ! » s'écria-t-il.

« Peux pas les tuer tous, bien sûr, parce que le peuple les soutient, bien que les Pharisiens soient passés maîtres dans l'art de vendre des boisseaux incomplets et dans la prévarication. Mais quelques crucifixions par-ci, par-là les tiennent sous contrôle. Ils peuvent aussi être utiles, en fait ils représentent le meilleur de la nation juive, marchands, érudits, scribes et, bien sûr, docteurs de la Loi. Grâce au ciel, leur influence au Sanhédrin, notre tribunal religieux, est tenue en échec par les Sadducéens. »

Le légat nota que le roi avait deux fois rendu grâce au ciel en quelques instants, et il se demanda à laquelle des castes de Juifs le roi des Juifs appartenait, puis il se souvint que le roi n'était pas un Juif.

« Les bâtards, ils ne m'aiment pas ! » s'écria Hérode. « Eh bien, c'est maintenant pire, je ne les aime pas ! Maudits intrigants ! Complotant et tissant des intrigues compliquées sous mes pieds, vos pieds, Excellence ! »

Le légat, désormais imprégné d'alcool, se mit à sourire au roi, pompette.

« Oui, Excellence ! » tonna Hérode, réveillant les courtisans qui somnolaient, ou considéraient béatement le plafond. « Juste sous ce plancher, dans les cuisines ! Il y a au moins une douzaine de Pharisiens qui cherchent à savoir ce que j'ai mangé et ce que j'ai bu, et soudoient les esclaves qui nous servent pour obtenir des bribes de conversation ! Vous croyez que je ne suis pas au fait de tout cela ? Ici, David ! » criait-il à l'adresse d'un échanson, un adolescent aux longues boucles d'ébène sur des yeux faits, qui rampa presque aux pieds d'Hérode. « Combien de Pharisiens hantent les cuisines à cette heure, hein ? » dit-il en posant sa lourde main sur la nuque du jeune homme.

« Dix, je crois, Majesté. »

« Et dis à Son Excellence ce qu'ils font en bas. Ils ne cuisinent pas et ne goûtent pas les sauces, je suppose ? »

« Non, Majesté. Ils regardent les plats qui montent et qui descendent et ils comptent les os. »

Hérode s'esclaffa si fort que les conversations s'interrompirent dans toute la salle.

« Ils comptent les os, ah ! ah ! Et quoi d'autre, garçon ? »

« Ils posent des questions sur les sujets qu'on discute dans cette assemblée, Majesté. »

Le légat s'assit sur sa couche, doutant de ce qu'il avait entendu. Des docteurs de la Loi qui comptaient les os sur les plats qui redescendaient aux cuisines !

« Et de quoi leur dis-tu que nous discutons ? » demanda Hérode.

« L'achèvement du Temple, Majesté », répondit l'échanson.

« L'achèvement du Temple, bien sûr ! » tonna Hérode, se tenant le ventre pour rire. « Tiens, garçon, prends ceci », dit-il en tendant à l'adolescent une grande pièce d'argent. « Va leur dire que tu n'en es pas sûr, mais que tu penses que nous discutons l'arrestation imminente de certains membres du Sanhédrin. Va et sois bon acteur ! » Il se tourna vers le légat et dit : « Dans moins d'un quart d'heure, vingt têtes fortes du Sanhédrin seront alertées et passeront une nuit blanche. »

« Pourquoi Votre Majesté tolère-t-elle ces Pharisiens rebelles ? » demanda le légat, avec le reste de lucidité que son estomac consentait à son cerveau.

« Je vous l'ai déjà dit. Que voulez-vous que je fasse ? Que je les tue tous ? Est-ce là une manière de gouverner ? Alors je dresse les Sadducéens contre eux. Vous a-t-on expliqué ce que sont les Sadducéens ? Ce sont les descendants des Fils de Zadoq, le chef du clergé durant le règne de Salomon, d'où leur nom. Le prophète Ezéchiel les avait désignés comme les plus dignes de diriger le Temple. Et ils ont gardé leurs privilèges ; ils constituent la caste des grands prêtres. Ce sont des aristocrates, portés au scepticisme et, je le soupçonne, d'une foi assez tiède en dépit de leur rang élevé. Prenez un peu de salade, elle rafraîchit le palais et aide à roter. Roter est bon pour la santé. » En effet, le roi rota. « Bien, les Sadducéens aussi sont assez utiles, parce qu'ils sont tout à fait à couteaux tirés avec les Pharisiens. Les Pharisiens croient aux anges, les Sadducéens estiment qu'il s'agit là d'une superstition étrangère. Les Pharisiens croient à la résurrection des morts le jour du Jugement, les Sadducéens objectent que le seul Livre qui compte pour eux, le Pentateuque ou Torah, n'en fait pas mention. Les Pharisiens, comme les prophètes, attendent un Messie ou un homme de sang royal qui viendra accomplir le royaume du Tout-Puissant à la fin des temps, les Sadducéens n'attendent personne de semblable, bien que je ne sois pas certain qu'ils seraient réellement hostiles à un Messie. Les Pharisiens soutiennent que la Loi orale est aussi importante que la Loi écrite, les Sadducéens rétorquent que la seule Loi qu'ils connaissent est la Loi écrite et que tout ce qui est Loi est écrit. En fin de compte », dit Hérode en gloussant, « les Pharisiens me haïssent et les Sadducéens se félicitent de ma protection. Dans l'ensemble, ils sont comme chiens et chats. Quand les Pharisiens deviennent contrariants, déchaînez les Sadducéens, et quand les Sadducéens le prennent de haut, opposez-leur les Pharisiens. Vous ne goûtez pas à ce pain de miel ? Savez-vous comment il est préparé ? Plongez du pain dans du miel pendant trois jours et trois nuits, puis laissez-le sécher un jour au soleil, passez-le au four une heure ou deux et garnissez-le de crème fraîche. Tenez ! » Et joignant l'action à la parole, Hérode engloutit un grand morceau de dessert.

Le légat faillit gémir, partagé entre la tentation et la suffocation ; pourtant il imita Hérode, buvant du vin pour faciliter le passage de ces délices superfétatoires.

« ... Palais est un nid d'espions. Tous, barbiers, jardiniers, cuisiniers, fournisseurs, nourrices, ils trafiquent des informations, quémandent des faveurs, extorquent des promesses pour savoir ce que je fais ou projette. Vous croyez que je l'ignore ? Non, je les lance sur de fausses pistes, puis je les laisse s'entre-déchirer. Voici les danseuses. Vous n'avez jamais vu nos danseuses ? »

Sept filles nubiles, complètement nues sous la plus légère des gazes, sauf pour de petites broderies pailletées sur le pubis, parurent en file, leurs délicats orteils rougis de henné paraissant caresser le sol de marbre. Des tambourins scandèrent leur démarche, tandis qu'elles pirouettaient devant Hérode, faisant valoir la lisse perfection de leur jeunesse, ornée d'un pli à la taille qui rappelait la réalité de leur chair. Soudain, elles levèrent les bras et du coup, leurs seins teintés d'amarante ; elles agitèrent leurs poignets et la centaine de clochettes d'argent qui pendaient à leurs larges bracelets tintèrent de plus en plus fort, jusqu'à ce que les cistres de l'orchestre s'y joignissent, les flûtes modulant une mélodie sur cinq notes. Puis les danseuses battirent le sol des talons et commencèrent à onduler très lentement, à l'unisson. Les conversations s'étaient interrompues. Romains et courtisans du Pont, de Médie, de Chypre aussi bien clignèrent des yeux, les vapeurs de l'alcool et des épices pénétrant alors leurs fibres profondes.

« Sont-ce des filles juives ? » demanda le légat, la bouche sèche.

« Non », répondit nonchalamment Hérode, « seulement phéniciennes et syriennes. »

Les filles virevoltaient sur leurs talons de plus en plus vite, leurs petits seins palpitant et leurs lèvres s'entrouvrant pour reprendre du souffle. Le légat soupira longuement.

« Mais », dit Hérode en tournant vers lui des yeux rendus encore plus sombres par les cernes qui teintaient ses orbites de pourpre, « vous pouvez choisir n'importe laquelle de ces filles pour votre compagnie ce soir, Excellence. Elles sont libres. »

Le légat soupira derechef, une rigole de sueur se traçant un chemin descendant sur sa poitrine, à travers poils gris et couenne cireuse. Etait-ce un piège ? se demanda-t-il.

« Mais nous aurons maintenant des garçons, pour changer », dit Hérode, après que les filles s'étaient figées, mains jointes et bras tendus au-dessus de leurs têtes dans le soudain silence qui scella le terme de leurs évolutions.

A peine avaient-elles couru vers les rideaux qui engloutirent leurs charmes comme en une mort symbolique, que sept garçons, à peine plus chaudement vêtus, entrèrent en scène maquillés aussi et les cheveux bouclés. La musique emprunta un rythme plus lent et plus lourd, plus adapté à leur virilité naissante, quoique incertaine. Ils feignirent des duels, où les coups ne portaient jamais, puis les gestes agressifs se changèrent en parade fière, chaque garçon bombant son torse poli et bandant ses tendres muscles, tandis que les tambourins scandaient ces poésies charnelles sur le ton épique. Puis de nouveau, ils feignirent des combats, défilant lentement autour du plateau délimité par les tables.

« Bien », dit Hérode négligemment, « n'importe quel danseur, Excellence. Vous n'avez qu'à en aviser leur maître, le grand voyou phénicien qui se tient à la porte, au moment de vous retirer. »

Le légat hocha la tête, troublé et rêveur, et après que les danseurs éphébiques eurent disparu, il but presque sans y penser le jus de grenade que l'échanson versa dans un gobelet et se servit de la crème d'amande qu'on lui présenta dans un vaste bol de verre de couleur. Comment un homme résistait-il à tout cela, se demanda-t-il encore et, comme s'il avait entendu les pensées de son hôte, Hérode dit :

« Ne vous méprenez pas. Ce n'est pas la vie d'un roi juif. Il n'existe pas de roi juif, il n'en existe plus, car il n'existe plus de nation juive. Moi, Excellence, je tiens ensemble les derniers fragments du peuple de David. Sans moi, ils s'extermineraient bientôt dans des guerres intestines sans pitié. Je leur ai rendu le Temple, en témoignage de ce qu'ils furent dans les siècles passés. Ils me haïssent », ajouta-t-il d'une voix triste, « mais je me suis habitué au goût amer de leur haine. Vous pouvez aller dire à César que je gouverne Israël. »

Oui, pensa le légat dans ses brumes, et tu as assez fait marcher César dans ton jeu !

« Et quelle est ma part ? » demanda soudain Hérode, fixant le légat.

Se plaindrait-il ? songea le légat. Demandait-il de la pitié ?

« Ma part de la taille », dit Hérode. « C'est de l'argent juif. J'ai droit à une part. »

Le légat chut durement sur la réalité. « N'avez-vous pas tout gardé la dernière fois ? » demanda-t-il, la langue pâteuse.

« Mais c'est la principale source de revenus de l'Etat. Elle subventionne le Temple, l'administration, l'armée, vous le savez. »

« J'en parlerai à César. »

Hérode examina ses pieds et releva ses orteils. « Il faut me laisser de l'argent, parce que les Juifs n'accepteront pas que tout aille à Rome. La prochaine fois, ce pourrait être plus difficile de lever une taille. Beaucoup plus difficile. Suis-je assez clair ? »

Le légat hocha la tête.

« Il faudra que vous l'expliquiez clairement à

César, quand vous serez de retour. Je suggère que vous me laissiez la moitié de la somme. »

« A combien se monte la moitié ? » demanda le légat.

« La moitié c'est la moitié », dit Hérode, se levant prestement. Ni l'âge, ni la bonne chère, ni le vin et l'indolence ne semblaient avoir affecté son agilité. « J'ai l'habitude de me coucher tôt », dit-il au légat, tandis que sa garde se mettait en rang à la porte, les mains sur les pommeaux des glaives, et que les courtisans se pressaient pour lui souhaiter bonne nuit. « Mais vous pouvez rester. Les domestiques, la nourriture, les vins et les danseurs sont à votre disposition. Dormez bien. »

Le légat s'assit sur sa couche, pensif, dégrisé. Il jeta un coup d'œil aux autres Romains, somnolents, épaissis par le plaisir, et il secoua la tête. L'Orient ! Quel labyrinthe ! Il frappa dans ses mains pour réveiller ses gens, qui remuèrent malaisément, les paupières lourdes et les lèvres grasses, décoiffés. « De la tenue ! » ordonna-t-il, tandis que les domestiques l'observaient. Et il se dirigea vers la porte, cueillant au passage les chuchotements et les rires des filles derrière les rideaux, devant les porteurs de torches qui l'attendaient au garde-à-vous pour le précéder à son palais.

Le lendemain matin, il manda son secrétaire au palais d'Hérode appeler le chambellan qui avait été assigné à son service personnel. Quand le dignitaire accourut, le légat lui déclara qu'il souhaitait l'avoir pour guide dans une visite à pied de Jérusalem. Lui, son secrétaire et le chambellan seraient vêtus comme des gens du commun et le chambellan commenterait toutes les vues et scènes qui se présenteraient. Le chambellan acquiesça et, une heure plus tard, les trois hommes quittèrent le palais par une porte de service. Ils franchirent la piscine Struthion et se trouvèrent au Temple, où ils pénétrèrent par la cour des Gentils.

Franchissant le Portique royal, dont il admira la forêt de colonnes sommées de chapiteaux corinthiens, le légat n'osa pas relever à haute voix, de peur d'offenser les sentiments du chambellan, le style ouvertement hellénistique du vaste complexe de bâtiments qui s'offrait à ses yeux. Il n'y avait là rien qui fût différent des dizaines d'édifices gouvernementaux et religieux qu'il avait pu voir dans d'autres provinces de l'empire. Les Juifs n'avaient-ils donc pas de style ? Il interrogerait plus tard sur ce point son secrétaire, féru d'architecture. Sa première question porta sur un vieil homme qui occultait ostensiblement son regard avec un pan de son manteau, en franchissant le Portique. Un rien pincé, le chambellan expliqua le geste par la présence de la grande aigle romaine dressée au-dessus du fronton. L'homme était probablement un Nazaréen, c'est-à-dire un membre de la secte excessivement scrupuleuse des Nazaréens. Le symbole païen l'offensait.

Et pourquoi cet autre refusait-il de toucher de ses mains la monnaie qu'un marchand lui rendait, mais la recueillait dans un linge spécial ? Parce que les pièces portaient l'effigie d'Auguste, au mépris du Second Commandement des Juifs, dicté à Moïse : « Tu ne graveras pas d'image. »

Qui étaient ces hommes aux visages sombres, aux épais cheveux bouclés et aux barbes élégamment taillées ? Des Mésopotamiens, et probablement des marchands d'épices. Et ceux-là, aux têtes rasées ? Des Egyptiens qui étaient sans doute venus acheter du bois de cèdre. Et cet homme presque nu, noir comme de l'ébène ? Il était bien connu à Jérusalem, parce qu'il était l'esclave d'un médecin crétois qui connaissait des remèdes pour les maux d'entrailles. Et ce personnage mafflu, à la barbe très large, très noire et carrée ? Un marchand d'or phénicien.

Lentement, le légat commença à saisir la nature volatile de ce mélange de sangs et de croyances que l'on appelait la Palestine, du nom de ses habitants d'antan, les Philistins. Il se demanda si le pays atteindrait jamais à l'unité.

En ce midi d'un jour d'été de la sept cent quarante-sixième année depuis la fondation de Rome, dans la quinzième année du règne de César Auguste, et dans la trois mille sept cent cinquante-troisième année de la création du monde selon les Juifs, Jérusalem fermente comme du jus de raisin. Parvenu à la barrière des Gentils, qui clôt la cour du même nom, le légat apprend qu'il ne peut aller au-delà. Nul ne peut, s'il n'est juif, accéder aux cours suivantes. Même pas César, affirme le chambellan de façon provocante. Le trio part dans les rues, étonnamment actives en dépit de la chaleur et du fait que les gens riches ont pris leurs quartiers d'été dans leurs résidences maritimes ou bien à Jéricho.

Deux des Gaulois de la garde royale déambulent déjeunant de figues et de dattes, buvant du jus de tamarin qu'ils ont acheté d'un marchand ambulant. Un autre marchand vient leur proposer des feuilles de rue à mâcher, leur assurant que la sève leur permettra de mieux supporter la chaleur, mais se méfiant des drogues orientales, ils secouent la tête en signe de dénégation. Une prostituée coule vers eux des regards dérobés. Un Pharisien marmonne des imprécations véhémentes et crache par terre. Les gémissements de deux mendiants distants de quelques pas l'un de l'autre se font écho ; l'un des mendiants est aveugle et ses yeux sont couverts d'écailles, l'autre est infirme et ses jambes sont horriblement émaciées.

Quelles langues parlent tous ces gens ? Les gens du peuple, l'araméen, ceux qui sont instruits, le grec ; les marchands parlent aussi romain ; seuls les prêtres du Temple parlent parfois hébreu. Mais on entend aussi du phénicien, de l'égyptien, du parthe et d'autres langues et dialectes.

Il semble que la vie puisse ainsi continuer indéfiniment. Mais le légat a ses réserves. Qu'adviendra-t-il quand Hérode mourra ? Et comment se manifestera le mécontement des Juifs ?

Heureusement que les Romains sont là, songe-t-il.

Avant de repartir, Hérode lui fera visiter le temple de marbre blanc qu'il a construit à César Auguste, près des sources du Jourdain, et lui fera savoir que ses émissaires ont porté l'édit de recensement à travers le royaume, de Césarée de Philippe à Massada, d'Arimathie à Callirhoé, à Cana, à Jéricho, à Antipatris, à Agrippium, à Chorazim, à Magdala, dans les nouvelles cités et les vieux hameaux ; riches et pauvres savent qu'ils doivent se faire inscrire à leur lieu de naissance et payer à César ce qui revient à César. Coffrets de bois précieux, parfum, ivoire, gemmes, le légat sera aussi comblé de cadeaux. N'importe, le succès de sa mission ni ses plaisirs n'effaceront pas un malaise anxieux et sournois.

III

LE FILS D'UN FILS

« Des Parthes », murmura l'aubergiste syrien à son fils, après qu'il eut conduit ses trois clients à l'aile qu'il réservait aux hôtes de marque et qu'il leur eut dépêché des domestiques portant des réchauds, des flacons de vin, des jarres de bière, des fioles de parfum, de la pure eau de puits, des serviettes, des fruits frais et, en plus, un esclave qui serait à leur service exclusif.

« Des Parthes », répéta rêveusement son fils, observant les sept chameaux qui paissaient dans la cour des brassées de trèfle. Il ne savait pas vraiment où se trouvait la Parthiène ; il était né en Judée.

« C'est loin au nord, en Hyrcanie, entre notre pays et l'Arménie », expliqua son père.

« Ce sont des princes, n'est-ce pas, père ? »

« Des mages. Des prêtres. Ils lisent dans les étoiles. Ils ont une religion ancienne, fondée il y a mille ans par Zoroastre. »

« Zoroastre », répéta le jeune homme, amusé par le nom.

« Zoroastre. Il était né après que sa mère eut bu du lait tombé du ciel. »

« Est-ce que le lait tombe parfois du ciel ? » demanda le jeune homme.

L'hôtelier fut dispensé de répondre à cette question épineuse par l'entrée bruyante des trois domestiques des mages parthes. Ils demandèrent un repas, en mauvais araméen. De la nourriture et du vin, ils insistèrent sur le vin, bien qu'il semblât qu'ils n'eussent pas longtemps été privés d'alcool. Mais était-ce de l'alcool ? se demanda le Syrien. Il se rappela que ses voisins avaient l'habitude de s'enivrer avec certains champignons séchés. Il courut à la cuisine, ne souhaitant pas déplaire à des Parthes intoxiqués.

Son fils, lui, courut dans le verger qui entourait l'aile où les mystérieux visiteurs avaient pris leurs quartiers. Il se faufila sous une fenêtre ouverte et glissa un regard. Ils étaient là, avec leurs étranges barbes carrées et bouclées, leurs longues chevelures également bouclées et huilées, leurs mains chargées d'anneaux. Ils défaisaient leurs bagages. L'un d'eux aperçut le jeune indiscret ; il sourit et alerta les autres. Le garçon fut pétrifié. Les autres sourirent aussi. Quelles dents, longues et blanches !

« Viens, garçon », dit un Parthe. « Comment t'appelles-tu ? »

« Samuel. »

« Entre, Samuel. »

Le Parthe saisit une datte confite dans un bol placé sur un coffre et la porta en souriant sous le nez de l'adolescent. Irrésistible ! Le garçon s'en empara prestement et y goûta. Curieux goût, et quel était ce parfum piquant ? « Du gingembre », dit un autre Parthe.

« Je n'en avais jamais goûté », dit le garçon, toujours à la fenêtre. « Pourquoi êtes-vous venus à Jérusalem ? »

Les sourires se changèrent en éclats de rire. « Si tu entres, je te le dirai », fit un Parthe replet à la voix nasale.

Le garçon contourna le bâtiment et pénétra dans l'univers épicé des voyageurs.

« Nous sommes venus à la recherche d'un nouveau roi », dit le Parthe obèse.

« Hérode va-t-il mourir ? » demanda Samuel.

« Nous mourons tous un jour. Des signes dans le ciel nous avertissent qu'il y aura un nouveau roi. Il devrait naître bientôt, à moins qu'il ne soit déjà né. »

« Des signes dans le ciel ? » répéta le garçon.

« Assieds-toi », dit le Parthe. « Maintenant, regarde, je vais tourner autour de toi. » Il tourna lentement autour de Samuel. « C'est comme si tu étais le Soleil et moi, le Zodiaque. Seulement, le Zodiaque ne tourne pas si vite ; il met vingt-six mille ans à faire un tour complet ! Et sais-tu ce qu'est le Zodiaque ? C'est un grand cercle. Ce cercle est divisé en douze parties, dont chacune correspond à certaines étoiles. Ces étoiles sont très importantes ; elles commandent le destin de tous les hommes. Chacune commande à sa façon, pendant plus de deux mille ans. Par exemple, nous étions sous la coupe de Varak le Bélier et maintenant, nous entrons dans le signe de Mahik... »

Samuel ne devait jamais entendre la fin de ce cours d'astrologie. Il ne saurait jamais la différence entre le règne de Varak et celui de Mahik, ni les signes que le mage avait déchiffrés dans le ciel. Il fut soudain soulevé de son siège par son père et arraché au discours du Parthe, après que l'hôtelier eut récité une litanie d'excuses.

« Il ne nous dérangeait pas », dit un Parthe, « laissez-le revenir plus tard ! »

« Varak mon œil ! » maugréa l'hôtelier quand il fut hors de portée des Parthes. Il tira l'oreille de Samuel. « Que je t'y reprenne dans la chambre d'étrangers ! »

Mais le cours d'astrologie serait poursuivi, fût-ce pour un autre auditoire.

Le lendemain même, perchés sur les bosses de leurs chameaux, les Parthes se présentèrent à la grande porte du palais d'Hérode le Grand et informèrent les gardes avec une simplicité majestueuse qu'ils devaient voir le roi. L'un des gardes fut dépêché au pas de course à l'intérieur du palais ; les autres, tout comme les passants, détaillaient les étrangers du regard, leurs hauts bonnets de feutre sombre, leurs sandales de cuir doré, leurs amples capes brodées. Les Hiérosolymitains, comme les Grecs appelaient les habitants de Jérusalem, s'enorgueillissaient d'avoir vu toutes les races humaines et animales, ou du moins le croyaient-ils, mais ils conservaient un sens aigu du pittoresque. Un moment plus tard, le garde revint, escortant un chambellan. Les chameaux soulageaient alors leurs entrailles, mais les Parthes, guère troublés par les crottes importunes, considérèrent le chambellan et lui posèrent la question même qu'il avait sur les lèvres : « Qui êtes-vous ? » Ce ne fut qu'après s'être assurés qu'ils s'adressaient à un dignitaire de rang approprié qu'ils déclarèrent porter à Sa Majesté un communiqué d'amitié de leur maître Phraatès IV, roi de Parthiène, ainsi qu'un message de la plus haute importance. Quant à eux, ils étaient trois grands prêtres. Le chambellan, impressionné, répondit qu'il informerait sur-le-champ le roi de leur arrivée et de l'objet de leur visite, et il les invita à attendre à l'intérieur du palais. Il s'attendait à ce qu'ils dessellassent ; ils ne le firent pas ; ils franchirent le portail avec leurs chameaux et ce fut seulement à l'intérieur de la cour qu'ils crièrent des ordres et que les animaux s'agenouillèrent, suscitant l'intérêt renouvelé des gardes. Puis les grands prêtres dessellèrent, époussetèrent leurs robes et leurs capes, s'étirèrent et bâillèrent. Daigneraient-ils prendre patience à l'intérieur ? demanda le chambellan. Ils se consultèrent du regard et, après quelques hésitations, tirèrent des amples fontes qui pendaient aux flancs des chameaux tout un attirail de coffrets, de sacs et de rouleaux de parchemin.

« Veuillez ordonner que l'on donne à boire aux chameaux », dirent-ils au chambellan. « Un seau par animal. »

La requête fut répercutée à travers la cour.

Enfin, les trois visiteurs se trouvaient au niveau du chambellan ; il les jaugea d'un regard expérimenté et rapide. Grands, la cinquantaine, visiblement habitués à être obéis sur-le-champ. De beaux hommes, en somme, avec leurs barbes noires bouclées, leurs visages colorés et leurs grands yeux cernés de khôl. Ces Zoroastriens amuseraient sans doute le roi. Mais que pouvait donc être leur message ?

Tandis que les chameaux étanchaient leur soif, les visiteurs suivirent leur guide à l'intérieur du palais. On leur offrit du vin chaud à la cannelle, des dattes fourrées d'amandes et des gaufres au miel. Un moment plus tard, mi-intrigué, mi-amusé, Hérode consentit à accorder audience aux Parthes. Comme l'avait fait le légat, ils traversèrent le décor de marbre de couleur, de torches innombrables, de fumées de santal et de cèdre, ils entendirent les mélodies des cistres et des cithares et le ruissellement des fontaines mêlés de murmures, et ils admirèrent la multitude de gardes et d'esclaves noirs et blancs avant qu'ils fussent priés d'attendre devant une porte gardée par des hommes demi-nus qui tenaient leurs sabres au clair et deux panthères en laisse. Les fauves rugirent ; les Parthes lancèrent un regard sévère au chambellan ; des ordres retentirent, des muscles se tendirent et les panthères se couchèrent. La porte s'ouvrit. Les visiteurs se trouvèrent sur le seuil d'une vaste salle pavée de mosaïque. A quelques pas de là trônait Hérode, entouré de ministres, de courtisans, d'eunuques. Les grands prêtres s'inclinèrent dignement. Un parchemin fut déroulé. Phraatès IV envoyait ses vœux de prospérité et de longue vie. Hérode inclina le chef en réponse et sa barbe teintée de henné flamboya dans la première lumière de l'après-midi. Un coffret d'ébène passa des mains d'un Parthe dans celles d'un chambellan qui le présenta à Hérode ; il contenait un bracelet d'or orné d'une grosse émeraude polie. Beau cadeau ! Donc, le message était d'importance. Mais pourquoi Phraatès IV avait-il envoyé des prêtres comme ambassadeurs ?

« Majesté », dit celui des prêtres qui semblait mener la délégation, « nous avons aussi un message. »

Les Parthes s'affairèrent, déroulant des parchemins sur le sol. Tout le monde alla voir ce qu'ils portaient. Des dessins. Des cercles, des triangles et des chiffres énigmatiques.

« C'est un moment très important, Majesté. Cette année se produit un événement qui n'advient que tous les deux mille cent quatre-vingt-six ans, c'est-à-dire chaque mois sidéral de la Grande Année céleste, qui dure vingt-six mille années solaires », dit un grand prêtre d'une voix forte et solennelle.

Hérode était décontenancé ; il se tourna vers un membre de sa cour qui fronçait les sourcils plus intensément que les autres, et pas seulement parce qu'il s'efforçait de comprendre.

« Cela signifie », reprit le prêtre, « que le Zodiaque, qui tourne autour du soleil, passe d'un signe dans l'autre. En d'autres termes, nous passons du signe du Bélier dans celui du Poisson, selon l'astrologie grecque, avec laquelle Votre Majesté est peut-être plus familiarisée qu'avec la nôtre. Dans notre propre astrologie, nous passons du signe de Varak dans celui de Mahik. »

« Vous avez fait tout ce chemin pour nous dire cela ? » demanda le courtisan qui fronçait le plus les sourcils. « Je vous aurais épargné cette peine. »

« Je vous présente l'astrologue de la cour », dit Hérode. « Tisimaque. »

Le grand prêtre sourit machinalement à Tisimaque et parut parfaitement indifférent à l'impertinence de son collègue.

« Patience, messeigneurs », dit-il. « La patience est la clé du ciel, et toute la colère du monde ne fera pas tourner le Soleil d'un pouce plus vite. Ce n'était là qu'un préliminaire, destiné à expliquer combien exceptionnels sont les jours que nous vivons. Durant votre dernier mois d'Iyyar[1], au printemps, mes collègues et moi, et sans nul doute aussi mon excellent collègue Tisimaque ici présent, avons remarqué un autre événement exceptionnel, mettant cette fois-ci en jeu les grandes planètes autour de la Terre. Jupiter », dit le grand prêtre en levant les bras et en agitant ses larges manches brodées, « Jupiter, la planète royale, s'est rapprochée extrêmement de Saturne. » Là, il fit une pause et attendit l'effet de cette révélation. Aucun. Seul Tisimaque s'agita, mal à l'aise.

« Et de quoi Saturne est-il le symbole ? » demanda Hérode.

Le grand prêtre sourit avec obséquiosité et, fixant le roi, répondit :

« Des Juifs[2]. »

---

1. Pour cette année-là, à peu près le mois de mai 7 av. J.-C.
2. L'attribution d'une planète à un pays se fait selon la division de l'univers en quatre quartiers, système que Ptolémée codifia au IIe siècle, attribuant à chaque quartier non pas une, mais trois planètes. Dans la tradition orientale, la Judée fut sans doute placée d'abord sous la domination de Vénus, de Mercure et de Saturne comme les pays du deuxième quadrant, avec dominance de

L'audience fut parcourue de mouvements et Tisimaque tressaillit.

« Est-ce vrai ? » demanda Hérode, se tournant vers Tisimaque. « Tu ne me l'as jamais dit. »

« En fait », commença Tisimaque, « d'une part, il se pourrait... »

Le Parthe lui coupa la parole :

« Mon excellent collègue jouit certainement du privilège d'avoir plus de temps que nous pour commenter cela au bénéfice de Sa Majesté. Permettez-moi de continuer. Quelques semaines plus tard, tandis que nous discutions de ce présage d'un événement royal, un autre advint qui était encore plus phénoménal. Tout le monde l'a remarqué. Un certain point dans la constellation du Capricorne est devenu de plus en plus brillant. Nous supposâmes d'abord, et non sans quelque inquiétude, que c'était une comète. Mais non, Majesté ; il était fixe ; il montait régulièrement à l'aube ! »

Hérode parut un peu plus intéressé. De toute façon, la voix et le ton du Parthe étaient tellement chargés de conviction qu'ils s'imposaient.

« Etait-ce une nouvelle étoile ? » demanda le roi.

« Pour dire la vérité, beaucoup d'entre nous en Parthiène en oublièrent même de se nourrir pendant quelques jours après cette découverte. Puis, comme pour ajouter à notre émotion, j'ai, Majesté, découvert que Jupiter demeurerait près de Saturne jusqu'à novembre ! Autre événement exceptionnel. » Il se pencha pour expliquer comment, en effet, pendant neuf mois, les trajectoires de Jupiter et de Saturne se trouveraient quasiment confondues. « Neuf mois, Majesté, neuf ! C'est de toute évidence le signe le plus éloquent d'une naissance à venir. En mai, un enfant fut conçu, en novembre, il naîtra. C'est un garçon et il sera le roi de ce pays ! »

Saturne. Du temps de Ptolémée, elle avait passé sous la domination de Jupiter, Mars et Mercure.

Hérode s'adossa et pâlit. Tisimaque était blafard. Le chambellan et les autres courtisans ne parvenaient guère à cacher leur embarras.

« Cela », conclut le Parthe, apparemment insoucieux de l'effet de son discours, « nous décida à nous mettre en route. Nous avons d'abord suivi les rives du Tigre jusqu'au nord, puis nous nous sommes dirigés à l'ouest vers la Syrie, avant de tourner au sud vers votre pays. Dans toutes les cités que nous avons traversées, nous avons vérifié avec nos collègues étrangers la vérité et le sens de nos découvertes. Le fait est que Votre Majesté sera en novembre le père d'un roi encore plus grand. »

Un silence catastrophique s'abattit sur la cour, figeant chacun dans l'anxiété. On eût entendu une mouche nettoyer ses ailes. Mais splendidement ignorant de sa gaffe, le chef des grands prêtres exprimait le triomphe face au roi. Finalement Hérode bâilla et pouffa de rire.

« Une prédiction très encourageante, messieurs. Toutefois, il se trouve que l'on n'attend pas de naissance royale en novembre. Ni en décembre. Ni en janvier. »

Les Parthes debout sur les mosaïques ressemblaient à des statues de sel. Leurs mâchoires pendaient. Un courant d'air roula les cartes célestes. Tisimaque ricanait de l'infortune de ses collègues.

« Voyez-vous, messieurs », reprit Hérode, « il y avait aussi des rumeurs selon lesquelles on attendait un roi descendant de David. Sans doute vos amis syriens vous en ont-ils parlé. Toutefois, cette hypothèse n'est pas plus valable que la précédente. En fait, il est impossible, de nos jours, d'établir la lignée de David, parce qu'elle s'est tellement embrouillée après Zérubabel qu'elle est pratiquement perdue. Il n'existe pas dans toute la Palestine un seul Juif qui puisse prétendre sérieusement qu'il est le véritable héritier du trône de David. »

L'audience, soulagée, sourit avec condescendance.

Hérode jeta un coup d'œil à droite, un autre à gauche, et levant sa voix de manière quelque peu menaçante, dit :

« Songez, messieurs, avec toutes les intrigues en cours, que si un tel homme existait, on en aurait certainement entendu parler. Parce que les princes, comme vous le savez, ne naissent pas du vent. Ils doivent être engendrés par des princes. Alors, s'il avait existé un tel prince, c'est lui que vous seriez allés voir, non ? Quant aux autres prétendants qui songeraient à s'emparer du trône par ruse ou par force... ils ne vivraient guère longtemps ! »

Les Parthes roulaient déjà leurs palimpsestes, comme des camelots ramassant leur marchandise à la fin d'un jour maigre.

« Les étoiles avaient tort », conclut Hérode. « N'est-ce pas, Tisimaque ? »

« Le ciel ni Votre Majesté n'ont jamais tort », répondit Tisimaque, « ils sont parfois mal interprétés. »

Le chef parthe fit un signe au chambellan, puis lui remit les cadeaux qui avaient été destinés au prince évanoui, un coffret de bois de cèdre incrusté d'ivoire et de cuivre et empli d'encens, des fioles des trois parfums, du nard, de la civette chinoise et de l'essence de girofle, un sachet de soie plein de gemmes... Cette offrande mélancolique n'appelait pas de commentaires ; les Parthes s'inclinèrent seulement devant Hérode tandis que le chambellan déposait les présents aux pieds du roi. Hérode s'inclina en réponse. Ils prirent congé. La cour s'anima de nouveau. Les Parthes !

Tôt dans l'après-midi d'un jour venteux de Nisân[1], cette année-là, un vieillard toqua à la porte de la seule sage-femme de Bethléem. Elle mâchait encore

1. Avril.

son dîner. « Je serai prête dans un instant », répondit-elle machinalement en ouvrant la porte, sans même accorder à son client le plus sommaire des regards. Elle laissa la porte ouverte, sans se soucier du vent, et courut à l'intérieur prendre un manteau. Ce fut seulement quand elle revint qu'elle remarqua le grand âge de son client.

« Que se passe-t-il ? » demanda-t-elle d'un ton acide. « Les maris sont-ils de nos jours tellement débilités qu'ils n'osent pas sortir dans le froid et quérir eux-mêmes la sage-femme ? » Elle claqua la porte derrière eux et dit : « Où est votre fille ? Dites, vous êtes de Bethléem ? Je ne me rappelle pas vous avoir déjà vu, bien que celle qui vous a mis au monde ait dû mourir il y a bien des lunes. »

« Je ne suis pas de Bethléem », répondit le vieillard, « mais je suis né ici. Mon père était Jacob, un prêtre de la tribu de David. Et je suis Joseph, un prêtre à Jérusalem. Quant à la femme, ce n'est pas ma fille, mais ma femme, selon la Loi. »

La vieille femme s'arrêta net et considéra Joseph. Quatre-vingts, peut-être soixante-quinze. Elle ouvrit la bouche, puis se ravisa et la ferma. Où allons-nous ? » demanda-t-elle après un moment de trajet.

« Dans une grange hors de la ville », dit Joseph.

« Allons », dit la sage-femme, fronçant les sourcils, « vous êtes un prêtre et votre femme accouche dans une grange ? »

« Il n'y avait pas de place dans les auberges », expliqua Joseph. « Maintenant, femme, nous n'avons pas le temps de discuter. Suivez-moi. »

Ils allèrent d'un pas vif jusqu'à ce qu'ils eussent atteint une ferme qui se trouvait, en effet, à la périphérie de la ville. Près de la ferme se trouvait une étable et dedans, un âne, une vache et une très jeune femme, plutôt une fille, à peine plus de seize ans, l'âge minimal pour le mariage. Elle était étendue sur le foin, près de la porte.

« J'ai soif », dit-elle d'une voix faible.

« Allez lui chercher à boire et ramenez-moi une cruche d'eau chaude », ordonna la sage-femme.

Joseph avait déjà demandé que l'on fît chauffer l'eau avant d'aller chercher la sage-femme, elle bouillait donc quand il revint. Quand il retourna à l'étable, tenant une gargoulette dans une main et la jarre dans l'autre, il s'arrêta et serra les dents qui lui restaient. A l'intérieur résonnaient des exclamations de la sage-femme, assorties d'invocations au Seigneur et de serments professionnels variés. Il écouta. Non, jurait-elle, elle n'avait jamais vu cela, elle n'aurait pas cru qu'elle aurait vécu pour le voir... A elle seule, elle faisait autant de bruit qu'une assemblée. Joseph poussa la porte et ses yeux, rendus vitreux par l'âge, affrontèrent la sage-femme.

« Homme ! » s'écria-t-elle. « Cette fille est vierge ! » Mais tout excitée qu'elle fût, elle se figea à sa vue, un vieillard las, échevelé par le vent, les rides profondes aux commissures de sa bouche creusées encore par une inexplicable amertume.

« Je sais », dit-il, posant la jarre sur le sol de terre battue et se penchant pour rendre la gargoulette à sa femme. « Je sais, je n'ai pas eu de rapport avec elle. » Il était voûté par l'âge et la détresse. La sage-femme allait répondre, mais la jeune femme poussa un soupir de douleur et Joseph dit : « Je vous ai demandé de mettre un enfant au monde. Faites-le. »

Ses entrailles brûlaient de rage. Qu'un homme de son âge et de sa vertu dût fouler sa fierté aux pieds en confessant à une sage-femme qu'il n'était pas le père de l'enfant de sa femme ! Il fut saisi de tremblements spasmodiques, les yeux rivés au sol, regardant les brins de paille qui dansaient dans un courant d'air.

« Qu'est-ce que c'est, rabbi ? » demanda la sage-femme à mi-voix. « Est-ce que tu m'entraînes dans de la sorcellerie ? »

Sorcellerie ! Oui, il y a des raisons de soupçonner de la sorcellerie. Des hommes instruits avaient aussi imaginé des détours du démon pour expliquer l'énigmatique grossesse de Marie. Marie gémit, puis laissa échapper un cri étouffé. Il y avait urgence. D'abord, il fallait mettre l'enfant au monde.

« S'il y a une trace de sorcellerie dans tout cela, c'en est fait de moi ! » dit la sage-femme. « Je ne serai jamais plus autorisée à toucher de nouveau une femme enceinte. »

Il fallait maintenant qu'il s'avouât la vérité : il ne croyait pas qu'il y eût de la sorcellerie dans tout cela. Il y avait eu rapport sexuel et l'hymen de Marie avait été résistant, mais pas assez pour...

« Je vous le dis, femme, et c'est ma parole de prêtre : il n'y a pas de sorcellerie dans cela. »

Marie gémit de nouveau, et si fort que l'âne leva la tête et agita les oreilles.

« Mettez cet enfant au monde maintenant, sous peine d'être accusée d'infanticide », dit Joseph avec violence.

Elle pesa ces mots d'un air maussade.

« Alors sortez », répliqua-t-elle.

Il sortit dans le crépuscule et le vent. Il s'adossa au mur de l'étable et s'y fondit presque, un paquet brun de souvenirs et d'os qui s'harmonisait si bien aux briques crues qu'un voyageur ne l'aurait pas remarqué à dix pas.

Marie. Il avait à peine entendu parler d'elle avant de la rencontrer chez le grand prêtre, à Jérusalem, il y a moins d'un an. Elle avait alors près de douze ans, c'était la fille orpheline d'Anne et de Joachim, un couple qui avait appartenu à sa tribu, la tribu de David. Et lui, Joseph, il songeait à quatre-vingt-neuf ans à terminer paisiblement sa vie, s'éteignant doucement jusqu'à ce que la mort le conduisît à la lumière du Seigneur. Mais le grand prêtre l'avait convoqué un jour, pour lui dire que Marie n'ayant plus de foyer, ni de parents qui pussent la prendre en charge, elle devait être confiée à un tuteur. Et le grand prêtre avait songé à Joseph, laissant entendre que Joseph n'était pas seulement un homme de principes, mais qu'il avait aussi passé l'âge de la concupiscence ou, pour parler avec bon sens, de son accomplissement. Immédiatement Joseph avait renâclé. Il n'avait pas la force pour servir de gardien à une fille nubile, sans le secours d'une femme au foyer, d'une femme expérimentée s'entend, pour déjouer les astuces de l'âge tendre, et sans enfants qu'on pût lui confier pour la tenir occupée. Puis il lui faudrait trouver un mari et se mêler à nouveau d'histoires de dot. Non, il ne voulait d'aucun de ces fardeaux, il avait accompli son devoir et engendré quatre garçons, Jacques, Juste, Simon et Judas, et deux filles, Lydia et Lysia. De plus, Lydia et Lysia étaient mariées, comme Jacques et Juste, mais Simon et Judas ne l'étaient pas. Et ces deux-là vivaient sous le toit paternel. Simon avait vingt-deux ans et Judas, dix-huit. Aller faire cohabiter deux garçons de cet âge et une fille nubile ! Le grand prêtre avait perdu la raison ! Cette Marie tomberait enceinte avant qu'elle se fût lavé les cheveux, sans même savoir comment. Il avait entendu des filles de cet âge dire que les enfants étaient conçus par l'œil ou les oreilles, ou même en se baignant dans la même piscine qu'un homme ! Leurs mères leur expliquaient plus tard les mystères de l'union sexuelle et elles cessaient de dire des bêtises et rougissaient comme des coquelicots dès qu'elles voyaient un homme. Mais Marie n'avait pas de mère pour l'instruire, et bien qu'il eût pu trouver une matrone pour l'informer des faits essentiels, il devrait affronter le risque qu'il y avait à faire dormir Marie sous le même toit que Simon et Judas. Alors ce serait lui, Joseph, qui ne dormirait pas ! Certes, Simon et Judas étaient de bons garçons, dûment élevés dans l'observance des Dix Commandements. Mais qui peut prévoir toutes les ruses du Diable ? Cet esprit luxurieux était toujours prêt à séduire, suborner et subjuguer de jeunes âmes et la chair délectable de la jeunesse.

Oui, il avait prévu tous ces dangers, et ils lui

étaient particulièrement insupportables à lui qui n'était pas seulement un prêtre, mais un ancien Nazaréen, et de la meilleure souche de cette secte ancienne de Pharisiens réputés pour la rigueur de leur observance. Quand il avait été jeune, il s'était abstenu de couper ses cheveux, de boire du vin et d'approcher des femmes et des cadavres pendant toute la durée de ses vœux : trois ans ! Tout le monde le savait. Et c'est pourquoi le grand prêtre l'avait appelé « un homme de principes ». A la fin des vœux, il avait coupé ses cheveux et les avait fait brûler sur l'autel, mais quand on a été nazaréen, on le reste toute la vie. Il appartenait toujours à cette secte et lui resterait fidèle jusqu'au dernier jour.

Jusqu'alors, la mort avait ressemblé à un nuage au terme d'une route ardue, une fraîcheur délicieuse et fatale dans laquelle le corps se dissolvait et libérait l'âme. Il y retrouverait sa femme, morte depuis trois ans après quarante-cinq ans de dévotion matrimoniale. Mais voilà que la mort apparaissait comme une récompense différée. Le destin — ou était-ce Dieu ? — avait élevé l'enjeu. Pas encore, Joseph, pas encore, il faut encore souffrir avant le dernier sommeil. Il soupira et le vent du printemps en gésine soupira avec lui. Les souvenirs attisèrent sa colère et lui chauffèrent le sang. Il se rappela ce jour désastreux où il était rentré d'Ashkelon, après y avoir pris livraison de bois de cèdre. Il y avait été pour deux raisons, d'abord parce qu'il était le chef de la tribu de David, l'une de celles auxquelles Hérode avait accordé le privilège de fournir du bois pour la construction du Temple. Le Temple n'était pas achevé et les architectes avaient encore besoin de cèdre pour les poutres. La seconde raison est qu'il était charpentier. Il avait été choisi parmi le millier de prêtres qui, treize ans auparavant, avaient reçu d'Hérode l'ordre d'apprendre les métiers soit de charpentier, soit de tailleur de pierre, afin que le sol sacré du Temple ne fût pas foulé par des pieds sacrilèges.

Il avait été à Ashkelon pour une semaine, quatre mois après avoir sacrifié à la volonté du grand prêtre et pris Marie en tutelle. L'absence avait rafraîchi ses yeux fatigués : tout d'un coup, ce soir-là, peu après le dîner, quand Marie était venue débarrasser la table, il s'avisa que les rondeurs qu'il avait à peine remarquées auparavant et attribuées à la bonne nourriture ne devaient rien à la santé. Elle était enceinte ! Dieu du ciel, cette misérable fille avait commis un adultère. Elle devait être lapidée ! « Qui Marie a-t-elle vu ? » demanda-t-il à ses deux fils. Il estima que Marie atteignait son quatrième mois de grossesse, donc le rapport peccamineux avait eu lieu de trois à quatre semaines après qu'elle fut entrée sous son toit. « Elle n'a vu personne », dit Simon distraitement, « pourquoi ? » — « N'avez-vous donc pas d'yeux pour voir ? » s'écria Joseph. « Elle est enceinte ! » Les deux fils levèrent les yeux vers Joseph, se curant les dents avec des brindilles de menthe sèche. « Enceinte ? » répéta Judas, « Comment cela se pourrait-il ? » Mentaient-ils ? Ou était-ce un autre ? Il fit mander Marie après avoir congédié ses fils. Il l'interrogea, brutalement : « Fille, tu as un enfant dans les entrailles. Les bébés ne se forment qu'après que la semence humaine est entrée dans la femme. Donc, tu n'es plus vierge et tu as commis le péché de chair hors des liens du mariage. Avec qui ? Je veux savoir. » Elle secoua la tête. « Je suis vierge », protesta-t-elle. Ce mensonge ! Ce toupet ! Et pourtant, il avait encore un doute. Il convoquerait une sage-femme pour l'examiner. L'ennui est qu'une sage-femme ne tiendrait pas sa langue et que celle qui viendrait et trouverait Marie enceinte déclencherait un scandale de la minute où elle quitterait la maison, dévastant sa vie. Alors, il temporisa, ne parvenant ni à extorquer de ses fils la vérité éventuelle, ni à pousser au-delà l'interrogatoire de Marie. Les faits étaient pourtant là.

Il fit les cent pas sur le sol glacé devant l'étable. La

pluie commença à tomber. Il frissonna et serra de plus près son manteau sur son corps frêle. Les souvenirs continuaient d'affluer. Une voisine remarqua la grossesse de Marie et ragota, et les ragots atteignirent les oreilles d'Annas, un scribe du Temple. Joseph avait une image aiguë de la tête de la femme : un masque de lard aux paupières rouges entourant des yeux de belette. Et la bouche d'un poisson-chat. Comme pour compliquer la situation, Joseph n'était allé que rarement au Temple depuis qu'il avait découvert l'épouvantable événement ; il était tellement fatigué qu'il avait souhaité que la mort vînt le libérer immédiatement de sa tribulation. Mais il était encore vivant quand Annas vint toquer à la porte et demanda d'un ton orageux les raisons de l'absence de Joseph. La honte du mensonge fut épargnée à Joseph, car Annas demanda : « Est-ce parce que Marie est enceinte ? »

« C'est cela », répondit Joseph.

« Est-ce de tes œuvres ? »

« Que le Seigneur te pardonne », murmura Joseph.

« Cela ne peut être dissimulé », dit Annas.

Cela ne resta pas dissimulé : le jour même, le grand prêtre, Simon, fut informé de l'infortune ; il convoqua Joseph. A la vérité, Simon fut d'abord incrédule. Il trouva excessivement difficile de croire qu'à près de quatre-vingt-dix ans d'âge, Joseph le Nazaréen eût mis sa réputation en péril pour la satisfaction d'une impulsion sexuelle, elle-même aléatoire.

« Est-elle réellement enceinte ? » demanda-t-il à Joseph.

« J'ai vu ma femme enceinte six fois. Même des yeux qui faiblissent comme les miens ne peuvent me tromper. Elle est enceinte et je dirais qu'elle en est au quatrième mois. »

« As-tu idée du père ? »

Joseph blêmit et répondit avec force : « Non. »

« Pourrait-ce être un de tes fils ? »

« Non. »

Simon soupira de tristesse. Il respectait Joseph, et Joseph le savait, mais la loi était la loi. Joseph fut mis en état d'arrestation et des officiers du Temple furent dépêchés pour arrêter Marie aussi. « Nous te jugerons sur-le-champ », avait dit le juge, « et je nommerai une cour restreinte. » La cour avait été, en effet, restreinte, et Joseph aurait apprécié la sollicitude de Simon en toute autre circonstance. Ils l'avaient interrogé : avait-il eu des rapports intimes avec la fille ? Non, non, non !

Il secoua sa tête dans le vent et pleura. Seigneur, pourquoi m'as-tu envoyé cette épreuve à la fin de ma vie !

L'horreur de l'affaire est que la cour était convaincue de son innocence. Pourtant, leur devoir était de l'interroger. Ils questionnèrent aussi Marie. Elle les avait déconcertés, parce que, lorsqu'on lui avait demandé si elle avait eu des rapports avec Joseph, elle avait achoppé sur le mot « rapports ».

« Qu'est-ce que ça veut dire ? » avait-elle demandé. « Est-ce que cette fille est demeurée ? » avait alors dit un juge. Un autre juge dut, péniblement, mettre la question en termes explicites : un homme avait-il touché la partie de son anatomie par laquelle elle urinait ? Elle rougit et secoua la tête, puis pleura. Après cela, on n'en put plus tirer un mot, car elle était secouée de sanglots. Ce fut alors qu'une idée déprimante surgit dans l'esprit de Joseph. La fille dormait comme une souche. Une fois, il avait dû la secouer si fortement qu'il l'avait crue morte. N'importe qui aurait pu... Seigneur, aie pitié de moi !

« Heureusement », songea Joseph, « que ma vie touche à son terme, car je n'aurai pas à me rappeler tout cela trop souvent. » Pourtant, il se rappela avoir demandé à la cour d'ajouter une déclaration. « Marie dit qu'elle est toujours vierge », dit-il. Simon se tourna vers la fille et lui demanda si c'était vrai. Elle hocha la tête. « C'est complètement déroutant ! »

s'écria un juge. « Appelons une sage-femme pour savoir si cette fille est une menteuse, une idiote ou un prodige de la nature. »

Etant donné que Simon voulait régler l'affaire avant le coucher du soleil et surtout qu'il était décidé à épargner à Joseph la disgrâce de la prison, fût-ce pour une nuit, il donna l'ordre de quérir sur-le-champ une sage-femme. La cour siégerait jusqu'au jugement. Une demi-heure plus tard, la sage-femme arriva ; on lui expliqua ce qu'elle devait constater. Elle ne jeta qu'un seul regard sur Marie et faillit en perdre l'équilibre, de telle sorte qu'elle manqua basculer sur la balustrade qui séparait la moitié sacrée de la chambre de la Pierre Taillée, où les juges siégeaient, de la moitié réservée à ceux qui n'étaient pas prêtres. Un Lévite la retint à temps.

« Rabbis ! » s'écria la sage-femme, « se moquerait-on de moi ? N'importe quel faible d'esprit verrait que cette fille touche à la fin de son quatrième mois ! »

« Faites ce qui est requis de vous », ordonna Simon.

« Viens », dit la sage-femme à Marie, « et prépare-toi, car ce n'est pas une mince controverse qui vient de surgir à ton sujet. »

Quand elle reparut en cour, la sage-femme semblait souffrir d'une difficulté à refermer ses mâchoires.

« Alors ? » demanda Simon.

Elle leva les bras au ciel, puis battit des mains, puis de nouveau leva les bras au ciel et battit encore des mains.

« Parlez donc », dit Simon.

« Rabbi, la fille est enceinte et elle *est* vierge ! L'hymen est intact », dit-elle. Puis elle perdit connaissance. Quand elle eut retrouvé ses esprits, elle cria : « C'est un miracle ! » On lui donna une pièce et on l'expulsa de la cour après lui avoir fait prêter le serment du secret. Marie, que l'on avait fait revenir, avait une expression fermée et sombre.

Joseph ne s'était pas avisé sur-le-champ de la formidable incongruité de ce qu'avait dit la sage-femme. Le seul point qu'avait retenu son esprit chaviré est que Marie était vierge, ce qui signifiait qu'il n'y avait pas eu de rapport sexuel. Il se prit la tête dans les mains et sanglota de soulagement. Quand un juge proposa de suspendre la séance, afin que la cour pût délibérer sur la question, Joseph avait songé : « Quelle question ? Tout n'est-il pas assez clair ? » Ce fut seulement quand un autre juge suggéra que Marie n'était peut-être pas enceinte, mais avait une tumeur dans le ventre et qu'un troisième supposa qu'elle avait été la victime d'un démon succube, que Joseph affronta brutalement l'absurdité de la situation : Marie était peut-être vierge, oui, mais elle était enceinte. Comment peut-on verser de l'eau dans une jarre scellée ? Ils se mirent tous à parler en même temps sans s'écouter, et Simon mit un terme à la confusion en élevant la voix pour leur rappeler qu'ils devaient rendre un jugement équitable avant le coucher du soleil. « Vous avez tous entendu les constatations de la sage-femme », dit-il, « la fille est enceinte. Quant à discuter comment c'est advenu, ce serait sans fin. Un enfant naîtra dans cinq mois et hors du mariage. C'est le scandale qu'il nous faut éviter. »

Mais de nouveau, un juge pharisien était intervenu pour demander que l'on examinât l'hypothèse du démon succube. Sur quoi un Sadducéen avait réagi violemment, arguant qu'il n'était pas fait mention de tels cas dans le Deutéronome, pour l'excellente raison que les démons n'existaient pas plus que les anges. Et derechef, ils étaient retombés dans leurs vieilles querelles sur la question des anges et démons, se jetant à la tête des arguments acides autant que rances. Joseph s'était dit qu'il avait fait un cauchemar. Une bouffée de révolte l'étouffa. Quel genre de tribunal était-ce là ? Il fallait juger une affaire de dignité et de chair, et ces juges parlaient d'anges et de démons !

« Même en supposant que l'hypothèse du succube puisse avoir quelque valeur », avait observé le grand prêtre, « où nous mènerait-elle ? A supposer que l'enfant qui naîtra sera un démon. Dans ce cas, nous devrions le mettre à mort. Je vous prie, messieurs, de considérer l'autre scandale que nous créerions ainsi. Ce n'est pas par simple oubli que le Deutéronome ne mentionne pas un tel cas, mais par divine prescience du désordre qui s'ensuivrait si la Loi le prenait en considération. Je vous rappelle que ce que nous essayons ici de faire est d'éviter un scandale. » Puis il se tourna vers Joseph : « Il semble donc, rabbi, que, par une singularité de la nature, Marie soit à la fois vierge et enceinte. Moi, au nom de la cour que je préside ici, vous déclare que nous estimons à présent votre réputation sans tache. Louons le Seigneur ! »

Ils louèrent tous le Seigneur.

« Toutefois », reprit Simon, « le fait est incontournable. Marie vous a été confiée et à présent elle est enceinte. Si nous vous relâchions tous les deux, il serait extrêmement difficile d'expliquer au monde qu'une femme puisse concevoir sans un homme. Votre responsabilité et l'impartialité de cette cour seraient sévèrement mises en cause ; la calomnie venimeuse pullulerait, étant donné que tout le monde soupçonnerait un subterfuge. De plus, ni vous ni nous ne pouvons laisser une fille dont nous sommes responsables affronter l'indignité d'avoir conçu un enfant hors des liens du mariage. » Il s'était arrêté, puis avait ajouté : « Ma décision est que vous épousiez Marie. »

« Ma décision est que vous épousiez Marie... » Ces mots résonnaient encore ce soir dans sa tête. Il se frotta les mains pour se réchauffer. Il s'alarma du silence dans l'étable. Pourquoi était-ce si long ? Une idée terrifiante fondit sur lui, surgie du fond de son esprit comme une chauve-souris s'abat sur une proie : et si l'enfant était en effet le produit d'un démon succube ? La sage-femme avait-elle mis au monde quelque monstre indescriptible, une créature écailleuse et noire ? Etait-ce la raison de ce silence dans l'étable ? Il frissonna et pria désespérement le Seigneur.

Oui, il avait épousé Marie. « Ma décision est que... » Ils étaient tous tombés d'accord sur ce point. Un juge avait observé que, si la cour admettait publiquement la possibilité d'une grossesse combinée à la virginité, cela créerait un déplorable précédent. Il faudrait alors établir un statut pour les enfants nés dans des circonstances aussi inhabituelles. Un autre expliqua qu'en tant que chef de la tribu de David, Joseph ne pouvait que se rendre à la décision de la cour, sauf à ternir l'honneur des descendants de David.

Il avait essayé de protester : « J'ai des fils, et je ne suis qu'un vieil homme, et elle est une enfant... Je serai la risée des enfants d'Israël. »

Ils étaient inflexibles. « Crains le seigneur ton Dieu », avait dit Simon de sa voix la plus solennelle, « et rappelle-toi ce qu'Il a fait à Dathan et Abiram et Korah, comment la terre se fendit sous leurs pas pour les engloutir à cause de leurs mensonges. Et maintenant, Joseph, crains qu'il n'en soit ainsi dans ta propre maison.

Un jugement cousu d'avance ! Il les considéra, tels qu'ils étaient assis en rang, et comprit une fois de plus ce qu'était l'injustice, comme il l'avait comprise dans les œuvres d'Hérode. C'était le mariage ou la prison. Il avait accepté le mariage. Simon demanda à les marier avant qu'ils quittassent le tribunal. Quand ç'avait été fait, Joseph s'était tourné vers ses juges et avait récité ces paroles de Job :

> « Mes pensées sont amères aujourd'hui,
> Car dans ma peine, la main du Seigneur
> est lourde sur moi.

Si seulement je savais comment Le trouver,
Comment entrer dans Son tribunal,
Je plaiderais mon cas devant Lui. »

Ils n'eussent pu être plus indifférents. Ils n'avaient pas cure non plus des rictus et de la fange qu'il dut affronter dans le voisinage. Il s'abstint de retourner au Temple. Son âme saigna de chagrin et de rage. Sa seule consolation fut qu'il avait évité le déshonneur à Simon et Judas, bien qu'ils prissent aussi leur part de calomnie. Sa maison était devenue la Maison du Silence. Même quand Jacques, Juste, Lydia et Lysia vinrent lui rendre visite, ils se comportèrent comme pour des condoléances. Marie s'était recluse dans sa chambre. Elle avait une fois rencontré les regards froids de ses beaux-enfants et elle avait compris. La seule personne à laquelle elle parlait jamais était la bonne, une vieille femme qui lui montrait de la compassion. Joseph songeait souvent à la fille qui vivait dans sa maison, portant dans ses entrailles l'enfant auquel il donnerait son nom dans quelques semaines. Son dépit et son amertume à son égard s'étaient atténués ; après tout, elle avait été le jouet du hasard et de l'ignorance ; mais son énigme demeurait entière. Que savait donc ce sphinx aux joues lisses du commencement de tout cela ? Avait-elle été vraiment endormie quand un homme avait inséré en elle la graine de la vie ? Avait-elle été totalement inconsciente ? L'avait-elle été ? Parfois Joseph avait espionné les expressions de ses deux fils Simon et Judas quand — mais avec des précautions douloureuses — il avait été question de son mariage. Un pincement de la bouche, un clignement, une moue auraient pu servir d'indice. Mais non, si l'un de ces deux-là était un tricheur, il était passé maître.

Bien sûr, la curiosité du voisinage et l'objet central des ragots tournaient autour de la naissance de l'enfant. Il faudrait évidemment une sage-femme, c'est-à-dire une cancaneuse, elle saurait de qui était l'enfant, non ? Les sages-femmes savent tout, elles détiennent le passe-partout de tous les secrets de famille, voyez par exemple comment Rébecca avait découvert, grâce à une tache de vin sur la jambe droite du deuxième enfant d'Ephraïm, que le père en avait été le propre frère d'Ephraïm... Joseph n'avait que trop entendu ce genre d'insanités, bien que feue sa femme, dans sa sainteté, eût développé une surdité sereine à ces malveillances ; il décida donc que l'enfant, à tout prix, naîtrait hors de Jérusalem. Il y avait un excellent prétexte pour quitter la ville : le décret de recensement qui avait été promulgué dans toute la Palestine. En tant que chef de sa tribu, Joseph ne pouvait pas s'abstenir de s'acquitter d'un devoir officiel. Et sa famille étant originaire de Bethléem, il irait s'inscrire là-bas.

En vérité, la grossesse de Marie était très avancée, bien que personne ne pût dire quand elle avait commencé. Mais Bethléem n'est qu'à une lieue et demie de Jérusalem, donc Marie pourrait supporter un voyage lent sur une distance plutôt réduite.

« Prenez soin de la maison », avait-il dit à ses fils, « je serai absent pour quelques jours. » Ce fut alors que Judas avait demandé avec une soudaine anxiété : « Et l'enfant ? » Ces deux mots avaient heurté Joseph comme un coup de poing à l'estomac. Un précipice s'était ouvert dans le sol entre lui et Judas. Il se tenait sur un bord et là-bas, loin là-bas, se tenait Judas, les joues enflammées par le sang qui lui avait fait poser la question. Joseph avait répondu lentement, très lentement : « Il est mien, désormais, et ton frère. » Puis il avait sellé l'âne, commandé à la servante que l'on fît un ballot des vêtements de Marie pour quelques jours et s'était mis en route. Marie n'avait pas dit mot jusqu'à ce qu'elle souffrît des premières douleurs à l'arrivée à Bethléem. La nuit tombait. Joseph essaya de trouver une chambre dans une auberge, étant donné qu'il ne voulait pas voir à cette occasion n'importe quel membre de sa famille. Mais ce fut en vain. Le temps pressant, il accepta l'étable offerte par un fermier et se mit en quête d'une sage-femme.

« Je vais attraper la mort dans ce froid », songea-t-il, « et ce sera tant mieux. » Un moment plus tard, la sage-femme poussa la porte du bout du pied et dit que c'était un garçon. Il entra dans l'étable et se pencha sur la chose rose et ridée couchée dans un lange près de Marie. Ce n'était pas un démon, mais un petit humain.

« Ne le touchez pas encore », commanda la sage-femme.

Non qu'il en eût le moindre désir. Quand il se tourna vers la sage-femme pour la payer, elle marmonnait. Peut-être une prière, ou un exorcisme. Elle s'empressa de partir et Joseph demeura seul avec Marie, leur âne et un veau. Il chercha son regard ; elle lui fit face, le visage totalement inexpressif, ou bien serrait-elle les dents pour contenir un cri de révolte ?

« Vas-tu bien ? » demanda-t-il doucement.

Elle hocha à peine la tête.

« As-tu faim ? »

Elle ne dit pas non, il alla donc acheter un peu de nourriture au fermier. Elle grignota et s'endormit. Quant à lui, il était au-delà de la fatigue. Il allongea ses membres douloureux dans la paille et sombra dans le sommeil, se souvenant vaguement, dans sa dernière lueur de lucidité, qu'il n'avait ni prié ni béni l'enfant.

Ils demeurèrent trois jours dans l'étable, puis il prit l'enfant, soigneusement emmitouflé, et l'inscrivit à la synagogue de Bethléem. Il l'appela Jésus, du nom du grand prêtre qui avait circoncis son premier-né, et aussi parce que ce nom signifiait « Yahweh est salut », et qu'il était la forme moderne de l'ancien nom de Josué. Puis il paya la dîme demandée par les

Romains. Le lendemain, lui, Marie, et l'enfant prirent le chemin du retour.

Joseph accomplit dûment tous les rites. Le huitième jour après que Jésus fut né, il le prit au Temple pour être circoncis. Après la purification de Marie, qui eut lieu quarante jours après la naissance, il le prit de nouveau au Temple pour la présentation au Seigneur. Mais autrement, il ne retourna pas au Temple, bien qu'il gardât des contacts avec quelques prêtres.

Après que l'orage fut passé, il s'étonna de son endurance. Il avait souvent pensé mourir du cœur, durant les jours venimeux qui avaient précédé et suivi son jugement au Temple. Mais au contraire, il semblait que l'épreuve eût fouetté des énergies endormies. Une ou deux fois Annas le scribe le rencontra dans la rue et fut frappé par son pas alerte et vigoureux. Quatre-vingt-dix ans et vif comme une mule ! Vindicatif, aussi : quand la commère à face de chouette, celle qui avait d'abord répandu la nouvelle de la grossesse de Marie, étendit du linge un jour de Sabbat, il la fit arrêter par la police du Temple et payer une amende. Cela servit d'exemple et, par la suite, tous ceux qui s'étaient laissé aller à des spéculations croustilleuses sur l'identité du véritable père de Jésus préférèrent tenir leurs langues.

Mais c'était maintenant le rétablissement vigoureux de Joseph qui alimentait les rumeurs, surtout au Temple. Du grand prêtre à Annas, de nombreux prêtres s'inquiétèrent, non seulement de la renaissance du vieux Rabbin, mais également de certaines manœuvres dans lesquelles il semblait s'être engagé. Il avait, par exemple, renforcé ses liens avec la fraternité nazaréenne, et il ne faisait mystère pour personne que celle-ci constituait une faction religieuse et politique hostile aux Sadducéens et au clan des Pharisiens répandus dans les hautes sphères de l'administration. Cette hostilité remontait à un demi-siècle, à l'époque où des Pharisiens, pour la plupart des Nazaréens, s'étaient révoltés contre la mainmise d'Hérode sur le Sanhédrin, alors que d'autres Pharisiens et les Sadducéens s'étaient ralliés à Hérode. Plusieurs des rebelles avaient été massacrés, cependant que les collaborateurs d'Hérode — les « traîtres » comme on les appelait — avaient été nommés à de hautes fonctions dans l'administration.

« Que mijoterait-il ? » se demanda le grand prêtre, qui respectait Joseph et qui eût de loin préféré que les vieilles rancunes fussent enterrées une fois pour toutes. « Et que complote-t-on ? » Question difficile, celle-ci, car dans les souterrains du royaume, il bouillonnait toujours quelque soupe dans les chaudrons de la cupidité, de l'ambition et du soupçon.

Donc Joseph s'affairait à nouveau. Il n'avait guère le loisir de faire attention à la jeune femme qui était la sienne ni à son cinquième fils, la chair de sa chair. Quand les premières neiges poudrèrent les palmiers et les oliviers aux alentours de Jérusalem, la servante vint un matin l'aviser qu'il faisait froid dans la chambre de Marie et qu'elle craignait que l'enfant ne tombât malade. Il lui ordonna de charger de bois les deux braseros inutilisés qui se trouvaient dans la remise derrière la cuisine et de les porter dans la chambre de Marie. Comme les braseros étaient lourds et qu'il n'y avait pas d'autre homme dans la maisonnée — Simon et Judas avaient depuis belle lurette été envoyés vivre chacun avec un frère marié —, il aida lui-même la servante à les transporter. Quand il entra dans la chambre, Marie allaitait l'enfant.

Il fut saisi, comme s'il les voyait tous deux pour la première fois. Il tenta de résister à ses sentiments, mais la compassion, enrichie de souvenirs de feue sa femme, lui amollit le cœur.

« Vas-tu bien ? » lui demanda-t-il pour la première fois depuis cette nuit dans l'étable.

« Ça ira », répondit-elle, observant la servante qui arrangeait le petit bois dans le braséro.

Un soupir proche du sanglot emplit la poitrine de Joseph. Il tenta de trouver quelque chose de plus à dire, n'y parvint pas et quitta la pièce.

Un matin, les voisins trouvèrent la porte et les volets de la maison de Joseph fermés. Quand ils frappèrent à la porte, les marchands de lait et de légumes n'éveillèrent que les échos d'une maison vide. L'âne n'était plus dans l'étable et la servante était introuvable. Un peu plus tard, des gens de la police d'Hérode, pas celle du Temple, vinrent s'enquérir du vieux prêtre, mais n'obtinrent guère de renseignements, sinon que la veille encore la maison avait été habitée, car on avait vu la servante vider un baquet dans le caniveau. Donc, Joseph était parti dans la nuit, avec sa femme et son fils. Personne ne savait où. Même pas ses fils et ses filles. Les murmures renouvelés des voisins se joignirent aux lamentations du vent.

Personne n'avait vu un visiteur frapper à la porte de Joseph tard dans la nuit. Personne n'avait assisté à la conversation chuchotée et hâtive entre Joseph et lui, ni vu Joseph pâlir d'anxiété. Le message du visiteur traitait certainement d'une question de vie et de mort, car Marie avait été réveillée quelques instants plus tard, Jésus avait été enveloppé dans une couverture de laine, quelques objets de première nécessité et un peu de nourriture fourrés dans un petit ballot, la servante avait reçu quelques pièces et l'ordre de se cacher à la campagne, l'âne avait été détaché de l'étable et un peu de fourrage avait constitué un autre ballot, puis la porte avait été verrouillée derrière les fuyards.

Car c'étaient bien des fuyards. Un indice dans la maison aurait trahi la hâte et des mains tremblantes : un bol de farine tombé par terre et brisé, qui avait blanchi le sol comme une neige domestique. De la farine qui aurait servi à faire de la pâte.

IV

ALEXANDRIE

Parti de Jérusalem au noir de la nuit, Joseph prit la route intérieure qui menait vers le sud. Peu après l'aube, il avait atteint Hébron. Il ne faisait pas de haltes et Marie, qui tenait l'enfant enveloppé dans sa cape, n'osait même pas somnoler, de peur de tomber du dos de l'âne, et l'enfant avec elle. Quand, dans l'après-midi, les trois fugitifs franchirent l'oued Ghazze, à brève distance de Birsheba, là où on peut le franchir à gué, ils étaient près de l'épuisement. Mais ils étaient désormais en sécurité ; ils avaient atteint l'Idumée ; c'était un désert, mais il était sûr. Joseph s'installa derrière une dune, alluma un feu, donna à Marie une part du pain et du fromage qu'il avait enveloppés dans une serviette, mangea un peu, jeta une couverture sur sa femme et son fils et les regarda s'endormir. Il tenta de veiller, mais l'âge et la fatigue le poussèrent bientôt au sommeil. Des gerboises trottaient dans les parages puis s'arrêtaient, dressées sur leurs graciles pattes arrière, fascinées par le feu. Un couple de chacals dégustèrent une pincée des odeurs étranges que leur apportait la brise nocturne et décidèrent sans doute que le puissant ronflement de Joseph était trop menaçant pour qu'ils s'approchassent ; ils filèrent à la poursuite d'un lapin des sables.

L'aube monta, d'abord humide et venteuse, mais quand les encres de la nuit furent tout à fait lavées et que le désert devint rose, puis fauve, le soleil restaura la chaleur veloutée des sables. Joseph s'éveilla, courbatu, et il étira prudemment ses membres ridés. Il y avait longtemps que ses nuits ne lui apportaient plus le repos qu'il y trouvait dans sa jeunesse, mais il ne restait guère avant que la Grande Nuit ne fît justice des misères de l'âge. Il se pencha sur Marie ; elle dormait encore, une main mollement posée sur Jésus. L'enfant avait ouvert les yeux et il les posa sur Joseph ; il était tout à fait silencieux ; n'avait-il pas faim ? se demanda Joseph. Il faudrait bientôt réveiller Marie pour qu'elle l'allaitât, mais avant cela, Joseph devait vaquer à ses propres besoins. Il escalada la dune derrière laquelle ils s'étaient réfugiés et descendit se soulager sur l'autre pente.

Ce fut au retour qu'il remarqua une traînée de poussière à une heure de marche. Il avait encore de bons yeux et il identifia une caravane, qui se dirigeait sans doute vers le nord-ouest. Son cœur palpita ; ils étaient peut-être sauvés. Il leur restait peu de vivres et il était douteux qu'ils supporteraient sans grands risques la chaleur, la faim, la soif et la fatigue qui devaient être leur lot jusqu'à la destination que Joseph avait en tête : Alexandrie. Si la caravane les emmenait, il n'aurait pas à marcher ; il savait que ses jambes étaient trop faibles pour les nombreuses heures de marche en vue. Il s'était enfui pour sauver sa vie, sans trop savoir ce qu'il ferait ensuite. Mais comment les caravaniers le verraient-ils ? Un homme au sommet d'une dune, à une lieue de distance, était moins visible qu'une mouche sur un chameau.

Alors Joseph rassembla ses forces et courut vers Marie, la réveilla en criant et lui enjoignit de l'attendre, enfourcha l'âne et, contournant la dune, trotta aussi vite que possible vers la caravane.

En une demi-heure, il avait rejoint le convoi. Il en identifia les gens au premier coup d'œil, à leurs burnous de laine blanche, à leurs visages émaciés et à leurs barbes très noires et bouclées ; c'étaient des Nabatéens[1] ; il en avait beaucoup vu à Jérusalem ; ils avaient été des alliés des Juifs et détestaient Hérode. Ils étaient riches, parce qu'ils faisaient commerce de

1. Arabes.

pierres précieuses. Ceux-ci, il l'apprit plus tard, transportaient des perles et du corail pour les vendre à Alexandrie. Dès qu'il aperçut le vieillard essoufflé sur son âne, le chef cria un ordre et la caravane s'arrêta. Des yeux noirs fixèrent Joseph ; il leva des yeux mouillés de sueur.

Joseph savait qu'ils parlaient araméen. Il s'adressa au chef, un homme d'une quarantaine d'années au visage d'épervier ; il expliqua son affaire, une femme, un enfant en bas âge, peu de vivres et presque pas d'eau ; il voulait rallier Alexandrie ; le laisserait-il payer son passage sur l'un des chameaux, puisqu'il y avait une douzaine d'animaux en queue, avec peu ou prou de charge ?

« Il n'est pas question de paiement », répondit le chef, « ce serait honteux. Allez chercher les vôtres, nous vous attendons ici. »

Il se pencha un peu pour dévisager Joseph.

« Tu ne connais pas le désert, père. Il n'y a pas d'oasis à moins de trois jours d'ici. Tu serais mort de soif. »

Il tendit une gourde à Joseph.

« Deux gorgées pour toi et deux pour ta femme, plus serait nocif. Mais beaucoup pour l'enfant, parce que la chaleur le tuerait. »

Joseph invoqua les bénédictions du Seigneur sur lui, sa famille et sa tribu et, courant chercher les siens, s'avisa que ces gens-là adoraient des pierres tombées du ciel.

Ils atteignirent Alexandrie une semaine plus tard. Prenant congé du Nabatéen qui avait sauvé sa vie et qui ne lui avait jamais demandé ce qu'il faisait à errer dans le désert avec une femme et un enfant en bas âge, Joseph larmoyait de gratitude. D'autres larmes allaient suivre. Le Nabatéen lui donna, en effet, un petit sachet de tissu, lui enjoignant de ne l'ouvrir que lorsqu'il serait parti.

Quand il l'ouvrit, Joseph y trouva une perle grosse

comme un pois. L'argent qu'il en obtiendrait lui permettrait de vivre plusieurs mois.

Car il fallait vivre à Alexandrie, ville inconnue et chère, qui n'avait attiré Joseph que parce qu'il savait qu'une colonie de plusieurs milliers de Juifs y prospérait, comme y prospéraient disait-on, bien d'autres colonies étrangères, Galates, Illyriens, Achéens, gens de Cyrène, de Carthage, de Pergame, transfuges de royaumes perdus et de tyrannies vindicatives, diseurs d'étoiles et philosophes, hédonistes et visionnaires. La royauté égyptienne, lui avait-on dit aussi, s'était trop affaiblie en la personne de Ptolémée Philopator Philométor, officiellement Ptolémée XIV, le propre fils de la reine à nez de chat, Cléopâtre, et de Jules César, pour présenter le moindre danger pour tous ceux qui n'auraient pas révéré les dieux à têtes d'animaux, épervier, chat, chien, singe ou hippopotame. Dieu d'Israël, le bâtard était débile ! Même la brise marine qui faisait danser le jasmin sur les balustrades des villas du bord de mer parut à Joseph trop molle et suspecte.

Et de fait, sur le chemin qui le menait à la synagogue, il se renfrogna aux spectacles scandaleux qui partout offensaient les yeux : des femmes dont le visage n'était pas seulement dévoilé, mais encore peint, de rouge sur les lèvres, de noir sur les cils, de blanc sur les joues, des femmes qui étaient vêtues de façon aguicheuse et dispendieuse et qui souriaient et parlaient librement aux hommes, des garçons qui étaient bien trop légèrement et précieusement vêtus et coiffés, des hommes qui plaisantaient avec les deux... Marie sur son âne écarquillait les yeux. Joseph lui ordonna de se voiler le visage et de prier. Et il soupira de soulagement quand ils atteignirent la synagogue, monument plutôt prospère dans un pays aussi païen. Il tira l'âne vers le porche qui menait à la cour, l'attacha à l'un des anneaux de fer scellés et poussa Marie à l'intérieur avec quelque hâte.

Même le rabbin, songea Joseph, était différent de ceux de Palestine. Il était trop gras, pour commencer, et il souriait trop. Non qu'il fût indifférent au sort de Joseph : il lui trouva rapidement un toit dans le quartier juif et même suggéra que le vieux prêtre et charpentier pourrait gagner sa vie en enseignant des apprentis.

« Mais cette ville... » commença Joseph avec un frémissement d'indignation.

« Que ma femme prenne d'abord soin de la vôtre et de l'enfant », interrompit le rabbin, « et vous, venez prendre quelque nourriture. Nous parlerons plus tard de tout cela. Il faut que vous me racontiez pourquoi vous avez quitté Jérusalem, mais vous le ferez quand vous vous serez installé dans votre nouvelle maison. » Et il conduisit Marie à une porte où elle fut accueillie par une matrone joviale, sans doute sa femme, et guida Joseph à une chambre où il donna l'ordre à un domestique de lui faire servir une platée de fèves et d'oignons. Puis il le fit accompagner par le même domestique à la maison qu'il avait trouvée pour les émigrés.

Quand Joseph se fut déchargé du ballot de vêtements qu'il avait emporté avec lui, dans sa nouvelle maison, quand Marie eut commencé à balayer les sols et à battre les matelas de paille sur lesquels ils dormiraient, quand ils eurent fait la connaissance des voisins curieux et qu'ils leur eurent emprunté les quelques ustensiles nécessaires à la préparation des premiers repas, jusqu'à ce qu'ils en eussent acheté, quand Joseph eut trouvé dans le voisinage une matrone de la moralité requise pour prendre soin de Marie lorsqu'il serait absent, quand les fumées du premier feu allumé dans le foyer rudimentaire eurent remplacé l'odeur de la poussière par celle du sycomore brûlé, il fut temps pour Joseph de retourner à la synagogue. D'abord, il lui fallait négocier la vente de la perle, car il n'avait guère d'argent, puis le rabbin attendait qu'il lui expliquât pourquoi il avait fui Jérusalem. Sinon, et en dépit de son grand âge, Joseph pourrait être soupçonné d'avoir commis dans son pays quelque grave délit.

Il avait fui peu après minuit, expliqua-t-il au rabbin — Eléazar de son nom — parce qu'un scribe avec lequel il était en termes de confidence, l'un de ces Pharisiens qui hantaient les sous-sols du palais d'Hérode, était venu l'alerter. « Il est impératif que vous ayez quitté Jérusalem avant l'aube », avait dit le scribe, « Hérode se prépare à arrêter plusieurs d'entre nous et surtout ceux qui, comme vous, avez été en bons termes avec la femme de Phéroras ». Phéroras était le beau-frère d'Hérode, qui l'avait fait nommer tétrarque de Pérée et Batanée ; il eût dû pour ces faveurs être l'allié du tyran, mais Hérode n'avait pas d'alliés, puisque tous le craignaient et convoitaient son trône. Phéroras et sa femme intriguaient donc contre tous ceux qui encombraient le chemin du trône et spécialement contre les fils d'Hérode, Alexandre et Aristobule.

Les alliés naturels de la faction de Phéroras et de sa femme étaient les Pharisiens ; en tant que croyants rigides, passionnément attachés au principe de la légitimité transcendante du trône d'Israël, ils exécraient évidemment Hérode, qui n'était pas juif et qui était un usurpateur d'Idumée. Eléazar hochait la tête, il savait tout cela, ce vieux Joseph avait l'air de penser qu'Alexandrie se trouvait sur la Lune !

« D'ailleurs », dit Joseph, « même à Alexandrie, nous avons des raisons encore plus puissantes de le haïr. Vous vous rappelez ce qu'il a fait il y a quarante ans[1] ? » Et sans faire cas des hochements de tête d'Eléazar, Joseph reprit : « Il n'était alors que gouverneur de Galilée ; les Romains nous persécutaient ; ils levaient des impôts effroyablement lourds, ils mal-

1. 47 avant notre ère.

traitaient nos pères et déshonoraient nos femmes ; nous nous sommes révoltés. Il a alors exercé sa vengeance pour le compte des Romains en massacrant par centaines les meilleurs d'entre nous... »

« Oui, je me rappelle », dit Eléazar. « Après ce massacre, beaucoup se sont enfuis en Egypte. »

« Puis », continua Joseph, « le Grand Sanhédrin l'a convoqué pour rendre compte de sa cruauté. Hérode l'humilia. Et quand il est devenu roi, grâce aux méprisables intrigues qu'il avait menées à Rome, il a mis à mort presque tous les membres du Sanhédrin ! »

Débordant d'indignation, la voix de Joseph atteignit l'aigu et se cassa dans un sanglot.

« Je sais », dit Eléazar d'un ton apaisant, chassant une mouche du revers de la main. « Après cela, il y en eut encore plus qui se réfugièrent à Alexandrie. Et puis il y eut une révolte encore plus grande. Et il y en eut encore plus qui se réfugièrent ici. »

« Et notre actuel Sanhédrin », insista Joseph, « savez-vous que presque tous ses membres sont nommés par Hérode ? Etiez-vous au courant de cette abomination ? »

« Je sais », dit le prêtre d'un ton las, « les desseins du Seigneur sont insondables. »

Il se leva pour allumer une lampe, parce que la nuit tombait.

« Mes deux cousins Heli et Jacques, pères de nombreux enfants, ont été assassinés dans la rue devant leurs femmes ! » cria Joseph.

« Je sais », répéta Eléazar. « Et les Sadducéens sont restés indifférents à vos souffrances. »

« Les Sadducéens ! » siffla Joseph, mettant la main sur son front, comme pour calmer une douleur indicible. « Je me demande parfois s'ils appartiennent à notre peuple et s'ils savent ce qu'est la crainte du Seigneur ! »

« Heureusement qu'ils ont affaire à des Pharisiens tels que les Shammaïtes pour les tenir un peu en respect », dit Eléazar en coulant un regard pointu vers son visiteur.

« Les Shammaïtes ? » répéta Joseph, sourcilleux. « Pourquoi parlez-vous des Shammaïtes ? C'est une faction de pédants fanatiques, qui feraient bien de lever un peu le nez de leurs livres et de prendre conscience de l'horreur environnante. »

« Je croyais, pardonnez mon erreur, que vous étiez des leurs puisqu'ils sont hostiles aussi aux Sadducéens », répondit doucement Eléazar.

« Je suis hillélite », dit farouchement Joseph. « Vous n'avez pas l'air d'un Shammaïte non plus. »

« Ne vous fâchez pas », dit Eléazar, « je suis hillélite aussi. Nous n'avons guère de Shammaïtes dans notre communauté. L'air d'Alexandrie ne leur conviendrait pas. Mais tout cela ne me dit pas pourquoi vous avez quitté Jérusalem. »

Une voix cria du fond de la maison : « Père ! Père ! le dîner est prêt ! »

« Venez partager notre repas du soir avec moi et mes enfants », dit le prêtre, se demandant toujours quels avaient bien pu être les démêlés de Joseph avec le pouvoir hérodien, mais ne voulant pas manquer son dîner. Il avait réuni toute une collection de cas tels que celui de ce vieil homme.

Ils s'assirent devant un repas de soles braisées et d'oignons, qui s'acheva sur un plat de fromage aigre et un bol de maïs bouilli avec du miel. Le prêtre avait trois fils, dont deux étaient des marchands, tandis que le troisième se destinait au rabbinat et voulait retourner en Palestine.

« J'ai vécu ici trente ans », dit leur père. « Je ne crois pas que je veuille retourner en Palestine. Non que j'y aie rien à craindre », ajouta-t-il.

Joseph fronça de nouveau les sourcils. Ils bénirent le Seigneur et commencèrent à manger, Joseph mâchant lentement, à cause du peu de dents qui lui restaient. Il resta silencieux tout au long du repas et le prêtre ressentait une certaine impatience ; il se demandait s'il entendrait ce soir-là la fin de l'histoire de Joseph. Quand ils eurent terminé leur dîner et béni derechef le Seigneur, il dit à Joseph :

« Alors vous traitiez avec la femme de Phéroras. »

« Pas moi », corrigea Joseph, « nous. Beaucoup d'entre nous pensent qu'il faut tout faire pour empêcher la dynastie d'Hérode de rester au pouvoir. C'est un sang venimeux que le leur ! Telle était aussi l'opinion de Phéroras et de sa femme. Ils voulaient se défaire des fils d'Hérode, Alexandre et Aristobule. Terribles jeunes gens ! Terribles ! Dépravés. Tous les péchés de Sodome ! Alexandre a eu des rapports avec ses trois eunuques ! »

Joseph suffoqua à ses propres paroles. Le prêtre, qui en avait entendu des pires, était beaucoup plus calme.

« Phéroras et sa femme », reprit Joseph, qui commençait à ressentir la fatigue accumulée des derniers jours, maintenant que la tension s'atténuait, « montrèrent à chacun, y compris à Hérode, la dépravation d'Alexandre et d'Aristobule. Et Hérode découvrit entre-temps que ses fils complotaient contre lui. Une véritable race de vipères ! »

« Mais quel était votre rôle dans tout cela ? » demanda Eléazar. « Pourquoi étiez-vous en danger ? »

« Patience », dit Joseph. « Hérode fit étrangler ses fils à Sébaste, près de Césarée. Mais comment prévoir ce qui mijotera dans le cerveau d'un monstre ? Il éprouva du remords. Il accusa Phéroras, qui avait opté pour la mort de ses neveux, de l'avoir par la calomnie poussé vers un acte atroce. Il pleura sur les fils qu'il avait lui-même fait étrangler ! Pouvez-vous croire cela ? Il voulut que Phéroras répudiât sa femme et fit arrêter et interroger tous ceux qui avaient traité avec elle. Il tortura des gens pour obtenir la vérité, les noms, les buts... Et j'étais l'un de ceux qui avaient traité avec la femme de Phéroras. Hérode connaissait mon nom. J'allais être arrêté quelques heures après que j'eus pris la fuite... J'ai été alerté à temps. Je ne savais pas où aller. Je savais seulement que je devais quitter la Palestine. Je savais qu'il y avait des Juifs à Alexandrie... »

Eléazar hocha distraitement la tête. Encore un cas de pot de terre luttant contre un pot de fer, pensa-t-il. Joseph avait bien fait de fuir ; mais il aurait encore mieux fait de ne pas prendre part dans des intrigues qui ne pouvaient le mener, ni lui ni les Juifs, nulle part.

« Avez-vous réellement cru », demanda-t-il à Joseph, « que la dynastie d'Hérode pouvait être renversée ? »

« Certainement », répondit Joseph, « en les dressant les uns contre les autres. »

« Mais les Romains sont là », observa Eléazar, « ils ne vous auraient jamais laissé choisir un roi de votre convenance. Un vrai roi juif, qui serait d'ascendance davidique, ne s'accommoderait de rien d'autre que de la totale indépendance, et cela signifierait la guerre contre les Romains. »

« Devons-nous accepter l'infamie de l'esclavage sans nous révolter ? » demanda Joseph avec un regard sauvage. « Vous avez vécu trop longtemps loin de la Palestine. Vous ne savez pas comment c'est, là-bas. Les aigles romaines au-dessus de la grande porte du Temple, vous rendez-vous compte de ce que cela signifie ? »

« Je m'en rends compte », s'empressa de dire Eléazar. « Mais qui auriez-vous mis sur le trône, vous et votre parti ? Il vous faut un roi davidique, comme je l'ai dit ; qui est-il ? Où est-il ? »

« Le Seigneur le trouvera pour nous », répondit Joseph, visiblement en colère.

« Mais comment saurez-vous que c'est le Seigneur qui l'a choisi pour vous ? Il faut aussi se méfier des ruses du Diable. Vous savez aussi bien que moi que la lignée de David s'est perdue depuis des siècles. »

« Le Seigneur le trouvera pour nous, j'ai dit, ayez seulement confiance en Lui. Ne craignez-vous pas d'avoir vécu trop longtemps dans un pays païen ? » demanda Joseph, en fixant le prêtre.

« La foi dans le Seigneur ne dépend pas de l'endroit où l'on vit », dit Eléazar, de nouveau impatienté. « Vous connaissez les Esséniens, je suppose ? »

« Je les connais », dit Joseph, « n'étaient-ils pas d'abord des Pharisiens ? »

« Bon, ils ont fondé une colonie à la lisière du désert et du lac Maréotis, près de la ville. J'en vois quelques-uns, parfois, quand ils viennent s'approvisionner. Je parle avec eux. Eux aussi attendent notre libérateur. Toutefois, ils ne semblent pas sûrs que ce libérateur, notre Messie, sera le Messie d'Aaron, c'est-à-dire le roi de l'Israël spirituelle, ou le Messie d'Israël, c'est-à-dire un roi temporel. »

La flamme de la lampe vacilla dans la brise nocturne. Après une brève escapade dans l'indigo, la nuit était devenue toute noire. Eléazar se leva pour fermer la fenêtre. Après que les volets eurent crié sur leurs gonds, le silence s'installa dans la pièce. Joseph était troublé et irrité. Ce prêtre parlait comme les philosophes grecs dont la compagnie faisait les délices des Sadducéens, et non comme un vrai prêtre juif. Joseph n'avait encore discuté ni du prix de la perle ni du lieu où il devait la vendre ; il le ferait le lendemain ; il avait besoin de repos et prit congé.

« Retrouverez-vous votre chemin ? » demanda Eléazar. « Je ferais mieux d'envoyer mon fils aîné Abraham vous accompagner. Revenez demain. Nous réglerons les problèmes matériels. Que le Seigneur bénisse votre sommeil. »

Seules quelques lanternes éclairaient le quartier du Delta. Mais quand ils quittèrent la petite rue de la synagogue et tournèrent à l'angle pour emprunter la rue des Canopes, qui marquait la limite du quartier du Delta, le vieillard et son guide marchèrent sous une brillante enfilade de torches. Plusieurs boutiques étaient encore ouvertes de l'autre côté de la rue. Elles vendaient de la nourriture, cochons de lait et quartiers d'agneau, poulets et canards, dattes et figues fraîches ; elles vendaient du vin, des vêtements, des bijoux, des poteries, des drogues. Un embaumeur discutait du prix et de la qualité de ses services avec trois hommes sur le pas de sa porte. Des parfums puissants s'échappaient d'une autre boutique. A distance, un homme battait à coups de canne un autre qui ne lui résistait pas.

« Un voleur », expliqua Abraham, « quand ils en attrapent un, il doit se soumettre à vingt coups pour être autorisé à garder le quart de ce qu'il a volé. »

Il n'y avait pas un seul spectacle qui n'offensât Joseph ; il était étourdi et dégoûté. Comment ferait-il pour vivre dans cette ville sans dieu ? Quand Abraham lui indiqua la porte de sa maison, il avait les larmes aux yeux. Il remercia le jeune homme d'une voix faible et laissa tomber le loquet derrière lui.

Guère très loin, plus au sud, au bord du canal, près de la colonne Pompée, dans un temple de marbre blanc, Alexandre le Grand s'était endormi trois siècles plus tôt. Il reposait vêtu d'un justaucorps brodé d'or, dans un cercueil d'or et de cristal. Douze gardes égyptiens montaient jour et nuit la garde de sa dépouille. Joseph, dans son chagrin, n'en eût eu cure s'il avait su qui dormait là.

C'était néanmoins grâce au héros macédonien qu'Alexandrie était devenue la deuxième plus grande cité juive du monde, après Jérusalem. C'était grâce au conquérant païen, désormais réduit à des fragments de peau desséchée sur des os grisâtres, que Joseph put, cette nuit et bien d'autres, dormir en paix.

V

LES MANGEURS DE SAUTERELLES
PRÈS DE LA MER MORTE

La température monte si haut, l'été, sur les rives occidentales de la mer Morte, que l'on peut douter d'être encore sur la Terre. Entre la vallée du Jourdain au nord, le plateau des Moabites à l'est, les monts de Judée à l'ouest et le désert d'Arabah, se trouve une gigantesque dépression, de près d'un millier de coudées[1] au-dessous du niveau de la mer. Les seuls vents qui y parviennent sont ceux du sud, qui viennent du désert. Ils deviennent captifs de cette fournaise, tourbillonnant et s'épuisant entre un ciel de fer chauffé à blanc et les eaux plombées de la mer Morte. Leur agonie produit d'imperceptibles frémissements dans les vapeurs bleuâtres et fantomatiques qui flottent au-dessus des eaux, comme si les âmes damnées de Sodome, au point le plus méridional de la mer, ne se résolvaient pas à quitter ce trou d'enfer.

Ce n'est pas seulement le corps que la température affecte, mais aussi l'esprit. Emotions, désirs, attachements et haines, ambitions, nostalgies, tout cela finit par s'y évaporer ou se calciner et tomber en cendres. A cette purification succède un sentiment d'exaltation légère. Puis l'on se rend compte que cette brève extase n'était que la fascination du vide et que l'excès de lumière pourrait dissimuler le monde matériel plutôt que le révéler. Rien dans la désolation du paysage ne retient l'œil. Les sens sont éteints. La conscience suspend son cours, le mouvement de l'univers semble s'arrêter. L'énorme masse de roches brûlantes, d'eau sans vie et d'air torride est à ce point distante de tous les souvenirs de paysages que l'on

1. Actuellement quatre cent trente mètres.

pense avoir quitté le monde. L'image que l'on a de soi devient dérisoire et celle de la mort perd sa puissance terrifiante. Une autre notion flotte par-delà et semble pourtant habiter chaque grain de sable. Ce n'est pas seulement une idée, mais la sensation écrasante d'une gigantesque vibration qui, si l'on y était exposé assez longtemps, dissoudrait la graisse des émotions et des chairs et la jetterait à boire aux pierres assoiffées, changeant le voyageur imprudent en l'ombre extatique d'un mortel, victime d'une explosion silencieuse et continue. C'est la sensation d'un grand esprit. C'est la sensation de Dieu.

Ces parages sont tellement intenses qu'aucun homme sensé n'envisagerait de s'y installer pour y vivre. Pourtant, près d'un siècle et demi avant que le légat impérial allât en Palestine porter le décret de recensement et qu'un rabbin banni et nonagénaire appelé Joseph prît la fuite en Egypte, quelques poignées d'ascètes vinrent de leur propre gré sur la rive occidentale, en un lieu nommé Quoumrân, et s'y fixèrent. Dans son obsédante minéralité, ce paysage n'était pour eux qu'une infinitésimale pellicule séparant le Ciel de l'Enfer. Il convenait donc à leur sourcilleuse rigueur. Ils s'appelaient Esséniens.

Quoumrân brûlait de son feu immobile lorsque deux rabbins qui n'avaient jamais vu d'Esséniens parvenaient au terme de voyages qui allaient leur révéler fortuitement, mais de manière ineffaçable, l'existence de la citadelle sur la mer Morte. L'un était Joseph, qui venait d'arriver à Alexandrie, l'autre, Joram, responsable de la grande synagogue d'Antioche, qui venait d'arriver à Jérusalem par voie maritime.

Joram était un rabbin important, car sa synagogue desservait l'élite de la colonie juive d'Antioche, forte de quelque deux cent mille hommes, femmes et enfants et l'une des plus riches de la Méditerranée. Deux fois par an, Joram envoyait à Jérusalem des sommes considérables, produits de ses collectes et parfois de dons forcés, pour l'entretien du Temple. Lui et sa synagogue étaient donc bien connus du haut clergé de Jérusalem, et il avait successivement entretenu des rapports chaleureux avec le grand prêtre Eléazar, fils de Boëthos, puis avec Jésus, fils de Seah. Cette fois-ci, comme d'habitude, il était porteur d'une forte prébende et il fut accueilli avec une révérence voisine de la pompe.

Toutefois, Joram était également porteur d'une question qui n'était un cadeau pour aucun clergé juif. Qui donc étaient ces Juifs qui s'appelaient Esséniens et, au-delà de toutes considérations politiques éventuelles, quelle devait être leur place dans le judaïsme ? Joram, un Pharisien, était assez au fait des humeurs de Jérusalem pour deviner que sa question et la réponse qu'on y donnerait devraient rester à l'écart des cercles officiels pour éviter un faux pas. Il devinait que ces Esséniens risquaient de susciter de l'agacement, mais siégeant loin des instances centrales de la théologie juive, il ne saisissait pas le motif de cet agacement. Pour l'éclairer, il lui fallait bien un homme qui appartînt aux cercles officiels, mais il fallait aussi que ce fût un homme qui conservât assez de liberté de pensée et de parole pour lui fournir les faits tout crus. Il choisit donc quelqu'un qu'il avait déjà rencontré à Antioche, un riche marchand qui appartenait au Sanhédrin, mais non aux coteries régnantes, assez puissant pour être craint, assez intelligent pour être respecté. Il s'appelait Joseph, originaire d'Arimathie. Dès qu'il le put, Joram lui fit porter un billet, rédigé avec circonspection, et indiquant qu'il souhaitait traiter en privé d'un sujet délicat. Il fut invité à dîner pour le Sabbat.

Le dîner n'avait été préparé que pour deux. Le rituel fut exact, mais sans ostentation. Joram avait observé que les Juifs qui voyageaient avaient la piété sobre. Quand ils quittèrent la table, où ils n'avaient échangé que des nouvelles de leurs familles, Joseph leva la tête, dans une attitude qui signifiait : « Eh bien ? » et Joram commença d'un ton prudent :

« Je voudrais vous consulter sur un point qui, je suppose, est bien mieux connu en Palestine qu'ailleurs, mais sur lequel, je le crains, peu des nôtres pourraient m'offrir des informations et une opinion impartiales. »

« Et sur lequel », poursuivit Joseph d'Arimathie, « les gens du Temple risqueraient de donner un avis faussé. »

« Certes, frère, j'admire votre perspicacité. Il s'agit des Esséniens. Nous en avons vu quelques-uns, très peu en fait, à Antioche. On me dit qu'ils vivent en dehors de la ville, qu'ils sont peu communicatifs et qu'ils mènent une vie très vertueuse. »

« Exagérément vertueuse, je suppose », dit Joseph.

« Tout à fait ça, tout à fait ! Je ne vois pas pourquoi ils sont venus dans notre ville, pour commencer. Bon, je ne m'en serais pas beaucoup soucié si quelques-uns des membres les plus éminents de notre communauté, ceux qui parlent grec et qui fréquentent souvent des philosophes, des philosophes grecs, bien sûr, n'avaient pas entrepris depuis quelque temps de m'entretenir des Esséniens et d'en parler aux autres. Nous avons à Antioche, comme vous le savez peut-être, bon nombre de brillants cerveaux païens, des gens instruits qui se sont frottés ici à des Egyptiens et là à des Asiates, et qui citent les noms de Bouddha, d'Osiris, de Mithra ou d'Héraclès comme s'il s'agissait de cousins germains. Et ils sont influents, ces gens-là. Je ne peux pas passer mon temps à agiter la bannière de Moïse et à recommander à mes brebis de ne pas les écouter, pour la bonne raison que c'est moi que l'on n'écouterait pas. Antioche n'est pas Jérusalem. Ces gens louent les Esséniens, car ils les louent, parce qu'ils ont entendu un Grec, un Crétois ou un Bithynien les louer. L'ennui est qu'il ne semble pas que les Esséniens me louent ni qu'ils soient tendres pour les prêtres juifs.

C'est bien embarrassant ! Et ce l'est d'autant plus que, je l'avoue, je ne sais presque rien d'eux ni de leur doctrine. »

Joseph se leva pour remplir deux gobelets d'argent de vin de Samos, en tendit un à Joram et but une gorgée de l'autre. Joram trempa le bout de sa langue dans le breuvage et succomba à la saveur résineuse et riche.

« Quand vous saurez les faits », dit Joseph, « vous mesurerez combien il est difficile de se faire une opinion sur les Esséniens. » Il plia une jambe sous l'autre et s'adossa sur les coussins du divan. « C'était à l'origine des Pharisiens qui, il y a près d'un siècle et demi, au début du règne hasmonéen, constituèrent des confréries assez lâches que l'on désignait parfois sous le nom de Thérapeutes, c'est-à-dire de guérisseurs, d'autres sous celui d'Hémérobaptistes, c'est-à-dire de baigneurs quotidiens. Leur lien principal était le dégoût. Ils étaient dégoûtés par le déclin de la Loi de Moïse dans la nation juive. Leurs deux principaux noms, qui n'étaient d'ailleurs pas les seuls, indiquent qu'ils attachaient une grande importance à l'intégrité du corps. Nous n'étions pas alors particulièrement malades ou malpropres, mais c'était une nouveauté que de se baigner tous les jours, et c'en était une autre que d'être médecin, métier alors mal famé. Ils n'étaient déjà pas contents sous le règne hasmonéen, mais quand nous fûmes dominés, d'abord par les Séleucides, ensuite par les Romains, ils devinrent furieux et l'évidence s'imposa. Permettez-moi de le dire tout net : ni nos efforts, à nous Pharisiens, ni ceux des Sadducéens pour restaurer la Loi de Moïse n'avaient abouti. »

Joseph d'Arimathie soupira. Joram tendit le cou, comme pour ne pas manquer une seule syllabe des mots de son hôte. Ils burent chacun une gorgée et Joseph reprit :

« C'est alors que les Thérapeutes ou les Hémérobaptistes se séparèrent encore plus des autres Juifs.

Ils quittèrent les villes où ils avaient vécu et commencèrent à prêcher alentour le repentir et la préparation à l'avènement du Messie, par la mortification et des règles sévères de conduite. Pour cette raison-là, on les appela alors Pénitents. Les plus intransigeants d'entre eux allèrent s'installer dans le désert, à Quoumrân, près de la mer Morte, dans des parages ô combien hostiles. Puis ils suivirent l'injonction d'Isaïe, "trace dans le désert la voie du Seigneur". C'est là qu'ils sont encore ou du moins que se trouve le noyau de leur secte, parce qu'il y a aussi des Esséniens en Egypte, par exemple, sur le lac Maréotis, près d'Alexandrie, tout comme il y en a chez vous. Plus tard encore, on les a appelés Esséniens, soit d'après l'expression araméenne El Hâsin, c'est-à-dire les Pieux, soit d'après une autre expression également araméenne, El Cenu'im, c'est-à-dire les Chastes. Car ils déconseillent le mariage et, bien plus encore, le rapport charnel. »

« Combien sont-ils ? » demanda Joram.

« Il ne devrait pas y en avoir plus de deux ou trois cents à Quoumrâm, quatre mille en tout en Palestine et quinze mille dans tout l'Orient. »

Joseph se leva pour remplir les gobelets et reprit :

« Nous n'en parlons pas souvent à Jérusalem. On croirait parfois que nous ignorons leur existence. Mais ce n'est pas le cas ! Nous savons que leur foi et leur personnalité collective ont beaucoup évolué depuis dix ou quinze ans. Ils sont devenus très différents des autres Juifs. D'abord, ils ont réussi à se protéger complètement des influences grecque et romaine aussi bien que celle du culte de Baal, qui survit encore. C'est triste à dire, mon cher frère, mais dans la plupart des foyers juifs les plus pieux, vous pouvez être sûr de trouver des amulettes, parfois même de petites statues, voire des statuettes en or de Baal et d'autres dieux, surtout des dieux de la fertilité. Ce sont surtout les femmes qui entretiennent ces cultes. L'autre jour, dans la rue, une jeune femme qui me précédait a dû sauter le caniveau ; elle l'a fait lourdement et quelque chose est tombé de son manteau. Elle s'est retournée pour le ramasser, m'a vu, a rougi et s'est enfuie. Et savez-vous ce que c'était ? Un phallus égyptien ! »

Joram secoua la tête en signe d'incrédulité.

« Bon, les Esséniens ont réussi à faire ce que nous devrions tous faire, si c'était possible : sauter en arrière dans le temps, à l'époque où David était le héraut incorruptible de la Loi et voilà tout », dit Joseph.

« Donc, ils vivent dans un rêve », dit Joram.

« Je ne suis pas sûr que j'appellerais cela un rêve. De toute façon, ils paient ce rêve d'un prix que les Juifs d'aujourd'hui, je le crains, n'accepteraient pas : la peur et l'angoisse. La peur, parce qu'ils s'attendent en permanence à ce que les étoiles tombent et que le soleil s'éteigne. L'angoisse, parce qu'ils s'estiment constamment coupables d'une faute ou d'une autre. Ils ont pensé du mal d'un frère, ou dit une prière distraitement, ou encore, ils ont interrompu quelqu'un qui parlait. »

« Des gens pointilleux, hein ? » observa Joram.

« Dites plutôt malades de scrupules. Ils se veulent à tout instant prêts pour la Fin. Aussi faut-il longtemps pour appartenir à leur communauté : deux ans. Ce qui laisse largement temps à la réflexion, dans le cas où les épreuves de passage seraient trop dures. Ainsi, à la fin de la première année, le novice renonce à l'usage de ses possessions, mais non aux possessions elles-mêmes, dont il ne se défait qu'à la fin de la deuxième année, où elles deviennent définitivement propriété de la communauté. »

« Je ne vois pas les gens d'Antioche accepter cette règle ! » s'écria Joram.

« Ni les rites quotidiens des Esséniens, qui sont extrêmement nombreux et contraignants. Ils doivent prier trois fois par jour au moins, "au commencement de la lumière, quand elle est à mi-chemin et quand elle s'est retirée dans sa maison", pour reprendre leurs termes. Mais un néophyte qui a déserté Quoumrân parce qu'il ne pouvait en supporter les pressions m'a dit qu'en fait les Esséniens prient dix fois par jour. Ils se réveillent même la nuit pour prier, afin de suivre l'exemple des anges gardiens. Le jour du Sabbat, non seulement le travail est interdit aux Esséniens comme à nous, mais il leur est même interdit de mentionner le travail. Ils n'ont pas le droit de marcher plus de mille coudées[1] et de remuer terre ou pierre. Pour cette raison, ils n'ont pas le droit non plus de satisfaire ce jour-là leurs besoins naturels puisque, pour le faire les autres jours selon leurs prescriptions, ils doivent aller dans le désert et creuser avec une pelle spéciale un trou d'au moins un pied et demi de profondeur pour pouvoir se soulager. »

« Dites donc ! » s'écria Joram.

« Mais en réalité, la raison essentielle de cette singulière interdiction est qu'un Essénien ne doit pas profaner son corps ce jour de repos. Les Esséniens sont très sévères sur la propreté corporelle. C'est pourquoi un néophyte n'a pas le droit de toucher un aîné, ni celui-ci d'accepter le contact avec lui. Les cérémonies d'initiation commencent par un bain auquel le néophyte se soumet en présence des anciens. Par la suite, tous les jours de sa vie, un Essénien prend un bain au coucher du soleil, puis revêt une robe blanche fraîchement lavée et qui ne doit comporter qu'une seule couture. Puis il se rend au dîner communautaire, qui consiste en pain, en sauterelles rôties ou bouillies, mais non cuisinées, et en vin. Toute transgression aux règles est punie par la suppression d'un quart du pain pendant toute une année. Vous comprenez, je suppose, que les

1. Environ cinq cents mètres.

Esséniens ne nourrissent pas de sentiments indulgents à l'égard de Juifs comme nous. »

« Si je comprends... » murmura Joram. « Et l'on m'a dit qu'ils ne se marient pas ? »

« Je vous l'ai dit, ils méprisent le mariage, bien que, dans certaines communautés qui vivent à la lisière des villes, il y ait des Esséniens mariés. Mais ceux-ci sont considérés comme des frères de second rang, sans volonté. Dans les grands centres esséniens, comme Quoumrân et près du lac Maréotis, le célibat est la règle absolue. Pourtant, croyez-moi, en dépit de ces règles draconiennes, on refuse beaucoup de candidats au noviciat. Ce n'est pas toujours parce qu'ils ne possèdent pas la finesse morale et intellectuelle requise, mais aussi, dans certains cas, parce que leur corps ne présente pas les qualités et les traits requis. Les Esséniens sont très exigeants sur ce point : un novice ne doit souffrir d'aucune maladie d'aucune sorte, d'aucune faiblesse physique et d'aucune infirmité. Il doit en plus être bien proportionné, avoir des attaches fines, des muscles pleinement développés, une poitrine large, des hanches étroites, un visage harmonieux, des cheveux soyeux et des mains et des pieds élégants. Les poils sur la poitrine sont un handicap, de même que les pieds massifs, les gros genoux et les gros nez, qui peuvent motiver un refus. »

« Il me semble », observa Joram d'un ton pointu, « qu'une telle insistance sur les qualités physiques est suspecte. »

« Je devine à quoi vous faites allusion », dit Joseph d'Arimathie en se levant une fois de plus pour remplir les gobelets, cette fois de jus de grenade garni de pignons de pin et de pulpe fraîche d'orange, « mais les raisons de cette sélectivité semblent résider ailleurs. Les Esséniens pensent que la beauté morale se reflète dans le corps. De toute façon, je doute que les avantages physiques masculins soient considérés par les Esséniens comme une source de délectation pour les autres, étant donné que tout comportement impudique est dûment puni. »

Joram savoura quelques gorgées de son gobelet et resta songeur.

« Pourquoi ne vivent-ils pas tous à Quoumrân ? » demanda-t-il après un moment.

« Je crois que c'est ce qu'ils faisaient jusqu'à il y a trente ans, quand nous avons subi le formidable tremblement de terre dont vous avez certainement souvenir. Le séisme a détruit une partie des constructions de Quoumrân. Les Esséniens ont interprété la catastrophe comme le signe attendu de la colère de Dieu. Ils se sont dispersés dans le désert. Puis il est apparu que, si le séisme avait une signification quelconque, c'était celle d'un coup de semonce. Quelques-uns sont retournés à Quoumrân, dont ils ont rebâti les édifices détruits, les autres sont allés s'installer ailleurs. »

« Et vous, qu'est-ce que vous en pensez ? »

« Nous n'en parlons certes pas souvent au Temple. Les Esséniens vivent isolés et il n'y a aucun désir de communication de part ni d'autre. Ce n'est pas un secret que le clergé et les chefs du Sanhédrin n'apprécient pas les Esséniens. Leur stricte adhésion à la Loi de Moïse et leurs critères moraux voguent bien au-dessus de toute critique, certes, mais ils ne se gênent pas pour crier haut et fort leur total mépris pour le Temple et ses serviteurs. Pour eux, c'est un repaire de forbans. Mais je compte sur vous, cher frère, pour considérer ces informations comme tout à fait confidentielles. »

« Ne me faites pas invoquer le nom du Seigneur un jour de Sabbat ! » protesta Joram. « Je vous suis très obligé pour les précieuses révélations que vous m'avez confiées et encore plus pour celles que vous m'accorderez. Elles ne serviront qu'à mon orientation personnelle. »

« Dans ce cas, j'ajouterai que les Pharisiens et les

Sadducéens à la fois sont contrariés par le fait que les vertus des Esséniens font défi aux nôtres en comparaison. Etant donné qu'ils ne se mêlent pas de commerce, mais se suffisent de leur travail manuel de fermiers, de maçons, de tisserands, de potiers, et autres métiers, ils ne font pas de bénéfices commerciaux ; il n'y a pas un seul Essénien riche. Ils ne peuvent donc être accusés de crimes tels que la vente de boisseaux mordus, ou encore de prix décuples les années de disette, par exemple. Ils sont des parangons d'honnêteté. Et, je le crains, on ne peut pas en dire autant de tout le monde à Jérusalem », dit Joseph en levant les yeux au plafond.

« Pour le dire tout net », dit Joram, « il y a donc ici des gens jaloux de la réputation des Esséniens. »

« Juste. Mais il est d'autres raisons à l'exécration réciproque dont je vous ai parlé tout à l'heure. Voilà plusieurs décennies, les Esséniens avaient un chef qui semble avoir été remarquable, qu'ils appelaient le Maître de Justice. Etant donné que son prestige dépassait de loin les limites de Quoumrân, car il était pareil à un prophète, notre roi de l'époque, Alexandre IV Jannée, en prit ombrage ; il fit arrêter le Maître de Justice le jour de la fête du Grand Pardon entre tous les jours, puis le fit torturer et mettre à mort. Comme cet Alexandre était le grand pontife en même temps que le roi, les Esséniens l'appellent "le Mauvais Prêtre". Bon, leur haine pour Alexandre IV Jannée aurait pu s'éteindre avec la dynastie Séleucide, à laquelle appartenait ce roi comme vous savez. Mais il se trouve que beaucoup d'autres prêtres participèrent à l'odieuse persécution du Maître de Justice. Et c'est pourquoi le sang nous sépare éternellement des Esséniens. Selon les termes même des Esséniens, que je connais bien : "Tous les hommes qui sont entrés dans la Nouvelle Alliance, mais se sont égarés, ont trahi et se sont détournés du puits d'eau vive n'appartiendront pas au Peuple et ne seront pas inscrits sur les listes depuis le jour de la disparition du

Maître Unique jusqu'à l'avènement des Messies d'Aaron et d'Israël." Nous en sommes là, leur rancœur est gravée dans le roc jusqu'à la fin des temps. »

« Vous connaissez leurs textes par cœur », observa Joram avec curiosité.

« Oui, on me les a si souvent lus ou récités quand j'ai essayé de comprendre le mépris que nous portent les Esséniens. »

« Et maintenant, quoi ? »

« Que voulez-vous dire ? Nous nous efforçons de ne pas attiser leur rancune. »

Je ferais donc mieux, à Antioche, de les tenir à distance ? »

« Si vous le pouvez, oui. Mais ils sont moins dangereux pour vous à Antioche qu'ils ne le sont ici pour nous. Avez-vous pris garde à la menace implicite dans les termes "Messies d'Aaron et d'Israël" ? Ces mots signifient que les Messies seraient à la fois des chefs politiques et spirituels, et comme ils sont censés apparaître ensemble, on peut en déduire qu'ils ne seront qu'un seul homme. Si un tel Messie apparaît, il entrera immédiatement en conflit avec Hérode le Grand et avec les Romains. Il y aura des soulèvements populaires et des carnages. »

« Vous n'êtes donc pas impatient de voir apparaître ce Messie ? »

« Ai-je dit cela ? Ou bien est-ce vous qui n'êtes pas impatient ? » s'écria Joseph d'Arimathie avec une certaine vivacité. « Croyez-vous que l'on puisse continuer comme ça ? »

« Nous ne sommes pas si misérables, après tout », dit Joram.

« Non, nous ne le sommes pas. Mais notre nation a été forgée par la foi et elle n'existe plus que par l'argent et la peur des Romains. Ne sous-estimez pas les puissances de la foi et de la fierté. Nous dansons sur un volcan », dit Joseph d'Arimathie se levant pour arpenter la pièce.

« Pardonnez ma question, mais comment pouvez-vous concilier votre lucidité et votre appartenance au Sanhédrin ? » demanda Joram.

« Je ne suis pas le seul de mon espèce au Sanhédrin », murmura Joseph. « Et ce n'est pas parce que j'appartiens à l'élite dominante que je suis nécessairement aveugle. J'ai lu les Livres, comme beaucoup d'autres. »

« Et que ferez-vous si un Messie apparaît ? »

« Que croyez-vous ? » rétorqua Joseph avec un demi-sourire ironique.

Joram s'agita sur son divan et se passa plusieurs fois la main dans la barbe.

« Et moi qui nous croyais si tranquilles à Antioche... » murmura-t-il. « Avez-vous entendu parler des astrologues ? » reprit-il. « Tout Antioche est agité par leurs prédictions. »

« J'ai entendu, j'ai entendu ! » dit Joseph d'Arimathie. « Hérode aussi a entendu. Et le grand prêtre Jésus aussi. Et quelques autres encore. Je voudrais bien avoir une opinion précise sur les astrologues. »

« Quelques autres », en effet, avaient entendu parler de ce que les astrologues avaient déchiffré dans le ciel. La rumeur s'en était même répandue loin à l'ouest.

« Avez-vous entendu ? » dit un Essénien cherchant des sauterelles dans les touffes de papyrus sur les rives du lac Maréotis, rencontrant un pêcheur juif. « Un roi est né à Israël ! Loué soit le Tout-Puissant ! »

« Connaissons-nous son nom ? » demanda le pêcheur, rejetant dans l'eau un poisson-chat.

« Ayez foi dans le Seigneur. Il le connaît et le révélera quand le temps sera venu. »

La rumeur gagna Alexandrie, se mêlant aux parfums d'ambre et de cèdre et aux odeurs de poisson séché. Joseph en entendit bientôt l'écho dans une conversation entre ses apprentis.

« Savez-vous, maître, qu'un roi est né en Palestine ? Pensez, il est peut-être né en même temps que votre fils ! »

« Paix, fils. Pense à ton travail. Ce tenon est trop grossier, il ne s'ajustera pas. »

Cette nuit-là, le vieil homme rêva que, dans son sommeil, ses yeux s'ouvraient à une lumière céleste. Le matin, il se demanda : « Est-ce qu'Hérode a eu un autre fils ? »

VI

ÉCHOS D'UNE MORT ROYALE

Les pêcheurs à demi endormis sur leurs boutres, à quelques encablures d'Eleusis-sur-Mer, banlieue orientale d'Alexandrie, draguant des soles et des crevettes, cette nuit-là comme les autres, ne pouvaient manquer de remarquer le nombre exceptionnel des torches qui flamboyaient autour d'une certaine villa. Ils connaissaient bien cette demeure, car c'est là qu'ils vendaient les plus belles prises que leurs chaluts détachaient des bas-fonds. Son péristyle de marbre blanc importé de Grèce et ses terrasses fleuries, qui s'étendaient jusqu'au tombeau de Stratonice, la distinguaient parmi toutes les demeures alexandrines. Elle appartenait à un riche marchand grec, Krisilaios, peut-être un ami, en tout cas un courtisan du préfet romain Gaius Petronius, gouverneur d'Egypte. D'habitude, trois douzaines de torches en éclairaient les jardins, prêtant aux statues les roseurs de la chair. Mais ce soir, c'en étaient trois cents qui embrasaient le rivage.

Des éclats de voix inhabituels faisaient même ricochet sur les vaguelettes ; c'étaient les fragments d'ordres en grec et en égyptien dont Krisilaios accablait une escouade de serviteurs et d'esclaves, les uns noirs, les autres blancs et d'autres encore à mi-couleur, courbant l'échine sous l'écho des invectives que répercutaient les plafonds lambrissés et les sols dallés.

« Où sont les peaux de tigre ? Pourquoi n'a-t-on pas nettoyé les taches de vin sur celle-ci ? Détachez-les-moi sur-le-champ ou bien vous en répondrez sur votre tête ! Est-ce que le vin de Chypre est maintenant frais ? Allez m'en tirer un gobelet, que je le goûte... Toi, là-bas ! Je ne veux pas sentir d'odeurs de cuisine de ce côté-ci de la maison ! Mets plus d'encens sur les trépieds... Et toi, pourquoi est-ce que les trois torches là-bas se sont éteintes ? Je te tiendrai responsable de toutes les torches du jardin. Seuthès ! En tant que majordome, tu veilleras à ce que toutes les torches sur le chemin brûlent jusqu'à ce que je t'avise... Ce vin est trop épais, mettez-y un peu d'eau et diluez-le dans les jarres avec des baguettes de cèdre. Si vous agitez la lie, je vous ferai bâtonner ! Ces guirlandes sur la porte sont fânées ! Personne d'autre que moi n'a donc d'yeux pour remarquer ces choses-là ? Seuthès ! Fais-leur tous laver les pieds dès qu'ils auront fini les préparatifs et qu'ils mettent leurs belles sandales... Que ceux qui transpirent trop aillent se baigner, ce n'est pas une garnison que ma maison ! Ça pue ! Mettez du bois de santal dans les braises des trépieds près de la table, l'encens gâche le fumet des sauces... »

Guère fatigué par sa campagne domestique, Krisilaios descendit sur les terrasses pour s'assurer que toutes les statues portaient des guirlandes fraîches. Puis il alla se baigner et soumettre sa carcasse pansue aux soins du masseur, et sa peau tannée à des frictions parfumées. Il attendait le visiteur le plus distingué de l'Egypte entière, le préfet Gaius Petronius, sur la faveur duquel reposait sa fortune. Il l'avait déjà reçu, mais il voulait que cette réception-ci surpassât la précédente ; il comptait, en effet, lui demander une faveur ; en tant que porte-parole de la communauté des marchands grecs d'Alexandrie, il voulait que le préfet interdît aux marchands juifs de vendre des épices. Le commerce des épices, qui venaient par mer de Barygaza et de Barbaricon jusqu'à la mer Rouge, à hauteur d'Eléphantine, d'où elles étaient acheminées par le Nil jusqu'à Alexandrie, constituait l'une des principales ressources des Grecs d'Egypte et ils en avaient jusqu'alors conservé l'exclusivité. Mais voilà que certains Juifs avaient conclu des accords clandestins avec des marchands phéniciens qui importaient des épices d'Abyssinie — épices médiocres, il va sans dire ! — et ces Juifs avaient contourné les accords tacites en vendant des bois aromatiques, théoriquement réservés aux Grecs, encore que ce ne fussent pas à proprement parler des épices. Ils poussaient maintenant l'audace jusqu'à vendre du cinnamome et de la vanille comme ingrédients médicinaux, ensemble avec de la corne de rhinocéros et du khat... Cela n'était plus tolérable ! Et Krisilaios étudia dans le miroir les expressions de l'indignation qu'il témoignerait au préfet.

Mais ce plan méticuleusement agencé échoua. Le préfet arriva avec une heure de retard, la mine sombre, absorbé dans des entretiens chuchotés avec une escorte de fonctionnaires. Il goûta à peine au dîner et ce ne fut qu'au moment du départ, alors que le préfet sur les marches de la villa attachait sa toge avec une lourde broche de grenats, que le Grec put soumettre sa requête au Romain. Fut-il même écouté ? L'esprit de Gaius Petronius était tout préoccupé des nouvelles arrivées le matin même avec un bateau phénicien : Hérode le Grand était mort. Rome réorganiserait à coup sûr l'administration d'Orient.

A l'autre bout de la ville dans son atelier du quartier du Delta, Joseph le charpentier battait la sciure de bois collée à ses sandales et à sa robe avant de rentrer dîner quand Abraham, un fils du rabbin, apparut le visage bouleversé.

« C'est mon père qui m'envoie », dit-il. « Il veut vous voir aussitôt que possible. »

« Veuille le Seigneur que rien de grave ne soit arrivé ! » s'écria Joseph.

« Rassurez-vous, je crois que ce ne sont que de bonnes et même de très bonnes nouvelles que mon père veut vous transmettre. »

Joseph chargea le chef des apprentis de veiller à ce que toutes les lampes fussent soigneusement mouchées avant qu'il fermât l'atelier et, tremblant d'émotion, se hâta vers la synagogue en compagnie d'Abraham.

Un attroupement s'était formé dans la cour. Les femmes attendaient à la porte et poussaient de temps à autre des cris. Des hommes se mirent à chanter : « Béni soit le Tout-Puissant ! » Béni soit-Il qui nous a donné la patience d'attendre ce jour heureux ! » Ses sourcils broussailleux levés au-dessus de ses yeux larmoyants, Joseph se pressa à la rencontre du rabbin, qui le serra dans ses bras.

« Frère ! » s'écria Eléazar. « Réjouis-toi dans le Seigneur ! Hérode est mort ! Les forces du mal qui ont défié le Tout-Puissant pendant trente-sept ans sont enfin vaincues ! Il y a trois jours, l'âme du tyran est apparue devant son Créateur et sa dépouille pourrit sous six pieds de terre, à Hérodion ! »

Joseph ferma les yeux et vacilla. Des bras fermes alentour le soutinrent et le portèrent à un banc. Il rouvrit les yeux et laissa les larmes en jaillir. Il ne put se ressaisir qu'au bout d'une demi-heure.

« Dites-moi, dites-moi », demanda-t-il en chevrotant, « qui lui succède. »

« Il semblerait que, dans son testament, il ait nommé Philippe, le fils que lui a donné Cléopâtre, prince de Trachonitide », dit le rabbin. « Hérode Antipas, fils de sa sœur Salomé et donc son neveu, devient tétrarque et son autre fils Archélaüs est roi. Mais il faudra que César entérine ces décisions. »

« Archélaüs... » murmura Joseph. « Ne finirons-nous donc jamais de cette engeance ! Donc toute sa famille demeure au pouvoir. »

« Que croyais-tu ? » demanda le rabbin. « Mais as-tu des raisons de craindre ces trois hommes ? As-tu eu maille à partir avec Archélaüs ? »

« Non », répondit faiblement Joseph en secouant la tête.

Plusieurs hommes voulaient faire des sacrifices, mais il n'y avait pas de pigeons disponibles ; ils décidèrent donc de remettre la cérémonie au lendemain.

« Accompagne-moi à la maison », demanda Joseph à Abraham. « Mes jambes, ce soir, sont trop faibles. »

Il pleura encore et sa barbe était humide quand il arriva à sa porte. Il congédia Abraham, laissa retomber le loquet et s'assit par terre, le regard perdu dans la pénombre.

« Qui est là ? » cria une voix de femme. « Est-ce toi, Joseph ? »

Joseph avait comme perdu la parole. Marie accourut. Enfuies la gracilité osseuse de sa jeunesse et l'insouciance du regard ! Elle ressemblait à une rose sombre, guettée par l'étiolement. Ses yeux étaient cernés et les plis de sa robe révélaient un ventre trop mûr. Mais cette fois, ce n'était bien que de l'embonpoint. Elle ne serait jamais plus enceinte.

« Qu'as-tu ? » demanda-t-elle, la voix rauque. « Parle-moi. »

« Apporte-moi un gobelet d'eau avec le jus d'un citron. J'irai mieux tout à l'heure. Hérode est mort. »

Elle courut vers la cuisine, marmonnant des louanges au Seigneur. Quand elle revint, l'enfant apparut sur le seuil de la cuisine. Il tenait une lampe, parce que la nuit était tombée, et sa main devant la lampe, comme on le lui avait appris, pour ne pas aveugler les autres. La flamme révélait la transparence ambrée de sa main, jetait des éclats d'or dans ses yeux noisette et dans ses cheveux sombres. Il était comme interdit, devant le spectacle de son père assis par terre. Il était si grave que l'on se demandait s'il jouait jamais avec le cheval de bois monté sur des roulettes, qui projetait sur le mur une ombre exagérée. Sa mère lui prit la lampe des mains et l'accrocha au mur.

« Va en allumer une autre », lui dit-elle.

Il obéit de façon presque hautaine, ralentissant le pas pour écouter quand son père dit d'une voix faible :

« Bientôt, femme, nous rentrerons à Jérusalem. »

« Oui, rabbi », dit-elle.

« Et tu m'enterreras dans la terre de mes pères et de mes ancêtres. Et tu berceras ton chagrin en songeant que la moelle de mes os a passé dans les fleurs et que les pupilles de mes yeux nourriront les germes des printemps à venir. »

« Ne parle pas ainsi, Joseph, tu me feras pleurer. »

Mais elle pleurait déjà.

« Tu verras, femme, quand ils adviennent trop tard, les grands chagrins et les fortes joies sont de trop grandes épreuves pour les cœurs las. Et l'on n'aspire plus qu'à se reposer dans le sein du Seigneur. Aide-moi à me mettre debout. »

Il parvint enfin à faire obéir ses muscles. La branlante architecture d'os et d'articulations se mit en marche sous l'action des tendons. Mais elle était un peu plus voûtée que de coutume. Les pointes de la barbe s'étaient aussi bizarrement recourbées.

« Viens manger un peu », dit Marie.

« Archélaüs », murmura le vieillard. « Archélaüs ! L'ivraie pousse toujours dans les champs ! »

L'enfant observait du fond obscur de la cuisine. « Archélaüs ! Archélaüs ! » se redit-il, comme si c'était une comptine. Mais quand, plus tard, il se coucha, son dernier sentiment fut de la tristesse. Les gens étaient toujours tristes autour de lui. Pourquoi donc les païens seuls riaient-ils ?

Joseph s'éveilla honteusement tard. Il aurait même dormi davantage, n'eussent été les cris des marchands ambulants, vantant leurs concombres, leurs carottes douces, leurs melons et leurs figues, les marchandages aigres des femmes, dont quelques-unes faisaient monter des échantillons jusqu'à leurs fenêtres, dans des paniers au bout de cordes, puis n'examinaient lesdites merveilles de la terre égyptienne que pour les déprécier.

Les émotions de la veille l'avaient épuisé, mais la perspective du retour en Israël l'emplissait de joie. Des souvenirs se bousculèrent dans sa tête, mais il les chassa, sans quoi il eût pleuré à nouveau. Il s'étonna de trouver la maison silencieuse et alla dans la chambre que Marie partageait avec Jésus. Elle aussi dormait et sa respiration était bruyante. La sueur luisait sur son front. Et pour la première fois depuis qu'il l'avait épousée, Joseph se reprocha sa froideur délibérée à son égard. Elle était si jeune ! Et elle avait été alors encore plus jeune ! Qu'avait-elle su de la vie ? Si elle avait péché, le temps du pardon était venu. Certaines femmes semblent nées pour demeurer toujours enfants et Marie était de celles-ci. Orpheline, rejetée de tous, elle serait en train de se flétrir s'il ne l'avait épousée. Ou bien elle serait morte. Il en était venu à accepter l'enfant qu'elle avait conçu, petit rameau vert sur un arbre mort... Il se tourna vers la couche de Jésus et sourit. L'enfant était assis, tout éveillé.

« Je me suis déjà lavé », dit-il à voix basse.

Marie s'arrêta soudain de ronfler. Elle agita les bras comme si elle se noyait, murmura des mots indistincts et s'assit d'un coup, stupéfaite.

« Il est tard ! » s'écria-t-elle. « Il est très tard ! J'ai dû être malade. »

« Seulement fatiguée », dit Joseph. « Je veux que tu prépares notre départ et que tu paies toutes les dettes que nous pourrions avoir. Peut-être partirons-nous demain, ou le jour suivant. »

« Qui est Archélaüs ? » demanda Jésus, tout à trac.

« Le roi du pays où nous allons, notre pays, Israël, ton pays. Ce n'est pas un vrai roi, c'est un domestique des Romains. »

« C'est un mauvais homme », dit Jésus.

« Oui, c'est un mauvais homme, comme l'était son père Hérode », répondit Joseph, un peu étonné par les questions de l'enfant.

« Nous avons quitté Israël à cause d'Hérode », reprit Jésus en forme de question.

« Jésus... » dit Marie, craignant que Joseph ne trouvât son fils impertinent.

« C'est vrai, nous avons quitté Israël parce que Hérode m'aurait tué et peut-être même nous aurait tués tous les trois. Est-ce ta mère qui te l'a dit ? »

« Non, je l'ai pensé tout seul. »

« Tu penses juste », dit Joseph en souriant. « Il faudra que je te trouve un bon rabbin pour t'éduquer, quand nous serons chez nous. Maintenant, dis ta prière. »

« Je l'ai dite. »

« Alors viens boire ton lait avec moi », dit Joseph.

L'enfant suivit son père vers la cuisine. Mais au lieu de les devancer pour remplir les bols, Marie les suivit du regard, songeuse. C'était la première fois que Joseph témoignait de la douceur. Elle enfila hâtivement ses sandales et courut les servir.

C'était une méchante journée qui commençait à la villa de Krisilaios. Le Grec était furieux. Il toucha à peine au déjeuner de raisins et de citrons doux et au bol de crème fraîche saupoudrée de cinnamome que les domestiques posèrent devant lui.

« Une fête superbe pour rien ? » grommela-t-il. « Ces Juifs ! Ces singes fanatiques ! Toujours à faire des histoires ! D'abord, ils ont l'impudence de vendre des épices ! Puis leur roi meurt et le préfet du grand

Empire romain ne peut penser à rien d'autre ! Peste soit d'eux et de tous leurs rois ! Que vais-je dire à mes collègues ? »

Les deux esclaves abyssins écoutaient respectueusement ces imprécations. Leurs visages ne reflétaient aucune émotion. Mais ils savaient que ces Juifs, eux, ils n'avaient pas d'esclaves.

VII

UN PASSAGE À NAZARETH

Joseph devait prendre congé du rabbin Eléazar.

Quand il arriva à la synagogue, Jonathan, le cadet du prêtre, lavait la cour ; il reconnut Joseph et alla l'accueillir.

« Mon père vous attend », dit-il. Et il reprit sa besogne.

« Comment pourrait-il m'attendre ? » se demanda Joseph. Mais Eléazar lui confirma qu'il l'attendait.

« Je ne suis pas devin, Joseph, mais je sais que tu ne te sentais pas chez toi à Alexandrie et que, comme tu te fais vieux, tu voudrais rentrer dans ton pays dès que possible. Quand penses-tu partir ? »

« Demain. »

« Je préférerais que tu attendes un autre jour. Il y a une caravane de Nabatéens qui quitte Alexandrie après-demain à destination de Jérusalem. »

« J'ai appris qu'il y a une caravane d'Abyssins qui part demain », dit Joseph, « et je comptais partir avec celle-là. »

« Les Abyssins demanderont sans doute un prix de passage élevé, alors que les Nabatéens, qui sont généreux, ne te demanderont rien. »

« Merci du souci que tu te fais pour moi. »

« Parfois, Joseph, tu me sembles appartenir à un monde qui n'existe que dans tes souvenirs sinon dans tes rêves. »

« Ce monde reviendra. »

« Que ton vœu s'accomplisse. Mais rappelle-toi que lorsque nous avions des prophètes, nous étions une nation de guerriers ; nous sommes devenus un peuple de marchands. Mais je ne t'attendais pas pour te donner des leçons. Je voulais te demander où tu comptes aller en Israël. »

« A Jérusalem, bien sûr. C'est là que mes fils m'attendent. »

« Je ne te le conseillerais pas. La ville doit fourmiller de plus d'intrigues que jamais. Certains de tes ennemis pourraient être encore vivants et actifs. De plus, Archélaüs n'a pas encore été approuvé par Rome. Il est possible qu'il doive y aller demander la faveur de César. En son absence, le peuple pourrait se révolter contre le fils de l'homme qu'il haïssait. Ses rivaux, en tout cas, ne manqueront pas de l'y inciter. Il pourrait y avoir des émeutes et les Romains pourraient réagir en déclenchant des massacres. Tu n'es plus un homme seul, tu as la responsabilité d'une famille. Je te conseille de remettre ton retour à Jérusalem. »

« Tu vois loin », dit Joseph.

« Va en Galilée. Il est rare que l'agitation de Jérusalem parvienne jusque-là. Tu seras plus en sécurité. »

« Merci encore pour le soin que tu prends de moi. »

Ils demeurèrent silencieux un moment, mais Eléazar semblait vouloir ajouter quelque chose.

« L'enfant est tien, désormais », dit-il enfin.

Le vieillard sentit ses oreilles rougir. Ce rabbin était un renard.

« C'est un don du Tout-Puissant », reprit le rabbin. « Et il semble doué. Quand tu l'as amené ici avant la

Pâque, je l'ai observé et j'ai un peu parlé avec lui. Il est éveillé pour son âge. En feras-tu un prêtre ? »

Joseph considéra longuement le dallage de la pièce.

« J'appartiens à la tribu de David », dit-il enfin, « et un prêtre de ma tribu devrait être formé à Jérusalem ou, mieux encore, à Bethléem. Et comme nous allons en Galilée... »

« Je vois », dit Eléazar froidement. « Mais songes-y. »

« Je dois prendre congé, maintenant. »

« Prends ceci avec toi », dit Eléazar, tendant au visiteur le sachet de toile qui, quatre ans auparavant, avait contenu une perle. Joseph le défit ; la perle y était encore.

« Tu ne l'avais donc pas vendue », bégaya-t-il. « Et d'où venait donc l'argent que tu m'en as donné ? »

« Nous disposons d'une cassette pour aider les gens tels que toi. Elle est approvisionnée par les dons des plus riches marchands. Je supposais que tu aurais de nouveau besoin de cette perle, parce que je n'ai jamais cru que tu t'établirais à Alexandrie. Et tu auras besoin d'argent, bientôt, pour t'établir en Galilée. »

« Que le Seigneur te bénisse. »

Joseph n'était pas heureux quand il prit le chemin de la maison. Il n'appréciait pas les leçons, et le rabbin lui en avait donné deux, l'une sur Jésus, l'autre en matière de générosité, sans compter les avis de bon sens sur le lieu d'établissement en Israël.

Il prit la caravane des Nabatéens ; elle partit avant l'aube de Thesmophorion, un bourg à l'est d'Alexandrie, près du lac d'Eleusis, descendit au sud vers le lac Idku, puis remonta vers le nord, le long des marécages du lac Burullus. Au coucher du soleil, ils avaient atteint la rive occidentale de la branche centrale du Nil. Les chameaux s'agenouillèrent et, en une demi-heure, un village de trois douzaines de tentes avait été érigé ; des feux furent allumés, les buissons furent battus pour faire fuir les vipères, les pierres furent retournées, des scorpions furent tués, des galettes furent rôties et distribuées avec du lait caillé et de l'oignon et, une heure plus tard, tout le monde dormait sous la protection des veilleurs.

Comme l'avait prédit Eléazar, les Nabatéens refusèrent tout paiement de Joseph.

Jésus tarda à s'endormir. Il en avait plus vu en un jour qu'en un an et sa tête était agitée de mystères. Qui donc représentaient les deux grandes statues de marbre blanc qui flanquaient un temple à Thesmophorion[1] ? Qu'étaient les pyramides qu'ils avaient aperçues à distance[2] ? Qui étaient ces gens basanés avec lesquels ils voyageaient ? Et pourquoi ses parents étaient-ils les seuls de leur sorte dans cette caravane ?

A l'aube, des cris le réveillèrent. Un filet de ciel turquoise sertissait l'horizon à l'est, un vol de canards sauvages passa bas, vers le nord, des ombres titubantes de sommeil émergèrent des tentes et s'égaillèrent dans les champs. Les tentes furent repliées, les chameaux se levèrent et furent emmenés boire, la caravane se reforma. Au matin, elle passa un pont, puis un autre à Busiris, puis encore un à Bubaste à midi ; au crépuscule, elle avait atteint Daphné, au bord d'une vallée alluvionnaire, où elle s'arrêta de nouveau. Jésus entendit son père parler de la vallée avec un Nabatéen et comprit que ç'avait été autrefois un canal qui joignait deux mers[3] ; mais quelles mers ? Marie l'ignorait. Une autre nuit passa. Des gerboises gambadèrent sous les étoiles, des chacals hurlèrent. La nuit suivante se passa dans une oasis, comme les deux suivantes ; ils mangèrent des dattes fraîches. Puis ils prirent la route du bord de

1. Marc Antoine et Cléopâtre, représentés comme incarnations d'Osiris et d'Isis.
2. Les pyramides des dynasties du Bas-Empire, dans le Delta.
3. Il s'agit du premier canal de Suez, creusé par Ramsès II.

110

mer et, deux jours plus tard, Joseph prit congé des
Nabatéens, appelant sur eux les bénédictions du Seigneur. Le même âne avec lequel ils étaient venus en
Égypte était leur seule monture ; il avait trotté légèrement quand il avait suivi la caravane, attaché au
dernier chameau et chargé de deux sacs ; il allait plus
lentement, tantôt servant de monture à Joseph et
tantôt à Marie et Jésus.

Il leur fallut six jours pour atteindre la Galilée.
Joseph soupirait en regardant à l'est, vers les plaines
de Sephelah et de Saron. Ils contournèrent le mont
Carmel, franchirent la rivière Kisor et arrivèrent
dans la plaine d'Esdrelon. Là, Joseph était épuisé.
Marie s'alarma de sa pâleur. Elle mena l'âne tandis
que le vieillard vacillait sur sa monture. Le soir tombait, ils étaient proches d'un hameau. Marie aida
Joseph à desseller et le laissa à la garde de son fils
tandis qu'elle cherchait de l'aide. Deux fermiers
revinrent avec elle soutenir le vieillard jusqu'à une
maison voisine, où on le coucha. Il dormit deux
jours, respirant à peine. Marie se vit veuve et pleura.
Le troisième jour, il ouvrit les yeux et dit qu'il avait
faim et soif. On lui donna du lait.

« Ce n'est donc pas pour cette fois-ci », murmura-
t-il. « Où sommes-nous ? Et qui sont ces gens ? »

« Je suis Samaeus », dit un homme debout à son
chevet, « et tu es dans ma maison, où tu es bienvenu.
Le village s'appelle Nazareth. »

« Il était juste qu'un Nazaréen ouvrît sa maison à
un autre[1] », dit Joseph, qui s'endormit. Personne ne
le comprit.

Il reprit des forces étonnamment vite, comme si
des courants inconnus passaient de la terre d'Israël
dans ses veines. Il ressemblait à ces très vieux oliviers
qui, le printemps venu, semblent bons pour l'abat-

---

1. Les Nazaréens n'étaient pas seulement les habitants de Nazareth, mais aussi une secte de Pharisiens extrêmement scrupuleux,
surtout connus dans les grands centres de dévotion.

tage et pourtant parviennent une fois de plus à se joindre au concert. Dès que ses jambes purent le porter, il partit en reconnaissance alentour.

L'été venait. Les champs chatoyaient et les collines dépêchaient des senteurs de myrte et de coriandre sur la moindre brise. Alarmée par son absence, Marie alla à sa recherche. Elle entendit sa voix sur un coteau avant de l'avoir retrouvé du regard. Il parlait tout seul, extatique, et elle craignit une insolation.

« Sois loué, Seigneur, jusqu'à ce que le Soleil se soit consumé ! » criait-il, plus fort que les cigales. « Sois béni, tout puissant Maître du monde pour le don de vie que Tu nous as fait ! Seigneur, je ne pèse pas plus qu'une hirondelle, un palmier, un lapin, je ne suis qu'un vieillard qui veut dormir dans Ton sein, mais mon cœur est plein d'amour pour Toi et de joie de T'appartenir ! J'ai confiance dans Ta miséricorde autant que je crains Ta colère. Donne-moi une bonne mort, mon Maître ! »

Elle n'osa s'approcher de son mari, effrayée, désemparée, bouleversée. Les émotions qu'elle avait réprimées tant d'années l'étouffèrent. Elle pleura et tomba à genoux. Il ne la vit qu'au bout d'un moment, ou peut-être devina-t-il sa présence aux sanglots. Il la regarda de loin, de son regard sourcilleux. Elle ne le rejoignit que lorsqu'il se leva et commença à descendre le coteau.

« Que le Seigneur t'accorde de nombreuses années », dit-elle. « J'ai besoin de toi. »

Vieillard et jeune femme, ils foulaient les asphodèles et les violettes du même pas.

« Il nous faut trouver une maison », dit-il.

Il alla rendre visite au rabbin et apprit que Nazareth ne comptait pas plus d'une centaine d'âmes. Et il y avait déjà là un charpentier. Quant à demander conseil au rabbin, il savait à peine lire et écrire et n'y voyait goutte. Ce ne serait certes pas lui qui instruirait Jésus.

112

« L'instruire... » songea-t-il. « Mais qu'en faire ? »
Il osa à peine, mais il osa enfin nommer sa contrariété. Il fallait qu'il décidât du sort de son petit-fils.
« Je l'ai racheté », se dit-il en reprenant le chemin qui
le menait vers la maison de Samaeus, « et il est bien
de mon sang. Mais je ne peux en faire un rabbin. »

Les femmes, dont Marie, lavaient le linge à la
rivière. Non loin, Jésus jouait avec des enfants ; il
aperçut son père de loin et quitta ses jeux.

« Tu n'es plus malade, père », dit-il.

« Le Seigneur m'a accordé un sursis. »

« Quand tu étais souffrant, ma mère m'a dit qu'il
faudrait que j'apprenne des prières à dire pour toi. »

« Je t'apprendrai à prier. »

« Et tout le monde dit que je serai peut-être rabbin et que je devrais apprendre à lire. »

« Tout le monde... » marmonna Joseph. « Et qui
donc est tout le monde ? Vas-tu écouter l'avis de
n'importe qui ? »

« Mais n'est-il pas temps que j'apprenne à lire et
écrire ? » insista Jésus.

« Nous y pourvoirons, certes. »

« Et ne vais-je pas être prêtre ? »

« Ai-je dit que tu le serais ? »

« Mais n'en es-tu pas un ? » dit Jésus, la voix plus
basse, grave, comme agressive.

« Tous les fils de rabbins ne sont pas rabbins. Tu
seras charpentier, comme moi. Tu poses trop de
questions et tu écoutes trop de gens. »

Le soir venu, quand Samaeus et les siens furent
réunis autour du repas, les femmes se tenant en
retrait, Joseph leva la main et prit la parole.

« Samaeus, tu t'es conduit comme un fils, tu m'as
offert un toit et le pain et le sel à moi et aux miens.
C'est dans ta maison que le Tout-Puissant m'a rendu
ce qui me reste de forces, et j'appelle Ses bénédictions sur ta demeure. J'aurais aimé passer le reste de
mes jours près d'un homme tel que toi. Mais il n'y a
pas assez de travail à Nazareth pour un charpentier

et je suis trop vieux pour travailler aux champs. Je m'en irai donc demain. »

« Pourquoi parles-tu de toi comme si tu n'étais qu'un charpentier ? Tu es aussi un rabbin et tu sais que, si tu t'installais ici, tu ne manquerais de rien[1]. »

« Un rabbin ? » répliqua Joseph. « Devant le Seigneur, certes, mais je me demande si je le suis encore devant les hommes. »

Un silence embarrassé suivit cette sortie.

« Non ! » reprit Joseph dans un accès de colère. « Je ne serai plus un prêtre parmi les hommes ! Un prêtre en ce temps de honte ! Non ! Que chacun lise les Livres par lui-même et prie le Seigneur jusqu'à ce qu'Il revienne ! » Et fixant Samaeus, le cou tendu, le menton tremblant : « Que croyais-tu ? Que je viendrais ici priver votre rabbin de la moitié de son pain sous prétexte que je suis un rabbin aussi ? Me prenais-tu pour un de ces prêtres de Jérusalem ? Croyais-tu que je n'ai plus de décence ? »

« Je n'ai jamais rien pensé de tel », répondit Samaeus, conciliant. « Je voulais simplement dire que la Galilée est hospitalière. »

« Eh bien, il ne serait pas digne de ce pays que je dispute sa pitance à votre pauvre rabbin. Il n'a déjà que les trois rouleaux de prescription, il ferait beau voir que je lui prenne l'herbe amère et l'oignon. »

« Je comprends », murmura Samaeus. « Et tu as des fils, m'a dit ta femme. J'espère qu'ils prendront soin de toi où que tu t'installes. »

« Ils le feraient si j'étais dans le besoin. Ils sont scribes et docteurs et gagnent bien leur vie au Temple. Mais il faut d'abord que je leur fasse savoir que je suis en vie. Il y a quatre ans que je suis parti et ils pourraient me croire mort, car ils sont restés sans nouvelles de moi depuis mon départ de Jérusalem. »

1. Les fidèles étaient tenus de subvenir aux besoins des rabbins malades, impotents ou âgés.

« Tu peux leur envoyer un message. »

« Oui, mais je voudrais aussi leur donner mon adresse. Et c'est pourquoi j'entends trouver dès que possible une ville où m'installer. Je suis de Judée et ne connais pas la Galilée, mais j'ai pensé à Capharnaüm. C'est une ville de pêcheurs et les bateaux ont souvent besoin de réparations. Cela me ferait du travail. Et l'on m'avait dit que l'on y construisait aussi des maisons. On y aura donc besoin de charpentes, de portes, de fenêtres, d'escaliers... »

« Tu ne retourneras donc jamais à Jérusalem ? »

« Pas pour y vivre. Mais pour la prochaine Pâque. »

Ils achevèrent leur repas. Jésus avait surtout retenu de la conversation que les quatre premiers fils de son père étaient au Temple. Pourquoi donc lui ne pouvait-il devenir rabbin ? Et pourquoi donc son père était en colère contre son statut de rabbin ? Et pourquoi encore ne voulait-il pas retourner à Jérusalem ?

VIII

PREMIÈRE VISITE AU TEMPLE

Et Joseph s'installa à Capharnaüm.

Ville de garnison, centre administratif, station de douanes et centre de pêcheries du nord de la mer de Génésareth, Capharnaüm grouillait de monde, et elle pouvait offrir largement assez de travail à un charpentier de plus. A peine eut-il trouvé une maison, un atelier, un apprenti et ses premiers clients qu'il dut engager un deuxième apprenti. Untel voulait des portes et des volets pour sa maison neuve, un autre voulait changer les poutres d'une vieille maison. Au bout de quelques semaines, Joseph ajouta un contremaître aux apprentis. La ville était saisie par la fièvre de bâtir.

On y avait en tout cas bâti depuis plusieurs décennies un monument qui intriguait Joseph jusqu'aux limites de la contrariété, et c'était la synagogue. Tout en pierre blanche et la façade décorée de pilastres, elle se dressait sur une plate-forme qui en offrait la vue à des lieux à la ronde. L'intérieur en était également beau, avec sa haute nef portée par sept colonnes, ses larges ailes et son dallage d'albâtre. Mais c'était un centurion qui l'avait payée de ses deniers, un Romain qui aimait les Juifs. Comment donc un Romain pouvait-il aimer les Juifs et, s'il les aimait, comment resta-t-il donc païen ? Pis encore, y avait-il donc des Juifs qui aimaient les Romains ? Il fallait bien se rendre à l'évidence, l'aversion des uns pour les autres ne régnait pas à Capharnaüm. Peut-être cette synagogue était-elle un cadeau du Démon...

Joseph essaya deux ou trois fois de soulever le sujet avec le rabbin de la synagogue, mais celui-là appartenait à l'espèce d'Eléazar l'Alexandrin ; il était beaucoup trop tolérant. Il écarta courtoisement les scrupules de Joseph et, supposant que le vieillard était venu le circonvenir en vue d'obtenir une aide matérielle, il lui proposa de nouveaux clients. Ce fut ainsi qu'il vexa définitivement Joseph.

Il fit même pire gaffe.

« Et ton fils, mon frère, ne l'enverras-tu pas à notre école ? » demanda-t-il.

« Je l'instruirai moi-même », répondit Joseph.

« Je ne parle pas de charpenterie, bien sûr », insista le rabbin, « mais des Livres. »

« C'est bien ce que j'avais compris », marmonna Joseph d'un ton sec.

L'enfant avait cinq ans. Joseph lui enseigna la charpenterie en le faisant asseoir dans l'atelier pour observer les compagnons. A l'occasion, il le priait de mettre la main à la pâte, comme de balayer l'atelier, de chercher un outil ou de faire des courses. Jésus apprit ainsi quelques rudiments du métier, telles la différence d'usage entre un rabot et une varlope, la manière d'affûter une lame et la nécessité de tailler les tenons dans le fil.

A cinq ans, il fut initié au rabotage d'une planche dégrossie. Ses bras lui firent mal pour deux jours. A six ans, il savait comment poncer, combler les fissures de résine ou de sciure au blanc d'œuf, selon que le bois était destiné à un usage externe ou interne, et à percer un trou propre avec une tarière. A sept ans, il savait dégrossir et tailler convenablement une pièce et faire des tenons et des mortaises assortis. A huit ans, il pouvait fabriquer une table, une chaise ou un baquet (périlleuse affaire que celle-ci, car il fallait mouiller le bois à point avant de le cercler) et il prit ses premières leçons en sculpture. Bientôt, ses seules limites furent physiques. Joseph l'emmenait avec lui en ville et lui demandait : « Tu vois cette grande porte ? Comment la fabriquerais-tu si tu n'avais que des planches plus courtes que sa longueur ? » ou bien il lui disait : « Tu vois ces représentations humaines ? Elles sont interdites par notre Loi. Même si tu croyais pouvoir en faire d'égales, réponds que tu ne le sais pas si on te le demande. » Les apprentis l'appréciaient. Il était patient, exceptionnellement courtois et endurant. Et il était beau, non seulement de ses cheveux châtains, de ses yeux noisette, des reflets dorés sur sa peau ou de son corps mince et déjà musclé, mais du silence qui l'entourait. Sa beauté tirait sa force de ressources que l'on devinait mal. Il semblait entretenir un réservoir de rêves et de réflexions que ne trahissaient ni ses rares paroles ni ses gestes mesurés. Il se promenait souvent seul, après le travail, sur les rivages, observant les relations invisibles du vent, des nuages et de l'eau, et les pêcheurs qui halaient leurs prises. Et il advenait qu'il ne rentrât pas chez lui pour le repas du soir, qu'il prît, avec les mêmes pêcheurs, toujours du poisson grillé et de l'oignon avec du pain. Frugale pitance que l'on concédait toujours au gamin, car il aidait volontiers à trier les poissons selon les sortes et les tailles, y compris les silures que seuls consommaient les Romaïns.

Personne à qui parler vraiment. Joseph se dématérialisait avec l'âge et s'enfonçait de plus en plus dans un mutisme sourcilleux, et Marie, que savait-elle ? Qui eût pu expliquer pourquoi les Juifs, qui étaient pourtant chez eux, étaient soumis à la domination d'étrangers ? Et pourquoi même leur roi était étranger ?

Prières et travail, il fallait se satisfaire de cela. Prière du matin pour remercier le Seigneur, avant même que l'on se fût levé, d'avoir rendu la conscience à Sa créature. Et quand on s'était levé, pour remercier le Maître de l'univers, qui rendait la vue aux aveugles et affermissait le pas du croyant. Prière encore, après que l'on eut vaqué aux besoins du corps et que l'on se fut lavé, pour rendre grâce au Miséricordieux qui vêtait ceux qui sont nus, prière encore quand on attachait ses sandales, pour bénir l'Omniscient qui savait où mènent tous les sentiers, prière quand on nouait sa ceinture pour remercier le Père qui avait ceint Israël de puissance (mais alors, les dominateurs étrangers ?). Prière toujours quand on se coiffait de la calotte, en hommage au Tout-Puissant qui avait couronné Israël de gloire...

Un jour, en rentrant à la maison, il trouva quatre inconnus qui témoignaient une grande déférence à Joseph et qui le considérèrent, lui Jésus, sans excessive aménité. Il y avait aussi là deux femmes.

« Tes frères », dit Joseph, « et tes sœurs. »

Juste, l'aîné, avoisinait la cinquantaine. Puis venaient Simon, Judas et Jacques, le cadet, qui devait avoir quinze ou seize ans. Les femmes s'appelaient Lydia et Lysia, et c'étaient des jumelles, toutes deux mariées, comme d'ailleurs Simon et Juste. Les hommes lui donnèrent l'accolade, visiblement par déférence à l'égard de leur père. Puis encore une douzaine et demie de garçons et de filles firent leur apparition, venus on ne savait d'où. Avaient-ils attendu dans la cour ? Plusieurs étaient à peu près de l'âge de Jésus, bien qu'il ne pût pas discerner leurs traits dans l'ombre croissante du crépuscule. On alluma des lampes, les enfants embrassaient Joseph — « Mes neveux et mes nièces, donc », songea Jésus —, on déballa des couffins, pleins de vivres. Ils avaient apporté un agneau, pourrait-on le faire rôtir dans la cour ? Jésus, égaré, cherchait des yeux sa mère et ne la trouvait pas. Où pouvait-elle donc être ? Il la chercha dans la cuisine et dans les pièces attenantes à la cour, mais en vain. Pourquoi donc Joseph ne la cherchait-il pas ? Aurait-elle été faire des achats ? Jésus sortit et, une fois dans la rue, il éprouva le désir de ne plus revenir. Marie avait disparu et nul autre que lui ne s'en souciait. Il leva les yeux et, dans la nuit d'indigo qui s'épaississait, il entrevit à l'une des fenêtres du premier étage, chez les voisins, une silhouette féminine qui se déroba aussitôt aux regards et dans laquelle il crut distinguer sa mère. Il l'appela, sans obtenir de réponse et, troublé, revint dans la maison, où Lydia et Lysia s'affairaient aux besognes jusqu'alors réservées à Marie, comme de faire bouillir les fèves, de laver les salades et l'oignon, maniant les ustensiles qui lui avaient jusqu'alors paru être la propriété de sa mère. Juste et Judas allèrent emprunter à l'aubergiste la broche et les épontilles pour rôtir l'agneau, qu'ils dressèrent dans la cour, ainsi que trois douzaines de gobelets pour servir le vin qu'ils avaient apporté dans une outre.

Le plus troublant était la gaieté de Joseph et l'oubli dans lequel il avait laissé choir son plus jeune fils, sans parler de Marie. Il était évident que son deuxième mariage était déprécié d'office aux yeux de ces gens. Pourquoi ? Quand enfin le repas fut prêt, quelque deux heures plus tard, et qu'ils se furent installés, quand Joseph eut achevé une action de grâces qui, pour la première fois, parut à Jésus grandiloquente et interminable, quand ils se mirent à manger, Jésus relégué en compagnie d'une nièce qui ne semblait même pas savoir ce qu'il faisait dans cette compagnie, et d'un neveu armé d'une fronde qu'il posa devant lui, comme dans l'attente d'un nouveau Goliath, la conversation débuta d'emblée sur le Temple de Jérusalem. Qu'était devenu Untel ? Il avait pris la fuite à Antioche. Et un autre ? Il était devenu chef des scribes et sur son compte couraient des ragots de concussion. Et le Palais ? Et le grand prêtre ? Et le Sanhédrin ? La soirée avança jusqu'à la nuit. Ces gens dormiraient-ils donc sur place ? Jésus avait sommeil et son inquiétude à l'égard de sa mère allait croissant. Enfin, ils prirent congé, interminablement, et s'enfoncèrent dans les ténèbres de la rue, en direction de l'auberge, qu'ils occupaient sans doute à eux seuls. Joseph, qui titubait un peu, car il avait bu un doigt ou deux de vin, considéra les tables desservies, hocha la tête, laissa peser son regard sur Jésus, qui se tenait debout contre le mur, le visage fermé, puis alla se coucher sans un mot. Jésus moucha toutes les lampes sauf une, afin que sa mère pût trouver son chemin dans l'enchevêtrement de tables et de bancs qui était demeuré.

Il alla s'asseoir sur sa couche, dans le noir et décida qu'il ne dirait pas ses prières avant que sa mère fût revenue. Un peu plus tard, la porte grinça. Des sandales glissèrent imperceptiblement sur le sol, des vêtements frôlèrent des angles, puis l'obscurité totale régna. Elle avait éteint la dernière lampe. Il alla à sa rencontre. Elle devina sa présence. Elle s'immobilisa.

« Où étais-tu ? » demanda-t-il.

« Chez les voisins. »

« Suis-je un bâtard ? » demanda-t-il.

« Tu es reconnu », dit-elle, d'une voix à peine audible.

Les mois passèrent, comme l'herbe pousse sur une tombe. Jésus eut douze ans. Un matin, le vieux charpentier prit son fils par les épaules et examina son visage de si près que Jésus eût pu compter chaque poil qui jaillissait du nez, chaque pore du nez boursouflé, chaque ride autour des yeux. Joseph fronça les sourcils. Jésus ne demanda pas pourquoi.

Il s'était fait deux ou trois fois tancer parce que Joseph avait appris qu'il rendait des visites fréquentes à la synagogue et qu'il avait des entretiens avec le rabbin, Nahoum. Il n'avait alors pas demandé ce qu'il pouvait y avoir de répréhensible à discuter avec un rabbin.

Il ne demandait pas non plus pourquoi Joseph avait pris l'habitude d'inspecter la literie de son fils presque tous les matins ; il feignait de ne pas s'en apercevoir. Toutefois un matin, lors de l'une de ces visites inquisitrices, il resta près du lit, fixant le vieillard. Le vieillard aussi le fixa. Jésus ne détourna pas les yeux. Les inspections cessèrent.

Mais le duvet sur la lèvre supérieure de Jésus était visible de tous.

Le printemps vint. Les premiers asphodèles fleurirent, les premières huppes caquetèrent.

Un soir, Joseph dit au souper : « La Pâque approche. Nous irons à Jérusalem. » Et tandis que Marie desservait, il ajouta à l'adresse de Jésus : « Tu as passé douze ans. Tu es responsable de tes actions. » Les mots furent soulignés d'un regard pesant.

Il n'y avait guère de filles autour de Jésus. Mais sans doute y aurait-il des filles à Jérusalem. Ou pis. Cela sans doute ne changerait pas grand-chose aux connaissances de Jésus, qui savait bien qu'il y avait un bordel dans le quartier romain de Capharnaüm. Quand Joseph ne venait pas à l'atelier, ce qui advenait de plus en plus fréquemment, le contre-

121

maître racontait des histoires, sans doute à moitié inventées.

Avant le départ, Joseph dit encore : « Jérusalem est bien plus grande que Capharnaüm. Et la foule à la Pâque est la plus grande que tu aies jamais vue. Nous pourrions nous perdre. Mais j'habiterai chez Simon, dans la rue des Scribes. Voici de l'argent pour t'acheter de la nourriture si tu t'égarais. N'accepte rien d'un étranger. »

Il faillit se perdre sur la route, déjà, tant il y avait de monde dès Naïm. Anes, chevaux, chameaux avançaient presque au pas.

Jérusalem ! La foule aux abords était si dense qu'il fallut une heure pour franchir une demi-lieue jusqu'à l'une des portes. Un animal formidable dominait tous les autres, c'était sûrement un éléphant. Dans un cubicule au sommet du monstre, un voyageur olivâtre daignait à peine regarder la foule. Il y avait là des Grecs, des Romains, des Syriens, des Nabatéens, que Jésus pouvait reconnaître, parce qu'il en avait vu à Capharnaüm, mais les autres ? Des Hulathiens ? Des Chypriotes ? Des Parthes ? Pourquoi pas des Bithyniens, ou des Pontins ? Ils ne pouvaient quand même pas être tous juifs. Drapés dans des capes, à moitié nus, cheveux blonds, peaux noires, chevelures frisées, crânes rasés, parlant des langues inconnues...

Il regarda alentour, il avait perdu Joseph et Marie. Il était seul, dans le flot lent, mais irrésistible qui convergeait vers un point encore invisible, à coup sûr le Temple. La merveille architecturale, le siège du pouvoir religieux, l'incarnation de l'esprit juif, l'écrivain de la Loi et l'objet de la haine tenace de Joseph.

Irait-il directement au Temple ? Quand il en atteignit enfin le quartier, *Har ha havit*, le mont de la Maison, le crépuscule accourait et la foule avançait si lentement le long des deux rampes qui menaient seulement aux portes extérieures que Jésus jugea que c'était trop tard. Il n'y parviendrait pas avant une bonne heure. Il était épuisé et avait faim et sommeil. Il reviendrait le lendemain. Acheter de la nourriture se révéla vite hors de question ; un repas frugal, comme ceux qu'il prenait à Capharnaüm, lui coûterait la moitié de l'argent que Joseph lui avait donné. Il avait emporté un pain et des figues sèches. Il mangea un peu des deux et but de l'eau à une fontaine. Il s'y lava aussi le visage et les bras.

Où dormirait-il ? Il n'avait guère envie d'aller chez Simon et il n'était pas possible de prendre une chambre dans une auberge. Il marcha, trouva un quartier plus calme et un endroit propre au pied d'un haut mur. Les soldats de garde là-haut ne semblaient pas se formaliser de ce qu'il s'y installât. Il se recroquevilla, emmitouflé dans son manteau, car la nuit était fraîche, et s'endormit.

« Que fais-tu ici, gamin ? Le palais du roi n'est pas un refuge pour les vagabonds. »

Il cligna des yeux, vit un soldat rutilant, s'assit et se frotta le visage. Le soldat attendit qu'il déguerpît ; il se leva et s'éloigna, se retournant deux ou trois fois pour essayer d'apercevoir le palais de ce roi dont il ne savait pas le nom, mais seulement que ce n'était plus Archelaüs. Le jour se levait à peine et Jérusalem était déjà tout animée. Un défilé sans fin de paysans portant des paniers, des cages, des jarres, des outres, légumes, vins, volailles, l'un poussant une mule surchargée, l'autre tirant un âne par la bride à travers un troupeau de moutons, ondula dans les ruelles. Ils s'étaient levés bien avant l'aube, avaient attendu longtemps devant les portes pour faire entrer les figues et les grenades d'Egypte, les fagots de coriandre et d'anis, les dattes et les melons, le thon de la mer Rouge et les truites du Jourdain, les poulets, les cailles, les pigeons à manger et ceux pour les sacrifices, les sacs de farine et les jarres d'huile d'olive et de sésame, le fromage doux de Galilée et l'aigre de Judée, le sel de la mer Morte et le poivre d'Abyssinie[1]. Caquètements, bêlements et parfums se mêlaient aux cris des marchands et aux questions des ménagères et des servantes tôt levées, dont la plupart allaient seulement remplir d'eau leurs jarres.

« Garde-moi cinq soles. »

« Elles sont toutes vendues d'avance à l'Auberge des Pèlerins. »

« Quel vin vends-tu ? »

« Du galiléen. Si tu veux du cypriote, demande à mon frère Samuel qui me suit. »

« ... On a compté vingt-deux mille visiteurs aux cinq portes dans la seule journée d'hier... »

Jésus fut tout à fait réveillé. Où donc vaquait-on aux besoins ? L'anxiété le saisit, et il finit par poser la question à un marchand. Celui-ci lui indiqua, à quelques pas de là, un bâtiment devant lequel on faisait déjà la queue.

« Les bains se trouvent derrière », ajouta-t-il, après un coup d'œil aux pieds poussiéreux du garçon.

Il s'efforça de prier, mais sa tête n'y était pas. Quelle façon de vivre ! Il s'efforça aussi de se débarbouiller à la fontaine, tant bien que mal, puis mangea une figue et un peu de pain. Il faudrait quand même s'enquérir de la rue des Scribes, car il viendrait vite à bout de ses vivres et il devait retrouver les siens.

Mais il voulait d'abord voir le Temple. En dépit des imprécations et déprécations de Joseph, il fallait savoir ce qu'était ce monument. Car même Joseph s'y rendrait et, même s'il n'allait qu'à l'une des petites synagogues, que dirait-il, lui, Jésus, aux apprentis de Capharnaüm s'il ne pouvait leur décrire en détail le Temple de Jérusalem ? Il pressa le pas pour devancer la grande affluence. En s'y rendant, il s'avisa que le palais royal, au pied duquel il avait dormi, se trou-

1. Le total des visiteurs qui se rendaient à Jérusalem pendant la Pâque juive pouvait atteindre 200 000, qui n'étaient d'ailleurs pas tous juifs, car la fête attirait de nombreux curieux étrangers.

vait à un angle de Jérusalem et le Temple, à l'angle opposé.

Le soleil s'était levé, et les mouches avec lui. Des volets claquèrent, des domestiques vidèrent des eaux sales dans les égouts à ciel ouvert, des coqs distraits chantèrent dans des cours. Des enfants bâillaient aux portes, une seule sandale aux pieds. Le chemin du Temple commençait à grouiller de monde. Il fallut suivre le courant, quitte à se faufiler de-ci, de-là, entre des pèlerins décidément trop lents. Il trébucha sur le bâton d'un vieillard et se serait étalé s'il n'avait été saisi au vol par une main ferme. La main appartenait à un jeune homme barbu qui le tança du regard.

« Pourquoi es-tu si pressé ? »

« Je vais au Temple », dit Jésus, intimidé par le jeune homme.

« Nous y allons tous. »

« Mais hier soir, je n'ai même pas pu approcher de la porte. Aujourd'hui, j'ai bien l'intention de voir ce Temple. »

« D'où es-tu ? »

« De Capharnaüm. »

« Comment t'appelles-tu ? »

« Jésus fils de Joseph. Et toi ? » rétorqua Jésus, enhardi.

« Jonathan. Pourquoi veux-tu si fort voir le Temple ? »

« Mais... Nous sommes venus pour cela ! »

« Tu es donc venu pour voir un monument ? Qu'est-ce que tu crois que c'est, les Pyramides d'Egypte ? »

Jésus perçut le reproche.

« Non, je sais ce que c'est, c'est le plus grand sanctuaire des Juifs. »

« Il est donc très ancien ? » demanda Jonathan.

« Tu sais bien que non », répliqua Jésus avec un brin d'ironie, « il a été construit il y a moins d'un demi-siècle par Hérode le Grand pour remplacer le Temple de Salomon. »

Ils avaient atteint l'angle sud-est du Temple, d'où s'élevaient deux rampes à angle droit, la plus courte, au sud, menant à la Porte Magnifique ou Porte Royale, et qui passait au-dessus d'un pont, l'autre, à l'est, menant vers les Portes de Hulda.

« Cet Hérode est donc le successeur de Salomon », dit Jonathan.

« Je veux bien que tu me fasses passer un examen », dit Jésus d'un ton détaché, « mais je ne peux pas croire, si tu es un vrai Juif, que ta question ait une rime. Bien sûr qu'Hérode n'était pas un héritier de Salomon. Cela n'empêche pas que ce Temple existe, et maintenant, je vais prendre la Porte Magnifique. » Ce fut dit sur un ton qui donnait congé à l'autre. Qui le prit avec un sourire.

« Sais-tu », dit Jonathan, « que moins de la moitié des visiteurs que tu vois et que tu verras en savent autant que toi ? »

« Dommage », dit Jésus, « mais toi au moins, comme tu es fils d'un riche docteur de Judée, tu le sais. »

« Comment sais-tu ce que je suis ? » demanda Jonathan, interloqué.

« L'ironie est fille de Judée. Vous avez beaucoup vu les Grecs, ici. Et les docteurs sont fiers de leur savoir. »

Le premier soleil dorait les pierres. Des colombes animaient les chapiteaux corinthiens de leurs querelles. Les deux visiteurs se frayèrent un chemin à travers la presse de la Porte Magnifique, passèrent les quartiers des Nazaréens à leur gauche, puis les marchands de bois dans leurs échoppes, à leur droite, et parvinrent à la vaste cour des Femmes, dont la perspective majestueuse, qui dominait la foule, les figea. De blanches colonnades, de part et d'autre, guidaient le regard vers la façade du Temple. Au-delà de l'arche solennelle de la Porte de Nicanor, flanquée de quatre pilastres, surgissait donc cette façade imposante, simplement décorée de deux pilastres aux angles et de deux colonnes de porphyre de part et d'autre de la haute porte carrée. A droite, le quartier des Lépreux, à gauche, le magasin d'huile. Et partout, des marchands.

Ils étaient installés alentour, équipés d'étals pliants et de plateaux de vannerie, vendant des colombes, de l'huile, du vin, de la myrrhe, de l'encens, des phylactères, des chandelles, mêlés de changeurs qui convertissaient en shekels des pièces de Lucanie et de Macédoine, de Cappadoce et d'Achée, frappées aux emblèmes de dieux et de rois lointains, d'hommes nus et d'animaux. Il y avait là aussi un pharmacope pour les femmes qui avaient des vapeurs, un marchand d'eau et d'hysopes, un vendeur de confiseries, un autre de parfums et de serviettes aromatiques... Ils manipulaient tous les pièces avec une dextérité admirable, souriaient servilement, glapissaient, grimaçaient quand les lépreux s'approchaient trop près, effrayant les clients par les moignons qu'ils leur secouaient sous le nez et, finalement, recomposaient quelque dignité quand un prêtre passait à proximité. Jésus était déconcerté.

« Pourquoi les prêtres ne les chassent-ils pas ? » demanda-t-il.

« Ils sont autorisés à commercer ici », expliqua Jonathan.

« Mais... ce commerce ? »

« Ils paient une redevance aux prêtres. »

Le visage du garçon s'empourpra.

« Quel âge as-tu ? » demanda Jonathan.

« Douze ans. »

« Qui est ton professeur ? »

« Mon père. »

Ils avancèrent jusqu'à la balustrade qui délimitait les cours intérieures. Jonathan s'arrêta pour déchiffrer une inscription en grec.

« Que dit-elle ? » demanda Jésus.

« Elle interdit aux Gentils d'aller plus avant. »

Au-delà, en effet, la foule s'était réduite ; la masse des pèlerins juifs viendrait plus tard. Ils pénétrèrent enfin dans le Temple. La voûte en était si haute que Jésus en béa. Un nuage de fumée d'encens flottait à mi-hauteur, entretenu par les trépieds géants, que des Lévites perchés sur des escabeaux achevaient d'alimenter ; il s'étendait jusqu'aux confins de l'édifice, dominés par la masse de l'Autel des Sacrifices, où il se dissolvait dans un brouillard incandescent que déchiraient les flammes de centaines de chandelles. Ce nuage donnait l'impression d'avoir atteint les limites supérieures de la vie terrestre ; au-dessus commençait déjà le Ciel. Sur l'estrade où se dressait l'Autel, les quatre-vingt-treize prêtres réglementaires accomplissaient le rituel du matin face aux assistants qu'ils bénissaient au nom ineffable de Dieu. Des Lévites poussèrent vers eux un petit troupeau d'agneaux. Un bêlement désespéré marquait l'immolation de chaque animal. Le sang ruisselait sur les pierres brutes de l'Autel, luisant quelques minutes avant de se coaguler en flaques et traînées sombres. Tandis que Jésus et Jonathan approchaient, un prêtre se pencha pour verser la libation de sang frais dans un bol d'argent, tandis qu'un autre dressait l'oriflamme. Alors le choc belliqueux des cymbales résonna à travers le Temple, et les notes triomphales des trompettes d'argent lui répondirent en un fracas monumental. Personne ne put comprendre un mot des récitations que commencèrent les Lévites et qui étaient celles du psaume prescrit pour le jour et des fragments de la Loi de circonstance, étant donné que la musique, loin de s'être adoucie, s'enflait jusqu'à provoquer l'affolement des colombes qui perchaient sur les corniches. Des cistres et des triangles s'étaient joints au concert et, à la fin de chaque verset, retentissaient les trompettes d'argent.

Jésus demeura saisi pendant un très long moment.

Puis il se détourna pour regagner la sortie. Une main se posa sur son épaule ; c'était celle de Jonathan.

« La cérémonie ne fait que commencer. Pourquoi pars-tu ? »

« Je ne peux pas prier ici. J'étais venu pour prier. Je vais chercher une petite synagogue. »

Jésus commença à se frayer un passage parmi la foule. Jonathan le suivit. L'affluence était telle que dans une heure ou deux il deviendrait presque impossible d'accéder à l'intérieur du Temple. Les deux jeunes gens quittèrent les parages et se retrouvèrent presque sans mot dire à la Porte des Esséniens. Ils la passèrent et se trouvèrent dans la vallée du Cédron. Il y avait là beaucoup moins de monde, mais quand même assez de pèlerins pour justifier la présence de marchands ambulants. Jonathan paya à l'un d'entre eux deux gobelets de jus de tamarin et deux galettes de miel. Le goûter fut avalé d'un trait.

« Pourquoi attaches-tu tes pas aux miens ? » demanda Jésus, dévisageant Jonathan.

« Peut-être parce que je n'ai rien d'autre à faire. »

« Tu serais resté au Temple si tu ne m'avais pas rencontré. »

« J'ai déjà été au Temple bien des fois », répondit Jonathan, comme à contrecœur.

Ils passèrent des tombes, les unes bâties sur le sol, les autres creusées dans le roc. La terre sentait la sauge.

De temps à autre, Jésus jetait un regard à son compagnon, qui avançait les yeux rivés au sol, mais qui dut percevoir l'interrogation qui pesait sur lui.

« Je suppose que tu ne me comprends pas », finit-il par dire.

Etonnement de Jésus : un adulte qui s'inquiétait de l'approbation d'un adolescent. Il ne dit mot.

« Je veux dire, tu ne comprends pas que j'ai quitté le Temple, moi aussi. »

« Il me semblait que, le connaissant bien mieux que moi, tu y serais bien plus à l'aise. »

« Là est la question. Je le connais trop bien. Je m'y ennuie. »

Deuxième étonnement de Jésus. « Ennui » pour lui signifiait « contrariété », et justement, Jonathan n'avait pas eu l'air contrarié par les spectacles du Temple.

« Je n'ai finalement personne à qui parler », dit Jonathan, interrogeant Jésus du regard.

« Tu n'as donc pas de frères et de sœurs, d'amis ? »

Ils s'arrêtèrent. Puis s'assirent.

« Si, mais... Je ne sais pas si tu comprendras, pour eux, pour eux tous », dit-il emphatiquement, « c'est le commerce, ou le Temple, ou le Palais. » Il parut désemparé, et ajouta : « Et de préférence, les trois à la fois. »

Deux geais de Syrie passèrent, nattant leurs trajectoires.

« Que fait ton père ? » demanda Jésus.

« C'est un marchand. Un riche marchand. Il est aussi membre du Sanhédrin. »

Devant eux, sur l'autre versant de la vallée, Jérusalem baignait dans le plein soleil, blanc et or.

« Et que fait ton père ? » demanda Jonathan.

« Il est rabbin. Et il ne l'est pas. »

Jonathan se mit à rire.

« Comment peut-on être deux choses contraires ? »

« Il est rabbin, mais il refuse qu'on le considère comme tel et il travaille comme charpentier. Il est maintenant très vieux. »

« Pourquoi refuse-t-il d'être considéré comme rabbin ? »

« Il était autrefois attaché au Temple. Il s'est enfui. Nous sommes allés en Egypte. Nous sommes revenus. Et voilà. »

« Et voilà ! » répéta Jonathan en riant. « Tant de drames en deux mots ! »

« Et que vas-tu faire, commerçant, rabbin ou courtisan, ou bien les trois à la fois ? » demanda Jésus.

Jonathan, couché dans l'herbe, fut secoué de rire.

« Tu as plus ri en un quart d'heure que mon père depuis que je le connais », dit Jésus. « Mais tu es plus triste que lui. »

« Pourquoi suis-je triste, selon toi ? »

« Parce que tu vis dans cette ville corrompue. »

« Comment sais-tu qu'elle est corrompue ? »

« Parce que mon père me l'a dit. Et qu'il la connaît. »

Jonathan caressa l'herbe du plat de la main.

« Sais-tu où retrouver les tiens, Capharnaümite ? »

« Je peux aller chez... chez mon frère Simon, rue des Scribes. »

« Ton frère habite rue des Scribes ? Simon fils de qui ? »

« Comme moi, fils de Joseph. »

« Tu es le frère de Simon fils de Joseph ? »

« Tu le connais ? »

« Mon père est propriétaire de sa maison. Mais j'ignorais qu'il eût un frère aussi jeune que toi. »

« Je suis né d'un deuxième lit. »

Jonathan parut songeur.

« C'est là que tu as dormi la nuit dernière ? » demanda-t-il d'un ton sceptique.

« Non. »

« Où ? »

« Au pied des murs du palais royal. »

Jonathan parut encore plus songeur.

« Tu peux venir partager le repas de la Pâque ce soir à la maison, avec mon père et les miens », dit-il. « Cela vaudra mieux que de confier ton sommeil aux soldats d'Hérode. Et tu pourras te baigner », dit-il en jetant un rapide regard à la tenue de Jésus. « Mon père s'appelle aussi Joseph. Il est d'Arimathie, mais il a une maison à Jérusalem, où je vis avec le reste de la famille. »

« Nous n'avons qu'un Père », récita Jésus.

« C'est une citation de Malachie », observa Jonathan.

Ils finirent par partager le pain et les figues qui restaient à Jésus, puis rentrèrent au début de l'après-midi.

IX

CONVERSATION ENTRE DEUX GRECS
À JÉRUSALEM

« C'est ici qu'il faut nous arrêter », dit un homme en grec, indiquant du doigt la plaque gravée aussi en grec et fixée à la balustrade qui délimitait la cour des Gentils. « Nous ne sommes pas admis au-delà. »

« Ne pourrions-nous pas, si nous payions un prêtre... » suggéra l'autre.

« N'y pensez pas. Nous serions lapidés. »

« Nous serons donc venus d'Athènes pour nous arrêter à cette balustrade ! » s'écria son interlocuteur avec impatience.

Il avait la trentaine et une barbe rousse et soyeuse. Son compagnon, lui, atteignait la soixantaine, était chauve et portait une barbe grise.

« Nous ne pouvons pas prétendre que nous n'avons été prévenus », dit le plus âgé. « De toute façon, nous savons parfaitement bien ce qui se passe à l'intérieur. »

« Des sacrifices. »

« Oui, des sacrifices. Comme dans la plupart des religions. »

« Comme dans toutes les religions. »

« Non, c'est à dessein que j'ai dit "la plupart". En Asie, les Chinois et les Hindous, par exemple, ont renoncé aux sacrifices d'animaux. »

« Mais pas les Grecs, ni les Romains. Pourquoi ? »

« Remerciez déjà les dieux que nous ne sacrifiions pas des êtres humains, comme autrefois. »

Ils rebroussèrent chemin, vers la Porte Magnifique, jouant des coudes.

« Quelle est finalement la signification des sacrifices ? » demanda le plus jeune Grec. « Dans quel but détruire de la chair, du lait, du vin pour un dieu qui ne peut pas les goûter ? »

« Mon cher Ion, prenez garde, car ce sont là paroles blasphématoires. Même nous, Grecs, n'oserions pas mettre publiquement en cause les rites religieux, sous peine d'être considérés ennemis de l'Etat. Mais pour répondre à votre question, les sacrifices sont destinés à conjurer notre peur des dieux. Bien sûr, mais si vous le répétez, je dirai que vous avez rêvé, je crois que les dieux sont beaucoup trop intelligents pour se soucier du fait que nous avons ou n'avons pas célébré de sacrifice à telle occasion ou telle autre. Mais nous, humains, ne sommes pas aussi intelligents. »

« Pardonnez-moi, Eucrate, je ne vous suis pas. »

« Je voulais simplement dire que nous vivons dans la peur constante des dieux. Nous avons peur de la foudre, des inondations, de la famine, des tremblements de terre, de la noyade, de l'incendie et de la mort prématurée. Comme nous ne connaissons pas la cause de ces malheurs, nous les attribuons à des puissances capricieuses. Et comme nous nous représentons ces puissances à notre image, nous leur prêtons assez de cupidité pour avoir envie d'une part de notre nourriture, et nous la leur offrons pour nous attirer leurs faveurs. »

Ils descendirent les dernières marches de la rampe et atteignirent la rue, noire de monde.

« Comme tout cela est primitif ! » s'écria Ion, qui s'était arrêté pour observer un désastre en miniature. Le plateau de grenades qu'un homme portait sur sa tête avait cédé sous la charge, et les fruits mûrs avaient explosé sur le pavé, qu'ils teintaient de jus rouge sang.

« Je dirais plutôt que tout cela est instinctif », observa Eucrate. « Et je déplore presque le ton méprisant qui est de mode aujourd'hui quand on parle d'instincts. Les instincts représentent l'autre aspect de la nature humaine. Ils ne valent ni plus ni moins que l'intelligence. Notre cerveau peut concevoir autant de maux que nos instincts. Quand les Juifs formaient une grande nation, ils croyaient beaucoup plus dans la vertu des sacrifices, et même des sacrifices humains, que de nos jours. Avez-vous observé les marchandages entre les fidèles et les commerçants dans la cour du Temple à propos des offrandes ? Quelle avarice ! On croirait qu'ils achètent leurs colombes et leur lait pour leur consommation personnelle ! Si leur dieu observe réellement ce qui se passe au Temple, il doit en avoir la nausée ! »

Ils avançaient dans la rue en dévisageant les passants, qui le leur rendaient.

« Vous avez parlé de sacrifices humains », dit Ion, « vous voulez dire que les Juifs sacrifiaient réellement des êtres humains ? »

« Il y en a plus d'une trace dans leurs Livres sacrés anciens, et, en tout cas, il y a celle d'Abraham, leur légendaire ancêtre, qui reçut de son dieu l'ordre de sacrifier son propre fils Isaac. Le pauvre homme était déchiré de chagrin, mais puisque c'était son dieu qui avait commandé ce sacrifice atroce, il ne pouvait que s'exécuter. Il prit donc son fils à l'écart pour lui trancher le cou. Selon l'histoire, une sorte de génie ailé, qu'ils appellent un ange, apparut juste au moment où le couteau du père se posait sur la gorge du fils et interrompit la cérémonie. Cela démontre que les Juifs, qu'on appelait alors les Hébreux, n'étaient pas hostiles au sacrifice humain si l'ordre venait d'en haut. D'ailleurs, l'un de leurs prophètes, Ezéchiel, parle quelque part de consommer la chair des héros. »

« Immonde ! » s'écria Ion. « Mais qu'est cela ? »

Ils étaient arrivés au pied d'un monument flanqué de cinq portiques et entouré d'une foule. Ils durent s'en écarter, parce que la foule en question était composée de malades et d'infirmes, les uns aveugles, les autres estropiés ou couverts d'ulcères, à moins qu'ils ne fussent aux premiers stades de la lèpre.

« Si je ne me trompe », dit Eucrate, « nous nous trouvons dans la partie neuve de Jérusalem, construite par Hérode le Grand et appelée Kainopolis, et ceci devrait être la maison de la Miséricorde ou, comme ils l'appellent, Beth Chesedah. A l'intérieur, il devrait se trouver une piscine alimentée par une eau aux vertus thérapeutiques. »

« Parlons-en ! » s'écria Ion. « Allons-nous-en. Et pardonnez-moi de me répéter, mais tout cela est bien primitif. »

« Si ce sont les sacrifices humains qui vous ont indisposé », dit Eucrate avec un petit sourire, « il me faut vous rappeler que nous-mêmes Grecs n'en avons pas toujours pensé du mal. »

« Allons, Eucrate ! A vous entendre, on croirait que la race humaine n'aurait eu que de la chair humaine pour se nourrir ! »

« Je voudrais être bien sûr que vous ou moi ne comptons pas quelque cannibale dans nos ancêtres. Sans aller si loin, laissez-moi rafraîchir votre mémoire. Notre propre dieu Dionysos, fils de Zeus et de la mortelle Sémélé... »

Un mendiant avait saisi la main d'Eucrate, marmonnant et geignant. Eucrate dégagea sa main, tira la bourse qu'il dissimulait à la ceinture et y choisit une pièce de cuivre qu'il donna au mendiant.

« Vous avez deux fois déjà donné l'aumône à des mendiants ce matin », observa Ion, « il vous faudra une bourse spéciale. Quel pays ! »

« Les mendiants font partie de notre race, tout

comme les cannibales. Je vous disais donc que Dionysos a été démembré par les Bacchantes, ses propres prêtresses, qui l'ont mangé cru. Vous avez lu Euripide, n'est-ce pas, alors vous vous rappelez que, dans *Les Bacchantes*, justement, Penthée, l'ennemi de Dionysos, subit le même sort pour avoir résisté à ce dieu. Et vous devez vous rappeler aussi sans grand effort qu'Orphée, prophète de Dionysos, est également démembré, cette fois par les Ménades, et tout aussi bien mangé cru, sous le prétexte que ces chants étaient trop tristes. Les dieux ne sont intervenus que pour sauver sa tête et sa lyre, qui gisent au fond des flots. Et vous savez peut-être que, plus tard, les prêtres de son culte commémoraient le sacrifice en mangeant rituellement la viande crue d'un taureau... »

« Mais c'est de la mythologie, tout ça ! » s'écria Ion, qui détaillait du regard l'étal d'un marchand de friandises.

« Les prêtres qui mangeaient de la viande crue de taureau étaient tout à fait réels. Et je ne crois pas que, si l'anthropophagie n'avait été qu'une invention, Sophocle l'aurait mentionnée de manière si précise. Vous vous rappelez ce passage dans *Les Crétois* : "Nous avons mené une vie pure depuis que nous avons été initiés aux mystères de Zeus sur le mont Ida, depuis que nous offrons des libations à Zagrée, qui aime les courses nocturnes, depuis que nous prenons part aux festins omophagiques, dressant des torches dans la montagne en l'honneur de la Grande Déesse..." Je suppose que vous savez ce que sont les festins omophagiques, non ? »

« Oui », dit Ion, « ce sont des manifestations de cannibalisme. Je trouve tout cela humiliant. »

« Moi pas », objecta Eucrate pensivement. « Ce n'est pas que je mangerais de la chair humaine, mais je ne suis pas sûr que, si j'avais été élevé dans un pays où c'est considéré comme un privilège et un devoir, je ne le ferais pas, comme les autres. Bien des goûts sont acquis. »

Ils quittaient le quartier du Temple et le pavage devint grossier. Les caniveaux des égouts débordaient et les deux Grecs durent enjamber des ruisseaux d'ordures qui serpentaient à travers les rues.

« Trop de gens », dit Eucrate, « trop d'immondices. »

« Allons à la campagne. »

« La campagne ne nous apprendra rien, c'est la même dans le monde entier. Je suis venu à Jérusalem pour m'informer sur les Juifs. »

« Et qu'avez-vous appris, depuis une semaine que nous sommes ici ? »

« Je serais bien arrogant de résumer tout cela. Mais ce sont des gens d'une grande fierté. Celle-ci se fonde sur un passé ancien et glorieux. Ils supportent les Romains parce qu'ils n'ont pas le choix, mais leur civilisation ne s'accorde pas du tout à celle de Rome. Ils sont donc mécontents. De plus, leur clergé est visiblement corrompu. Si j'ai ressenti cela en quelques jours, il est peu douteux que les Juifs, eux, le ressentent beaucoup plus fortement et depuis bien plus longtemps. Donc une révolte est inévitable. »

« Ce serait de la folie, les Romains ont des troupes ! »

« Ne sous-estimez pas le courage, ou la folie, comme il vous plaira de l'appeler, de la foi », rétorqua Eucrate, « surtout quand elle est attisée par l'orgueil collectif. »

« Mais ce lieutenant romain avec lequel nous avons dîné hier nous a dit qu'il y avait déjà eu des révoltes et qu'elles avaient échoué. »

« Peu importe, les Juifs ne sont pas apprivoisés et, à mon avis, ils ne le seront pas. Attendez qu'ils aient trouvé un chef et ils donneront du fil à retordre aux Romains. C'est une nation de prophètes. En temps dû, ils en produiront un qui en appellera au renouveau de la Loi, et la mêlée commencera. »

« Les prêtres ne l'aimeront pas », dit Ion.

« Très juste, tout à fait juste », observa Eucrate.

« Avez-vous soif ? Je vois là-bas un marchand de citrons doux. »

Il appela le marchand et lui acheta une demi-douzaine de fruits à la peau cireuse et pâle, en tendit trois à Ion et commença d'emblée à en peler un avec son couteau de poche.

« Comme vous le dites si bien, les prêtres n'aimeront pas ce prophète — détachez la pellicule blanche des quartiers, car elle est amère. Mais c'est le sort de tous les héros de susciter l'hostilité des puissances terrestres. Prenez le cas de notre propre Héraclès. Après avoir débarrassé le monde de monstres tels que les oiseaux à bec d'acier du lac Stymphale, le sanglier sauvage d'Erymanthe, l'hydre de Lerne et le lion de Némée, et après avoir restauré la paix universelle, il a été infecté par sa propre femme Déjanire à l'aide d'une tunique trempée dans le sang empoisonné du centaure Nessos, l'une de ses nombreuses victimes. Ses souffrances étaient tellement affreuses qu'il a résolu de mettre fin à ses jours sur un bûcher. C'était un demi-dieu, puisqu'il était le fils de Zeus lui-même et de la mortelle Alcmène, et pourtant, selon Sophocle, les derniers mots qu'il a prononcés avant d'expirer étaient adressés à son père : "O Zeus ! Torture, torture, c'est tout ce que tu m'as donné !" »

« Je finirai par croire que votre tour d'esprit est beaucoup plus philosophique que votre profession d'architecte ne le laisserait penser », dit Ion. « Vous vous référez souvent à la mythologie. »

« La mythologie est aussi réelle que ces citrons doux. Elle réunit tout ce qui fermente au fond des crânes, toutes leurs passions et tous leurs rêves. Les idées meurent, pas les mythes. »

« Alors ce prophète juif que vous annoncez sera une victime. »

« Si c'est un héros, un grand héros, ce sera aussi

un demi-dieu. Tous les grands héros sont des demi-dieux et tous les demi-dieux sont des victimes. »

Ion sourit.

« En votre compagnie, on a le sentiment que le regard déchire les voiles de l'avenir. Je suis impatient de voir apparaître ce prophète. »

« Vous vous moquez de moi », observa Eucrate en se léchant la moustache.

« Je ne me permettrais pas ! Je ne m'étais jamais avisé que les héros qui étaient des demi-dieux finissaient en victimes. »

« Nous avons cité Dionysos et Héraclès. Mais il y a aussi le Tammouz des Perses et l'Osiris des Egyptiens, bien que ce dernier soit un dieu à part entière. De toute façon, un héros est toujours un trouble-fête, qui vient retirer aux autres leur confort. Et plus il réussit, plus il se fait d'ennemis. »

Eucrate pela le dernier de ses citrons, prenant cette fois soin de découper l'écorce en une seule spirale, qu'il balança entre le pouce et l'index.

« Le dessin des événements se répète toujours, et pourtant, les événements, eux, ne se répètent jamais. »

Un autre mendiant tirait sur sa manche, demandant l'aumône au nom de David et, qui plus était, en mauvais grec. Eucrate l'observa ; c'était un enfant, en excellente santé, mais fort sale. Ses yeux étaient englués de sécrétions. Au lieu de lui donner de l'argent, Eucrate le tira vers une fontaine voisine, tandis que l'enfant hurlait d'appréhension. Là, Eucrate lui lava soigneusement le visage et les yeux. L'enfant cligna des yeux. Ils étaient brun sombre.

X

UNE ENTREVUE
AVEC DES DOCTEURS

De chaque maison de Jérusalem montait une fumée bleue. Tous les quartiers sentaient la viande grillée.

Près d'une heure avant le coucher du soleil, il ne restait quasiment plus que des étrangers dans les rues. De temps en temps, ceux-ci s'arrêtaient pour observer des Juifs qui secouaient sur les linteaux de leurs portes des rameaux d'origan trempés dans le sang. C'était le sang des agneaux qui avaient été sacrifiés ce jour-là et qui, troussés et embrochés, grillaient sur du feu de bois. Souvenir du jour, hypothétique, où le Dieu des Hébreux avait tué tous les nouveau-nés mâles d'Egypte, à l'exception des Siens.

La maison de Jonathan était grande, proche du Temple et encore plus proche du vieux palais des rois hasmonéens. Jonathan s'arrêta au seuil d'une grande pièce, généreusement éclairée, où une douzaine d'hommes, vieux et jeunes, étaient assis ou accroupis sur des banquettes. Ils venaient de se baigner, car leurs barbes étaient encore humides et leurs pieds, tout roses. Un parfum de santal flottait dans l'air. Ils étaient vêtus de robes aux couleurs vives, la plupart rayées, qui contrastaient avec leur solennité. Ils tenaient tous des houlettes, en souvenir des temps où les Juifs étaient nomades.

Les visages se tournèrent vers les arrivants. Sourires et regards interrogateurs posés sur le plus jeune.

« Tu allais être en retard, Jonathan », dit un homme dans sa quarantaine. « Bienvenue à ton ami. »

« Bonsoir, père. Bonsoir, grand-père. Bonsoir, mes oncles et bonsoir, mes frères. Je vous présente Jésus, que j'ai invité à partager notre repas. Il est le fils de Joseph, rabbin et charpentier à Capharnaüm. »

« Bienvenue, mon fils », dit le père à Jésus. « Peut-être veux-tu te rafraîchir avant le dîner. Jonathan va t'accompagner. »

« Viens », dit Jonathan, « il nous faudra être bientôt prêts. »

Il appela un serviteur et le chargea d'aller informer le scribe Simon, rue des Scribes, que Jésus, fils de Joseph, dînait chez Joseph d'Arimathie. Puis il emmena Jésus dans une vaste pièce à l'extrémité de la demeure. Elle ne comportait pour tout meuble qu'un banc de bois. Par terre, des baquets d'eau fumante et une écuelle. Sur le banc, Jonathan saisit un objet que Jésus n'avait jamais vu ; c'était un savon à la soude, parfumé à l'essence de santal.

« Ceci permet de se nettoyer parfaitement. Tu te mouilles d'abord le corps abondamment, puis tu te frottes avec ceci et tu te rinces ensuite soigneusement. Voilà les brosses de chiendent pour les pieds. Je te laisse te laver d'abord, mais fais vite. Je vais te chercher une robe à ta taille chez un de mes jeunes frères. »

Il referma la porte derrière lui. Quand il revint, Jésus portait ses vieux vêtements.

« Ce sont les miens. Je n'ai pas besoin d'avoir l'air riche. »

« Je n'avais pas l'intention de te faire paraître riche », dit Jonathan avec douceur, « mais simplement propre. Tes vêtements sont souillés. Cela n'est pas réglementaire pour la Pâque. Laisse ici tes vêtements, ils seront propres et secs demain. »

Jésus hocha la tête et se changea.

« Et cette houlette est mon cadeau », dit Jonathan, tendant à l'adolescent un solide bâton d'acacia. « Maintenant, laisse-moi me laver. »

Le repas fut le même que dans toutes les maisons. Du pain sans levain et des herbes amères, puis de l'agneau rôti. Ils mangèrent promptement. Tous les plats et tous les godets furent nettoyés. Des femmes guettaient : dès la fin du repas, elles s'emparèrent de la vaisselle, du pain, du sel et du poivre. Les reliefs furent immédiatement distribués aux pauvres et aux mendiants qui attendaient à la porte. Les convives ramassèrent les miettes de pain de la paume droite, les recueillirent dans la gauche et les mangèrent. Puis ils se levèrent pour rendre grâce au Seigneur, houlette en main. Le tout n'avait pas duré plus d'une demi-heure.

Ils se retirèrent dans la pièce où ils avaient attendu le dîner. Jonathan murmura quelques mots à l'oreille de son père, qui hocha la tête.

« Mon fils me dit que tu veux être prêtre », dit-il à Jésus, d'un ton amène.

Quand l'avait-il dit ? Ah oui, sur le chemin du retour. Jésus acquiesça en regardant Jonathan.

« Tu veux être prêtre à Jérusalem, ou bien en Galilée ? » reprit Joseph.

Le grand-père suivait la conversation. Jésus était surpris ; il ne s'était pas encore posé la question.

« Nous avons beaucoup de prêtres à Jérusalem, mais peu en Galilée. Es-tu galiléen ? »

« Je suis né à Bethléem. J'appartiens à la Maison de David. »

Plusieurs regards se posèrent sur Jésus. Joseph sembla s'apprêter à commenter cette réponse, puis se ravisa et caressa sa barbe. Jonathan murmura encore à l'oreille de son père. Jésus ne saisit que le mot « Egypte ».

« S'il est de la Maison de David, il doit être prêtre en Judée », émit le grand-père en chevrotant.

« De toute façon, du moment où tu auras décidé d'être prêtre, il faudra dire adieu à ta famille. Tu ne dépendras plus que de toi-même », ajouta Joseph.

Etait-ce un encouragement ?

« Mon fils me dit que tu as l'esprit aigu. Dis-moi pourquoi tu as refusé de prier au Temple ? »

« C'est plus un palais qu'un endroit pour prier »,

dit Jésus. « Et ces marchandages près des colonnades ! »

Le grand-père éclata d'un rire spasmodique et les autres aussi se mirent à rire. Jésus allait se vexer quand le grand-père dit :

« Ce garçon a plus de bon sens que bien des adultes ! »

« Le Temple est le palais du Seigneur », observa Joseph.

« Comment peux-tu dire cela ? » objecta le grand-père. « Tout le monde sait que c'est un monument à la gloire de cet usurpateur païen fils d'un autre usurpateur païen ! Ne trouble pas ce garçon ! »

« Paix, mon père », dit Joseph. « Je veux savoir comment raisonne notre hôte. »

« Notre Père n'a pas besoin de palais », dit Jésus. « Il possède la terre entière. »

« Et nous revoilà dans le désert », murmura un oncle, « vieille histoire ! »

Un domestique apporta un plateau chargé de gobelets de jus de grenade et le fit passer à la ronde, puis jeta des copeaux de santal et de cèdre sur les braises qui rougeoyaient dans une urne de terre. Contrariés par la fumée, des papillons de nuit se lancèrent dans une danse futile.

« S'il doit être prêtre à Jérusalem, il faudra qu'il voie les docteurs et s'il doit voir les docteurs, il faudra qu'il voie les plus libéraux. S'il parle ainsi, il va se mettre tout le Temple à dos. »

« Envoyons-le à Mattathias », suggéra Jonathan.

« Mattathias est en effet l'homme », acquiesça Joseph.

« Deux mille prêtres à Jérusalem et nous ne pouvons nommer qu'un homme ! » glapit le grand-père, s'agitant. « Moi, je veux bien apprendre l'hébreu à ce garçon. Dis-moi, garçon, veux-tu que je t'enseigne l'hébreu ? Il te faudra savoir l'hébreu pour lire les Livres ! »

Jésus sourit au vieillard, qui lui posa la main sur la tête.

Quand Jonathan et Jésus se furent retirés dans la chambre qu'ils partageaient, Jonathan demanda, une fois couché dans le noir :

« J'espère que toutes ces questions ne t'ont pas vexé ? »

« J'ai l'impression de commencer à vivre », dit Jésus.

Le sommeil les trouva dans des rêves différents. L'un songea qu'il avait rencontré David, l'autre éprouva le besoin d'un Père.

La meilleure partie de la matinée se passa à trouver Mattathias. Il était perdu dans un labyrinthe, du moins fut-ce l'impression qu'en retira Jésus. Quand, enfin, Jonathan parvint à lui et lui présenta Jésus de la part de son père comme un garçon qui voulait étudier la Loi, Mattathias daigna manifester quelques signes d'intérêt, saupoudrés d'étonnement ; il ne le dit pas, mais il trouvait sans doute singulier que le puissant Joseph d'Arimathie recommandât un garçon sans naissance ; car si le garçon avait été de bonne famille, n'est-ce pas, il n'eût pas eu besoin de recommandation, son nom y eût suffi, et « Jésus fils de Joseph », cela ne signifiait strictement rien. Jamais ce garçon n'accéderait aux dignités supérieures, où l'on n'admettait que les Juifs de pure origine, seuls habilités à prononcer, par exemple, des sentences capitales. Jésus perçut instinctivement ces nuances et se retrouva dans un état d'esprit pareil à celui par lequel il avait passé quand ses demi-frères étaient venus à la maison, à Capharnaüm. Soudain, il se demanda s'il avait vraiment envie d'être prêtre, mais enfin, l'affaire était engagée, Jonathan s'était entremis et Joseph d'Arimathie avait accordé son soutien puissant ; il avait agi comme un père, pour rien, pour quelques répliques bien dites ; il n'eût pas été décent de le décevoir, ce dont Jésus était tout à fait conscient.

Et ce Mattathias était fortement laid. Trapu, le visage plissé comme un linge mouillé, le maintien malgracieux, comme si l'homme allait tomber d'un côté, le teint jaune et l'œil chassieux. Tout cela en plus de l'arrogance. Et des pieds affreux, des pieds massifs et velus, car Mattathias allait évidemment pieds nus comme tous les prêtres du Temple, ce qui expliquait qu'ils fussent tous éternellement enchifrenés. Il se pencha vers Jésus et demanda, d'une voix doucereuse :

« Comment t'appelles-tu ? Et d'où viens-tu ? »

« Je m'appelle Jésus, fils de Joseph, et je viens de Capharnaüm en Galilée. »

« Capharnaüm en Galilée, eh ? » dit Mattathias avec un fin sourire. « Pourquoi ? Y a-t-il un autre Capharnaüm ? » Il lança un coup d'œil complice à Jonathan. « Et l'on me dit que tu veux être prêtre, est-ce vrai ? »

« C'est vrai. »

« Et pourquoi veux-tu être prêtre ? »

« Pour contribuer à la restauration de la Loi. »

« La restauration ? » reprit Mattathias. « La Loi n'est-elle donc pas bien appliquée ? »

« Je vous en laisse juge », dit Jésus.

Mattathias redressa le chef.

« Il y a plus de deux mille prêtres rien qu'à Jérusalem, et plus encore dans le reste du pays », dit-il. « Faudrait-il donc mettre un prêtre derrière chaque Juif ? »

« Plutôt mettre un prêtre dans chaque Juif », répondit Jésus.

Mattathias feignit de rire et se tourna vers Jonathan.

« Je comprends l'intérêt de ton père pour ce garçon », dit-il. « Il a la langue bien pendue. »

Un Lévite qui, jusqu'alors, avait semblé entendre mais ne pas écouter la conversation devint plus attentif.

« Quel âge as-tu dit que tu avais ? » demanda Mattathias.

« Douze ans. »

« As-tu reçu un enseignement ? »

« Mon père m'a lu la Genèse, l'Exode, le Lévitique et le Deutéronome. »

« Que fait ton père ? »

« Il est charpentier. »

« Un charpentier t'a lu ces quatre Livres ? Ils sont en hébreu ; en quelle langue te les a-t-il lus ? »

« Il les traduisait en araméen au fur et à mesure. »

« Ton père, charpentier, connaît l'hébreu et l'araméen ? »

Jésus hésita un instant.

« Un homme n'a pas besoin d'être docteur pour lire les Livres. »

« Et t'a-t-il dit qui nous a donné la Loi ? »

« Le Seigneur. »

« N'oublierais-tu pas Moïse et les prophètes ? »

« Ils ont reçu la Loi. »

« Alors, avant qu'ils la reçoivent, la Loi n'existait pas ? »

« Comment cela se pourrait-il ? » répliqua Jésus. « Le Seigneur n'a-t-il pas fait l'homme à son image ? La Loi est donc gravée dans le cœur du fils comme elle l'est dans la volonté du Père. »

« Il était donc inutile que le Seigneur remît les Tables de la Loi à Moïse, puisque la Loi était déjà gravée dans le cœur des hommes ? »

Jésus jeta un regard à Jonathan, stupéfait, à Mattathias, de plus en plus ridé, et au Lévite, qui se grattait le front.

« Les hommes s'étaient égarés », dit-il d'un ton détaché. « Ils avaient justement oublié la Loi. »

« Allez appeler Ebenezer », dit Mattathias au Lévite.

Ebenezer était un autre prêtre, de physique très différent de Mattathias ; il était grand, mince et pâle, l'air exténué. Jésus avait profité de l'interruption pour examiner la salle du Foyer où se tenait son examen impromptu et détailler les peintures d'or et d'argent des corniches et du plafond, ainsi que les courtines tissées avec du fil d'or.

« J'ai beaucoup à faire aujourd'hui », dit Ebenezer d'un ton plaintif.

« J'interrogeais ce garçon, Jésus, fils de Joseph, un Galiléen recommandé par Joseph d'Arimathie, à propos de la Loi. Je souhaiterais que vous assistiez à l'examen », dit Mattathias.

Ebenezer laissa tomber sur le garçon un regard froid. A l'évidence, il ne discernait rien en lui qui justifiât le dérangement.

« Ce garçon », dit Mattathias, « soutient que la Loi ne consiste pas qu'en paroles écrites, mais qu'elle est aussi gravée dans le cœur des hommes. »

« Il veut sans doute parler de la Loi orale », dit Ebenezer.

« Ce n'est pas ce que je voulais dire », observa Jésus, « écrites ou prononcées, les paroles ne sont que des paroles. Elles peuvent être vides, comme la paille est vide du grain. »

« Pourquoi est-ce qu'elles seraient vides ? » demanda Mattathias. « Qu'est cette idée de paroles vides ? »

« La parole de Jéhovah est éternellement vivante, tandis que les paroles des hommes peuvent perdre leur sens ou être oubliées. Si l'homme écrit la parole du Seigneur avec sa main ou qu'il la prononce avec sa bouche, il risque de la confondre avec la sienne propre. Il interprète alors la Loi comme bon lui semble. C'est ainsi que les paroles de la Loi peuvent demeurer, mais être vides. »

« Tout cela va sans dire, enfant », laissa tomber Mattathias, « mais il n'y a aucune raison de le dire comme si tu avais fait une grande découverte. »

« Il est évident que cela va sans dire », répondit tranquillement Jésus, « et pourtant, nous avons besoin de prophètes qui nous le rappellent. Autrement, pourquoi est-ce qu'Amos aurait déclaré que le Seigneur vouerait notre peuple à la ruine totale ? »

« Et pourquoi l'a-t-il dit ? » demanda Ebenezer, sourcilleux.

« Parce qu'Israël avait oublié la Loi et était corrompu. »

« Qui t'a lu Amos ? »

« Mon père. »

« Que t'a-t-il encore dit d'Amos ? »

« Qu'il ne convient pas de plaire au Seigneur avec des dons matériels, mais avec l'esprit, par une conduite droite et généreuse. »

« Cela aussi est évident », dit Mattathias.

« Si c'est évident, pourquoi avons-nous des marchands dans le Temple ? » demanda Jésus. « Pourquoi permet-on de vendre des offrandes matérielles ? »

« Vous voyez ? » murmura Mattathias à l'adresse d'Ebenezer.

« Ce qu'Amos voulait dire, c'est que la droiture morale est préférable aux offrandes matérielles, ce qui est évident. Mais il n'a ni condamné, ni interdit ces offrandes », observa Ebenezer.

« Alors, pourquoi a-t-il annoncé la ruine totale, et pourquoi aussi Osée a-t-il dit que l'espoir naîtra des cendres de la punition ? »

« C'était avant la destruction du Temple de Salomon », dit Ebenezer. « C'est cette destruction qui était la punition annoncée par Osée. »

« Si le Temple du grand roi Salomon a été détruit », rétorqua Jésus, « pourquoi est-ce que celui du roi Hérode ne le serait pas aussi ? »

« Et pourquoi le serait-il, enfin ? » s'écria Ebenezer.

« La Maison de David ne doit-elle pas être restaurée ? » demanda Jésus.

« Et alors ? » s'exclama Ebenezer. « Pourquoi un descendant de David détruirait-il le Temple ? »

Jésus regarda les deux docteurs, Jonathan et le Lévite, d'un regard impavide.

« Ceux qui ont mangé des friandises sont morts dans la rue », récita-t-il calmement, « et ceux qui étaient vêtus de pourpre sont tombés dans des monceaux de cendres. »

« Allez appeler Gedaliah ! » dit Ebenezer au Lévite.

« Un cas difficile », dit Mattathias en grec. « Il veut être prêtre, et il serait en effet un très bon prêtre s'il pouvait seulement se départir de ce tour d'esprit pernicieux. Il dit que c'est son père, qui est charpentier, qui l'a instruit. Est-ce que vous connaissez un charpentier qui s'appelle Joseph, qui vit à Capharnaüm et qui serait un homme très instruit ? Parce que ce charpentier semble bien connaître les Livres... »

« Un charpentier ! » s'écria Ebenezer. « Peut-être un Zélote ! L'enfant a l'air bien sectaire ! »

« Si les Zélotes colportent la subversion, il reste à savoir pourquoi ils trouvent des auditeurs. De plus, l'enfant n'est certainement pas conscient de ce qu'il dit, sans quoi, ce n'est pas ici qu'il viendrait, surtout s'il veut être prêtre. Il nous a été recommandé par Joseph d'Arimathie, dont le fils est à votre droite et deviendra peut-être, lui aussi, membre du Sanhédrin. L'affaire est délicate. En tout cas, je ne vous ai pas appelé parce que je suis scandalisé, mais parce que l'enfant me paraît exceptionnellement brillant. »

« Mais vous admettez qu'il a un tour d'esprit subversif », dit Ebenezer.

« Certes, certes », admit Mattathias, « mais serions-nous si vulnérables que nous soyons désarçonnés par quelques citations impertinentes d'un enfant ? Je crois qu'il ferait quand même un très bon prêtre, pourvu qu'il soit bien instruit. Après tout, ce n'est pas tous les jours qu'on en voit de pareils. »

« Nous ne savons même pas s'il est de pure souche », dit Ebenezer.

Jonathan écoutait, alarmé, car il comprenait le grec. Jésus, lui, commençait à être inquiet. Cette

149

longue conversation en grec et le ton exaspéré d'Ebenezer lui paraissaient menaçants. Il envisagea de s'enfuir, jetant des coups d'œil subreptices vers la porte, quand le Lévite revint, accompagné du troisième prêtre, Gedaliah. Jésus se sentit piégé. Gedaliah était bien plus jeune, massif, plein de sang et de cervelle, solidement planté.

« Avons-nous un problème ? » demanda-t-il, d'une voix claire, un peu haute.

« Nous avons ce garçon de Capharnaüm qui veut être prêtre et qui s'attend à la destruction du Temple », dit Ebenezer, en grec, d'un ton sarcastique.

« Détruit ? Et par qui ? » demanda calmement Gedaliah.

« Par un descendant de David », répondit Mattathias, d'un ton blasé.

« Et qu'avez-vous répondu, frères ? Certes, que personne ne peut se prévaloir de la descendance de David, étant donné que celle-ci se perd après Zérubabel », dit Gedaliah.

« Alors, parlez-lui », dit Ebenezer.

« Tu t'attends à ce que le Temple soit détruit, enfant ? » demanda Gedaliah en araméen d'un ton paternel.

« Les murs de Jéricho sont tombés au son de la trompette de Josué », répliqua Jésus, tendu.

« Jéricho était assiégée, enfant », dit Gedaliah. « Mais qui ferait le siège du Temple ? » Et n'obtenant pas de réponse, il répéta, presque en dérision : « Qui donc ferait le siège du Temple ? »

Ce ton exaspéra Jésus. Jusqu'alors, il avait traité avec des interlocuteurs sérieux, mais celui-ci était vaniteux. Il respira à fond et dit : « Les cités peuvent être assiégées de l'intérieur. »

Le sourire avantageux de Gedaliah s'estompa et s'esquissa sur les visages de Mattathias et d'Ebenezer. Gedaliah se pencha vers le garçon et demanda d'une voix pointue :

« Que veux-tu dire par cela ? »

« Est-ce que le Seigneur a besoin d'une forteresse ? Est-ce qu'Il a besoin d'un palais ? Plus hauts sont les murs et plus grand, donc, le nombre des ennemis. Ce temple est une forteresse. Il est écrit dans les Livres que toutes les forteresses tombent en poussière, mais que la gloire de Yahweh seule demeure intacte. »

« Tout cela n'a pas de sens ! » s'écria Gedaliah. « Comment pourras-tu être prêtre si tu dis des bêtises ? »

Jésus fut pétrifié d'anxiété. Il se demanda quand et comment il pourrait se tirer de ce mauvais pas.

« Songe un peu », reprit Gedaliah, retrouvant son sang-froid, « sommes-nous supposés n'avoir pas de temple ? Ou devrions-nous nous contenter d'une hutte en boue ? »

Jésus était là, confus ; il pencha la tête. Oui, c'était le Seigneur Lui-même qui avait commandé à Salomon de construire le premier Temple ; mais celui-ci ? Il demeura silencieux si longtemps que les trois prêtres et Jonathan craignirent qu'il n'eût un égarement. Finalement, il releva la tête et dit d'une voix faible et triste :

« Où est le nouveau Salomon ? »

Il tourna de nouveau les yeux vers la porte ; un attroupement s'était formé. Il reconnut son père et sa mère et ceux que l'on disait être ses frères. Joseph fut le premier à s'avancer.

« Où étais-tu ? » demanda-t-il d'un ton plaintif. « Nous t'avons cherché dans tout Jérusalem ! Pourquoi nous as-tu fait cela ? »

« Vous auriez dû savoir que je serais dans la maison de mon Père », dit Jésus.

Ils le considèrent tous avec stupeur.

« C'est ton fils ? » demanda Ebenezer. « C'est toi qui l'as instruit ? »

« Oui », répliqua Joseph sèchement.

Gedaliah fixait Joseph, fronçant les sourcils.

« Il me semble te reconnaître », dit-il. « N'es-tu pas

Joseph de la tribu de David ? N'es-tu pas Joseph de Bethléem, fils de Jacob ? N'étais-tu pas prêtre ici il y a treize ans ? N'as-tu pas travaillé à la construction de ce Temple ? N'as-tu pas fui Jérusalem à la suite de l'exécution d'Alexandre et d'Aristobule ? »

Ce fut au tour de Jésus de considérer son père avec étonnement. Joseph avait donc travaillé à la construction de ce Temple ! Et pourquoi en souhaitait-il la destruction ?

« Oui ! » répondit Joseph sur un ton de défi.

« Tout devient clair », dit Gedaliah.

« Tout était déjà clair », dit Joseph, saisissant son fils par la main et l'entraînant vers la sortie.

« L'enfant aurait quand même fait un bon prêtre », murmura Gedaliah.

Personne ne prêta attention à ce qu'il avait dit.

XI

UNE AUTRE CONVERSATION ENTRE LES DEUX GRECS, MAIS CETTE FOIS SUR UN BATEAU

« On n'a jamais assez d'argent », soupira Ion, après que les amarres qui retenaient leur bateau à Ashkelon furent larguées. « Puisque j'avais traversé les mers, j'aurais bien été en Egypte. Mais pour cela, il fallait m'endetter et mon père ne l'aurait pas apprécié. »

Il y eut quelque fracas à bord, parce que le capitaine était mécontent de la manière dont certaines marchandises et, en particulier, des amphores de vin de Galilée, avaient été arrimées dans les soutes. Les matelots, eux, se plaignaient de ce que les supports sur lesquelles les jarres devaient être fixées étaient pourris. Puis la querelle s'étouffa dans les soutes, où le capitaine était descendu donner une leçon sur l'art de l'arrimage.

« Mon cher Ion », observa Eucrate, accoudé à la rambarde, « vous avez acheté assez de sculptures, de bijoux d'ivoire et de corail, de bois de santal, de soieries syriennes, de perles et de parfums pour ouvrir boutique au retour. L'argent que vous y avez consacré vous eût mené jusqu'aux Colonnes d'Hercule. Nous avons quand même vu Pergame, Chypre, Antioche, Jérusalem... Et vous avez donné à Tyr une fête ruineuse, dont les excès vous ont cloué deux jours au lit. »

« Je m'étais laissé entraîner par Monostatos, que Méduse le pétrifie ! Mais ces danses, ah, ces danses ! »

« Monostatos n'a fait qu'écouter votre démon. Et puis, vous semblez considérer le monde comme un vaste jardin de délices. Que ferez-vous plus tard ? »

« Je verrai le reste, Olbia, Kertch, Ecbatane, Ctésiphon, Barygaza, Calicut, Taprobane, oui, Taprobane, on m'a dit que là-bas aussi les danses... J'irai aux confins, boire des perles fondues près des mers phosphorescentes où chantent les poissons ! »

Eucrate éclata de rire. Le bateau s'éloignait d'Ashkelon. L'architecte laissa errer son regard sur les côtes dorées de la Palestine.

« Il me semble », dit-il, « que nous en avons assez appris chez les Juifs pour nourrir de nombreuses soirées de réflexion. »

« Oui, oui », répondit Ion d'un ton vague, humant les premières brises salées du retour. Puis, se tournant vers Eucrate : « Qu'ai-je appris ? Vous semblez toujours en voir plus que n'en perçoivent les yeux. »

« Oh, tant de choses que je ne saurais où commencer... les dangers du gnosticisme... L'art d'organiser le désastre... »

« Pourriez-vous être plus clair ? »

« Le gnosticisme, cher Ion, est une philosophie qui reflète une vieille faiblesse de l'esprit humain. Incapable d'imaginer un autre ordre de la nature que celui qui se présente à lui, et convaincu d'emblée qu'il représente le couronnement de toutes les espèces vivantes, voire de l'univers, l'homme est naturellement enclin à interpréter les échecs de ses entreprises comme injustes. Pareil à l'enfant, qui ne se soucie que de soi, il attribue son infortune à une puissance surnaturelle et maligne qu'il définit comme un méchant dieu. Et, dans sa logique, il déduit que, puisqu'il y a un mauvais dieu, il y en a aussi un bon. Bien sûr, il s'identifie au bon, qu'il comble de sacrifices, allant parfois, par ruse naïve, jusqu'à offrir aussi des sacrifices au mauvais, afin de ne pas le rendre jaloux. Il suppose aussi que ses souffrances sont partagées par le bon dieu, comme on le voit si clairement dans Homère, quand les héros tiennent pour acquis que tel ou tel dieu leur est propice, et il est finalement certain que le bon dieu est à couteaux tirés avec le mauvais. Comme nous sommes tous mortels et que nous supposons que la mort est un accident absurde qui n'adviendrait pas si le bon dieu régnait, nous déduisons aussi que, sur terre, le mauvais dieu triomphe toujours du bon. Ce qui signifie que le monde matériel est l'empire du mauvais dieu. Mais comme cette idée est insupportable, nous supposons aussi que, dans le monde invisible, le bon dieu prend sa revanche. C'est ce que font les Juifs. Ils ont admirablement mis en scène les tourments de l'âme. »

« Ils ne sont pas très différents de nous, il me semble », dit Ion, se drapant dans son manteau pour se protéger des premiers embruns.

« Oui, mais seulement jusqu'à un certain point. C'est que nous n'avons pas vraiment de bons et de mauvais dieux. Tous nos dieux sont tantôt bons, tantôt mauvais, selon la part qu'ils prennent aux affaires humaines. Ainsi, les tours que Dionysos joue à son

cousin Penthée, roi de Thèbes, finissent par entraîner le meurtre de ce roi par les Bacchantes. Dionysos apparaîtrait alors comme un mauvais dieu. Et
pourtant, c'est lui qui libère Ariane de sa prison à
Naxos et l'épouse — sans grand enthousiasme, je
vous le concède. Comme lui, tous nos dieux sont
ambivalents et imprévisibles et nous n'en comptons
pas un seul qui soit tout uniment bon ou mauvais.
Même Hadès, dieu des Enfers, n'est pas un méchant
bougre... »

« Qu'est-ce qui vous fait penser qu'il en soit autrement avec les Juifs ? » demanda Ion.

« Il en va tout autrement. Au lieu de plusieurs
dieux ambivalents, ils en ont élu un, nommé Jéhovah, qui est uniformément bon et qui règne dans
l'au-delà, mais pas sur la terre. Symétriquement, ils
ont imaginé un diable, qu'ils appellent Satan, et qui
règne sur la terre. Voyez-vous bien ce que cela
implique ? »

« Non », répondit Ion.

« Que les Juifs ont effroyablement simplifié leur
représentation du monde, le bien en haut, le mal en
bas. Ils ont du coup éliminé de leurs têtes toute la
complexité du monde. C'est exactement le contraire
de ce à quoi devrait tendre l'esprit humain. Cela dit,
une telle simplification implique aussi que toutes les
entreprises terrestres sont maudites. Satan finit toujours par gagner. Et les Juifs considèrent, en effet,
que la vie terrestre pullule de pièges sataniques ; ils
ont érigé un système compliqué de recommanda-
tions et d'évitements pour contourner ces pièges. Ce
qui explique leurs mines sourcilleuses et austères.
Tout ce qui leur est étranger est suspect de sata-
nisme. Alors que la plupart des gens s'intéressent aux
autres religions, ne fût-ce que parce qu'ils espèrent
qu'elles honorent des dieux plus efficaces que les
leurs, les Juifs, eux, se sont enfermés dans leur foi et
considèrent que toutes les autres religions sont sataniques. »

« C'est vrai que nous n'avons pas été très bien accueillis », convint Ion.

« Bien accueillis ? Vous voulez rire ! Si nous avions franchi la barrière de la cour des Gentils, comme vous nous le proposiez au Temple de Jérusalem, savez-vous ce qui nous serait advenu ? Nous aurions été tout simplement mis à mort, et les Romains ne seraient certes pas intervenus en notre faveur. Bref. Considérez la situation actuelle en Palestine. Les Juifs sont dominés par les Romains. Situation insupportable. Le diable gagne. Ils ne peuvent pas composer avec les Romains, sauf à être considérés renégats, ce qui serait épouvantable, parce qu'ils perdraient la seconde manche, celle qui se déroulera quand, dans l'au-delà ils affronteront le bon dieu. Leur tourment est intense : d'une part, ils ne peuvent pas triompher des Romains, qui leur sont infiniment supérieurs, militairement parlant, et d'autre part, ils ne peuvent pas supporter indéfiniment de vivre dans des conditions sataniques. Qu'est-ce qu'on fait dans une telle situation ? On aspire à une catastrophe, une catharsis, une tragédie qui mette fin à l'anxiété. C'est l'acte final : ceux qui doivent gagner gagnent et les autres perdent. Visiblement, ils sont appelés à perdre et ils le savent. Mais ils n'en ont cure : s'ils meurent dans une guerre sainte contre les armées du mal, ils seront récompensés dans l'au-delà par les faveurs du bon dieu. Donc leur mort sera une bonne mort. Ils y aspirent presque. »

« Première fois que quelqu'un aura sacrifié sa propre vie à un dieu », observa Ion, contemplant les marbrures de l'écume sur les vagues.

« Première fois en effet. Et ils seront écrasés. Les survivants n'auront pas la vie facile, parce qu'ils seront exécrés de tous ceux qui ne sont pas juifs et qui sauront que les Juifs sont des fanatiques avec lesquels il est impossible de composer. »

« Comment avez-vous compris tout cela ? » demanda Ion.

« Justement à la barrière du Temple dont je vous parlais tout à l'heure. Elle n'a pas de précédent. N'importe quel étranger a le même droit d'accès à nos temples qu'un Grec ou un Romain. Vous vouliez aller en Egypte ; j'y suis allé. Les prêtres égyptiens ont réservé dans leurs temples une salle où eux seuls peuvent pénétrer ; elle n'est pas interdite seulement aux fidèles des autres religions, mais à toute personne qui n'est pas un prêtre égyptien. Mais les Juifs sont xénophobes ; non seulement ils ont une salle interdite, mais encore ils l'ont placée dans une partie du Temple où ni les femmes, ni les Gentils n'ont droit d'accès. Et puis, quand nous étions à Jérusalem, j'ai glané par-ci, par-là des informations. J'ai ainsi appris qu'ils comptent dans leur nombre deux sectes de fanatiques. L'une est relativement récente et elle est constituée des Zélotes, dont l'intention est de causer aux Romains autant d'ennuis que possible. Même, ils n'hésitent pas à tuer des soldats romains quand c'est faisable. A mon avis, ces provocations ne les mèneront pas loin. L'autre secte est plus ancienne et elle est constituée des Esséniens. Ce sont des extrémistes aussi, qui croient encore plus fermement que les autres en la nature mauvaise du monde matériel. Pour eux, la seule attitude que l'on puisse avoir est d'attendre la catastrophe finale, celle dont je vous parlais, l'apocalypse, à la faveur de laquelle leur bon dieu, Yahweh, détruira le monde matériel et triomphera du mauvais dieu, ce Satan dont je vous ai déjà parlé et qui, incidemment, aurait été autrefois un lieutenant du bon dieu, mais serait tombé en disgrâce à la suite de sa révolte. Il me semble évident qu'un tel état d'esprit est destiné à faire du grabuge tôt ou tard. »

« Donc, si je vous suis bien, les Zélotes et les Esséniens sont des Gnostiques », dit Ion, « mais je ne saisis pas bien le rapport entre leurs attitudes et le terme "Gnostique" lui-même. »

« Il est simple. Les Gnostiques estiment que la

vérité ne peut être atteinte par la raison, mais par un acte de foi qui met la raison en vacance. »

« Mais ne m'avez-vous pas dit une fois qu'il y a des Asiates qui estiment aussi que la vérité ne peut être atteinte que de cette manière ? »

« Oui, ce sont les disciples du philosophe Bouddha. Je soupçonne, d'ailleurs, que le gnosticisme est né en Asie. En fait, il n'est pas surprenant que les Juifs aient une fibre gnostique, puisqu'ils sont venus d'Asie il y a plusieurs siècles. De toute façon, même nous, Grecs, avons été infectés par le gnosticisme. »

« Vous vous contredisez. Il y a un moment, vous opposiez nos dieux au dieu juif... »

« Oui, oui, mais il y a quand même un trait que nous partageons avec eux, et c'est l'illusion qu'il existe une vérité suprême, univoque et immuable, qu'il serait possible d'atteindre moyennant un certain effort. Les Juifs gnostiques considèrent que cet effort doit être réalisé par la foi, les Grecs, ou du moins certains Grecs, par la raison. Prenez Platon, par exemple. Il ne croit sans doute pas que l'on atteigne la vérité à la faveur d'une illumination, mais il croit qu'il existe des choses absolument bonnes et d'autres absolument mauvaises. Il est le plus indigne disciple de Socrate que l'on puisse imaginer. Ainsi, dans *La République*, il organise son Etat idéal autour d'un système de valeurs qui, à la fin, est beaucoup plus métaphysique que politique. C'est le genre d'idéologie qui mène aux tyrannies, lesquelles mènent aux révoltes, lesquelles à leur tour mènent à d'autres tyrannies et ainsi de suite. On ne peut pas organiser parfaitement la vie ! » s'écria Eucrate avec impatience.

« Vous êtes devenu plutôt asiatique, ces derniers temps », observa Ion.

« Pas asiatique, cher Ion, héraclitéen. *Panta rhei.* » Et Eucrate se pencha à son tour sur la rambarde pour observer les vagues, comme si elles constituaient l'illustration de son état d'esprit.

« Et ce héros que vous imaginiez, l'autre jour, quand nous nous promenions à Jérusalem ? » demanda Ion. « Où le situez-vous dans votre théorie ? »

« Il s'y insère à merveille ! Il sera jeune et beau et chargé des pires besognes, tout comme notre Héraclès. Pauvre Héraclès ! » s'écria Eucrate. « Il a dû tuer le lion de Némée, puis le cerf dangereux de Cérynée, puis le sanglier monstrueux d'Erymanthe, puis encore il a dû nettoyer les écuries d'Augias ! Après cela, nous lui avons confié la tâche de tuer les oiseaux au bec de fer du lac Stymphale, puis de dompter la jument mangeuse d'hommes de Diomède. Ce n'était sans doute pas assez, à notre gré, car nous l'avons envoyé dans une expédition futile, voler la ceinture de la reine des Amazones et, comme nous ne l'avions pas tué de fatigue, nous l'avons dépêché aux Enfers ramener les troupeaux de bœufs de Géryon ! Nos exigences n'ayant pas de limites — nous les prétendions dictées par l'Oracle de Delphes — nous l'avons encore envoyé voler les pommes d'or du Jardin des Hespérides et, tant qu'il y était, nous l'avons chargé de soutenir le firmament à bout de bras. A court d'imagination, nous l'avons alors renvoyé aux Enfers, sans doute avec l'espoir qu'il n'en reviendrait pas, pour ramener Cerbère, le chien à trois têtes qui montait la garde en bas. Et il a fait tout cela avec une bonne volonté infaillible. Mais à la fin, il a été vaincu par sa propre femme, Déjanire, jalouse d'une vierge qu'il avait imprudemment ramenée à la maison, récompense plutôt modeste pour tous ses travaux. Et cette mauvaise épouse de Déjanire a trempé la tunique de son mari dans le sang empoisonné du centaure Nessos, qu'Héraclès avait tué au cours de ses aventures. Les souffrances de notre héros après qu'il eut revêtu la tunique devinrent telles qu'il décida de mettre fin à ses jours sur un bûcher. Et ses superbes muscles finirent en fumée ! »

Ion et Eucrate éclatèrent de rire.

« Comme vous racontez l'histoire ! » dit Ion.

« Voilà, notre héros des Juifs sera chargé de mille tâches ingrates. Il s'en acquittera et puis il sera évidemment mis à mort. »

« C'est déprimant ! Il n'y a donc pas de héros qui triomphent ? »

« Mais non, un héros est quelqu'un qui se dévoue pour le bien commun et l'on ne peut pas offrir en exemple quelqu'un qui réussit tout ce qu'il fait ! Ce serait dangereux ! Songez donc ! Tout le monde voudrait être héros, ce serait la pagaille ! De plus, un personnage aussi admirable devient rapidement sacrificiel. Offrir un bœuf aux divinités, ce n'est rien ! Mais offrir un héros, voilà qui doit faire plaisir aux puissances suprêmes ! Donc, notre héros juif sera immanquablement sacrifié, comme un bœuf, un agneau, une colombe ! Et puis l'on rendra hommage à sa mémoire, on instituera un culte... »

« Les héros ne se rendent-ils jamais compte qu'on se sert d'eux ? »

« Juste, très juste ! Mais le propre du héros est de se croire immortel. Il se laisse donc sacrifier. Son orgueil triomphe. Notre héros se laissera sacrifier tout comme Héraclès ! »

XII

VISITEURS NOCTURNES, VISITEURS DIURNES

Le regard s'était assombri, les joues s'étaient creusées.

Comme un acide, Jérusalem avait dissous les

charmes de l'adolescence. Plus de sourires tendres ni d'éclats provocateurs dans le regard. Le besoin de solitude s'était accru. Les promenades le long des rives s'allongeaient.

Le monde, et Jérusalem en tout cas, appartenait à des adultes riches de stratégies complexes. Ou bien ils étaient retors et corrompus comme les gens du Temple, ou bien ils étaient rejetés comme Joseph. A l'évidence, Joseph avait autrefois été puissant. Il s'était heurté à la caste dominante de Jérusalem et il avait dû prendre la fuite. Sa connaissance des Livres n'était qu'un héritage du passé, elle ne pouvait plus servir à rien et, d'ailleurs, il était trop vieux.

Et lui, il ne savait rien d'autre que l'art du charpentier et ce que son père devant les hommes avait bien voulu lui dire des Livres. Bientôt, Joseph mourrait. Il ne resterait rien d'autre à faire que d'être charpentier à Capharnaüm. Se marier, vieillir au rang de citoyen de seconde classe, un Juif toujours inquiet des mouvements de la troupe romaine. Non.

Mais aucune perspective de fuite. Impossible d'entrer dans le système du Temple. D'abord, l'idée en était répugnante, ensuite c'était impossible. Et pourtant, il avait un certain pouvoir. Il l'avait bien vu au Temple. L'exaspération de Mattathias, d'Ebenezer, de Gedaliah ! Si seulement il connaissait les Livres ! Même en tant que petit rabbin, il leur donnerait du fil à retordre, à ces gens-là ! Mais son père ne voulait pas qu'il fût rabbin.

« Un œuf ne vole pas », disait-il, quand Jésus évoquait l'apprentissage des Livres.

Mais on eût au moins dû le couver, cet œuf. Et quand Jésus évoquait encore la nécessité d'apprendre les Livres pour qu'ils ne fussent point la seule propriété de gens tels que ceux du Temple — la conversation avait eu lieu au retour de Jérusalem —, Joseph rétorquait obstinément :

« Aucun Livre ne s'est jamais fermé. »

Et encore :

« Même le chacal apprend à ses enfants à éviter la piste du chasseur. »

Puis Elie, l'un des apprentis, le fils du boulanger qui fournissait les garnisons romaines, arriva un matin en retard, parce qu'il avait dû aider son père à pétrir le double de pâte que d'habitude.

« Pourquoi ? » demanda Joseph.

« Ne savez-vous pas ? Cinq cents soldats romains sont arrivés de Syrie la nuit dernière. »

« Cinq cents ? »

« Cinq cents. Ils sont venus demander à mon père, à la tombée du jour, de cuire deux cent cinquante pains de plus, puis ils ont été en demander de même à Hanina. N'êtes-vous donc pas allé en ville ? Les gens sont agités. Plusieurs boutiques ont fermé leurs portes une heure après avoir ouvert et d'autres n'ont pas ouvert du tout. C'est à cause des Zélotes. »

Plusieurs têtes se levèrent dans l'atelier.

« Qui sont les Zélotes ? » demanda Jésus au contremaître.

« Des rebelles. Ils suivent deux chefs, Judas de Galilée et Saddoq. Ils ont tué deux Romains près de Chorazim, il y a quelques jours. Et le rabbin s'est enfermé dans la synagogue, de peur que des Zélotes ne lui demandent son aide », ajouta-t-il ironiquement.

« Je me rappelle maintenant que Samuel le pêcheur disait que le recensement avait causé des émeutes à Chorazim. »

« Le recensement ! » ulula Joseph. « Le recensement ! Encore, Seigneur ! » Son menton tremblait. « Pourquoi ne m'en as-tu pas parlé, fils ? »

Il arpenta l'atelier. Les copeaux volèrent sous ses sandales.

« Ce n'est pas un malheur qu'on ait tué ces deux Romains », dit le contremaître. « Il est temps que nous montrions au procurateur Coponius et à son acolyte de Syrie, Quirinius, que nous ne sommes pas des agneaux qui marchent docilement à l'abattoir.

L'épée de David n'est qu'enterrée, elle n'est pas brisée. » Il croisa les bras sur sa poitrine.

Joseph se tourna vers lui.

« Tu es un Zélote ? »

« Non, mais mes deux cousins le sont. Et s'ils me le demandent, je me joindrai à eux. »

« Vous ne savez pas, vous tous, où peut mener tout cela. Mais vous auriez au moins dû me prévenir. »

« Nous sommes là pour vous défendre, père, parce que vous êtes un homme juste. De toute façon, vous serez informé assez tôt du recensement. Les collecteurs sont arrivés en ville ce matin pour publier l'édit du procurateur. Et il y a déjà des gens décidés à ne pas payer l'impôt. »

« Et alors ? » dit Joseph. « Ils seront battus ou jetés en prison, ou ils devront prendre la fuite. De toute façon, leurs biens seront saisis et ils auront perdu bien plus que le montant de l'impôt. »

« Nous sommes en guerre, père », dit le contremaître. « De toute façon, mieux vaut perdre en combattant que de tendre la nuque au bourreau. De plus, il y a aussi des Zélotes à Capharnaüm. Ils peuvent donner du fil à retordre aux Romains. »

Joseph quitta l'atelier, blafard.

« Parlez-moi encore des Zélotes », dit Jésus.

« Des gens comme nous, humiliés par les Romains et excédés par les prêtres. »

« Combien sont-ils ? »

« Qu'importe ? Quelques hommes auraient pu sauver Sodome. »

« Allons nous battre avec eux ! » s'écria un apprenti.

« Allons nous battre contre les Romains ! »

Des cris de ralliement jaillirent, l'atelier résonna de cris belliqueux, l'air vibra des moulinets de sabres de bois improvisés.

« Du calme ! » cria le contremaître. C'était un homme carré et gris que ce Siméon. « Qui a entendu parler de soldats sans armes et sans entraînement ? Pour le moment, restez en alerte. Le temps venu, des chefs vous diront ce qu'il faudra faire. Et rappelez-vous : la ruse aussi est une arme. Une pierre bien lancée dans la nuit peut valoir une bonne épée. Et maintenant, au travail. »

Mais l'agitation reprit aux ablutions du soir. Et ce poing qui te fracassera un crâne et ce biceps qui soulèvera la massue pour briser des reins. Ils crièrent tant que Joseph sortit les tancer.

« Vos bras ne sont pas plus forts que ceux des Romains tant qu'ils ne sont pas emplis de la puissance du Seigneur ! Rentrez chez vous et priez notre Père qu'Il vous arme ! »

Au souper, les voisins vinrent prévenir qu'il y avait des feux sur les rives du lac, non loin de la ville. Le père et le fils sortirent. Une maison brûlait et des torches couraient.

Ils rentrèrent et tentèrent de dormir. Mais leur sommeil fut assez léger pour être interrompu par quelques coups à la porte, au noir de la nuit. Joseph leva la barre, à la lueur d'une chandelle. Deux faces luisantes apparurent. L'une d'entre elles était ensanglantée.

« La paix soit avec toi, Joseph fils de Jacob », dit l'homme blessé. « Peux-tu nous offrir l'asile ? Nous partirons avant l'aube. »

« Est-ce que je vous connais ? »

« Je suis Judas et l'on m'appelle Judas de Galilée. Mon compagnon est Nathan. Les Romains nous poursuivent. »

Joseph hocha la tête. Ils entrèrent. La porte fut verrouillée.

« Au fond », dit Joseph. « S'ils venaient, vous pourriez fuir par la cour. »

Marie versa de l'eau dans une cuvette, déchira un linge en bandelettes et tira d'un placard un sachet de plantain. Jésus observait les visiteurs. Judas avait été frappé au sommet du crâne. La blessure était celle d'une dague, car un glaive aurait fendu la tête jusqu'au cou. Nathan était indemne. Ils avaient chacun la trentaine. C'était Judas qui forçait l'attention, pas seulement parce que son masque et sa barbe noire, tous deux carrés, lui prêtaient l'air d'un Nabatéen, mais parce que, en dépit de sa blessure, il souriait. Quand Joseph commença à laver la blessure, dissolvant le sang séché qui avait érigé les cheveux en une coiffure bizarre, Judas ne cilla pas. Il observait aussi Jésus.

« Tu es Jésus », dit-il.

« Tu es bien informé », marmonna Joseph, penché sur la tête du Zélote. « Je suppose que c'est le contremaître Siméon qui t'a informé et qui t'a indiqué ma maison. »

« Siméon est mort », dit Judas. « Il a été décapité. »

Joseph chancela et Jésus courut le soutenir. Mais le vieillard se rétablit vite et repoussa son fils.

« Siméon était brave », dit Nathan.

Là s'arrêta l'oraison funèbre.

Joseph appliqua du plantain amolli dans de l'esprit-de-vin sur la plaie nettoyée. Les mains tremblaient, mais elles étaient expertes. L'atelier avait vu plus d'une plaie de scie ou de rabot.

« De toute façon », dit Judas et il tomba de son siège.

Joseph le souffleta. Judas rouvrit les yeux.

« Je voulais dire... »

« Vous le direz plus tard », coupa Joseph. « Donne-leur du lait caillé et du pain », ordonna-t-il à son fils. Et aux deux visiteurs : « Quand vous aurez mangé, dormez. Je vous réveillerai avant l'aube. » Il fit à Judas un pansement à la façon d'une mentonnière des morts.

Jésus apporta la nourriture. Judas la considéra un moment et dit :

« Béni soit Celui qui nous donne ce pain et béni soit le serviteur qui nous le sert. Béni soit Celui qui met sur la route de Ses soldats des hommes miséricordieux. »

Et il commença à dévorer.

« Le Seigneur protège les défenseurs de la Loi », dit Joseph.

« Dix hommes morts », marmonna Judas, « pour cinq Romains aux géhennes ». Il ajusta le pansement sur sa tête, s'allongea et s'endormit sur-le-champ.

« Donne-nous ton fils », dit Nathan.

« Vous ne vous en prenez pas au véritable ennemi », dit Joseph. « Il est dans nos murs. »

« Tu parles comme Saddoq, père. »

« Qui est-ce ? »

« L'autre chef. »

« C'est un Sadducéen. »

« Comme tu l'as dit. »

« Il y a donc au moins un bon Sadducéen », dit Joseph.

Judas ronflait.

« Alors donne ton fils à Saddoq. »

Les yeux de Jésus flambaient.

« Il y a mieux à faire qu'à trucider du Romain. »

« Trucider des Juifs, sans doute. »

« Tu les appelles des Juifs, moi, des hors-la-Loi. »

« Tu nous donnerais ton fils si nous allions tailler en pièces quelques prêtres à Jérusalem ? »

« Et mettre le feu au Temple ? » dit Jésus.

« Et mettre le feu au Temple », répéta Nathan avec un sourire.

« Ecoutez, vous deux », dit Joseph. « Ce genre de violence est dérisoire si le peuple n'en comprend pas le but. Dix émeutes ne valent pas quelques mots bien dits. Nous avons besoin de prophètes, pas d'épées. »

« Que faire ? » demanda Nathan, réprimant un bâillement. « Aller prêcher ? »

« Lance un mot et il vole bien plus loin qu'une flèche ou un javelot. Et plus longtemps », ajouta Joseph.

Nathan s'était endormi. Jésus et Joseph demeurèrent face à face.

« Nous dormirons une heure à tour de rôle », dit Joseph. « Va. »

Les papillons tournaient autour de la lampe. Ils seraient morts à l'aube.

Quand son père l'éveilla, il grommela. Il s'était battu dans son sommeil.

« N'oublie pas de me réveiller. Ils n'ont aucune chance. Je suis trop vieux, et toi, trop jeune. Les armes... » dit-il cn haussant les épaules.

Jésus alla veiller les dormeurs.

« Lance un mot... » murmura-t-il. Quel combat, Dieu des Armées ? Quel combat ? L'humidité qui se faufila dans la maison annonça l'agonie des ténèbres. Il ouvrit le volet de la lucarne. Dans une heure, l'aube. Et David, Seigneur ? N'avait-il pas tué Goliath ? « Lance un mot... » Il alla réveiller Joseph, qui ressemblait à ce qu'il serait bientôt, trop plat sous sa robe, presque dissous dans les plis trop profonds. Le vieillard ouvrit les yeux, et les plongea dans ceux de Jésus. Aucune compassion, non, les vieillards n'ont plus de compassion. Il s'assura sans mot dire que son fils l'avait compris.

Ils réveillèrent leurs hôtes. Joseph vérifia l'état de la plaie ; elle désenflait. Il ouvrit la porte et sortit. Etait-ce là-bas une fauvette qui avait chanté ? Il hocha la tête. Les Zélotes se couvrirent la tête de leur cape et sortirent. La nuit les avala. Marie apparut au fond de la pièce.

« J'ai chauffé du lait », dit-elle.

« Où iront-ils ? » demanda Jésus.

« Le vent porte les graines », dit Joseph.

La Palestine fut mauve.

L'atelier ouvrit comme d'habitude.

Le fils du boulanger arriva le premier.

« J'étais avec Siméon... » commença-t-il.

« Je sais », coupa Joseph.

Samuel, l'assistant du contremaître, fut en retard.

« La ville est pleine de Romains. Ils arrêtent tout

homme blessé. Il y a eu douze morts juifs et sept romains. »

Il se mit en braies. Joseph confia l'atelier à Jésus et alla se coucher. Peu avant midi, le travail s'arrêta.

« Les voilà », dit Elie.

Tous les regards furent aux fenêtres. Trois hommes s'avançaient sur le sentier qui menait de la route à l'atelier. Deux d'entre eux étaient des soldats romains. Marie, qui étendait le linge, courut à l'intérieur de la maison. Quand ces gens parvinrent à la porte de l'atelier, on distingua le tablier de cuir du publicain. Jésus les attendit les bras croisés ; ils le toisèrent d'un œil dédaigneux. Joseph sortit, la barbe dardée vers eux.

« Joseph », cria le publicain, un homme hérissé à la voix éraillée, « je suis venu percevoir la dîme requise par le procurateur de Galilée. Tu dois payer pour ta femme, ton fils et toi-même six deniers et pour chacun de tes employés un sesterce. »

Il cligna des yeux et plongea les mains dans la vaste poche de son tablier, soit pour se rassurer en tâtant l'argent qu'il avait déjà collecté, soit pour se donner contenance.

« C'est le double du dernier impôt », dit Joseph. « J'avais alors payé trois sesterces et un dupondine pour chaque apprenti. Ce que tu demandes est ce qu'il nous faut pour vivre deux mois. »

Le publicain clignait toujours des yeux, comme une chouette surprise par le jour.

« Est-ce que tu refuses de payer ? » demanda-t-il au bout d'un moment.

« Je ne refuse pas, j'essaie de te faire comprendre que tu demandes plus que ce qui est raisonnable. »

« Les impôts ont été fixés par le procurateur au nom d'Auguste. Je ne suis pas autorisé à discuter avec toi ou qui que ce soit. As-tu l'argent ? »

Les soldats, qui suaient sous leurs armures, firent un pas en avant.

« Je vais aller chercher l'argent », dit Joseph.

Le publicain et les soldats attendirent sous les regards des apprentis. Joseph revint, tenant une bourse. Il défit les cordons et plongea neuf fois la main dans la bourse pour y prendre des pièces, disant d'une voix sonore :

« Prends, publicain, deux deniers pour mon épouse, puis deux deniers pour mon fils... Puis encore deux pour moi. Compte bien, publicain, parce que ce pourrait être la dernière fois que je te donne de l'argent ! L'an prochain, je pourrais être mort et qui sait, toi aussi, et ce seront les chacals qui compteront tes os éparpillés ! Maintenant, voici un sesterce pour mon apprenti Elie... et un pour Jérémie... et un encore pour Jokanaan... puis un de plus pour Ahazie... et le dernier, regarde-le bien, pour mon apprenti Zibéon. As-tu bien compté, publicain ? N'importe, aussi bien que tu comptes, le Seigneur comptera encore mieux le jour du Jugement. »

Chaque fois, le publicain tendait la main pour recevoir la pièce et chaque fois qu'il tentait de s'approcher de Joseph pour éviter l'humiliation, Joseph reculait de telle sorte que l'argent dût être pris à bras tendu. A la fin du paiement, le publicain avait pris une couleur malsaine, une sorte de pourpre qui évoquait la viande pourrie.

« Et ton contremaître Siméon ? » demanda-t-il avec un mauvais sourire.

« Il est mort cette nuit, publicain, tu le sais bien. Les routes sont devenues dangereuses, et prends garde pour toi aussi. Tu risques d'y rencontrer des démons. »

Le publicain devint violacé.

« Tu ne pourras jamais plus sortir la nuit, publicain. Te voilà comme le rat qui ne sait pas quand la chouette fondra sur lui. Tu ne verras jamais plus la lune, ni les étoiles. Et maintenant, va-t'en, car si tu t'attardais, on croirait que tu me rends une visite d'amitié et cela te ferait du tort que d'être pris pour l'ami de Joseph. On te demanderait des délais. Adieu, publicain. »

Joseph tourna les talons. Les hommes crachèrent par terre. Les visiteurs partirent.

Il faudrait bien qu'un jour les œufs se missent à voler. Pas des œufs de perdrix, non, mais d'aigle.

XIII

JOKANAAN

Le pain fut cuit et mangé. Les hirondelles partirent et revinrent. Les parfums de la sauge et de la lavande chantèrent, moururent, naquirent à nouveau. Les mangoustes mangèrent beaucoup de musaraignes et les hérissons défièrent les cobras. Deux années passèrent. Le pain fut souvent amer.

A la synagogue, Jésus récita :

> « Si seulement mon peuple m'écoutait,
> Si seulement Israël suivait mon chemin,
> Je mettrais bientôt ses ennemis à genoux
> Et j'abattrais ma main sur ses persécuteurs. »

Il aurait bientôt dix-huit ans. Joseph déclinait vite. Sa voix parfois devenait inaudible. Et il n'entendait pas non plus celle des autres.

Un soir d'hiver, il trouva un jeune homme debout devant son père, écoutant attentivement. Peut-être un nouvel apprenti.

« Fils », dit Joseph, « voici ton cousin Jokanaan, le fils d'Elisabeth la cousine de ta mère et de Zacharie le prêtre. Il est de ton âge, car il est né peu de mois avant toi. Il est venu nous rendre visite. »

« La route est longue depuis la Judée », dit Jésus.

« Je ne viens pas de Judée, mais de Ptolémaïs », répondit Jokanaan. « Mon père y avait de la famille. Mes parents sont morts. Je rends visite à ceux qui restent avant de m'absenter pour un long temps. »

« Un long temps ? » demanda Jésus.

« Un très long temps. » Il était mince, un rien osseux et sa couleur, noir et brun, évoquait un brandon à peine refroidi.

« Vas-tu à l'étranger ? » demanda Jésus.

Le jeune homme parut hésiter.

« Non, je vais dans le désert, là-bas, au-delà de Hébron. »

Et il sourit, comme pour faire excuser le caractère énigmatique de sa réponse. Ses dents brillèrent dans son visage sombre, comme une épée qui étincelle. Mais le regard ne souriait pas.

« Combien de temps resteras-tu avec nous ? » demanda Jésus.

« La nuit. Je repars demain. »

« Le dîner sera prêt », dit Joseph. « Aidez-moi. »

Samuel vint annoncer que l'atelier était fermé. Joseph envoya les cousins se laver avec les apprentis. Quand ils revinrent, Marie fit parler son neveu d'Elisabeth et elle pleura.

Joseph s'endormit à table. On le mit au lit.

« Allons nous promener un peu », dit Jésus après le repas.

Ils s'emmitouflèrent dans leurs manteaux et allèrent marcher le long du lac.

« Que peut-on faire dans le désert ? » demanda Jésus.

« Je vais à Quoumrân. C'est un monastère près de la mer Morte. Un monastère d'Esséniens. As-tu entendu parler des Esséniens ? »

« Quelques mots par-ci, par-là. »

Le vent plaquait les manteaux contre leurs corps.

« Pourquoi as-tu choisi les Esséniens ? » reprit Jésus.

« Ils ne sont pas compromis », répondit Jokanaan.

Ils étaient parvenus aux faubourgs qui s'étiraient sur les rives. Le vent semblait convulser la nuit.

« Qu'as-tu fait jusqu'ici ? » demanda Jokanaan.

« Rien, j'ai appris le métier de mon père. Il y a quatre ans, nous sommes allés à Jérusalem. J'ai été au Temple, guidé par un ami. Je voulais être prêtre. Un prêtre est venu, puis un autre et un troisième encore et ils n'étaient pas contents de ce que je disais, Puis mon père est venu me chercher et les évidences sont apparues. »

« Les évidences ? »

« Le clergé est pourri et mon père est une sorte de banni, trop vieux pour être persécuté. Je voulais être prêtre, mais ce n'est pas possible, parce que mon père est ce qu'il est et parce que... »

Une rafale de vent vint opportunément.

« Pourquoi voulais-tu être prêtre ? » demanda Jokanaan.

« Parce que j'avais pris goût au peu que mon père m'avait lu des Livres. »

« Tu ne le veux plus ? »

« Je ne le sais plus. Va-t-on à Quoumrân pour étudier les Livres ? »

« On y étudie les Livres, en effet, mais ce n'est pas pour retourner à Jérusalem. C'est pour y rester, ou pour aller dans d'autres groupes d'Esséniens. »

« C'est donc un exil. »

« Vu de l'extérieur, oui. »

« Et de l'intérieur ? »

Le vent souffla entre eux et menaça de les séparer.

« C'est appartenir aux élus. Un temps s'achève, un autre se lève. Comprends-tu ? »

Mais il sentait plutôt qu'il ne voyait le regard de Jésus demeurer sur lui, comme si son interlocuteur n'avait pas vraiment compris.

« Certes, comme tu l'as dit, tout ce monde est pourri. Les bois vermoulus finissent toujours par tomber en poussière, les arbres morts, par s'écrou-

172

ler et les mourants, par mourir. L'ère suivante est déjà née. »

Les lumières de Capharnaüm clignotaient au loin. Ils s'arrêtèrent sur une langue de terre que les vagues feignaient de vouloir dévorer.

« Et les Esséniens dans tout cela ? » demanda Jésus.

« Ils ont rompu avec les autres prêtres. Ils se préparent dans la solitude. »

« A quoi ? »

« A la fin. Peut-être la fin du monde. En tout cas, la fin de celui-ci. »

« Je ne vois pas que cela nous libère des Romains, mais seulement que nous mourrons donc avec eux dans la servitude », dit lentement Jésus. « Le seul problème, c'est la présence des Romains. Qu'ils partent et nous nous chargerons des prêtres corrompus. »

« Mais nous ne pouvons pas nous défaire des Romains », observa Jokanaan.

« Non, même si nous étions tous des Zélotes, nous ne pourrions nous défaire d'eux. Et pourtant... »

Ils prirent le chemin du retour.

« Mais à quoi bon s'enfermer dans un monastère au fond du diable ! » s'écria Jésus avec impatience. « Cela ne servira qu'aux Esséniens si la fin du monde advenait vraiment. »

« Ce n'est pas ainsi qu'il faut les considérer », dit Jokanaan, « ils s'efforcent de demeurer des justes. »

« C'est facile quand on est dans le désert », rétorqua Jésus.

« La vie à Quoumrân n'est pas facile. »

Ils longèrent le port. Les pêcheurs maugréaient, leurs prises avaient été maigres.

« Ils ont été persécutés, autrefois, et pourraient l'être à nouveau », reprit Jokanaan. « L'un de leurs maîtres, le plus illustre, et qu'ils respectent encore aujourd'hui, celui qu'ils appellent le Maître de Justice, fut mis à mort le jour même du Pardon. »

« Quand ? On ne nous en a jamais rien dit. »

« Il y a un siècle et demi. »

« Pourquoi ? »

« Parce qu'il avait condamné le roi de ce temps-là, Alexandre IV Jeannée, qui était aussi le grand prêtre à Jérusalem et que les Esséniens appellent le Mauvais Prêtre. »

« La situation ne semble pas avoir beaucoup changé. Ou alors les prêtres sont toujours mauvais. Et quel bénéfice trouvent-ils à ce deuil sans fin du Maître de Justice ? »

« Ils attendent un autre maître, qui aura l'onction. Et ce Messie sera à la fois le Messie d'Aaron et celui d'Israël. Comprends-tu ? Le Messie d'Aaron se chargera de restaurer la Loi, celui d'Israël, de chasser les méchants. »

« Et les Romains aussi ? »

« Les Romains font partie des méchants. »

« Et le Maître de Justice, lui, n'était-il pas un messie ? »

« Non, il n'avait pas l'onction. Le Messie sera choisi par le Seigneur. Les anges lui ordonneront de se lever et de revêtir les sept ornements qui sont les insignes du pontife énumérés par l'Exode, puis ils l'oindront », dit Jokanaan avec gravité, « et ils l'élèveront au stade divin de prêtre élu. »

« Et ce sera toujours un homme ? » demanda Jésus.

« Oui. »

« Comment as-tu appris tout cela ? »

« Il y a des Esséniens ailleurs qu'à Quoumrân. J'en ai rencontré un il y a de nombreux mois, le long du Jourdain, et je me suis longuement entretenu avec lui. »

« Et après ? » demanda Jésus. « Qu'adviendra-t-il du grand prêtre à Jérusalem et de tout le clergé ? Et le Temple ? »

« Les menteurs seront confondus par l'apparition du Messie. Pour le reste, ma science ne va pas si loin. »

Ils marchèrent en silence, puis Jésus reprit :

« Et les Romains ? »

« Qui sont les Romains pour s'opposer à la volonté du Seigneur ? » rétorqua Jokanaan avec hauteur. « As-tu perdu ta foi ? »

« Non, mais le Seigneur n'interdit pas que je me serve de ma raison dans les affaires temporelles, car il s'agit bien ici d'affaires temporelles, n'est-ce pas ? Il faut libérer le peuple des Romains qui imposent un clergé à leur solde. »

« Il n'y a pas d'affaires temporelles », répliqua Jokanaan. « Il n'est pas de domaine interdit au Seigneur. »

« Et tu resteras à Quoumrân jusqu'à l'avènement du Messie ? »

« Et je resterai à Quoumrân jusqu'à l'avènement du Messie », dit Jokanaan avec une conviction irrésistible.

Ils approchaient de la maison.

« Tu es orphelin », dit Jokanaan, « je le sens à ton désarroi. »

Ils partageaient la même chambre et se dévêtirent dans l'obscurité. Jésus s'endormit sur-le-champ et fut réveillé par un cauchemar. Il avait rêvé du pontife vêtu d'ornements rouges qui étaient en fait des oripeaux sanglants. Il écouta la respiration régulière de Jokanaan et lui envia son assurance. Le monde extérieur recélait des clés, Capharnaüm n'était qu'une ville éloignée de Jérusalem. Mais où aller ? Où commencer ? L'aube le trouva endormi, mais baigné de sueur. Il ouvrit les yeux et le visage de Jokanaan était penché sur lui.

« Tu rêvais », dit-il, « tu parlais dans ton sommeil. »

« Que disais-je ? »

« Tu m'appelais. »

L'eau froide chassa les anxiétés de la nuit.

Jokanaan prit congé. Jésus l'accompagna.

« Un dernier mot », dit-il. « Plusieurs hommes peuvent se croire investis de la volonté divine. »

« Cela ne se peut. Il y aura des signes. »

« Quels signes ? »

« Des signes », répéta Jokanaan. « Les anges... » Et il réprima un geste d'impatience. « Il n'y aura qu'un seul Messie ! » affirma-t-il.

Jésus hocha la tête. Il n'en savait trop rien. Quand Jokanaan fut parti, il resta devant la mer et se laissa éblouir.

XIV

MORT D'UN CHARPENTIER

L'adolescent avait disparu. La peau était hâlée, la barbe fournie, le corps musclé et les dernières grâces de la première jeunesse s'étaient enfuies.

Les mères le considéraient avec intérêt, les filles aussi. Pas de cousines, même lointaines, un atelier prospère en prochain héritage. Les approches furent faites, souvent avec le concours hésitant du rabbin. On mêla diplomatiquement la morale et les affaires. Mais Joseph était sourd et Jésus, hautain. Le dépit inspira quelques ragots. Marie s'en alarma.

« N'est-il pas temps de prendre femme ? » demanda-t-elle. « On jase. »

« J'y songerai. »

« Songes-tu à une jeune fille inaccessible ? »

« Non. »

« Aucune de celles qui t'ont été proposées ne te convient-elle ? »

« Elles me conviennent toutes, mais je ne songe pas au mariage. »

« Même les prophètes ont pris femme. »

« Les Esséniens ne prennent pas femme. »

« Les Esséniens ? » reprit Marie, interdite.

Elle parvint à faire entendre l'affaire à Joseph. Il demeura un long moment sans répondre et puis dit :

« Si un arbre porte ses fruits en hiver, les oiseaux les mangeront. »

Elle fut frappée de désolation.

« Le jardinier », reprit-il, « sait en quelle saison il faut semer pour recueillir des fruits. Mais le vent, lui, sème au hasard. »

Elle se voila et disparut. Jésus avait tout entendu. Le lendemain, Joseph était mort.

Jésus demeura des heures au pied du lit sur lequel gisait ce corps, si léger qu'il semblait fait de plumes et de vent. Il songea à l'honneur et à l'orgueil, puis au dévouement. Le jardinier avait accepté la plante semée par le vent, c'était donc cela.

Le contremaître Samuel alla chercher de la myrrhe et de l'aloès, six livres de l'une, et six de l'autre. Des femmes lavèrent le cadavre et lui lièrent les pieds avec des bandelettes, puis lui nouèrent une mentonnière et le posèrent sur le linceul. Elles saupoudrèrent d'aromates ce qui restait du charpentier et préparèrent pour son visage le soudarion qui devait absorber les sueurs cadavéreuses. Enfin, elles replièrent le linceul, laissant le visage découvert, comme il devait le rester jusqu'à l'enterrement. Ce ne fut qu'après avoir brûlé de l'encens qu'elles autorisèrent Marie et les visiteurs dans la chambre.

Ils furent deux douzaines à rendre un dernier hommage au partant. « Que les prières et les supplications de tous ceux d'Israël soient acceptées par leur Père au ciel... » récita Jésus. Marie répéta après lui les paroles du Kaddish, sans pleurer. A trente et un ans, elle avait depuis longtemps compris que Joseph avait été un père plus qu'un époux. Elle avait porté le deuil de son corps depuis longtemps, ce n'en était plus que le cortège qu'elle accueillait.

Quand les prières furent dites, et au moment

même où le rabbin arrivait, Jésus plaça sur le linceul la calotte du prêtre que Joseph avait été. « Seigneur de toute miséricorde », dit Jésus, regardant le rabbin dans les yeux, « Toi, œil qui voit tout, oreille qui entend tout, écoute ma requête pour Ton prêtre Joseph et envoie Michel, le chef de Tes anges, et Gabriel, le messager de lumière, et les légions de Tes anges pour escorter l'âme de Ton serviteur, mon père, jusqu'à ce qu'elle Te parvienne. »

Ils placèrent le corps sur une civière dont Jésus tenait à l'avant la poignée droite et Samuel le contremaître, la gauche, deux apprentis tenant les autres ; ils sortirent pour prendre la route du bord de mer, vers le cimetière. Samuel avait réservé un caveau où le cadavre resterait jusqu'à ce qu'il fût sec. Dans deux ou trois ans, ils le porteraient au dernier tombeau, une fosse de six pieds de long et de trois de profondeur, où les restes du charpentier achèveraient de se changer en poussière.

Puis Jésus et tous ceux qui avaient été en contact avec le cadavre allèrent aux bains pour se purifier et des bains à la maison, qui était désormais celle de Jésus, pour y partager le pain du deuil avec la famille et les amis. Le rabbin était présent ; au cours du repas, il évoqua le fait que l'atelier serait fermé trente jours, selon la coutume.

« Nous sommes tous pauvres », répliqua Jésus, « et ceux qui travaillent avec moi ont encore plus besoin de gagner leur pain que moi. Si je ferme l'atelier, il leur faudra emprunter de l'argent pour nourrir leurs femmes et leurs enfants, car je ne puis leur payer des gages. Engraisser des usuriers ne permettra pas à l'âme de mon père de gagner plus vite la paix de son Créateur. Nous travaillerons donc demain comme d'habitude. Et nous garderons nos corps propres, nous ne porterons pas de haillons et nous ne laisserons pas les poux envahir nos têtes. Le chagrin n'est pas un spectacle que l'on donne. »

Le rabbin demeura bouche bée.

« Rouvrir demain ? Mais c'est un défi à nos coutumes ! Et personne ne vous donnera du travail ou n'en retirera de l'atelier, sinon les païens ! » s'écriat-il avec emportement.

« Dans ce cas, nous prendrons le travail des païens et nous dirons qu'il vaut mieux prendre du travail de chez eux que de les laisser choisir nos prêtres. Maintenant, mènerez-vous la prière ou le ferais-je ? »

A contrecœur, le rabbin se leva et récita l'action de grâces, puis la prière pour le défunt. Quand il eut fini, Jésus récita un psaume.

> « La vie de l'homme est comme l'herbe,
> il fleurit comme les fleurs des champs :
> quand vient le vent, elles se flétrissent
> et la terre perd leur souvenir.
> Mais l'amour du Seigneur ne fait jamais
> défaut à ceux qui Le craignent,
> ni Sa justice à Ses fils et à leurs fils,
> s'ils écoutent Sa voix et respectent l'Alliance,
> s'ils se souviennent de Ses commandements
> et Lui obéissent. »

Le contremaître et les apprentis hochèrent la tête, prirent congé de Jésus et partirent. Privé d'audience, le rabbin s'en alla aussi.

« Les gens jasaient déjà parce que tu restes célibataire. Ils auront trouvé ce soir une autre raison de jaser. Et ils iront à un autre atelier », dit Marie.

Personne, en effet, ne vint le lendemain.

Le jour suivant, quelques curieux s'assemblèrent à distance pour vérifier les rumeurs selon lesquelles Jésus, le fils du charpentier Joseph, n'observait pas l'interruption réglementaire du travail. Le contremaître Samuel marmonna qu'ils n'avaient pas fermé l'atelier pour ne pas perdre leurs gages d'un mois, mais que, maintenant, ils risquaient de perdre leur travail pour de bon. Il partit livrer l'ouvrage achevé ; on le reçut mal.

Puis le rabbin vint se plaindre de ce que Jésus, qui, après tout, n'était pas né à Capharnaümn, troublait les gens du cru parce qu'il ne respectait pas les règles.

« Il n'y a qu'une règle à observer, et c'est la Loi », repartit Jésus. « Les coutumes dont vous faites tant cas ont été établies par l'homme, pas par le Tout-Puissant. Si vos ouailles s'occupaient davantage de la Loi et moins des coutumes, nous ne serions pas sans travail. »

« Qu'est-ce qui vous autorise à évoquer la Loi, vous qui n'êtes pas instruit ? » s'écria le rabbin.

« Tous les hommes peuvent évoquer la Loi, puisqu'elle existe pour tous. »

« J'avais espéré que vous vous repentiriez, mais vous êtes têtu comme une mule », dit le rabbin, qui s'en retourna fulminant.

Jésus alla expliquer la situation à l'atelier et annonça qu'il fermerait boutique pour de bon après leur avoir payé leurs gages.

« C'est la faute du rabbin ! » se lamentèrent-ils.

« Non », dit Jésus en secouant la tête, « si la peste sévit et qu'un homme tombe malade, ce n'est pas sa faute. Le rabbin a la peste. »

L'après-midi même, Juste, Simon, Judas et Jacques, suivis par Lydia et Lysia, arrivèrent ensemble une fois de plus. Jésus les emmena sur la tombe de Joseph, puis les ramena à la maison pour partager encore le pain du deuil.

Ils dirent quelques riens, puis Juste demanda :

« Notre père nous a-t-il légué quelque chose ? »

« Il ne possédait que l'atelier. Si l'un de vous en veut, qu'il le prenne », répondit Jésus.

Ils le regardèrent surpris ; il leur expliqua son différend avec les gens de Capharnaüm. Ils ne dirent rien pendant quelques moments, puis Simon observa que son père eût sans doute agi comme

Jésus. Et même, il invita Jésus à venir travailler à Bethléem et à vivre avec eux.

Jésus secoua la tête. « Je ne saurais vivre en paix dans cette Judée que mon père a fuie autrefois. Je ne saurais vivre si près d'un Temple dont les prêtres s'engraissent sur les sacrifices faits au Seigneur. Même ici, d'ailleurs, les greniers de la synagogue sont pleins de blé dans l'attente d'une disette. Alors le rabbin le vendra dix fois son prix, et encore, avec des boisseaux courts. Je m'en vais, en attendant la tempête. »

« La tempête ? » demanda Juste.

« La tempête », affirma Jésus. Et après un moment : « Un homme viendra. Et ce sera la tempête. »

Ils paraissaient décontenancés. Avant d'aller se coucher, ils suggérèrent alors que Marie allât vivre avec Lydia ou Lysia. Sollicitude et pardon.

La nuit était froide et claire et les étoiles ressemblaient à des mots écrits avec de l'argent. Mais personne ne savait les déchiffrer.

XV

RENCONTRE AVEC UN MAGICIEN

Quand la petite caravane constituée par la demi-douzaine de mulets portant les enfants de Joseph et leur marâtre eut disparu dans la poussière de la route et la lumière du matin et quand Jésus eut feint de s'engager dans la direction opposée, il fut temps d'observer une pause. Jésus s'assit donc sous un arbre, à un vol de chapon gras de la maison où il avait passé son enfance et son adolescence et qui reposait les volets fermés sous le soleil.

« Un temps pour naître et un temps pour mourir », murmura-t-il.

Mais il était libre et la mort n'était qu'un point noir, à la longue distance.

« Un temps pour pleurer et un temps pour rire. »

Mais il avait peu pleuré et n'avait pas envie de rire.

« Un temps pour chercher et un temps pour perdre. »

Il commençait à peine à chercher et n'éprouvait aucune disposition pour l'échec. Aucune des paroles de l'Ecclésiaste ne s'appliquait à lui. Il n'avait mangé la moitié de rien. Il pensa à Jokanaan, qui lui manqua, mais qu'il trouva soudain pédant et trop sûr de lui. Il eut envie de voir le monde, ses provinces et ses cités, ses cités et ses plaines, ses plaines et ses gens. Il savait qu'il avait à faire, mais ne savait quoi.

Il se leva et jeta son baluchon sur son épaule. Comme la première fois qu'il était allé à Jérusalem, il n'avait rien que sa robe, ses sandales, une cape, un bâton et du pain et des fruits. Il avait donné tout son argent à sa mère ; il ne lui restait que de petites pièces.

Marie. Gracieuse et triste et puérile et sage. Et inconsciente. Elle lui avait prodigué son lait et ses soins. Et elle ne pouvait plus rien lui donner.

Il se dirigea vers Bethsaïde de Julie, à l'est, en Trachonitide. Les premiers êtres qu'il rencontra furent des paysans. Il leur demanda s'il pouvait cueillir quelques figues fraîches sur les nombreux figuiers chargés de fruits près desquels ils travaillaient. Ils le fixèrent terrorisés et s'enfuirent sans répondre. Il alla après eux, mais ils coururent plus loin. Comme il courait vite, il les poursuivit et en rattrapa un.

« Pourquoi as-tu fui ? » demanda-t-il. « Et pourquoi as-tu peur ? »

« Pitié ! » cria le paysan, un homme jeune. « Pitié, Seigneur ! »

« Je ne suis pas ton seigneur et je n'ai pas l'intention de te battre. Pourquoi te conduis-tu ainsi ? »

Courbé, sale et échevelé, pendu par un bras au poing ferme de Jésus, le paysan ressemblait à ce singe que Jésus avait vu à Jérusalem. Un animal pitoyable, en culottes rouges, qu'un nègre faisait danser au bout d'une chaîne. Jésus relâcha son étreinte et le paysan tomba, gémissant stupidement. Les autres observaient la scène à distance, répugnant visiblement à aller au secours d'un des leurs, ce qui aussi étonna Jésus.

« Arrête ces lamentations de mégère ! » ordonnat-il, mais en vain, car l'autre continuait de geindre.

« Ils ne nous laisseront jamais tranquilles », gémit le paysan d'une voix de vieille femme, « toujours à nous battre, à prendre ce que nous avons, à nous traiter pis que des chiens... »

« Qui ? » demanda Jésus, secouant sa victime inattendue.

« Tous ! Tous les gens des villes ! Et les gens comme toi ! »

« Nomme-les », ordonna Jésus.

« Tous ! » répéta le paysan. « Et Barnabé pour commencer ! »

« Qui est Barnabé ? »

« Barnabé le rabbin », dit le paysan, regardant furtivement autour de lui, comme préparant sa fuite. Mais Jésus s'empara à nouveau du bras du paysan et le secoua.

« Barnabé le rabbin te bat ? Réponds ! »

« Il nous bat et prend tout ! Les fruits, les légumes, les récoltes, tout ! » hurla le paysan avec une acuité intolérable et fausse, appelant les autres paysans au secours. Jésus estima qu'il ne tirerait plus de lui d'autres explications et le relâcha, cueillit quelques figues et reprit la route, déterminé à interroger le rabbin Barnabé.

Le spectacle de la synagogue de Bethsaïde le surprit. Le monument n'était pas seulement énorme, mais tout noir. Il était en basalte orné de porphyre, notamment les chapiteaux des pilastres et les corniches. Il était arrogant et laid. Jésus gravit prestement le perron et demanda au Lévite qui gardait la porte à être reçu par le rabbin Barnabé. Le Lévite rit et haussa les épaules.

« Le rabbin Barnabé est mort depuis plusieurs années », laissa-t-il enfin tomber.

« Qui est son successeur ? »

« Le rabbin Zacharie. Et en quoi cela t'intéresse-t-il ? Es-tu de Bethsaïde ? Je ne me rappelle pas t'avoir vu auparavant. En tout cas, tu n'as jamais payé d'argent au culte », répondit le Lévite.

« Je viens de Capharnaüm. Je suis fils de prêtre, Joseph, qui fut charpentier. »

« Dans ce cas, je vais demander au rabbin de te recevoir. »

Il y avait à Bethsaïde des gens riches, ou généreux. Le sol de la pièce où Jésus fut introduit était orné de mosaïque, des tapis pendaient aux murs et garnissaient le divan où celui qui devait être le rabbin Zacharie était accroupi. L'homme venait à peine de dépasser la quarantaine ; il était bien nourri et les reflets rougeâtres dans sa barbe, donc passée à la décoction de henné, témoignaient qu'il prenait soin de sa personne. Le regard était vif.

« Bienvenue au voisin, mon fils. On me dit que tu es le fils d'un prêtre de Capharnaüm nommé Joseph. J'ignorais qu'il y en eût de ce nom, je connais pourtant mon collègue de Capharnaüm. »

« C'est à Jérusalem que mon père fut prêtre. Il participa à la construction du Temple, puis nous nous sommes installés à Capharnaüm. »

« Et quel bon vent t'amène dans la maison du Seigneur à Bethsaïde ? »

Jésus raconta l'incident avec les paysans. Zacharie haussa les épaules.

« Ces paysans se lamentent et mentent sans fin », dit-il. « La preuve en est qu'ils accusent un rabbin mort de les battre. Tu aurais dû prendre les figues sans rien leur demander. Qu'est-ce donc que quelques figues ! »

« Je n'ai pas l'habitude de me servir dans les vergers. Mais de toute façon, ces paysans semblent terrifiés. Qui les bat ? Barnabé les battait-il ? »

« Il n'y a donc pas de paysans à Capharnaüm ? » demanda Zacharie, d'un ton pointu.

« Si fait, mais je n'ai pas connaissance qu'on les batte. »

« Ils ont bien de la chance ! Ce sont partout des ânes malfaisants, à peine des êtres humains, comme tu sais. »

« Le sais-je ? » demanda froidement Jésus.

« Dois-je comprendre », demanda Zacharie soudain en colère, « que je perds mon temps à cause des jérémiades d'un paysan ? Dis-moi son nom et je le ferai proprement bâtonner ! » Il croisa et décroisa les jambes, puis s'éventa. « Ai-je bien compris que ton père était prêtre à Jérusalem ? Est-ce à dire qu'il ne l'était plus à Capharnaüm ? »

« Il est resté prêtre jusqu'au dernier jour de sa vie, mais il avait choisi d'être charpentier à Capharnaüm. »

« N'est-ce pas singulier ? » murmura Zacharie.

« Ce l'est, en effet. Je vais prendre congé après avoir constaté que les paysans ne mentent pas et après avoir cité Ezéchiel. »

« Ezéchiel ! » répéta Zacharie.

« Comme je déteste les bergers d'Israël qui n'ont cure que d'eux-mêmes ! »

« Et faudra-t-il aussi avoir cure des lièvres et des mulots dans les champs ? » s'écria Zacharie. « Pourquoi ne t'en occupes-tu pas ? Pourquoi ne vas-tu pas prêcher ? Tu es fils de prêtre, donc tu es instruit ! Va prêcher les animaux ! » Et il éclata de rire.

« Prends garde que le Seigneur ne te donne aussi des leçons ! » s'écria Jésus en quittant la pièce.

« Insolent ! » cria Zacharie. « Tu dois être un Zélote ! »

Jésus marcha si vite qu'il sortit de la ville sans s'en rendre compte. Deux heures plus tard, il atteignit un village appelé Kursi. A peine y entra-t-il que son attention fut attirée par un attroupement sur la place où couraient quelques poules hâves. Deux ou trois douzaines de gens faisaient cercle autour d'une scène qu'il ne pouvait distinguer, et ce qui était inhabituel était leur silence. Les paysans ont le verbe haut et rude, ceux-là chuchotaient à peine. Il se fraya un passage jusqu'au premier rang. Au milieu du cercle était assis un gros homme bizarrement vêtu : une large robe de soie blanche au col et à l'ourlet richement brodés, une calotte bordée de fourrure, des chaînes et des bagues, des mules de feutre rouge. En face de lui se tenait un garçon aux yeux tellement encroûtés qu'il ne pouvait les ouvrir. Le gros homme balançait le torse et la tête en cadence psalmodiant des mots incompréhensibles. En dépit de l'apparence exotique du personnage, Jésus soupçonna que les psalmodies n'étaient qu'une parodie d'incantation, car il y reconnut deux ou trois mots grecs, d'autres syriens. La voix du bonhomme monta jusqu'à l'aigu et se cassa sur un cri. Ses mains firent des passes sur un baquet plein et y jetèrent subrepticement une poudre qui teinta l'eau en rouge. Puis le bonhomme fit s'agenouiller le garçon en face du baquet et poussa sa tête dans l'eau où il la maintint jusqu'à ce que le malheureux, sans doute près de suffoquer, agitât les bras. Pendant cette cérémonie, le bonhomme poussait des cris brefs. Puis il enfonça plusieurs fois de suite la tête du garçon dans l'eau jusqu'à ce que les cris de celui-ci devinssent plus forts que les siens. Enfin, il demanda un linge et essuya les yeux du garçon.

« Je vois ! Je vois ! » hurla le garçon.

La foule, qui jusqu'alors avait retenu son souffle, murmura et s'agita. « Magie ! » crièrent quelques-uns. La mère du garçon se jeta aux pieds du bonhomme et puis leva les bras au ciel, priant le Seigneur que le Démon n'eût aucune part dans ce qu'elle appelait un miracle. Le père, lui, tenait le garçon par les épaules, demandant d'un ton sévère : « Me vois-tu ? Ai-je les yeux ouverts ou fermés ? Maintenant ? Et maintenant ? Dis la vérité, car ce traitement me coûte de l'argent et si tu perds à nouveau la vue après que ce magicien sera parti, je te battrai ! » L'enfant répondit en tremblant : « Je te vois, je le jure, tu as même de nouveaux poils blancs dans ta barbe... » Les femmes glapissaient, les hommes battaient des mains, les enfants criaient.

Le magicien les interrompit par quelques coups de baguette sur le bord du baquet. Tous se turent, escomptant sans doute un autre miracle.

« Ecoutez, tas d'ignorants ! » dit-il en mauvais araméen. « Votre chance a voulu que mon inspiration magnifique m'ait porté vers votre hameau perdu. D'abord, vous avez refusé de croire que je pouvais faire des merveilles. Maintenant, vous le voyez de vos yeux, comme ce garçon que j'ai guéri. Il est vrai que je fais des merveilles. Ce garçon avait des ulcères aux yeux, et bientôt il aurait eu la lèpre. Ma science a sauvé non seulement sa vue, mais aussi sa vie ! Maintenant, je veux être payé. C'est peu de chose que mon paiement en regard d'une vie. Je vous dis donc : si vous n'êtes pas ce que l'on dit de vous dans les villes, c'est-à-dire des animaux, payez-moi. »

« Combien ? » demanda le père.

« Je te l'ai dit, un sesterce. »

La foule redevint silencieuse.

« Un sesterce ! » répéta le père. « Mais c'est le double de ce que le publicain me prend pour un an ! »

« Mettrais-tu donc un prix à la vie de ton fils, manant ? Es-tu à ce point dénué de pudeur ? Bientôt ce garçon travaillera avec toi et te rapportera bien plus qu'un sesterce ! Allons, donne-moi ce sesterce ou j'enverrai les soldats réclamer mon dû. »

Un vieil homme, qui observait la scène depuis un

187

moment, s'avança. Agitant un doigt osseux vers le magicien, il dit :

« Je suis le rabbin de ce village. Tout le monde me connaît, sait qui étaient mes parents et ce que je fais. Mais toi, avec ta robe d'apparat, tes poudres et tes foudres mystérieuses, qui te connaît, qui sait d'où tu viens ? Tu pourrais aussi bien être le messager du Démon lui-même ! Et tu oses demander un sesterce en paiement d'une guérison dont nous ne savons rien ? Qui nous dit que le garçon ne redeviendra pas aveugle après ton départ ? Va-t'en tout de suite, qu'on voie ! »

Le magicien sourit avantageusement. « Oh, je te connais toi aussi, Hushaï. Je sais bien des choses sur ton compte. Tu dis ne pas me connaître ? Je m'appelle Aristophoros, et je suis un disciple du célèbre Dosithée. On me connaît aussi loin qu'à Alexandrie, Thèbes, Antioche ! Quant à mon maître, il est connu du monde entier. Si tu ne veux pas que les cinq provinces sachent combien tu es ignorant, ne répète donc pas que tu ne me connais pas ! En fait, tu viens de révéler que tu es d'une ignorance tellement crasse qu'il me faudrait une année entière pour te guérir ! »

Quelques paysans ricanèrent. Jésus était fasciné. Le rabbin ouvrit la bouche, mais Aristophoros lui coupa la parole.

« Ne te hâte donc pas de jacter, rabbin, car tu es trop faible pour gaspiller ton souffle. Tu demandes si je suis envoyé par le Démon ? Mais ce serait plutôt à moi de te renvoyer la question. Tu es resté assis sur ton séant osseux pendant que ce garçon devenait aveugle. Est-ce là un signe de ton savoir ? De ta sagesse ? De ta bonté ? Non, je vais te dire, Hushaï, comment il faut expliquer ton inefficacité : comme la preuve que tu ne représentes aucune puissance surnaturelle. Même le Démon ne voudrait pas de tes services, manant ! » Et, se tournant vers l'audience que les vitupérations du magicien captivaient autant

188

que ses tours, il s'écria : « Bonnes gens, j'ai des nouvelles pour vous ! Il y a un mois, le rabbin Hushaï
que voici a envoyé une supplique au grand prêtre de
Jérusalem. Il lui demandait de l'argent pour réparer
le toit de la synagogue, qui s'effondrait, parce que les
gens de Kursi étaient trop pauvres pour payer les
réparations. Or, il y a quelques jours, n'est-ce pas
vrai, Hushaï ? le grand prêtre lui a fait dépêcher
quinze sesterces pour payer les réparations, spéci-
fiant bien que, cette fois, l'argent devrait être utilisé
aux réparations et non à l'achat de blé qui serait
revendu quatre fois son prix en cas de disette. Les
réparations ont-elles été faites, bonnes gens ? Je vous
le demande. Non ? Alors croyez-m'en, elles ne vont
plus tarder ! Va Hushaï, va chercher les charpentiers,
le temps presse ! Maintenant, bonnes gens, il suffit !
Mon argent. Ou sinon... »

Il se leva. Le père du garçon vint à lui.

« Je n'ai pas cette somme et ne puis l'emprunter »,
dit-il. « Acceptes-tu deux oies ? C'est tout ce que
j'ai. »

Le magicien fronça les sourcils.

« N'exerces-tu ton métier que pour de l'argent ? »
demanda Jésus. « Si c'est le cas, tu sais déjà que
chaque homme a son prix. Les riches peuvent payer
plus que les pauvres. Et c'est un village pauvre. »

Aristophoros tourna vers Jésus des yeux ronds et
malins.

« Et toi, qui es-tu ? Tu n'es pas d'ici, cela s'entend,
parce que tu as du bon sens. Allons, je prendrai les
oies. »

« As-tu vraiment besoin de deux oies ? » demanda
Jésus en souriant. « Ce genre de bagage à l'arrière de
ta monture ne flattera pas ton allure. Tu aurais l'air
d'un riche marchand syrien. »

Aristophoros éclata de rire.

« Tu me ferais perdre ma chemise ! » dit-il. « Et
pourtant, cela en vaudrait peut-être la peine, il y a si

peu de gens avec lesquels on ait envie de parler. Soit, je prendrai une oie et je te donnerai l'autre. »

Il tenait les deux oies par les pattes sur son vaste ventre et il en tendit une à Jésus, qui la tendit à son tour au père du garçon. Celui-ci baisa les mains de Jésus.

« Ce que je craignais », dit Aristophoros ironiquement. « Et je suppose que tu n'as dans ta besace que du pain rassis. Et maintenant ? »

« Je ne voudrais pas profiter de la situation », dit Jésus, « mais puisque tu es tellement généreux, tu pourrais demander à cet homme de nous faire cuire l'oie, ce qui permettrait à tout le monde de faire un bon repas. »

Aristophoros plissa les yeux pour observer Jésus et s'écria qu'il ne remettrait plus les pieds dans un village pauvre.

« De toute façon, les lions ne chassent les souris que lorsqu'ils sont affamés », dit Jésus, à qui Aristophoros remit l'oie. « Dis à ta femme de la piquer d'ail et de la faire rôtir », demanda-t-il au paysan.

Le garçon qui avait recouvré la vue lorgnait les deux hommes en clignant des yeux.

« Lave-toi de nouveau les yeux à l'eau pure, ce soir », dit Jésus. « Et tous les jours de même. »

« Allons nous asseoir sous ce prunier », dit le magicien. « Le soleil est fort. Et le vin du pays doit être exécrable. »

« Comment es-tu si bien informé des agissements du rabbin ? » demanda Jésus.

« Ce grigou ! J'ai perdu un salaire, mais je me suis amusé ! Je me suis fait un ami du rabbin de Beth-saïde, un autre grigou, mais plus avisé, en lui donnant de l'argent pour qu'il me laisse exercer dans sa ville. Et puis, à table, j'ai écouté ses ragots. Quelles pies, ces prêtres ! Maintenant, je connais tous les secrets de toutes les villes autour de la mer de Gali-lée ! Donc ce rabbin, un certain Zacharie, déteste Hushaï parce qu'ils ont eu maille à partir et il m'a raconté l'histoire des quinze sesterces. Et toi, comment t'appelles-tu ? D'où viens-tu ? »

« Jésus. Je suis le fils d'un charpentier de Capharnaüm, originaire de Bethléem. Je suis charpentier moi-même. J'ai quitté Capharnaüm il n'y a pas long-temps. »

« Originaires de Judée et établis en Galilée, hein ? » dit Aristophoros avec un clin d'œil. « Bizarre. Pourquoi avez-vous quitté la Judée ? Vous avez eu des ennuis là-bas ? »

« Tu es grec, je crois. Je ne serai pas assez indiscret pour te demander pourquoi tu as quitté la Grèce », rétorqua Jésus, indisposé par la familiarité du magicien. « Parle-moi plutôt de ton métier et de ce maître nommé Dosithée que tu as mentionné tout à l'heure. »

« Eh bien », dit Aristophoros, « pour commencer, je ne suis pas vraiment grec. Ma mère est syrienne et mon père était crétois et je suis né à Antioche. Mon métier est de soulager les gens de leurs souffrances contre espèces sonnantes et trébuchantes. Je suis venu dans ce pays parce qu'il grouille de malades. Jamais vu autant de lépreux, d'aveugles, de paralytiques, de mal-nés ! Et de possédés ! Il y a plus de démons dans une seule ville de Palestine que dans tout le Pont-Euxin ! Alors, je les guéris. J'ai appris mon métier d'un homme célèbre, un très grand homme, l'Homme Debout ! *Hestôs !* Dosithée, Dieu-Donné ou, dans votre langue, Nathanaël. Un prophète ! Aussi grand que votre Ezéchiel ! » clama Aristophoros, d'un ton emphatique, mais presque sincère. « Le savoir en lui coule directement du royaume de l'esprit ! Il sait tout ! Tout. » Et, pour la première fois, le magicien tomba dans un profond silence.

« Est-il vivant ? Et où le trouve-t-on ? » demanda enfin Jésus.

« Tu ne sais rien ! » s'écria soudain Aristophoros, hors de propos. « Le monde est plein de mystères que tu ne soupçonnes même pas ! Comment te dire ? Il faudrait que tu vives tous les siècles qui ont existé et tous ceux qui viendront pour apprendre une parcelle de vérité ! Oui, Dosithée est vivant. Il enseigne en Samarie. »

« Est-ce un Juif ? » demanda Jésus, surpris par l'exaltation de son interlocuteur.

Aristophoros ferma les yeux.

« Tu ne peux pas », dit-il d'une voix basse, « parler de l'Homme Debout comme de n'importe quel autre. Qu'importe qu'il soit juif ou non ? Ne sommes-nous pas tous faits de la même chair ? Ne sommes-nous pas tous des poupées d'argile sur lesquelles est tombée une étincelle de la lumière divine ? Et, si nous ne nous efforçons d'atteindre à la Lumière, ne sommes-nous pas tous les chiens du Diable ? Réponds-moi ! Sais-tu au moins cela ? » cria-t-il en ouvrant les yeux.

Tout à fait stupéfait, Jésus ne répondit pas.

« Ouvre tes poumons au Souffle Divin, au *Pneuma*, et la sagesse du monde commencera à couler en toi... Inhale la Lumière... Et la sagesse croîtra en toi jusqu'à l'ineffable... Et tu atteindras enfin à ce néant suprême de la Lumière et tu te fondras dans le Soi... Et ton être terrestre cessera d'exister. Le Mal aura perdu ! Le Verbe aura dominé le Chaos ! Tu régneras dans le *Logos Anthropos*, mais alors ton moi ne représentera plus rien ! »

Jésus avait attentivement écouté ce flux de mots. Il y décela des traces d'un enseignement sans doute supérieur à la récitation excitée du magicien. Il se compara à un scribe qui essaie de déchiffrer un livre sale et déchiré. Puis il était troublé par le contraste entre les simagrées d'Aristophoros et son évocation inspirée de Dosithée. Il en était là de ses réflexions quand le magicien murmura, presque avec tristesse.

« Non, Dosithée n'est pas juif. Tu le trouveras près d'Aïnon-Salim. »

« Et pourquoi n'es-tu pas auprès de lui ? Pourquoi l'as-tu quitté si tu l'admires si profondément ? »

Il obtint d'abord, en guise de réponse, un soupir excessif.

« Au nom de la vérité ! » clama le magicien. « Les voies du mal sont innombrables ! Je jure ! Cette femme... »

Et sa voix sombra vers une basse presque inaudible et répéta :

« Cette femme ! »

« Quelle femme ? »

« La Lune... Hélène. Elle est partie avec un disciple, Simon. »

« As-tu bien ta raison ? » demanda Jésus. « Qu'est-ce que la Lune aurait à faire avec Dosithée ? »

« La Lune, fils de l'homme, c'est le surnom d'Hélène, la prêtresse qui partageait la vie de Dosithée. Elle ne la partage plus. Il y a un mois, ou devrais-je dire une lune, Simon, le plus brillant disciple de Dosithée, Simon, l'homme qui peut voler dans l'air et visiter des gens à des centaines de lieues de distance sans lever un pied, Simon donc a pris Hélène avec lui pour suivre sa propre voie. La Lune a quitté le Soleil ! Ils me persuadèrent de les suivre. Et la honte m'envahit, une nuit que la vraie lune étincelait. Je vis dans l'astre le reflet de la face triste et pleine de reproches de l'Homme Debout. Je quittai Hélène et Simon, mais je n'osai pas retourner auprès du maître. Et me voilà, soignant des imbéciles dans des villages perdus et me retrouvant avec une oie ! »

Il pleura, sans doute d'échec, et donc sincèrement. Cela contraria Jésus.

« La magie n'a rien à voir avec tes remèdes. Tu as simplement lavé les croûtes dans les yeux de ce garçon. Il n'avait pas d'ulcères et n'aurait jamais été lépreux. »

« La poudre d'aloès, fils de l'homme. La poudre d'aloès », dit Aristophoros en séchant ses yeux avec sa manche. « Elle calme les tissus enflammés. Qu'est-ce que la magie ? Un savoir que détiennent quelques-uns. Connaissais-tu les propriétés de la poudre d'aloès ? Non. Ne parle pas à la légère de la magie. Et comment traite-t-on une femme possédée ? Le sais-tu ? Je te le montrerai. Tu n'as rien de mieux à faire que de me suivre. Je t'apprendrai ce que l'on m'a appris. Je ferai de toi un thérapeute. Je j'apprendrai le grec, car comment peut-on se prétendre instruit si l'on ne sait pas le grec ? Les gens parlent grec dans le monde entier. Mais qui parle araméen ? Ou hébreu ? Tu as belle prestance. Tu ferais même un meilleur magicien que moi. »

« N'y a-t-il que cela dans ta magie ? Est-ce donc tout ce que fait Dosithée, guérir les gens pour un sesterce ou deux ? »

« Sois modeste et reconnaissant, fils de l'homme. Sois modeste, dis-je, parce que Dosithée est un vrai prophète. Il enseigne à distinguer entre le Souffle et la Matière, il enseigne aussi à se purifier en contrôlant sa respiration. Il enseigne bien des choses. Ne le juge pas d'après moi. Je ne suis qu'une étoile déchue. Quand Dosithée impose les mains sur un malade, la guérison survient tout de suite. La veille du jour où je l'ai quitté, je l'ai vu de mes yeux ranimer un mourant. »

Jésus était pensif. Le paysan et son fils vinrent annoncer, rayonnants, que l'oie était rôtie.

« Allons manger mon salaire », dit Aristophoros.

Jésus mangea sans appétit. Une femme appelée la Lune, un homme qui volait dans l'air, un maître qui réveillait les mourants... Il venait à peine de commencer son voyage. Il pensa au Messie et à Jokanaan. Où était donc Jokanaan ? Des messies se levaient là où Jokanaan ne les attendait pas. Ce ne devaient pas être les vrais messies. Un messie devait être un Juif.

XVI

SEPPHIRA

Le matin où Jésus reprit sa route après sa rencontre avec Aristophoros, le ciel était tout à fait pur et l'air léger.

Cela n'empêcha pas le procurateur de Samarie, de Galilée et d'Idumée de se réveiller d'exécrable humeur dans sa résidence de Sébaste, une villa de pierre rose noyée dans les glycines et les résédas. Le chevalier Coponius, de son titre et de son nom, avait fait un cauchemar où il se battait avec une hydre dans la mer. Il était encore obsédé par les sept cous reptiliens et autant de têtes horribles. Comme Hercule, dans son rêve il avait tranché une tête après l'autre, mais juste avant de se réveiller, épuisé par son duel onirique, il n'avait pas encore coupé la dernière ; il avait seulement réussi à la tenir à distance de la sienne, à force du bras. Et ce qu'il combattait à présent, c'était la nausée que lui inspiraient les écailles visqueuses, les yeux globuleux et gélatineux et la langue infecte qui dardait d'entre les crocs.

Comme tant de Romains, et non des moindres, le procurateur était superstitieux et le cauchemar l'avait bouleversé au point qu'il avait exceptionnellement retardé son lever d'une heure. Les courtiers, dans le patio, battaient la semelle et le majordome avait revêtu une expression mystérieuse. Alarmée par le malaise inhabituel de son époux, l'épouse de Coponius avait suggéré que l'on mandât l'astrologue chaldéen, car, à l'instar de beaucoup de dignitaires romains qui vivaient en Orient, le procurateur comptait à son service un officier de l'invisible. Les astrologues étaient égyptiens ou chaldéens ; Balzzur était chaldéen. Il accourut avec toute la vélocité que lui permettaient ses jambes un rien torses, car — et si un déchiffreur des célestes desseins ne l'avait pas su, qui donc l'eût su ? — Coponius n'était pas qu'un Romain de marque ; c'était le potentat qui avait succédé à l'ethnarque Archélaüs et dont la renommée avait été assez grande pour le maintenir à son poste, en dépit du fait que le défunt empereur Auguste, son protecteur, avait laissé son destin dans les mains de son héritier Tibère, donc aux caprices d'un tyran soupçonneux aiguillonné par des courtisans jaloux. Mais Tibère reconfirma Coponius dans sa charge. Un homme puissant, ce Coponius, et Balzzur se hâta sans trop de souci de sa dignité.

Dès qu'il fut entré dans la vaste chambre à coucher du vice-empereur, le diseur d'étoiles laissa retomber sur ses épaules la capuche de son manteau brodé, dans un geste théâtral, et s'agenouillant près du lit, leva les bras et un long nez, en s'écriant :

« Au nom de tous les esprits de la Lumière, que Votre Excellence soit exaltée ! »

Puis sans attendre de réponse, il se leva, alla jeter une poignée de myrrhe dans le grand brûle-parfum, agitant ses mains en des gestes onduleux, se tourna vers l'excellence et lui demanda si elle avait pris sa première collation.

« L'estomac de travers », grommela le procurateur, « pourrais pas avaler un raisin sec. »

Balzzur commanda un bol parfumé à l'essence de rose pour rafraîchir la face et les membres de son maître, puis ordonna à un domestique d'égrener une grenade mûre et de l'arroser de jus de citron. Il ne délivrerait sa consultation qu'après le bain et ce rafraîchissement, dit-il à Coponius. Sur quoi il se retira dans l'antichambre. Le procurateur se rendit à cette manifestation de compétence et, une heure plus tard, la mine éclaircie, il fit de nouveau appeler Balzzur et lui raconta son cauchemar.

Balzzur était assis ou plutôt accroupi près du lit, balançant son torse d'avant en arrière. Lorsque le procurateur eut fini son récit, il demeura les yeux clos un moment, puis les rouvrit avec un petit cri.

« C'est pleine lune », dit-il. « Les esprits nocturnes sont en effervescence. Ils propagent les nouvelles plus vite que de coutume et un esprit intuitif tel que celui de Votre Excellence ne peut manquer de capter leurs messages. Que je le dise clair, ils semblent menaçants, mais ne le sont pas ; ils portent cependant un avertissement dont il faut tenir compte. Vous vous battiez dans la mer. La plus proche est la mer de Galilée et cela signifie que l'avertissement concerne les affaires de cette province. Le monstre est de la variété à plusieurs têtes ; cela indique que ce n'est pas un individu, mais un groupe. Il vous a attaqué ; cela signifie qu'il s'en prendra à travers votre personne à la puissance romaine. La dernière tête était la plus difficile à trancher ; cela indique que c'est le chef de ce groupe. Vous avez été avisé d'une rébellion, il vous en faut tuer le chef. »

« Encore une rébellion ! » s'écria Coponius. « Es-tu sûr ? »

Balzzur hocha la tête avec autorité. « Votre Excellence sait déjà que le mécontentement bouillonne à cause des impôts. Non que les Juifs s'attendent à n'en pas payer : ils s'indignent de les payer à des gens qui ne sont pas de leur foi. »

« Engeance obstinée ! » marmonna Coponius, quittant sa couche pour aller à la fenêtre. Il y fut accueilli par le parfum des résédas. Puis il dit : « Tu m'as rasséréné. Et ton dessert m'a ouvert l'appétit. »

Il fit appeler son trésorier et donner au Chaldéen cinq sesterces sur sa cassette personnelle.

La magie de Balzzur consistait à être bien informé. Qu'il y eût de la révolte dans l'air, bien des gens le savaient comme lui, mais que la subversion eût un chef, peu le savaient et moins encore savaient son nom. C'était un Galiléen du nom de Judas, qui haranguait ses coreligionnaires sur leur coupable faiblesse à l'égard des Romains, de leurs collecteurs d'impôts et des tenanciers de bordels qui commençaient à pulluler dans la Décapole. Coponius convoqua le chef de sa police secrète dès que Balzzur fut parti et lui intima l'ordre de trouver le chef de la rébellion. Le policier à son tour convoqua ses indicateurs, lesquels s'en furent trouver les chefs du clergé à Capharnaüm, Bethsaïde, Scythopolis, Pella, Archélaüs et jusqu'à Jéricho, c'est-à-dire en Judée, au-delà de leur territoire d'action officieux, et leur représentèrent que la patience de Rome avait atteint ses limites. Les prêtres ne se le firent pas dire deux fois. Dix jours plus tard, Judas était livré aux Romains, jugé et crucifié à Césarée de Philippe. « Un dangereux sectaire qui ne nous eût attiré que des ennuis », expliqua le clergé.

Le gouverneur de Judée, Ponce Pilate, se félicita de ce qu'une part de la responsabilité de l'ordre en Palestine revînt à son collègue, car il avait déjà bien à faire dans sa province. Quant à Hérode Antipas, tétrarque de Galilée, il n'avait pas d'opinion à émettre sur une décision romaine, en eût-il eu d'ailleurs une au sujet de ce Judas. De toute façon, les trois hommes, tout comme Philippe, tétrarque d'Iturée et de Trachonitide, et Lysanias, tétrarque d'Abilène, n'étaient guère enclins à prendre à la légère une menace de sédition à propos des impôts. Ils avaient tous en mémoire les quelque trois mille morts causées par l'émeute du Temple, tout au début du règne d'Archélaüs, l'incendie du palais royal de Jéricho et les quelque deux mille crucifixions qu'il avait fallu pratiquer pour les mêmes raisons, avec le secours des troupes romaines de Syrie !

Et puis ce nom de Judas portait décidément malheur ! N'avait-on pas vu, à la même époque, un autre Judas, fils d'une victime d'Hérode, Ezéchias, se proclamer lui-même gouverneur de Galilée ! On assassinait les soldats de l'empire sur les routes et il fallait faire accompagner le moindre messager impérial de toute une escouade ! Coponius estima s'en être tiré à bon compte. Quelle engeance que ces Judas !

Tout au long de son trajet vers le sud, Jésus

n'entendit cependant parler que de ce Judas. On lui affirma dans une auberge que les Romains avaient crucifié le Messie, car ce Judas était à coup sûr le Messie. Mais ailleurs, on lui affirma que Judas ne pouvait être le Messie, car celui-là était en vie et s'appelait Dosithée.

Il était donc assez perplexe quand il atteignit Scythopolis. Scythopolis ! Le nouveau nom païen de la ville ne pouvait faire oublier le vrai, Beth Shéan. Beth Shéan sur les murs de laquelle les cadavres de Saül et de ses fils avaient été exposés voilà plusieurs siècles, quand les Hébreux avaient été vaincus par les Egyptiens à Gilboa...

Il y arriva tard dans l'après-midi, las et triste, aspirant à rencontrer une âme amicale. Il marcha sans savoir où aller, le regard errant sur le déploiement d'architectures romaines, temples, statues, hippodromes, aqueducs et colonnades. Des prostitués des deux sexes ondoyaient presque à chaque carrefour — les Scythopolitains étaient-ils vraiment si chauds ? — et, à juger par leurs mises, n'étaient pas vraiment dans le besoin. Mais ni la fatigue ni la faim ne laissaient en lui de champ au mépris. Il se demandait seulement s'il parviendrait à quelque repos dans cette mêlée de croyances, d'espoirs, de duperies et de révoltes qu'était devenu l'ancien royaume de David. Le crépuscule maquilla la ville de bleu et de noir avec des touches de rouge, des esclaves fixèrent des torches aux anneaux de fer sous les arcades, comme c'était la coutume nouvelle dans les villes romaines, et il frissonna dans les courants d'air. Ce fut alors qu'une femme debout sur le seuil d'une opulente demeure le remarqua.

« Tu sembles défait », lui dit-elle, « tes pieds sont poussiéreux et tes joues creuses. N'as-tu pas besoin d'eau chaude et de soupe ? »

« Femme, tu te trompes. Je devine ton métier à tes vêtements. Je ne vaux pas ton temps. Je n'ai ni l'argent pour l'acheter ni le besoin des rêves que tu vends. »

« Je ne ferai pas commerce avec toi, je t'offre simplement l'hospitalité d'un toit et d'un repas. »

Elle n'était plus du printemps et, à ses yeux éteints sous le fard, il était évident qu'elle ne cherchait pas un client de plus. Mais la prudence domina la fatigue.

« J'apprécie ton offre, mais tu dois savoir que je suis deux fois étranger. Je ne suis pas samaritain et la montagne sacrée est pour moi Nébo et non Garizim. »

« Quand le Jugement viendra, nous serons tous au pied d'un seul mont », répondit-elle, presque sans le regarder.

Il hocha la tête et la suivit à l'intérieur. La maison était chaude et riche. Tapis et fourrures couvraient les couches, les parfums brûlaient partout, les candélabres et les torchères éclairaient les murs décorés. Quelques notes de cithare montèrent et s'arrêtèrent sur un geste de cette femme. Deux Nubiens frémirent, dans l'attente d'un ordre.

« Je peux », dit-elle, « t'offrir bien des plats, mais je devine que tes goûts sont frugaux. Veux-tu une soupe de poisson, puis du fromage blanc sans sel et du pain au sésame ? »

Il hocha la tête. Des domestiques vinrent le servir. Pendant qu'il mangeait, elle se tenait à distance respectueuse. Elle l'observa dire sa prière au début et à la fin du repas, et quand il eut fini, et qu'il se tourna vers elle, elle dit d'une voix un peu rauque :

« Tu te poses des questions. J'ai été répudiée parce que je suis stérile. Parle-moi de toi. »

« Je m'appelle Jésus et je suis le fils d'un charpentier de Capharnaüm. J'espère rencontrer un magicien appelé Dosithée et peut-être un autre appelé Simon. »

« Des magiciens », dit-elle. « Pourquoi peut-on

chercher à rencontrer des magiciens ? » ajouta-t-elle comme pour elle-même.

« S'ils en savent plus... » suggéra-t-il.

« Et s'ils en savent plus ? »

« Savoir, c'est pouvoir. »

« Et alors ? » demanda-t-elle avec une ironie amère.

Il resta interdit. Il n'avait jamais pensé que l'on pût contester l'intérêt du pouvoir.

« A quoi sert donc ce pouvoir ? » reprit-elle.

Il exécra violemment l'impertinence des femmes affranchies. Mais elle était bienveillante ; elle lui avait offert l'hospitalité. Même s'il lui fallait maintenant la payer, en quelque sorte.

« Le pouvoir pourrait, par exemple, servir à ce peuple qui est le mien. »

« Il faudrait donc te changer en Romain. »

Il ne comprit pas.

« Il faudrait donc, si tu recherches le pouvoir, te changer en Romain, parce qu'un seul officier romain détient plus de pouvoir que nos tétrarques. Quant à utiliser un pouvoir quelconque, tel que celui d'un magicien, contre les Romains, c'est une faribole d'enfant. Ce peuple est vaincu. »

« Alors il faudrait désespérer ? » dit-il avec sarcasme.

« Il ne faut pas mépriser la puissance des vaincus. Voici une femme vaincue », dit-elle en écartant les bras, « et pourtant les notables de cette ville viennent la consulter. »

Elle se leva et arpenta la pièce déserte. Il l'observa, lasse et belle, traînant sa robe et parfumant la nuit. Il fut troublé. Il voulut posséder cette petite masse de savoir âcre qu'elle détenait en elle.

« C'est donc toute ta vie », dit-elle, « la recherche du pouvoir. Je le pressentais à te voir errer dans la rue, tu n'as jamais connu de femme. »

Elle laissa les mots choir dans le silence, comme

un changeur écoute le tintement des pièces qu'on lui a données, pour en vérifier la teneur d'argent.

« Il y a plus que le commerce charnel », répondit-il, « il y a l'honneur d'un peuple. »

Elle laça ses doigts et ses bagues brillèrent comme des yeux d'animaux.

« L'honneur ! » dit-elle d'une voix étranglée. « J'ai été abandonnée pour ne pas déshonorer mon mari ! L'honneur, ce hochet pour des hommes ! Un hochet si précieux que même des femmes sont prêtes à s'y sacrifier ! Je n'ai pas d'honneur, fils de l'homme, et croiras-tu, j'en tire fierté ! Vous, les hommes d'Israël, votre honneur m'inspire tant de mépris que vous m'avez rendue presque contente d'être ce que je suis. Et vous croyez en Yahweh ! Comme s'il n'était pas la négation même de l'honneur... »

« Femme ! » cria-t-il.

« Silence ! » cria-t-elle plus fort, avec sauvagerie. « L'honneur, c'est pour vous l'image que vous en donnez. Mais à qui l'Unique vaudrait-il donner l'image de Lui-même ? » Son pas se fit plus long, presque félin. « Je sais quels hommes tu as vus jusqu'ici, ne me le dis pas, de vieux docteurs, des cervelles recuites dans le passé ! Ne te leurre pas, Galiléen, tel n'était pas David ! Le passé est passé, il ne nous en reste plus que les mots filandreux que marmonnent les Sadducéens et que les Pharisiens peignent avec des pattes de mouche ! Va donc voir tes magiciens. »

« Et les prophètes ? » demanda-t-il, débordé. « Les prophètes aussi étaient des hommes du passé ? »

« Il nous en faudrait un par carrefour dans chaque ville d'Israël », répondit-elle en dérision. « Es-tu prophète ? »

Les lampes fumèrent.

« Tu m'as émue quand je t'ai vu dans la rue. J'ai cru discerner de la tendresse dans la manière triste dont ta sandale frôlait les dalles, dans ta nuque baissée, dans tes mains vides. Erreur, femme, tu t'es laissé abuser ! Ce n'était qu'un soldat sans capitaine !

Demain, son honneur fera couler le sang ! Soldat, les domestiques t'indiqueront le chemin du bain, car tu restes bienvenu dans cette maison. Ils te montreront aussi ta chambre et comment la verrouiller de l'intérieur. »

Elle allait partir.

« Ton nom ! » cria-t-il.

« Sepphira. »

Il se retrouva seul. Humilié et furieux, proche des larmes. Un des Nubiens apparut. Il le suivit, car il avait besoin d'un bain. Il ne prêta guère attention au luxe, au robinet qui laissait couler de l'eau parfumée, au savon également parfumé, il se trouva un moment debout dans le bassin de marbre, en proie au désarroi. Il se rinça, le Nubien vint le sécher et lui tendit une robe de lin.

Même sa chambre ne parvint pas à le distraire. Bois précieux, bronze, ivoire... Le silence semblait les desceller. Un petit jardin frémissait dans le patio. Il alla marcher alentour, insomnieux. La maison semblait déserte. Il se perdit dans les couloirs. Comment une prostituée pouvait-elle être si redoutable ?

XVII

SOPHIA

Faconde grotesque ! se dit-il en repensant à Aristophoros. Etait-ce donc à ce piètre résultat qu'aboutissait l'enseignement d'un Dosithée, ou encore de son disciple Simon ?

Et pourtant, magiciens vrais ou imposteurs, ils avaient le pouvoir. Quand il les verrait, il saurait vite, il en était certain, de quels fils ces gens-là tissaient leur aune.

Mais il fallait les rencontrer afin de savoir comment ils avaient conquis le pouvoir. Car c'était le pouvoir qui lui manquait. Il était solitaire et vulnérable.

Lui manquait aussi, songea-t-il, une certaine perspicacité, telle que celle de Sepphira. En quelques quarts d'heure, elle l'avait déshabillé, du dedans pour commencer. Des gens pareils gagnaient à être connus. De vrais peseurs d'âmes !

La route était sèche et blanche. Parti de Scythopolis, il avait contourné le mont Gelboé pour rejoindre la vallée du Jourdain, en direction d'Aïnon, près de Salim où, selon Aristophoros, enseignait Dosithée.

A Aïnon, il demanda si l'on pouvait lui indiquer où trouver le magicien Dosithée. Il se forma un petit attroupement. Les villageois avaient bien entendu parler de ce — comment disait-il ? — Dosithée, mais ils ne savaient pas exactement où il se trouvait.

« Il y a bien des magiciens dans la région », lui dit-on, « la plupart se trouvent dans les environs du mont Gelboé. »

Il repartit le lendemain matin et, vers midi, aperçut une maison dans le lointain. Une tache blanche dans les bouquets d'arbres, surmontée de fumée bleue. A mi-chemin, il vit des gens curieusement vêtus dans les chemins de traverse. Les crânes rasés, drapés dans une seule pièce de tissu qui laissait une épaule nue, un peu à la façon des Egyptiens. Ce n'était pas une seule, mais plusieurs maisons qui se trouvaient sous les arbres. Il se dirigea vers la plus grande ; elle était sans portes. D'autres gens pareillement vêtus le dévisagèrent.

« Est-ce la maison de Dosithée ? » demanda-t-il en araméen.

Pas de réponse ; il redit sa question en mauvais grec.

« C'est la Maison du Lotus, mon frère, que nous

appelons aussi le Temple de la Béatitude. Il n'y a ici personne du nom de Dosithée », dit un vieillard au crâne poli, en excellent araméen.

« Qu'est-ce que la Maison du Lotus ? » demanda Jésus, dérouté.

« Entre, je t'en prie, et vois par toi-même. »

Il fut constellé de regards.

Ce n'était pas une maison juive ; elle avait été construite sur des plans étrangers. Au centre de la première pièce, qui était très vaste, trônait l'effigie d'un homme bizarrement accroupi, sculptée dans de la pierre noire. L'homme avait les yeux obliques et souriait. Les lumières d'une multitude de lampes dansaient sur la pierre, lui prêtant les reflets de la vie. Des fleurs jonchaient le socle. D'autres fidèles du culte inconnu étaient assis ou accroupis alentour ; ils ne lui prêtèrent pas attention. La pièce débouchait sur une vaste cour où un autre vieillard était accroupi de la même singulière façon, entouré d'une cour à laquelle il s'adressait en mauvais grec. Ce n'était certes pas Dosithée. Mais quelle religion représentait-il ?

« Es-tu un nouveau disciple ? » demanda l'homme qui l'avait accueilli. « Ou bien ne cherches-tu que ce Dosithée ? »

« Comment pourrais-je être un disciple, puisque je ne connais même pas ta religion ? »

« Nous n'enseignons pas de religion. »

« Qu'enseignez-vous donc ? »

« La sagesse. *Sophia* », répondit l'homme en souriant.

« Mais vous avez un dieu ? »

L'homme secoua la tête.

« Nous enseignons la fusion de l'individu dans l'esprit universel. Nous n'avons pas un dieu tel que celui que vous honorez, vous autres, Juifs. Es-tu samaritain ? »

« Non, je viens de Galilée. »

« Alors, que fais-tu dans ce pays dont les tiens

assurent qu'il est plus impur qu'un tombeau et parmi des gens dont les tiens disent qu'ils sont plus impurs que les porcs ? » demanda l'homme en élevant la voix.

« Je vois que tu es toi-même samaritain », dit Jésus. « Ne m'attribue pas des haines que je ne partage pas », ajouta-t-il.

« Tu es galiléen et tu ne penses pas que les Samaritains soient plus impurs que les porcs ? »

Jésus à son tour secoua la tête. L'homme le dévisagea.

« Comment se fait-il qu'un Samaritain embrasse une philosophie sans dieu ? » demanda Jésus.

« Je ne suis pas samaritain, même si je vis en Samarie. Je suis iduméen », expliqua l'homme. « L'enseignement auquel j'adhère m'a apporté la paix. J'ai observé ton peuple et la religion qu'il pratique. Ils m'ont déçu. »

« Quel est le maître de ton enseignement ? »

« Un homme qui a vécu loin d'ici, au-delà du Pont, du golfe Persique et de la mer Erythrée, il s'appelait Bouddha. »

« Et qu'enseigne Bouddha ? »

L'homme sourit, plissa les yeux et chercha ses mots.

« Que tout finit dans le rien », répondit-il enfin.

Ils s'immobilisèrent face à face, confondus par la masse de ce qu'ils eussent dû se dire.

« Et pourquoi cherches-tu Dosithée », reprit le bouddhiste, « puisque tu as déjà un dieu ? Ce dieu ne te suffit-il pas ? »

« Qu'Il te pardonne ce blasphème », dit Jésus. « C'est que mon peuple s'est égaré, que ses prêtres ne respectent plus leur Seigneur et qu'il nous faut un nouveau prophète. Je veux savoir si ce Dosithée ne serait pas le prophète attendu. »

Il avait évité d'user du mot « Messie ». Mais le vieillard était plus fin qu'il n'y paraissait. Il inclina la tête de côté, comme pour dissimuler un sourire.

« Bien que je sois iduméen », murmura-t-il, « je connais ton peuple. Vous attendez un Messie et j'en conclus que tu veux t'assurer que ce Dosithée est ou non le Messie. Ai-je tort ? »

Les ombres des arbres dansaient autour d'eux.

« C'est à peu près cela », admit Jésus.

« Et qu'est-ce que le Messie changerait au fait que ton peuple s'est égaré ? »

« Il le rachèterait. »

Le bouddhiste hocha la tête, mais sans conviction. Puis il porta son regard sur le jeune inconnu qui se tenait devant lui, comme pour déchiffrer dans l'ensemble de signes que constitue tout être l'erreur qui s'y était insérée.

« Je connais ce Dosithée », dit-il enfin. « Ce n'est pas celui que tu cherches. C'est un magicien qui enseigne des croyances étrangères aux tiennes. Et il fait des miracles. »

« Des miracles ? »

« Oh oui, des miracles. Par exemple, il frappe l'un contre l'autre des bâtons de métal et la foudre en jaillit. Mais qui a besoin de miracles ? Les gens sans foi ! » Il parut perdre intérêt dans la conversation et ajouta : « Mais je regrette, je ne pourrais t'indiquer où le trouver, car je ne le sais pas. » Et il s'en fut.

Jésus s'enquit plusieurs fois de Dosithée ; on finit par l'adresser à un ermite nommé Obed, qui habitait une grotte au bas du mont Ebal et dont on lui assura qu'il possédait tout le savoir du monde.

A distance, Obed semblait à peine humain. Il était quasiment nu, le crâne sommé d'une étonnante toison et, quand Jésus s'engagea sur le sentier qui menait à lui, il était penché, observant quelque chose par terre. Il détacha son regard de cet objet et le fit peser sur Jésus jusqu'à ce qu'ils fussent face à face. Obed avait les yeux clairs et vides.

« Tu boiras dans la coupe de ta sœur », déclama-t-il d'une voix haute et comme asexuée, « une coupe large et profonde, emplie de mépris et de sarcasmes plus que n'en contiendra jamais aucune coupe. Elle sera pleine d'ivresse et de chagrin... »

« ... Une coupe de ruine et de désolation, la coupe de ta sœur Samarie ; et tu la boiras jusqu'à la lie. Alors tu en mâcheras les débris et tu t'arracheras la poitrine », poursuivit Jésus.

Le soir tombait. Un feu brûlait dans la grotte, peignant en rouge la moitié de l'ermite, qui sourit.

« Bienvenue, fils de l'homme. Ce n'est pas moi que tu es venu voir. Tu es trop jeune pour cela. Tu cherches quelque chose. »

« Et qui donc ne cherche quelque chose ? » songea Jésus. Les chants des crapauds s'élevèrent, des chauves-souris vacillèrent dans le ciel, erratiques, comme des âmes qui auraient manqué le Jugement.

« Les jeunes hommes cherchent un secret et les vieillards sont tristes parce qu'ils ne l'ont pas trouvé. Mais il n'y a pas de secret. Je ne peux rien te dire. » Il entra dans la grotte, qu'il semblait partager en bonne intelligence avec un couple de hérissons. Jésus s'arrêta sur le seuil. L'ermite jeta du bois dans le feu.

« Tu peux entrer », dit-il, en s'asseyant par terre.

Le feu s'agita, des langues sombres s'élancèrent vers le toit de la grotte et Obed fixa Jésus sans ciller.

« Les démons te veulent », dit-il un peu tristement. « Ils ne s'agitent pas ainsi pour rien. » Il passa deux ou trois fois les mains au-dessus du feu, qui s'apaisa et devint plus clair. Une fumée noire s'échappa de la grotte. « Ils sont partis », dit Obed, « ils n'aiment pas être décelés. Comment t'appelles-tu ? »

« Jésus. »

« Josué. Ils changent tous les noms, dans les villes. »

Les hérissons trottèrent vers l'ouverture de la grotte, en quête de repas.

« Tu cherches Dosithée », dit Obed au bout d'un long silence.

« Comment le sais-tu ? »

208

« J'en ai vu quelques-uns comme toi. Tu ne peux y aller maintenant, les chemins sont infestés de brigands avinés. Tu peux rester ici et partir demain matin. Et tu partageras mon repas, des galettes, des sauterelles grillées et du miel. Tu peux te laver à la source, derrière la grotte. »

Quand Jésus revint, Obed faisait griller des sauterelles sur une claie de rameaux verts qu'il promenait au-dessus du feu. Les ailes s'envolaient pour une dernière fois, mais en cendres légères, les pattes rougeoyaient et se désintégraient, il ne restait plus que les corps brunis et recroquevillés. Elles avaient un goût de queue de poisson grillé et d'amande. Puis Obed fourra dans la cendre deux patates douces, et quand ils les eurent mangées, il alla chercher un rayon de ruche et montra à Jésus comment en tirer le miel : avec le petit doigt. L'action de grâces fut dite et la nuit crépita, chuinta, ulula.

« Les démons te convoitent et tu cherches Dosithée », dit Obed. « Tu es donc déjà important, mais tu cherches le pouvoir. » Il tisonna le feu. « A quoi peut servir le pouvoir ? »

« A sauver l'honneur. »

« On ne peut être à la fois prêtre et soldat », dit Obed. « Tu parles de l'honneur des soldats. »

« Les aigles romaines au fronton du Temple, à Jérusalem... » commença Jésus.

« Je les ai vues. Il suffisait de ne pas avoir de Temple. Ou de n'y pas aller. Le Temple n'était digne que de Salomon. Plus tard, c'était une dérision. »

« Mais nous n'avons plus l'honneur, ni le glaive. Faut-il en rester là ? »

« Je n'en suis pas resté là », dit Obed en souriant.

« Tu ressembles aux portraits que l'on fait des Esséniens. Es-tu un Essénien ? »

« J'en étais un. Mais j'ai besoin de la solitude. L'enseignement des hommes les plus saints a ses limites. »

« Nous ne pouvons pas tous vivre dans des grottes. »

« Est-ce à l'honneur ou au glaive que servira le pouvoir que tu cherches ? Seras-tu soldat ou grand prêtre ? Quand tu auras appris auprès de Dosithée à faire des miracles, quelle voie choisiras-tu ? » demanda Obed.

« Au nom de qui fait-il des miracles ? »

« Ce n'est ni un saint homme ni un prophète, c'est un magicien. Il fabrique de l'or, fait léviter des objets et guérit les gens, parfois rien qu'en imposant les mains. Je ne sais par quel pouvoir il le fait. Il se présente comme délégué par ce qu'il appelle le Grand Esprit de l'Univers. Mais je soupçonne que ce Grand Esprit n'est pas Yahweh. »

« Que serait-ce alors ? » demanda Jésus.

« Dosithée soutient que tout ce qui est immatériel est divin. Mais il oublie que le Démon aussi est immatériel, et cela me semble être une grave erreur. Est-ce du Démon que lui viennent ses pouvoirs ? Je l'ignore. Mais je devine qu'ils procèdent de domaines inférieurs, où pourraient exister des démons. »

Monde obscur, criblé de trous ! Etre juif n'était donc pas le problème majeur et universel, puisque des non-Juifs traitaient avec une puissance qui pouvait bien être Yahweh et, en tout cas, avec des démons qui pouvaient bien être les mêmes que ceux qui persécutaient les Juifs ! Jamais Joseph n'avait évoqué de tels problèmes. La route semblait déjà obscure et voilà qu'elle bifurquait et que les bifurcations elles-mêmes se divisaient en fourches, et cela sans doute jusqu'à l'infini !

Obed tisonna de nouveau le feu, comme s'il y cherchait des mots.

« Dosithée a reçu son enseignement en Asie. »

« De Bouddha ? » demanda Jésus.

« Non, les bouddhistes n'invoquent pas les esprits. Je ne connais pas le nom de son maître. Peut-être même en a-t-il eu plusieurs. Il y a plein de gens de par le monde qui savent invoquer les esprits. Mais quels esprits ? Il en est dont je ne connais pas la nature et qui circulent bas au-dessus de la Terre. Peut-être est-ce avec eux qu'il traite. Et qu'il voyage. »

« Comment dois-je comprendre cela ? » demanda Jésus.

« Il a appris à quitter son corps et à voyager dans les airs. Il a enseigné ce secret à un disciple nommé Simon qui l'a quitté pour fonder sa propre secte. »

« Comment peut-on voyager dans les airs ? »

« On semble dormir en un lieu, mais l'on est ailleurs et l'on peut apparaître alors à des gens très distants. Il existe d'ailleurs des gens qui peuvent y parvenir spontanément. »

Jésus parut stupéfait. Obed s'en aperçut.

« C'est le problème avec les gens tels que Dosithée. Ils ne sont pas entièrement dans l'erreur. Certaines personnes ont effectivement des pouvoirs, je l'ai constaté moi-même. Mais quel est le rapport de ces pouvoirs avec le Seigneur, je l'ignore. » Il interrogea le jeune homme du regard et constata que celui-ci était de plus en plus troublé. « Toi, par exemple, tu as sans doute des pouvoirs. Ferme les yeux et étends les mains vers le feu avec la volonté de l'éteindre. Essaie. »

Plus dérouté que jamais, Jésus ferma les yeux. Il concentra son esprit sur le feu, puis au bout d'un temps, sur la nécessité de l'éteindre. Il étendit alors les mains pendant un long moment.

« Ouvre les yeux », dit Obed.

Les flammes palpitaient dans l'agonie. Obed y jeta quelques branches et les tisonna en soufflant. Le feu repartit.

« J'avais raison », dit-il, « mais il ne faut pas répéter cet exploit pour étonner les gens. N'use de tes pouvoirs qu'au nom du Seigneur. Tu dois te sentir las. Dors. »

L'esprit embrumé, Jésus étendit son manteau sur le sol et se coucha.

Il s'éveilla à l'aube et retourna au ruisseau. Puis Obed lui expliqua exactement le chemin à suivre pour trouver la demeure de Dosithée.

« Tu as l'intention irrésistible de lui rendre visite. Va donc », dit-il, les yeux baissés à terre. « Peut-être ne cours-tu pas grand danger. Mais rappelle-toi toujours ceci, fils de l'homme : l'âme d'un homme seul s'élève toujours plus haut que les âmes de deux hommes, et celles de deux plus haut que trois. Rappelle-toi aussi que le Démon porte plusieurs masques. »

Pas d'accolade, pas d'émotion, sitôt ses avertissements donnés, Obed retourna vers sa grotte sans se retourner.

La route indiquée était tortueuse. Mentalement, elle fut semée de fondrières. Voilà donc un Essénien, comme l'était sans doute Jokanaan à l'heure présente. Et il ne l'était plus. Comment pouvait-on cesser d'être essénien ? Et s'il n'était pas essénien, mais zélote ? Ou le Diable ? Et cette façon de vivre ! Qu'en eût pensé Joseph ? Et ce discours sur les pouvoirs et les puissances, comment filer cette laine-là ? Voyager dans l'air, en vérité ! Avait-il vraiment failli éteindre le feu de ses mains ? Il était tout à fait mécontent de son impuissance à trancher ces dilemmes quand il parvint à l'orée d'une orangeraie mentionnée par Obed. L'odeur du fumier luttait avec le parfum des arbres en fleur. Les abeilles vociféraient. Jésus aperçut un groupe et s'approcha. Des femmes et des hommes assis en rond et mangeant. Il fut choqué. Il s'arrêta à distance. Il pouvait distinguer ce qu'ils mangeaient : de la laitue, des carottes douces et des graines de lupin qu'ils détachaient de bottes trempées dans un baquet. Ils s'avisèrent de sa présence. Un homme d'une quarantaine d'années, maigre et brun, sommé d'une crinière, lui adressa la parole en grec.

« Je ne parle pas bien le grec », répondit Jésus en araméen.

« Je t'invitais à te joindre à nous », reprit l'homme, la voix empreinte de tranquille autorité. « Comment t'appelles-tu ? Je suis Dosithée. »

Il l'avait tout juste deviné, et fixa Dosithée, qui souriait. Barbe roussâtre, yeux bleus. Du sang du Nord et du Sud mêlés.

« Tu n'es pas arrivé ici par hasard, n'est-ce pas ? » dit Dosithée. « Assieds-toi. »

Il prit une place libre dans le cercle, près d'une jeune fille aux yeux sombres qui le dévisageait sans effronterie ni pudeur.

« J'ai appris ton nom par un magicien que j'ai rencontré il y a quelques jours, Aristophoros », répondit Jésus.

« Aristophoros ! » s'écria Dosithée. « Pauvre brocanteur d'infini ! Comment s'entretient-il ? »

« Il est chagrin, mais loquace. »

« Traître et séide de traître », murmura une femme.

« Soyons-lui reconnaissants », dit Dosithée, « car c'est d'abord lui-même qui s'est trahi et nous a révélé sa véritable nature. Je considère que c'est un acte de courage que d'assumer sa bassesse. S'il ne nous avait pas quittés il aurait été bien pire : un hypocrite. » Jésus haussa les sourcils, mais d'autres paradoxes l'attendaient, car Dosithée reprit : « D'ailleurs, il n'existe pas de trahison au sens ordinaire du mot. Même le pire traître est loyal à l'égard de la trahison. Je dirai que les gens suspects sont ceux qui ne trahissent pas, à moins que leur esprit soit gelé. Qui donc n'a changé d'avis au moins une fois à l'égard de ses allégeances ? » Son regard pesait sur Jésus, aux limites de l'indiscrétion.

« Dirons-nous alors », rétorqua Jésus « qu'il n'y a ni bien ni mal ? Si la fidélité des traîtres peut être mise sur le même pied que celle de ceux qui ne le sont pas, où est la Loi ? »

Dosithée hocha la tête. Ses disciples, du regard, faisaient le siège du nouveau venu.

« Le Bien et le Mal », reprit Dosithée, « comme cela est vite dit ! Tu es juif, n'est-ce pas ? Et qu'est-ce pour toi que le Mal ? L'obéissance au Démon. Et qu'est-ce encore que le Démon ? Le prince des anges, déchu de la grâce de Dieu. Mais ce Dieu, selon les prophètes juifs, est amour. N'est-il pas écrit dans Jérémie : "Je suis le Seigneur, mon amour est infaillible" ? Comment donc peut-on croire que, le jour du Jugement, Dieu ne pardonnera pas à son serviteur disgracié, le Démon ? Qui sommes-nous donc pour anticiper sur le jugement de Dieu et infliger des sanctions et des souffrances à ceux qui ne sont pas loyaux aux mêmes causes que nous ? N'est-ce pas de l'arrogance ? N'est-ce pas le même péché qui a précipité Lucifer de ses divines demeures dans les abîmes inférieurs ? Je te demande donc, Jésus, au nom de quoi devrais-je condamner Aristophoros ? »

La vie n'était-elle donc qu'un long examen ? Il se retrouvait au Temple ! Tous attendaient sa réponse !

« Sans la parole du Seigneur », dit-il, « nous pourrions être ici en train de nous entre-tuer sans que personne puisse porter sur nous un jugement, et les voleurs seraient aussi respectables que les gens honnêtes. »

Ils avaient cessé de manger.

« Excellente réponse », observa Dosithée en souriant. « Elle dit en peu de mots que la loi morale est une loi des hommes. Elle est destinée à protéger les hommes. » Le ton de sa voix était égal ; son assurance était sans faille. « Et toi », reprit-il au bout d'un moment, « considères-tu que tu es fidèle à ta Loi quand tu t'aventures en Samarie pour écouter un maître étranger ? Qu'est-ce qui t'attire ici ? »

Il serait donc et toujours l'étranger !

« Les défenseurs de notre Loi se sont égarés », répondit-il en s'efforçant de conserver lui aussi un ton égal. « Je m'estime donc libre de chercher mon chemin. Aristophoros m'a dit que tu es un grand maître, peut-être un prophète. Je suis venu t'entendre. »

« Bienvenue », dit Dosithée.

Son regard était généreux. Une sorte d'homme qu'on ne rencontrait pas à Capharnaüm.

Un jeune homme voisin offrit à Jésus des dattes et des figues sèches. Dosithée demanda qu'on servît à déjeuner. Des femmes et des adolescents allèrent chercher des plateaux chargés de petits pâtés de viande aux pignons de pin, du fromage frit, des bouchées de riz au poisson, de l'oignon et des bols de lentilles, des gâteaux d'amandes et de miel, des écorces d'orange confite. Les mets furent posés sur l'herbe, au centre du cercle, et les disciples prirent soin de passer à l'invité chacun des plats. On apporta aussi plusieurs cruches de vin frais et des gobelets de verre comme il n'en existait que dans les maisons les plus riches de Capharnaüm, ainsi que des cratères peints, qui venaient, lui dit-on, de Grèce.

« Dosithée est prospère », observa-t-il.

« Les princes l'écoutent », dit le jeune homme qui faisait fonction d'hôte, « ils sont généreux avec lui. Mais Dosithée ne possède rien. »

Une jeune fille s'assit près de Dosithée, qui la nourrissait de sa main. Elle répondit en sourires et caresses. Etait-ce elle qui succédait à la femme appelée la Lune ? Il tenta de s'imaginer nourrissant ainsi une femme et n'y parvint pas. Mais aussi quelle désinvolture que celle de ces gens ! Elle le charmait et le scandalisait tout à la fois. Il s'était attendu à trouver un homme austère entouré de disciples sourcilleux et il trouvait un homme souriant et raffiné entouré de gens apparemment heureux, se donnant une partie de campagne dans un verger. Vivaient-ils tous ensemble dans la maison ? Quelle promiscuité, alors ! Et qui étaient donc ces femmes ? Des épouses, des sœurs, des disciples, des hétaïres ? Y avait-il une hiérarchie parmi eux ? Il parvenait difficilement à suivre les conversations, qui se tenaient en grec.

Dosithée semblait avoir deviné quelques-unes de ces questions, car il dit soudain que sa maison était ouverte à tous ceux qui désiraient suivre son enseignement. Les dons matériels n'étaient pas obligatoires, chacun payait selon ses moyens et, d'ailleurs, la majorité des vivres provenait d'une ferme attachée à la maison, avec son potager, son verger et sa basse-cour.

« Tu as sans doute été surpris par la présence de femmes parmi nous », ajouta Dosithée, « parce que je sais que vous, les Juifs, considérez que les femmes sont des êtres impurs et presque sans âme. Elles ne sont que des servantes et des reproductrices, pour ne pas dire des esclaves. »

Le ton était presque accusateur, et Jésus ne trouva rien à répondre.

« Mais moi, qui suis à moitié éphésien et à moitié athénien, je me suis trouvé à la fois libre et contraint de rendre aux femmes la place à laquelle elles ont droit. Et comment en eût-il été autrement ? Ephèse n'est-elle pas le grand centre du culte d'Artémis ? Et les Grecs n'ont-ils pas donné des rôles éminents à des déesses telles qu'Aphrodite, Héra, Psyché ? Comment imaginer qu'une société puisse être juste si la moitié de son corps est considérée comme inexistante ? Qu'en dis-tu, fils de l'homme ? Dirais-tu que ta mère était une esclave ? Accepterais-tu de penser que tu es le fils d'une esclave ? » Il tenait son gobelet en main d'un air provocateur.

Jésus rougit, mais ne trouva rien à répondre une fois de plus. Ce magicien venait de le rendre orphelin. Il semblait qu'il y eût des siècles que Joseph était mort ! Et Jérusalem semblait à des lieues !

« Envisages-tu de rester avec nous ? » demanda Dosithée. « Dis-moi alors ce que tu cherches. »

Les disciples suspendirent leurs conversations,

eux aussi voulaient savoir ce que cherchait le nouveau venu.

« Je suis juif et mon peuple est tombé en esclavage », répondit Jésus, les yeux baissés. « Ses chefs l'ont trahi et les gardiens de notre Loi ne gardent plus que des mots vides. »

« Et que veux-tu faire ? » demanda un jeune homme. « As-tu l'intention de déclencher une révolte ? Es-tu un Zélote ? »

« Non, je ne crois pas que des révoltes armées nous aideraient à retrouver notre indépendance. Les Romains sont trop puissants. Et même si un soulèvement des cinq provinces chassait les Romains, je ne crois pas que cela rétablirait notre vertu. Mais nous pourrions regagner cette vertu même si les Romains demeuraient. »

« Cherches-tu parmi nous des instruments pour restaurer cette vertu ? » demanda le jeune homme.

Que répondre ? Le Livre qu'il lui fallait n'était pas écrit. Ou peut-être ne connaissait-il pas bien les Livres !

« Peut-être détenez-vous ici la vérité », répondit-il, « et peut-être n'en détenez-vous qu'une partie. Mais même si vous n'en aviez qu'une miette, j'en ferais une arme. »

Dosithée ne disait mot et semblait contempler ses orteils.

« Je suis samaritaine », dit alors la jeune femme assise près de Jésus, « et je vous connais, vous Pharisiens et Sadducéens, je connais vos croyances, comme je connais votre mépris pour nous. Vous croyez ainsi que votre Dieu a pris parti pour vous contre toutes les autres tribus et tous les autres peuples, comme Il l'a fait quand Il vous a fait sortir d'Egypte et qu'Il a dépêché les Sept Plaies sur ce pays, mais quand vous êtes vaincus, vous cessez de croire en Lui. A force de vous L'être approprié, vous en avez fait simplement un Juif immortel et vous L'avez dépouillé de Sa majesté. » Avec quelle passion s'exprimait-elle ! Tout le ressentiment des Samaritains contre les autres Juifs lui sortait des pores ! « La vertu qu'il vous faut retrouver, c'est l'humilité, sans quoi tu ne trouveras pas d'armes parmi nous », ajouta-t-elle.

Confondu, écarlate, Jésus balbutia : « Mais crois-tu, crois-tu donc que le Seigneur nous soit indifférent ? Crois-tu que notre déchéance ne Le touche pas ? Ne nous a-t-Il pas créés, nous aussi ? Comment pourrait-Il se désintéresser de nous ? »

Mais la femme garda un visage fermé, comme un chat en colère, et ne répondit rien.

« Paix, Maritha », dit Dosithée. « Ce jeune homme est venu demander notre aide, nous lui devons l'hospitalité. » Il parut réfléchir de longs instants. « Il est erroné de partager le monde en provinces », dit-il enfin. « Ce que Maritha a voulu dire est que ton propos est contradictoire. Tu sembles dire d'une part que ton peuple s'est détourné de Dieu et, de l'autre, que Dieu à son tour s'en est détourné. C'est-à-dire que, si ton peuple retrouvait sa vertu, Dieu » — c'était à la fin insupportable cette impudence familière avec laquelle il nommait Dieu, et en grec, *Théos* ! — « lui rendrait ses faveurs. N'est-ce point cela ? »

Jésus ne dit mot, contraint, l'air d'un écolier qui a mal récité sa leçon.

« Mais, en effet, Maritha a raison, il n'y a pas de rapport entre ces deux faits. Vous pourriez retrouver votre vertu et rester quand même en esclavage. »

Les mots le frappèrent dans la poitrine. Il éprouva le violent désir de s'en aller. A la même heure, des Zélotes agonisaient sur leurs croix. Des Sadducéens, la bouche grasse, achevaient leur repas. Jokanaan, Obed, où êtes-vous ?

« Le Tout-Puissant est-Il sourd ? » demanda-t-il d'une voix faible.

« Il est immatériel », dit Dosithée. « Il ne se mêle

pas des armes. Car vous étiez vertueux quand Il vous a apparemment délaissés. »

Oppressé, Jésus se leva. Ce n'était pas une compagnie pour lui. Il entendit Dosithée dire, mais sa voix était devenue lointaine, que Dieu n'était ni bon ni mauvais et ne s'occupait pas particulièrement des Juifs...

On lui parla souvent des prodiges qu'il accomplissait, cet homme venu du Nord. Il ne sut jamais si c'étaient de vrais prodiges, ni quelle puissance les inspirait. Il ne voulut même pas savoir.

Il garda toujours le goût de la poussière qui s'était levée le matin de son départ, qui lui colla à l'aine et à l'aisselle et lui fit grincer les dents jusqu'au soir, quand il trouva enfin un ruisseau pour s'y baigner.

Il lui fallait un autre ruisseau. Plus le temps courait, plus ses dents crissaient de la poussière d'Israël.

XVIII

CE QUE DIT LE VOLEUR

Cette année-là, on n'avait encore dressé que cent dix-sept ou cent dix-huit croix, peut-être plus, même le Procurateur n'en avait pas le compte. D'ailleurs, quelle importance ? Les milans durent se rabattre sur le petit gibier.

Le grand prêtre faillit trépasser d'indigestion. On l'avait pourtant prévenu de ne pas consommer le gras des agneaux. Ce Simon-là, d'ailleurs, fils de Boëthos, ne s'en remit pas et céda sa place à Annas, qui était plus frugal.

Coponius, repu d'Orient, d'intrigues, de parfums, fit ses bagages et rentra à Rome. Le palais de Jérusalem, les tétrarques, le clergé du Temple et les officiers romains se perdirent pendant plusieurs jours en conjectures sur les vices éventuels de son successeur, Ambivius. Avec un nom pareil ! Mais il ne fit à Jérusalem qu'un bref séjour et regagna en hâte son palais de Césarée, et les ragoteurs en furent pour leurs frais.

Les vieillards de Palestine et les vieillardes aussi bien avaient trouvé un nouveau sujet de lamentations, qui était le changement des temps. Le pays était plein de magiciens dont les voyageurs colportaient les prodiges. Il y avait aussi de plus en plus d'étrangers, Abyssins, Nubiens, Mésopotamiens, et d'autres sans nom qui venaient d'au-delà du Pont, et qu'on reconnaissait à leurs cheveux blonds, à leurs yeux bleus et bridés et à leur peau de lait, ou bien encore des Asiates, les uns quasi noirs, les autres cireux. Et tous ces gens se faisaient construire des temples pour leurs cultes païens, pas à Jérusalem, certes, mais en tout cas dans les villes de la Decapole. Puis on n'avait jamais vu en Palestine autant d'or, d'argent, de gemmes. Tout finissait par coûter les yeux de la tête. Même les marchands juifs qui s'enrichissaient du commerce avec les étrangers, auxquels ils avaient le droit de vendre des bêtes immondes, déploraient cette opulence. Enfin, il était devenu particulièrement risqué de sortir après le crépuscule, parce que les violeurs et les voleurs pullulaient. Il courait des histoires affreuses. Quel temps !

Sombre et fatigué, Jésus descendait vers Quoumrân, sans trop savoir laquelle des routes il suivrait. Car il en pouvait suivre deux, l'une qui longeait le Jourdain jusqu'à Jéricho et prenait fin à quelque distance de la mer Morte, sans doute un jour ou deux de marche, l'autre qui allait de Samarie à Béthanie et qui s'arrêtait à quelque distance de Quoumrân. Que l'on empruntât l'une ou l'autre, il fallait traverser une partie du désert de Judée, qui était rude et dangereux. Mais ce qui préoccupait Jésus était le risque de s'y perdre, puisqu'il n'y aurait personne pour lui indiquer le chemin. De toute façon, il était sous le coup des contrariétés que lui avait values sa brève visite à Dosithée. Il ruminait en s'efforçant de mettre de l'ordre dans ses pensées.

D'abord cette idée de l'immatérialité de Dieu... Evidemment, Dieu est immatériel ! Mais alors, il n'a aucune prise sur le monde réel ? Impossible ! Et s'il régnait sur le monde réel, c'est qu'alors il n'était pas plus fort que le Démon. L'idée en était également intolérable. Impossible de mettre le Tout-Puissant et le Mauvais sur le même pied.

Particulièrement contrariante, parce qu'obéissante, était la notion de ce Grand Esprit Universel évoqué par Dosithée. Un esprit animé d'amour qui, à la fin des temps, pardonnerait au lieutenant félon... Autant dire que, jusqu'à la fin des temps, les hommes seraient le jouet du conflit entre ces deux puissances ! Mais il n'y avait évidemment aucune raison de penser que le Seigneur ne pardonnerait pas aussi bien au Démon, qui avait succombé à la tentation comme n'importe quel petit prévaricateur terrestre.

Mais quelle tentation ? se demanda-t-il avec fureur allongé dans la grange où un riche cultivateur lui donnait l'hospitalité, près d'Ephrem. Quelle tentation ? Comment la tentation pouvait-elle préexister au Démon ? Idée ridicule ! Cela revenait à supposer que le Démon avait succombé à un Mal qui l'aurait précédé de toute éternité et qui ne pouvait donc procéder que du Tout-Puissant lui-même. Billevesée, piège à étourneaux, perversion de Grec ! Il se leva et ouvrit la porte de la grange pour respirer l'air froid de la nuit. Donc, il n'y avait pas de Démon. Il faillit hurler, un grand cri de révolte et de mal-être. Quelqu'un chantait doucement et tristement dans la nuit. Un amoureux déçu. Il n'y a pas de démon, murmura-t-il, ou bien alors le Démon est aussi vieux que le Tout-Puissant. Ce sont des frères. Ils se partagent le monde et voilà tout. A moins que Dieu soit à la fois bon et méchant, comme un homme. En tout cas, il n'y a pas de pardon. Dieu n'a pas plus à pardonner au Démon que le Démon à Dieu ou la Lune au Soleil.

« Je meurs », songea-t-il, « je suis mort. »

Tout son passé mourait, en effet. Il enterrait Joseph pour la seconde fois. Et son enfance et sa jeunesse de Juif.

Il eut le désir de bras qui le serreraient très fort et d'un corps à étreindre. Il alla se recoucher et s'endormit, épuisé et triste.

Il aida les paysans aux moissons, le lendemain. Son énergie les étonna. « Reste avec nous », lui dit l'un d'eux. « Nos filles sont belles et nos oranges, parfumées. » Il sourit pour toute réponse et ils le crurent faible d'esprit.

Il partageait le repas des paysans lorsqu'une idée lui tomba sur la tête comme une pierre. Si Dieu n'avait plus à pardonner au Démon, alors il n'y aurait pas de Jugement dernier, pas de fin des temps non plus. Il cessa de manger. Où donc ces interrogations aboutissaient-elles ? Il regarda son bol de soupe de froment et le finit à contrecœur.

« Mon fils, on ne peut pas vivre en vagabond », lui dit un homme âgé, qui l'observait. « Tu es jeune et fort, il faut t'établir. Le manque de feu te ronge. »

Le manque de feu ! Une main sur la joue, un pied nu contre le sien pour franchir les routes du sommeil, en avait-il rêvé ! Mais ce n'était pas en situation. Il regarda ses paumes coupées par les blés ; elles se cicatriseraient avant son cœur.

Il ne dormit pas beaucoup la troisième nuit. Qui prier ? Comment être sûr que la prière monterait vers Dieu et non vers le Démon ? Irrésistiblement, son esprit dériva vers une autre proposition de Dosithée ; c'est que la loi morale était une loi des hommes. Le Grand Esprit n'en avait cure, il laissait l'espèce se fabriquer des commandements et des interdits. Donc, Moïse avait eu des visions. Ou bien c'était un comédien, un de ces individus sans pudeur qui se produisaient sur les théâtres romains de la Décapole. Si Joseph entendait ses pensées ! Il était monté graver ses commandements sur la montagne, Moïse, et puis il avait prétendu, peut-être sincèrement, que c'était Dieu qui les lui avait dictés. On pouvait envisager cette folle hypothèse, car il était vrai qu'il existait autant de lois morales que de nations. Celle des Romains n'avait pas grand-chose de commun avec celle des Egyptiens, laquelle n'était pas non plus celle des Juifs. Mais celle des Juifs...

Les Juifs ! Ils étaient les seuls qui n'eussent pas de dieu du Mal, comme Seth l'Egyptien, ou comme Mars, le Romain, sans parler des autres dieux impudiques ou fous. Les Romains et les Egyptiens avaient des lois morales, terrestres, et des dieux amoraux. Les Juifs, eux, avaient à la fois un Dieu et des lois à l'unisson. Peu importait le reste.

« Si Dosithée a raison et qu'il n'existe pas de Dieu du Bien, si Dieu est à la fois le Bien et le Mal, alors il faut contraindre la part du Bien en lui à se manifester », murmura-t-il.

Il sortit. La nuit était pleine du chant des criquets et de la senteur des violettes. Un chacal hurlait au loin, à la place de l'amoureux d'hier. Le monde était plus solennel que le Temple de Jérusalem. Il était déchiré de tensions, comme le ventre d'une femme qui se prépare à accoucher. Quelque chose allait naître.

« Si Dieu n'est pas encore né, il faut le créer. »

Il fit quelques pas. Un renard prit la fuite.

« Il faut séparer le Bien du Mal, la violette de la pustule, l'assassin de l'enfant nouveau-né, le prévaricateur de l'innocent. »

La passion s'empara de lui, il oublia jusqu'à ses pensées et tomba à genoux, puis sur le dos. Il ne cillait plus. Ses joues se creusèrent, il devint cireux. A l'aube, il reprit conscience et poussa un cri bref. Il se leva, épuisé. Il avait eu des visions, elles étaient confuses. Tirant l'eau du puits pour se laver, il les avait oubliées. Il fallait partir, il fallait rejoindre Quoumrân.

Il reprit la route, lentement, longeant la vallée de la rivière Faria. Qu'avait-il eu cette nuit-là ? « Mon âme m'a quitté », songea-t-il. Il eut souvenir d'avoir erré dans la nuit, mais c'était impossible, car il s'était réveillé devant la porte de la grange. Et pourtant... il s'arrêta, épouvanté : l'image lui revint de maisons qu'il avait vues d'en haut ! D'en haut ! Comment avait-il pu voir des maisons d'en haut ? Il s'assit pour réfléchir et ne trouva pas de réponse à ce mystère. Mais pourquoi avait-il, d'emblée, pensé que son âme l'avait quitté ? Et si c'était vrai, où était-elle allée ?

Le crépuscule le trouva épuisé, assoiffé, affamé. Le Jourdain rougeoyait là-bas. Jésus quitta la route et se dirigea vers le fleuve. Il se dévêtit, jeta son bâton sur ses vêtements et plongea dans les eaux froides. Elles lui fouettèrent le sang, mais aussi la faim. Il regagna la rive, et là, un inconnu accroupi près de ses vêtements lui fit oublier sa faim. Un voleur ? On disait, en effet, la route dangereuse. Il en avait entendu plus d'une sur des voyageurs détroussés, voire assassinés par des brigands. Il approcha lentement et remarqua tout de suite qu'on avait dérangé ses vêtements. L'homme, basané, hirsute, observait Jésus en faisant sauter deux pièces d'argent. Jésus comprit que c'était son argent, tout ce qui lui restait du pécule emporté de Capharnaüm. Sans quitter l'homme du regard — avec quelle prestesse il enfila sa robe ! — il se rhabilla à distance. Quand il eut enfilé ses sandales et repris son bâton, il demanda à l'inconnu :

« C'est mon argent que tu as dans les mains ? »

Un éclair d'ironie passa dans les yeux de l'homme.

« C'est tout l'argent que tu as ? »

Jésus hocha la tête.

« Tant pis », dit l'inconnu, « tu es encore plus pauvre que moi. » Et il tendit les pièces à Jésus.

Stupéfait, comprenant que l'homme était un voleur, Jésus reprit les pièces sans quitter son bâton.

« Je t'ai regardé sortir de l'eau », dit l'homme. « Tu es costaud, mais tu n'as même pas un couteau, n'est-ce pas ? » Jésus secoua la tête. « Rien qu'un bâton et deux pièces pour voyager, on ne peut pas dire que tu sois encombré ! Est-ce que tu as au moins caché de la nourriture quelque part ? »

« Je n'ai pas caché de nourriture. En fait, j'ai faim. Qui es-tu ? »

« Joash. C'était le nom d'un roi, n'est-ce pas ? Mais je suis un voleur et même pas le roi des voleurs, sans quoi je ne ferais plus ce métier. Je ne voyage jamais seul, moi-même, mais mon collègue a été arrêté hier. Est-ce que tu voyagerais avec moi ? Je crois que nous serions tous les deux plus en sécurité. »

« Suis-je censé être le gardien d'un voleur ? » demanda Jésus en souriant.

« Qu'est-ce qui serait pire ? » demanda Joash. « Risquer la mort des mains d'autres voleurs ou bien être en sécurité avec l'un d'eux ? De plus, je pourrais te nourrir. J'ai deux cailles, des figues, des noix, des dattes et même une gourde de bon vin. »

« Si j'accepte, je devrai te demander de t'abstenir de toute action immorale tant que nous sommes ensemble. »

« Je te donne ma parole. »

« Je l'accepte. »

« Tu n'es pas un Juif. Comment t'appelles-tu ? »

« Je suis un Juif et je m'appelle Jésus. »

« Un Juif n'accepterait pas la parole d'un voleur. Où vas-tu ? »

« Les Juifs acceptent la parole des voleurs, mais ils ne l'admettent pas. Je vais d'abord à Jéricho. »

« Tu parles des prêtres, non ? Qu'est-ce que tu vas faire à Jéricho ? »

« Je pensais aux prêtres, en effet. Je n'ai rien à faire à Jéricho. J'espère seulement y trouver quelqu'un qui me dise comment atteindre Quoumrân. »

Joash lui lança un regard interrogateur, puis se leva d'un bond. Il parut chercher un objet perdu, mais revint avec des rameaux qu'il dépouilla de leurs feuilles. D'un sac qui lui pendait au flanc, il tira deux cailles, les pluma et les embrocha avec les rameaux.

« Va chercher un peu de bois et d'herbes sèches », dit-il.

Il battit un silex sur une courte pièce de fer taillée en biseau, aussi près que possible d'une mèche graisseuse. Une flamme rougeâtre fleurit que Joash approcha des herbes sur lesquelles il plaça le bois rapporté par Jésus. En peu de temps, un feu fut bâti et Joash rôtit une caille qu'il tendit à son compagnon. Puis il observa, l'air amusé, Jésus tenir la caille entre le pouce et l'index de la main gauche et prier le Seigneur de la main droite. Ils mangèrent chacun leur caille, puis quelques figues, du pain cuit pour des Romains, mais c'était aussi bien du pain, et burent un peu de vin, qui était bon comme Joash l'avait annoncé. Et Jésus dit une action de grâces.

« Tu pries ainsi avant et après tous tes repas ? » demanda Joash.

Jésus acquiesça.

« Pourquoi ne m'as-tu pas plutôt adressé tes prières, puisque c'est moi qui t'ai offert le repas ? »

« Et qui t'a donné le repas pour commencer ? »

« C'est moi qui me suis offert ce repas. Pourquoi est-ce que ton Dieu me donnerait à manger ? »

« Parce qu'il est ton Père. »

« Il est le père d'un voleur ? » demanda narquoisement Joash.

« De qui serais-tu donc le fils ? » demanda Jésus, en se drapant dans son manteau.

« Du Démon, par exemple », dit Joash, en tisonnant le feu.

Les braises exhalèrent une nuée de points scintillants.

« Tu sais qu'il est mal de voler, donc tu sais où est ta maison », dit Jésus en s'allongeant. « Joash », reprit-il, « c'est un nom juif. Tu es donc juif. Tu as un père. »

« Une maison, un père ! » marmonna Joash d'un ton imprécateur. « Ma maison est en ruine et je suis un bâtard ! Des mots ! Ce pays est une poubelle ! L'autre mois, mon copain, celui qu'ils viennent d'arrêter, et moi, nous attrapons un voyageur et les siens sur la route de Jérusalem à Jéricho. Ce n'est pas que nous travaillions tellement au sud, mais nous n'avions pas fait un coup depuis quelque temps. L'homme était un prêtre vieux et baveux, qui voyageait avec sa femme et ses fils. Les fils étaient braves et stupides. Il a suffi d'un coup de gourdin sur la tête pour les assommer. Le prêtre a commencé à geindre, sur notre impiété, sur sa pauvreté, sur la cruauté du monde et j'en passe. Puis il a proposé de nous faire avoir un peu d'argent quand il aurait atteint Jéricho. Il bramait trop fort, j'ai dû le gifler. Nous avons fouillé les bagages. Sa femme cachait un magot sous ses cuisses, un beau paquet de pièces d'or et d'argent, rien que de l'or et de l'argent bien chauffés par ses fesses. Qu'est-ce qu'elle a crié ! Une poule qu'on plume vivante ! Nous l'avons calmée elle aussi de quelques claques, adressé quelques blâmes au prêtre parce qu'il était un menteur — je lui ai un peu tordu l'oreille —, attaché les deux garçons à leurs ânes et cinglé les croupes des deux autres. Le nom de ce prêtre était Zerahiah et nous allions l'oublier quand, quelques jours plus tard, nous allons à Bethabara acheter des couteaux, de bonnes lames syriennes. Là, nous rencontrons un autre voleur avec lequel nous avions fait un coup ou deux. "C'est vous qui avez volé le prêtre Zerahiah ?" Il se tordait de rire. Nous répondons oui, c'est nous qui avons volé Zerahiah, et alors ? Et il nous apprend, il s'appelle Samuel, que ce prêtre était considéré comme l'un des plus grands voleurs du pays ! Un pays pourri, je te dis. Chacun vole qui il peut et ceux qui parlent du Bien et du Mal sont peut-être les plus grands voleurs de tous. Mais je ne parle pas de toi, tu es un pauvre diable, un naïf, plus pauvre que Job. Tu es prêtre ? »

« Non. »

« Alors qu'est-ce que tu vas faire à Quoumrân ? C'est un endroit pourri, la porte de l'enfer, on ne bouffe que la poussière des rochers comme un milan affamé... Et tous des hommes, à moitié fous ! »

« Tu déplorais la pourriture d'Israël », dit Jésus, « mais à Quoumrân, les gens ne volent pas, ne trichent pas, ne forniquent pas, ne se remplissent pas la panse à longueur d'année. Ils suivent la Loi du Seigneur. Ils veulent restaurer la Loi du Seigneur dans ce pays. »

« Ha ! » s'écria Joash d'une voix rauque, en se tournant vers Jésus, les rides pétries par le sarcasme. « Encore des mots ! Ce n'est pas parce que je suis un voleur que je suis stupide et que je ne sais pas ce qui se passe alentour. Tu parles comme ça du Seigneur et des gens qui se présentent comme ses soldats, ses prêtres, ses hérauts, que sais-je ! Là-bas en Samarie, je connais deux types qui parlent, eux aussi, d'une grande puissance céleste. L'un porte un nom grec que je ne peux pas me rappeler, mais l'autre s'appelle Simon. L'autre jour, je suis en train d'acheter du vin dans une taverne, à Jéricho. J'entends un homme se plaindre que sa fille est devenue muette. Peut plus parler, tout d'un coup. Tout le monde qui l'écoute et l'homme lui-même disent qu'un démon a dû entrer dans son corps. Mais le père répond que les rabbins n'ont pas pu chasser ce démon. Le tenancier de la taverne murmure qu'il connaît, lui, un magicien appelé Simon qui, pour deux sesterces, peut chasser le démon, même si c'est Belzébuth en personne. Le père répond sans trop de conviction, il faut le dire, qu'il ne peut pas appeler un magicien païen, parce que les rabbins ne le lui pardonneraient pas. Mais quand même, il demande où l'on peut trouver ce Simon, oui, il a entendu parler de lui... "De quoi as-tu peur ?" demande l'aubergiste, "si un homme chasse un démon, est-ce que cela ne signifie pas qu'il agit au nom de Dieu ?" Puis un client qui a entendu la discussion déclare que ce Simon n'est qu'un magicien de second ordre, qui a appris tout son métier d'un autre magicien, ce Grec dont je te parlais... »

« Dosithée », dit Jésus.

« Oui, Dosithée, c'est ça, comment sais-tu ? Alors ce client dit qu'il vaut toujours mieux traiter avec le maître d'un art qu'avec son élève. Il commence aussi à vitupérer Simon, à dire que la femme avec laquelle il vit, Hélène, ce n'est qu'une putain montée en graine, qu'elle travaillait dans un bordel à Ephèse avant qu'elle rencontre Dosithée... Bref, des histoires de bonne femme à n'en plus finir. Le père de la muette ne sait plus, le malheureux, s'il faut regarder à l'est ou à l'ouest. Dosithée ou Simon ? Tout ce qu'il sait est que sa fille est muette et que c'est un malheur, une honte. Moi, bien sûr, je veux savoir la fin de l'affaire. Je reste donc à la taverne jusqu'à ce qu'une décision ait été prise. En fin de compte, il appert que Simon, qui voyage beaucoup, se trouve à Jéricho, alors que son maître a établi ses quartiers près de Samarie. On dépêche donc un messager pour demander à Simon s'il daignerait, car ils parlent de lui comme si c'était un roi ou un prophète, s'il daignerait traiter une muette. Trois heures plus tard, il fait nuit noire. L'aubergiste a fermé ses portes, nous attendons tous en croquant des pépins de pastèque grillés pour passer le temps. Le messager arrive, Simon est là ! Simon est là ! »

Jésus s'avouait que ce voleur était plus divertissant que bien des gens honnêtes.

« On frappe à la porte, nous osons à peine respirer. La barre est levée et Simon entre. Vêtu comme un roi. Un manteau noir brodé sur une robe blanche, un grand collier d'or et de grenats étincelant sur sa poitrine. Ses cheveux luisent d'huile parfumée, sa barbe est bouclée et parfumée aussi ; son visage est lisse comme celui d'un enfant. Un homme superbe !

Celui-là, je n'aurais pas pu le voler ! Le père et l'aubergiste se précipitent vers lui, faisant courbette sur courbette, comme si c'était Ezéchiel de retour sur terre ! Le père explique l'affaire. Simon, qui est suivi, j'ai oublié de le dire, par cinq disciples, pose quelques questions. Quand la fille est-elle devenue muette ? Quelle est la personne qui était présente quand elle a perdu la parole ? Avait-elle dormi à la pleine lune ? Quels étaient les derniers mots que lui avait adressés le père ? Celui-ci répond que, la dernière fois qu'il lui avait parlé, c'était pour lui dire qu'il voulait la donner en épouse au fils de son second cousin. "Allons la voir", dit Simon. Le cortège se forme vers la maison du père, un petit chauve ridé comme une figue sèche, Isaïe fils de Joseph de son nom, marchand de vin et de cèdre en gros, blême d'émotion, près de perdre la voix lui aussi. Les autres font les affairés. La fille est couchée sur son lit, elle a quatorze ou quinze ans, pas plus, elle est vraiment très pâle. Dès qu'elle aperçoit Simon, elle commence à trembler, même le lit tremble et sa mère, qui la tient, tremble aussi, un vrai tremblement de terre. Simon tire une petite boîte de sa manche, l'ouvre et jette brusquement une pincée de poudre sous le nez de la fille. Ça pue partout et Simon dit d'une voix tonnante : "Démon dans le corps de cette fille, dis ton nom, je te l'ordonne !" La fille tremble comme une crécelle, elle pleure, elle crie. "Au nom du Grand Esprit, maître de toutes les puissances d'en bas et d'en haut de ce monde, dis ton nom, démon !" hurle Simon. Il gifle la fille, ses disciples lui giflent les cuisses, qu'elle a jolies, d'ailleurs. La fille hurle, elle commence à dire des mots incompréhensibles ! Oui, elle parle ! Moi, je n'ai pas compris ce qu'elle a dit, mais un disciple de Simon crie : "Elle a dit Anaboth ! Le démon a dit son nom, Anaboth, le Crapaud Vert !" La mère s'évanouit, les voisins ont envahi la maison, le père est à genoux, la tête au sol, priant le Seigneur, il y a un remue-ménage épouvantable dans la maison, dominée par la voix de Simon : "Anaboth, je te donne l'ordre de quitter sur-le-champ le corps de cette fille ! Va-t'en et ne reviens jamais ! Parle, fille, parle ! Je te l'ordonne !" La fille hurle : "Mère ! Mère !" Et elle tourne aussi de l'œil. Nous avisons le rabbin dans un coin de la chambre, blanc comme un linceul, les yeux en feu. On ranime les femmes à coups de serviette mouillée à l'eau vinaigrée et de camphre. Tout le monde parle à la fois, seul Simon garde son calme. Il explique à l'assemblée qu'Anaboth est le treizième grand démon, le gardien des secrets honteux, et que, s'il est venu dans la maison, c'est que quelqu'un avait un secret honteux. La mère, qui a retrouvé ses esprits, se met à crier : "C'est vrai, c'est vrai ! Que le Seigneur me pardonne, je ne voulais pas la naissance de cette fille ! Seigneur, miséricorde !" La fille, elle aussi ranimée, dit qu'elle a soif, jusque dans la rue les gens s'exclament : "Miracle !" Simon prend ses deux sesterces, le rabbin semble saisi de folie et se frappe le front à le fendre. Voilà, fils d'homme, tu parles de restaurer la Loi du Seigneur en Palestine, mais quel Seigneur ? Le tien, parce que ce n'est plus le mien, Yahweh, a de sérieux rivaux, comme tu vois. Ce Simon agissait au nom du Grand Esprit, quel qu'il soit. La Palestine est pleine de temples étrangers, à Jupiter ou Zeus, à Apollon, à Minerve et je ne sais qui encore, qui ont été construits par les Romains, et puis tu as des temples d'Isis et d'Osiris, de Mithra et de Baal. Quand ton Yahweh ne leur donne pas ce qu'ils veulent, les Juifs courent en douce vers le plus commode des autres dieux pour qu'il exauce leurs prières. Est-ce que je n'ai pas moi-même volé dans les sacs des Juifs et les jupes de leurs femmes des statues et des amulettes en or de ces dieux étrangers, sans parler de quelques-uns, des dieux de la fécondité, qui étaient drôlement cochons ! Si tu veux restaurer la Loi de ton Dieu, il faudra que tu fasses aussi bien que Simon, il faudra même que tu fasses mieux. Peux-tu ? Je te le demande : le peux-tu ? »

« J'essaierai », dit Jésus.

Joash donna un coup de bâton dans le feu et des miettes brasillèrent en filant vers le ciel. Un symbole, mais de quoi ?

« Ha ! » dit encore Joash, « tu apprendras ! Ces hommes, on me l'a dit, ont passé des années à apprendre leur métier. Seras-tu un élève de Simon ? Non, je réponds pour toi, parce que tu es fier et naïf. Pourtant ce Simon, il possède un secret. Je l'ai touché à la dérobée, ma main m'a brûlé. Et j'ai entendu quelqu'un dire qu'on avait vu Simon le même jour à Samarie et à Jéricho, mais lorsque les gens de Jéricho ont voulu le toucher, ils ont touché de l'air. C'était un esprit sans matière, tu comprends ? Et il souriait ! Et puis il y en a un autre. »

« Un autre quoi ? »

« Un autre magicien. Il travaille à Ptolémaïs, en Phénicie, à Césarée. C'est un Grec, il s'appelle Apollonios. On dit qu'il est plus beau que la lumière et qu'il ramène les morts à la vie. »

« Comment connais-tu son existence ? »

« Parce qu'un autre voleur que j'ai rencontré dans le nord m'a parlé de lui et puis m'a dit : "C'est le seul homme que je ne pourrais pas voler !" Et Joash pouffa. Et tout d'un coup il se tourna vers Jésus et lui dit, soudain sérieux : « Mais je ne pourrais pas non plus te voler. »

« Peut-être que je ne suis pas assez riche », dit Jésus en souriant.

« Tu voudrais quand même croire à ton Père », reprit Jésus au bout d'un temps.

Joash haussa les épaules.

« Je vais dormir un coup, puis tu me réveilleras pour prendre un peu de sommeil. »

Il se couvrit de son manteau et parut se fondre

dans le sol. Après quelques minutes d'immobilité, sa voix se leva dans la nuit.

« Tu crois qu'un jour tout finira, n'est-ce pas ? »

« Oui. »

« Tout ce qui existe ? »

« Oui. »

« Les causes et les effets ? »

« Oui », répondit Jésus un peu interloqué.

« Parce que ce sera la volonté de ton Dieu ? »

« Où veux-tu en venir ? Oui ! »

« Parce que ton Dieu est la cause de tout, n'est-ce pas ? »

« Oui. »

« Mais alors, il disparaîtra avec les autres causes, puisque toutes les causes et tous les effets disparaîtront. »

« Qui t'a dit cela ? »

« Personne. Je l'ai trouvé tout seul. »

Il fallait maintenant être docteur pour parler avec les voleurs. Ce pays était malade.

XIX

CEUX QUI ATTENDENT LA FIN

Jusqu'à ce qu'ils atteignissent Jéricho, le voleur et son compagnon de fortune n'échangèrent que peu de mots. Jésus était sombre et Joash, renfrogné. Ce ne fut pas le détachement de légionnaires romains, en fait des Syriens qui portaient gauchement l'uniforme, qu'ils croisèrent peu de temps après s'être mis en route qui eût pu les dérider. Mais la vue de la ville à l'horizon, rien qu'un scintillement gris et rose liquéfié par l'air chaud, les éclaira. C'était là que, quinze siècles plus tôt, hier, quoi, les trompettes de Josué avaient lézardé les murs de la citadelle cananéenne !

« Souffle, souffle », dit Joash.

Jésus lui jeta un regard interloqué.

« Jésus, hein, mais c'est Josué ! » dit Joash, l'œil plissé.

« Tu serais un scribe dévoyé que je n'en serais pas surpris », répondit Jésus. « A quel âge es-tu devenu voleur ? »

« Quinze ans. A Joppé. Mon père voulait faire de moi un rabbin. J'ai volé un poulet. Je me suis enfui sur un bateau. Je suis revenu deux ans plus tard. Tout le monde me croit mort. »

Aux murs de la ville, douze coudées de haut, Jésus s'arrêta, évoquant les lectures que lui faisait Joseph. Et pourquoi donc, se demanda-t-il après avoir accordé la victoire à Josué, le Seigneur avait-Il permis aux Babyloniens de disperser l'armée de Zédéchée et aux soldats de Nabuchadnezzar de massacrer et d'exiler Son peuple de Jéricho ? Et quand ils passèrent la porte de Judée, il en mesura l'épaisseur : de quoi résister à cent assauts babyloniens ! Comment s'étaient-ils laissé vaincre ?

Ils firent de nouveau halte à la première fontaine, sous une statue de César auprès de laquelle séchaient les braies courtes de légionnaires. L'eau qu'Elisée avait purifiée servait aujourd'hui à laver les souillures des Romains. Ils s'engagèrent dans la rue qui se présentait devant eux et débouchèrent sur une petite place au milieu de laquelle s'élevait un monument de style romain, surmonté de la statue d'un homme obèse. L'inscription était en latin et en hébreu. Jésus la déchiffra péniblement : c'était le tombeau d'Hérode le Grand. Les cris des marchands de jus de tamarin et de citron doux avaient remplacé les imprécations des prophètes. Jéricho était devenue une ville de plaisance.

Ils s'assirent sur les marches du cénotaphe, observant les passants, puis détaillant le petit cortège qui accompagnait une litière aux rideaux baissés, portée par quatre Noirs.

« Il y a de quoi faire ici », murmura Joash. Puis avisant un commerçant qui poussait un mulet chargé de légumes, il lui demanda s'il connaissait le meilleur chemin pour aller à Quoumrân.

Le commerçant s'arrêta, dévisagea les deux hommes sans aménité et hocha la tête. Après avoir marmonné d'un ton désobligeant qu'ils avaient bien la tête de gens qui voudraient aller à Quoumrân, il indiqua le chemin : sur la route du sud, le long des falaises à droite ; au troisième gué, c'est presque là.

Jésus se leva et prit son bâton.

« Attends-moi ici un moment », dit Joash. Il s'en fut d'un pas rapide. Jésus leva les yeux vers la statue de l'homme qu'abominait Joseph. « S'il avait dit un mot qui méritât le souvenir, il n'aurait pas eu besoin de cette statue », songea-t-il rapidement. Joash était revenu. Il tendit à Jésus un petit ballot.

« Du pain, un pigeon grillé et des figues », dit-il.

« Pourquoi ? » demanda Jésus.

« Parce que tu ne sais pas voler », dit Joash en s'esclaffant. Un instant plus tard, Jésus se retrouva seul devant le cénotaphe. L'ombre d'Hérode tombait sur lui ; il fit un pas de côté. Une femme passa, tenant un petit chien blanc et frisé dans les bras. Dans les bras ! Elle lui jeta un regard. Il reprit aussi vite la porte de Judée.

Le désert l'entoura au bout d'une heure de marche. A midi, il passa le premier gué. Le désert de Judée était jaune, jaune aussi la falaise annoncée. A gauche, au loin, une mare de plomb fondu, la mer Morte. La chaleur devenait intolérable. Jésus fut ébloui. Il eut un malaise. Un sifflement chemina près de ses oreilles ; il alla s'adosser à la falaise. Il entendit un rire étouffé, mais il était seul. Le rire atteignit une intensité démente. C'était un fou qui riait. Ce n'était pas un fou, il l'attendait depuis longtemps, il l'accueillit avec soulagement.

« Dieu te pardonnera », dit-il.

Le rire se changea en grondement et s'acheva dans un hurlement sans fin, roulant jusque vers la mer, là-bas, entraînant des pierres de plus en plus grosses, et commençant à secouer le sol.

« Si tu ne veux pas du pardon », cria-t-il, « va-t'en ! »

Il était trempé de sueur et tremblait sur ses jambes. Sa voix, portée par l'écho, s'était désintégrée en une cacophonie qu'amplifiaient les gémissements d'un vent soudain. La poussière se leva et dansa autour de lui avec fureur.

« Yahweh ! » hurla-t-il.

Un paquet de poussière décampa dans les feulements de fauve blessé, là-bas encore, vers la mer Morte. Le vent fit deux ou trois fois encore claquer la robe du voyageur, puis se calma tout à fait. Le silence investit le monde, qui sembla tendu comme une peau quand le tanneur l'étire jusqu'au déchirement.

Jésus frissonna. Il but une longue gorgée d'eau de la gourde qu'il avait remplie à Jéricho et mangea une figue. L'ennemi existait donc. Un jour, il en retracerait la généalogie. L'essentiel était de savoir qu'il existait, qu'il fût un serviteur félon ou bien l'autre aspect de la Toute-Puissance.

Il cligna des yeux. Le deuxième gué était à quelques pas de là, sec comme l'enfer. Au loin, sur un plateau bas, Jésus identifia les formes anguleuses de plusieurs maisons. Le chemin était devenu très rocailleux, il avança lentement, sans quitter les maisons du regard. Elles étaient plus nombreuses qu'il n'avait d'abord semblé, groupées autour d'un grand bâtiment central que dominait une tour carrée et trapue. Un peu plus au sud, deux ou trois douzaines de moutons dévastaient laborieusement quelques plaques de pâturage en compagnie d'ânes ou de mules. Plus loin, vers l'ouest, s'étendaient des bandes de cultures. Jésus était arrivé assez près pour distinguer des hommes torse nu qui luisaient de sueur dans ces terrains et, dans ces champs, du jeune froment. Où donc avaient-ils trouvé de l'eau dans cette géhenne ? Il était parvenu au village ; il se dirigea vers le monastère ou du moins ce qu'il supposait qu'était le grand bâtiment. Il en chercha en vain l'entrée dans le mur aveugle qui l'entourait. Il s'arrêta pour laisser le vent sec évaporer sa sueur, chassant de la main des mouches obstinées. Un laboureur passant par là le dévisagea et Jésus lui demanda où se trouvait l'entrée du bâtiment.

« Du côté de la mer. Elle est masquée par un mur de refend. »

Ce n'était certes pas un paysan de la race des demi-bêtes qu'ils avaient rencontrés à Bethsaïde de Julie. Jésus contourna le bâtiment, cueillant au passage l'odeur fétide d'une tannerie et celle, familière, de la sciure de bois fraîche. Il se sentit guetté et leva la tête ; un guetteur, en effet l'observait du haut de la tour. Il fallait donc des guetteurs, c'est qu'il pouvait y avoir des dangers ; mais lesquels ? Il atteignit le mur de refend, qui protégeait la porte des tempêtes de sable, et se glissa derrière. La porte était entre-bâillée, il la poussa, et se trouva dans une petite pièce relativement fraîche, où un homme était penché sur un rouleau de parchemin, à la table qui formait, avec une chaise, tout le mobilier. L'homme leva lentement les yeux vers lui et laissa son regard peser sur Jésus.

« Paix », dit Jésus. « Est-ce que Jokanaan, le fils du prêtre Zacharie, est parmi vous ? »

« Il l'est », répondit l'homme.

« Peut-on lui faire savoir que Jésus, le fils du charpentier Joseph, souhaite le voir ? »

« Jokanaan est aux champs. Je vais le prévenir. Attends ici. »

C'était le deuxième Essénien qu'il rencontrait. Tous deux jeunes et alertes, beaux aussi. Ce qu'on disait d'eux était peut-être vrai, qu'ils attachaient beaucoup d'importance à l'apparence physique de leurs recrues, qu'ils rejetaient ceux qui étaient gros ou trop maigres, petits ou mal faits, ou même qui avaient les traits grossiers. Il avait donc eu tort de hausser les épaules quand on lui avait dit qu'ils rejetaient même ceux dont les attaches n'étaient pas assez fines. Il examina ses poignets avec perplexité. Pour eux, une âme prédestinée ne pouvait habiter qu'un corps harmonieux. L'idée lui en parut injuste et la ségrégation qu'elle inspirait, presque scandaleuse. De prime abord, aussi, l'exclusion des femmes se justifiait par la nécessité de la chasteté physique et mentale. Mais n'aurait-on pu tolérer des épouses ? Mêmes les prophètes avaient des femmes ! Et si l'on méprisait tant la chair à Quoumrân — ou peut-être même en avait-on peur —, pourquoi ne choisir que des hommes beaux ? Il écarta le souvenir de Sepphira, mais il revint par une voix détournée, sous forme d'une question : pourquoi lui-même ne se mariait-il pas ? Peut-être avait-il alors tort de critiquer les Esséniens, peut-être étaient-ils comme lui, absorbés par d'autres soucis que de fonder une famille... Et Jokanaan...

Le glissement de sandales sur la pierre, il se retourna. Son cœur sauta. Les yeux s'étaient enfoncés dans les orbites, les joues s'étaient creusées et le nez s'était décharné. Mais la bouche était intacte, presque pourpre, et elle souriait. Il céda à son élan et Jokanaan fit un pas en arrière.

« Tu ne peux pas me toucher. Même un novice ne le peut pas. Bienvenu, je t'attendais. »

Les yeux, encore, puis le silence prolongèrent la bienvenue jusqu'à l'étrangeté. « Pourquoi donc m'attendait-il avec cette ferveur ? » songea Jésus.

« Des frères sont moins proches l'un de l'autre que nous le sommes », dit Jokanaan d'une voix imperceptiblement plus basse. « Es-tu venu pour rester avec nous ? »

Jésus hocha la tête.

« Tu seras d'abord novice. Le noviciat dure deux ans. Les maîtres sont très exigeants. Une fois que tu es devenu membre de notre communauté, c'est pour toujours. Le mariage est déconseillé, bien que certains de nos frères, ceux qui vivent près des villes, soient mariés. Nous ne possédons rien, nous partageons tout. Nous travaillons dans les champs ou aux ateliers, le plus souvent en alternance. Quand le temps viendra, nos maîtres te révéleront notre doctrine. Je vais te faire conduire devant les chefs de notre Conseil, parce que je dois retourner aux champs. Peut-être te verrai-je après le repas du soir. Mais nous aurons tout le temps qu'il faudra pour nous entretenir. »

« Et après ? » demanda Jésus.

« Après ? »

« Quand je serai devenu membre de la communauté, que se passera-t-il ? Resterai-je avec vous à prier dans le désert tandis que la Loi tombe en poussière dans le reste du pays, que les Romains nous commandent et que les prêtres poursuivent leurs prévarications ? »

« N'étions-nous pas convenus, autrefois, qu'il fallait apprendre les Livres pour devenir les vrais chefs de notre peuple ? Pourquoi donc quiconque viendrait ici ? La fin est proche et le Seigneur trouvera en nous Ses vrais prêtres quand l'heure sera venue. »

« La fin », dit Jésus.

« Oui, la fin. "Il y aura des lamentations dans les rues et des cris de malheur sur les places. Le fermier sera convoqué pour le deuil et les pleureuses seront mandées ; les plaintes s'élèveront dans les vignes, parce que je passerai parmi vous, dit le Seigneur. Insensés qui aspirez au Jour du Seigneur, que sera pour vous ce Jour ? Ce sera celui des ténèbres, non de la lumière." Israël est tombée et ne se relèvera plus. Il ne nous reste plus qu'à nous préparer pour le Jour du Seigneur. »

« Et les autres, les laisserons-nous à leur destin ? Ce n'est pas ce dont nous étions convenus, autrefois. »

« Autrefois ! » répéta Jokanaan. « J'étais jeune, et tu l'étais aussi. »

« Te sens-tu vieux ? » demanda Jésus. « Et les années ont-elles changé quoi que ce soit au sort des Juifs ? A quoi leur serviront des prêtres instruits dans les Livres, qui les délaissent et n'attendent plus que la fin des temps ? N'as-tu déjà pas appris assez ? Combien de temps encore resteras-tu ici ? Jusqu'à ce que tu aies perdu tant de dents que personne ne te comprendra plus ? »

« Comme tu es devenu cruel avec moi ! » répondit Jokanaan d'une voix rauque, les yeux embués, reculant instinctivement. « Que veux-tu que je fasse ? Que j'aille prêcher au-dehors ? Mes prêches vaudraient-ils mieux que la parole des prophètes ? Et les tiens ? Ils ont eu tous les prophètes et ils ne les ont pas écoutés ! »

« Comme tu parles d'eux, Jokanaan ! Comme pensent les Sadducéens et les Pharisiens du Temple ! Je vois que tu resteras donc ici jusqu'à ce que tes os se confondent avec les cailloux du désert ! »

Jokanaan ferma les yeux et respira profondément.

« Je t'aime et je sais que tu m'aimes », dit-il après s'être ressaisi, « mais ton amour a le goût du fiel. Je ne t'ai pas contraint à venir à Quoumrân. Es-tu donc venu ici pour te joindre à nous, ou bien pour me forcer à partir ? Pourquoi es-tu si amer avec moi ? Tu ignores tout de mon tourment... »

« Quel tourment ? »

« J'attends le Messie, mais viendra-t-il avant ma mort ? »

« Et s'il ne venait pas ? »

« Ce serait pire que la mort », murmura Jokanaan. Son torse ruisselait de sueur d'angoisse. « Mais écoute », dit-il, et il chercha ses mots. « N'avons-nous compris que cela ne sert à rien d'être des

Zélotes ? Crois-tu que nous fomentions ici une révolte armée ? Le crois-tu ? Crois-tu que c'eût été utile, ou efficace ? Crois-tu que nous puissions aller déclarer la guerre aux prêtres ? Ils sont protégés par les Romains. Ce serait comme si nous nous attaquions aux Romains eux-mêmes. Il faut sauver ce que l'on peut sauver. Il faut que quelques justes épargnent à Sodome le feu du ciel. Que ferais-tu ailleurs ? As-tu songé que tu serais seul ? Ne suis-je pas avec toi, ici ? »

Jésus ferma les yeux. La petite chambre où ils s'affrontaient était le poste frontière entre l'infamie et l'attente de la Fin. Mieux valait encore se donner le temps de réfléchir. Mais la Fin ! Il n'en était pas sûr. Il songea fugitivement aux nuits de doute qui avaient suivi la rencontre avec Dosithée. La Fin ? La Fin serait celle de Dieu. Il ne pouvait pas le dire à Jokanaan, il ne pouvait même pas suggérer le centième de ce blasphème. Il était las. Le désert avait donc mené à ce réduit, si étroit qu'on ne pouvait le franchir qu'en se mutilant.

« Je resterai », dit-il, sans oser ajouter : « Quelque temps. »

Deux hommes apparurent au seuil de la chambre. Jokanaan se tourna vers eux.

« Cet homme est mon cousin Jésus. Il est venu se joindre à nous. Emmenez-le auprès du Conseil. » Et il sortit.

« Je suis Hézéchée », dit un des hommes. Il était athlétique et beau et Jésus éprouva l'inutilité de la beauté. « Veux-tu me suivre ? »

Ils traversèrent une cour intérieure, au centre de laquelle se dressait la tour qu'il avait vue de loin et parvinrent dans une salle. Des hommes assis sur des bancs de pierre étaient penchés sur des tables également de pierre, les uns lisant des rouleaux, les autres, les rédigeant. Récrivaient-ils les Livres ? Le silence était griffé par la danse fragile des plumes sur le parchemin frais et la vibration d'une mouche téméraire, qui avait probablèment pénétré dans ce lieu grave par l'une des fenêtres ouvertes sur une cour extérieure. Un scribe leva la tête, se saisit d'un tue-mouche et attendit que l'insecte mît fin à son vol erratique et se posât quelque part, ce qui finit par advenir. D'un geste sec, il l'abattit, en poussa le cadavre sur le tue-mouche avec la pointe de sa sandale et alla le jeter au-dehors. Tandis qu'il regagnait sa place, il jeta un regard cursif sur Jésus, puis un autre, plus long, sur Hézéchée, qui se tenait devant lui. Ses yeux reflétaient une certaine impatience. Il finit par prendre une calotte dans un panier qui se trouvait derrière lui et la tendit à Hézéchée, qui s'en coiffa avec embarras. Puis il reprit son travail, comme si de rien n'était. Hézéchée se pencha vers lui et murmura quelques mots ; l'homme leva la tête, comme las, et invita Hézéchée à s'asseoir près de lui. Ils s'entretinrent en chuchotant. L'homme adressa cette fois à Jésus un regard beaucoup plus long et hocha la tête. Hézéchée se leva, alla toquer à une porte, l'ouvrit et fit signe à Jésus de le suivre.

Deux hommes seulement se trouvaient là, mais la pièce était beaucoup plus petite. Ils étaient penchés, eux aussi, sur un rouleau et l'un d'eux indiquait du doigt un passage. L'entrée de Jésus et d'Hézéchée le saisit sans doute au milieu d'une phrase ; son doigt s'immobilisa. Sa barbe très blanche contrastait avec la peau tannée qui tapissait son crâne. Bien que rendus larmoyants par l'âge, les yeux qu'il posa sur les importuns étaient vifs comme ceux d'une belette. L'autre était bovin, grisonnant et somnolent.

« Puis-je demander la permission de vous interrompre ? » demanda Hézéchée. « Notre frère Elie m'a autorisé à vous présenter un étranger qui souhaite se joindre à notre communauté. C'est le cousin de notre frère Jokanaan. Il se nomme Jésus. »

Les deux hommes hochèrent imperceptiblement du chef. Pendant quelques instants, ils examinèrent Jésus de la tête aux pieds. Jésus laissa son regard errer sur les étagères chargées de rouleaux qui ne se distinguaient que par le degré d'usure et, donc, de poli des poignées.

« Quand es-tu arrivé ? » demanda le plus vieux.

« Entre la huitième et la neuvième heure. »

« D'où viens-tu et qui est ton père ? »

Il répondit en deux phrases.

« Quel Joseph de la tribu de David était ton père ? » demanda encore le plus vieux. « Je connais bien Bethléem, puisque j'y suis né aussi. Il y avait un Joseph, fils de Jacob, qui était un Pharisien, un prêtre, et le fournisseur en chef du bois pour la construction du Temple. Je le connaissais. Mais il était très vieux. »

« C'était mon père. »

« Tu es donc fils de prêtre », observa le plus jeune. « Mais comment se fait-il que tu viennes en Galilée, puisque ton père était attaché au Temple ? As-tu été instruit ? »

Deux autres phrases.

« Joseph était un Nazaréen », observa le plus vieux.

« T'a-t-il aussi fait prendre les vœux ? »

« Non. »

Ils s'assirent.

« Qu'est-ce qui t'a fait venir ici ? »

Il s'avisa qu'il ne le savait plus. Et puis, ces éternels examens...

« Jokanaan », dit-il après un temps. Un geste de la main et il ajouta, plus bas : « L'espoir. Le désespoir. »

« L'espoir ? » répéta le plus vieux.

S'ils ne savaient pas ce que l'on pouvait espérer, que répondre ?

« Mais encore ? » redit le même.

« Espoir, désespoir, les deux faces de la même pièce. »

Le plus jeune parut moins somnolent.

« Pourquoi mon père est-il mort triste ? » dit Jésus. « Parce que le clergé de Jérusalem a vendu la Loi pour quelques faveurs des Romains et de leurs pantins. »

Le vieux regarda le plafond et dit :

« Nul n'a besoin des prêtres pour observer la Loi. »

« A quoi sert un épi de blé solitaire dans un champ désert ? » répliqua Jésus.

« Dans quel Livre est-ce écrit ? » demanda le plus jeune.

« Dans aucun. »

Ils l'examinèrent derechef.

« Où est ta mère ? » demanda le plus vieux.

« En Galilée, avec mes frères. »

« Es-tu marié ? »

« Non. »

« Comment un homme jeune et sain traite-t-il avec ses ardeurs ? »

« Je n'y ai aucun mérite. Ma tête ne leur laisse pas de loisirs. »

« Mais n'est-il pas aussi écrit que tout homme doit prendre femme et engendrer des enfants ? »

« Est-il sage pour un laboureur de semer ses graines en terre saumâtre ? »

« Dans quel Livre... » commença à demander encore le plus jeune ; puis il se ravisa.

« Il n'est pas facile d'adhérer à notre communauté », dit l'autre, sans regarder Jésus. « Nous n'avons pas besoin d'être nombreux, nous n'avons besoin que de ceux qui ont eux-mêmes besoin de nous et, qui plus est, nous n'avons besoin que des meilleurs parmi ceux-ci. Nous ne sommes pas des Zélotes, nous ne levons pas une armée. Nulle armée ne peut retarder la fin des temps d'une seule minute. » Il noua ses mains et observa une pause. « Ce soir, après le repas, tu seras questionné de nouveau, mais cette fois, par le Conseil des douze. Si tes réponses nous satisfont, tu seras admis au noviciat. Il dure deux ans. Ce n'est qu'après avoir passé ce stage de façon satisfaisante que tu pourrais être admis parmi nous. Toute erreur peut nous

contraindre à te chasser, provisoirement ou définitivement. Es-tu prêt à accepter cette discipline ? »

« Aucune discipline ne peut rebuter du moment
qu'elle est équitable. »

« Très bien », dit le plus jeune rabbin en se levant
pour raccompagner l'impétrant.

Mais Jésus ne semblait pas disposé à s'en aller. Il
les observait ; leurs regards s'immobilisèrent sur lui.

« Que veux-tu dire ? » demanda le plus jeune.

« Et les Juifs dehors ? » demanda Jésus. « Faut-il
les abandonner à leur sort ? »

Le plus vieux s'adossa à son siège et considéra une
fois de plus le plafond, tandis que l'autre fronçait les
sourcils.

« On ne laboure pas la mer », dit-il. « Si tous les
prophètes revenaient sur terre et s'en allaient dans
toutes les cités d'Israël, ils ne sauveraient pas un
homme de plus. Le rouleau du temps a été déroulé,
il ne reste plus que peu de mots à lire. Quand le dernier mot sera lu, le Seigneur enverra Son messager
et celui-ci proclamera la fin des temps. Les méchants
seront vaincus dans une ultime bataille. Nous ne
pouvons que nous préparer pour ce jour. »

Le jour déclinait. La lassitude envahit Jésus. Le
rabbin le plus jeune tira sur une corde, une clochette
tinta quelque part. Hézéchée revint. « Je m'appelle
Ephraïm », dit le rabbin, « et mon collègue est
Mathias. » Et se tournant vers Hézéchée : « Emmène
notre visiteur prendre son bain avec les novices. Puis
qu'il partage leur repas. » Il se rassit. Jésus suivit
Hézéchée.

« Il faut te soulager avant le bain », dit Hézéchée
quand ils furent sortis du monastère. « Tu vois ces
buissons là-bas ? L'endroit me semble convenable. »
Il tira d'une de ses poches une truelle et la tendit à
Jésus, qui se demanda qu'en faire. « Prends-la », dit
Hézéchée, « et enterre ce qu'il y a à enterrer, à un
pied et demi de profondeur. J'attendrai ici pour te
conduire au bain du soir. »

Que de soins pour le produit des entrailles ! Etait-ce nécessaire à l'attente prescrite pour la fin des temps ? Quand ce fut fait, le ciel était mi-rose, mi-indigo. Çà et là, des lampes éclairèrent des fenêtres du monastère. Hézéchée indiqua du geste quelques hommes qui s'étaient mis en file, presque tous jeunes, certains très jeunes, en braies et torse nu, portant tous une robe blanche sur le bras droit. Jésus rejoignit Hézéchée dans le rang. Le cortège atteignit une cour au centre de laquelle se trouvait un bassin qu'alimentait une fontaine et dont le trop-plein s'écoulait par une rigole de pierre. Là, c'étaient des torches fixées aux murs qui dispensaient la lumière.

« Tu vas te baigner avec eux ? » demanda Jésus.

« Oui, je suis encore un novice. Je devrais être admis comme frère dans trois semaines. »

Mais bien que novice, Hézéchée évitait aussi le moindre contact avec son pupille. Un coup de coude involontaire le fit sursauter et Jésus réprima un sourire.

Quand ils furent tous réunis — ils devaient être trois douzaines —, une voix s'éleva.

« Il ne sera pas absous par les expiations,
ni purifié par les eaux lustrales,
ni sanctifié par les mets et les fleuves,
ni purifié par toutes les eaux d'ablution.
Impur, impur, il demeurera
tant qu'il méprisera les jugements de Dieu. »

Deux rabbins se tenaient de part et d'autre du récitant, observant attentivement les novices qui descendaient un à un dans le bassin, plongeaient la tête, se frottaient le corps avec un pain de crin végétal, puis se dirigeaient vers une cabine où ils se séchaient et se changeaient avant d'en ressortir vêtus de la robe blanche. Un servant piquait les braies mouillées au

246

bout d'une perche et les jetait dans un baquet ; un autre servant emportait le baquet et le ramenait vide.

Quand vint le tour de Jésus, Hézéchée lui dit :

« Déshabille-toi, mais garde tes braies. »

Jésus descendit les trois marches, se trouva jusqu'aux reins dans une eau étonnamment fraîche, s'ébroua, se lissa le corps du plat des mains, car il n'avait pas de crin et se demanda s'il était vraiment lavé de ses iniquités. Puis il sortit, chercha sa robe et ne la trouva pas.

« Je l'ai prise pour la faire laver », lui dit un des novices, lui tendant des braies sèches et une robe blanche. « Tu trouveras dans la cabine une serviette pour te sécher. »

Tandis qu'il se frictionnait à l'abri des regards, il s'avisa que le récitant avait repris sa monition.

« ... Et c'est par l'esprit de sainteté,
en vue d'une vie commune dans Sa vérité,
qu'il sera purifié de toutes ses iniquités,
si bien qu'il pourra contempler la lumière de vie. »

Il noua ses cheveux, après les avoir démêlés avec un peigne de bois qu'on avait mis à disposition des baigneurs dans la cabine. Il sortit sans savoir où aller, rejoignit les novices qui se dirigeaient, toujours en file, vers le bâtiment principal. Il se retrouva dans une salle haute de sept ou huit coudées, longue d'une quarantaine et large d'une dizaine. Deux séries de tables y étaient disposées, nettement séparées, et flanquées de bancs. Les novices qu'il avait vus tout à l'heure, et dont il reconnaissait quelques-uns, se tenaient devant les tables proches de la porte qu'il venait de franchir. Les autres devaient être réservées à leurs aînés. De fait, quelques instants plus tard, des hommes un peu plus âgés entrèrent par une autre porte, et Jésus reconnut parmi eux Jokanaan. Comme les novices, ils se tinrent debout devant les tables et les bols vides.

Entra alors un personnage majestueux, dont la barbe blanche s'étalait comme un pectoral sur sa poitrine. La crinière qui ceignait ses tempes s'étalait sur ses épaules et, comme elle était encore humide, il fallait en déduire que lui aussi se pliait à la règle du bain vespéral. Il était suivi par les deux rabbins — ou portaient-ils d'autres noms ? — Ephraïm et Mathias, qui avaient interrogé Jésus. Il rendit grâce au Tout-Puissant de leur avoir accordé la faveur de Le bénir une fois de plus, et la salle répéta ses paroles. Il rendit encore grâce de la force qu'Il leur avait consentie tout au long du jour pour accomplir leur travail, puis attendit que ses paroles fussent reprises. Il remercia encore le Seigneur de les avoir aidés à tenir en échec l'esprit du Mal, de leur avoir permis de s'éloigner de l'iniquité du monde et de la nourriture qu'Il leur accordait. Puis il s'assit et les cuisiniers firent leur entrée, ceux qui étaient passés par la porte des novices ne servant que les novices, les autres, leurs aînés. La nourriture était présentée dans de vastes récipients de terre vernissée, que deux hommes suffisaient à peine à porter ; elle consistait en une soupe de caille et de blé, dont chacun se servit avec une cuiller de bois. Puis un vaste panier de pain fut présenté au maître de l'assemblée, qui brisa symboliquement un pain en morceaux avant que le reste fût distribué à l'assemblée, qui procéda de même avec les autres pains. Des cruches de vin furent enfin présentées au maître de l'assemblée, qui y versa de l'eau avant qu'on en servît.

Le souper dura une demi-heure, sans que les convives échangeassent un mot. Quand il fut fini, à peu près en même temps pour tous, le maître de l'assemblée se leva, rendit grâce au Seigneur et sortit. A peine l'assistance gagnait-elle les portes que les cuisiniers revinrent pour recueillir les maigres restes dans les bols et, comme Jésus l'apprit plus tard, les enfouir sur-le-champ dans les sables alentour.

« Les chacals doivent connaître le site », songea Jésus.

« C'est maintenant qu'il faut te présenter à notre Conseil », dit Hézéchée d'un ton compassé. « Et peut-être, si tu veux vraiment appartenir à notre communauté, trouveras-tu profit à ne pas réitérer les réflexions que tu as faites à notre frère Jokanaan et puis à Ephraïm et Mathias cet après-midi. »

Que les deux prêtres eussent fait part à quelques mystérieuses instances de la teneur des entretiens qu'ils avaient eus avec un impétrant n'était guère surprenant. Mais que Jokanaan en eût fait autant était contrariant, voire blessant. L'y avait-on contraint ?

« Qu'avaient donc ces réflexions qui méritât le blâme ? » demanda Jésus. « Ne cherchons-nous pas tous la vérité et la vérité ne jaillit-elle pas de la discussion ? »

« La vérité a été trouvée. »

« Comment l'apprendrais-je ? »

« Il suffit d'écouter », répondit Hézéchée.

Ils sortirent dans la cour, où le vent du soir faisait danser les torches et les ombres des petits groupes qui s'étaient formés et qui échangeaient des propos mesurés — certes, ceux-là ne discutaient pas — avant d'aller se coucher. Jésus en entendit un qui exposait le problème que lui causait la cuisson des grandes poteries ; il chercha Jokanaan du regard, mais Hézéchée le pressa.

Le Conseil siégeait dans une chambre près de la salle des scribes. Treize hommes, au centre desquels se trouvait le majestueux personnage qui avait présidé le souper, étaient assis sur une estrade. Un luxe particulier de candélabres entretenait une lumière plus que généreuse. Introduit par Hézéchée, qui déclara d'un ton solennel : « Voici le candidat ! » avant de se retirer, Jésus essaya de déchiffrer leurs expressions. Mais c'est dans l'impassibilité que les juges de Quoumrân attendaient la fin du monde. Le maître invoqua l'aide du Tout-Puissant, puis celui qui se tenait immédiatement à sa droite commença l'examen.

Nom, noms des parents, lieu de naissance, âge, métier, noms des frères et sœurs, leurs métiers, cousins et apparentés... Quelle instruction avait-il reçue ? Quels prophètes lui avait enseignés Joseph ? Desquels se souvenait-il le mieux ? Pouvait-il en réciter des textes ? Connaissait-il l'histoire du peuple de Dieu ? Attendait-il un prophète ? Ou un Messie ? Pourquoi Joseph s'était-il enfui de Palestine ? Pourquoi avait-il rompu avec le clergé du Temple ? Comment et pourquoi s'était-il remarié si tard ? Que disait Joseph des Esséniens ? Comment Jésus en avait-il entendu parler ? Que savait-il de leur doctrine ? Savait-il lire écrire, compter ? Connaissait-il l'hébreu ? Le grec ? La soirée était bien avancée quand l'interrogatoire prit fin.

« Sors un moment, mais tiens-toi près de la porte », lui dit l'assesseur qui l'interrogeait.

Il attendit dans la salle des scribes. Etaient-ils encore juifs, ces Juifs ? Que pouvaient donc être des Juifs qui rejetaient leur peuple dans les ténèbres extérieures ? Il songea à quitter ce lieu austère, par exemple pour aller à Jérusalem. Mais alors il lui faudrait redevenir charpentier ; il n'aurait rien appris. Et quand bien même il aurait appris, qu'est-ce que cela changerait ? Il soupira. Ailleurs, c'était la vie impure, ici, l'impureté était bannie, mais la vie aussi. Jokanaan s'était dématérialisé. Seul. Il songea à sa mère. Et l'inavouable nostalgie de Sepphira et du voleur Joash... C'était avec ces gens-là qu'il fallait refaire la vie, se disait-il, quand la porte s'ouvrit et qu'on le pria de revenir.

Un autre assesseur l'interrogea sur sa santé et les maladies qu'il avait eues. Puis il dit :

« Nous te prions de te dévêtir pour nous assurer que tu es bien un homme. »

Il les regarda, stupéfait. L'assesseur répéta l'ordre

du menton, impérieux. Il se dévêtit, gardant ses braies.

« Les braies aussi. »

Il se trouva totalement nu. L'examinateur descendit de l'estrade, l'examina d'abord circulairement du regard, puis palpa ses muscles, examina ses dents, ses yeux, ses oreilles.

« Le candidat est un homme », déclara-t-il en s'adressant au Conseil, « et il est en bonne santé. »

Jésus se rhabilla.

Ils débattirent à mi-voix du guide qu'ils lui assigneraient. Puis ils décidèrent qu'il aurait deux guides, Hézéchée pour la vie communautaire et Jokanaan pour l'instruction religieuse. On manda Hézéchée pour l'informer de ses nouvelles reponsabilités et spécifier que Jésus travaillerait dans l'atelier de menuiserie et aux champs selon les circonstances et les besoins.

« Quant à ses quartiers », dit le maître, « il partagera ta maison, Hézéchée. Allez. »

La cour était déserte ; il n'y restait plus qu'une torche d'allumée. Dans la tour, le guetteur surveillait l'horizon, pour le cas où les étoiles tomberaient ou bien pour dépister les poussières rougeoyantes que soulèveraient les légions du Démon. Ils atteignirent un bâtiment partagé en cellules dotées chacune d'une porte extérieure. Hézéchée ouvrit la sienne, alluma une lampe, tira un matelas roulé dans un coin, le battit et dit à Jésus :

« Voici ton lit. »

« J'ai soif », dit Jésus.

« Il y a une gargoulette sur l'appui de la fenêtre. »

Longues goulées fraîches, à peine saumâtres. Lassitude. Ils prièrent, agenouillés. Jésus s'écroula presque sur sa couche. Le vent chuchota ses questions démentes. Les étoiles scintillèrent sans défaillir au-dessus de ces hommes qui croyaient qu'elles tomberaient bientôt, parce que les Juifs s'étaient égarés. A l'extrémité de l'Asie, le jour se levait sur les rizières et les hibiscus secouaient la rosée au vent de l'aube.

XX

LE PROCÈS DES TREMBLEURS

Les jours passèrent, comme le vent, et les nuits, comme le sable qui file entre les doigts et ne laisse qu'une poussière fine. Le monde, Jérusalem, Capharnaüm, Tibériade, et les villes extérieures, Damas, Antioche, Pergame, la façon que Marie avait de nouer le pain dans un linge et celle dont Joseph vérifiait la lame du rabot, l'odeur des orangers dans la terre boueuse à la fin de l'hiver et les cris des enfants dans la ruelle près de la maison de Capharnaüm, les souvenirs singuliers, tel celui d'Aristophoros pleurnichant et de Sepphira perdant une sandale dans la nuit, tout se changea en vent et poussière, en poussière dans le vent. Il avait appris à emblaver, il avait appris l'hébreu, son corps s'était durci et il se changeait lentement en silex. Un choc eût fait jaillir de lui des étincelles. Dans quelques semaines, il aurait fini son noviciat. Quoumrân serait sa Jérusalem. Peut-être un jour reverrait-il le monde, s'il était élu parmi les apôtres qui allaient fonder ailleurs de nouveaux centres.

Mais il était sûr que le monde ne finirait pas.

Jokanaan, qui était chargé de l'instruire, ressentait de plus en plus les silences de son pupille comme une oppression de la poitrine. Quand il lui parlait de la fin prochaine universelle, les yeux de Jésus devenaient vides. Et ce vide l'effrayait, lui, Jokanaan.

L'Essénien accompli ne supportait plus l'incrédulité de ce novice aimé entre tous, aussi visible qu'un caillou dans un plat vide. L'inertie du disciple était plus forte que l'élan présumé du maître, et quand un jour Jokanaan, presque par provocation, évoqua encore la fin prochaine et que les yeux bruns de Jésus lui rendirent ce regard d'agate, il n'y tint plus et demanda :

« Tu ne crois pas à la fin du monde ? »

A peine une question, plutôt une constatation.

« Les mondes n'en finissent pas de finir », répondit Jésus. « Celui de Moïse a fini et celui de David aussi, et nous sommes toujours là. »

Le visage de Jokanaan se contracta.

« Le monde ne peut pas finir seulement à cause de nous, Juifs. Il y a d'autres peuples dans le monde. On ne peut pas les vouer à la mort parce que nos prêtres ont démérité. Ou s'ils sont voués à la mort, il faut les sauver. Il faut empêcher la fin du monde », ajouta-t-il presque avec tristesse.

« Nous sommes le peuple de Dieu », rappela Jokanaan.

« Le sommes-nous », demanda Jésus, « ou bien l'étions-nous ? Si le monde n'a pas fini à la fin de l'empire de David, ni à l'écroulement du premier Temple, pourquoi finirait-il aujourd'hui ? »

« C'est là tout ce que je t'ai enseigné ? » demanda Jokanaan, réprobateur.

« Les faits portent leur enseignement, qui est plus fort que celui des hommes. » Et il dit encore : « Croire que le monde va finir, c'est se venger de sa propre déchéance. Nous sommes déchus, Jokanaan, c'est pourquoi les Esséniens se sont retirés dans le désert. »

Le sang fit une tempête dans la tête de Jokanaan. Tout cela était intolérable et clair ! Clair, Seigneur, clair comme le jour ! Il se jeta presque sur Jésus et le saisit aux épaules, oubliant les interdits, quand Jésus dit :

« Il nous faut créer un autre clergé, mais pas un clergé retiré dans le désert. »

« Que fais-tu encore ici ? » murmura Jokanaan.

« Je ne le sais plus. »

Jokanaan sortit. Pendant trois jours, il chercha son équilibre perdu, son souffle même, et ne les retrouva pas. Sa respiration s'était faite halètement. Le matin du quatrième jour, Hézéchée lui demanda d'avoir un entretien avec Eliphas, le novice qui partageait la cellule de Jésus, dix-sept ans, incapable de poursuivre deux idées à la fois, transparent comme du miel sur le pain. Le ton d'Hézéchée eût dû l'alerter. Midi le trouva essayant d'arracher à Eliphas des paroles cohérentes.

« Et puis ? » demanda Jokanaan, le cou tendu, les veines gonflées, assis en face d'Eliphas.

« Je te l'ai déjà dit », dit le novice d'un ton plaintif, « j'ai entendu un choc. »

« Eliphas, mon frère », dit Jokanaan d'un ton conciliant, « sais-tu que tu as pu rêver ? »

« Je n'ai pas rêvé », répondit Eliphas avec résignation. « Cela m'a réveillé, ne l'ai-je pas dit ? Et depuis que cela m'a réveillé, je n'ai pas fermé l'œil. »

Jokanaan croisa les bras, ferma les yeux, les rouvrit, regarda le ciel pur, puis le jeune homme. « Serais-tu prêt à jurer devant le maître de notre Conseil que tu as vu, la nuit dernière, Jésus flotter au-dessus du sol ? »

« Si le maître m'ordonne de jurer, je jurerai », dit Eliphas d'un ton contrarié.

« Viens avec moi », dit Jokanaan. Il allait demander à Ephraïm et Mathias de convoquer le Conseil en séance extraordinaire.

« Mais il y a un fil », se dit-il rapidement en marchant, « il y a un fil. Jésus et le Maître de Justice... » Il évoqua le Maître d'antan mis à mort par le Mauvais Prêtre, Alexandre Jannée, l'usurpateur, le Maître de Justice, le chef des Esséniens condamné par le chef du clergé de Jérusalem, et dont la disparition préludait à l'arrivée d'un Messie, un homme de la lignée de David... Or, Jésus n'était-il pas de la lignée de David ? Il le savait, lui, Jokanaan, et personne d'autre que lui ne le savait. Mais il ne pouvait pas le révéler d'emblée au Conseil ; il fallait que le Conseil en eût d'abord la prescience. Il arrivait à la porte des assesseurs quand la réflexion d'Ephraïm sur Jésus lui revint à l'esprit : « Celui-ci est singulier. » Singulier en effet ! Il toqua à la porte. On cria d'entrer. Sans doute les assesseurs crurent-ils d'abord, à la mine contrainte d'Eliphas, que le novice avait commis quelque faute grave. Mathias craignit d'entendre parler de masturbation. Le ton fiévreux de Jokanaan suscita d'abord en lui, en effet, de vives alarmes à ce sujet désagréable. Hézéchée avait surpris Eliphas endormi en plein jour dans la remise aux peaux, derrière l'atelier de tannerie et, soupçonnant quelque activité nocturne qui l'eût tenu indûment éveillé alors que son âge et sa condition lui assignaient un sommeil paisible, le pria de s'expliquer sur ce supplément de sommeil clandestin. Eliphas se confondit en bredouillements où transparaissait un récit extravagant compliqué de réticences. Hézéchée, qui avait à faire, avait délégué le soin de débrouiller l'affaire à Jokanaan, qui était d'ailleurs le tuteur d'Eliphas. Menacé de sanctions, Eliphas avait enfin confessé la cause de son insomnie ; il ne l'avait cachée que par crainte de n'être pas cru ou de passer pour fou. Il avait été réveillé par le choc sourd d'un corps tombant sur la paillasse voisine. Il avait alors ouvert les yeux et vu son compagnon de cellule, Jésus, en transe, remonter en l'air.

Ephraïm et Mathias firent des mines. On ne pouvait pas convoquer le Conseil sans avoir dûment vérifié un récit aussi fantastique. Une heure durant, Eliphas fut questionné menu ; il ne varia pas d'un aleph. Les assesseurs furent plus que décontenancés : troublés. De tels prodiges ne s'étaient pas vus depuis...

« Oui », dit Jokanaan, « depuis le Maître de Justice. »

Mathias s'en fut alerter le maître, qui l'envoya mander les autres. Le Conseil extraordinaire serait tenu à la troisième heure, on ne pouvait laisser la nuit tomber sur cette affaire. Jokanaan et Eliphas battirent la semelle dans la grande cour. Hézéchée les rejoignit.

« Alors ? » demanda-t-il.

« On réunit le Conseil. »

Où était Jésus ? Dans l'atelier de menuiserie.

A la troisième heure, le Conseil siégeait. Jokanaan avait été prié d'être présent, et lui seul, parce que à la fois tuteur d'Eliphas et de Jésus.

« La porte était ouverte », dit Eliphas, « parce que la maison était très chaude quand nous sommes rentrés mon frère Jésus et moi et que nous l'avions laissée ouverte. Il y avait pleine lune. J'ai été réveillé par un bruit dans la cellule, comme celui d'un corps qui tombait sur une paillasse. J'ai eu un sentiment étrange et je me suis tourné vers le côté où dort mon frère Jésus, de l'autre côté de la porte, et j'ai vu... » Sa voix s'étrangla.

« Tu as vu ? » demanda Ephraïm.

« J'ai vu Jésus accroupi, les yeux fermés, flottant au-dessus de la paillasse. »

« Tu rêvais peut-être », suggéra Ephraïm.

« Non, parce que j'avais été réveillé par le bruit et que je ne me suis pas rendormi... jusqu'à ce matin. »

« On l'a trouvé endormi dans l'atelier de tannerie, peu avant midi », redit Jokanaan.

« Alors tu as eu une illusion », dit Ephraïm. « Jésus était accroupi, mais dans l'obscurité, tu as cru qu'il flottait dans l'air. »

« Mon père », insista Eliphas, « j'ai vu la lumière de la lune sur sa couche au-dessous de lui. Un peu plus tard, il y a eu un autre bruit comme le premier. Mon frère Jésus était retombé. Au bout d'un long moment, il a ouvert les yeux et m'a dit de ne pas avoir peur et de me rendormir. »

« Il t'a dit de ne pas avoir peur ? »

« Oui. »

« A quelle hauteur flottait-il ? »

« Comme ça », dit Eliphas en indiquant de sa paume la hauteur de ses genoux.

Les membres du Conseil échangèrent des regards.

« Parle maintenant des autres bruits », dit Jokanaan.

« J'avais entendu ces bruits auparavant, certaines nuits. Je n'y avais pas prêté attention, bien que cela m'eût réveillé aussi. J'avais cru que Jésus se retournait sur sa couche. »

« Depuis combien de temps ces bruits durent-ils ? »

« Je n'ai pas fait le compte. Plusieurs semaines en tout cas. »

Les membres du Conseil parurent sombres. Eliphas fut congédié avec consigne de silence.

« Ce jeune homme semble dire la vérité », dit le Maître d'un ton perplexe, « mais cette vérité-ci demande le secours du Tout-Puissant pour être comprise. Etais-tu informé des prodiges de ton cousin et pupille Jésus, Jokanaan ? »

« Non. »

« Certains d'entre nous ici ont vu des signes maléfiques », reprit le Maître. « Daniel, ici présent, a vu sa couverture arrachée de sa couche pendant la nuit par une main invisible. Mais ce ne sont pas là des signes maléfiques que décrit le jeune Eliphas, du moins jusqu'à nouvel ordre. Ce sont des signes qui semblent prophétiques. Qu'en pensez-vous, mes frères ? »

« En effet, les seuls hommes dont il est dit qu'ils se sont élevés dans les airs sont certains prophètes », dit Ebenezer. « Mais pouvons-nous supposer que Jésus est un prophète ? »

« Il nous faudra en débattre après avoir interrogé

Jésus lui-même. Nous allons le convoquer tout à l'heure. Mais nous voudrions savoir auparavant, Jokanaan, ce que tu penses de ce novice. »

« Il n'a pas commis une seule faute en vingt mois. Sa parole s'est faite rare. A son arrivée, il s'était enflammé à propos du sort des autres Juifs. Il n'en parle plus. »

« Guère d'indices dans cela », murmura le Maître.

« Certains de nos frères qui vivent en Galilée », dit Ephraïm, « et qui nous rapportent des nouvelles des communautés extérieures et parfois du monde environnant, m'ont parlé de prodiges de ce genre attribués à des magiciens, un certain Dosithée, qui vit à Samarie, un Apollonios, qui vit entre Tyr et Ptolémaïs et un Simon, qui vit je ne sais où. Il est ainsi dit de Dosithée qu'il fait apparaître la foudre dans une chambre et d'Apollonios qu'il apparaît à des gens dans deux endroits à la fois. Ton cousin pourrait-il avoir appris de ces hommes l'art de s'élever en l'air ? »

« Je sais qu'il a voyagé », répondit Jokanaan, « mais je doute que ces hommes lui aient enseigné la magie. Il me l'aurait dit. »

« Peut-être l'a-t-il omis », dit le Maître. « Va le chercher. »

Angoisse, angoisse ! songea fébrilement Jokanaan. Comment le Conseil distinguerait-il entre la magie et une manifestation de la puissance divine ? Il avait attendu Jésus pendant des années et si Jésus partait... « Mais il n'est pas un magicien ! » murmura-t-il en arrivant à l'atelier.

Jésus ajustait une pièce neuve au bas d'une porte rongée par le sable, peut-être les rats. Il tourna vers Jokanaan un regard calme.

« Quelles bonnes nouvelles t'amènent, mon maître ? »

« Je dois te voir. »

« Cette porte laisse passer les scorpions et d'autres animaux. On a même vu une vipère l'autre jour. »

Jokanaan était fiévreux.

« Tu as l'air contrarié, mon maître, ou bien ai-je tort ? »

« Réponds-moi : es-tu un magicien ? »

« Si je le suis, je ne le sais pas. Eliphas a parlé, je vois. »

Jokanaan hocha la tête.

« Je ne peux lui en tenir rigueur. Il est jeune. Il en aura parlé, je suppose, à Hézéchée ? Et Hézéchée aura alerté nos maîtres ? »

Jokanaan hocha encore la tête.

« Et le Conseil siège à l'heure qu'il est et t'envoie me quérir ? »

« Avant d'aller, dis-moi solennellement que tu n'es pas un magicien. »

« Comment le saurais-je ? » demanda Jésus, agacé. « J'ai rencontré des magiciens, mais c'étaient leurs discours que je pouvais juger, non les puissances dont ils semblaient être les intercesseurs. »

« De quelles puissances es-tu donc l'intercesseur ? » demanda Jokanaan, de plus en plus fébrile.

« Je ne sais si je suis un intercesseur, mais si je le suis, je ne crois pas que ce soit du Mal. Allons. »

Il devança Jokanaan vers la salle du Conseil et entra le premier, au lieu d'y être introduit. Il passa les treize hommes en revue du regard, sans manifester d'émotion. Encore un jugement, songea-t-il, toujours des jugements et des examens, toujours des juges et des censeurs, contre-juges et contre-censeurs se valent tous...

« Jésus », dit le Maître, « nous sommes réunis ici pour enquêter sur des affaires graves te concernant. Nous avons été informés ce matin par le novice qui partage ta cellule, Eliphas, que la nuit dernière tu t'es élevé en l'air. Veux-tu que nous fassions témoigner Eliphas ? »

« Non. Ce qu'il a dit est vrai. »

« Il nous a également été donné de supposer que

ce prodige s'est produit plusieurs fois dans les semaines passées ; est-ce vrai ? »

« Ce l'est. »

« Nous désirons savoir comment tu accomplis ce prodige. »

Ils se penchèrent tous en avant dans l'attente de sa réponse. La sueur perlait sur le front de Jokanaan.

« Je n'accomplis pas ce prodige, comme vous dites, à volonté. »

Yeux jaunes écarquillés.

« Je ne peux pas le provoquer, même si je le veux. »

Quelques mentons s'allongèrent.

« Je sais seulement qu'il ne se produit que lorsque je prie. »

« Le Seigneur ? » murmura le Maître.

« Qui d'autre ? »

Il regarda le sol dallé.

« Il ne s'agit pas de prières récitées, mais plutôt de méditation. »

« De méditation ? » reprit le Maître sur le ton interrogatif.

« D'un effort de... communion avec le Seigneur. »

Regards incrédules.

« Nous prions tous, et nous méditons aussi. Il ne nous est jamais arrivé de nous élever au-dessus du sol », observa le Maître.

« Peut-être te sers-tu d'une... méthode particulière ? » demanda Daniel.

« Où l'aurais-je apprise ? Je peux dire seulement que je ne m'élève que lorsque ma méditation est d'une certaine qualité. »

« Une certaine qualité », répéta le Maître.

« Lorsque je m'oublie entièrement, que je ne demande rien au Seigneur, que les mots disparaissent de ma tête. »

« Comment les mots peuvent-ils disparaître de la tête, sinon dans le sommeil ? » demanda le Maître.

« Si l'on s'efforce de ne penser qu'au Seigneur, les mots s'effacent. Le corps aussi. »

« Comment, le corps aussi ? » demanda Ebenezer.

« Le corps aussi », répéta Jésus. « Il se refroidit. La respiration baisse. On n'est plus en soi. »

Ils parurent de plus en plus décontenancés.

« Cela advient plus facilement la nuit, quand la digestion est terminée », ajouta Jésus.

« Te sers-tu de ta respiration pour favoriser ce prodige ? » demanda le Maître.

« Non. Je vous ai dit que je ne peux pas provoquer ce que vous appelez un prodige. Mais j'ai entendu dire que certains se servent en effet de leur respiration pour le favoriser. »

« Certains ? » demanda Mathias.

« Les disciples de magiciens. »

« As-tu rencontré un magicien ? »

« Oui, Dosithée. »

« T'a-t-il enseigné quelque chose ? »

« Rien. »

« As-tu jamais pensé que ton... ascension pouvait être réalisée avec l'aide du Démon ? » demanda le Maître.

« Je ne crois pas que le Démon viendrait quand j'invoque le Seigneur. »

« Mais on sait que le Démon se faufile près du fidèle en prière », objecta Ephraïm. « Comment saurais-tu qu'il ne te soulève pas pendant que tu pries ? »

« Peut-être me soulève-t-il, mais ce n'est pas lui qui me fait voir la lumière du Seigneur. »

« Tu vois la lumière du Seigneur quand tu pries ? » demanda le Maître d'une voix soudain aiguë.

« Oui, les ombres de la nuit s'effacent devant une lumière plus pure que celle du Soleil. »

« Quoi d'autre ? »

« Mon corps s'élève un peu, parce qu'il est matériel, mais mon âme s'élève beaucoup plus haut. »

« A quelle hauteur s'élèvent-ils, l'un et l'autre ? »

« La plupart du temps, mon corps ne s'élève pas plus haut que le genou, parfois la jambe, mais mon âme s'élève aussi haut que vole un cerf-volant. Je vois

261

la Terre de très haut, mais je n'y pense plus, parce que je suis tourné vers le Seigneur. »

Ebenezer se pencha vers son voisin pour l'entretenir en aparté. Le chef se passa la main sur le front et demanda :

« Tu as dit que, la plupart du temps, ton corps ne s'élève pas plus haut que le genou ou la jambe. Y a-t-il eu des fois où il s'est élevé plus haut ? »

« Une fois, je me suis élevé si haut que ma tête a heurté le plafond de la cellule. »

« Comment expliques-tu ces différences ? »

« Je ne suis pas toujours dans la même disposition pour recevoir le souffle du Seigneur. »

« Et que se passe-t-il quand ton âme s'élève ? »

« Quand on arrive au-dessus des oliviers, on commence à entendre des hurlements. Je crois que ce sont ceux de démons, ou bien d'esprits tourmentés. Je m'efforce alors de surmonter ma peur en me tournant vers le Seigneur, et de monter plus haut. »

« Parce que tu éprouves alors de la peur ? » demanda le Maître.

« Oui. Si ma foi et ma volonté faiblissaient, je crois que je courrais grand risque d'être emporté dans les vents mauvais qui soufflent aux étages inférieurs. Je crois que je pourrais mourir. »

« Comment sais-tu cela ? »

« On comprend beaucoup de choses là-haut. »

Ils demeurèrent quelques instants sans poser de questions, puis Ebenezer demanda :

« Tu penses donc que les démons habitent dans les basses régions ? »

« Je suppose que ce sont des démons. Les plaintes et les sifflements et hurlements qu'ils poussent sont affreux. »

Il se mit à gémir de façon continue, puis son gémissement monta jusqu'au mugissement furieux et il poussa des cris suraigus, évoquant ceux d'une bête furieuse et blessée.

« C'est comme cela », dit-il.

Les membres du Conseil étaient blêmes. Jokanaan aussi.

« Quels gens pusillanimes ! » songea-t-il. Ayant retrouvé leur contenance, ils se raclèrent la gorge et bougèrent leurs séants et leurs jambes. Il crut que l'interrogatoire avait pris fin.

« Comment se fait-il », demanda alors le Maître, « que ce... prodige ne s'accomplisse pas pendant les prières du jour ? »

« Elles sont trop brèves », répondit Jésus.

Mathias se leva pour aller boire à la gargoulette qui reposait sur la fenêtre, entourée d'un linge mouillé. D'autres membres du Conseil lui demandèrent de la leur passer.

« Connais-tu d'autres prodiges que tu accomplisses ? » demanda le Maître, après s'être essuyé la barbe.

Jésus hésita un instant, puis dit : « Il semble que je puisse éteindre un feu en imposant mes mains dessus. C'est un ermite qui me l'a fait découvrir. »

« Fais-nous porter un brasero », demanda le Maître à Jokanaan. Puis à Jésus : « Quel ermite ? »

« Il s'appelait Obed. »

« Obed ! » s'écria le Maître et, se tournant vers les autres : « Serait-ce le novice qui disparut il y a deux ans ? »

« Ce serait possible », dit Jésus. « Il connaissait Quoumrân. »

Quelques instants plus tard, Hézéchée apporta un brasero tripode chargé de charbons ardents sur lequel il jeta du petit bois. Il activa le feu avec un éventail en plumes de milan. Les flammes s'élevèrent. Hézéchée fut alors prié de quitter la pièce.

« Essaie d'éteindre ce feu », dit le Maître.

Jésus joignit ses mains et demeura devant le feu, la tête penchée. Puis il les étendit au-dessus du brasero, les paumes baissées, comme s'il n'en sentait pas la chaleur. Les flammes se tordirent, baissèrent et moururent. Seules rougeoyaient les braises. Il releva la tête. Ils semblaient accablés. Le regard du Maître était fixe, bien que Jésus gardât sur lui ses yeux.

« Veux-tu dire quelque chose ? » demanda enfin Ephraïm.

« Oui. Il me semble que nous négligeons l'essentiel. »

« Et que serait-ce ? »

« Que les phénomènes que vous considérez ne sont que la plus infime expression de la puissance du Seigneur. »

Le Maître sortit de sa torpeur pour demander :

« Suggères-tu que tu es investi de la puissance du Seigneur ? »

« Si ce n'est celle du Démon, laquelle serait-ce ? » répondit Jésus, avec amertume. Il n'avait rien demandé, il n'avait commis aucune faute et on lui faisait quasiment procès. Il ébaucha un parallèle entre ce Conseil et le clergé du Temple. Pour la première fois, il ressentit une distance d'avec les Juifs.

« Comment expliques-tu », reprit le Maître, « qu'aucun de nous ne soit investi des mêmes pouvoirs que les tiens ? Serais-tu meilleur que nous ? »

« Je n'ai pas qualité pour juger de vos rapports avec le Tout-Puissant. Les pouvoirs que vous m'attribuez sont superflus ; ils ne sont pas nécessaires à la vénération du Seigneur. Et je tiens à dire que je n'ai revendiqué aucune supériorité. »

« Cependant », soutint le Maître, « tu as ces pouvoirs et nous ne les avons pas. »

C'était donc cela que le Maître de Justice ! Un vieillard jaloux ! Jésus jeta à Jokanaan un regard glacial. Quoumrân ! Une citadelle d'hypocrites, de récitateurs creux, d'aigris !

« Peut-être », dit-il en plongeant son regard dans celui du Maître avec une froide détermination, « le Seigneur m'a-t-il choisi pour témoigner d'une part infime de sa puissance. »

La phrase les piqua tous ; ils se redressèrent sur leurs sièges.

« Crois-tu, Jésus, que tu sois choisi par Dieu ! »

« Je ne sais pas si je le suis. Je ne peux en tirer aucun orgueil. Je ne me suis pas vanté de mes pouvoirs. Je ne les ai pas étalés. Vous les avez découverts fortuitement. Mais que suis-je pour refuser au Seigneur le droit de me choisir ? »

« Seuls les prophètes pouvaient faire ce que tu fais », dit Ebenezer d'une voix rêveuse. « Es-tu un prophète ? »

« Je ne sais pas si j'en suis un. Je suis venu ici étudier les Livres. De toute manière, les prophètes savaient-ils qu'ils étaient prophètes ? Ils ne se sont jamais appelés ainsi eux-mêmes. »

N'avaient-ils pas maintenant des regards d'animaux méfiants, ces membres du Conseil de Quoumrân ? Ne ressemblaient-ils pas aux chacals que le feu tient à distance, la nuit ?

« Le Seigneur s'adresse-t-il à toi durant tes... méditations ? » demanda Ephraïm.

« Sa présence n'est-elle pas le Verbe même ? Et n'ai-je pas dit que les mots s'évanouissent de mes pensées ? »

« Sans doute s'évanouissent-ils de tes pensées à toi, mais cela n'exclut pas que le Seigneur puisse te parler. T'a-t-il confié un message ? »

Ils commençaient donc à dévoiler leurs craintes.

« Vous demandez », répondit lentement Jésus, « s'il m'a été annoncé que je suis le Messie, n'est-ce pas ? »

Immédiatement, une rumeur monta du Conseil et le Maître s'agita furieusement.

« Prends garde ! » cria-t-il. « Au nom du Tout-Puissant, pèse tes mots ! »

Il risqua le tout pour le tout.

« Un liquide a été versé sur mon front. »

L'onction ! Catastrophe et tremblement ! L'onction qui désigne le Messie ! Leurs regards reflétèrent la terreur. Le Maître tendit son cou fibreux vers Jésus, en fronçant les sourcils. Ebenezer fit mander plusieurs gargoulettes. Ils avaient les gosiers plus des-

séchés que les parchemins sur lesquels ils reco-
piaient des textes à l'infini, leurs poils étaient si secs
qu'ils auraient pu prendre feu.

« Je propose que nous ajournions la séance », dit
Ebenezer, mais personne ne fit attention à lui dans
la confusion qui croissait.

« Est-ce ainsi qu'ils accueillent le Messie ? » murmura Jokanaan.

Ils demandaient s'il fallait continuer à recopier leurs
Livres, s'il fallait préparer les moissons, s'il fallait
réunir l'ensemble de la communauté, tout cela sans
prêter la moindre attention à Jésus, si ce n'était pour
quelques regards dérobés et presque malveillants.

« Tu peux disposer », dit le Maître.

Mais il ne bougeait pas. Le Maître répéta son
ordre, il n'en tint pas compte. Il considérait cette
assemblée de gérontes affolés avec un mépris qu'il ne
dissimulait même plus.

« Que veux-tu donc ? » cria le Maître, alarmé par
cette impertinence.

Ils étaient debout sur l'estrade, ils se tournèrent
vers celui qui était donc pour eux le Messie comme
si ç'avait été un brigand qui les tenait au bout de sa
dague.

« Je veux vous dire que la parole de Dieu est
vivante et qu'elle n'est pas dans vos rouleaux », dit-il
sur un ton de défi. « Je veux vous dire que vous ne
pouvez pas savoir si le monde va bientôt prendre fin,
parce que vous ne pouvez pas pénétrer les desseins
du Seigneur. Je peux vous dire que vous avez abandonné la cause de votre peuple. Quoumrân est
inutile », conclut-il, la voix tremblante de colère.

« Insolent ! » hurla le Maître.

« Si c'est ainsi que vous accueillez celui qui peut
être le Messie, qu'en sera-t-il de son Mandant ! »

Il tourna les talons et gagna la porte.

Il marcha jusqu'à la falaise d'où l'on dominait tout
le panorama de la rive droite. Une masse de ciel
indigo semblait s'effriter dans la mer Morte, semant

des bribes de lapis dans les eaux noires. Puis les eaux stériles burent ces miettes de ciel, la nuit tomba. Il entendit des pas derrière lui. Il sut que c'était Jokanaan.

« Quel pays sépulcral », murmura-t-il, « et comme il faut haïr la vie pour venir s'installer ici ! »

« Il faudra partir tout de suite », dit Jokanaan, en déposant près de Jésus un ballot et le bâton de marche. « Il y a là de quoi boire et manger. »

Jésus hocha la tête.

« Moi, je m'en irai demain », ajouta Jokanaan.

Que deviendrait-il, loin de cette citadelle à laquelle il avait consacré la meilleure partie de sa jeunesse ?

« Les clergés ! » dit Jésus en haussant les épaules.

« Tu es comme la torche dans la nuit », dit Jokanaan. « Tu éclaires et révèles. »

Jésus se leva et posa ses mains sur les épaules de son cousin, qui ne frémit même pas ; non, il posa ses propres mains sur celles de Jésus.

« Nous nous retrouverons », dit-il, « nous ne pouvons pas ne pas nous retrouver, nous ne le pouvons plus. »

Jésus se mit en route. Il se retourna une fois pour apercevoir Jokanaan, solitaire, sur la falaise. La lune se leva. Elle ressemblait à un trou dans un mur sombre au-delà duquel il y avait de la lumière.

XXI

UNE IDÉE DE TIBÈRE

Le procurateur Ambivius avait contracté en Palestine une maladie que son médecin appelait « fièvre courante », parce qu'elle lui faisait courir les intestins. Il la traitait depuis son retour à Rome par des boulettes d'argile à l'émétique, médication qui le laissait pantelant. Pour le consoler, le médecin l'envoya prendre les eaux à Baïes, en lui recommandant de ne boire que du vin coupé ou de l'eau vinaigrée. Les espions apprirent à Tibère, le lendemain de l'arrivée d'Ambivius à la villa du préteur pérégrin Claudius Antias, et la présence du procurateur si près de Naples et le motif de cette présence. L'empereur convoqua son fonctionnaire colonial, qui s'en tourmenta jusqu'à ce que le bateau l'ayant débarqué à Capri, il montât l'escalier taillé dans le roc qui menait jusqu'à la résidence impériale et pût déchiffrer l'expression du maître. Elle était amène, mais savait-on jamais. Haletant encore, il baisa le bas de la toge tibérine, la main du monarque se posa sur sa nuque et la voix l'invita à prendre place près de lui.

« Nous souperons tôt », dit Tibère. « Je t'ai appelé pour te demander de m'informer. »

Ambivius prit le regard du chien soumis, yeux grands ouverts et mouillés.

« Les Juifs », dit Tibère. « Tous les mois me parviennent des rapports agaçants, tels que ceux que tu m'envoyais, d'ailleurs. »

Ambivius en eut la colique.

« Un soldat assassiné çà et là, tous les deux ou trois jours. Toujours de l'agitation. Des insurgés secrets qu'on nomme Zélotes, n'est-ce pas ? Bref, nous ne les avons pas vraiment pacifiés, n'est-ce pas ? » Il ne vérifia même pas si son interlocuteur approuvait ou non. « J'entends dire qu'au fond ils nous voudraient partis. Je conçois cela des Celtes, des Germains, mais des Juifs ? Suis-moi, Ambivius. A Rome et dans les autres villes italiques, ce sont des citoyens modèles. Que ferait-on à Naples sans eux, par exemple ? Point de parfums, de perdreaux, de perles et d'autres gemmes. Si l'on a besoin d'argent, on trouve toujours un Juif qui vous en prête sans faire de manières, n'est-ce pas ? » Ambivius venait justement de s'en faire prêter par un Juif. « Bref, à Rome, ils sont contents ; pourquoi ne le sont-ils pas là-bas ? »

« La religion », répondit Ambivius, d'une voix à peine audible. Puis il s'éclaircit la gorge.

« Comment, la religion ? » s'écria Tibère. « Mais on leur laisse la paix ! »

« Ils considèrent comme impie la présence de cultes étrangers sur leur ancien territoire. »

Tibère tourna vers Ambivius ses yeux délavés. « Il a vraiment de grosses poches », songea Ambivius. « Mais la bouche est petite, presque une bouche de femme. »

« Réfléchis bien à ce que tu dis », avisa Tibère. « Pourquoi sont-ils si contents d'avoir une synagogue sur le Tibre et pourquoi ne toléreraient-ils pas un temple de Jupiter là-bas ? »

« César, à Rome ils ont oublié Israël. En Israël, ils ne peuvent oublier Rome », dit Ambivius.

« Moins sot qu'il n'avait paru », songea Tibère.

« A Rome, César, tu peux leur faire porter l'uniforme romain, à Jérusalem, ils crachent dans le dos des légionnaires. »

« Ils doivent quand même savoir que nous ne les détestons pas. Qu'à Rome, quelqu'un qui dirait du mal d'un Juif se déconsidérerait. Que le pays de Palestine n'est plus à eux. »

« Ils n'ont rien appris et rien oublié », dit Ambivius. « Ils sont toujours sur les terres du roi David, leur héros. Nous sommes des étrangers, des oppresseurs. Nous imposons notre loi impie. Ils s'estiment élus de leur dieu parmi tous les hommes, donc supérieurs aux autres. Beaucoup d'entre eux rêvent de prendre les armes contre nous, pas isolément comme ils l'ont fait jusqu'ici, mais en masse. »

« Et les rois qu'on leur a donnés ? Ils ne leur suffisent pas ? »

« La dynastie hérodienne, ils l'exècrent. »

« Tu es sûr que tout cela est à cause de la religion ? » demanda Tibère. « Mais je la connais, leur religion ! Elle ne dit nulle part que les Romains doivent être combattus. »

Ambivius caressa l'hypothèse que Tibère ne comprît rien aux Juifs, et peut-être aux Gaulois, aux Insubres, aux Teutons, aux Némètes, aux Vangions... Peut-être devenait-on empereur comme une poire se trouve à l'extrémité d'une branche de poirier. « Et moi », songea-t-il, « étais-je destiné à contracter la courante à Césarée ? » Il fallait quand même répondre à Tibère.

« Aucun peuple n'est comparable aux Juifs. Aucun autre n'a réduit ses dieux à un seul. Ni conclu que ce dieu-là est son père. Je n'ai connu aucun autre peuple aussi intolérant. Les Chérusques, les Vindéliciens ou les Frisons considèrent que, selon la fortune des armes, ils nous sont supérieurs ou inférieurs. Les Juifs, César, considèrent que, de toute façon, ils sont supérieurs. »

« Hérode le Grand a reconstruit leur fameux Temple. Et ils détestent sa dynastie ? »

« Ils sortiraient Hérode le Grand de sa tombe pour le donner aux chiens. »

« Et ça va durer toujours ? »

« Toujours. Jusqu'au jour du Messie. »

« Qu'est-ce que c'est que ça ? » demanda Tibère, se frottant un œil. « Les moucherons pullulent à cette heure. »

« Je ne sais pas trop. Un roi descendu du ciel devrait venir les libérer et restaurer le royaume de David. »

« Rentrons », dit Tibère. Il prit Ambivius par le bras. Tout ce que tu m'as dit me confirme dans le sentiment que j'avais. Les Juifs en Palestine seront toujours des sujets de trouble. Dis-moi, si on les déportait ? »

Ambivius trébucha d'étonnement sur l'une des trois marches qui descendaient de la terrasse au patio intérieur. La main impériale le retint.

« On les dissémine dans l'Empire », dit Tibère,

« par paquets de cent ou cinq cents. Un peu dans les provinces sénatoriales, un peu dans les provinces impériales, hein, et qui sait, on peut même persuader les Etats clients d'en prendre quelques paquets. Egaillés comme ça en Rétie, en Norique, en Pannonie, en Moésie, en Lusitanie, en Belgique, en Sardaigne et pourquoi pas en Cappadoce ou en Mauritanie, et ils cesseront de rêver au royaume de David. On fera occuper la Palestine pour les Iduméens, les Nabatéens et les autres. »

Ambivius perfectionna son regard de chien. Il n'eut pas de peine à larmoyer, à cause des fumées de santal.

« Admirable ! » s'écria-t-il. « Admirable génie ! » Et il poussa : « Admirable génie impérial ! » Les courtisans observaient la scène, surpris. Ambivius se pencha pour baiser à nouveau la toge du maître.

Puis il se redressa, comme saisi.

« Qu'est-ce qu'il y a ? » demanda Tibère, en le poussant de la main vers la salle à manger.

« Ils sont plus de trois cent mille, César. »

« Decianus », dit Tibère en s'adressant à un courtisan, « toi qui connais la marine, combien de navires faut-il pour transporter trois cent mille hommes ? »

« Combien de temps durerait le voyage ? » demanda Decianus, un petit chauve d'une trentaine d'années.

« De Palestine en Sardaigne, par exemple », dit Tibère.

« Deux semaines environ. On peut embarquer cent passagers inactifs sur une trirème, moitié moins sur une birème, autant sur un navire marchand. Un convoi de trente navires transporterait de mille cinq cents à deux mille passagers. Mais sur des distances plus courtes, on peut transporter d'un à deux dixièmes de plus. »

« Hmm », fit Tibère. « Il faudrait cent cinquante convois pour les déplacer tous. »

« On n'est pas obligés de les déporter tous », dit Ambivius. « La moitié suffirait. »

Ils passèrent à table. Des chœurs de fillettes et de garçons chantèrent des chansons à boire que le procurateur n'avait jamais entendues.

« Des Illyriens », expliqua Decianus. « Ce sont les Juifs que veut déporter notre maître ? »

Ambivius hocha prudemment la tête.

« Je serais étonné », observa Decianus en dégustant son vin, « qu'Hérode se laissât dérober son peuple. » Et, profitant d'un moment où les voix aigrelettes atteignirent un aigu, il ajouta : « Un roi sans peuple, mon cher Ambivius, ce serait un eunuque. »

« N'empêche... » murmura Ambivius.

XXII

DUEL À ANTIOCHE

La fin du monde ! songea-t-il en regardant l'aube se lever. La fin de leur monde, oui ! Ces gérontes, calcifiés par la peur et l'aigreur ! Et manipulant tout leur petit monde pour en faire des conserves également calcifiées, des cornichons d'apocalypse ! Plus salés encore que la femme de Loth ! La fin du monde ! Le Seigneur riait-il de la sottise de Ses créatures ? Tout le Conseil n'avait retenu qu'une chose, c'est qu'il lévitait, lui, et eux pas ? Pourquoi donc lévitait-il ? Il n'avait pas osé le leur dire, il eût pourtant dû, il eût dû clamer à leurs faces blanchies par le sel de la stérilité : « C'est que je suis léger, rabbins, et que vous êtes lourds ! »

Il avait passé une nuit blanche, mais c'est d'un pas quasiment dansant qu'il revint à Jéricho. Comme il eût aimé y trouver une maison où Joash et Sepphira auraient organisé un repas ! Avec du vin, beaucoup de vin, pas la piquette délayée qu'il avait bue pendant tous ces mois ! Il était tellement heureux d'avoir quitté Quoumrân que son visage en était illuminé, les gens lui souriaient. Et Jokanaan ? Pauvre Jokanaan, que le Seigneur lui prêtât la fortitude qui permettait d'affronter l'erreur passée ! Car il s'était égaré, le tendre, l'ardent, le beau Jokanaan ! Il avait cru, lui aussi, à l'aigreur du Tout-Puissant, d'un Dieu qui, de dépit, éteindrait toutes les chandelles du ciel ! Misère de la jeunesse, dont l'inquiétude tord les entrailles et qui est toujours trop pressée de se trouver des maîtres ! Pourquoi donc le Seigneur Yahweh sèmerait-Il les ténèbres finales, Lui qui n'était que lumière ? Pourquoi annoncerait-Il Sa venue ou celle de Son Messie par l'obscurité ? Ce serait plutôt une pratique du Démon !

Il avait faim et soif. Il mangea le fromage et le pain que Jokanaan avait placés dans son ballot et il but le dernier mauvais vin de Quoumrân.

« Que la mort me trouve gai, Seigneur ! » implora-t-il après son repas. « Voilà mon action de grâces ! »

Il n'avait plus un sou. Il avisa une échoppe de charpentier et alla demander du travail. Le charpentier semblait s'être taillé lui-même son visage dans du bois de cèdre ; il l'engagea et le mit au travail sur-le-champ. Il observa sa manière de raboter, tâtant le fil du plat de la main, bouchant les fissures à la résine diluée dans l'alcool.

« Donc, tu es charpentier », dit le charpentier.

« Ne l'ai-je pas dit ? »

« Tant de gens disent tout et son contraire. D'où viens-tu ? »

« Du sud », répondit prudemment Jésus.

« D'Egypte ? »

« Non, de Quoumrân. »

« Tu étais à Quoumrân avec les Esséniens ? »

« Oui. »

« Pourquoi n'es-tu pas resté ? »

« Je ne crois pas à l'utilité de rester assis sur mon séant à attendre la fin du monde. »

« C'est tout ce qu'ils font ? » demanda le charpentier, incrédule.

« Dans le fond, oui. »

« Ce sont de saintes gens », dit encore le charpentier, à moitié sur un ton interrogatif.

« Il est facile d'être saint quand on ne fait rien. »

« Ils t'ont chassé ? »

« Non, je suis parti », répondit Jésus en s'interrompant de travailler et en regardant le charpentier dans les yeux.

« Mais personne ne part de Quoumrân ! »

« Tu vois, il y a des exceptions. »

La conversation démangeait le charpentier ; il invita Jésus à partager son repas, pour avoir un auditoire, enfin, un autre auditoire que son apprenti de quinze ans, et quel meilleur auditoire qu'un homme qui venait de Quoumrân ! Ils soupèrent de pigeons grillés, de fromage blanc, d'olives ; mais le vin était mauvais.

« Combien me paies-tu ma journée ? » demanda Jésus.

« Un shekel. »

« Donne-le-moi. »

Il sortit acheter un pichet de vin de Chypre et revint le poser sur la planche qui servait de table. Le charpentier fit « Oh ! » sans voix.

« Le vin là-bas était exécrable », dit Jésus.

Le charpentier éclata de rire. Puis il s'embarqua tout de go sur ses visions de l'avenir. Le Messie viendrait avec un glaive de feu et décapiterait d'abord tous les Romains ; le lendemain, il décapiterait les tricheurs, à commencer par un certain nombre de rabbins.

« Quel carnage ! » observa Jésus.

274

Le vin de Chypre n'était pas assez coupé, car le discours du charpentier devint incohérent. Non, le Messie ne viendrait pas, parce que les Juifs n'en étaient pas dignes. L'apprenti cligna de l'œil à Jésus. Le menuisier alla se coucher, pâteux, après avoir consenti à son nouvel employé le droit de dormir dans l'atelier. Jésus se coucha sur le sol, sans s'être baigné pour la première fois depuis bientôt deux ans. Il dormit dix heures. Avant l'aube, il alla faire ses ablutions à la fontaine voisine, revint balayer l'atelier, alluma la lampe sous le pot de résine et ponça les planches rabotées la veille.

« Prodige ! » s'écria le charpentier en arrivant avec un bol de lait chaud. « Levé avant moi, déjà au travail ! Et il boit du vin de Chypre ! »

« Pas à tous les repas », dit Jésus.

L'apprenti arriva avec l'air important.

« Il est déjà là », dit-il, « il est dans le Nord. »

« Qui ? » demanda le charpentier.

« Le Messie, voyons ! »

« Comment le saurais-tu ? »

« Mon oncle qui vient du nord nous l'a dit hier soir. C'est un grand homme aux cheveux d'or. Quand le prince de Syrie l'a vu, il l'a invité dans son palais comme si c'était un roi. »

« Et alors ? » demanda le charpentier.

« Et alors, quoi ? » rétorqua l'apprenti. « Le Messie est là, c'est tout ! »

« Pour commencer », dit le charpentier, « la Syrie n'est pas au nord, mais à l'est. Ensuite, elle n'est pas gouvernée par un prince syrien, mais par un fonctionnaire romain. Si un Romain a invité ton Messie dans son palais et si le Messie a accepté son invitation, ce n'est pas plus un Messie que je ne suis le fils de la reine de Saba. »

« Je te le dis, fils d'homme ! » cria l'apprenti. « Je te le dis ! Je connais même son nom ! Tu ne me crois pas ? Il s'appelle Abba-Lounios, voilà ! »

« Apollonios », corrigea Jésus en posant sa gouge.

Il venait de se rappeler le nom qu'avait cité le voleur. « C'est un Grec. » Et il ajouta : « Il vient de Tyane. »

« Où est Tyane ? » demanda le charpentier.

« En Cappadoce. »

« Cappadoce, hein », murmura le charpentier. Et, se tournant vers l'apprenti : « Tu vois ? C'est un Grec ! » Il rayonnait : « Qui a jamais entendu parler d'un Messie grec ? Un Messie, enfant, est l'arrière-arrière-arrière-petit-fils de David. Donc c'est un Juif, tu vois ? » Et soudain, fronçant les sourcils, il se tourna vers Jésus et demanda : « Et toi, comment connais-tu cet Apollonios ? » « Je ne le connais pas, on en parle », répondit Jésus en reprenant sa gouge. « On le dit très instruit. On dit aussi que c'est un magicien, comme d'autres. »

« Qu'est-ce qu'un magicien ? » demanda l'apprenti.

« Quelqu'un qui travaille avec les démons ! » riposta le charpentier. « Allons, au travail. »

Un peu plus tard, le charpentier observa que Jésus savait bien des choses. « Tu aurais mieux fait de rester avec les Esséniens, mon frère. Tu serais devenu bien mieux qu'un charpentier. Mais peut-être que tu n'es pas seulement un charpentier, bien que tu connaisses le métier. Peut-être que tu es un rabbin, hein ? »

« Je ne suis pas un rabbin. Il y a des charpentiers instruits. »

Quand il eut gagné assez d'argent pour couvrir ses frais de voyage pendant quelques semaines, il quitta Jéricho et reprit le chemin d'Archélaüs et de Scythopolis. Il allait vers le nord, au-delà de la Palestine, là où scintillaient des villes inconnues. Il repassa devant la maison de Sepphira. La porte était fermée. Il toqua, on ne répondit pas. Il éprouva un chagrin. « Voilà », songea-t-il, « on se croit propriétaire. » De Scythopolis, il gagna Hippos, sur la rive droite de la mer de Galilée. Il se sentit las, triste et vague.

« D'une certaine manière, les Esséniens ont raison », se dit-il, « le monde est fini. » Il ne restait rien de son passé, et c'est pourquoi il était triste. Même Jokanaan, qui lui avait longtemps apparu comme un pilier lumineux, s'effaçait dans son cœur.

Il entra dans une taverne, espérant ranimer son corps et son esprit avec du vin et de la nourriture. L'aubergiste était un Syrien, qui portait sur la poitrine une effigie émaillée de taureau. Un adorateur de Mithra. Pendant qu'il dînait, de poisson grillé et de vin, trois soldats romains entrèrent. Ils enlevèrent leurs casques et s'essuyèrent le front du revers de la main. L'après-midi était orageux. Ils commandèrent du gibier et du vin de palme. L'un d'entre eux était un Oriental, peut-être un Syrien. Ils parlaient romain et comme la taverne était déserte, Jésus put suivre leur conversation. Ils évoquaient les charmes respectifs des autres provinces où ils avaient servi. Ils trouvaient partout ailleurs plus de confort que parmi les Juifs.

« Il ne faut pas nous faire d'illusions », dit un soldat, « nous ne sommes aimés nulle part. »

« Oui », admit un autre, « mais les Juifs sont les seuls de l'empire qui n'ont pas d'armée et qui prétendent quand même être indépendants. »

C'était la première fois que Jésus entendait parler des « Juifs » dans leur ensemble ; il n'avait jamais imaginé qu'on pût se les représenter comme lui se représentait les Romains, par exemple. Et pourtant, songea-t-il, il les jugeait de plus en plus souvent dans leur ensemble, comme s'il leur avait été étranger...

Et pourtant, se demanda-t-il le lendemain, en reprenant sa route — l'orage s'était levé dans la nuit —, étaient-ce les Romains qui dominaient le monde ? On le lui avait dit maintes fois déjà, des Colonnes d'Hercule, qui fermaient l'univers à l'Occident, jusqu'au Pont, jusqu'aux contrées du Nord qu'on disait à moitié enfouies dans les glaces, les légionnaires de César montaient la garde ! Pourquoi donc les Juifs, eux, n'avaient-ils pas d'armée et ne dominaient-ils rien, même pas leur propre pays ?

277

Avaient-ils renoncé au monde ? Etaient-ils donc tous des Esséniens en puissance ?

Il monta donc, toujours plus au nord.

Il parla mandéen, syriaque, nabatéen, palmyrien, samaritain, mais surtout grec et latin chaque fois qu'il le pouvait. Au-delà d'Iturée, toutefois, il ne put plus apprendre de langues, elles étaient trop étranges, et les accents et dialectes trop variés.

A Tyr, un homme de Bactriane voyageait sur des coussins de soie, dans un pavillon doré porté par un éléphant. Des perroquets retenus par des chaînes d'or voltigeaient autour de lui.

A Sidon, un inconnu se déplaçait en litière fermée, précédé par des chevaux tachetés, aux têtes de chameaux portées au sommet de cous absurdement longs. Certains disaient que c'était un prince, d'autres, un magicien qui changeait le plomb en or, d'autres encore, que c'était une femme noire aux cheveux dorés.

A Palmyre, on tint pendant tout un jour une vente d'esclaves aux enchères. Ils furent tous vendus, les Noirs comme les vierges galates, les adolescents dalmates comme les athlètes d'Hibernie. Vendus nus, ils étaient couverts d'un manteau par leurs nouveaux propriétaires.

Jésus travailla quelques jours ici, quelques autres là, dormant au hasard, se lavant dans les rivières et les fontaines. On l'importuna souvent de propositions obscènes. Il refusa en s'efforçant de n'être pas offensant, du moins quand on ne l'offensait pas. Dans les tavernes grecques de la côte, il écouta les chantres des chemins réciter des centaines de vers d'un poète qui s'appelait Homère. Dans les tavernes romaines, il écouta des vers d'un autre poète qui s'appelait Virgile. Il but du vin achéen à la cannelle et du vin de Pergame au goût de fraise ; il but du vin de riz et du vin de palme des bières d'orge, d'avoine et de miel ; il mangea du pain de seigle au raisin, du pain de maïs au lait, du pain des Parthes aux œufs et du pain de Chypre au poivre, des galettes égyptiennes au sésame et des boules arméniennes aux noix. Il apprit à marier le vin des Bituriges au pain au fromage, dit pain de Tigranès. Il mangea des pains de toutes les formes, sauf quand ils étaient moulés en forme d'organes génitaux, mâles ou femelles, comme les aimaient les légionnaires.

Cette année-là, Tibère s'énerva et interdit à Rome et dans l'ensemble de l'Italie le culte juif et le culte égyptien. Jésus l'apprit par un marchand syrien qui revenait de Rome.

« Bientôt », dit le marchand, « ils fermeront le Temple de Jérusalem ou le transformeront en temple d'Apollon. Tous les Juifs de Rome et d'Italie qui n'ont pas abjuré leur foi ont été enrôlés dans l'armée romaine. Et on les envoie se battre en Germanie. »

Le déclin s'accélérait donc. D'une certaine manière, les Esséniens avaient quand même raison. Mais Jésus n'en éprouva pas de contrariété. « L'arbre mort est voué à la chute », avait dit Joseph. Peut-être le clergé juif de Rome avait-il été aussi corrompu que celui de Jérusalem. « Mais après ? » se demanda-t-il, en s'allongeant le soir sur le plancher d'un atelier, dans l'odeur tendre du bois et les trottinements des souris affamées. « Et après ? »

La question, demeurée sans réponse, l'accompagna vers le nord, qu'il travaillât sur du pin, du cèdre, du noyer, du hêtre ou du chêne, qu'il ciselât du couteau et de la gouge du teck jaune ou de l'ébène fumée, qu'il observât des Egyptiens verser des libations de vin et de lait sur l'autel de Dionysos ou des Scythes sacrifier des colombes à Isis, ou encore des femmes chypriotes et des jeunes hommes de Cilicie déposer des vulves de génisse et des testicules de taureau sur l'autel de cette déesse que certains appelaient dans le même temple Vénus, Ishtar ou Astarté. A Sidon, un groupe de Bithyniens et de Syriens qu'il rencontra dans une auberge l'invita à s'associer aux rites du dieu Mithra. Il ne voulut pas les offenser et leur demanda de lui parler de ce dieu qui n'était pas le sien.

« C'est le Soleil inconquis, *Natalis invictus*. Il est né d'une vierge dans une grotte, au cours de la plus longue nuit de l'année. Avec lui, la lumière triomphe des ténèbres », dit l'un des plus âgés de ces hommes, un Syrien à la barbe blanche.

« Mais comme tu n'es pas initié », ajouta un jeune Bithynien, « tu ne seras d'abord admis que dans la première des sept sphères, la sphère du Corbeau. »

« Comment peut-on être né d'une vierge ? » demanda-t-il.

« Certains le sont », répondit le Syrien, « ce sont les élus. »

« Quelles sont ses vertus ? »

« C'est le dieu de la plénitude », dit le Syrien, « il est fort, il est jeune, il est beau. Il a tué le taureau qui représente les puissances animales de ce monde. Et le sang du taureau a fécondé la Terre. C'est ainsi que l'esprit de lumière règne sur tout ce qui vit. »

« A qui le taureau fut-il sacrifié ? » demanda Jésus.

« A Mithra par lui-même. »

« Mithra est-il un homme ou un esprit ? »

« Les deux ensemble. Il est », dit le Syrien avec gravité, « ce que nous cherchons tous, l'union parfaite de la chair et de la lumière. Sa chair est lumière. C'est donc un dieu. Et nous sommes tous des dieux pour autant que nous laissions la lumière nous pénétrer. »

Jésus soupira. Les mots du Syrien l'emplissaient de malaise. N'avait-il pas lui-même atteint l'extase qui avait scandalisé les Esséniens en laissant la lumière du Seigneur le pénétrer et l'affranchir de la pesanteur ? Ne l'avait-il pas atteinte ? Cela faisait-il de lui un dieu ? Etait-il après tout le Messie ? N'avait-il pas été l'égal de Mithra ? Et Mithra n'avait-il donc pas été, lui aussi, un Messie ? Pouvait-il y avoir plusieurs Messies ? « A l'aide ! » cria-t-il confusément. Il se sentait étourdi et confus. Il dit à ses commensaux qu'il avait déjà hérité une religion et qu'il n'en pouvait embrasser une autre.

« Je ne doute pas de ta bonne foi, étranger », dit un Bithynien, un jeune homme aux yeux sombres et aux cheveux blonds, qui souriait de façon menaçante, « mais je m'étonne que vous, Juifs, portiez les armes pour les Romains et comptiez l'argent pour les Parthes, mais que vous refusiez de considérer qu'il existe d'autres dieux que le vôtre. »

« Ceux qui portent les armes des Romains y sont contraints depuis hier », répondit Jésus.

« Voyons », répondit le Bithynien, de plus en plus souriant, « du temps de mon grand-père, il y a de cela trente ans, les Juifs suivaient déjà les aigles des licteurs. Certains d'entre eux étaient déjà des officiers et il en est en Syrie, en Bithynie, en Thrace, qui ont blanchi sous le casque à cimier. »

Silence. Regards.

« Cela signifie, étranger », reprit le Bithynien, « qu'ils se battaient aussi le jour du Sabbat et qu'ils avaient abandonné votre dieu cruel. »

« Notre dieu cruel ? » cria Jésus.

« Un dieu qui punit d'anthropophagie ceux de ses adorateurs qui ont failli n'est-il pas un dieu cruel ? » demanda le Bithynien sans s'émouvoir.

« De quoi parles-tu ? »

« N'est-il pas écrit dans le Deutéronome, étranger : "Tu mangeras tes propres enfants, la chair des filles et des fils que le Seigneur ton Dieu t'a donnés, à cause de la famine à laquelle tu seras réduit quand tes ennemis t'assiégeront" ? N'est-il pas dit, dans les prophéties qu'Isaïe adressait à son peuple, "à droite, un homme mange tout son content, mais il a encore faim, à gauche, un autre dévore mais n'est pas rassasié ; chacun se nourrit de la chair de ses propres enfants, et nul n'épargne son frère" ? N'est-il pas écrit dans Jérémie : "Je ferai de cette ville, Jérusalem, un spectacle d'horreur et de mépris tel que chaque passant sera épouvanté et grimacera de mépris au spectacle de ses plaies. Je forcerai les hommes à manger la chair de leurs fils et de leurs filles ; ils se dévoreront les uns les autres..." ? Dis-moi, étranger, n'est-il pas écrit dans les Lamentations : "Les femmes doivent-elles manger le fruit de leurs entrailles, les enfants qu'elles ont portés jusqu'à la naissance ?" N'as-tu pas lu tes propres Livres, étranger ? Est-ce un dieu ou un démon qui inflige à son peuple pareilles tortures ? »

Livide et tremblant, Jésus cherchait son souffle.

« Ce sont là les châtiments infligés à ceux qui ont trahi leur foi », dit-il enfin d'une voix rauque.

« Et pourquoi es-tu tellement troublé, étranger ? » demanda le Bithynien. « Est-ce parce que ces châtiments devaient demeurer secrets, ou bien parce qu'il est indigne d'un dieu de réduire des êtres humains au rang des animaux ? Ton dieu n'a-t-il pas créé l'homme à son image ? Et est-ce là une façon de traiter sa propre image ? »

« Tais-toi ! » cria Jésus. « Qui es-tu ? »

« Je m'appelle Alexandre », dit le Bithynien, toujours souriant. « Je suis un citoyen de la Décapole. Je suis né dans la ville libre de Philadelphie d'un père bithynien et d'une mère juive. J'ai été élevé dans deux fois, celle de mon père, le mithraïsme, et celle de ma mère, parce que mon père était tolérant et pensait que je ne devrais choisir ma foi que lorsque j'aurais atteint l'âge. Comme nous vivions dans une ville vraiment libre, ma mère, qui était instruite, pouvait me lire les Livres, ce qui, je le dis pour mes amis, n'eût pas été possible dans une ville juive, parce que les femmes n'y sont même pas autorisées à toucher les Livres. Quand j'ai eu sept ans, j'ai été frappé de terreur au récit de la colère de Yahweh contre Moïse. Tu te rappelles l'épisode, n'est-ce pas, étranger ? Moïse ne savait même pas pourquoi son dieu l'avait attaqué de nuit sur une route déserte, comme un malfaiteur, pour essayer de le tuer... »

Le front de Jésus ruisselait.

« Et tu te rappelles aussi, étranger », reprit le Bithynien, fixant Jésus du regard, « que Moïse finit par comprendre la raison de la colère de Dieu ; c'était parce que lui, Moïse, n'était pas circoncis. Le fait qu'il n'avait pas sacrifié son prépuce, lui, le grand prophète, votre plus grand prophète, celui qui a affronté son créateur sur le Sinaï, lui avait presque coûté la vie ! Tout enfant, je fus scandalisé, car qu'est donc la circoncision ? C'est le sacrifice symbolique de la virilité. Et je vous demande, mes amis, et à toi, étranger, quel est donc ce dieu qui exige qu'on lui sacrifie sa virilité, même symboliquement ? Quel lien cela crée-t-il ? Et quel est donc ce dieu qui tente de tuer ceux qui ont gardé leur virilité intacte ?... »

« Tu m'insultes, sophiste païen ! » hurla Jésus en se jetant sur le Bithynien. Des mains et des bras le retinrent et l'immobilisèrent. Le Bithynien n'avait même pas cillé. Ses compagnons rassirent Jésus sur son banc.

« L'ennui avec vous, les Juifs », dit le Bithynien, « est que vous avez tant de mépris pour l'intelligence ! Tu n'as pas daigné considérer mes questions et tu t'es senti insulté. Je n'ai pas fini ce que j'ai à dire, mais je ne serai pas long, étranger. Plus tard, j'ai souvent pensé à ce duel de Yahweh et de Moïse, et mes sentiments n'ont pas varié. J'étais toujours scandalisé. Tu vois, je cherchais un dieu tel que le mien, qui veut des hommes fiers, mais tolérants. J'ai été aussi scandalisé parce que, dans cet épisode, Moïse a réussi à vaincre son créateur et à s'enfuir. Un vrai dieu, étranger, ne perd jamais. Et c'est pourquoi nous ne devrions jamais l'impliquer dans nos affaires terrestres, comme vous le faites. J'ai fini. »

Jésus s'élança vers la porte. Il marcha dans la nuit, agité, blessé, égaré. Il n'avait pas de réponse à ce qu'avait dit le Bithynien. Il s'endormit tard, après avoir vainement essayé de prier. Il s'éveilla tôt, au chant de flûte d'un berger qui conduisait paître ses moutons. Il alla se baigner dans la mer.

Son Dieu était-il le même que celui des Juifs ? Et n'était-ce pas Lui qui avait créé le Bithynien et l'avait mis sur son chemin ? Ou bien était-ce le Démon ?

« Mais on ne peut pas soupçonner le Démon tout le temps et de tout », se dit-il, « cela devient une solution de facilité, à la fin. »

Il marcha des jours, sans presque sentir la faim, ni la fatigue, n'éprouvant que la soif. Les Juifs, d'autres hommes, des hommes comme les autres... Pourquoi s'était-il laissé troubler par ceux qui portaient l'uniforme romain ? Toute la Judée ne portait-elle pas cet uniforme, à présent ? Et ceux qui n'observaient pas le Sabbat étaient-ils plus méprisables que ceux qui s'interdisaient au nom du Seigneur d'aller uriner ce jour-là ? Où donc les Esséniens avaient-ils trouvé que le Seigneur exigeait la constipation le jour du Sabbat ? Il haussa les épaules en pensant aux coliques du Sabbat à Quoumrân. Autre chose, Seigneur, il fallait autre chose que ce vieux Démon qui ne servait qu'aux esprits paresseux et butés et cette image de Dieu fabriquée par des gens terrifiés. Et pourquoi ne leur avait-il pas crié, à Quoumrân : « Croyez-vous que David se retenait de chier le jour du Sabbat ? » Il était, lui aussi, un homme terrifié.

Une ville apparut au loin. Elle semblait grande. Il interrogea un pêcheur : Antioche.

Rome pouvait-elle être plus belle ? Antioche, célébration de l'harmonie et de l'intelligence ! Envol de pierre dorée, colonnes qui fleurissaient en bouquets d'acanthe, doigts tendus vers le ciel, toits d'or qui captaient la lumière ! Esplanades, portiques, temples, colonnades, marbres et pierres organisaient l'espace sous l'étincellement doré de la lumière de Syrie. Il marcha jusqu'à perdre haleine. La ville était divisée en quatre sections par deux larges avenues à angle droit, pavées et bordées d'arcades. Une foule multicolore festonnait les boutiques, des guirlandes pendaient au pied des statues, des envols de pigeons palpitaient dans l'air comme une grande aile éparpillée, perdant çà et là des éclats de lumière, plumes qui retombaient lentement, capricieusement sur les toits, esquivant les corniches ouvragées pour se poser enfin sur les cyprès, les lauriers-roses, les balustrades. Des enfants chantaient, des chevaux hennissaient, des jeunes filles allaient dévoilées dans la musique des clochettes d'argent à leurs chevilles, tirant l'œil vers les talons rougis au henné. Les parfums de l'Orient tempéraient la rigueur des trois ordres mêlés, dévoyaient le dorique austère, enrubannaient l'ionique viril, léchaient enfin le corinthien complaisant, odeurs d'ail frit, d'ambre, de jasmin, de coriandre pilée, allant nulle part et venues de nulle part, se tortillant autour des narines des statues et des fesses des matrones, traversant les échanges de plaisanteries lestes et le rayon des regards cernés de khôl qui croisait celui des prunelles bleues de Macédoine, ou peut-être de Scythie ou de Thuringe.

Une ville riche, sans nul doute. Une ville heureuse. Facile. Corrompue.

Mais pourquoi fallait-il qu'elle rayonnât tellement plus que la prétendue Ville de Paix, puisque tel était le nom de Jérusalem ? La joie de vivre n'était-elle pas aussi agréée par le Seigneur ?

A gauche, un temple de Baal, à droite, un autre d'Héraclès. Jésus resta d'abord figé au milieu de l'avenue, étourdi, puis il courut pour éviter un attelage de chevaux blancs enrênés d'or, qui gronda sur les pavés, chariot divin, vision de puissance et de gloire qui tournoyait autour d'un visage romain bruni, non, d'un héros cuirassé d'airain. Il se retrouva devant un homme assis en face de sa boutique, qui se frottait le gros orteil droit et fumait du chanvre dans une fine pipe de terre blanche. L'homme avait la quarantaine. Il n'était pas encore prêt pour l'un des six cercueils tout neufs dressés contre le mur au fond de la boutique. Jésus le dévisagea, mais l'homme poursuivait d'autres images.

« Je cherche un travail de charpentier », dit enfin Jésus en grec.

Le boutiquier ajouta une troisième activité à celles qui étaient en cours ; il cligna des yeux.

« Combien de temps mettrais-tu à faire six cercueils de plus ? » demanda-t-il. « Mon fournisseur en a endossé un hier. »

« Je peux en faire un par jour. Peut-être deux. Mais je ne toucherai pas de cadavre. »

« Moi non plus », repartit le boutiquier. « Je suis juif. Je ne vends que les cercueils, pas les services. »

Il détailla Jésus du regard.

« Nous sommes deux cent mille Juifs ici à Antioche, et il y a autant de Grecs et encore autant de Syriens. Ce sont les Grecs qui meurent le plus. Trop de femmes et de vin. Es-tu venu pour les femmes ou pour le vin ? »

« Ni l'un ni l'autre », répondit Jésus en souriant.

« Alors tu es venu pour les philosophes. Antioche est pleine de parleurs. Des gens qui semblent penser que le monde n'a pas été réglé une fois pour toutes ! Comme s'il était possible de faire en sorte qu'il n'y ait pas des forts et des faibles ! Et ils parlent ! Si les mots étaient poussière, nous serions vite ensevelis ! Même nos rabbins parlent. Ils jacassent même. Ils parlent grec, par-dessus le marché. Tout le monde parle grec. Peut-être que Dieu Lui-même parle grec, qu'est-ce que j'en sais ! »

Il jeta un coup d'œil contrarié aux cendres du chanvre qui s'était consumé dans le fourneau de sa pipe.

« Viens demain tôt », dit-il. « Tu viendras ? »

« Je viendrai. »

« As-tu de quoi manger ? » Il sortit une pièce de la poche de son gilet et la tendit à Jésus. « Méfie-toi des bains. Tu ne pourrais pas travailler demain », ajouta-t-il avec un clin d'œil entendu.

« Connais-tu un endroit où je pourrais dormir ? » demanda Jésus.

« Si ça ne te gêne pas de partager tes rêves avec des cercueils », dit l'homme, « tu peux revenir dormir ici. Tu trouveras la boutique ouverte à toute heure. Tu n'as qu'à pousser la porte. Les cercueils sont la seule chose qu'on ne vole pas à Antioche. Cela porte malheur », dit-il en riant.

Jésus erra. Il acheta dans un estaminet un pain rond farci de fèves et d'oignons, puis, comme il était las, il alla s'allonger sur l'herbe d'un jardin proche de la synagogue. Sous les buissons de résédas, dans la douceur de l'après-midi, il s'endormit. Quand il se réveilla, il avait soif et il éprouvait le besoin d'un bain. Il but aux lèvres d'un dauphin qui figurait une fontaine. Pour le bain, et s'il fallait écouter la mise en garde de l'entrepreneur de pompes funèbres, il ne disposait que de l'Oronte, qui coulait au pied de la ville. Bien qu'il soufflât un vent aigrelet et qu'une petite pluie voltigeât, capricieusement sur la ville, car c'était après tout décembre, bien que l'Oronte dût être froid, donc, il se mit en quête d'un chemin vers la rivière. Il ne pouvait aller se coucher avec un dos gras, des aisselles moites, des pieds poussiéreux. Il alla interroger le premier homme venu sur le trajet le plus court vers la rive.

Ce fut un homme couché sous un tamarinier, un homme maigre et sans âge. Il avait semblé à Jésus, alors qu'il dirigeait ses pas vers lui, que cet homme parlait seul, mais cette manie ne l'empêcherait sans doute pas de connaître le chemin vers l'Oronte. Mais alors qu'il s'approchait de l'inconnu, celui-ci s'écria d'une voix probablement affermie dans l'exercice des chants :

« Immortelle est l'âme ! Car elle n'est pas tienne, elle appartient au destin ! Quand le corps s'est libéré des liens de ce monde, comme le cheval qui déserte le cavalier, elle bondit à son tour vers les hauteurs, maudissant la servitude laborieuse et indigne de la vie qui s'est achevée ! Mais toi qui vis, tu n'en as cure ! Tu ne crois à ce que je dis que lorsqu'il n'y a plus lieu de croire, ni de douter ! Car tant que tu appartiens aux vivants, tu chéris ta monture... »

Il semblait regarder Jésus.

« T'adresses-tu à moi ? » demanda Jésus, surpris.

« Je m'adresse à tous les hommes, donc je m'adresse aussi à toi, puisque tu es ici, fils de l'homme », repartit l'homme, toujours couché. « Tu t'es approché de moi, et les mots ont jailli de mon cœur ! » Il paraissait exalté et fiévreux.

« Je suis venu te demander comment atteindre l'Oronte. »

L'homme le fixa longuement et Jésus commença à penser qu'il avait affaire à un fou. L'intuition toutefois lui dit que, si l'homme était fou, il n'était pas que cela.

« Qu'as-tu à faire avec le Typhon ? » s'écria l'homme. « Chercherais-tu les eaux du Dragon parce que tes derniers liens avec la vie ont été tranchés ? »

« Allons, fils de l'homme ! » dit Jésus avec impatience, « je veux seulement aller m'y laver. De plus, qu'est-ce que c'est que ton Typhon et qu'est-ce que le Dragon ? »

« Etranger », dit l'homme avec un sourire sarcastique, « ce sont les autres noms de l'Oronte. Noms dignes de ce fleuve diabolique ! A peine aurais-tu trempé ton pied dans ses eaux que dix mille serpents déguisés en tourbillons s'en saisiraient pour t'entraîner vers les Enfers ! Se laver dans l'Oronte ! Mais l'eau en est tellement froide que ton cœur s'arrêterait de battre. Pourquoi crois-tu que nous ayons des bains publics ? »

« Ils ont mauvaise réputation », dit Jésus.

« Ils la méritent, mais ta chair est-elle si faible que tu ne puisses supporter le spectacle de la lascivité ? Comment un esprit fort, car le tien est fort, je peux le lire dans tes yeux, comment, dis-je, un esprit fort pourrait-il être distrait par le pauvre usage que des hommes font de leurs corps ? Réponds-moi ! Je ne connais qu'une façon d'user de mon corps avec un autre, mais la vraie tentation réside dans les manières infinies d'user de mon esprit ! »

Cette éloquence outrée fit sourire Jésus. De plus, l'outrance n'en excluait pas une certaine sagesse.

« Es-tu comme les autres Juifs, car tu es juif, n'est-ce pas ? je le devine à la manière dont tu noues tes cheveux, es-tu donc comme ces Juifs qui croient que l'Omniscient ne sait pas tout et qu'il gaspillerait sa colère sur les errements des hommes ? Crois-moi, étranger, il est des hommes qui ne se sont jamais dénudé les reins, même dans le désert, et qui sont véritablement pervers, et il en est d'autres qui jouent avec leur membre comme les enfants et qui, en dépit de leur honte, ont le cœur tendre ! »

« Qu'a-t-il vu et que sait-il pour produire un discours aussi singulier ? » se demanda Jésus.

L'homme se mit à rire.

« Va aux bains d'Auguste, étranger, demande mon ami Eucolinê. Il est jeune, mais sage, car il en sait plus sur l'humaine nature que les pyramides d'Egypte. Dis-lui que tu viens de la part de Thomas de Didymes et que tu cherches la paix du cœur et la propreté du corps. Va, crois-moi. »

« Qu'étaient ces mots que tu m'as lancés quand tu m'as vu ? »

« Quel est ton nom ? »

« Jésus. »

« Jésus, Josué, c'étaient ceux de mon maître Apollonios. Je l'ai suivi un an. Je languissais après ses mots. Je m'émerveillais de ses prodiges. Je me suis presque évanoui quand je l'ai vu s'évanouir dans l'air comme une colombe. Je l'aimais quand il guérissait les malades. Je reste fidèle à plusieurs des règles qu'il m'a enseignées. Mais un jour, l'automne dernier, je l'ai quitté comme la feuille quitte la branche. Sa philosophie est belle et j'ai longtemps espéré qu'il fût le Messie. Mais je pense maintenant que ce n'est qu'un homme remarquable. Mon cœur est affamé, j'aspire à autre chose, dis-moi quoi. Je l'ai vu aujourd'hui dans l'avenue Césarienne, après tant de jours d'absence, et cela m'a rendu triste et je suis venu me consoler ici parmi les arbres. »

Il semblait, en effet, triste. Son regard était perdu.

« Pourquoi ne retournes-tu pas avec lui ? » demanda à la fin Jésus. « S'il est l'homme remarquable que tu dis, il t'accueillera avec générosité. »

« Je t'ai dit que j'aspire à autre chose. »

« A quoi ? »

« Si je le savais ! Cela suffit-il de savoir qu'il existe deux royaumes, celui du corps et celui de l'esprit, que Dieu règne sur le second et que tout ce que l'on accomplit dans le monde matériel est dérisoire ou méprisable ? Je puis penser avec ma tête que ce savoir suffit pour la sagesse, mais enseigne elle-même qu'elle n'est pas tout. »

« Rien n'est tout », observa Jésus.

« Non, rien n'est tout », dit Thomas. « Tu sais cela aussi. »

« Cet Apollonios est donc en ville », dit Jésus.

« Oui, tu veux le rencontrer ? Peut-être même es-tu venu à Antioche dans ce but. Et tu te méfies des bains comme lui... Il enseigne dans des jardins tels que celui-ci. Il ne dort que dans les temples qui ne sont pas fermés la nuit, comme celui de Baal, celui de Siva et surtout celui de Daphné... Daphné est l'une de ses déesses favorites. »

« Daphné ? »

« La nymphe qu'Apollon changea en arbre. »

« Tu es un Juif et tu crois en une déesse grecque ? »

« Ai-je dit cela ? Mais ce ne serait peut-être pas ce qu'il y a de pire à faire au monde ! C'est Apollonios qui la révère, et moi, je le suivais. J'avais cru qu'il possédait une clé. Mais il n'a pas de clé. Ou peut-être est-ce moi qui suis ingrat... »

Il retomba dans sa rêverie désolée et Jésus quitta le jardin.

La nuit tombait, les rues luisaient. Jésus atteignit l'avenue Césarienne. A droite et à gauche, une perspective qui semblait infinie, éclairée par des centaines de torches qui brûlaient sur des appuis de fer, une torche par colonne ! Il n'avait jamais vu un tel luxe de lumière. Les plus larges rues de Jérusalem ressemblaient en comparaison à des venelles douteuses. Il s'emplit les yeux de ces embrasements qui accrochaient des étincelles d'or aux feuilles d'acanthe des chapiteaux et qui en semaient sur l'eau des fontaines. Il demanda son chemin vers les bains d'Auguste ; on l'envoya vers une avenue perpendiculaire, encore plus longue, semblait-il, l'avenue de Jupiter. Il arriva enfin aux bains, où il hésita d'abord à pénétrer, pensant que c'était un palais.

Et c'était un palais. Une voûte d'entrée aussi haute que celle du Temple de Jérusalem, des murs en marbres de couleur, des sols décorés de mosaïques, des statues, des trépieds d'où retombait une fumée odorante... Il demanda Eucolinê, un adolescent au sang mêlé, au regard de renard. Il se recommanda de Thomas de Didymes, l'adolescent s'inclina, l'aida à se dévêtir et l'introduisit dans le tepidarium. « C'est donc pour ces carcasses que l'on construit des palais », songea ironiquement Jésus en observant des bedaines portées par des mollets variqueux qui étalaient leurs nudités sur des bancs. Mais il consentit à suer en leur compagnie, et en dépit du fait qu'il y eut là aussi des adolescents dont la propreté physique n'était peut-être pas le souci majeur, et qui ne s'efforçaient pas, selon les apparences, de combattre les méfaits causés par trop de venaisons et de vins grecs. Eucolinê s'en fut après lui avoir laissé une serviette et lui avoir rappelé qu'il se tenait à sa disposition pour les rites qui suivraient la sudation.

Jésus se trouva en compagnie de trois hommes quelque peu flasques, qui parlaient grec avec animation. Il écouta, faute d'autres distractions.

« Je n'ai jamais entendu qu'un être humain pût prendre feu comme de l'étoupe ! » s'écria l'un.

« Mais j'étais là ! Je l'ai vu de mes yeux ! Nous

finissions de dîner et nous étions de bonne humeur quand, soudain, des flammes jaillissent de sa poitrine et de son bras, il appelle au secours, nous l'arrosons d'eau, mais en vain, et ce n'est qu'après l'avoir battu avec un tapis que les flammes se sont éteintes ! Or, il n'y avait aucune flamme à proximité, la torchère la plus proche était à cinq pieds au moins. »

Ils restèrent sans rien dire quelques instants, puis un autre homme dit : « C'est une affaire du diable. »

« C'est certain, mais de quel diable ? Un diable des Grecs ? Des Romains ? Des Juifs ? Des Chaldéens ? Un de nos diables à nous ? »

« Un diable est un diable, je dis. Je veux dire : c'est un point que l'on néglige trop souvent. Il y a bien des dieux au-dessus de nous, d'Osiris à Héraclès et de Mithra à Baal, mais il n'y a qu'une race de diables. »

« Qu'est-ce qui vous fait dire cela ? »

« Les diables sortent de la terre et il n'y a qu'une terre, alors que les cieux sont mélangés. Les diables sont tous parents. Alors, je ne perdrais pas de temps à savoir quel diable c'était, c'était un diable et voilà tout. »

« Tu veux dire qu'un diable est sorti du sol », dit l'homme qui avait raconté l'incident, « et s'est emparé du pauvre Mouros ? Mais pourquoi ? Mouros est un homme bon, nous le connaissons tous. »

« Bien sûr qu'il est bon ! Les diables ne s'attaquent pas aux méchants ! »

« Qu'est-ce que vous racontez là ! » s'indigna l'un des interlocuteurs. « Ce seraient donc les hommes bons qui seraient les plus exposés aux méfaits des diables ? »

Et il se tourna vers Jésus, comme pour le prendre à témoin de l'absurdité.

« Un diable peut s'emparer de quelqu'un s'il ne rencontre pas de résistance », dit Jésus. « Mouros, votre ami, était sans doute faible. »

« C'est vrai, Mouros est faible », reconnut un des hommes. « Tu le connais ? »

« Non. »

Ils reprirent leur conversation, jetant de temps en temps un regard à la dérobée vers Jésus. L'un dit que Mouros mangeait trop et que cela devait lui échauffer les humeurs, et qu'il n'y avait donc pas lieu d'évoquer la malice d'un diable, un autre dit que Mouros forniquait trop, le troisième, que Mouros offrait des sacrifices à trop de dieux différents et que c'était là sans doute ce qui avait excité un diable. « Il faut s'en tenir à une religion, voilà tout », conclut-il.

« Oui, mais il faut choisir les dieux les plus forts, et comment faire ? Mon fils aîné était malade. J'ai fait des offrandes particulières à Baal, mais mon fils était de plus en plus malade. Ma femme est allée faire des offrandes à Mithra, et mon fils a été guéri. »

Il épongea la sueur qui dégoulinait de son front et celle qui avait formé une petite flaque au-dessus de son nombril.

« La prochaine fois », dit un autre, « Baal écoutera plus attentivement ta prière, de peur que tu n'ailles chez un autre dieu. »

« Ou bien il n'écoutera pas du tout, par rancune. Ces dieux sont à la fin comme des usuriers. Ce sont de purs esprits, mais ils se font payer en espèces sonnantes et trébuchantes ! »

Jésus écoutait ces considérations d'un air impassible. Il devinait la question à venir, et elle vint : comment choisir un dieu ?

« Un dieu est vérité et lumière », dit-il, « et il ne faut pas lui demander des biens matériels, car ceux-ci pourraient aussi bien être concédés par des démons. »

« Alors, les dieux ne servent à rien et l'on pourrait aussi bien faire des offrandes aux démons », lui répondit-on.

« Mais qu'est-ce qui assure que les démons exauceront les prières plus fidèlement que les dieux ? » rétorqua Jésus, en épongeant la sueur de son front.

« Si nos prières ne sont exaucées ni par les dieux

ni par les démons, qu'avons-nous donc besoin de dépenser notre argent en offrandes ! » s'écria un des trois vieillards, excédé, ponctuant son impertinence d'une claque retentissante qu'il se donna sur la cuisse.

« Mais voyons, Timo », lui dit un de ses compagnons, « que ferions-nous sans les dieux ? Dans quel genre de société vivrions-nous ? Une société de voleurs et de putains ? Nos lois ne sont-elles pas fondées sur le respect des dieux ? »

« Fadaises ! » objecta le dénommé Timo. « Les dieux se chamaillent entre eux comme les hommes, ainsi que chacun sait, ils sont cupides, orgueilleux, lubriques et querelleurs, et, par-dessus le marché, ils disputent aux démons les dépouilles de ce bas-monde et nos pauvres carcasses aussi bien ! Les lois sont fondées sur la nécessité de vivre en société et rien d'autre. »

« Discours impie », dit le troisième vieilllard d'une voix chevrotante, « mais non dénué d'un certain bon sens. Je dois confesser que je n'attends pas grand-chose de cette population aérienne qu'on appelle les dieux, et que je ne crains pas grand-chose non plus de cette population souterraine qu'on appelle démons, lémures ou ce qu'on voudra. Je vais au temple pour ne pas me distinguer. »

« Par pure hypocrisie ! » dit Timo en éclatant de rire.

Jésus entendit le vieillard impie concéder qu'il était en effet hypocrite, alors qu'il plongeait déjà dans l'eau froide de la piscine. Donc, l'impiété sévissait dans le monde entier, le païen comme le Juif, songea-t-il en nageant quelques brasses. Une fois de plus, il songea que les Esséniens n'avaient pas tellement tort ; le paysage moral évoquait bien une fin de monde.

Quand il sortit de l'eau, Eucolinê l'attendait pour le frictionner au crin, dans une salle voisine.

« Tous les habitants d'Antioche sont-ils aussi

impies que mes trois voisins ? » demanda-t-il, pendant que le crin végétal mouillé arrachait les peaux mortes de son dos, sous la poigne énergique du masseur.

« Pour le savoir, il faudrait faire le décompte des impies et des hypocrites. »

Cela fit rire Jésus.

« Es-tu un disciple d'Apollonios ? » demanda le jeune homme.

« Non. Je ne l'ai jamais vu. »

« Tu peux le voir et l'entendre ce soir au bois de Daphné. »

Jésus se rinça, s'habilla et tendit à Eucolinê ce qui lui restait d'argent. Le jeune homme refusa, expliquant que les amis de Thomas de Didymes ne payaient pas aux bains d'Auguste, ajoutant : « Thomas m'a conduit à mi-chemin de là où je dois aller. »

« Et où est-ce ? » demanda Jésus.

« Si je le savais ! »

Personne ne savait donc rien.

Le bain lui avait de nouveau donné faim. Des odeurs de nourriture attisèrent son appétit. Elles venaient d'une échoppe où une vieille femme faisait frire de la viande hachée aux graines de sésame et des tranches de poisson. Des gaufres trempées dans du miel étaient empilées sur un plateau. Il demanda une tranche de poisson et allait y mordre quand il aperçut, au fond de l'échoppe un garçonnet pâle qui semblait mal respirer. Il demanda de quoi souffrait l'enfant. La femme lui répondit qu'il était faible et ne mangeait pas. C'était son seul petit-fils ; il avait perdu père et mère. N'y avait-il personne à Antioche pour le traiter ?

« Sans doute », répondit la vieille, « mais je n'ai pas les moyens de les payer. »

« Puis-je lui parler ? » demanda Jésus.

La vieille leva vers lui le regard flou et larmoyant des vieillards, puis elle hocha la tête. Il entra dans l'échoppe et posa la main sur la jambe décharnée de l'enfant, qui frissonna. Puis il prit l'enfant dans ses bras, enveloppant sa nuque maigre de la main. L'enfant s'abandonna. Jésus gardait les yeux fermés. La respiration de l'enfant se fit de plus en plus bruyante et saccadée ; elle devint tellement sonore que l'angoisse assiégea Jésus. Il serra l'enfant, qui, soudain, toussa, puis poussa un cri. La vieille jura. « Il est mort ! » hurla-t-elle. « Tu l'as tué ! » Mais Jésus sentait l'enfant vivant ; il ouvrit les yeux. Ils rencontrèrent ceux de l'enfant, qui respirait paisiblement, puis le faciès de la vieille, convulsé d'émotion.

« Je ne suis pas mort », dit l'enfant, posant sa main sur la poitrine de Jésus.

« Seigneur ! Seigneur tout-puissant ! » cria la vieille. Elle prit l'enfant des bras de Jésus. « Mais il respire ! » murmura-t-elle. « Il respire beaucoup mieux ! » Les larmes coulaient au bout de son nez crochu. « Seigneur ! » cria-t-elle.

Jésus reprit sa tranche de poisson. Deux clients s'impatientaient, sans comprendre ce qui se passait.

« Sers tes clients », dit Jésus.

Les mains de la vieille tremblaient de façon désordonnée dans la friture. Elle ne cessait de répéter : « Seigneur ! » d'une voix de plus en plus rauque. L'enfant, debout, regardait la friture.

« J'ai faim », dit-il d'une petite voix.

« Seigneur ! » cria la vieille. « Seigneur, ta bonté me tue ! »

Elle fut prise de spasmes.

« Ce n'est pas le moment de mourir », observa Jésus. « Donne plutôt un morceau à ton petit-fils. »

Les clients écarquillaient les yeux.

« Cet homme... » commença la vieille en tendant la main vers Jésus, « cet homme a fait un miracle ! »

Jésus piqua une boulette de viande au bout d'une baguette et la tendit à l'enfant, qui souffla dessus avant de la dévorer. La vieille se jeta aux pieds de Jésus et se mit à pleurer, franchement. Il la releva.

« Tout est dans l'ordre, maintenant, n'effraie pas ton petit-fils. »

Il la remit à sa friture et sortit de l'échoppe.

« Qui es-tu ? » demanda la vieille femme avec véhémence ? « Je veux savoir ton nom, je veux prier pour toi jusqu'à ce que ma voix s'éteigne ! »

« Prie pour Jésus », répondit-il.

« Jésus... » répéta-t-elle.

« Et indique-moi le chemin du bois de Daphné. »

Elle était tellement troublée qu'il dut se faire redire plusieurs fois le chemin. Il s'éloigna. Elle le rappela.

« Je te nourrirai jusqu'à ma mort ! » dit-elle.

« Nourris ton petit-fils, il en a besoin », répondit-il avant de quitter la rue.

Ce n'était pas un bois, mais un bosquet, où des lanternes exagéraient les ombres. « Curieux comme ces gens affectionnent les arbres », se dit Jésus en songeant à l'orangeraie où discourait Dosithée. « Serait-ce que les ramures les rapprochent de la nature ? » Des voix montaient dans la nuit et l'une d'elles flotta plus haut que les autres, comme portée par son éloquence musicale. Elle devint distincte, elle parlait en grec des vibrations. Ce ne pouvait être que celle d'Apollonios. Jésus s'arrêta à quelques pieds de lui, pour l'étudier à loisir. Il était grand et les cheveux blonds qui coulaient sur son masque bronzé, aux joues creuses — « la signature de nombreuses extases », pensa immédiatement Jésus —, lui prêtaient une séduction majestueuse. La barbe était juvénile et les yeux étaient bleus. « Il a mon âge », pensa encore Jésus. Il portait sa tunique à la grecque, laissant une épaule découverte.

« Qu'est-ce qui fait la substance du monde ? » disait Apollonios, s'adressant à une douzaine d'auditeurs. « Quatre éléments. Le feu, l'eau, l'air et la terre. Chacun de ces éléments produit des vibrations différentes et le tissu de celles-ci emplit l'air. Toi, Damis », dit-il, interpellant un auditeur, âgé d'une trentaine d'années, « tu crois qu'une pierre est sans vie, n'est-ce pas ? »

« En est-il autrement ? »

« Oui, presse-la dans ta main et tu sentiras sa force. Elle te résiste. Elle est donc pleine d'une énergie plus grande que la tienne. »

Son regard parcourut l'assistance et tomba sur Jésus. Il haussa les sourcils.

« Je suis Jésus, un Galiléen. Puis-je t'écouter ? »

« Je t'y convie. Plein comme il est des vibrations des quatre éléments, l'univers est régi toutefois par une cinquième vibration, qui est le produit des quatre émanations élémentaires, et c'est l'éther. L'éther est une musique secrète, qui peut donner naissance aux dieux et qui ne produit pas de déchets. Elle ne se perd jamais. Le feu s'éteint, l'eau s'évapore, la terre se change en poussière et l'air s'épuise, mais l'éther survit, dans sa perfection. Il ne change jamais et n'augmente ni ne diminue. »

« Mais quel est le rapport entre un mortel et l'éther ? » demanda une jeune femme avec un accent guttural. « Quelle influence a-t-il sur moi ? »

« Ton corps est animé par l'éther, sans quoi tu ne serais pas vivante. La chair humaine est ce qu'il y a sur terre de plus proche de l'éther. »

« Et la chair animale ? » demanda Jésus.

« Elle vient après la chair humaine », répondit Apollonios.

« Alors, quand on mange un poulet, on mange de l'éther ? »

« C'est la raison pour laquelle on ne doit pas consommer de chair animale », observa gravement Apollonios. « Tous mes disciples le savent. »

« Que devrait-on manger ? » demanda Jésus.

« Des végétaux. »

« Mais les végétaux ne sont-ils pas vivants, eux aussi ? Est-ce qu'un palmier ne meurt pas quand on en coupe le sommet, comme un être humain quand on le décapite ? »

« Les végétaux sont les êtres vivants les plus éloignés de l'humain », dit Apollonios, « c'est pourquoi on peut les consommer. »

« Quand on mange du pain, on mange donc de l'éther », dit Jésus, « puisqu'il est fourni par les végétaux. Pourquoi serait-il alors interdit de manger l'éther des poulets, ou des poissons ? »

« Où veux-tu en venir ? » demanda Apollonios, considérant Jésus.

Je ne fais que te suivre. Mais j'ai une autre question. Quand quelqu'un commet une faute, est-il ou non animé par l'éther ? »

« Qu'appelles-tu une faute ? »

« Le mensonge, par exemple. »

« Non, ce n'est pas l'éther qui inspire les fautes. »

« Qu'est-ce alors ? »

« Les basses vibrations de la terre. »

« Pas celles du feu, de l'air ni de l'eau ? »

« Non », répondit Apollonios.

« La terre est donc l'élément le moins noble ? »

« Oui », admit Apollonios, dévisageant l'inconnu avec curiosité.

« Comment se fait-il alors que la terre nourrisse les êtres vivants qui permettent d'entretenir la vie de l'humain qui, comme tu le dis, est ce qu'il y a de plus proche de l'éther parfait ? »

« Où veux-tu en venir ? je te le demande », dit Apollonios.

« Je croyais que c'était toi qui menais. »

« Les végétaux purifient les vibrations de la terre et l'être humain à son tour purifie les vibrations des végétaux. Es-tu satisfait ? As-tu une meilleure philosophie à proposer ici ? »

« Je n'enseigne pas la philosophie », répondit Jésus, transpercé par les regards de l'auditoire.

« Apprends-la, alors », dit un assistant.

« Un philosophe est comme un enfant qui essaierait de vider la mer avec un coquillage. Tous les mots sur la terre ne remplacent pas une seule goutte d'eau pour un poisson. »

« As-tu été envoyé par une secte ennemie ? »

« Je suis venu écouter l'illustre Apollonios. »

« Comme je le disais », reprit Apollonios, « une fraction d'éther habite chacun de nous. Certains peuvent accroître ce don suprême par la discipline. »

« Et qu'advient-il quand on meurt ? » demanda un assistant.

« La part d'éther que l'on détient retourne à sa source. Car, ainsi que je l'ai dit, l'éther de l'univers n'augmente, ni ne diminue. » Et, se tournant vers Jésus : « Es-tu satisfait ? »

« Je songeais à l'instant qu'à l'origine, il n'y avait sur terre qu'un homme et une femme, sommes-nous d'accord ? »

Apollonios hocha la tête.

« Ils se partageaient donc tout l'éther disponible. Puis ils ont eu des enfants et des petits-enfants et ceux-ci à leur tour ont eu des enfants, jusqu'à ce que toi et moi soyons nés. Est-ce que cela signifie que les parts d'éther allouées aux humains ont été diminuant et iront diminuant encore ? »

Un léger murmure flotta dans les bois de Daphné.

« L'éther est infini », répondit Apollonios. « Quel que soit le nombre des humains sur terre, chacun en recevra toujours la même part. »

Un autre murmure.

« Dans ce cas », reprit Jésus, « c'est la quantité d'éther sur terre qui va croissant. Est-ce que cela signifie que l'humanité bénéficiera de plus en plus de pouvoir et de perfection ? »

« Qu'il y ait plus ou moins d'éther sur la terre ne change rien à ses effets. L'essentiel est que chaque être humain accroisse en lui sa part d'éther. Il y a plusieurs façons d'y parvenir. Il y a ainsi une manière passive, qui consiste à s'accroupir dans une certaine position, la plante des pieds tournée ainsi », et il en fit la démonstration. « C'est ainsi que l'on fait le

300

mieux le vide en soi-même et que l'on favorise l'épanchement de l'éther en soi. »

« Comment fait-on le vide en soi-même ? » demanda le jeune homme appelé Damis.

« On ferme les yeux et l'on rejette l'une après l'autre toutes les pensées qui se rapportent à sa propre existence, puis à la vie environnante et, pour finir, au monde entier. »

« Est-ce facile ? » demanda une femme.

« Cela demande une certaine pratique. Puis il y a une autre manière, qui intéresse les hommes durant leur congrès avec les femmes. Elle est plus difficile. Lorsque l'érection est présente, on s'efforce de reprendre le contrôle de son corps. Et quand le fluide séminal est prêt à jaillir, on le retient. Avec un peu d'expérience, on peut arriver à forcer tout le sperme à retourner dans les testicules. » Il se releva et jeta un coup d'œil circulaire sur l'assemblée.

« Je voudrais savoir à quoi cela sert de faire le vide en soi-même pour accroître sa part d'éther. Est-ce que cela sert à quelqu'un d'autre qu'à soi-même ? »

« Non. Le chemin de la lumière est solitaire », répondit Apollonios.

« Alors », reprit Jésus, « je me demande si la personne qui reçoit la lumière ou l'éther, comme tu dis, n'est pas perdue à ses frères et sœurs, hommes et femmes. Et si elle n'est pas dans la situation d'un homme riche qui ne partage pas sa fortune avec les déshérités. »

Il n'obtint en guise de réponse que des expressions stupéfaites. Ces gens-là ne se posaient décidément pas beaucoup de questions.

« Je me demande également », reprit Jésus, « à quoi peut servir l'exercice sexuel que tu as décrit. »

« Le sperme contient une quantité considérable d'éther », expliqua Apollonios. « Quand on le force à retourner dans les testicules, on augmente sa force. »

« Mais est-ce que le sperme ne se trouve pas déjà dans le corps ? »

« Si. »

« Alors pourquoi aurait-il plus de force quand on le ferait revenir ? »

« Parce qu'on le mobilise à l'intérieur de soi. »

« Est-ce que cela ne revient pas à dire que si je porte un gobelet de vin à mes lèvres, mais que je ne le bois pas, j'augmente la quantité de vin dans le gobelet ? Et qu'en est-il de la femme dans cet exercice ? » demanda-t-il avec une certaine impatience.

« Eh bien, qu'en est-il ? » demanda Apollonios, énervé.

« Serait-ce un fourreau qui servirait à aiguiser l'épée ? » dit Jésus. « Quel bénéfice retire-t-elle de tout ça ? »

« C'est vrai », dit une femme, « n'y a-t-il donc pas d'éther pour nous ? »

Une autre femme renchérit.

« Mais vous obtenez le plaisir sexuel quand même ! » s'écria un homme.

« Ce n'est pas là un congrès sexuel », s'écria Jésus, « c'est un plaisir solitaire pratiqué par deux personnes ! Le sperme n'a jamais été prévu pour cet usage ! »

« Il a raison ! » s'exclamèrent des femmes.

« Je préfère une prostituée qui vend son corps à des hommes intempérants qu'une femme qui se prêterait à cette pratique perverse, surtout sous des prétextes d'enrichissement spirituel ! » cria Jésus.

Des hommes se levèrent pour le maîtriser. Il avait pâli. Apollonios fronçait les sourcils.

« Cet homme est un espion dépêché par une secte jalouse ! » cria Damis, tandis que des femmes se pressaient pour faire libérer Jésus.

« Ecoutez-moi ! » cria Jésus. « Les mots savants peuvent servir à toutes sortes de perversions ! »

Les hommes le secouèrent pour le faire taire ; ils l'entraînaient hors du bosquet.

« Laissez-le parler », commanda Apollonios.

« Cet éther dont on vous rebat les oreilles, c'est

Dieu ! » cria Jésus. « Mais les voies de Dieu sont bien plus simples et droites que les raisonnements tortueux qu'on vous sert ! »

« Imbécile ! » cria Damis. L'injure fut reprise par d'autres disciples.

« Ecoutez-moi ! » cria Jésus. « Regardez ! » Il était au paroxysme de sa colère et se dégagea des mains qui emprisonnaient ses bras. Il tendit les doigts vers la torche la plus proche et elle grésilla, fuma et s'éteignit. « Ecoutez, c'est la force de Dieu qui habite chacun d'entre nous, ce n'est pas l'éther ! » Il tendit les mains vers une autre torche qui siffla et rougeoya avant de mourir. La confusion s'installa. Les femmes crièrent dans l'obscurité, les hommes s'efforcèrent de rallumer les torches. « Croyez en Dieu et en Dieu seul ! » hurla Jésus.

Il se trouva face à face dans le noir avec Apollonios.

« Qui es-tu ? » demanda Apollonios.

« Un serviteur du Seigneur. Sers-toi mieux que cela de ton intelligence ! »

Il quitta le bosquet, hagard, épuisé. Il rentra s'étendre au pied des cercueils qui fleuraient le pin frais du mont Liban. Des messies ! Les hommes n'avaient-ils donc pas plus de cervelle que ça ? Dosithée, Simon, Apollonios, des messies ! Des faiseurs, des vendeurs de fadaises, des phraseurs ! « Seigneur, pria-t-il, fais que la terre s'ouvre dans un fracas affreux, qu'il y ait des pluies de sang, que les rivières deviennent noires, que les imbéciles se changent en ânes brayant, en cochons de feu, en rats sans dents, mais fais quelque chose ! » Puis il sombra dans le sommeil.

Il rêva. Dans le premier des cercueils debout le long du mur se tenait Elie, dans le second, Isaïe, dans le troisième, Ezéchiel et dans le quatrième, Joseph, son père. Ezéchiel fit un trou dans le plafond et la lumière en coula. Il s'éveilla, c'était l'aube. Il lui sembla que c'était la première aube digne de ce nom. Un chat perdu se faufila dans la boutique et miaula. Puis vint la vieille femme dont il avait guéri le petit-fils, portant du pain et du lait chaud.

« Mon fils est comme un jeune dattier, ce matin », dit-elle. Elle semblait trouver ce changement tout naturel. « Rapporte-moi le bol quand tu auras fini », dit-elle en sortant.

Il versa un peu de lait dans une écuelle, pour le chat, qui le lapa.

« Au moins tu as du bon sens », dit-il au chat.

Il aurait quitté Antioche sur-le-champ, mais il se sentait obligé au menuisier.

L'homme, qui s'appelait Salathiel, arriva tôt et fut content de trouver là Jésus, debout et prêt. Il l'emmena dans la remise au bois, lui montra les outils et les pots de vernis. A la quatrième heure de l'après-midi, Jésus avait fini un cercueil. Pourquoi ne couchait-on pas les morts dans la terre, à Antioche ? Il appela Salathiel, qui donna par-ci, par-là quelques coups de poing sur la boîte et s'écria, rayonnant :

« Parfait travail ! Vernissons-le tout de suite. J'ai déjà vendu deux des quatre qui me restaient, on viendra les prendre tout à l'heure. Des apoplexies. » Puis il regarda Jésus par en dessous : « Etais-tu hier soir au bois de Daphné ? Je te le demande parce que la vieille qui tient l'échoppe près d'ici m'a dit que tu lui en avais demandé le chemin. »

« Et alors ? » demanda Jésus.

« Apollonios est parti d'Antioche ce matin à l'aube. »

Il regarda Jésus en fronçant les sourcils. Jésus éclata de rire. Salathiel tenait un pot de vernis, l'air gêné.

« Qui es-tu ? » demanda-t-il.

« Ton charpentier, pour le moment. »

« Apollonios était l'orgueil d'Antioche. »

« Eh bien, il sera l'orgueil de Pergame ou de Tarse ! Où est le réchaud pour chauffer le vernis ? »

Salathiel lui tendit une lampe à huile et son trépied.

« Viendras-tu dîner à la maison ? » demanda-t-il d'un ton cauteleux.

Jésus l'interrogea du regard.

« Ma belle-mère est malade », avoua Salathiel d'un air contraint.

« Les langues d'Antioche sont rapides », dit Jésus en souriant, remuant le vernis avec une baguette.

Salathiel gloussa en claquant de la langue, puis se brossa la paume de la main avec la brosse à vernir.

« Et il y a un bain dans la maison. Nous avons l'eau courante, à Antioche, tu sais. » Sur quoi il alla s'installer sur le banc à la porte de la boutique.

Le vernis était confectionné avec de la gomme et de l'esprit-de-vin, additionnés d'huile. Jésus le chauffa jusqu'à ce qu'il fût assez fluide pour pénétrer les pores du bois, puis ajouta un peu d'esprit-de-vin pour qu'il séchât plus vite et se mit à penser à Apollonios, tout en vernissant le cercueil. Ce n'était pas un méchant homme, sans doute. Mais pas un homme de rigueur, non plus. Il parlait pour ne rien dire ou se contentait de mots et d'idées douteuses. « Pas un bon artisan », conclut-il.

Le cercueil serait sec le lendemain matin. Il sortit. Le crépuscule était doré, parfumé par l'odeur sucrée des glycines.

« Tu as fini ? » demanda Salathiel. « Veux-tu du jus de tamarin ? » Il tendit à Jésus une gargoulette et un gobelet. Un marchand ambulant de jouets passa devant le magasin et détourna ostensiblement les yeux. Chevaux d'argile sur des roulettes de bois, hélices de copeaux colorés montées sur des baguettes et qui tournaient à la brise... Jésus l'appela et acheta un cheval. Salathiel fronça les sourcils. « Des effigies... » murmura-t-il. Jésus haussa les épaules. « Personne ne va adorer un jouet », dit-il, « et Dieu n'a jamais voulu empêcher les enfants de jouer. » Il se fraya un chemin dans la foule, commerçants, soldats, putains, gens de bien, et retrouva l'échoppe de la vieille femme. L'enfant le reconnut et cria, courut vers lui, lui serra la taille dans les bras et quand Jésus lui donna le cheval et lui expliqua qu'il fallait le tirer avec une ficelle, il s'agenouilla d'un air grave pour examiner le cadeau.

« Prends-le maintenant, c'est ton fils », dit la vieille. « Tu t'en occupes mieux que moi. Il ira avec tes autres enfants. » Elle pleurait. Jésus secoua la tête et retourna chez le menuisier.

La belle-mère semblait épileptique. Il la guérit ou, du moins, elle s'endormit calmement, sans drogues.

Les jours suivants, il fit dix cercueils.

La fête des Brumalies approchait. Comme c'était l'habitude, expliqua Salathiel, Antioche se changea en une vaste taverne. Les gens commencèrent à devenir impudiques en plein jour. Il était temps de partir.

« Je savais que je ne pourrais pas te garder », dit Salathiel, en lui donnant un peu plus que son dû.

Jésus alla revoir le gamin qu'il avait guéri et qui commençait à prendre une jolie couleur. Il y avait longtemps qu'il n'avait éprouvé de regret à quitter quelqu'un.

Une procession de bœufs blancs qui cheminait vers le sacrifice, à l'autel de Mithra, encombrait l'avenue Jupitérienne, une autre, composée d'agneaux, descendait en sens contraire vers le boucher. Un cortège de jeunes filles et de garçons enguirlandés défila sur des chariots fleuris, dans un fracas de cistres et de triangles, figeant la foule qui lançait des obscénités. Même les mendiants étaient soûls. A un coin de rue, un marchand vendait ouvertement de l'amanite, à un autre, du vin au jus de chanvre. Un paralytique mâchait de la rue d'un air émerveillé. Des putains braillaient et chantaient, des prostitués dansaient en montrant leurs aisselles épilées.

. Débouchant de l'avenue Césarienne, qui croisait la Jupitérienne, venait une autre procession, formée d'hommes et de femmes quasi nus qui tiraient sur un chariot un gigantesque phallus rouge, enrubanné et posé sur un lit de fleurs. Ils chantaient des obscénités agressives.

« N'est-ce pas beau ? » s'écria une vieille Grecque, s'adressant à lui.

« C'est beaucoup trop grand », répondit Jésus en haussant les épaules.

Il se sentait vieilli. Il en avait trop vu et trop appris. Mais peut-être n'était-ce pas encore assez. Sur la route qui menait au nord, il accueillit la pluie comme une bénédiction.

Deuxième partie

LES ANNÉES PUBLIQUES

I

CE QUE CROYAIT JOKANAAN

Pendant la traversée de la Crète à la Phénicie, une tempête éclata. C'était une de ces noires colères que les récits des marins associent plus souvent aux humeurs des mers hyperboréennes qu'à la Méditerranée, et durant lesquelles la Mère des civilisations se révolte avec une sauvagerie frénétique contre ces rivages où l'on élève trop de temples à d'autres puissances qu'elle, où trop de philosophies oublient l'imprévisibilité de la nature, qu'elle incarne. La trirème phénicienne n'atteignait les cimes écumantes que pour plonger dans des abîmes de marbre veiné de crachats. Le grand mât avait été cassé. Il n'était pas plus question de ramer au troisième étage qu'au premier et, sous le pont, les rameurs juraient par tous les dieux qui leur faisaient la nique, tandis que les passagers du château arrière, une demi-douzaine de marchands et un voyageur de fortune, se cramponnaient à toutes les aspérités à portée, ferrures, cordages, émerillons, pour résister au tangage, au roulis et aux chocs formidables de la poupe lorsqu'elle retombait sur les dalles d'eau au-dessous desquelles, ô paradoxe, gisait l'enfer, sans quoi ils n'eussent été que des paquets de vêtements mouillés qui rouleraient dans le vomi et l'eau salée, glissant sur dos et ventres pour faire face à des rats épouvantés, entre deux barils de caque ou deux sacs de raisins secs.

L'odeur non plus n'était guère plaisante et les corps saisis d'angoisse suaient fort. Jésus agrippa donc un rouleau de cordage et sortit sur le pont pour affronter la furie froide. Il attacha une extrémité du cordage au moignon du mât et se noua l'autre autour des reins, à six coudées, laissant donc une bonne longueur traîner comme un serpent mort. Il n'avait pas fini de s'arrimer ainsi qu'une masse d'eau s'abattit sur lui et l'assit brutalement avant de dévaler du côté oppposé. Il sourit. Il ne se faisait pourtant aucune illusion sur le danger ; le bateau pouvait sombrer d'un moment à l'autre. Mais la peur ne servait à rien.

Trempé, et glacé, il s'agrippa à la rambarde et quand la trirème longea un abîme entre deux vagues, il plongea son regard dans ce trou de mort. « Si la vie était aussi simple que cela ! » pensa-t-il avant qu'un paquet d'écume le giflât. Cette mer folle était un baptême. Elle balayait les souvenirs des compromis et des humiliations, des prêtres corrompus et des putains honnêtes, des enfants qui souffraient et des vieillards qui gémissaient, des philosophies confuses et des philosophes confondus, des temples trop grands pour de vrais dieux et des dieux trop petits pour ce monde. Il avait vu l'Egypte et la Cappadoce, Byzance et Ctésiphon, les Massagètes et les Sauromates, il s'était baigné à Charax et à Barbaricon, il avait vu les Pyramides et des temples de toutes les couleurs, il n'avait rencontré que la peur de la mort et la faim du sexe et de l'or, jamais l'âme — l'âme, savaient-ils donc ce que c'est ? — ne s'élevait. Pour le monde qu'on disait civilisé, l'homme était soit voué à l'équarrissage de l'éternité, c'est-à-dire à l'anéantissement, soit promu à l'accès d'un Olympe ou d'un autre, c'est-à-dire d'une taverne doublée d'un bordel, en compagnie de dieux tapageurs et de déesses fornicatrices ! Quant aux Juifs... Un autre paquet d'eau salée s'abattit sur lui, l'envoyant glisser au bout de sa corde ombilicale. Il reprit son souffle et toussa. Les Juifs, oui, ils avaient failli, seulement failli, maîtriser la peur. Ils avaient failli aimer leur Dieu. Mais comme les autres, qui ne survivaient qu'à l'aide d'exorcismes, de sacrifices et d'imprécations, autant de cataplasmes de plantain sur des esprits saignant de trouille, ils avaient fini par succomber à la peur ! Yahweh, ç'aurait pu être un père, ce n'était plus qu'un policier, beaucoup trop intéressé à ce que faisaient sur terre ses créatures. Ses punitions et Ses récompenses étaient toujours terrestres, du moins comme les Livres les racontaient. Quand Son peuple le mécontentait, Il détruisait ses villes et ses troupeaux et, quand il Le contentait, Il restaurait les mêmes villes et lui offrait des moissons abondantes et des troupeaux gras. Il n'existait donc que par la réflection de Ses humeurs sur le monde matériel. Dangereux ! Car il y avait trop souvent des calamités et des maladies qui n'avaient rien à voir avec la volonté divine. Et que penser, à ce propos, des enfants innocents et malades et des prévaricateurs riches et pétant de santé ? Et Hérode le Grand, qui était mort dans son lit après avoir massacré tant d'innocents ? Et pendant ce temps-là, les Juifs croyaient toujours qu'une petite entorse au Sabbat attirerait la ruine sur leurs maisons...

Soudain, un lambeau de ciel vert apparut dans une déchirure des nuages. Le vent soufflait toujours fort, mais les vagues se calmaient. Une heure plus tard, les rameurs du troisième étage purent recommencer à labourer la mer. Le soleil et le vent séchèrent le pont et les vêtements. En dépit du gâchis formé sur le pont par le mât cassé et les cordages emmêlés, le capitaine parvint à faire hisser la voile de misaine, qui se gonfla comme un sein. La côte de Phénicie apparut à l'horizon, dorée par le couchant. Ils atteindraient la rade de Ptolémaïs peu après la nuit. Jésus défit la corde qui le liait au mât tombé et essaya de sécher ses vêtements et ses cheveux en se tenant au vent, à la proue. Une heure plus tard, il était sec.

Tandis que sa robe claquait au vent du Levant, il se remémora une conversation qu'il avait eue avec un prêtre égyptien dans la ville presque abandonnée et déserte d'Héliopolis, à quelques lieues du Nil. Un très vieux prêtre, l'un des derniers fidèles au culte de Râ, un homme triste et sage et tolérant. Pourquoi la religion égyptienne était-elle tombée en décadence, surtout depuis l'arrivée des Romains, et pourquoi personne n'avait donc tenté de la relever ?

« Les dieux meurent aussi, mon fils », dit le prêtre, « ou du moins, ils meurent en nous. Quand leur mission terrestre est accomplie, ils regagnent leurs sièges célestes. Il y a des siècles, d'autres prêtres de ma foi observaient l'ascension de l'âme du pharaon vers l'étoile Thubân, depuis la galerie nord de la pyramide de Chéops. Personne ne l'observe plus. Personne ne se soucie plus de vérifier que cette grande âme a atteint le palais céleste d'Osiris, parce que presque personne ne croit plus à Osiris. Nul non plus ne l'a dit, parce que les grands secrets sont à la fois évidents et indicibles, mais la vérité est que nous, mortels, créons les immortels. Ne te méprends pas, ils ne sont pas les produits de notre imagination. Ils sont aussi réels que nous qu'ils ont créés, parce que nous ne pouvons pas plus vivre sans eux qu'ils n'ont de raison d'exister sans nous. Ils sont l'émanation de nos souffles — Khâ, dit-il avec insistance — parce qu'il n'est pas un être vivant, même la gerboise des sables qui, parce qu'elle a existé ne fût-ce que quelques semaines, n'a démontré son triomphe sur la mort, et donc, l'existence d'une puissance antagoniste, le dieu des gerboises. Des générations de gerboises créent donc un dieu. Mais l'être humain, lui, est différent de la gerboise ; il rêve. Il est agité et ne peut s'asseoir, il se lasse donc de ses dieux et en crée sans cesse de neufs... »

Le vieillard reprit son souffle et contempla le

désert, qui était rose des ailes déployées de millions de sauterelles qui s'y étaient abattues la nuit précédente — et, sans doute, enrichissaient l'ordinaire des gerboises.

« Tu m'as demandé tout à l'heure pourquoi personne n'a relevé notre foi. La réponse est simple. Pour la relever, il eût fallu la modifier. Il eût donc fallu changer les rites. Les riches et les puissants, ceux qui nous ont gouvernés tant qu'il restait quelque chose à gouverner, y étaient hostiles, parce que, si l'on remplace un ordre ancien par un neuf, cela entraîne le remplacement des maîtres d'hier par d'autres. Les pauvres, assurément, auraient bien accueilli un tel changement, mais ils ne pouvaient pas se rebeller contre les riches. Maintenant, il ne reste plus à Héliopolis de riches ni de pauvres. Il ne reste presque plus personne et, entre-temps, la foi est morte. »

Son regard erra sur les chapiteaux lotiformes à demi enfouis dans le sable, les murs décolorés et rongés par le vent, les piliers écroulés. Il conclut :

« Tu es juif. Les Juifs viennent de chez nous. Votre premier roi était un Egyptien, il s'appelait Moïse. Il est parti parce qu'il trouvait notre clergé corrompu. Et j'apprends, par des voyageurs qui s'égarent parfois jusqu'ici, que votre foi aussi est mourante. Laisse-moi t'avertir que si tu veux un jour changer ta foi, tes premiers ennemis seront les riches, parce que tu menaceras inévitablement leur richesse et leur puissance. »

Les mots du prêtre égyptien résonnaient encore tandis que la côte de Phénicie grossissait. « Les dieux meurent aussi... Les riches et les puissants répugnent au changement... Tes premiers ennemis seront les riches... » C'est-à-dire qu'il se heurterait aux Pharisiens, aux Sadducéens et à toute la hiérarchie de Jérusalem s'il essayait de changer quoi que ce fût, tout comme il s'était heurté aux maîtres esséniens. Et Yahweh, était-il mort ? Agonisait-il ? Etait-ce la raison pour laquelle il ne se levait plus de prophètes ? Les Juifs suivaient-ils donc les traces des Egyptiens ?

Ordres furent donnés de réduire la voilure. Les rameurs du deuxième étage, puis ceux du premier reçurent l'ordre de souquer. Les passagers, remis de leurs terreurs, s'accoudaient nonchalamment à la rambarde.

Non, Yahweh n'était pas mort, Yahweh ne pouvait pas mourir !

Il examina les passagers, qui tentaient de restaurer leurs petites âmes en lampant des goulées de leurs gourdes remplies de vins deux fois fermentés... « Seraient-ils de mon côté ? » Non, c'était des marchands, et les marchands haïssent le désordre.

Les odeurs du pays, car il se trouvait à quelques lieues à peine de la Galilée, l'accueillirent au débarquement, celles du pain chaud au sésame, du fromage aigre dans l'huile d'olive parfumée à l'ail, des fritures à la coriandre, de l'agneau rôti à la menthe, qui cheminaient depuis les estaminets du front de mer. Il s'avisa que c'était la Pâque. Il manquait sans doute à sa mère. A Jokanaan aussi. Il n'aurait pas le temps de descendre à Bethléem pour passer la fête avec Marie, Juste et les autres. En vérité, le temps se faisait court pour tout. Pour tout ? Pour quoi ? Il se demanda d'où lui venait cette hâte.

Il passa la Pâque seul, sur la route de Capharnaüm, avec du pain et de l'oignon pour tout repas. Il atteignit la ville au crépuscule et alla droit à la maison de l'apprenti Elie. Le petit menuisier vivait encore dans la même maison. Il venait de rentrer de son atelier quand il entendit frapper à la porte. Il dévisagea l'homme à demi souriant qui se tenait sur le seuil, puis son visage s'éclaira et il ouvrit les bras. « Où étais-tu ? Où étais-tu donc ? » marmonnait-il en serrant le visiteur avec une émotion qui ressemblait au désarroi et, sans laisser à Jésus le temps de répondre, il le tira à l'intérieur, appela la maisonnée à la rescousse, hommes, femmes, enfants. Ce fut presque une horde qui accourut, rayonnante. On chauffa de l'eau, on le déshabilla, les vêtements furent tendus aux femmes pour être lavés sur-le-champ, des vêtements frais furent dépliés, des sandales tendues sous ses pieds.

Elie avait grossi, sa femme aussi, et les cinq enfants qui scrutaient le visiteur avec une joie curieuse ne semblaient guère affligés. Impossible de dire un mot, Elie et les autres s'affairaient sans relâche. La table fut dressée, soupe de blé à la viande, fromage, salades, pain et miel, et le vin était frais et parfumé.

« Maître, maître, où étais-tu ? » répétait Elie.

« Loin », dit enfin Jésus. « Le Pont, l'Egypte, la Macédoine... »

« Maître, nous avons besoin de toi ici ! »

« Pourquoi m'appelles-tu maître ? Je ne suis plus ton maître. »

« Tu es né pour être un maître », dit Elie.

« Et pourquoi as-tu besoin de moi ? »

Elie s'immobilisa. Son regard se fixa sur un point invisible.

« Capharnaüm a tant changé... » dit-il. « Je gagne bien ma vie. J'ai cinq enfants. Ma femme est une perle. Je suis respecté. Mais quelle tristesse ! »

Il but une gorgée de vin dans un verre bleu de Syrie. Les affaires allaient bien, en effet ; Jésus avait le même verre ; il reconnut le vin d'Antioche, corsé, impénétrable à la lumière.

« J'ai été l'autre jour rendre visite à Zibéon, tu te souviens de Zibéon, le plus jeune apprenti ! Il travaille à Cana », reprit Elie, s'essuyant la bouche dans une serviette de lin de Rhodes, brodée — et Jésus s'avisa qu'il avait une serviette encore plus richement brodée —, « il a beaucoup de clients. Il s'est spécialisé dans les meubles incrustés, ébène incrustée d'ivoire, cèdre incrusté d'argent ou de cuivre... Ses clients lui envoient des commandes de partout, six mois, un an à l'avance. Le procurateur Gratus a fait sa fortune grâce à ses seuls ordres de sièges. Bref. Zibéon est triste lui aussi. "Que sommes-nous ?" dit-il. "Des marchands ? Sommes-nous devenus une nation de marchands ? Alors pourquoi continuons-nous à lire les Livres ? Pour entretenir notre amertume ? Si nous avions encore Jésus parmi nous, il nous réconforterait." Tu lui manques aussi, à Zibéon. »

Jésus soupira, impatienté.

« D'autres que Zibéon, même des gens qui ne te connaissent pas, en diraient de même. Il ne s'est pas écoulé un jour que je n'aie pensé à ton père Joseph, et à toi. Quand tu rencontreras ma femme, elle te le confirmera. »

Jésus acheva de dîner sans mot dire. Et quand il eut fini, il demanda, sur une voix de basse :

« Qu'attends-tu de moi ? Et Zibéon ? Et que peuvent attendre les autres ? »

Elie baissa la tête et répondit qu'il était en peine des mots justes.

« Vous avez les rabbins », dit Jésus. « Et vous avez les Livres. »

« Les rabbins... » grommela Elie. « Non, les rabbins... » Il secoua la tête avec force. « Les Livres... lire les Livres seul... Tu comprends ce que je veux dire... maître, tu me tourmentes ! »

« Est-ce donc te tourmenter que de te demander d'être clair ? »

« Nous sombrons ! Tu le sais. Nous avons besoin d'un maître pour nous tirer de là ! »

« Et je te parais être ce maître. Mais je ne suis pas un Zélote, tu sais cela, toi aussi. »

« Non ! » protesta Elie. « Je ne pensais pas à un Zélote et je peux t'assurer que ce n'est pas à un chef zélote qu'aspire non plus Zibéon. Un maître », dit Elie avec lassitude, « un maître qui nous tirerait de ces ténèbres. Dans une ou deux générations, nous ne serons plus que des clients et des assistés des

Romains. Pourquoi prétends-tu que tu ne comprends pas cela ? »

« Et qui serais-je pour vous tirer des ténèbres ! » murmura Jésus comme s'il ne s'adressait qu'à lui-même.

« Un maître, je te l'ai dit. Je ne t'ai pas vu depuis huit ans. Tu n'étais alors qu'un adolescent, à peine un jeune homme, et déjà tu en imposais. Tu avais un pouvoir. Il a grandi, je l'ai ressenti dès que je t'ai vu sur mon seuil. Et ce pouvoir ne t'appartient pas, pardonne-moi de te le dire, il nous appartient à nous tous, parce que tu es l'un des nôtres, comme l'arbre appartient à la forêt... Me comprends-tu maintenant ? » Et, comme en aparté, Elie reprit : « Cela nè peut plus durer... Nous avons besoin d'un Messie ! »

« Un Messie ! » répéta Jésus avec surprise.

« Oui, un Messie ! Et alors ? Qui peut dire que tu n'es pas celui-là ? »

« Ne nous laissons pas emporter », répondit Jésus en vidant son verre.

« N'es-tu pas de la tribu de David ? »

« Je suis fatigué, j'ai besoin de sommeil », répondit Jésus.

Il n'eut qu'un sommeil agité.

On lui présenta ses vêtements lavés de frais. Et une nouvelle paire de sandales, car les siennes étaient éculées.

« Tu as un long chemin devant toi », expliqua Elie, faussement désinvolte. « Où iras-tu ? »

Où, en effet ? Il avait perdu le fil. Il essaierait de retrouver Jokanaan, pour commencer. Quelque part en Galilée, sans doute. Et faisant quoi ?

La solitude fut bienvenue après les effusions du départ. Jésus fut content de ne plus avoir à s'arrêter ici et là pour gagner quelques pièces et sa pitance, il avait amassé assez d'argent durant ses voyages pour rester seul quand il lui plairait.

Donc, il y avait au moins quelques Juifs mécontents, songea-t-il en descendant la Galilée. Quant à la cause de leur frustration, elle était obscure. Etait-ce la domination romaine ? Nul n'y pouvait rien. La corruption du clergé ? A première vue, nul n'y pouvait rien non plus. On ne pouvait pas d'une heure l'autre changer un clergé qui, force en était, se trouvait contraint de se compromettre avec Hérode Antipas et Rome. Ils attendaient donc un Messie. Naïve espérance ! Venu de nulle part, il résoudrait dans sa gloire divine et royale, Messie d'Aaron et d'Israël, les problèmes que les Juifs n'auraient pas su résoudre tout seuls.

Ils étaient d'ailleurs prêts à trouver le Messie en n'importe qui, en lui, par exemple ! Ses voyages lui avaient appris qu'il n'était pas terre où les Messies faisaient florès autant qu'en Palestine. Dosithée, Apollonios, puis un autre encore qui s'appelait Simon et qu'il n'avait pas rencontré encore... Il n'avait rencontré de Messie ni à Chypre, ni en Bactriane, ni en Alexandrie, ni dans le Pont. Apollonios, certes, ne professait pas en Palestine, mais dans une ville où l'on comptait plus de Juifs qu'à Jérusalem, Antioche. Pas de Juifs, pas de Messie !

Puis il était contrarié par l'hypothèse que le Messie ne dût venir que pour les Juifs. Et les autres ? Les Parthes, les Bithyniens, les Ciliciens, les Syriens ? Ils n'existaient donc pas ? Et bien au-delà, les Hyperboréens, les Gaulois, les Nabatéens, les Gerrhéens, les Osques, les Galates, les Scordisques, les Celtibères, les Illyriques, les Arméniens, les Cyréniens, les Moèses, les Dalmates, les Mannoniens, les Noriques, les Rètes ?... Etaient-ils donc baignés de la divine clarté qu'ils n'eussent pas besoin de Messie, eux ? Ou bien étaient-ce des sous-hommes ? Ou bien encore seraient-ils privés de Messie parce qu'ils ne l'imaginaient pas ?

Un fait était patent : les Juifs n'attendaient même plus de prophète. Non, cette fois-ci, il fallait que ce fût l'envoyé direct de Dieu qui leur fût adressé. Un ambassadeur qui, du coup, mettrait fin aux jours du monde ! « Facile », songea-t-il, « rien ne va plus, alors, on annule tout ! » Les Esséniens distillaient à cet égard la liqueur de l'impatience juive. De même que les Juifs n'avaient cure du reste du monde, les Esséniens n'avaient cure du reste des Juifs ! Ils attendaient la Fin pour eux tout seuls ! Il trouva cela inepte.

Après Archélaüs, il commença à demander aux gens sur la route s'ils avaient entendu parler d'un ermite nommé Jokanaan. On lui indiqua un thérapeute, un fermier, un rabbin appelés, eux aussi, Jokanaan. Quelques-uns, en effet, avaient entendu parler d'un ermite qui peut-être s'appelait ainsi, mais ils ne pouvaient dire où se trouvait son ermitage.

Ce ne fut qu'à Jéricho, enfin, qu'il obtint la première indication précise. « L'Essénien », marmonna un marchand de feuilles de rue édenté. « A une heure d'ici, sur la rive gauche. » Jésus, étonné, fit observer qu'il n'y avait là ni village ni même hameau. Le marchand répondit que l'ermite vivait comme tous les ermites, dans le désert. Il était coupant, le regard à la fois inquisiteur, chassieux, moqueur.

« Pourquoi veux-tu voir l'Essénien ? » demanda-t-il au bout d'un moment, mâchant ses propres feuilles et, à ce qu'il sembla à Jésus, des fragments d'amanite. « Tu veux te faire baptiser, toi aussi ? »

« Baptiser », répéta Jésus, décontenancé.

« Oui, baptiser, l'eau sur la tête avec les prières. Pourquoi voudrais-tu voir l'Essénien, si ce n'est pour être baptisé ? C'est tout ce qu'il fait, plonger les gens dans le Jourdain jusqu'aux cheveux et annoncer la fin des temps. Et quand il lui reste un peu de souffle, il maudit Hérode et les prêtres. »

Il cracha un jet de salive et gloussa. Jésus se défit du marchand et se mit en route pour atteindre l'endroit avant qu'il fît trop chaud. Quittant la route au point dit, des crottes d'âne et des traces de sabots le guidèrent presque directement à destination.

Des gens de tous âges, deux ou trois douzaines, se

tenaient sur la rive, quelques-uns la robe retroussée. Ils en observaient d'autres dans l'eau. Il n'était pas difficile d'y repérer Jokanaan, il versait de l'eau sur la tête des baigneurs à l'aide d'un bol. L'un de ces baptisés sortit tout nu et se sécha, un autre le suivit, d'autres se dévêtirent et entrèrent dans l'eau. Jésus se demanda si ces gens allaient et venaient tous les matins pour se laver de leurs péchés. Finalement, il ne resta plus personne dans l'eau et Jokanaan regagna la rive. Il agrippait les roseaux d'une main osseuse pour se hisser sur la terre quand il aperçut Jésus ; il resta là, un pied dans l'eau, fixant le visiteur. Puis il s'écria :

« Seigneur ! Voici Ton messager ! »

Son ténor de gorge vibra dans l'air chaud et atteignit les sommets des palmiers qui se balançaient avec une langueur de femme. Des colombes dérangées virèrent et planèrent. Les baptisés écarquillèrent les yeux.

« Les temps sont gravides », dit Jokanaan, tandis que Jésus l'aidait à regagner la rive pour de bon, « tu es de retour. »

« Dieu soit avec toi », répondit Jésus.

Le splendide jeune homme s'était décharné. Les orbites s'étaient enfoncées, les joues creusées. La peau claire s'était changée en cuir sombre qui luisait sur les pommettes saillantes et les côtes menaçaient de percer le torse. Les cheveux soyeux s'étaient décolorés et dépenaillés, pendant sur les clavicules et les omoplates. La barbe ruisselante achevait de prêter à l'ancien Essénien un air de fou. La faim ? Les nouveaux baptisés avaient apporté des vivres. Jokanaan ne pouvait avoir faim. Les extases ! Il s'adonnait lui aussi aux extases.

Une autre beauté avait cependant surgi de ces lèvres violettes à l'extérieur et d'un rose ardent près des gencives, de ces yeux fiévreux, de cette grâce d'enfant mourant.

« Je t'attendais pour laver mes péchés », dit Jokanaan, se peignant des doigts. « Baigne le baigneur, nettoie le nettoyeur ! »

« Qui suis-je pour laver tes péchés ? » répondit Jésus. « C'est toi ici qui baptises. »

« Moi ? » cria Jokanaan d'une voix qui monta vers l'aigu. « Je suis moins que le criquet caché dans l'herbe, le rossignol qui célèbre l'aube dans les branches alourdies par la nuit, la gerboise qui cherche l'ombre dans le désert ! Je suis l'arbre mort qui se creuse, la figue de sycomore que le soleil vide chaque jour davantage, la carcasse d'hirondelle qui s'emplit de vent... Quel homme peut se dire sans péché ? Je te supplie de me baptiser. »

« Chacun sa tâche », insista Jésus. « Les agneaux ne mènent pas les troupeaux et les fruits ne donnent pas de fleurs. C'est toi qui me baptiseras. »

Jokanaan ferma les yeux et renversa la tête. Ses muscles frissonnèrent comme des poissons sous la peau de l'eau.

« Je suis ton serviteur », murmura-t-il.

Jésus se déshabilla et entra dans le Jourdain jusqu'à la taille. Jokanaan, face à lui, trempa son bol dans l'eau et en versa lentement le contenu sur la tête de Jésus.

« Lave-t-on les oiseaux dans le ciel ? Ou les lis des champs ? » murmura Jokanaan au lieu des paroles rituelles qui devaient être les siennes. « Mais je dois obéir à mon maître... »

« Il est sur le point de tomber en transe », songea Jésus, tandis que Jokanaan vacillait. Il le soutint avec hâte et le ramena sur la rive. Quelques hommes qui ne semblaient pas avoir été baptisés et ne s'attendaient pas à l'être hissèrent Jokanaan et l'assirent à l'ombre.

« Des disciples », songea encore Jésus, pendant qu'il se séchait du plat de la main avant de se rhabiller. Donc Jokanaan avait des disciples. Douze. Sur le modèle du Conseil à Quoumrân. Jokanaan semblait s'être remis. Jésus s'assit près de lui.

« Les temps sont gravides », redit Jokanaan, « voici le messager du Seigneur. »

Jésus resta impassible. Allait-il objecter qu'il n'était pas le messager du Seigneur ? Chaque homme n'en était-il pas un ? Et à quoi eût servi de contredire Jokanaan ? L'ermite avait, de toute évidence, quitté le champ du réel pour celui des visions.

« Es-tu le Messie ? » demanda un disciple en s'adressant à Jésus.

« Qui peut dire à l'aube si le Soleil brillera au crépuscule ? » répondit Jésus.

« Sais-tu quand se lèvera le Soleil ? »

« Dieu, s'Il le veut, peut empêcher le Soleil de se lever, comme il a arrêté sa course dans le ciel. »

« Il s'appelle Josué », expliqua le disciple à ses compagnons.

« Quand nous étions à Quoumrân », reprit Jokanaan, « j'avais des yeux, mais je ne voyais pas. Tu voyais la lumière du Seigneur pendant que je rampais dans les ténèbres. C'est ton exemple qui m'a conduit ici. Ma tâche est près de s'achever », dit-il en renversant la tête en arrière. Il sembla à Jésus que sa pomme d'Adam allait déchirer son cou.

« Nulle tâche n'est achevée tant que la parole de Yahweh n'a pas été entendue sur toute la Terre », observa Jésus. « Nous devons tous attendre l'aube du Seigneur. »

« Et c'est alors que le Messie apparaîtra », murmura Jokanaan, mais Jésus ne lui fit pas écho. « Où étais-tu donc, toutes ces années ? » demanda Jokanaan.

« Je sondais les illusions du monde. »

« Le fallait-il ? Ne savais-tu pas les réponses auparavant ? »

« Les savais-je ? Comment les aurais-je trouvées ? Et d'ailleurs les ai-je trouvées ? » rétorqua Jésus. Il s'efforçait d'éviter un conflit avec Jokanaan dès leur première rencontre, mais la dévotion extatique de son cousin à son égard le mettait mal à l'aise. Jokanaan eût mieux fait de voyager, lui aussi, il aurait été plus réservé dans ses annonces du Messie. Jokanaan n'avait quitté Quoumrân que matériellement ; en esprit, il demeurait un Essénien ; il attendait toujours la fin du monde et par conséquence, un Messie. L'un des disciples, interceptant le regard réprobateur de Jésus sur Jokanaan, dont les parties génitales apparaissaient sous le lambeau mouillé qui lui ceignait les reins, tendit à son maître un vêtement brunâtre, en fait une tunique en peau de chameau. Jokanaan se leva pour enfiler ce vêtement de fortune, qui pendait par des bretelles sur son torse décharné.

« Je te prie de partager notre repas », dit Jokanaan.

Les disciples s'y affairaient. C'était le même repas que Jésus avait autrefois partagé avec Obed, des sauterelles et du miel sauvage. Sans doute avait-ce été aussi la nourriture des premiers Esséniens, mais on ne l'avait jamais servie à Quoumrân. Les dévots s'imaginaient-ils vraiment que Dieu recommandait un tel régime ? Croyaient-ils que les perdrix, les poissons, les oies et les canards étaient réservés aux païens ? Ou bien pensaient-ils que la chair était si faible qu'il fallait l'entraîner vivante à la famine du tombeau ?

« Tu sais », dit Jokanaan, comme s'il lisait les pensées du visiteur, « ceci est la nourriture que le Seigneur dispose dans le désert pour Ses enfants. »

« Et que fait-on quand il n'y a pas de sauterelles et que les abeilles n'ont pas fait de miel ? »

« On jeûne », répondit avec sévérité le disciple qui avait tendu son vêtement à Jokanaan.

« Jeûner parce que le vent a déporté les sauterelles, cela n'est pas jeûner », observa Jésus.

« Désapprouves-tu cette nourriture ? » demanda Jokanaan.

« Je ne désapprouve aucune nourriture. Mais je crois que le pain et le vin, qui sont produits par la sueur de l'homme, ne méritent pas moins de respect que les nourritures du hasard. Mais que le Seigneur bénisse ce repas comme Il a béni le pain que faisait ma mère. »

« Apprends-moi, j'écouterai », dit Jokanaan, qui entonna une action de grâces presque interminable, tandis que ses disciples détournaient les yeux avec maussaderie du nouveau venu que leur maître présentait comme le Messie. Ceux-là, pensa Jésus, mettraient longtemps à le rallier. Ils mangèrent dans un silence pesant.

« Baptises-tu les mêmes gens tous les soirs ? » demanda Jésus.

« Non, il suffit d'une fois pour purifier leurs âmes de la naissance dans le péché. »

Quel péché ? se demanda Jésus. Faut-il que l'acte qui donne naissance à une créature du Seigneur soit un péché ? Jokanaan était décidément demeuré un Essénien ! Et qu'était cette variante du bain unique ? Jokanaan avait-il fondé un rite nouveau ? Il espéra qu'un tête-à-tête avec l'ermite lui donnerait l'occasion d'une discussion franche, où il ne craindrait pas d'offenser les disciples.

« Pourquoi es-tu revenu en Israël ? » demanda l'un de ceux-ci, un homme d'une quarantaine d'années à la crinière hirsute.

« Comme l'hirondelle revient au nid », répondit-il.

« Et quel est le printemps qui t'amène ? »

« L'espoir », répondit sèchement Jésus.

Le crépuscule s'insinua. Le ciel tourna au violet et dispensa la quotidienne leçon de ténèbres. Les disciples bâtirent un feu. Les voix du désert se firent audacieuses, ululements, coassements, grésillements, chuchotements fondus dans les soupirs du vent, mots d'un autre langage. Jokanaan pria à haute voix, lentement, attendant que les autres reprissent après lui ses incantations. Jésus observait les flammes, réfléchissant à l'aveugle certitude du récitant sur son rôle de Messie et à l'influence que la vie dans le désert, en compagnie de gens changés en échos, hostiles à la réalité, avait eue sur le caractère de son cousin. « Il n'a rien appris », songea-t-il, « il n'attend que le messager divin qui mettra fin au monde dans une vengeance terrible. Il n'y a dans cette attente ni sagesse ni amour, seule l'impatience de l'enfant battu qui attend que son père administre une raclée à ses bourreaux ! » Le ton déclamatoire de Jokanaan et les réverbérations vocales et pleines de componction des disciples lui parurent n'être que des radotages. Il se reprocha son impatience et soupira. Il ne pouvait s'empêcher d'aimer Jokanaan, ne fût-ce que pour la passion avec laquelle cet homme s'était laissé posséder par sa soif du divin ! Jokanaan lui rappelait un poète hyperboréen et frénétique qu'il avait un soir entendu réciter des poèmes à Ctésiphon, et sur un rythme tellement puissant que Jésus en avait été possédé bien qu'il ne pût pas comprendre un mot du barde. Mais telle était la passion de celui-ci, que Jésus partagea même sa transe quand, à la fin de sa récitation, le Barbare s'était dévêtu et avait dansé nu, au son de cymbales ! Ce Barbare-là croyait en Dieu ! Peut-être en était-il de même pour Jokanaan, fût-ce avec bien moins de joie. « Il ne faut donc que peu d'années pour changer un jeune homme splendide en un brandon près de se refroidir ! » Quel dieu fallait-il préférer, celui du Barbare, qui exaltait la vie, ou celui de Jokanaan, qui l'éteignait ?

La récitation s'était achevée. Jésus s'avisa alors qu'il ne l'avait pas suivie et n'avait pas repris les répons ; l'opinion des disciples sur ce Messie-là était à coup sûr faite. Il s'était efforcé de mettre de l'ordre dans les questions sur la divinité qu'il s'était posées ce soir-là et depuis plusieurs années, sans parvenir à aucune solution.

Les couvertures furent étendues sur le sol et Jokanaan indiqua la sienne à Jésus ; ils dormiraient quasiment côte à côte. Un disciple fut placé de garde auprès du feu, les autres se couchèrent. Leurs respirations bruyantes se mêlèrent aux voix de la nuit. Jésus ferma les yeux, mais les rouvrit peu de temps après ; le regard de Jokanaan dans l'obscurité était comme une main sur son visage.

« Pourquoi ne dors-tu pas ? » demanda Jésus. « Tu as besoin de sommeil pour ne pas t'épuiser. »

« La joie ! » murmura Jokanaan. « Ton retour est un tel soulagement ! J'ai pensé à toi toutes ces années. Je ne connais personne d'autre ! »

« Comment l'entends-tu ? »

« Personne d'autre qui puisse mettre fin aux ténèbres. »

« Pourquoi moi ? »

« C'est un sentiment invincible. J'ai rencontré des croyants ardents et des âmes sans tache, mais tu ne ressembles à nul autre. Tu ressembles à tout ce qui est réellement providentiel, cela semble parfaitement naturel. Je ne pourrais pas imaginer que tu n'existes pas. Ni le monde sans toi. Tu dois être le Messie. »

« Et toi, tu dois savoir », répondit Jésus, tandis que les palmes au-dessus de leurs têtes essayaient de chasser les étoiles, « que je ne sais pas ce que serait un Messie. »

« Tu avais dit à Quoumrân, devant le Conseil, que tu avais eu la vision de l'onction... »

« Ai-je parlé d'onction ? Il me semble avoir plutôt dit qu'un liquide était versé sur ma tête. Peut-être était-ce le souvenir des ablutions vespérales... »

« C'est cohérent. »

« Qu'est-ce qui l'est ? »

« J'ai souvent pensé que le Messie ne serait pas conscient de sa mission. Mais je te prive de ton sommeil. »

Il s'éveilla à son nom. Nuit noire. Il se pencha vers Jokanaan ; il n'y était plus. Un événement hors du commun fit tournoyer l'obscurité. Jésus leva les yeux et reconnut Jokanaan, tel un nageur, flottant à mi-hauteur des palmiers. Une feuille qui se balançait dans le vent et qui l'appelait. Il se leva pour mieux l'observer. Le fou ! Il était si fragile que la tension risquait de souffler la chandelle vacillante de sa vie ! Et il flottait trop haut, à cette hauteur, ce n'était pas seulement le corps qui était mis à l'épreuve, mais l'esprit aussi. Il appela doucement Jokanaan, sans effet, puis alla réveiller l'un des disciples.

« Encore ! » protesta l'homme, se frottant les yeux. « Et cette fois, il est monté encore plus haut ! C'est de ta faute ! »

« Monte sur mes épaules et tente de le saisir pour le tirer », dit Jésus.

Mais Jokanaan tournoyait lentement, dangereusement. « Peut-être meurt-il », songea Jésus. Il retombait lentement, avec l'inertie d'un noyé qui s'enfonce dans l'eau. Quand ses pieds furent à portée, Jésus les saisit et tira Jokanaan vers la terre. Son corps était-il normalement si léger ? Il étendit l'ermite sur sa couverture et se pencha sur son visage, tout en lui frottant les mains. Les yeux s'étaient révulsés. Il posa l'oreille sur la poitrine de Jokanaan ; le cœur battait imperceptiblement. « Reviens », lui dit-il plusieurs fois. Au bout d'une heure, les pupilles se replacèrent dans l'axe, Jokanaan exhala un râle, puis s'endormit.

« Il ira bien, maintenant », dit Jésus au disciple.

« Laisse-moi ta place, je vais le veiller, moi », dit celui-ci.

Le soleil était déjà haut dans le ciel quand Jokanaan rouvrit les yeux. Les disciples faisaient une haie autour de lui, et se tordaient les mains d'impatience, parce que plusieurs pèlerins attendaient depuis l'aube que l'ermite les baptisât. Mais Jokanaan était à peine en mesure de se tenir debout et ne pourrait passer la journée debout dans l'eau.

« Va les aviser que c'est toi qui les baptises aujourd'hui. Le baptême n'est pas le fait d'un homme », dit Jésus au plus âgé des disciples.

« Est-ce de toi que nous prendrons nos ordres ? » rétorqua le disciple sans aménité.

« Faites comme il vous le dit », ajouta Jokanaan.

Jésus s'accroupit près de Jokanaan et le pressa de manger quelques bouchées de victuailles apportées par les pèlerins. « Dieu n'a jamais ordonné que ses enfants meurent de faim », observa-t-il avec sévérité, « et les extases ne sont pas nécessaires non plus. »

« Pas nécessaires ? » reprit Jokanaan.

« Elles doivent rester accidentelles, il ne faut pas les provoquer. Tu as failli mourir, hier soir. »

« Tu as sauvé ma vie », dit Jokanaan.

« Il ne fallait pas la risquer. »

« Ne cherchais-tu pas tes extases ? »

« Non, je priais, et elles advenaient. Je les évite, désormais. L'homme ne doit pas aller contre sa nature. Dieu nous a fait de chair. Il n'est visiblement pas dans son dessein que nous nous changions en purs esprits avant l'heure. »

« Mais l'heure est venue ! » protesta Jokanaan.

« Je veux parler de notre mort, et toi, tu songes à la fin des temps. Je ne crois pas que la fin des temps soit imminente. Nous avons une mission sur terre. Elle sera longue. »

« Mais si tu es le Messie », s'écria Jokanaan, « cela signifie que la fin des temps est proche ! Tu en es le porteur ! »

« Je ne sache pas que je sois le Messie », répondit Jésus avec impatience. « Je ne le sais pas. Je croyais m'en être expliqué hier. Et de toute façon, si j'étais le Messie, celui d'Israël et d'Aaron, je devrais disposer ici et maintenant d'une puissance matérielle et spirituelle assez grande pour restaurer sur-le-champ la Loi de Moïse et la dignité des Juifs. Où serait mon sceptre ? Où seraient mes soldats ? Quelle que soit ma mission, je la remplirai comme un homme mortel, fils de l'homme. »

Jokanaan s'adossa à un arbre. « Tu as rejeté tout ce que nous avions appris à Quoumrân », murmura-t-il.

« Et pourquoi en serais-je parti ? » répondit Jésus en se levant pour observer un groupe de gens qui s'approchait.

Ils n'étaient pas venus se faire baptiser. Une demi-douzaine de prêtres et de Lévites, qui suaient et grimaçaient, demandèrent à rencontrer Jokanaan ; un disciple les conduisit. Jokanaan les toisa et resta assis par terre.

« Ta renommée gagne les villes », dit leur chef. « Nous apprenons que les gens viennent de toutes les provinces pour être baptisés par toi. Et ils répandent sur toi toutes sortes de légendes. Certains prétendent que tu es le Messie, d'autres, Elie, et d'autres encore, un nouveau prophète. En tant que gardiens de la foi, nous ne pouvons pas laisser circuler ces rumeurs sans les contrôler. »

Ils examinaient ce corps décharné, ce visage défait, et l'on pouvait les entendre penser : est-ce donc là l'objet de ces légendes héroïques ?

« Et vous vous préparez donc à faire votre rapport pour les gens de Jérusalem », déclara Jokanaan, sarcastique. « Eh bien, je ne suis ni le Messie ni Elie ! Quant à être un nouveau prophète, comment le saurais-je ? Peut-être fais-je des prophéties, mais cela me désigne-t-il comme prophète ? »

« Qui es-tu donc ? Quel compte rends-tu de toi-même ? » demanda un Lévite.

« Je suis une voix qui crie dans le désert : "Préparez le chemin du Seigneur !" »

« Mais tu n'es plus dans le désert, puisque tant de gens voyagent jusqu'ici pour te voir, et puisque tu as des disciples. Tu enseignes même aux pèlerins. Si tu n'es ni le Messie ni Elie, et si tu ne sais pas si tu es un prophète, quel est le sens de ce baptême que tu donnes ? Es-tu un Essénien ? »

« Si j'étais un Essénien, ne serais-je pas avec les Esséniens ? Il est vrai que je baptise dans l'eau, comme ils le font, mais je ne le fais qu'une fois et non tous les jours. Une fois suffit pour purifier le repenti. »

« Voudrais-tu laisser entendre que ceux qui n'ont pas été baptisés par toi sont impurs ? »

« La suggestion est votre fait », répondit Jokanaan avec un sourire. « J'ajouterai que le péché n'existe qu'aux yeux du pécheur. Si vous vous jugez purs, pourquoi vous souciez-vous de mon baptême ? »

« Nous te le répétons, nous sommes venus contrôler des rumeurs désordonnées. »

« Si je dérange votre quiétude, qu'en sera-t-il de celui qui me suit ? » dit-il avec impertinence.

« Qui donc ? » demandèrent-ils en chœur.

« Un homme si grand que je ne suis pas digne de lui ôter ses sandales », répondit-il en regardant Jésus.

« Qui est-ce ? » demanda avec force le chef du groupe, en agitant sa barbe cornue. « Le connais-tu ? Le connaissons-nous ? »

« Le Messie ! » cria soudain Jokanaan, avec une violence qui les saisit. « Prenez garde, vous et vos maîtres », reprit-il d'une voix basse, grondante, « chacune de vos actions sera pesée par lui sur une balance de feu ! Les pierres de vos maisons trembleront sur leurs fondations quand il apparaîtra, et chacun de vos cheveux blanchira sur-le-champ ! »

Ils se congestionnèrent de colère. Jokanaan se leva.

« Vous avez toutes les réponses qu'il vous faut. Vous n'avez plus rien à faire ici. Priez que le Démon ne vous avale dans une tempête de poussière sur le chemin du retour ! »

Presque immédiatement, le vent souffla et fit tourbillonner la poussière près d'eux. Ils battirent en retraite. Et quand ils remontèrent sur leurs mules, le vent souffla encore plus fort, mais ils n'étaient pas si loin qu'ils ne pussent entendre le rire de Jokanaan. « Le vent ! » cria-t-il. « Voilà la moisson du sot moissonneur ! »

« Ils étaient venus chercher noise », dit Jésus.

« Querelleurs comme des belettes et couards comme des lièvres », dit Jokanaan, « je les connais.

332

Leurs cœurs s'arrêtent de battre quand ils voient une ombre sur un mur. » Il haletait. Un disciple l'aida à se rasseoir.

« Voilà celui qui me suit », lui dit Jokanaan, en indiquant Jésus du doigt. « Il est l'Elu. Il est venu racheter le monde. »

Jésus lui fut reconnaissant de n'avoir pas usé du mot « Messie ».

II

DU BLÉ SOUS LE VENT

... Et soudain, l'homme est comme le champ de blé sous le vent, dont tous les épis se penchent dans la même direction. Il croit, c'est-à-dire que toutes les fibres de son être sont orientées dans le même sens, vers un but immatériel. Quel était donc le vent qui avait soufflé à Jokanaan que l'ancien compagnon de Quoumrân était le Messie ?

Cette question chemina avec Jésus sur les chemins. A Béthanie, il eut le sentiment de se trouver dans le champ de blé auquel il avait comparé Jokanaan.

Il demanda du travail et un logement ; on lui demanda son nom. Le charpentier auquel il s'était adressé le dévisageait avec insistance. Jésus le trouva indiscret. Le charpentier hochait la tête, comme s'il commentait un discours intérieur.

« Ne t'ai-je pas vu là-bas, sur les bords du Jourdain, avec l'ermite Jokanaan ? » demanda-t-il enfin.

« J'y étais », répondit Jésus, « mais il y avait tant de monde... Pardonne-moi de ne pas te reconnaître. »

« N'es-tu pas celui dont Jokanaan affirme qu'il est le Messie ? »

Ils se regardèrent sans rien dire pendant un moment.

« C'est bien moi », dit enfin Jésus.

« Les nuages peuvent cacher le soleil, mais ils ne peuvent faire la nuit », dit le charpentier. « Tu n'as pas besoin de travail, tu ne peux être charpentier. »

« C'est pourtant mon métier », repartit Jésus.

« Ce n'est pas ce que je voulais dire, Seigneur. Je suis confondu d'émotion que tu connaisses mon métier. Mais le temps n'est pas à la scie ni au rabot. Tout Béthanie te reconnaîtra. »

« Mais j'ai besoin de travail », dit Jésus.

« Ma maison est la tienne et tu es le maître à ma table », répondit le charpentier. « Et tu verras qu'elle n'est certes pas la seule à Béthanie qui te soit ouverte jusqu'à la fin des temps. »

« Encore la fin des temps ! » se dit Jésus.

Le charpentier, qui se nommait Nathan, était sorti appeler du monde. Le temps de lire trois versets, dix personnes s'étaient réunies dans l'atelier. Le temps d'en lire six, elles étaient trente. Bientôt, un attroupement s'était formé dans la rue.

« Voici celui qui est annoncé par Jokanaan ! » s'écria Nathan d'un ton solennel. « Voici notre Messie ! »

Pas question de se dérober ; il fallait régler la situation une fois pour toutes. Jésus, qui était resté silencieux, affrontait les regards, éplorés, incrédules ou stupéfaits.

« Entendons-nous bien », dit enfin Jésus, s'adressant à Nathan, dont l'expression avantageuse signifiait qu'il se considérait comme le héraut du Messie, « que représente pour vous un Messie ? »

« C'est l'homme envoyé par Yahweh pour nous délivrer du Mal », répondit Nathan.

« Voyons, tu en sais plus long que cela. Un Messie est un homme qui a reçu l'onction suprême. Cela signifie qu'il est un roi, et un vrai roi d'Israël doit descendre de David, n'est-ce pas ? »

« Puisque tu le dis », répondit Nathan.

« Si je suis le Messie, je suis donc le roi des Juifs et que fera à ton avis un descendant de David ? »

« La guerre aux Romains. »

La foule manifesta bruyamment son approbation. « Oui, oui, la guerre ! »

« Très bien », dit Jésus. « Ai-je l'air d'un homme qui va déclarer une guerre ? Et avec quels soldats ? Mais je te préviens, je vous préviens tous », dit-il en se tournant vers la foule, « même si vous souteniez le contraire et m'assuriez que le peuple entier des cinq provinces va se placer sous mon commandement, je vous répondrais que vous avez tort. Nos problèmes ne seront pas résolus par la guerre. Parce que nos problèmes ne sont pas causés par les Romains, mais par la corruption de notre peuple et la guerre n'y changerait rien. Nous sommes les esclaves des Romains parce que nous ressemblons à la brebis malade qui ne peut se défendre contre le chacal. »

Une vieille femme s'avança.

« Jokanaan a dit à mon fils que tu es le Messie. Si tu n'es pas le Messie, qui es-tu donc ? »

« S'il te faut une définition, appelle-moi un défenseur de la Loi de Moïse. »

« Et qu'est-ce que les prêtres sont donc censés être ? » demanda un rabbin. « Des fous qui recueillent les crottes des chiens ? » Il se tourna vers la foule, criant que chaque homme était libre de défendre la Loi de Moïse pour son compte, mais que les disciples de prophètes d'occasion comme Jokanaan n'étaient pas plus qualifiés pour la défendre que ceux qui l'avaient étudiée toute leur vie.

« Si tu es tellement sûr de ton bon droit », rétorqua Jésus, « il n'y a pas lieu de comparer les prêtres à des fous qui ramassent les crottes des chiens. Au contraire, il faudrait te féliciter d'avoir de ton côté davantage d'hommes de bonne volonté. »

Mais le rabbin se tenait devant lui, hargneux, hérissé, puis encore il fit un pas menaçant vers lui, criant que le peuple d'Israël et lui-même étaient les des faux prophètes, des têtes fortes, des semeurs de troubles, qu'il compara à des renards dans un poulailler. Jésus à son tour s'avança vers le contestataire, qui lui rappelait trop de mauvais souvenirs, et lui dit d'une voix contenue, mais dont chaque nuance était lourde de passion :

« Peut-être y aurait-il moins de têtes fortes, rabbin, s'il en était autrement sur cette terre d'Israël. Si toi tu n'as jamais vendu de boisseau court, si tu ne l'as pas vendu trois fois son prix en période de disette, si tu n'as jamais abusé de la veuve quand elle était affligée, si tu n'as jamais exploité l'orphelin, si tu n'as jamais prêté à usure, si tu n'as pas méprisé le pauvre et le faible, si tu n'as jamais refusé le pain et le sel au mendiant, si tu n'as jamais absous l'adultère de l'homme riche ni condamné le faible à être lapidé, si tu n'as pas pris partie pour les ennemis d'Israël, si tu as respecté le Sabbat dans ton cœur et non seulement selon la lettre, consacrant les heures de prière à des projets cupides, si tu ne t'es pas caressé le basventre tout en prêchant la vertu, si tu n'as pas volé l'encens et la myrrhe pour parfumer ta maison, tu n'as aucune raison de t'inquiéter des têtes fortes ni de ceux qui demandent justice bien qu'ils n'aient pas étudié les Livres comme toi. »

Les spectateurs retinrent leur haleine. Le rabbin secoua rageusement la tête, se tourna vers les autres, perçut leur hostilité, ouvrit la bouche, la referma et partit en secouant furieusement son manteau frangé.

« Personne n'a parlé de la sorte à un rabbin. Celui-ci ne l'a pas volé, remarque », dit Nathan. « Mais cela prouve ton autorité. Jokanaan a raison en ce qui te concerne. »

Une femme s'avança et tenta de s'emparer de la main de Jésus pour la baiser, mais le baiser effleura seulement la manche, Jésus ayant retiré sa main.

« Allez tous en paix », dit-il. « Dieu veille. »

Ne pouvant mieux faire, il accepta l'hospitalité de Nathan.

Décidément, le vent soufflait. Ils attendaient quelqu'un, qui ne fût ni un Zélote ni un Apollonios.

Un peu plus tard, déambulant dans Béthanie, il s'arrêta à une fontaine pour y boire, observant avec curiosité l'image déchirée de son visage à la surface de l'eau. Tandis qu'il essuyait sa barbe, il s'avisa qu'un homme l'observait, planté là comme s'il l'attendait.

Il le dévisagea. Etait-ce un séide du rabbin ? Trente ans environ, massif, le regard enfantin.

« Rabbi », dit l'inconnu, « je suis André, fils de Jean, de Galilée. Je veux te suivre. »

« Qu'est-ce qu'un Galiléen fait en Judée ? »

« Je suis venu rendre visite à des parents. »

« Pourquoi veux-tu me suivre ? »

« Nathan rapporte que Jokanaan dit que tu es le Messie ! »

« Comment l'un ou l'autre le sauraient-ils ? » murmura Jésus.

« Moi, je crois en toi. Alors pourquoi ne croirais-tu pas que je crois en toi ? »

« Et si tu te trompais ? Et si moi je te trompais ? »

« Je t'ai entendu parler au rabbin, je ne peux pas me tromper, et toi non plus. Ne crois-tu pas que l'on puisse reconnaître la vérité ? »

Premier soldat.

« Je ne quitterai pas Béthanie tout de suite », dit lentement Jésus. « Tu me trouveras chez Nathan. »

Il regagna la maison de Nathan et la chambre que le charpentier lui avait réservée, de plain-pied sur un bois d'amandiers. Que contenait donc ce mot de « Messie » ? A la fin, il ne le savait plus. Mais qui donc le savait ? Il s'endormit. Quand il s'éveilla, il faisait sombre. Il voulut allumer la lampe et ne trouva pas de pierre à briquet. Il sortit emprunter du feu qu'il ramena sur un brandon. Les arbres étaient pourpres, le ciel, mauve. Il enflamma la mèche. Le Seigneur, dans sa suprême sagesse, traiterait-Il les humains comme des enfants ? Il y avait assez d'anges au ciel pour retenir la main de chaque homme au bord de l'erreur, et pourtant, les anges restaient en haut, parce que, s'ils intervenaient, cela signifierait que les mortels n'avaient ni cervelle ni volonté. Le Seigneur n'enverrait donc pas un Messie pour résoudre les problèmes que les hommes seuls avaient créés et dans lesquels ils étaient empêtrés.

« Non, pas un Messie, Seigneur ! » murmura-t-il en réglant la mèche.

Des voix retentirent dans les arbres.

Il perdit le fil de ses pensées et en fut contrarié.

Qui donc criait ainsi : « Rabbi Jésus ! » comme un enfant perdu ?

« Me voici », répondit-il et, élevant la lampe, il éclaira un galet rose et luisant. C'était le crâne chauve d'un inconnu qui rattachait sa sandale.

« J'ai amené mon frère Simon », dit André, haletant. C'était lui qui criait tout à l'heure.

Simon releva son visage, qui avait aussi été sculpté dans un galet, et sans trop de soin. Regard enfantin, larmoyant. Sincère, buté, faible.

Nathan survint pour annoncer que le souper était prêt. Il consistait en poisson frit. Ils mangèrent d'abord en silence, puis André dit soudain que son frère avait décidé de se joindre à lui. Jésus ne commenta pas cette décision ; que faire de ces deux êtres frustes ? Puis Nathan intervint, plaidant pour eux.

« Nous sommes mariés », observa Simon. « Il nous faudra d'abord prévenir nos familles en Galilée. »

« Qui prendra soin d'eux ? » s'enquit Jésus.

« Il y a du monde », répondit André de façon expéditive.

Peut-être des gens aussi impulsifs serviraient-ils davantage à changer Israël que des gens trop réfléchis. Abandonner ainsi une famille, un travail...

« Je ne suis pas marié », dit Jésus. Il laissa s'écouler un moment pour leur permettre de réfléchir à l'inconvénient d'être mariés et de courir les grands chemins, sans femmes. « Mais je vous accompagnerai en Galilée. Toutefois, nous nous arrêterons à Bethléem pour que j'aille rendre visite à ma mère, qui vit là avec mes frères. »

Ils hochèrent la tête.

« Le nageur nage nu », reprit-il.

Stupeur. Comprenaient-ils ?

« L'homme libre est celui qui a tout brûlé », reprit-il. « Vous ne pourrez me suivre que si vous avez tout brûlé. »

Il les sonda du regard. Ils avaient probablement compris. Savoir s'ils accepteraient cette règle de vie.

Le court voyage de Béthanie à Bethléem n'offrit guère l'occasion d'approfondir la condition qu'il imposait aux deux frères, mais il permit à Jésus de découvrir un trait qui les unissait profondément ; c'étaient des hommes scandalisés. Qu'avaient-ils donc vu, que savaient-ils ? Une affaire de rabbin prévaricateur, une histoire de putain ? Pas grand-chose, sans doute. Ils étaient sans doute plus animés par une intuition, une frustration dans l'air du temps.

Ils arrivaient à Bethléem qu'il leur dit :

« Ne vous laissez pas distraire, comme les enfants dans les ténèbres qui voient des dangers terribles dans le rouet et le chien. Le vrai problème, ce sont les ténèbres elles-mêmes. Le candélabre du vrai temple s'est éteint. Notre but est de le rallumer. »

« La lumière te guide », dit André.

A la porte de Bethléem, ils reconnurent un ami. Entre vingt et vingt-cinq ans, du sang du Nord, comme l'indiquait la teinte cuivrée de ses cheveux, qu'il portait liés sur la nuque, comme Jésus. Un nez mobile, des yeux rieurs, une bouche faite pour le miel, le vin, le duvet. Qu'en restera-t-il quand il sera rassasié ? se demanda Jésus. André et Simon le présentèrent à Jésus. Il s'appelait Philippe, il était aussi galiléen. D'où ? « Bethsaïde. » Jésus suivit distraitement la conversation à demi chuchotée qui s'engagea entre André, Simon et Philippe, s'amusant des mines teintées de componction que faisaient les deux premiers. Fallait-il que même là s'immisçât la vanité ? Les deux frères se comportaient comme des sergents recruteurs. Pour quelle armée ? Quel combat ? Se battraient-ils contre les Romains, le Sanhédrin, la phalange des rabbins tout entière, l'univers ? Ne fallait-il pas clarifier le dessein dès le départ ? Il l'eût fait, songea-t-il, si seulement il le connaissait, ce dessein. Il tournait autour d'une citadelle invisible dont il cherchait la faille. Etait-ce Jérusalem ? Non, la citadelle qu'il assiégeait tout seul était bien plus grande, même si elle lui ressemblait. Ce Temple et cette cohorte de prêtres sans foi qui s'y agitaient lui apparaissaient désormais dérisoires. Cependant, il s'irritait de ne pas discerner l'itinéraire qu'il avait parcouru depuis son interrogatoire par Mattathias, il y avait bien des années. Puis il s'avisa que ses compagnons, qui l'avaient suivi depuis la rencontre avec Philippe, alignaient leurs pas sur les siens et que Philippe, à ses côtés — sans doute poussé par les deux recruteurs — le regardait, espérant quelques paroles. Il tourna les yeux vers lui et sourit.

« André et Simon viennent de me révéler qui tu es », s'enhardit à dire Philippe, sur un ton interrogatif.

Jésus ne répondit pas.

« Ils disent que tu es le Messie », insista Philippe.

« L'homme crée ce qu'il croit », répondit Jésus.

« Je suis prêt comme eux à le croire aussi », dit Philippe.

« Mais, comme tu peux le voir, je n'ai ni sceptre, ni couronne », dit Jésus.

Peut-être était-ce grâce à cette espérance qu'il lèverait les troupes nécessaires au siège de la citadelle. Sinon, qui était-il ?

« Peut-être est-ce ainsi que doit se présenter le

Messie. Comme un messager secret, dont la puissance ne doit être révélée que lorsque le jour et l'heure sont venus », dit Philippe.

L'idée était neuve. Inattendue, en tout cas, de la part d'un jouvenceau tel que ce Philippe. Ils étaient arrivés devant la synagogue, où Jésus marqua le pas.

« Ce pourrait donc être n'importe qui », observa Jésus, « et comment saurait-on si l'on a raison ou pas ? »

« En effet », admit Philippe, « mais pourquoi donc est-ce de toi qu'on dit que tu es le Messie ? »

Jésus réfléchit sans trouver de réponse. Il hocha la tête et entra dans le bâtiment, pour demander l'adresse de ses frères. Un clerc chenu l'informa que Juste et Judas vivaient dans la maison de leur père, avec leurs familles, Jacques et Simon dans la maison voisine, qu'ils partageaient avec Lydia et Lysia. Le clerc sortit sur le perron pour indiquer la première maison à ce visiteur inconnu.

« Elle appartenait à un prêtre, Joseph, de la tribu de David. Un homme respecté, mais de caractère difficile », dit-il, en veine de confidences. « Nul ne sait vraiment pourquoi il s'est remarié, quand il était déjà très âgé, avec une femme bien plus jeune. Elle vit encore, avec Lydia. On dit qu'elle aurait eu un fils... »

« C'est moi », dit brièvement Jésus.

Le clerc cligna des yeux, dévisageant son visiteur.

« On dit bien des choses sur toi », marmonna-t-il avant de disparaître à l'intérieur de la synagogue.

Jésus resta au sommet des marches, absorbé dans l'écho menaçant qui réverbérait les paroles du rabbin. Un enfant qui passait, tenant une poule dans les bras, le dévisagea, puis se gratta le bas-ventre.

Ils prirent le chemin indiqué. Les souvenirs affluèrent sans crier gare. Marie tirant la ficelle d'une toupie pour lui montrer comment se servir du jouet, s'amusant presque plus que lui du toton qui sautillait par terre. Marie essuyant son front trempé de sueur, dans la chaleur de la cuisine. Marie penchée sur son lit, un soir qu'il avait pris froid. Et le premier regard qu'elle avait versé sur le cadavre de Joseph, étonnamment sec, extraordinairement long. Il s'était alors dit qu'elle semblait alors attendre une réponse qu'il ne lui avait jamais donnée de son vivant. Une réponse à quelle question ? Il toqua à la porte devant laquelle ils étaient arrivés. Deux enfants, un garçon et une fille plus âgée, l'un sept ou huit ans, l'autre douze ou treize, avec ce regard curieusement faux qu'ont les filles pubères.

« Qui êtes-vous ? » demanda-t-il spontanément, s'avisant sur-le-champ de l'incongruité de sa question.

« Je suis Joseph, le fils de Judas, et elle, c'est Salomé, la fille de Simon. Et toi, qui es-tu ? »

« Je suis Jésus, votre oncle. Puis-je entrer avec mes amis ? »

Les enfants écarquillèrent les yeux, Salomé rougit et courut vers l'intérieur de la maison. « Jésus est là ! » dit-elle à la cantonade. « Quoi ? Qu'est-ce que tu as dit ? » demandèrent plusieurs voix. Et elle redit son annonce. Jésus sourit et prit Joseph dans ses bras.

« Que se passe-t-il ? » dit-il à l'enfant. « Tu as perdu la langue ? Sais-tu qui je suis ? »

« Tu es un prophète », répondit Joseph, le bras autour du cou de Jésus. Un brouhaha annonça un remue-ménage à l'intérieur de la maison. Cinq autres enfants apparurent et, derrière eux, Marie. Puis d'autres gens, que Jésus ne regarda pas, car il tenait les yeux fixés sur sa mère. Elle tendit les mains vers lui et murmura, comme pour elle-même : « Mon fils ! » Il avança vers elle et lui tendit un bras, car il tenait toujours le jeune Joseph dans l'autre. Elle les serra tous les trois et pleura silencieusement. Les autres vinrent la consoler, Judas, puis Jacques, et des femmes qu'il ne connaissait pas. Elle essuya ses larmes et lui dit en souriant :

« Comme tu as changé ! Tu es encore plus grand que lorsque tu es parti. »

Jacques et Judas l'embrassèrent aussi, répétant : « Béni soit le jour ! » Ils présentèrent leurs enfants et ceux de Simon et de Juste, envoyèrent chercher Lydia et Lysia et leurs familles, ainsi que Simon et Juste. Cris, bénédictions, rires, phrases interrompues, confusion joyeuse. Jésus présenta ses compagnons, les femmes, menées par Marie, allèrent préparer un repas. Marie se retourna et il comprit à ce moment qu'elle avait été jolie et qu'il ne l'avait jamais su. Les enfants interrompirent ce dialogue d'yeux en lui tirant les mains. Tous s'assirent, en cercle autour de lui.

« Où étais-tu ? » demanda Judas.

« En Orient. Au-delà de la mer. »

« Qu'as-tu vu ? »

« Les autres. »

« Les autres ? » demanda Jacques.

« Les autres », répéta Jésus. « Les Juifs ne sont pas les seuls habitants du monde. »

« Quel intérêt pour un Juif de savoir ce que sont les autres ? » demanda Juste. « Cela ne suffit-il pas que d'avoir affaire aux Romains ? »

« Les autres sont aussi des créatures de Dieu », répondit Jésus. « Ils croient, eux aussi, en une puissance suprême, même si ce n'est pas la même à laquelle nous croyons. »

« Mais ce sont des païens ! » s'écria Jacques.

« Nous ne résoudrons pas nos problèmes en nous servant de mots comme boucliers. Pour eux aussi, nous sommes différents. »

« Mais ils ne respectent pas la Loi ! »

« Dans ce cas, je devrai considérer que les premiers de tous les païens se trouvent dans l'enceinte de Jérusalem, car ils ont, eux, appris la Loi et ne la respectent pas. »

Un malaise pesa.

« Mon père, notre père a été persécuté, non par les Romains, mais par les gens de Jérusalem », reprit Jésus. « Je ne pense pas que vous l'ayez oublié. Et s'il faut le dire clairement, je le dis ici : je préfère un païen à un Juif hypocrite. »

« Es-tu donc revenu en Israël pour enseigner la foi des païens ? » demanda Juste.

« Non », répondit Jésus avec une certaine agressivité, « pour restaurer notre Loi selon l'esprit et le cœur. Non pas pour me ranger avec ceux qui lisent les Livres du bout des lèvres, ni avec ceux que le destin des Juifs indiffère et qui attendent dans le désert le feu du dernier jour, mais qui se disent pourtant juifs. »

Ce n'étaient pas les mots qu'ils attendaient, et ils surprirent de toute évidence André, Simon et le nouveau venu, Philippe. Fronts plissés, regards baissés, soupirs. Les femmes étaient accourues de la cuisine pour écouter.

« Peux-tu nous résumer ta cause en peu de mots ? » demanda Simon, le demi-frère de Jésus qui était arrivé depuis peu.

« La vie et la vérité, qui ne résident que dans la foi. Tout le reste est un fard de la mort. »

Philippe, qui était assis par terre près de Jésus, lui saisit la main pour la baiser. Jésus se laissa faire.

« Est-ce donc pour cela que Jokanaan clame que tu es le Messie ? » demanda Juste. « Même les Samaritains l'ont entendu. »

« Jokanaan est un saint homme, mais je ne crois pas qu'il lui appartienne ou qu'il appartienne à n'importe qui de désigner le Messie. »

« Nous dis-tu ici que Jokanaan se trompe et que tu n'es pas le Messie ? »

« Je n'ai pas le pouvoir de juger de ce qu'annonce Jokanaan. Je dis que, si je suis le Messie, je ne le sais pas. Les mots sacrés ne peuvent être dits à la légère. Un Messie est le successeur au trône de David ; qu'est-ce qui me donnerait à croire que je suis ce successeur, ou le donnerait à croire à quiconque ? »

« Tu es de la tribu de David, pourtant », reprit Judas.

« Vous en êtes aussi », répliqua Jésus.

« Et toi, attends-tu le Messie ? » demanda Simon.

« La volonté de Dieu peut se révéler à n'importe quelle heure. Mais le vrai croyant n'attend pas les signes exceptionnels pour montrer sa foi. J'attends le Messie et je ne l'attends pas. »

Les enfants mêmes étaient silencieux.

« Et les hommes qui te suivent, te suivent-ils en tant que Messie ou en tant qu'homme ? » demanda Juste.

« Ils suivent celui qui dit la parole de Dieu. Le reste ne concerne qu'eux. »

« Y aura-t-il des femmes parmi tes suivants ? » demanda Marie.

« Les compagnes de l'homme ne doivent pas rester à l'écart. »

« Des femmes ! » murmura Simon en sourdine.

Jésus le regarda en hochant la tête. Des femmes, oui.

Ils se levèrent, le repas était servi, Jésus demanda que Marie fût assise près de lui. Il dit les prières. Puis Simon son frère se leva et remercia le Seigneur de la bénédiction qu'était le retour de son frère Jésus. « Jésus est maintenant un saint homme », dit Simon, « que Ta lumière lui montre le chemin sur lequel nous le suivrons pour l'accomplissement de Ta volonté. »

Un saint homme. La formule était diplomatique. On lui accordait un statut spécial, mais pas celui de Messie, pas encore. Il observa ses quatre frères de son regard impassible. Lequel ?... Peut-être ne le saurait-il jamais. Il raconta à Marie ce qu'il avait vu dans ses voyages. Elle l'interrogea sur les Esséniens. Pourquoi les avait-il quittés ? « Ce sont des hommes pieux », dit-elle. « La piété est surtout utile à ceux qui ne croient pas », répondit-il, « et la crainte sans fin est contraire à la paix du Seigneur. » Ils se taisaient tous quand il parlait, engrangeant ses mots pour les méditer à loisir. « Ne faut-il pas craindre le

Seigneur ? » demanda Jacques. « L'homme droit marche dans la voie du Seigneur, à quoi lui servirait-il de trembler sans cesse ? » Ils arguèrent que c'était la crainte qui le faisait marcher droit. Il répondit que c'était la sagesse. Marie, elle, eût aimé en savoir davantage sur les Esséniens ; ce serait pour plus tard. Les disciples semblaient prendre de l'assurance, surtout André ; on les interrogeait sur ceci et sur cela, comme si une parcelle d'autorité leur était déléguée.

A l'arrière de la maison fleurissaient des amandiers. Leur parfum entra comme un chat.

« Tu nous apportes la paix », dit Marie. « C'est la première fois que je sens le parfum des amandiers. »

Les mots avaient été dits. Le souper était fini. Les femmes distribuèrent les restes au lépreux et à l'ulcéreux qui étaient dans la rue.

Il s'endormit vite. Il rêva qu'il se tenait debout dans un champ de blé, dont ses mains faisaient ployer les épis. Non, ce n'étaient pas ses mains, c'était le vent.

III

UNE PYTHONISSE À SÉBASTE

Deux, peut-être trois hommes avaient spontanément décidé de le suivre ; d'autres sans doute les rejoindraient. Quand il parlait, on se taisait ; mieux, on l'écoutait. Il avait donc de l'autorité. Il fallait donc parler. Parler, seul moyen d'éveiller ce peuple engourdi. Pas réciter, non, parler. Les rabbins récitaient et l'on connaissait leurs discours. Jokanaan forçait l'attention parce qu'il disait autre chose. Quand il ne vaticinait pas, il parlait. « Si j'avais été rabbin », songea-t-il, « j'aurais sans doute eu, moi aussi, tendance à réciter. Ou à radoter. »

Où commencer ? Pas en Judée. L'influence de Jérusalem y était trop forte. On le réduirait au silence. Il fallait commencer par le Nord, la Galilée, parce qu'il la connaissait mieux que les autres provinces et parce que l'ombre des Sadducéens et des Pharisiens du Temple et de la cour d'Hérode ne portait pas si loin. Puis il descendrait sur Jérusalem. Ensuite ? Il l'ignorait. Le sentier était bien étroit entre la révolte armée des Zélotes et la soumission à Jérusalem. En tout cas, le clergé se rendrait compte que son pouvoir avait décliné. Les circonstances du conflit dicteraient la tactique ultime. Il ne doutait pas qu'il y aurait de la violence.

Philippe avait décidé de se joindre à Simon et André. Lassitude, sang violent, illumination, qu'en savait donc quiconque ?

Ils partirent deux jours plus tard. Les frères lui avaient offert une mule, des victuailles, de l'argent. Sa mère, elle, lui offrit un cadeau qu'elle préparait depuis des années. Une robe tissée d'une pièce, sans couture. Lydia lui attacha aux pieds des sandales neuves. Elle le connaissait à peine, elle l'aimait en souvenir de leur père. Comme elle se pencha à ses pieds ! Et Lysia ? Elle dit en rougissant qu'elle avait offert la sandale gauche, la droite, c'était Lydia ! Il rit, elles rougirent toutes deux plus fort et rirent nerveusement. Elles avaient envie de pleurer, sans savoir pourquoi. De fait, elles pleurèrent.

Le salut ultime fut pour Marie.

« Je suis fière », dit-elle.

Ils arrivèrent à Jérusalem tôt dans l'après-midi, pour y passer la nuit. Les étapes suivantes seraient Béthel, Sichem, Samarie, Engannin, Naïm, Tarichée, Tibériade, Magadala, Capharnaüm... Ils allèrent souper dans une auberge où on leur concéda deux chambres. Un homme entra, demandant du vinaigre pour nettoyer une plaie à la jambe. Jésus, surpris, l'appela ; c'était l'un des disciples de Jokanaan. Il l'invita à partager le repas et lui demanda le motif de sa présence à Jérusalem. Hagard ou distrait, l'homme répondit qu'il n'avait pas pu suivre son maître à cause de sa blessure. Il observait sans cesse sa plaie, une coupure profonde qui s'était enflammée et qui donnait à la moitié du mollet une couleur pourpre.

« Le suivre où ? » demanda Jésus.

« Tu ne sais pas ? Le lendemain de ton départ, il a décidé d'aller à Samarie pour annoncer l'arrivée du Messie. »

Feignait-il d'ignorer que le Messie en question n'était autre que celui auquel il s'adressait de façon désinvolte ? Mais quels disciples étaient-ils donc pour faire si peu cas des convictions de leur maître ? Jésus cessa de manger et dévisagea le disciple. L'homme s'avisa du regard interrogateur qui pesait sur lui et tourna la tête pour le soutenir, avec un rien de défi.

« C'est toi, le Messie, n'est-ce pas ? » dit-il avec un geste du menton.

« Et tu ne le crois pas. »

« Nous pensions que c'était Jokanaan lui-même. »

L'aubergiste apporta du vinaigre. Jésus demanda à examiner la plaie, puis demanda à l'aubergiste de préparer un cataplasme chaud à l'huile de lin et à la farine. Quand le cataplasme eut été confectionné, Jésus y ajouta un peu de miel, puis l'appliqua et le ficela lui-même sur la jambe de l'homme, recommandant à l'homme de rester allongé jusqu'à ce que la plaie eût pâli, puis d'appliquer pendant trois jours des cataplasmes de plantain. André, Simon et Philippe finissaient leur repas en silence, décontenancés.

« Où as-tu appris tout cela ? » demanda Philippe.

« Dans mes voyages. Il est utile de savoir ce qui guérit le corps aussi bien que ce qui guérit l'âme. Un homme avec une jambe blessée n'est pas plus apte à écouter la parole du Seigneur qu'un homme ivre. »

Le disciple de Jokanaan resta impassible.

« Notre corps n'appartient-il pas au Démon ? » demanda-t-il. « N'est-ce pas le siège de la concupiscence en attendant d'être celui de la putréfaction, la source de tous les liquides impurs ? Ne devons-nous pas le châtier pour le purifier autant que possible ? »

« As-tu fait le compte des hommes sains qui sont pieux et des hommes malades qui sont impies ? » rétorqua Jésus. « L'as-tu fait ? Crois-tu que ton salut procédera d'une jambe gangrenée ? Crois-tu que le baptême de Jokanaan n'est pas aussi destiné à laver le corps de ses maux ? Crois-tu qu'un corps malade favorise la puissance de l'esprit ? »

« Et quand le corps est tourmenté par l'image de la volupté ? » demanda encore l'homme, fiévreux.

« Un homme sain qui est marié et qui éprouve du désir pour sa femme n'est pas coupable, sans quoi Moïse et David seraient les parangons du vice et toi, tu commettrais le péché de juger tes ancêtres et de les croire vicieux », répondit Jésus. « Méfie-toi des ruses du Démon, qui veut nous faire croire que nous sommes des anges ! »

« Et si l'on n'est pas marié ? » demanda le disciple.

« Si l'on est incapable de brider sa nature, on ne doit pas être célibataire. »

L'homme pencha la tête, saisit la queue du poisson grillé qui restait sur son assiette, la croqua lentement et se leva.

« Tu auras peut-être guéri ma jambe, mais tu auras affaibli mes pas », dit-il avec un mauvais demi-sourire, en se tenant sur sa jambe saine. « Qui me dit que tu n'es pas toi-même une ruse du Démon ? »

Jésus haussa les épaules. Puis il se versa du vin. Le disciple de Jokanaan ne s'en allait cependant pas.

« Tu as dit à mon maître que tu n'es pas le Messie. Qui es-tu donc ? »

« Un homme au service du Seigneur. »

« Tu es donc », reprit le disciple, « un homme inférieur à mon maître, un homme comme moi, car ne sommes-nous pas tous des hommes au service du Seigneur ? Et que peuvent donc faire des gens tels que nous sans Messie ? Sans un homme tel que Jokanaan ? Rien ! Rien, fils de l'homme, rien du tout ! »

« Qu'est-ce que c'est que cet insolent ! » cria Philippe.

Le disciple lui lança un regard ironique.

« Ecoute », dit Jésus, « il y a une différence entre l'homme et l'enfant. L'homme connaît les lois de la nature telles que le Seigneur les a fondées, tandis que l'enfant se demande pourquoi les vignes ne donnent pas de raisin en hiver et pourquoi les brebis ne pondent pas. L'enfant attend toujours des miracles. »

« Qu'est-ce que ça veut dire ? » demanda le disciple en se rasseyant.

« Ecoute encore », reprit Jésus. « Il y a eu des prêtres hypocrites qui ont cru pouvoir contourner la Loi de Moïse en jouant sur les mots. Cela a suscité de l'amertume et du ressentiment. Il y a alors eu des hommes téméraires qui ont cru que les responsables de l'hypocrisie étaient les Romains et qu'en fracassant quelques crânes de Romains ici et là, ils résoudraient le problème. C'est-à-dire qu'ils étaient comme des enfants qui donnent des coups de pied contre la table à laquelle ils se sont heurtés. Les Romains ne sont pas responsables de l'hypocrisie du clergé. Puis il y a eu des hommes pieux qui ont pensé que le Seigneur, mécontent, anéantirait la Palestine et le monde entier, comme si, dans Son infinie sagesse, Il se comportait à l'égal d'un marchand à l'étal qui, furieux de n'avoir rien vendu, ramasse sa marchandise et va se coucher. Ton maître Jokanaan et moi-même avons vécu parmi ces hommes qui attendent la fin du monde d'une heure à l'autre. Tout cela est enfantin. Il faut devenir adulte.

« Que veux-tu dire encore ? »

« Qu'un Messie est une solution miraculeuse comme en attendent les enfants. »

« Veux-tu dire que le Seigneur ne fera pas de miracles ? Qu'il n'enverra pas de Messie ? »

« Nul homme ne peut savoir ce que fera le Seigneur. Ce que je veux dire est que, si chaque homme et chaque femme attendent un miracle pour honorer le Seigneur dans leur cœur, il devrait y avoir un miracle chaque jour et un Messie à chaque génération. Les miracles n'adviennent que selon l'imprévisible volonté de Dieu. La foi est le seul miracle quotidien. »

Il versa du vin au disciple.

« Et toi », dit celui-ci au bout d'un temps de réflexion, « que comptes-tu faire ? Aller prêcher comme un rabbin sans synagogue ? Pourquoi les gens te croiraient-ils si tu ne leur montres un signe de la puissance divine, comme Jokanaan qui s'élève en l'air quand il prie ? »

« C'est ce que j'entends vérifier », dit Jésus. « L'Orient est plein de mages. Je ne sais pas s'ils ont ramené à Dieu une seule âme égarée. »

« Et moi, que dois-je faire selon toi ? »

« Quand ta jambe sera guérie, rejoins ton maître. »

L'homme se leva de nouveau, hocha la tête de façon énigmatique et partit.

Simon, André et Philippe étaient songeurs.

« Tu t'avances masqué », dit Philippe, les yeux clos. « Comme si tu nous disais qu'il ne faut rien attendre de toi, et pourtant... »

Il rouvrit les yeux ; un jeune homme se tenait à la table. Maigre et sombre, des yeux au sommet d'un arbuste calciné.

« Pardonne-moi », dit-il. « J'ai entendu ta conversation avec cet homme. Et j'ai compris que tu es celui dont j'entends parler depuis des semaines. Puis-je me joindre à vous ? Je m'appelle Nathanaël. »

« Que fais-tu dans la vie, Nathanaël ? »

« Si c'est une profession », répondit Nathanaël en

souriant, « je suis fils de rabbin. Mais je devrais faire du commerce. J'ai déjà un frère qui est rabbin. »

« Pourquoi veux-tu nous suivre ? »

« Je veux te suivre », précisa Nathanaël. Son regard erra mélancoliquement sur la table. Jésus lui versa du vin.

« Je t'ai entendu », répéta-t-il, « tu es la liberté. Je n'ai entendu personne parler comme toi. Je n'ai jamais entendu ce que tu as dit. Je n'ai rien à faire de ma vie qui me plaise. Il y a longtemps que je n'ai été frappé comme à t'entendre tout à l'heure. »

« Mais encore », demanda Jésus.

« Qu'il faut devenir adulte. »

Une braise qui ne demandait qu'à reprendre.

« Je n'ai pas le pouvoir de t'empêcher de nous suivre. Peut-être seras-tu déçu. Mais de toute façon, tu es bienvenu. Voici André, Simon et Philippe. »

Quatre. Il y en aurait sans doute d'autres. Et lui, qu'allait-il faire ? Parler, de toute évidence. Les vibrations de sa parole éveillaient ceux qui dormaient d'un mauvais sommeil. Puis il aviserait.

Le lendemain, les cinq hommes avaient franchi la frontière de Samarie. Ils arrivèrent de nuit à Sichem, qu'on appelait aussi Sychar.

« Sychar ! » marmonna Simon, reprenant la plaisanterie éculée qui prétendait confondre le nom de la ville samaritaine avec le mot d'araméen qui signifiait « ivresse », « Sychar, ville d'ivrognes ! »

« Allons », dit Jésus, « leur Dieu est aussi le nôtre, même s'ils ne l'honorent pas dans les mêmes lieux. »

« Les Samaritains ! » grommela encore Simon. « Ignorerais-tu qu'un morceau de pain donné par un Samaritain est plus impur que la viande de porc ? »

« J'ai mangé du porc et du pain samaritain », objecta Jésus, agacé par cet accès d'intolérance. « Ne sois donc pas plus fanatique que les prêtres du Temple. »

« Maître ! Tu as mangé du porc et du pain samaritain et tu oses le dire ! » s'écria André.

Nathanaël et Philippe écoutaient sans émotion l'aveu de la faute décrite dans le Deutéronome, la consommation d'un animal impur.

« Le porc a été autrefois interdit parce qu'il coûte trop cher à élever. Il ne va pas paître dans les champs, comme les animaux autorisés, mais doit être nourri de blé. Et c'est aussi la raison pour laquelle les Egyptiens n'encouragent pas la consommation de porc. »

« Et du pain samaritain ! » murmura André, tandis que Philippe s'informait auprès d'un passant d'une auberge qui serait tenue par un Grec ou un Syrien.

« Assez ! » tonna Jésus. « Vous dormiriez plutôt dans une maison de païen que dans celle d'un Juif samaritain, parce que vos pères et les pères de vos pères ont eu des querelles avec les Samaritains ! »

Il s'adressa alors au passant et lui expliqua qu'il y avait eu un malentendu et qu'ils cherchaient une auberge qui serait tenue par un Samaritain.

« Il y en a une dans la rue parallèle à celle-ci », dit le passant.

Jésus devança les quatre hommes d'un pas décidé. S'ils ne le suivaient pas, c'est qu'ils ne l'auraient pas suivi bien loin. Ils le suivirent, le pas contraint.

L'aubergiste prépara une table. André et Simon grommelèrent encore qu'ils n'avaleraient pas une bouchée de nourriture samaritaine.

« L'année où je suis né », dit André, sombrement, « ils ont profané le Temple en jetant des ossements dans le Saint des Saints, la veille de la Pâque. La Pâque, cette année-là, n'a pas été célébrée. »

« Le Temple est de toute façon le siège de l'iniquité », répondit Jésus en buvant sa première gorgée de vin de Samarie.

« Comptes-tu aller prêcher la parole de Dieu en disant aux gens que tu as mangé du porc et que les Samaritains sont de bons Juifs ? » demanda Simon. « Tu te feras lapider, et nous avec toi. »

« Une mule est une mule », répondit froidement Jésus.

Mais il mangea seul, tandis que les autres se contentaient de dattes et de vin.

Quand il eut fini son repas, l'aubergiste vint à sa table, se pencha et lui demanda, en le regardant au fond des yeux :

« Comment se fait-il qu'un Juif tel que toi daigne mâcher mon pain sans cracher ? J'ai entendu tes compagnons et je t'ai entendu aussi. Qu'est-ce qui te rend différent d'eux ? »

« Peut-être ai-je gardé en mémoire le proverbe qui dit que le Seigneur déteste celui qui suscite une querelle entre des frères. »

« Nous sommes donc des frères, maintenant ? »

« N'avons-nous pas le même Dieu ? »

L'aubergiste nettoya pensivement la table.

« Et pourquoi nous sommes-nous fâchés, alors ? » murmura-t-il.

« Pour des mots », répondit Jésus. « Et parce que les uns et les autres avaient cru pouvoir s'approprier la Divinité. C'est-à-dire parce que nous étions arrogants de part et d'autre. »

« Ne le sommes-nous donc plus ? »

« Peut-être est-il temps de nous rendre compte que nous ne sommes les propriétaires ni de la Divinité ni de ses mots. »

André, Simon, Philippe et Nathanaël écoutaient la conversation mal à l'aise.

« Et tu as mangé du porc », reprit l'aubergiste.

« Et j'ai mangé du porc. »

« Tu étais ivre. »

« Non. N'est-ce point Dieu qui a créé le porc ? Ne l'a-t-Il fait qu'à l'intention des Romains ? »

« Pourquoi donc cela nous est-il interdit, à nous Samaritains comme à vous ? »

« Tu l'as entendu. Il n'est pas sage d'élever le porc, parce qu'il est coûteux. »

L'aubergiste croisa les bras et s'adressa cette fois-ci aux cinq hommes :

« Que se passe-t-il en Palestine ? Un ermite nommé Jokanaan annonce que le Messie est arrivé et qu'il se nomme Jésus. Un homme sensé et juif me dit qu'il a mangé du porc et je n'en suis pas scandalisé. Que se passe-t-il donc ? » Il leva les bras au ciel et les abattit sur ses cuisses.

Jésus médita sur la question ; les Juifs n'étaient plus tranquilles, voilà tout. En revenant de la salle d'eau, où il avait procédé à des ablutions prolongées, parce que la route avait été poussiéreuse, il trouva Nathanaël adossé au mur, la tête penchée.

« La salle d'eau est au fond de la cour », lui dit Jésus.

Nathanaël releva la tête ; il semblait sombre.

« Il faut que je m'en aille », dit-il.

« Pourquoi ? » demanda Jésus en se peignant.

« Tu me bouleverses. Tu changes tout ce que j'avais pensé. Je vais devenir fou. »

« Tu m'as dit tout à l'heure que j'étais pour toi la liberté. Je n'ai donc pas le pouvoir de t'en priver. Je voudrais simplement ajouter que la liberté se paie. Ce n'est pas la folie qui t'effraie, c'est la perspective de la liberté. »

« Et je pressens que tu ne t'arrêteras pas là. Tout va changer partout dès que tu apparaîtras. Tu as l'esprit tellement clair ! » Il agita une main, pour souligner ces derniers mots. « Tu vas troubler ce pays comme tu me troubles. »

« Donc, la clarté trouble les gens », observa Jésus en se nouant les cheveux derrière la nuque avec une cordelette. « Je n'y avais jamais pensé. »

« Tu vois ! » s'écria Nathanaël. « Tu saisis les contradictions au vol ! » Il quitta le mur et secoua la tête. « Et pourtant, si je m'en allais, je sais que je le regretterais toute ma vie ! »

Tant de passion et d'incertitude !

« Tu es fâché contre moi », dit Nathanaël.

« Non. »

Nathanaël s'assit aux pieds de Jésus.

« Même si je le voulais, je ne pourrais pas m'en aller », dit-il. « Mais il est vrai que j'ai peur de tout remettre en cause. »

« Il ne faut pas te coucher avec le corps couvert de poussière », lui dit doucement Jésus. « Quant à ta peur », reprit-il, « sème ton grain le matin quand il en est temps, et ne ménage pas ta peine jusqu'au soir, parce que tu ne sais pas si ce grain-là ou l'autre ou si les deux ensemble germeront. »

Nathanaël sortit. Quand il revint, Jésus dormait.

Le lendemain, ils étaient à Sébaste, l'ancienne capitale qu'Hérode le Grand avait rebaptisée Augusta, bien que l'on continuât de l'appeler de son premier nom, le grec. Elle avait été rebâtie sur le modèle romain et ressemblait à maintes autres villes de la Décapole.

« Est-ce là un temple ? » demanda Nathanaël, qui ne connaissait pas les villes du Nord.

« Non, un hippodrome. »

« Qu'est-ce qu'un hippodrome ? »

« Un terrain circulaire sur lequel les Romains organisent des courses de chevaux. Ils parient sur les chevaux et le gagnant remporte un beau prix. »

« Puis-je parier aussi ? » demanda Philippe.

« Quoi ? » cria Simon.

« Et là, ce n'est pas un temple ? »

« Non, c'est un stade, un autre terrain sur lequel les athlètes montrent leurs prouesses. »

« Y a-t-il des athlètes juifs ? » demanda Nathanaël.

« Voilà la perdition ! » s'écria Simon.

« Pourquoi la perdition ? » demanda Jésus.

« Le corps... le corps... » bredouilla Simon.

« Eh bien, le corps ? » reprit Jésus. « Avec quoi donc labourons-nous la terre et pêchons-nous dans la mer ? Comment notre race s'est-elle perpétuée ?

Simon et les autres s'arrêtèrent, Simon et André montrant une mine désolée.

« Serions-nous plus heureux avec des guenilles en guise de corps ? Serions-nous plus heureux si nous n'étions que des squelettes ? »

« Mais... le corps... les païens... les statues... » protesta Simon de plus en plus désemparé.

« N'est-ce pas le Seigneur qui nous l'a donné ? Nous a-t-Il recommandé de le mépriser ? Si les païens l'idolâtrent, et encore, qu'en savons-nous, est-ce une raison pour feindre qu'il n'existe pas ? » dit Jésus.

Ils se remirent en marche, tout pensifs.

« Mais pourquoi Jokanaan maltraite-t-il ainsi le sien ? » demanda André.

« Jokanaan ne se possède plus », répondit Jésus.

Mais la question était judicieuse.

« Et cela, ce doit bien être un temple, à la fin », demanda Philippe, indiquant un bâtiment surmonté d'une tour qui s'élevait sur une colline, à l'ouest.

« Non », expliqua Jésus en souriant, « c'est le vieux palais du roi Omri. »

« Il n'y a donc pas de temple dans cette ville de mécréants ? » demanda Simon.

« Le voilà », dit Jésus, « mais c'est une synagogue. » Il indiquait un bâtiment d'apparence romaine.

« Avec une statue d'homme nu devant ! » protesta Simon.

« Qui était le roi Omri ? » demanda Nathanaël.

« Un grand roi qui a vaincu les Philistins et en l'honneur duquel Israël s'est appelé pendant des générations la Maison d'Omri. C'était avant que nous nous querellions avec les Samaritains. A propos », demanda Jésus, « allez-vous continuer à jeûner ou à vous nourrir de pain rassis, ou bien allez-vous finir par admettre que tout pain est un don du Seigneur ? Et je voudrais vous rappeler que c'est le pays où Jokanaan est venu prêcher et baptiser. »

Ils firent des mines.

« Je veux bien manger leur pain, mais je ne mangerai certainement pas du porc ! » répondit Simon.

« On peut manger leur pain sans leur parler », renchérit André.

« Oui, parce que nous leur sommes supérieurs, n'est-ce pas ! » grommela Jésus.

Ils suivaient une avenue, cherchant une auberge, quand ils tombèrent sur un rassemblement de deux ou trois douzaines de gens, entourant un homme étendu par terre. L'homme avait les yeux révulsés et sa face était livide.

« Il est mort », dit quelqu'un, « appelons un rabbin. »

C'est un Grec, c'est la police de la ville qu'il faut appeler », dit un autre.

« Mais non », protesta un troisième, « une enfant saurait d'emblée que c'est un Phénicien. Ne reconnaissez-vous pas la coupe de sa barbe ? »

« Grec ou phénicien », dit une femme, « vous n'allez quand même pas le laisser ici jusqu'à ce que les vautours viennent ? »

Jésus se pencha sur l'homme, aperçut une chaîne d'or autour du cou et, la tirant, trouva un phylactère au bout. Posant son oreille sur la poitrine, il perçut un très faible battement de cœur.

« Ce n'est pas un Juif, celui-là », observa sarcastiquement un badaud, « voyez comme il touche un cadavre ! Qu'il ne me touche surtout pas après ! Ecartez-vous de lui. »

Jésus pinça la dernière phalange de l'auriculaire de l'homme, puis appliqua fortement ses deux pouces dans les orbites, juste au-dessus des yeux. L'homme tourna la tête et leva un bras. La foule, qui avait entre-temps grossi, émit une rumeur émerveillée.

« Miracle ! » cria une femme.

« Miracle ! Miracle ! » répétèrent d'autres.

« Est-ce que quelqu'un veut m'aider à asseoir cet homme à l'ombre ? » demanda Jésus. Aussitôt, Simon, André, Philippe, Nathanaël et bien d'autres qui s'étaient prudemment tenus à distance du faux cadavre accoururent. On installa l'homme sur une chaise, devant une boutique. Jésus écarta la foule pour qu'on laissât respirer le faux miraculé.

« Il a eu un coup de soleil », dit Jésus, qui demanda une serviette d'eau vinaigrée froide et une gargoulette. L'homme, qui avait ouvert les yeux, semblait mal en point. Jésus le fit boire abondamment et lui posa la serviette sur la tête.

« Habites-tu par ici ? » demanda Jésus à l'homme. L'autre hocha la tête sous la serviette.

« Fais-toi accompagner et rentre t'allonger chez toi jusqu'à demain. Applique-toi des serviettes trempées d'eau vinaigrée jusqu'à ce que tu te rétablisses, et bois beaucoup d'eau. »

Deux passants aidèrent l'homme à se tenir debout et se mirent en route à pas comptés. Pendant ce temps, la foule se lançait dans des spéculations sur le compte de Jésus, c'était un magicien, non, un grand docteur phénicien, non, un prophète. Les témoins expliquaient aux nouveaux arrivants qu'ils avaient vu un homme ressusciter. Ils juraient que cet homme-là avait arraché au néant un mort qui gisait sur la voie publique. L'agitation atteignait l'effervescence et quand la police arriva enfin, vingt personnes se pressèrent pour porter témoignage. C'est alors qu'une femme, sans doute la même qui avait crié au miracle, se mit à glapir : « C'est le Messie ! Le Messie est parmi nous ! Louez le Seigneur ! » Il fallait filer. Jésus entra dans la boutique en face de lui, qui était celle d'un cordonnier qui avait assisté à la scène et dont la mâchoire tomba.

« Ferme la porte ! » dit Jésus, talonné par la foule.

« Es-tu vraiment le Messie ? » demanda le cordonnier, beaucoup plus intéressé par la rencontre avec un être fabuleux, fût-il l'annonciateur de la fin des temps, que par la perspective de tirer d'embarras un étranger.

« Je ne suis pas le Messie », répondit Jésus avec impatience. « Ferme la porte et dis-moi s'il y a une sortie dérobée à ta boutique. »

L'attroupement devant la boutique tournait à l'émeute.

« Il y a une porte dans l'arrière-boutique », répondit le cordonnier. « Ils disent tous que tu es le Messie ? »

« Que le Seigneur réponde pour moi », lui lança Jésus par-dessus l'épaule en prenant le chemin indiqué.

« Au nom de Dieu, bénis-moi ! » cria le cordonnier. « Une bénédiction, rien qu'une ! »

« Je te bénis ! » cria Jésus en prenant la porte avec hâte, tandis que le cordonnier à genoux, risquant d'être piétiné par la foule qui avait envahi sa boutique, se frappait la poitrine en hurlant : « Le Messie m'a béni ! »

La porte ouvrait sur une venelle. Jésus poussa la première porte qui se présenta à lui et la referma derrière lui. Il entendit la foule déferler à sa poursuite dans la venelle, criant : « Messie ! Messie ! Où es-tu ? » Certains se lamentaient : « Donne-nous un signe au nom du Seigneur ! » Ils frappaient à toutes les portes de la venelle. Il s'alarma, car ils ne tarderaient pas à le trouver. « Il est monté au ciel ! » dit quelqu'un et un autre : « Le Jour est venu ! La mort est vaincue ! Pécheurs, repentez-vous car le Jour est venu ! Le Messie est parmi nous ! »

Jésus recula dans le vestibule obscur où il n'avait que provisoirement trouvé refuge, cherchant une retraite plus sûre. Au bas d'un escalier, une forme voilée apparut, presque menaçante dans le contre-jour créé par une fenêtre.

« Bienvenue dans ma maison », dit-elle enfin. La voix était celle d'une femme âgée, qui ne parlait pas bien l'araméen. « Il n'est pas dit que mes visiteurs piétinent longtemps sur mon seuil. Et si tu acceptes de parler à une femme inconnue, monte donc te reposer. »

Il alla vers elle, elle se retourna pour gravir l'escalier. Quand ils furent parvenus au palier, elle se retourna une fois de plus. Sa beauté n'était plus qu'un souvenir très ancien. Son visage était creusé de ravines, ses mains, couvertes de bagues, étaient desséchées. Mais, menue comme elle l'était, ravagée, son port témoignait de l'autorité qu'elle avait sans doute détenue.

« Tu es Jésus ? N'est-ce pas ? » dit-elle sans attendre la réponse et précédant son visiteur dans une vaste salle meublée de divans et tapissée de tentures brodées et de peaux de léopard. Dominant le décor, la statue d'une femme au visage altier, nue ou plutôt vêtue de rangées de seins. Deux esclaves noires semblaient plus au service de la statue que de la maîtresse de maison. De l'encens et du bois de santal brûlaient au bas du socle, des fleurs et des fruits étaient répandus par terre.

« Je m'appelle Kadath », dit la femme en s'asseyant, « et la statue que tu regardes est celle de la Grande Déesse Astarté. » Elle agita une clochette et une troisième esclave apparut, une fille à peine pubère, nue jusqu'à la taille. Kadath commanda de l'hydromel et des fruits confits. « Assieds-toi », dit-elle à Jésus. Elle s'allongea sur l'un des divans et disposa autour d'elle les plis de sa robe aux ramages très sombres, d'un tissu que Jésus connaissait pour l'avoir vu une fois, de la soie grège ; on la faisait à partir d'un tissu épais venu de Chine, que l'on effilochait et que l'on retissait avec du lin. Pathétique, magnifique goût du luxe ; Kadath savait certes qu'elle ne séduirait plus que la mort. Ce qui restait de son corps disparaissait dans les plis qu'elle avait savamment arrangés. Il s'assit tout droit, négligeant les coussins pareils à ceux sur lesquels elle s'était adossée. Prostituée enrichie comme Sepphira, et retirée ? Entremetteuse ! Elle sembla lire dans son regard, car elle dit avec une pointe d'ironie :

« J'étais prêtresse du culte d'Astarté. Grande prêtresse. Mais le culte est mort, bien qu'Astarté fût plus ancienne que ton Dieu. »

« Je te remercie de ton hospitalité, femme, mais je ne suis pas venu pour écouter des blasphèmes. »

« Je n'ai pas voulu blasphémer ni t'offenser », dit-elle. « Les dieux naissent, vivent et meurent comme les mortels, seulement, leurs vies sont plus longues. »

L'Egyptien avait déjà dit cela. Etait-ce une idée qui courait, ou bien la sagesse qui s'exprimait ?

« Ecoute-moi », reprit-elle, « car, en dépit des apparences, je ne suis pas ton adversaire et tu n'es pas le mien. Pendant des siècles, la Grande Divinité que les humains vénéraient était une femme, la déesse de la fertilité et des bonnes moissons. Son nom changeait selon les peuples, mais elle était la même, elle », dit-elle en pointant son doigt osseux vers la statue. « Astarté pour nous Phéniciens, Ishtar pour les Babyloniens et les Assyriens, Ashdar pour les Acadiens, la maîtresse des cieux dont l'étoile est la Vénus des Romains, Cérès, La Mère Universelle, toujours enceinte et toujours vierge ! C'est un homme qui lui a succédé, un homme âgé et sourcilleux, parce que les dieux ne sont jamais que notre reflet et parce que les hommes ont commencé à faire la guerre, parce que le glaive est devenu plus important que la faux, parce que les hommes jeunes sont sots, parce que les peuples veulent des hommes qui conservent leur savoir, qu'ils appellent sagesse, et parce que ce sont les vieux qui sont censés avoir la sagesse ! »

Quelle amertume ! Avait-elle vécu une vie ? Ou dix, mises bout à bout ?

« Tu es jeune », dit-elle, et il s'aperçut que son regard était vitreux, « mais bien que le crépuscule tombe sur elle, tu pourras peut-être la ranimer. »

L'esclave apporta maladroitement un plateau chargé des boissons et des confiseries demandées. Elle servit d'abord sa maîtresse, puis le visiteur. Jésus goûta précautionneusement l'hydromel et n'y détecta pas de drogue.

« Comment connais-tu mon nom ? » demanda-t-il.

« J'ai observé la scène de ma fenêtre. J'ai vu l'homme qui s'était évanoui, je t'ai vu arriver. Je t'ai vu le traiter, j'ai constaté ton autorité et ton savoir-faire. J'ai pensé que tu appartenais aux thérapeutes de la mer Morte, puis je me suis souvenue qu'un autre thérapeute, Jokanaan, annonce la venue d'un homme envoyé de Dieu, qui s'appelle Jésus, j'ai pensé que c'était toi, ce ne pouvait être que toi. »

Elle sourit, comme si ce raisonnement allait de soi.

« Tu es beau », dit-elle. « On dit que les thérapeutes sont tous beaux. C'est d'ailleurs une femme qui a déclenché l'agitation. Désirs étouffés ! Mais tu n'es pas seulement beau, tu es de ceux qui demeurent toujours jeunes, parce que ce sont des fils éternels, alors que d'autres sont des pères depuis l'aube de leur puberté. Tu l'ignores, n'est-ce pas ? Un homme est fils ou père, rien d'autre ! Il n'y a pas de frères ! Je l'ai su dans mon cœur de femme quand je t'ai vu d'en haut, tu es un fils. Tu peux boire mon hydromel, il est pur. »

« Fils, pères ? » demanda-t-il, levant les sourcils.

« Ne sais-tu pas qui sont les pères ? Les hommes d'autorité, les gardiens du patrimoine, des tribus de la foi. Chasseurs, guerriers, prêtres, mais surtout des êtres aux poitrines plates, pour lesquels les femmes ne sont que la promesse du plaisir ou de la descendance, ou les deux. Et les fils, ne sais-tu donc pas qui ils sont ? Tendres et barbus comme le blé vert, répugnant à la possession, amoureux de l'amour, lisses comme leurs mères, ardents comme autrefois leurs pères, aimés des hommes autant que des femmes. As-tu noté comme tes suivants te regardent ? Comme des fiancés ! Les pères veulent que leurs fils deviennent d'autres pères, mais les fils refusent les armes les domaines et les moissons, par peur de vieillir ! Tu es un fils, l'amour est écrit sur ton visage, tes yeux ont la couleur du miel, tes lèvres, celle du vin et tes pieds sont doux à la terre qu'ils foulent. Tu resteras un fils jusqu'à la fin de ta vie. »

Cela, l'Egyptien ne l'avait pas dit. Seule une femme, et vieille, pouvait le dire. L'expression de Jésus se radoucit.

« Serais-tu un fils unique ? Ou bien ton père était-il très vieux ? Tu ressembles à ces jeunes hommes que j'ai rencontrés et dont c'était le cas. » Elle contempla la pièce où ils se trouvaient. « Ma vie s'achève », dit-elle. « Le temple est tombé en ruine. Les fidèles mouraient de vieillesse. J'ai emporté ici la statue de celle que j'ai servie toute ma vie. Et je me suis alors avisée que je n'avais plus que ce que j'avais donné. Ma seule richesse ! Je ne sais plus que donner, à condition que ce soit à la bonne terre, et tu es la bonne terre. Que je te dise : tu séduiras et tu seras haï. Le pouvoir est aux mains des pères et ceux qui n'aimeront pas en toi le fils haïront également en toi le rebelle. Car tu es un rebelle ! Et quel rebelle, Jésus ! Tu porteras le couteau dans le sein des pères indignes ! L'agilité d'esprit et le sang chaud sont en toi comme la farine et le levain bien mélangés. Tu as aussi ouvert des portes secrètes. Tes joues creuses en attestent, tes yeux enfoncés dans les orbites, ton intensité. Tu as eu des transes. »

Savoir, savoir autant que cette femme.

« N'ai-je pas raison ? » demanda-t-elle.

Il ne répondit pas.

« As-tu consommé du champignon sacré ? »

« Cela, c'est l'autre voyage », dit-il. « Il aide seulement à connaître les démons qui vous habitent. A ne pas s'enfermer en soi-même. Ne compare pas les transes de la prière et les autres. » L'heure s'avançait. « Quel rapport fais-tu entre ta déesse et moi ? »

« Quand je t'ai vu fuir la foule, j'ai compris que tu n'étais pas le Messie, et surtout, que tu ne croyais pas l'être. Mais j'ai compris aussi que la fascination que tu exerces va s'étendre. Il sera difficile de persuader les Samaritains eux-mêmes, tout comme les autres Juifs, que tu n'es pas le Messie. Les jeunes hommes surtout et les femmes te suivront », dit-elle, comme si elle décrivait une vision, « toutes les femmes, les mères, les filles, les amantes ! Les gouverneurs d'Israël prendront peur ! Hypocrites et corrompus comme ils le sont, ils te haïront comme la mangouste hait le serpent ! »

Elle but une longue gorgée et frappa dans ses mains.

« Ne t'offense pas si je te compare au serpent. Pour nous, adorateurs d'Astarté, c'est un animal sacré. Il incarne l'esprit de la terre. Pour moi, tu es habité par l'esprit du grand serpent sacré... »

Appelé par le claquement des mains, introduit par un subterfuge, un python rampa dans la pièce. Une esclave se leva et alla lui chercher un bol de lait. Jésus observa l'animal plonger sa tête dans le lait, qu'il aspirait d'une façon inconnue.

« Il est le complément de la fertilité », dit Kadath. « Seul, il est la mort, associé à l'esprit femelle, il est la vie. »

Le reptile fit demi-tour, comme pour retourner à son antre, puis sembla remarquer le visiteur et se dirigea vers lui. Il dressa son corps vers Jésus, qui s'était penché vers lui. L'homme et le serpent se firent face.

« Prends-le », dit Kadath.

Jésus souleva l'animal, qui s'agita en l'air, puis s'enroula autour du bras de l'inconnu, posa sa tête sur la main et ferma les yeux. Kadath hocha la tête, Jésus regarda la tête du python qui reposait sur ses phalanges.

« Tout ce qui doit se comprendre se reconnaît. »

« Astarté et toi », dit Kadath, la tête renversée. « C'est simple ! Si simple ! Tu mettras fin au règne des pères ! »

« Yahweh est mon père ! » s'écria Jésus.

Elle secoua la tête.

« Comment ? »

Elle secoua de nouveau la tête. « Trahison ! » dit-elle d'une voix rauque. « Tout ce qui est de l'essence

du père te trahira et te portera au supplice !
M'entends-tu ? » cria-t-elle. « Ils te suivront tant
qu'ils croiront que tu danses sur leurs pipeaux, mais
quand ils verront que tu n'es pas le Messie, ils te tra-
hiront ! Et ta voix sera aussi déchirante que celle de
Lilith ! »

« Lilith ? »

« La femme stérile, la première épouse d'Adam.
Elle veut que le fils soit son amant, mais quelles
noces affreuses que celles de l'homme jeune et de la
femme stérile ! Certains soirs, tu peux entendre
Lilith qui hurle sa douleur, ravageant les couches des
jeunes hommes et le champs lourds de moissons,
tuant les nouveau-nés et cassant la coupe de la jeune
mariée ! Et pourtant, Jésus, Lilith t'aimera à la folie,
les seins et les lèvres couverts de sang... Elle te sau-
vera même de la mort, une jeune fille dansant dans
le désert, je vois Lilith », cria-t-elle d'une voix rauque,
« elle danse nue dans le désert... »

Elle était hagarde. Les esclaves accoururent à ses
pieds. Elle se laissa retomber sur le divan. « Nue
dans le désert », murmura-t-elle. « Je l'ai vue ! » Elle
parut soudain encore plus triste et plus lasse. « Je
suis épuisée », dit-elle. « C'est toi... »

Jésus se leva. Le python se dénoua de son poignet
et se laissa glisser au sol, comme une eau lente.

« Une de mes filles t'indiquera un chemin qui te
permette d'éviter la foule. »

Elle inclina la tête en arrière et ferma les yeux, son
nez aigu pointant vers le plafond, sa main chargée
de bagues reposant sur sa poitrine.

La venelle faisait un coude au bout duquel une
avenue blanchissait sous le soleil. Rome n'avait donc
fait que plaquer des façades sur l'Orient des laby-
rinthes. Jésus entendit courir derrière lui ; c'était
Nathanaël, éploré. Il était plein de questions, il les
ravala.

« Sébaste est pleine de toi », dit-il.

Les autres attendaient dans une taverne. Ils se précipitèrent vers lui, interrogateurs.

« Bourrasque de printemps éparpille les semailles », dit-il.

Ils trouvèrent une auberge discrète et là, au souper, les quatre disciples eussent même mangé du porc s'il le leur avait demandé.

La nuit venue, Jésus sortit marcher. Le discours de Kadath revint par bribes. Trahison ! N'importe qui eût pu la prévoir. La trahison, oui, serait inévitable. Mais Lilith, la danseuse du désert ? Qui serait-elle ? Puis soudain la question : qui le menait ? Quel fil ? Les vestiges hellénistiques qui se détachaient dans l'obscurité, fouettés par les lueurs de torches, ne lui offraient aucun indice, sinon qu'Israël n'était plus dans Israël, Samarie, Sébaste, Augusta, et ces masques étrangers que l'on croisait dans la nuit. Rome avait scellé son masque sur le monde, il fallait sceller sur Rome un autre masque.

Quand il rentra, ils l'attendaient, anxieux. Il eût voulu expliquer, plaider, avertir tandis qu'il se tenait là devant eux, énigmatique et silencieux. « La complexité trouble les faibles et les indécis », se dit-il. Il prit congé d'eux et se retira pour la nuit.

IV

UN MESSIE MALGRÉ LUI

Des coups violents à la porte arrachèrent Jésus au sommeil. Il se drapa dans son manteau et alla ouvrir. Simon, affolé.

« Maître ! Ils sont là, à la porte ! Leur nombre croît sans cesse, l'aubergiste est alarmé ! »

« De qui parles-tu ? » demanda Jésus, saisissant une gargoulette sur l'appui de la fenêtre et buvant à la régalade une longue goulée.

« Les gens d'hier, maître ! »

« Et comment m'ont-ils retrouvé ? Aurais-tu parlé plus que de raison ? »

« Non, maître ! » protesta Simon, secouant la tête avec force, la voix déformée par l'émotion. « J'ai moi-même été réveillé par l'aubergiste, qui est venu nous demander si tu n'étais pas Jésus, Jésus le... »

« Et tu as répondu que je l'étais. »

« Maître ! » plaida Simon. « Nous étions tellement embarrassés qu'on lisait la réponse sur nos visages. Ne peux-tu entendre la foule d'ici ? Ils ont presque pris l'auberge d'assaut. »

Des cris, des accents exaltés retentissaient en effet à travers la porte. Philippe frappa à la porte et entra, suivi d'André et de Nathanaël.

« Maître », dit Nathanaël, « tu peux fuir une fois de plus par une porte dérobée. Mais combien de fois encore le feras-tu ? »

Jésus demanda qu'on lui laissât le temps de se préparer. Il fit ses ablutions dans la cour, sous l'œil indiscret de deux gamins, se peigna, s'habilla, saisit un morceau de pain et un bol de lait et se dit, à mi-voix : « Voilà donc le premier mot de la phrase mystérieuse qui est écrit sur le mur. »

Une bonne centaine de gens l'attendaient dehors. Attendaient-ils tous le Messie, vraiment ? Il repéra parmi eux de simples curieux, des gens qui, sans doute, allaient à leur travail quand ils avaient aperçu l'attroupement, des marchands ambulants, même des esclaves.

« Samaritains », dit-il, et le brouhaha cessa, « il n'y a qu'un seul Dieu au ciel et Il a donné Sa Loi à Moïse, et tous les hommes qui observent Sa Loi sont ses fils et frères en Lui. Défiez-vous de ceux qui divisent les frères, parce qu'ils ne sont les amis de personne et qu'ils ne visent qu'à affaiblir le peuple de Dieu. Or, ce peuple est affaibli. »

« A quel titre parles-tu ? » cria un homme. « Tu n'es pas rabbin et tu n'es pas samaritain, me dit-on. »

« Parles-tu, toi-même de l'autorité qui est concédée par les hommes ou de celle qui est donnée par Yahweh ? Si tu parles de celle qui vient des hommes, je ne l'ai pas et n'en veux pas. Si tu parles de l'autre, elle est donnée à tout homme de bonne volonté, alors écoute-moi. Le peuple de Dieu est affaibli parce que ceux qui avaient transcrit les paroles de la Loi avaient oublié qu'ils le faisaient avec des paroles d'hommes. Ils ont alors négligé l'esprit de la Loi et se sont attachés à la lettre. Ils se sont donc conduits comme le faible d'esprit qui, voyant un loup sur la route et notant que l'animal a quatre pattes, une queue et une tête de chien, le prend pour un chien. »

Léger brouhaha, rires. Une autre voix s'éleva avec force :

« Es-tu le Messie ? »

« Ai-je rien dit de tel ? Si je l'étais, viendriez-vous à l'aube pour voir si je ressemble à un autre homme ? Ou bien viendriez-vous pour entendre la parole de Dieu ? Etes-vous venus voir un homme accomplir des prodiges, ou bien êtes-vous venus chercher la vérité ? »

« Nous demandons si tu es le Messie parce que, hier, tu as ramené un mort à la vie », dit une autre voix.

« Vous parlez d'un prodige ou d'un événement considéré comme tel », dit Jésus. « Je dois vous dire que j'ai moi-même vu des hommes accomplir des prodiges, mais je n'ai jamais cru qu'un d'eux fût le Messie. Le blé et l'ivraie poussent dans le même champ. Si j'étais le Messie, que serais-je, sinon le messager de Dieu ? Je ne viendrais pas plus œuvrer à ma gloire que je ne vous demande d'y contribuer. Ecoutez-moi donc, je suis venu vous rappeler qu'il n'est pas de chemin qui passe entre le royaume de

Dieu et les provinces du Démon. Pas plus que l'on ne peut être citoyen de deux contrées, on ne peut servir à la fois Dieu et le Démon. Je vous demande donc de ne pas vous laisser absorber par l'attente du Messie, mais de porter votre esprit vers ce qui est conforme à la Loi. »

La foule, qui avait encore grossi, écoutait, bouche bée. Les disciples montraient des masques tendus par l'anxiété. Le moment de la péroraison était venu.

« Samaritains, vous êtes venus me chercher dans mon sommeil. Je n'étais pas venu prêcher, mais puisque vous demandiez à entendre la parole de Dieu, et puisqu'un serviteur du Tout-Puissant ne s'appartient pas, mais est au service de tous ceux qui ont faim de vérité, je vous ai obéi. Je vous ai donné le pain de ma besace. »

Comme s'ils n'attendaient que la fin de son discours, ils se précipitèrent vers lui, des femmes tendant des enfantelets à bout de bras et demandant des bénédictions, des jeunes gens et des vieillards touchant ses bras et ses jambes. Et parmi eux, un homme aux pieds boueux qui tenait une fillette contre sa poitrine. C'était visiblement un paysan qui était venu en hâte de son champ, parce qu'il avait entendu dire qu'un faiseur de miracles était en ville. Il avait arraché l'enfant à son lit et l'avait enveloppée dans sa couverture, espérant follement qu'elle fût guérie. Car elle était malade. Âgée de cinq ou six ans, elle montrait un visage émacié avec des joues en feu. Le père se tenait presque immobile dans cette foule implorante ; il fixait seulement Jésus du regard. Impossible de ne pas le voir. Jésus se dégagea de la foule et se pencha sur l'enfant. Elle était brûlante, mais il ressentit en lui du froid. Elle était promise à la mort avant la nouvelle lune. Il faillit la rejeter. Il se força à la prendre dans les bras. Il ferma les yeux et respira profondément, se remémorant les paroles de l'Egyptien. « Le courant de la vie vient de la poitrine. Fais-le passer par tes épaules et tes bras, jusqu'à ce qu'il passe dans tes mains et de là, dans le malade. » Mais la fillette était comme un trou qui absorbait l'énergie. Elle n'était pas malade, elle était mourante et il craignait de la tuer. La foule autour retenait son souffle. Il fit un effort ultime. La sueur perlait sur son front. Il conjura toutes ses forces, sentit un spasme qui secoua son corps et faillit laisser tomber le corps dans ses bras. Il était baigné de sueur. La fillette poussa un gémissement. Il ouvrit les yeux, craignant d'avoir entendu le cri de l'agonie. Mais elle le regardait, c'était le premier regard qu'elle lui adressait, en battant des cils. « Vis ! » murmura-t-il. Le vertige le fit tituber. Crurent-ils autour de lui que c'était une danse magique ? La fillette referma les yeux. Non ! Il ne fallait pas dormir ! Il la secoua, elle répondit par un sourire douloureux. Elle était maintenant toute rouge et son père était penché sur son visage comme s'il regardait dans un gouffre. Elle haleta, il lui infusa une fois de plus l'énergie qui lui restait. Elle toussa, un caillot jaillit de sa bouche et s'écrasa sur la manche de Jésus. Quelqu'un l'essuya. « Non ! » cria-t-il, « Ne me touchez pas ! » La fillette haletait toujours et elle aussi ruisselait de sueur. « Il en faudrait des milliers comme moi », songea-t-il. « Et pour quoi ? Pour retarder l'inéluctable ! » Il atteignait la limite de ses forces, mais il ne pouvait pas encore la rendre à son père. Il était trop tôt pour qu'elle meure, mais quelle dérisoire pensée ! Comme s'il y avait jamais une heure ! Mais si ! L'homme pouvait reculer le néant ! « Seigneur, quel don pesant tu m'as donné à porter ! » songea-t-il, et s'adressant à la fillette : « Vis ! Vis ! » Il fallait qu'elle vécût, non pour la gloire de Jésus, mais pour montrer la puissance de Dieu... Elle respirait plus profondément. Dans quelques instants, peut-être que les ténèbres qui allaient l'aspirer se retireraient de ce corps...

La foule s'impatientait, ne voyant rien. « C'est le magicien le plus lent que j'aie jamais vu ! » dit quelqu'un. Un magicien ! Voilà donc ce qu'ils croyaient ! Il ferma les yeux, pour mieux sentir la chaleur qui regagnait le petit corps. Une rumeur lui fit rouvrir les yeux. La fillette lui souriait faiblement. Epuisé il la laissa glisser à terre. « Elle ne peut pas se tenir debout ! » cria le père. Elle était trop faible, en effet, et Jésus la rattrapa. « Elle est guérie ! » cria le père, portant la fillette au-dessus des têtes, pour que chacun la vît. Elle cligna des yeux, éblouie, affolée, pauvre petit chiffon de chair aux épaules frêles, elle sourit encore. « Elle est faible, mais elle regagnera ses forces », dit Jésus. Une autre rumeur monta et il avait à peine fini de parler qu'il fut hissé sur les épaules des hommes autour de lui, dont Simon et Nathanaël. Des cris jaillirent, toute la rue fut emplie de Samaritains. « Louez le Seigneur ! Saluez son Messie ! » Encore étourdi de ses efforts, Jésus ne se rendait pas bien compte de ce qui se passait. Israël, en dépit de tes iniquités, ton cœur bat toujours ! Israël, quel guérisseur te serrera dans ses bras pour te rendre la vie ? Dans la foule qui prenait le chemin de la synagogue, un homme agitait frénétiquement les bras. « Maître ! » criait-il, le cou gonflé par l'effort, les yeux exorbités. Jésus se rappelait le visage, mais ne parvenait pas à mettre un nom dessus. « Maître », disait l'homme, échevelé, pathétique, « c'est moi, moi Thomas, Thomas de Didymes ! Antioche, tu te rappelles ? » Oui, bien sûr, Jésus hocha la tête. De toute façon, il ne voulait pas aller à la synagogue dans ce cortège. Il parvint à mettre pied au sol et à se dégager des Samaritains. « Allez prier le Seigneur et lui rendre grâce », cria-t-il, tandis que Thomas, bousculé, parvenait quand même à garder une main de Jésus, qu'il couvrait de baisers. Enfin, la foule se dispersa, le gros des Samaritains étant parti vers la synagogue. Jésus regagna l'auberge avec Thomas.

Thomas avait le visage encore plus ravagé qu'à Antioche. Les yeux semblaient encore plus fiévreux. « Deux royaumes, Maître ! Ce sont bien deux royaumes, n'est-ce pas ? » dit-il tandis que les autres le dévisageaient avec un mélange de curiosité et de soupçon. « Mais est-il bien sûr que le royaume de Dieu soit celui de l'esprit et celui du Démon, de la matière ? »

« De quoi donc parle-t-il ? » marmonna Simon.

« Homme ! » répliqua Thomas avec véhémence. « Si ton cerveau fonctionnait comme il le devrait, tu comprendrais de quoi je parle ! Si le monde est partagé entre Dieu et le Démon, à parts égales, cela signifie que le Démon peut être esprit autant que matière, mais si le monde est partagé entre l'esprit et la matière, cela signifie que toute la matière appartient au Démon et que tout l'esprit appartient à Dieu. Ne vois-tu pas, paysan, quelles sont les conséquences de cela ? Non », dit-il en se tournant vers Jésus, « Maître, il n'en voit pas les conséquences ! »

« Paix, Thomas », dit Jésus, amusé par l'impatience de son compagnon d'Antioche. « Le Démon aussi peut être immatériel. »

Le Démon ! Contre quoi avait-il donc lutté pour sauver la fillette, tout à l'heure ? Le Démon ? Ou la mort ? La mort était-elle apparentée au Démon ? Ou n'appelait-on Démon qu'un certain visage de la mort ?

« De quoi s'agit-il donc ? » demandèrent André et Simon.

« Comment, Maître, toi dont la puissance de l'esprit a triomphé du grand Apollonios, supportes-tu l'épaisseur de ces gens ? »

« Quoi ? » crièrent André et Simon, tandis que Nathanaël riait sans vergogne de l'attaque de Thomas contre les deux frères.

« Paix, vous tous », dit Jésus. Et se tournant vers les premiers disciples : « Ne comprenez-vous pas ? Si le monde est partagé entre Dieu et le Démon, esprit et matière ensemble, cela signifie que le Démon possède aussi sa part du spirituel ? »

« Y avait-il quelque doute là-dessus ? » demanda

Philippe. « Le Démon n'était-il pas un archange avant sa révolte contre son Maître ? »

« Ha », fit Thomas. « Tout est simple aux cœurs simples ! S'il vous apparaît tellement évident que le Démon gouverne aussi sa part de l'immatériel, il devrait vous apparaître également évident que l'esprit étant éternel, le Démon aussi sera éternel. »

« Et alors ? » demanda Philippe, sous les regards décontenancés d'André et de Simon.

« Et alors ? » redit Thomas, agitant les bras frénétiquement. « Si le Démon est éternel, frère, pourquoi suis-tu cet homme ? » demanda-t-il, pointant son doigt vers Jésus.

« Je ne comprends rien ! » gémit Philippe en se prenant la tête dans les mains. « Maître, qui est cet homme ? Pourquoi nous tourmente-t-il avec sa philosophie incompréhensible ? »

Jésus resta impassible. Peut-être était-il utile que ces hommes se fissent examiner par Thomas.

« Si vous suivez cet homme », reprit Thomas, « n'est-ce pas parce que vous croyez qu'il est le Messie ? Et le Messie n'est-il pas celui qui annonce la fin imminente des temps ? Et le triomphe de Dieu sur le Démon ? Mais si le Démon règne sur l'esprit et qu'il est éternel, comment Dieu pourrait-Il triompher d'un ennemi également éternel ? Comprenez-vous maintenant mes questions ? Le sens des mots ? L'importance de la philosophie ? Si vous êtes les disciples de cet homme, comment répondrez-vous aux questions de ceux qui ne croient pas en lui ? Comment m'auriez-vous répondu si j'avais été un incroyant ? »

« Y a-t-il quelque sens dans ce que dit cet homme ? » demanda Simon.

« Oui », répondit Jésus, « il y a beaucoup de sens dans ce qu'il dit. Il est vrai que le Démon est aussi immatériel, qu'il gouverne une part du monde de l'esprit et qu'il est donc éternel. Donc, Dieu ne pourra pas triompher de lui et le Démon vivra jusqu'à la fin des temps. »

Pétrifiés, y compris Thomas. Les gestes figés et les yeux incrédules.

« Mais », dit Jésus sur le même ton égal et s'adressant particulièrement à Thomas, « dans Sa miséricorde infinie, Dieu, à la fin des temps, pardonnera au Démon. »

« Et après ? » demanda Philippe.

« Ils se fondront dans l'Un absolu, et le temps, qui n'est que le champ de leur désaccord, cessera d'être. »

« A quoi bon lutter alors contre le Mal ? » demanda Nathanaël. « A la fin, tout sera égal. »

Lassitude, pensées mille fois agitées, glaives à fendre les nuages...

« Nous », dit encore Jésus, « ne sommes pas éternels. Notre vie est un microcosme de l'univers. Si nous ne luttons, notre âme meurt avec notre corps et nous ne serions donc plus là au jour ultime. Nous ne bénéficierions pas du pardon. »

Ses forces l'abandonnaient. « Je n'ai pas encore mangé, et la route est longue. Nous ne sommes pas venus à Sébaste pour nous y établir. »

Il alla se reposer et dormit jusqu'au soir, où Thomas le réveilla pour le souper.

« Veux-tu te joindre à nous ? » demanda Jésus.

« Et je bénirai le Seigneur », répondit Thomas.

Ils reprirent la route le lendemain, escortés par les Samaritains et couverts de présents et de victuailles.

« Hais-tu toujours les Samaritains ? » demanda Jésus à Simon.

Simon, confus, frappa la route de son bâton.

La dernière image de Sébaste s'évanouit dans la poussière. Thomas demanda à Jésus :

« Et si le Démon refuse de se rendre à la grâce de Dieu ? »

Le soleil au zénith changea le masque de Thomas en un paysage plus tourmenté que les faubourgs de l'enfer. Le front, une falaise ferrugineuse, les orbites, des cavernes, la bouche, une faille creusée par un séisme, les sourcils, les cheveux, la barbe, des broussailles pour les renards et les mangoustes. Les yeux : des bêtes apeurées et malignes.

« Quand la part divine des êtres et des choses s'est consumée, à quoi servirait au Démon de poursuivre le combat ? Le Démon n'est pas sot. »

« Cervelle de sauterelle que je suis, grain de sable dans la tempête, je ne peux alors m'empêcher de me demander pourquoi la grâce divine n'est pas accordée avant la fin des temps. »

Jésus sourit de l'inquiétude incurable de Thomas.

« Parce que la fin des temps survient justement au moment de la grâce divine. Peut-être est-elle pour ce soir. »

Il souriait toujours quand Nathanaël s'avisa de l'ironie de son maître.

« J'ai manqué une drôlerie de Thomas », dit-il.

« Il en a d'autres dans son sac », dit Jésus.

La nuit était tombée quand ils atteignirent Engannin. Las, poussiéreux, ils allèrent se baigner dans le Kisor encore chaud et l'obscurité les dispensa de la gêne d'être nus. Puis ils allèrent se réchauffer dans une autre auberge samaritaine.

Au matin, l'aubergiste leur proposa de l'accompagner pour se faire baptiser à Aïnon près de Salim, par un prophète nommé Jokanaan.

« Qui est-ce ? » demanda Thomas.

« Un prophète, dis-je et dit tout le monde. Il prêche la restauration de la Loi de Moïse. Il dit aussi que le royaume de Dieu est proche et qu'un homme plus grand que lui viendra, dont il n'est pas digne de dénouer les sandales. »

« Et qui est cet homme ? »

« C'est le Messie et son nom est Jésus. »

Un regard de Jésus avisa ses compagnons de garder le silence.

« Ne viendrez-vous pas ? » demanda l'aubergiste.

Sa femme entra et considéra les visiteurs de ses yeux chargés d'antimoine.

« N'es-tu pas Jésus ? » demanda-t-elle d'un ton soupçonneux.

Il soutint son regard, attendant qu'elle s'expliquât.

« Cet homme qu'on appelle le Messie était hier à Sébaste avec quatre hommes. Le fils du rabbin l'y a vu le matin guérir une fillette qui souffrait de consomption. Vous êtes arrivés hier soir par la route de Sébaste. Vais-je chercher le fils du rabbin ? N'es-tu pas, toi, Jésus ? »

Presque une sommation, désormais.

« C'est moi. »

« Pourquoi t'es-tu caché de pauvres gens comme nous ? » demanda l'aubergiste sur le ton de la lamentation.

« Quelle différence cela aurait-il donc fait que vous ne me reconnaissiez pas ? » répondit Jésus avec un soupir. « Et si j'étais le Messie, croiriez-vous que vous êtes d'un pas plus proches du Seigneur ? » Il s'exprimait avec une agitation mal contenue. « Les Juifs ont moins de foi que les païens », reprit-il. « Les païens n'ont vu aucun des dieux qu'ils révèrent ! Mais ils croient en Jupiter, Hercule et Mercure. Tandis que les Juifs, si la divinité ne se manifeste pas à eux assez souvent, ils se mettent à douter ! Je vous le dis, quand le Messie viendra, il viendra comme le rayon de lumière, comme la poussière, comme la mort ! Il viendra secrètement et personne ne s'avisera de sa présence avant qu'il soit trop tard. » Consternation. Il s'adressa à l'aubergiste et à sa femme : « Va te faire baptiser et ne pense plus à l'homme qui a dormi sous ton toit. Et toi, femme, garde-toi de la superstition et n'attends pas l'extraordinaire. »

Il sortit marcher seul. Au bout d'un temps, Nathanaël le rejoignit, accordant son pas au sien, et finit par demander :

« Est-il donc interdit de t'aimer, toi, toi Jésus ? C'est toi que les gens aiment, ils veulent te toucher, ils te prennent les mains, te caressent les pieds et sont heureux même quand ils n'ont pu attraper que ta manche. »

Un enfant passa en courant, agitant les bras comme s'il était un oiseau.

« Quelle différence y aurait-il entre les païens et nous, si nous nous mettions à adorer les Livres au lieu de lire ce qu'ils contiennent ? Je ne suis qu'un Livre. »

« Mais on t'aime, toi, et l'on continuera à t'aimer », observa Nathanaël.

« Qu'est-ce que je suis censé être ? » demanda Jésus avec sauvagerie. « La prostituée de l'univers ? » Les avertissements de Kadath lui revinrent en mémoire. Ils rentrèrent à l'auberge. Thomas attendait Jésus et posa sur lui son regard de singe.

« Tu te trompes », dit-il lentement, « ce n'est pas un prophète qu'ils veulent, mais le Messie. »

« Je ne suis pas le Messie », dit Jésus avec lassitude.

« Ce n'est peut-être pas à toi d'en décider », rétorqua Thomas.

Ils le regardèrent tous les quatre avec une expression qui ressemblait à un défi. Il ne répondit pas.

V

UN RABBIN TROUBLÉ

Perez, rabbin et maître de synagogue ou hazzan de la ville de Naïm, en Galilée, se tournait et retournait dans son lit, incapable de trouver le sommeil. Ses soupirs, son agitation et les gémissements des planches tinrent sa femme Tamar éveillée jusqu'à ce qu'elle n'en pût mais. Elle s'assit dans le noir et s'écria :

« Qu'est-ce qui te ronge ? »

« Dors, toi, les soucis ne se partagent pas. De plus, tu n'es pas instruite et tu ne comprendrais pas. »

« As-tu épousé une sotte, Perez ? Dans deux heures, les coqs chanteront et nous aurons des cernes sous les yeux. Que se passe-t-il ? As-tu spolié une veuve ? »

« Femme, je t'interdis de me parler ainsi ! Crois-tu que tu as épousé un voleur ?

Mais elle insista. Il céda.

« Tu sais, à propos du Messie... »

« Les esclaves ne parlent que de lui », dit Tamar.

« Les esclaves aussi ? Bref, j'ai reçu une lettre du rabbin d'Engannin, qui est aussi troublé par les rumeurs qui se répandent dans le pays. »

« C'est cela qui te tient éveillé ? »

« Beaucoup de choses. Il y a d'abord cet ermite appelé Jokanaan, qui baptise à Aïnon et qui annonce que le royaume de Dieu s'accomplit et que le Messie est arrivé. Qu'en sait-il ? Toujours est-il qu'on l'écoute de plus en plus. Puis il y a des rapports qui viennent de toute la Samarie, sur un homme appelé Jésus, qui accomplit des prodiges. Il a ressuscité un mort, guéri une petite fille, que sais-je ! Partout où il apparaît, des attroupements se forment autour de lui et des gens l'écoutent. Hier, il était à Engannin, aujourd'hui, il doit déjà être ici, à Naïm. Demain, il sera partout, car là où il va, son image demeure. Et sa réputation le précède là où il n'est pas encore allé, car le rabbin de Cana m'a envoyé son fils aîné, qui étudie pour être docteur, pour me demander ce que je pense de ce Messie et si je vais aller lui rendre visite comme les autres. »

« Et que penses-tu ? » demanda Tamar, tirant la couverture au-dessus de ses genoux, car elle avait froid.

« C'est la question, femme, je ne sais que penser !

Je ne sais pas ! Nous, rabbins, on ne nous a rien enseigné sur le Messie ! Il n'y a pas une seule définition claire et nette à son sujet dans aucun Livre ! Est-il un messager surnaturel du Seigneur ? Est-il la réincarnation du prophète Elie ? Est-il le roi futur d'Israël ? »

« J'ai faim », dit Tamar, « et je ne peux penser clairement avec l'estomac vide et les yeux creux. Je vais faire chauffer un peu de lait. » Elle revint portant deux bols de lait et ils burent en silence dans l'obscurité qui mourait. « Maintenant », dit Tamar, « qu'est-ce qui te tourmente tant dans tout cela ? Si le Messie est arrivé, tu devrais te réjouir de voir enfin un saint homme dans ce pays. »

« Mais... s'il annonce le royaume de Dieu et la fin des temps, comme le prétend ce Jokanaan, nous vivons donc nos derniers jours ici-bas. »

« Nous sommes vieux, tous les deux, Perez, et quelle différence cela fait-il que nos vies s'achèvent sans un Messie en vue, dans quelques années, ou bien qu'elles prennent fin dans quelques jours à l'avènement du Messie ? Pour ma part, je serais heureuse que nous mourions ensemble dans la paix du Seigneur. » Elle posa son bol vide sur une étagère, puis s'empara de celui de son mari et le plaça à côté et se retrancha dans la chaleur du lit.

« Mais, femme, tu ne sembles pas avoir saisi l'étendue de ce problème. Si cet homme est le Messie, devrai-je aller lui rendre visite sur-le-champ et lui témoigner aussi les honneurs qu'il mérite en tant que messager suprême, ou bien dois-je attendre qu'il confirme sa puissance par des signes merveilleux ? Que faire ? Suppose qu'il ne soit pas le Messie, mais un de ces magiciens qui pullulent depuis quelque temps, et si je vais lui rendre hommage, j'aurai l'air d'un imbécile. »

« Les hommes tendent à mettre les idées en avant des faits, Perez. Va voir par toi-même quel homme c'est. Tu sauras alors quoi faire. »

Elle se rallongea et tira la couverture jusqu'au menton.

« Oui », murmura Perez, « mais s'il a déjà trop de pouvoir, les prêtres de Jérusalem et les Romains s'en offenseront, et s'il est censé être le nouveau roi des Juifs, il y aura des problèmes... »

« Je voudrais que tu considères tout cela avec plus de simplicité », marmonna sa femme à moitié endormie. « S'il est vraiment le Messie, tu te seras rangé du bon côté. »

Quelques instants plus tard, elle s'était endormie et le premier chant de coq ne fit même pas tressaillir ses paupières ridées. Quant à Perez, il avait perdu le sommeil pour de bon, cette nuit-là. Quel que fût son bon sens, Tamar, se dit-il, simplifiait à l'excès le problème du Messie. Il pressentait, lui, un danger, tout comme le rabbin de Cana. Il lui faudrait requérir un avis autorisé sur la question, sans quoi il se trouverait dépassé en cas d'urgence, par exemple si les habitants de Naïm allaient acclamer ce Jésus et venaient lui reprocher, à lui Perez, de ne pas reconnaître le Messie.

Le cas se présenta, en effet, et bien avant que l'eût craint Perez. Avant midi, alors qu'il surveillait dans sa petite synagogue le décapage des encensoirs et le nettoyage des ustensiles de cuivre, il entendit une clameur dehors. Il ouvrit la porte. Un homme, un assez beau jeune homme, dut-il reconnaître, haranguait une petite foule du haut du perron de la synagogue. Il était entouré par cinq hommes. Une estimation rapide permit à Perez de calculer qu'il y avait là près de deux cents citoyens. Il reconnut quelques personnages éminents de Naïm, tels qu'Abraham ben Yossif, un marchand qui lui versait la plus grosse contribution. Des paysans, encore suants de leurs travaux dans les champs, des femmes, des enfants. Le pis était que Tamar, la propre femme de Perez, se tenait au premier rang des badauds. Il lui fit signe de quitter l'assemblée, mais ou bien elle n'y fit garde ou bien n'en eut cure. Exaspéré, Perez dévala les marches, la saisit par le bras et nonobstant ses protestations, la poussa à l'intérieur de la synagogue et claqua la porte derrière elle ; puis, s'adressant à l'orateur, qui ne pouvait être que ce Jésus, se dit-il, sinon qui d'autre, il lui intima l'ordre de quitter la synagogue. Un bref silence succéda à l'injonction, puis la foule hua Perez et les cinq hommes autour de Jésus considérèrent le rabbin d'un œil ironique.

« Ceci est la maison du Seigneur », dit Perez, s'adressant à Jésus.

« En effet », répliqua Jésus, « donc elle n'est pas la tienne et tu n'as aucun pouvoir pour en chasser quiconque. De plus, elle a été payée par les gens assemblés ici, à qui elle appartient aussi. »

« Qui es-tu ? » demanda Perez, devinant la réponse.

« Je m'appelle Jésus, mais est-ce que cela importe ? Doit-on avoir un certain nom et un certain rang pour dire la parole de Dieu ? »

Perez appréhenda rapidement la situation et décida que, pour le moment, la retraite serait le plus sage. Il rentra dans la synagogue et, dans une bouffée de détermination, résolut de se rendre sur-le-champ à Jérusalem. Mais, tandis qu'il pesait sa décision, des paroles sonores heurtèrent ses oreilles à travers la porte fermée. « Qu'appelez-vous une femme qui se donne pour de l'argent ? » C'était la voix de ce Jésus. « Sans doute aucun, vous l'appelez une prostituée. Et quelle est donc la femme qui a rompu son union sacrée avec le Seigneur pour se donner à d'autres ? » Perez n'attendit pas la réponse. Il courut à la maison, derrière la synagogue, bouscula Tamar dans un accès de rage froide, ramassa fiévreusement de l'argent, de la nourriture et son manteau et courut à l'étable dételer sa mule. Sur le point de partir, il vit accourir son fils aîné et, sans lui laisser le temps de l'interroger, lui dit qu'il serait de retour dans dix jours. Un coup de talon et la mule sortit de l'étable. Perez tourna la tête vers la façade de la synagogue et jeta un dernier regard à Jésus, qui parlait encore, le bras levé. Etait-ce donc là le Messie ? Et qui pouvait en jurer ?

Perez voyagea comme en transe, mangeant à peine, insoucieux des brigands, se lavant du bout des doigts, ne priant même pas et sombrant la nuit venue dans une stupeur lardée de mauvais rêves. Une fois, assis près de la route pour laisser la mule paître, observant la vaste lèvre inférieure qui se bouclait comme pour sourire, les longues dents jaunes qui coupaient la luzerne d'un coup méchant et les grands yeux féminins, comme si c'était la première fois qu'il voyait une mule, sans parler de la sienne, il sombra dans une rage. Qu'est-ce que c'était donc que cette histoire de Messie ? Il était, lui, Perez, un rabbin et l'un des plus instruits, l'on faisait même ses éloges à Jérusalem, mais il n'avait pas la moindre idée sur le Messie. Un homme ? Un ange ? Quelle était sa mission ? Et qu'allait-il arriver ensuite ? La fin des temps, vraiment ? Idée absurde ! Mais il y avait donc ce Jésus ; qui donc avait besoin d'un Messie ? Et pour quoi ? Il y avait les Livres, le Temple, des synagogues, des docteurs de la Loi, des rabbins, n'était-ce pas assez ?

Au terme de cinq jours de voyage somnambulesque, Perez arriva à Jérusalem, vers la troisième heure de l'après-midi. Il se rendit tout droit à la maison du grand prêtre Annas et rassembla ses esprits. Un Lévite lui ouvrit et Perez l'informa sur un ton empreint d'urgence qu'il était le rabbin de Naïm et qu'il lui fallait voir le grand prêtre sur-le-champ. Le Lévite répondit d'un air ennuyé et hautain que le grand prêtre se reposait et qu'un prêtre de moindre rang pourrait sans doute offrir au visiteur le secours nécessaire.

« Ecoute », dit Perez, impérieux, « je suis un rabbin et je ne suis pas venu consulter le grand prêtre sur un are de pâturage ! »

Un autre Lévite apparut, Perez haussa la voix et

déclara qu'il avait fait le voyage depuis Naïm d'une traite parce que son affaire était de la plus haute importance.

Une demi-heure plus tard, il fut admis chez Annas. Le grand prêtre semblait mal disposé. La soixantaine bien sonnée, la poitrine couverte d'une barbe grise qui semblait frisée au petit fer, il fronçait les sourcils. L'expression indiquait sans ambiguïté que Perez ferait mieux d'avoir une bonne raison pour interrompre l'auguste sieste. Perez le devina et mobilisa son éloquence.

« Excellence », dit-il, « il y a de l'agitation en Galilée. Un homme nommé Jésus, qui prétend être le Messie et qui accomplit des prodiges, fascine les populations. Partout où il va, des foules l'acclament. Il y a cinq jours, il haranguait les gens de Naïm du haut du perron de la synagogue. J'ai essayé de le chasser, mais il m'a répondu que la synagogue ne m'appartenait pas. »

« Encore un magicien, sans doute », dit Annas. « Quels prodiges fait-il ? »

« Je n'en ai vu aucun, mais on raconte qu'il a ressuscité un mort à Sébaste et guéri une fille malade à Engannin. »

« Cela me rappelle quelque chose », murmura Annas, dont l'intérêt semblait enfin éveillé. « Et il dit qu'il est le Messie ? »

« Je ne l'ai pas entendu l'affirmer, mais je connais la source de la rumeur. Ce sont les prêches d'un anachorète appelé Jokanaan, qui pratique un rite étrange près d'Aïnon. Ce Jokanaan a prêché tout le long du Jourdain que le nommé Jésus est le Messie et que le royaume de Dieu est proche. »

Annas agita une clochette ; le premier Lévite parut et le grand prêtre lui ordonna d'aller appeler un certain Gedaliah, dont il dit à Perez qu'il possédait quelques informations déjà sur le nommé Jésus. Quelques moments plus tard, Gedaliah apparut, massif, voûté, le poil gris.

« Notre visiteur est Perez, rabbin de Naïm », dit Annas.

Les deux hommes se saluèrent. Perez admira les glands qui pendaient au manteau de l'autre, de gros glands de soie jaune qui faisaient paraître les siens dérisoires.

« Notre frère Perez rapporte qu'un homme nommé Jésus sème le trouble en Galilée, où on lui attribue des prodiges tels que la résurrection d'un mort et où il se présente comme le Messie. »

Gedaliah se gratta un sourcil et s'assit. « Oui, nous avons déjà entendu parler de lui, comme je l'ai rapporté à Votre Excellence. Il a laissé un sillage de rumeurs extravagantes en Samarie, voici un mois. Mais je crois que ce n'est pas lui qui se présente comme le Messie. C'est un autre qui répand cette fable, un ancien disciple des Esséniens, appelé Jokanaan. »

On apporta des amandes fraîches pelées et du jus de tamarin dans des gobelets d'argent.

« Notre frère Perez semble inquiet de l'autorité que cet homme exerce sur les foules et qui est si grande qu'il a, par exemple, refusé d'évacuer la synagogue de Naïm. En fait », dit Annas, s'adressant à Perez, « tu as eu raison de venir nous alerter. Si cet état de choses devait s'étendre à d'autres villes, il y aurait des raisons de s'inquiéter. »

« Je ne vois pas comment cela pourrait se produire », observa Gedaliah. « Dans quelques semaines ou quelques mois, tout le monde aura oublié ce Jésus. Il y a quelques années, pareilles alarmes furent suscitées par d'autres magiciens. Vous rappelez-vous Dosithée ? Et Ménandre ? Et Apollonios de Tyane ?... »

« Je rappellerai respectueusement, en ce qui concerne ces hommes, que le trouble ne cessa que parce que Dosithée et Ménandre étaient morts et parce qu'Apollonios était parti pour l'Est. Tant qu'ils sévissaient dans les provinces, il y avait de l'agitation et de nombreux ignorants croyaient qu'ils étaient la réincarnation du prophète Elie, par exemple. On prétendait également qu'ils étaient des Messies. Il en reste un autre du même genre, Simon le Magicien, qui prêche aussi en Samarie et qui a une large audience. Beaucoup de gens viennent, même de Pérée, de Trachonitide, de Syrie, pour l'écouter. L'une des conséquences de cette agitation est que certaines gens de Naïm ont réduit leurs contributions à la synagogue, prétendant que la Maison de Dieu n'est pas celle d'un prêteur... »

Gedaliah hocha la tête, comme un médecin qui écoute son patient.

« Crois-moi », dit-il avec autorité, « dès qu'il ira prêcher dans la Décapole, ce Jésus verra son influence disparaître comme la rosée au lever du soleil. Les habitants des Dix Cités ont entendu tellement de prêches sur des dieux étrangers qu'ils sont immunisés contre les nouveaux chefs religieux. Paradoxalement, le denier de ces villes païennes a augmenté depuis trois ans. »

« C'est à cause du commerce, qui fait florès », observa sèchement Annas. « Maintenant, que savons-nous en fait de ce Jésus et de ce Jokanaan ? »

L'expression de Gedaliah rappela brièvement celle d'une vache qui régurgite son herbe. « Ce Jésus », dit-il, « semble être le même que j'ai examiné alors qu'il n'était qu'un adolescent, il y a bien des années, dans ce Temple. Un esprit brillant et rebelle, dont les réponses reflétaient trop fidèlement la disposition subversive de son père, qui avait été prêtre autrefois dans ce même Temple. Le père s'appelait Joseph, c'était un Nazaréen et... »

« Pardonne-moi de t'interrompre », dit Annas, « mais si le père était un prêtre, n'est-il pas singulier que le fils ne le soit pas ? »

« C'est en effet singulier à première vue, mais cela le paraît moins quand on sait que ce Jésus naquit dans le vieil âge de Joseph. Notre maître inspiré de l'époque, Simon, fils de Boëthos, le grand prêtre, avait contraint Joseph à épouser une fille qui était devenue enceinte alors qu'elle habitait sous son toit. » Gedaliah accompagna ces informations de l'ombre d'un sourire.

« Donc l'enfant est un bâtard », dit Annas.

« C'est une déduction raisonnable, mais elle ne peut être rendue publique, étant donné que Jésus a été légalement reconnu par Joseph. Le Sanhédrin ne consentirait pas de doute sur la légitimité de l'enfant. »

Annas et Perez hochèrent la tête et Gedaliah reprit, après une longue gorgée de tamarin : « Bon, Jésus est le cousin de Jokanaan, du côté de son père. Selon nos informations, Jokanaan a été admis dans la communauté de Quoumrân, où Jésus l'a rejoint. Puis, pour des raisons inconnues, et sur lesquelles les maîtres de Quoumrân entendent garder bouche close, Jésus a quitté le monastère et Jokanaan l'a suivi. »

« Pourquoi aurait-il dû quitter Quoumrân ? » demanda Perez, avalant une poignée d'amandes. « Les Esséniens ne chassent pas facilement leurs disciples. »

« Tout ce que nous avons pu soutirer comme informations de certains disciples est que Jésus aurait accompli des prodiges qui auraient alarmé les maîtres du monastère. L'homme semble donc avoir quelque propension aux prodiges. »

« Peut-être faudrait-il se pencher sur cette propension et sur ces prodiges », murmura Perez, soudain mal à l'aise. Peut-être, à la fin, parlait-on vraiment du Messie !

« Tout cela, frère Perez, ne mérite guère d'excessif intérêt et encore moins d'alarmes. Prenons les Esséniens : en dépit de la force remarquable de leur discipline et de la profondeur de leurs convictions, ils n'ont attiré que bien peu de disciples en un siècle et demi d'existence. Et quelle serait donc l'influence, je le demande, d'un Essénien renégat ? » Content de son explication, Gedaliah s'adjugea une poignée d'amandes et le reste de son tamarin. Annas hocha la tête. Perez parut sceptique.

« Il serait malgracieux de ma part de m'appesantir sur le sujet, après avoir entendu les arguments et les informations prodigués par mon frère, sous l'égide perspicace de Votre Excellence », dit-il, s'adressant au grand prêtre. « Toutefois, je voudrais soumettre à votre jugement le fait que dans des provinces qui ne bénéficient pas autant que la Judée de luminaires aussi compétents que Votre Excellence, mon frère Gedaliah ici présent et sans nul doute de nombreux autres servants du Temple, il existe une dangereuse nostalgie pour un Messie. Non que, le Seigneur m'en prévienne, je considère que l'espoir d'un Messie soit en lui-même dangereux. Mais, comme le prouve ce Jésus, un espoir confus peut induire des esprits sans discernement à des égarements de la tête et du cœur. L'une des raisons de ma visite à Jérusalem est que je voudrais éclairer quelque peu mes idées sur le Messie. Aussi fidèle lecteur des Livres que je le sois, je confesse que je n'y ai pas trouvé une définition précise de cette notion. Mais peut-être faut-il chercher la cause de mon savoir imparfait dans mes yeux défaillants. »

A ce déploiement de rhétorique obséquieuse, Annas réprima un sourire.

« Non, frère, tes yeux sont bons », répondit-il. « Le concept d'un Messie est excessivement vague. Qu'est-ce qu'un Messie ? Un homme qui a reçu l'onction royale. Qui reçoit une telle onction ? Les rois et, sous une autre forme subsidiaire, les grands prêtres. Or, je doute que ce Jésus soit assez fou pour revendiquer l'un ou l'autre titre. Si l'un de ses suiveurs usait à nouveau du titre de Messie, je vous recommande de le tancer et de l'inviter à surveiller sa langue, sans quoi il pourrait être arrêté par la police du Temple pour allégations séditieuses et son maître, pour imposture. »

« Mais traitez l'affaire de haut », ajouta Gedaliah. « Ne vous en montrez pas préoccupé. »

« Et les prodiges ? » demanda Perez.

« Réfutez-les en observant que Jésus est un Samaritain et que les magiciens abondent en Samarie. » Sur quoi Gedaliah se leva pour signifier que l'audience était levée aussi. Perez alla baiser la main du grand prêtre et donner l'accolade à Gedaliah, puis il prit congé de manière effusive.

Demeurés seuls, Annas et Gedaliah se lancèrent des regards.

« Quoi qu'il en soit », dit Annas, « la situation est ennuyeuse, et si ce Jésus continue à prétendre ou à laisser les autres prétendre qu'il est le Messie, nous ferons bien de l'arrêter comme usurpateur. »

« Faisons plutôt arrêter Jokanaan », dit Gedaliah. « C'est lui la source de la rumeur. Une fois qu'on s'en sera défait, Jésus restera pratiquement sans voix. A moins qu'il n'ait l'insolence de prétendre lui-même qu'il est le Messie. »

« Laisse-moi y réfléchir », répondit Annas. « Je me demande s'il ne serait pas plus sage de laisser la rumeur se répandre pendant quelque temps. Il serait alors plus facile de faire arrêter les deux hommes. »

Et s'appuyant sur le bras de Gedaliah pour s'arracher à son fauteuil, le grand prêtre marmonna : « Le Messie ! Vraiment ! Je voudrais savoir où les gens vont chercher des idées aussi tordues ! »

VI

D'AUTRES RABBINS INQUIETS
ET UN MIRACLE À CANA

Le rabbin d'Aïnon n'était pas moins troublé que ceux d'Engannin et de Naïm. Et ses raisons étaient encore plus fortes : depuis que Jokanaan s'était installé à la périphérie de la ville, voilà quelques semaines, tout le monde se comportait comme si le chef réel de cette bourgade samaritaine sur la rive gauche du Jourdain était ce bizarre ermite que l'on appelait « le Baptiste ». L'autorité du rabbin en avait presque été annulée. Même ses fils étaient allés se faire donner l'onction des mains de cet homme et, quand ils étaient rentrés, le soir, leur expression de béatitude avait laissé leur père sans voix. Il était lui-même allé écouter ce Jokanaan et il avait même tenté de s'entretenir avec lui, mais il avait été incapable de saisir les déclarations énigmatiques du Baptiste. Par exemple, Jokanaan avait annoncé que le monde touchait à sa fin, et le rabbin était incapable de trouver quelque sens que ce fût dans cette prophétie. De souche paysanne et d'un bon sens fortement équarri, le rabbin avait toujours pensé que le Créateur ne faisait rien sans raison, et ne voyait pas de motif à une destruction délibérée. Le Messie qu'évoquait Jokanaan et qui était censé être arrivé — où et quand ? se demandait le rabbin — ne semblait pas être un vrai roi. Pour autant que le rabbin pût déchiffrer les paroles du Baptiste, ce Messie-là était un héraut de Dieu, chargé d'annoncer la fin du monde. Et c'était là, pour le rabbin, la pierre d'achoppement. Si le Seigneur entendait vraiment mettre un terme au monde, pourquoi donc nommerait-Il un roi juste avant de tirer le rideau ?

Tout compte fait, le rabbin était un homme frustré, parce qu'il n'avait même pas, lui, de raison de se plaindre, sa synagogue n'ayant jamais été aussi prospère et ses administrés, aussi pieux. En fait, les prêches du Baptiste avaient éperonné la foi des gens de la région dans des proportions remarquables. Le rabbin avait même recueilli assez d'argent pour refaire le toit de la synagogue. Mais en dépit de cela, il se sentit pour la première fois étranger dans son pays. Sa religion simple ne lui fournissait aucune clef pour la compréhension du charivari qui l'entourait. Et il se prenait à espérer que toute cette affaire procédait d'une agitation frivole qui prendrait fin avec l'été.

Cet état de choses dura quelque deux semaines, jusqu'à ce que deux événements changeassent les dispositions d'Isaac, car tel était le nom du rabbin. Un soir, ses fils rentrèrent pour souper dans un état qu'il jugea déséquilibré et se mirent à dire du mal d'Hérode Antipas. Etant donné qu'Isaac, décontenancé par cet accès d'agressivité, n'avait pas d'argument à leur opposer, ils se laissèrent emporter par la fureur jusqu'à des imprécations délirantes, la salive leur moussant aux commissures. « Assez ! » cria le rabbin, excédé, donnant du poing sur la table avec tant de force qu'il renversa les gobelets et que sa femme accourut de la cuisine, le visage blanc. Isaac découvrit alors que les imprécations de ses fils n'étaient que les échos de celles de Jokanaan contre le tétrarque, qu'ils avaient écoutées l'après-midi même. Le motif des vitupérations du Baptiste semblait être qu'Hérode avait épousé la femme de son propre frère Philippe, après l'avoir séduite.

« Ça vous regarde ? » cria Isaac. « N'avons-nous pas des juges et des prêtres en Samarie ? Ne sont-ils pas mieux informés que vous de ce qui se passe dans les familles royales ? Etes-vous bien sûrs que ce ne serait pas Philippe qui aurait répudié Hérodiade ? Dans ce cas, Hérode serait tout à fait fondé d'épouser cette femme. De toute façon, je ne veux plus entendre de tels discours sous mon toit. »

L'autre événement qui changea les dispositions d'Isaac, jusqu'alors bénigmes, fut la visite qu'il reçut de deux citoyens de Judée et, de surcroît, membres de la police du Temple à Jérusalem. Comme la plupart des Samaritains, Isaac ne faisait pas grand cas des servants du Temple ; mais il se trouvait que ces policiers étaient aussi porteurs d'une réquisition de témoignage du procurateur de Samarie, qui leur donnait pleins pouvoirs d'interroger qui ils voulaient sur certains points. Et quels étaient ces points ? Les sbires voulaient savoir si le rabbin avait entendu des paroles malsonnantes que le dénommé Jokanaan aurait proférées contre le tétrarque de Galilée. Vaste affaire : le tétrarque avait donc mobilisé la police du Temple et le procurateur de Samarie. Le rabbin ne put que répondre que, oui, il avait entendu que le Baptiste avait proféré ou proférait toujours des accusations indécentes concernant le mariage du tétrarque Hérode. Il ajouta qu'il n'en avait eu cure, vu que le Baptiste était un homme sauvage. En fait, le rabbin n'était pas fâché à l'idée que ce Baptiste fût réduit au silence et que l'effervescence se calmât autour d'Aïnon. Tout ça, les nouveaux rites, les homélies, les imprécations, les déclarations énigmatiques et les prophéties sans garantie commençaient à dépasser les bornes.

Et pourtant, Isaac restait curieux. Le lendemain de la visite des policiers, il prit sa mule et alla voir le Baptiste. Il trouva sur le bord du fleuve une foule bien plus grande que celles qu'il avait vues lors de ses précédentes expéditions aux quartiers de Jokanaan. Il pressentit un événement exceptionnel et c'en était un : Jokanaan recevait un homme qui semblait fameux, un bel homme aux cheveux blonds et au port altier, qu'accompagnait une suite nombreuse. Isaac s'enquit de cette personnalité. Certains lui répondirent que son nom était Appolos, d'autres, Apollonios, et tous s'accordaient à dire que c'était un grand philosophe. Isaac ignorait aussi bien le nom d'Apollonios que la définition d'un grand philosophe ; il fut tout ouïe et tout yeux, observant Apollonios se dévêtir et descendre, athlétique et doré, dans le Jourdain, pour recevoir le mystérieux baptême, suivi de ses disciples. Isaac les compta : ils étaient quinze. Quand tout ce monde et d'autres encore se furent séchés, Jokanaan commença son prêche.

« Aujourd'hui, je parlerai du poisson », dit-il, « le poisson qui est la meilleure des nourritures quand il est frais et un poison terrible quand il est pourri. Comment sait-on qu'un poisson est pourri ? A son odeur, diront certains d'entre vous. Mais il est notoire que certains cuisiniers malhonnêtes masquent l'odeur à l'aide d'épices. Ils couvrent le poisson de laurier, de coriandre et de vinaigre, et il faut un nez fin pour déceler la fraude. Non, on sait qu'un poisson est pourri quand la tête s'en détache sans effort. » Il jeta un coup d'œil à la ronde ; on l'écoutait attentivement. « Certains pays sont comme le poisson », dit-il. « Ils puent de la tête. Qu'est-ce que la tête d'un pays ? Son gouverneur ! Nous savons, par exemple, que la Galilée est pourrie. Pourquoi ? Parce que son roi, Hérode Antipas, le fils d'un tyran, de l'homme qui a reconstruit le Temple de Jérusalem, non pour la gloire du Tout-Puissant, non en hommage à la grandeur de Salomon, mais pour sa propre gloire, et qui mourut d'horribles ulcères, parce que son roi, dis-je, a commis une abomination. Il a volé à son frère Philippe sa femme Hérodiade ! Portant encore sur elle les odeurs du lit de Philippe, elle est entrée avec ses seins et ses yeux peints dans le lit d'Hérode Antipas ! Et le tétrarque Hérode l'a épousée, et cette femme porte dans ses entrailles le sperme de deux hommes, un péché selon la Loi ! Et voilà donc l'homme et la femme qui gouvernent la Galilée, le destin de dizaines de milliers de Juifs, et le grand prêtre à Jérusalem, et les prêtres et les Lévites du Temple absolvent cette abomination et ferment les yeux sur un péché justiciable de la lapidation ! Je vous demande, à vous tous, est-ce là l'exemple que doit présenter le maître d'un pays ? N'importe quel homme pourrait demain, en conséquence, prendre la femme de son frère et la profaner et, si on le lui reprochait, répondre que, puisque le tétrarque l'a fait, il peut le faire aussi. »

Un murmure s'éleva.

« Je vous le dis à vous tous, ne venez pas me dire que nous sommes en Samarie et que ce qui se passe dans d'autres pays ne nous regarde pas. Nous sommes tous juifs et demain, à cause d'un caprice des Romains, Hérode Antipas peut devenir notre roi à nous tous. En ce cas, nous aurons un roi incestueux sur le trône de David et une reine qui ne mérite pas plus son nom que ces femmes dont les pères et les fils respectueux du Seigneur évitent de regarder même les pieds sur les seuils de certaines maisons. Et je prends le ciel à témoin, et j'invoque Hérode, et je lui dis de renvoyer cette femme chez elle afin qu'elle se repente le reste de sa vie, et je lui dis aussi : Hérode, pleure des larmes amères sur tes égarements, sans quoi tu ressembleras à la tête d'un poisson pourri et ta pestilence empoisonnera tout le pays. »

Isaac fut bouleversé par la violence de la dénonciation autant qu'il le fut par l'éloquence de cet homme décharné qu'on appelait le Baptiste. Voilà donc à quels péchés il se référait ! Le rabbin ne se sentit plus d'humeur à défendre Hérode ou à prétendre que son mariage ne le concernait pas ; il ne pouvait plus s'empêcher de penser à cette femme peinte qui chauffait en elle le sperme de deux hommes et il fut révolté comme l'avaient été ses fils. Comme eux, il ressentit le mariage d'Hérode comme une menace à sa virilité. Toujours absorbé dans ses pensées, il leva machinalement les yeux et aperçut ses fils dans la foule. Son instinct paternel le poussa à les entraîner loin de ce lieu où l'on dénonçait avec autant d'audace le scandale en haut lieu. Quand il fut près d'eux, ils s'entretenaient avec Apollonios. Il saisit l'aîné par le bras, mais le garçon résista ; il saisit l'autre et il résista aussi. Isaac dut se résoudre à écouter la conversation. « ... les vieux dieux sont morts », disait Apollonios. « Il se peut qu'ils aient été de vrais dieux et meilleurs que les Juifs ne veulent le croire, mais ils sont morts. Peut-être sont-ils morts parce qu'ils étaient des dieux nationaux. Car nous savons maintenant que la divinité ne peut plus être enfermée dans les frontières d'un pays. Votre religion aussi a été mise dans un enclos et trop étroitement liée au pouvoir, rois et grands prêtres, à des édifices... Le Créateur du monde est universel ! Il doit être aussi bien le Dieu des Cappadociens et des Crétois que des Juifs et des Egyptiens... Je savais tout cela quand j'étais à Alexandrie. Puis je suis venu en Palestine, parce que j'ai entendu parler de Jokanaan comme d'un homme vertueux. Mais que vois-je ? Votre Dieu est devenu encore plus provincial qu'autrefois. Il était le Dieu de tous les Juifs, et maintenant, les Samaritains ont une religion différente de celle de la Judée... Vous deux, jeunes hommes, vous devriez aller répandre à l'Orient et à l'Occident les paroles de Jokanaan, comme je vais le faire moi-même, bien que je ne sois pas des vôtres... »

« Avez-vous bien compris ce que dit Jokanaan ? » interrompit Isaac, s'adressant à Apollonios et à ses fils. « Toi, tu es un Grec, que te chaut une affaire de Juifs ? Car c'est une affaire de Juifs et même de quelques Juifs que l'inconduite d'un roi de Galilée, et c'est une affaire de Juifs encore que l'arrivée d'un Messie. Que viens-tu nous tenir des discours sur la mort des dieux ? Notre Dieu, en tout cas, n'est pas mort, qu'Il pardonne ces paroles blasphématoires ! Que chantes-tu d'un Dieu universel, à nous qui sommes persécutés à Rome même, où notre rite est interdit ? Et vous deux, mes fils, soudain saisis par je ne sais quelle frénésie, seriez-vous devenus sourds ou fous, ne comprenez-vous donc plus l'araméen de vos pères ? Ce Jokanaan annonce un héraut du Seigneur qui lui-même annoncerait la fin du monde ! Si le monde doit bientôt finir, car c'est bien ce que dit cet ermite, qu'auriez-vous à courir dans tous les sens sur les conseils d'un Grec inconnu, qui semble écouter les nuées ? Il ne vous resterait plus qu'à prier en implorant la miséricorde divine ! Et si l'ermite est un fou, qui règle une querelle avec Hérode, aussi juste fût-elle, qu'avez-vous à vous enfiévrer, comme si les lois du monde allaient changer et que les arbres allaient pousser avec les racines en l'air ? »

Isaac avait parlé sans violence, et sans hausser le ton, mais avec conviction. Ses trois interlocuteurs demeurèrent quelques instants pensifs.

« Il faut interpréter le discours de Jokanaan », dit Apollonios. « Ce qu'il annonce, c'est la fin d'un monde ancien. C'est la fin du vieux monde romain et du vieux monde juif, et c'est pour cela que son discours peut attirer un Grec tel que moi, rabbin. C'est ce que j'expliquais à ces jeunes hommes. Et le Messie dont il parle existe, je l'ai moi-même rencontré jadis et je n'ai pas su qui il était... »

Isaac secoua la tête. « La fin du vieux monde juif ! » murmura-t-il. « Le royaume de David était déjà tombé en poussière. Jusqu'où faudra-t-il que nous descendions ? Faudra-t-il que nous quittions cette terre où nos ancêtres nous ont engendrés ? » et il tourna le dos en se couvrant la tête, qu'il secouait.

Entre-temps, à Naïm, durant l'absence de Perez, la plus vaste agitation que Jésus eût encore déclenchée commença à se développer tout de suite après le discours prononcé sur le perron de la synagogue et que Perez n'avait pas pris le temps d'écouter.

« ... Quelle est donc la femme qui a rompu son union sacrée avec le Seigneur pour se livrer aux autres ? » demandait Jésus quand Perez était parti. « C'est notre élite ! J'ai été à Jérusalem, et j'ai vu le Temple et les prêtres qui en sont les servants. Croyez-vous que leurs manières et leurs mines expriment le chagrin que devrait leur inspirer notre servitude ? Non, ils sont fiers et prospères, leurs barbes sont huilées au nard le plus fin, les glands de leurs manteaux sont tissés dans la soie la plus épaisse, il n'est pas d'aliments assez rares pour eux et leurs coffres sont pleins d'or, l'or qui est le prix de leur honte. Quand on pénètre dans le Temple, on voit à droite un quartier réservé aux changeurs, des marchands qui font en un jour plus d'argent que n'en fait un travailleur pendant une année, aux dépens de ceux qui viennent munis de pièces étrangères pour acheter de l'encens, des colombes et du lait et d'autres offrandes pour les autels du Seigneur. Cet argent est donc amassé aux dépens du Seigneur ! Et pourtant, ces gens riches sont les mêmes, qui dans tout le pays, vendent le boisseau de blé à dix fois son prix en temps de disette ! Ce sont les mêmes qui prêtent à usure ! Ce qui serait compréhensible s'ils étaient nos ennemis. Mais ils sont supposés être nos défenseurs et les gardiens de notre foi ! »

Rumeurs, vivats, éclats de voix. « Un des nôtres ! » « Il était temps que quelqu'un criât ce que chacun pense tout bas ! » « Un homme honnête ! » « Cet homme est armé de la puissance de Yahweh ! »

« Je vous le dis », poursuivit Jésus, encouragé par son succès, « il n'est pire ennemi que l'ennemi de l'intérieur ! »

Encore plus de cris et de vivats.

« Ce qui offense le plus le Seigneur », dit-il, « est que, dans cet état de choses, un homme n'est plus jugé selon ses vertus, comme c'était le cas quand la Loi était respectée, mais sur sa fortune ! Je vous le dis, ceux qui détiennent la fortune et qui ont vendu leurs âmes pour payer leur richesse seront plus pauvres que le dernier mendiant quand ils apparaîtront devant le Créateur ! »

Les acclamations devinrent assourdissantes.

« Mais le pauvre, qui n'a vendu ni sa femme, ni sa

sœur, ni sa fille ni lui-même, celui-là aura gardé ses richesses intactes devant le Seigneur. Il est comme le grain de moutarde qui peut croître et donner des fleurs, alors que le riche est comme le grain que le vent a emporté vers la mer. »

Un murmure profond comme un mugissement salua la parabole. Ils écoutaient donc, ils faisaient la différence entre l'affirmation de la justice divine et l'éloge de la vertu. Il fouilla les regards bruns et les yeux noirs, sous les toisons hirsutes et les cheveux lisses, détailla les bouches amères et les lèvres encore tendres.

« Je vous le dis donc, au nom de notre Père qui est aux cieux, le pauvre est le sel de cette Terre. Qu'il ne prenne pas garde à l'arrogance du riche, qu'il sache qu'il est aussi près de Dieu que le pied nu est près de la terre et qu'il soit le vrai gardien de notre foi. »

Il étendit les bras, puis les abaissa, pour signifier que son prêche avait pris fin. Mais ils attendaient.

« Es-tu le Messie comme on le dit ? » demanda une voix dans la foule, immédiatement relayée par d'autres.

« Je vous apporte la vérité, et cette vérité ne m'appartient pas plus qu'elle n'appartient aux autres », répondit-il.

« Mais es-tu le Messie ? » insista une femme.

« Dieu désigne qui Il veut dans son insondable sagesse, et celui-là ne le sait pas lui-même. Si je suis le Messie, je ne le sais pas. »

« Est-il vrai que la fin de ce monde soit proche ? » demanda un autre.

« Sais-tu quand tu mourras, toi qui m'interroges ? Ou quand ton frère mourra ? Quelle différence ferais-tu donc avec notre mort simultanée à nous tous ? Seras-tu plus vertueux ? Ou bien le seras-tu moins ? Je vous le dis, personne sur la Terre ne peut deviner les desseins du Seigneur, mais chacun doit être prêt à se présenter devant son Créateur à toute heure du jour ou de la nuit. »

Il fit un pas en arrière.

« Retournez à vos tâches et que les mots qui vous ont été donnés par mon entremise vous apportent la paix. »

Ils se dispersèrent.

« Maintenant », dit Simon, « si tu le demandais, cette foule et bien d'autres encore te suivraient de la Galilée jusqu'à Jérusalem. »

« Je ne suis pas un général », répliqua Jésus. « Que les mots seuls aillent à Jérusalem. »

Simon parut mécontent de cette réponse, mais Jésus n'eut pas le loisir de lui répondre. Il venait d'apercevoir Thomas absorbé dans une discussion passionnée avec un étranger. Puis Thomas se tourna vers lui ; ses traits tourmentés étaient peints d'une expression de comédien feignant la surprise. D'un ton emprunté, Thomas déclara que son interlocuteur était une vieille connaissance et l'un des disciples de Jokanaan et qu'il avait assisté la veille au baptême d'Apollonios et de ses propres disciples.

« Apollonios baptisé ! » murmura Jésus.

« Mais il ne mettra pas les pieds dans tes sandales, Maître. Il ne le peut. Seulement, le temps presse. Il faut établir ton autorité dans les grandes villes. Et il nous faut plus d'hommes. »

« Oui », dit André, « cinq, c'est trop peu. »

« C'est le Démon qui inspire la hâte », répondit Jésus. « Dieu portera conseil. »

Dans la soirée, il devint évident que Simon, André et Philippe aspiraient à une pause qui leur permît de revoir leurs familles. Jésus l'accorda. Il se retrouva le lendemain avec Nathanaël et Thomas. Pourquoi Nathanaël ne rejoignait-il pas aussi sa famille ? Il y aurait trop à leur dire, expliqua-t-il, avec un demi-sourire.

Ils obtinrent une maison où il était possible de s'isoler, car les attroupements qui suivaient Jésus dès qu'il s'aventurait dans la rue commençaient à devenir oppressants. Et Jésus entendait se reposer en attendant le retour de Simon, André et Philippe. Nathanaël s'occupait des repas avec l'aide d'une femme du village, car Thomas était incapable de faire cuire fût-ce un œuf. Dans la journée, ils allaient se promener sur la route brûlante autour du mont Thabor. Jésus méditait. Jokanaan flottant dans la nuit, le python de Kadath qui buvait du lait, les retrouvailles avec Thomas, ces cinq disciples, ces foules de plus en plus ardentes... Et tout cela en deux mois seulement, depuis le débarquement à Ptolémaïs ! Il cherchait le dessin songeant aux propos du prêtre égyptien d'Héliopolis. « Seuls les dieux voient la tapisserie de face. Nous, nous ne voyons que le dessin confus de l'envers. » Les Juifs attendaient quelque chose ou quelqu'un avec plus de ferveur qu'il l'avait supposé. Il semblait jusqu'ici qu'il eût été élu pour être l'homme qu'ils se représentaient comme le libérateur. Il se prêtait donc à leur attente, et d'autant plus facilement qu'elle était la sienne propre. Mais après ? Après ? Le vent soufflait dans ses voiles, mais vers quel port ?

Thomas, qui le suivait de son pas irrégulier et parfois même saccadé, semblait capter un écho de ses réflexions.

« Et après ? » demanda-t-il un jour que Jésus s'était arrêté pour prendre l'ombre sous un sycomore.

« Après ? » répéta Jésus intrigué.

« Oui, après », dit Thomas. « Nous semons la révolte. Que récolterons-nous ? »

« Est-ce la révolte que la parole de Dieu ? Dans ce cas, nous n'avons rien à craindre. »

« Je ne dis pas que nous avons quelque chose à craindre. Je demande : où allons-nous ? »

Et comme Jésus ne répondait pas, Thomas reprit :

« De ce train, il faudra que tu sois à la fin maître des cinq provinces. Tu as du pouvoir et ce pouvoir entrera en conflit avec celui du Temple, puis des agents de Rome. Y songes-tu ? »

« Non », répondit Jésus.

Et Thomas éclata d'un rire tellement étrange que Nathanaël le regarda comme s'il était devenu fou, un rire qui évoquait le grincement frénétique d'une poulie. Jésus en sourit. Mais la vérité est qu'il ignorait la réponse à la question de Thomas.

A peine furent-ils arrivés à Cana qu'on les reconnut dans la rue. On les escorta, des enfants dansèrent derrière eux en frappant des mains. Des inconnus vinrent alors dire à Jésus que sa mère était là. « Ils sauront bientôt la pointure de tes sandales », murmura Thomas. Ils se laissèrent guider jusqu'à l'adresse où résidait Marie. Jésus la trouva en compagnie de Juste, de Simon, et de Lydia et Lysia. Ils étaient tous venus pour un mariage qui devait avoir lieu le soir. Un lointain parent fortuné avait tenu à rassembler toute sa famille pour le mariage de son fils. Jésus et ses cinq compagnons furent aussi invités.

La maison où la noce allait être célébrée était construite à la romaine, c'est-à-dire constituée de bâtiments entourant une cour carrée au centre de laquelle coulait une fontaine. Des torches et des candélabres avaient été disposés partout et une phalange de domestiques attendaient les premières ombres de la nuit pour les allumer, dressaient de longues tables mises bout à bout, hissaient des jarres de vin sur leurs trépieds, suspendaient des guirlandes de fleurs au-dessus des portes. Les premiers invités arrivèrent avant le crépuscule. D'abord de jeunes hommes en robe d'apparat, aux rayures vives et aux encolures brodées, le teint rafraîchi par des ablutions toutes récentes, les cheveux huilés et parfumés, firent un chahut devant la maison, sous l'œil des badauds, et organisèrent des jeux, comme le lancer de plusieurs balles de coton qu'il fallait toutes rattraper d'une main. Puis vint une bande de jeunes filles, aux mises encore plus apprêtées, qui passèrent devant les garçons en feignant de les ignorer et en gloussant et qui fuirent les lazzis en se précipitant dans les appartements de la future épouse. Puis des gens plus âgés arrivèrent, portant des cadeaux qu'ils déposèrent sur une table à l'entrée, sous la surveillance d'un vieux domestique. On alluma enfin torches et chandelles, la lune se leva, des chants et des rires fusèrent. Le futur mari apparut enfin et l'on se pressa autour de lui pour le féliciter. Il s'avisa de la présence de Jésus et se détacha de ses amis pour requérir, balbutiant, les bénédictions de cet invité inattendu et dont il savait déjà la réputation.

Il était un homme qui observait Jésus et son escorte depuis le début de la réception. Jésus identifia ce vieillard aux yeux larmoyants et au front plissé comme le rabbin de Cana et, peu après, comme un ennemi. En effet, l'homme alla à Jésus et, la barbe fourchue, rebiquant comme des cornes à l'envers, lui demanda d'une voix forte et d'un ton hostile :

« Es-tu celui dont ils disent que c'est le Messie ? »

Un silence se fit.

« Les hommes de Dieu écoutent la voix de leur Maître et non les bruits de la rue, rabbin », répondit Jésus.

« Veux-tu dire que tu n'es pas le Messie ? » reprit le rabbin. « Alors pourquoi laisses-tu dire que tu l'es ? »

« Le renard dans les champs craint le bâton du berger, mais le berger ne craint que le feu du ciel », répondit Jésus.

Le rabbin ricana. « Serais-tu donc le feu du ciel ? » demanda-t-il.

« Et crois-tu donc être un berger, rabbin ? »

Le rabbin souffla, haussa les épaules et retourna à son groupe. La scène s'était déroulée sous les yeux du promis, désemparé. On fit servir le repas un peu plus tôt pour faire diversion. Les hommes s'assirent à une longue table d'un côté de la cour, les femmes à une autre. Le futur époux prit le rabbin à sa droite et Jésus à sa gauche, ce qui sembla couper l'appétit du premier, mais n'eut guère d'effet sur celui de

Jésus, qui dégusta ses cailles grillées, son orge en sauce et jusqu'à la dernière datte fourrée avec un plaisir sans mélange, tout en échangeant avec son voisin des citations du *Cantique des Cantiques*. Alors que plusieurs invités manifestaient, vers la fin du dîner, des dispositions torpides, car ils avaient beaucoup bu, il conservait la tête claire ; il avait goûté le breuvage et l'avait trouvé trop épais ; c'était du vin de Chios qui avait sans doute été transporté dans des jarres neuves où il s'était beaucoup trop concentré.

Des chants montèrent encore dans la nuit et des jeunes filles vêtues de blanc tenant chacune une lampe allumée entrèrent dans la cour firent le tour des tables, puis allèrent se ranger près du dais que l'on avait dressé à l'extrémité opposée au vestibule d'entrée. Elles représentaient les Vierges folles et les Vierges sages. La future épouse alla prendre place sous le dais, couronnée de guirlandes dorées, le visage empourpré dans l'attente de son futur mari, qui se dirigea alors vers elle, escorté par le rabbin, Jésus et des hommes de sa famille.

> *Ma colombe qui niche dans le creux de la falaise*
> *ou dans les crevasses des hautes corniches,*
> *laisse-moi voir ton visage, entendre ta voix...*

chanta le jeune homme d'une voix chaude et légère. Et les invités chantèrent à leur tour :

> *Attrapez-les pour nous, les chacals, les petits chacals,*
> *qui dévastent nos vignobles quand les vignes sont en fleur.*

Le jeune homme devait aller lentement, et les vierges surveillaient anxieusement les flammes de leurs lampes. Quand le futur époux chanta :

> *La fontaine de mon jardin est une source d'eau vive, qui vient du Liban.*
> *Eveille-toi, vent du nord, viens donc, vent du sud...*

cinq vierges seulement avaient pu protéger leurs flammes de la brise. Les futurs époux se faisaient maintenant face. Une grenade fut jetée sur le sol où elle éclata, des flacons de parfum furent répandus sur le sol, tandis que le rabbin récitait ses formules et que le jeune homme, debout, tenait la main de la jeune fille. Des femmes pleurèrent, comme toujours, tandis que les hommes criaient, et Jésus vit des larmes sur les joues de sa mère, se demandant si elles prenaient leur source dans le souvenir ou le regret. Les larmes furent séchées et les domestiques vinrent présenter les cadeaux au jeune couple, annonçant, tandis qu'ils déposaient à leurs pieds les plateaux d'argent, les candélabres, les pièces de tissu et les vêtements de soie, les sachets d'épices et les bourses tintant de pièces : « Ceci est offert par David, fils de Mathat », et « Ceci est offert par Myriam, la mère de Barnabé », et ainsi de suite. Les hommes, qui tout à l'heure somnolaient, étaient maintenant bien réveillés. Le maître de maison demanda qu'on servît à boire et les domestiques répondirent qu'il n'y avait plus de vin. Or, il n'y avait aucun marchand qui eût à Cana assez de vin pour quelque cinq douzaines de gens ; ils avaient tout vendu et Jacob, le jeune marié, parvenait mal à cacher son embarras. Le rabbin clignait des yeux avec malice, comme s'il eût pensé que, dans une maison où l'on invitait des gens tels que Jésus, il n'était pas surprenant que l'on manquât de vin dans des occasions telles qu'un mariage. Son expression énerva Jésus et l'énervement atteignit son comble quand le rabbin, sans doute déjà pris de boisson, déclara : « N'est-il pas étrange que l'on manque de vin alors qu'un personnage miraculeux est parmi nous ? »

« La rancœur n'a jamais nourri un homme », dit Jésus bien fort, « ni le raisin poussé par un cep délabré. »

« Oui », renchérit Nathanaël à tue-tête, « et si certains ont soif, pourquoi ne vont-ils pas chercher le vin de leurs celliers ? »

Certains invités se mirent à rire et suggérèrent qu'en effet, on allât chercher du vin à la synagogue. Entre-temps, Jésus avait convoqué le sommelier et inspectait les jarres vides. Une sorte de mélasse les emplissait au tiers. Elle ressemblait au moût que l'on trouvait, mais en bien moindre quantité, au fond des jarres et des outres de vin de Palestine et que l'on rinçait toujours quand on y reversait du vin frais.

« Je n'ai jamais vu un moût si épais », dit le sommelier.

« Peut-être que si l'on ajoutait de l'eau pour le diluer, on obtiendrait un peu plus de vin », dit Jésus.

« Le moût est aigre », observa l'autre.

« Ce n'est pas seulement du moût, c'est du vin qui s'est changé en sirop sous l'effet de la chaleur, sur le bateau. Remplissez une jarre d'eau et donnez-moi un bâton », répondit Jésus, qui se souvenait d'avoir dû étendre du vin ainsi épaissi, au cours de ses voyages.

On remplit une jarre ; Jésus dilua le dépôt qui s'y trouvait à l'aide du bâton qu'on lui avait donné, sous le regard sceptique du sommelier. Puis il demanda à goûter ce vin étendu ; il était certes bien plus léger que le premier vin, qui était beaucoup trop alcoolisé et sirupeux, mais il était tout à fait buvable.

« N'as-tu jamais servi de vin grec auparavant ? » demanda Jésus.

« A vrai dire, maître, non. Je recommande toujours le vin de Galilée et de Syrie, qui est toujours livré en outre de chèvre et qui contient très peu de moût. C'est la première fois que je sers du vin en jarre. Mais nos maîtres ont insisté pour que l'on serve du vin grec, qui est plus rare. »

Jésus tendit son gobelet au sommelier pour qu'il en goûtât. L'autre en prit une gorgée, leva les sourcils et déclara le breuvage tout à fait acceptable. Au point d'imbibition où en étaient la plupart des invités, dit-il avec une pointe de sarcasme, un vin un peu plus léger ne leur ferait pas de mal. Après avoir donné aux domestiques l'ordre d'en faire avec les fonds de jarre restants comme avec le premier, il s'étendit, voire se répandit en éloges sur le savoir de son interlocuteur, sans qui la fête aurait été gâchée.

Tout le monde suivait d'un œil curieux l'entretien de Jésus et du sommelier, sans distinguer ce qu'ils faisaient, puisqu'ils étaient sous les arcades, dans le quartier réservé aux serviteurs. Le même monde ignorait donc l'issue de l'entretien. Et quand, peu après, les domestiques regarnirent les gobelets des invités, à commencer par celui du rabbin, un murmure s'éleva dans l'assistance.

« D'où vient ce vin ? » demanda le rabbin alarmé.

La même question jaillissait de toutes les bouches.

« Cet homme m'a fait verser de l'eau pure dans les jarres vides et elle s'est changée en vin », répondit le sommelier, énigmatique.

Les murmures se changèrent en clameur et le rabbin pâlit.

« Seigneur ! » s'écria Jacob. « C'est bien ton messager qui est venu bénir ma maison ! »

Le père du marié fit remarquer à haute voix que l'eau s'était changée en vin le jour même du mariage de son fils, ce qui annonçait une nombreuse descendance. Puis il alla vers Jésus et lui baisa les mains. Les femmes caquetèrent avec force, formant une barrière autour de Marie. Un autre cercle s'était formé autour de Jésus et le mot « miracle », qui avait commencé par voltiger timidement, s'était changé en un essaim qui bourdonnait dans la fête. La fête revêtait soudain une solennité tonitruante. Plus de place pour les plaisanteries d'usage et les aménités de rigueur. On resservit du vin à volonté. Thomas, qui s'était endormi après le premier verre, fut réveillé sans douceur ainsi que les autres disciples et, clignant des yeux dans le charivari, demanda : « Qu'est-ce qu'il y a ? Qu'est-ce qui se passe ? » cependant que le sommelier répétait imperturbablement son histoire pour la dixième fois. Le rabbin s'était retiré à part, en compagnie de quelques séides, les nouveaux mariés se tenaient aux côtés de Jésus, en tenant précautionneusement leurs coupes.

« Tout le monde a pour coutume de servir d'abord le meilleur vin », dit Jésus, « et attend que tous les invités aient bu leur soûl avant de servir le vin de deuxième ordre. Mais vous avez gardé le meilleur pour la fin. »

Seul Thomas enregistra le clin d'œil qui lui fut adressé.

« Ce n'est plus mon vin », dit Jacob, « c'est le vin du ciel et c'est le plus grand cadeau de mariage qui ait jamais été fait. »

Jésus hocha la tête et, fatigué, prit congé de ses hôtes et de sa mère. En partant, il entendit le nouveau marié réciter le psaume qu'il connaissait si bien : « Le Seigneur est mon berger, je ne manque de rien... » Les disciples qui le suivaient demandaient des explications.

« J'ai fait verser de l'eau dans les jarres qu'ils croyaient vides », répondit Jésus.

Le lendemain, tout Cana bourdonnait de récits sur ce que l'on définissait avec de plus en plus de fermeté comme un miracle. Ce fut trois jours plus tard que le rabbin Perez entra dans sa période d'insomnies et que le rabbin Isaac commença à se demander ce qui rongeait son fils.

« La Galilée est conquise ! » s'écria Simon.

« Et tu n'as fait qu'ajouter de l'eau pure au moût ? » demanda encore Nathanaël.

« Et que fait donc Jokanaan dans le Jourdain ? » repartit Jésus. « Il verse de l'eau sur le moût des âmes. »

Une fois de plus, la mule fut chargée de présents et, une fois de plus, Jésus et ses disciples reprirent la route vers le nord. L'air sembla plus chaud du combat que s'y livraient, tout au long de la route, le thym et la bruyère blanche. Philippe et Thomas étaient perdus dans leurs rêveries. André et Simon menaient le cortège. Nathanaël chantait. Jésus souriait en pensant au bon tour qu'il avait joué au rabbin. Ce genre de gredin ne cédait qu'à la peur, à la luxure et à la cupidité ; il s'était servi de la peur. Il faudrait y recourir plus souvent.

VII

CONVERSATION
DANS UNE TAVERNE

Ils atteignirent Capharnaüm en proie à un sentiment, presque une sensation, qui frisait à la fois l'ivresse et le malaise. La route qui s'ouvrait devant Jésus, et devant les cinq disciples, semblait aller s'élargissant. Les obstacles tombaient sans peine, méfiance, hostilité des rabbins et de leurs clans, doutes sur la messianité de Jésus. Tout au long de leur remontée vers le nord, Jésus avait été accueilli comme un personnage attendu depuis toujours, et nul ne semblait s'attarder sur l'imminence de la fin des temps que, selon Jokanaan, présageait l'avènement d'un Messie. Jusqu'où cela irait-il ? Emporteraient-ils Jérusalem comme on cueille une figue mûre ?

Jésus, lassé par la route et les foules, s'était retiré pour dormir après un repas de lait caillé et de salade. Marie, qui les avait suivis, sans doute faute d'un véritable foyer, s'affairait à tremper du linge avec des cendres de bois, qu'elle rincerait le matin avec l'aide de la femme de l'aubergiste — elles s'étaient connues autrefois et leur conversation ininterrompue se prolongeait dans la nuit comme une frise sur un mur. Simon, André, Thomas, Philippe et Nathanaël, qui s'étaient retrouvés seuls après dîner, finissant le vin, n'éprouvaient pas d'envie de dormir. C'était aussi la première fois qu'ils étaient réunis sans Jésus depuis qu'ils s'étaient rencontrés, et c'était une expérience nouvelle.

« Cette histoire de Cana... » dit Philippe, comme s'il pensait à haute voix. Leurs regards se tendirent ; ils n'avaient pas pu détacher leur esprit de ce que Philippe appelait avec impertinence « cette histoire ». « Eh bien, cela semble avoir plus fait pour sa réputation que les miracles précédents. Vous l'avez noté, tout le monde était au courant. »

« Pourquoi as-tu appelé cela une "histoire" ? » demanda Thomas.

« Je veux dire... » bredouilla Philippe, et, se ressaisissant : « Enfin, était-ce vraiment un miracle ? »

« Qu'est-ce qu'un miracle ? » dit Nathanaël. « Cela dépend du spectateur. Pour le Tout-Puissant, je suppose, tout est miracle ou bien rien ne l'est, puisque tout est le fait de Sa volonté. »

« Après tout », insista Philippe, « il nous l'a dit, il n'a rien fait d'autre que de verser de l'eau sur du moût épais de vin grec. »

« Tu ne l'aurais pas fait », rétorqua André. « C'était miraculeux, alors, moi, je l'appelle un miracle. »

« Dieu n'y était pour rien », dit Philippe.

« Comment le saurais-je ? Tu as dit toi-même que rien n'advient sans Sa volonté. La main de Dieu était certainement là, puisque c'est arrivé exactement quand il fallait que cela arrive. »

« C'est donc cela », dit Nathanaël. « Ce serait un miracle parce que c'est arrivé quand il le fallait. Je ne suis pas sûr que ce soit ma définition d'un miracle. »

« Personne ne vous oblige à y croire, vous deux », intervint Simon. « Si vous ne croyez pas que Jésus est le Messie et qu'il fait des miracles, vous pouvez toujours aller vous plaindre au grand prêtre à Jérusalem ! »

« Je n'en parlerai plus », concéda Philippe.

« Tant mieux, nous ne sommes pas des philosophes grecs », dit Simon.

« Ce qui reste à voir », dit Thomas, « c'est si tout le monde accueillera Jésus comme le Messie et ce que nous répondrons quand on nous demandera ce qu'est exactement un Messie. »

Simon devint rouge.

« Qu'est-ce que ça veut dire ? » dit-il d'une voix que l'indignation étranglait. « Insinuerais-tu que tu ne sais pas ce qu'est un Messie ? Ou que les gens ne le savent pas ? »

« Allons », dit Thomas, « je te rappelle que tu n'es pas notre chef, et j'apprécierais un ton plus amène. En fait, je te le dis tout clair, Simon : je te mets au défi de trouver dans les Livres une seule mention claire du Messie ! » déclara-t-il d'un ton soudain péremptoire. « Et j'ai lu les Livres, moi ! »

« Le Messie... » commença à répondre Simon, de plus en plus congestionné. Puis il explosa : « Mais, Thomas, tu te moques de moi ! Tout le monde sait qui il est, puisque tout le monde l'attend ! »

« Frère », reprit Thomas avec un soupir, « le mot Messie signifie "Celui qui a reçu l'onction", ce qui signifie qu'il peut être un grand prêtre ou un roi, ou encore, les deux, et ce qui signifie encore que le grand prêtre à Jérusalem est un Messie, un point c'est tout ! Jésus n'est pas un grand prêtre et il refuserait de l'être, et il n'est pas non plus un roi et, de plus, vous l'avez entendu depuis des semaines, il n'a pas dit une seule fois qu'il est le Messie. » Ils firent des yeux ronds. « De plus », reprit-il, pointant son doigt osseux vers Simon, « essaie seulement d'expliquer qu'un Messie est un grand prêtre ou un roi et tu peux dire adieu à la compagnie ! » Il but une longue gorgée de son gobelet et dit encore : « Si tu disais cela, Simon, Simon tête de pierre, tu te ferais arrêter sans tarder comme agitateur ! Croyez-moi, vous autres, Jésus sait exactement ce qu'il fait quand il refuse de dire qu'il est le Messie ! »

« Mais l'est-il ? » demanda Philippe.

André leva les bras au ciel.

« Crois-tu qu'il l'est et nous le cache ? Est-ce que ça lui ressemble ? Et quel genre de Messie serait-ce qu'un Messie qui se dérobe ? »

« Alors, qu'est-ce qu'il est, selon toi ? » demanda Simon.

« Un homme envoyé par Dieu et jusqu'ici indéfinissable. »

« Et pourquoi Jokanaan dit-il que Jésus est le Messie, et comment se fait-il qu'il ne soit pas arrêté, lui ? » demanda Nathanaël. « Après tout, il a connu Jésus avant nous tous et il doit savoir quelque chose. »

« Jokanaan est censé être une sorte de prophète, bien que je ne puisse pas dire s'il y a plusieurs variétés de prophètes, ni même si Jokanaan est un prophète. De toute façon, je ne crois pas qu'il continuera longtemps à clamer que Jésus est le Messie. Et si Jokanaan n'est pas un prophète, ce qu'il dit ou rien, c'est la même chose. »

« Tu as l'esprit bien sec, frère », dit André.

« Moi, l'esprit sec ! » s'écria Thomas. « Frère, je ne sais lequel de nous deux a l'esprit le plus aride ! N'étaient mes avertissements, ce soir, vous seriez tous arrêtés avant peu. Parce que vous auriez dit des bêtises. »

Ils burent un peu, pour dissiper leurs tensions. Puis Philippe demanda :

« Et qu'est-ce que tu fais avec nous, Thomas ? Et qu'est-ce que nous faisons tous avec Jésus ? »

Thomas hocha la tête, plissant ses lèvres minces. Puis il mit la main sur un genou et répondit : « La vigie d'un navire, la nuit, cherche les phares. J'ai rencontré Jésus il y a de nombreuses années. C'était un soir à Antioche, sur la rive de l'Oronte. J'étais désespéré. Moi, Thomas de Didymes, le thérapeute que l'on venait de Patras et de Delphes consulter parce que je savais déchiffrer les oracles d'Asclépios et décider si tel enfant allait atteindre sa majorité, tel homme franchir sa quarantième année et telle femme porter sa grossesse à terme, j'étais sans but. J'avais perdu mon maître, un grand philosophe dont vous avez sans doute entendu parler, Apollonios de Tyane. Son enseignement avait été vaste comme le monde. Il savait comment guérir une morsure de serpent et il pouvait deviner d'après la forme d'un homme sous quelle étoile il était né et de quelle maladie il mourrait. Il était vertueux et beau et, bien qu'il fût très simplement vêtu, son autorité s'imposait à tous et plus d'un roi demandait son avis. Un grand esprit de l'univers lui soufflait à l'oreille des secrets par milliers. Il était une religion à lui tout seul. Sa voix emplissait la nuit de musique et de songes et faisait briller le jour d'une clarté plus forte. Et pourtant, moi, Thomas de Didymes, je l'ai quitté. »

« Pourquoi ? » demanda Nathanaël, les yeux brillant d'une interrogation impatiente.

« Pourquoi, en effet ? Il faudra qu'un jour je comprenne pleinement pourquoi je l'ai quitté. Tout ce que je sais est que je suis parti parce que mon cœur me faisait mal. Cet Apollonios, en dépit de sa puissance spirituelle, c'était une statue. Je l'admirais aussi profondément qu'un homme peut en admirer un autre. Et pourtant, il ne m'émouvait pas ! Il m'en avait appris sur le monde plus que je n'en aurais appris en plusieurs vies mises bout à bout. Comment certains éléments peuvent se changer en d'autres, comment le feu expulse la matière ignée présente en toute chose et comment l'on distingue une fièvre d'une autre, et comment on les refroidit toutes, par exemple, à l'aide de l'écorce de saule, parce que cet arbre poussa au bord de l'eau et qu'il en a pris les qualités... »

Ils écoutaient, pris de vertige. Il y avait donc un autre savoir que celui des Livres ?

« ... Mais il allait changer aussi ma chair en pierre. A savoir toutes les lois, l'indifférence vous vient. Et, frères, je ne voulais pas me changer en pierre ! Pour aucune idée, aucune croyance ! Non ! Chair, je suis et veux demeurer et je ne veux pas me changer en une de ces momies sonores que deviennent certains anachorètes ! Je... »

Il secoua la tête, noua ses doigts dans sa chevelure grisonnante, fit des gestes désordonnés et sa voix devint presque inaudible. Sa raison défaillait-elle ?

« Peut-être est-ce trop difficile pour vous... Sans le cœur et sans la chair, l'esprit ressemble à ces tourbillons de poussière qui s'élèvent dans le désert par les jours venteux et dont on se demande si un maléfice ne va pas tantôt leur donner des jambes, des bras, une tête, une tête et une voix... Les idées, elles vont et viennent sans laisser de traces si elles ne sont pas imprégnées dans le sang, les entrailles, les seins et les plus obscures profondeurs des reins... Leur éclat éblouit comme les écailles de la mer au soleil et puis elles meurent avec les vagues et la nuit... Elles sont aussi comme des putains avec lesquelles on passe une nuit... Apollonios déversait les idées comme s'il avait été une corne d'abondance, et il s'en soûlait et en soûlait les autres. Quand je me suis dégrisé, j'ai eu faim de quelque chose d'autre. Quelque chose d'autre », répéta Thomas d'une voix rauque.

« Apollonios », reprit-il au bout d'un moment, « m'a cependant enseigné une idée qui m'est restée. Tout ce qui existe est divisé en deux royaumes, la matière et l'esprit. Il estimait, d'après les maîtres qui l'avaient lui-même formé, et c'est là que je n'étais pas d'accord, que la matière est mauvaise et vouée à sa propre destruction, alors que l'esprit est bon et voué à l'éternité. Il estimait aussi qu'au-dessus du dieu de la matière et du dieu de l'esprit régnait un dieu suprême, qu'il appelait le Grand Esprit ou le Suprême Esprit de l'Univers. Oui, il y a bien deux royaumes, l'esprit éternel et la matière éphémère, mais je ne crois pas, non, je ne sens pas que toute matière soit mauvaise et tout esprit bon. C'est ce que vous n'avez pas compris, Simon, et toi André, lors de notre première conversation, et c'était l'énigme que Jésus a résolue pour moi. Il savait déjà, par science infuse, que le grain de blé n'est pas mauvais, bien qu'il soit matériel, et que le Démon immatériel souffle dans la nuit comme il m'a maintes fois soufflé aux oreilles ! Jusqu'alors, je méprisais la matière et les errements de la chair, mais Jésus m'en a appris autrement. »

Il promena ses yeux ronds sur l'auditoire.

« Jésus t'a appris à ne pas mépriser les errements de la chair ? » demanda Simon en fronçant les sourcils.

« Oui », dit Thomas, provocant. « Le seul péché est l'entêtement. Ce que vous appelez péché, c'est la paille et le fumier qui font croître le blé. Un homme sans péché est arrogant. Ayez pitié du pécheur, mais aimez-le. Ses péchés sont le fumier sur lequel fleurissent les fleurs de ses vertus. »

« De toute façon », dit Simon, « Jésus, lui, est sans péché. »

« Je l'ai connu à Antioche, je vous l'ai dit. Et c'est un homme », répliqua Thomas sur un ton énigmatique.

« Que veux-tu dire par là ? » demanda Simon.

« A Antioche, il était aussi un pécheur », dit lentement Thomas en regardant Simon au fond des yeux.

« Insupportable ! » cria Simon. « C'est insupportable ! » et André et Philippe renchérirent : « Veux-tu laisser entendre que nous suivons un pécheur ? »

« N'est-ce pas le cas ? » repartit Thomas d'un ton plein de défi. « Ne le suis-tu pas, Simon ? Ne suis-tu pas un homme qui, de son propre aveu, a par exemple mangé du porc et de la nourriture samari-

414

taine ? » Il laissa l'écho de ses mots se dissiper et dit :
« Toi, Simon, qui es plein d'arrogance comme je
disais, tu n'as jamais mangé de porc et tu détestes
évidemment les Samaritains, et pourtant tu sais bien
que ce pécheur t'est supérieur et tu le sais si bien que
tu l'acceptes comme maître. Ton maître est un
pécheur, Simon, j'en suis fier et heureux ! Et si tu n'es
pas un pécheur, Simon, je souhaite que tu ailles dans
un bordel et que tu comprennes un peu mieux la vie !
A qui vas-tu prêcher ? Car il faudra bientôt prêcher !
Aux anges ? Les purs esprits n'ont pas besoin de ton
pauvre enseignement, Simon, et ceux qui se croient
sans tache n'en ont pas davantage besoin, André !
Vous voulez tous savoir pourquoi, moi, je suis
Jésus ? Parce que j'ai observé son visage quand il a
guéri cette fillette malade à Sébaste. Il était transfi-
guré par une compassion irrésistible, plus forte que
lui. Il s'est emparé du fardeau de la maladie de cette
fillette. J'ai vu Apollonios aussi guérir des malades.
Il n'éprouvait pas de compassion. Il agissait comme
un fonctionnaire de l'Esprit Suprême appliquant un
édit. Il se croyait, lui, sans péché. »

Simon se prit la tête dans les mains, comme s'il
souffrait d'une intolérable douleur, André paraissait
vieux et malade. Philippe roulait des yeux égarés et
Nathanaël se pinçait la lèvre inférieure entre le
pouce et l'index.

« Seigneur », murmura Simon, « suivons-nous
donc en Ton nom un homme qui est un pécheur ?
Est-ce là Ton messager ? »

« Simon ! » cria Thomas. « Croyais-tu que tu suivais un ange ? N'as-tu jamais songé que les anges
n'ont pas de mère ? Et, si Jésus avait bien été un
ange, où donc aurait été ton mérite ? N'importe quel
homme suivrait un ange ! Ou bien vous tous, frères,
supposiez-vous, dans une folle vanité, que vous aviez
été élus par le Tout-Puissant ? Croyiez-vous vraiment
cela ? »

« Tu nous rendras fous avec ta philosophie, Thomas », dit Philippe avec un soupir. Il s'étira et ferma les yeux.

« Philosophie ! » grommela Thomas. « Il n'y a pas de philosophie dans ce que je dis. Il n'y a que du bon sens. »

« Et où nous conduira donc cet homme ? » demanda Philippe.

« Si on vous le disait, vous ne le comprendriez pas. Tout ce que je peux vous dire, frères, est que vous le suivez parce que vous le trouvez irrésistible et que vous ne pouvez pas faire autrement. Il est comme la musique qu'on joue au loin. On n'en voit pas les joueurs, mais le cœur bat quand même à son rythme. »

« On pourrait en dire autant du Démon », murmura Nathanaël.

« Oui, on le pourrait », admit Thomas sous le regard scandalisé de Simon. « Et pourtant, nous savons qu'il n'est pas le Démon. Comment le savons-nous ? Pas par nos cervelles. On ne sait jamais rien par la cervelle ! Non, Simon, ne me regarde pas ainsi, nous savons tout ce que nous savons par le cœur et la chair, la vérité pénètre en nous comme le glaive. Tu n'as aucune preuve que rien n'existe, Simon, même pas Dieu. Tu le sais, pourtant. Il perce les boucliers des mots pour atteindre nos cœurs. »

« Tu es soûl », dit André en se levant.

« Ton malheur, André », répliqua Thomas, « est que tu tiens ta cervelle en telle estime que tu ne te permettras jamais d'être soûl. Et sais-tu pourquoi, André, parce que tu crains que l'ivresse ne révèle ta nudité. »

« Que les autres couvrent donc la tienne », dit André en partant.

« La manière dont tu te sers des mots est dangereuse, Thomas », dit Simon en vidant son gobelet. « Dès que tes sentiments vacilleront, tu seras rongé par le tourment du doute. »

« Je préfère le doute à l'opacité des Sadducéens », répondit Thomas. « Je bois au doute. »

Il resta seul avec Philippe et Nathanaël, qui semblaient attendre le mot de la fin.

« Nous sommes sur Terre », dit-il, vidant lui aussi son gobelet. « Tout cela se passe sur la Terre. Jésus est sur la Terre et il dort comme n'importe quel autre être humain, parce qu'il est fatigué. Ne nous leurrons pas. Ceux qui pensent que le Ciel les a choisis sont enclins aux pires erreurs. Si ce n'avait pas été le cas d'Israël... »

« Mais tu es, tu l'as dit, de Didymes, donc tu n'es pas juif », observa Philippe sur un ton interrogateur.

« Non, je suis en fait de Thrace. »

« Que fais-tu donc avec nous ? Ceci est une histoire de Juifs. »

« Je n'en suis pas sûr, je n'en suis pas sûr du tout », répondit Thomas avec un demi-sourire. Il se leva à son tour et souhaita bonne nuit aux deux jeunes gens. Ils demeuraient immobiles. La chandelle sur la table vacilla dans le vent du soir. Un papillon brun vint affoler les moucherons qui dansaient autour de la flamme et tomba dans un gobelet vide. Ses battements d'ailes firent résonner le métal. Les senteurs de la nuit s'insinuèrent. Le silence se coagula autour de Philippe et Nathanaël. Ils échangèrent un regard. Tout cela était beaucoup plus compliqué qu'ils ne l'avaient cru.

VIII

LES QUATORZE

Quand ils se réunirent, le lendemain matin, Simon et André annoncèrent qu'ils prenaient donc congé pour deux ou trois jours, afin de retrouver leurs familles, qui habitaient le faubourg oriental de

Capharnaüm. C'était convenu d'avance et le visage de Jésus n'exprima ni surprise ni contrariété. Mais voilà qu'ils ajoutèrent, d'un ton emprunté, que leurs maisons étaient, bien entendu, ouvertes à Jésus et aux siens, si leurs pas les portaient plus à l'est sur la rive de la mer de Galilée. Sur quoi Jésus leur demanda s'ils comptaient vraiment revenir. Ils se récrièrent. Quelle question ! Comment le Maître avait-il conçu un doute et autres protestations. Seraient-ils venus de Judée pour l'abandonner ici ?

« J'ai regardé dans vos yeux ce matin », dit Jésus. « Ils étaient troubles. Il s'est passé quelque chose hier soir, pendant que je dormais, qui vous a troublé. »

« Cet homme lit dans les esprits », dit André.

« Allez donc voir vos familles », reprit Jésus. « Vous savez où me trouver d'ici deux ou trois jours. » Quand ils eurent quitté le petit verger derrière l'auberge où la réunion avait eu lieu, Jésus interrogea Thomas, Philippe et Nathanaël du regard.

« Ce qui s'est passé », dit Thomas, « est que nous avons débattu de ta nature de Messie. Je leur ai dit que le mot est confus, qu'un Messie est supposé être un personnage qui a reçu l'onction, donc qui est soit un grand prêtre, soit un roi, peut-être les deux, que ce n'est pas ton cas et que tu n'as jamais dit que tu es le Messie. »

Philippe et Nathanaël scrutèrent avidement le visage de Jésus.

« C'est exact, je ne l'ai jamais dit. Est-ce donc ce qui les a troublés ? »

« Ce qui les a plus troublés est que j'ai soutenu que tu es humain comme nous et que je t'ai suivi parce que tu m'as touché, parce que tu es un humain et un pécheur. »

« Un pécheur », répéta Jésus, sur un ton interrogateur. Philippe et Nathanaël ouvrirent la bouche, scandalisés.

« Un pécheur, à Antioche en tout cas. »

Philippe et Nathanaël étaient comme pétrifiés.

« Et toi, prétends-tu que n'importe qui puisse prêcher de cette chaire ? A quoi servent alors les rabbins ? »

« Veux-tu dire que, si un homme qui n'est pas un rabbin veut proclamer la parole de Dieu, tu le réduirais au silence parce qu'il n'est pas rabbin ? »

Murmures, éclats de voix. « Cet homme a raison, qu'on le laisse parler ! »

« Es-tu le Messie ? » demande le rabbin d'un ton de dérision. « Il m'avait semblé que tu étais le fils de Joseph le charpentier, qui a vécu et travaillé ici à Capharnaüm. Ton père n'était-il pas autrefois prêtre au Temple de Jérusalem ? Et n'as-tu pas eu maille à partir avec mon prédécesseur dans cette synagogue, parce que tu voulais reprendre le travail le lendemain de l'enterrement de ton père ? Je vous le dis », crie le rabbin à la foule, « cet homme appartient à une épineuse engeance ! Quand vous en voyez un, vous êtes sûrs d'une mauvaise journée ! »

« Mauvaise pour qui ? » demande quelqu'un dans la foule. Et un autre : « Le rabbin s'est égratigné le pied ! »

« Tu es un homme sournois », dit Jésus, « car tu m'as demandé tout à l'heure si je suis le Messie. Or, tu es assez instruit pour savoir qu'il existe un grand prêtre, qui t'a nommé ici, et que la Galilée a un maître. Alors pourquoi poses-tu une telle question, puisque tu sais que je devrais être l'un ou l'autre si j'étais le Messie ? »

« Allons », rétorque le rabbin avec un grognement de défi, « tu es bien savant. Mais expliqueras-tu à ces gens comment il se fait que tu n'aies pas reçu l'enseignement qui revient au fils d'un prêtre ? Ou peut-être es-tu un prêtre déguisé ? »

« Cela s'explique très bien, rabbin. Crois-tu que mon père n'avait pas assez de bon sens pour refuser que l'on m'instruise en compagnie des loups ? »

Rires.

« Ecoutez, vous tous ! » crie encore le rabbin. « Cet

homme n'est pas le Messie, parce qu'aucun prophète et aucun roi n'est jamais sorti de Galilée !

« C'est à toi de m'écouter, rabbin », réplique un homme la voix tendue. « Veux-tu laisser entendre que nous serions tous ici des gens de seconde catégorie ? »

Celui qui crie, Jésus le reconnaît, c'est Elie, l'apprenti d'autrefois. Sifflements, grondements. Un autre homme, que Jésus reconnaît aussi, un autre apprenti, Zibéon, qui polissait si bien les bois tendres, se tient si près du rabbin que leurs nez se toucheraient s'ils toussaient.

« Si tu es aussi bien informé, rabbin, ne sais-tu pas également que la famille de Jésus vient de Judée ? Il pourrait donc être le Messie ! »

« Alors pourquoi ne va-t-il pas plaider sa cause en Judée ? » hurle le rabbin. « Ne voyez-vous pas que cet homme nous apporte des troubles ? Ce qui vient de se passer n'en est-il pas la preuve ? » Il halète de fureur. « On vous égare ! J'ai été nommé ici pour veiller à l'application de la Loi, de nos rites et de la vertu publique. Je ne vous laisserai pas séduire par un magicien ! Il prétend n'avoir jamais dit qu'il est le Messie, et pourtant vous êtes tous venus ici l'écouter parce que vous croyez qu'il est notre prochain grand prêtre et roi. Et d'ailleurs », ajoute le rabbin, pointant le doigt vers Jésus, « il prêche comme s'il était le Messie ! Il est ou bien fou, ou bien hypocrite ! »

Silence absolu, tendu comme la corde d'un arc. Un homme se fraie un passage vers le rabbin.

« Je me demande qui, ici, a la langue fourchue », dit-il. C'est encore Elie. « Tu prétends, rabbin, que tu as été chargé de défendre la vertu publique. Alors, qu'est-ce que le temple de Sérapis fait dans notre ville ? Et ne sais-tu pas, rabbin, ce qui se passe la nuit dans les alentours de l'autel d'Aphrodite, dans les faubourgs du nord ? Si, tu le sais, on y voit des Juifs mêlés à des païens, des Juives avec des Romains. Tu feins d'ignorer que beaucoup des enfants nés à Capharnaüm depuis plusieurs années ne ressemblent pas à leurs pères et même que l'on en voit, depuis peu, qui ont les cheveux blonds des Gaulois et des Scythes et des yeux bleus comme les turquoises ! »

De nouveau, des rumeurs.

« Je fais ce que je peux », dit le rabbin. « Je n'ai pas de police, comme le Temple en a à Jérusalem. De toute façon, cherchez-vous querelle avec les Romains ? Peut-être la cherchez-vous, puisque vous écoutez un homme qui se fait passer pour un roi, alors que nous avons déjà un roi qui est l'allié des Romains ? Peut-être voulez-vous voir le sang couler. Peut-être voulez-vous voir, comme il y a quelques années, les croix dressées par douzaines, avec des Juifs dessus. Moi, je ne veux qu'une chose, une réponse de cet homme », dit-il en se tournant vers Jésus. « Pourquoi laisses-tu les gens dire que tu es le Messie ? »

« Comment sais-tu que le toit de ta maison ne sera pas demain détruit par un grand vent ? » demande Jésus.

« Qu'est-ce que ça veut dire ? » rétorque le rabbin. « Ne voyez-vous pas que cet homme est un mystificateur ? Faites-le descendre tout de suite de la chaire ! »

Personne ne bouge. Si, Jacques, qui s'avance et s'adresse à la foule.

« Je ne suis dans cette ville qu'un pêcheur, fils de pêcheur. Mais j'en sais assez pour vous dire que nous avons trop longtemps été privés d'espoir. La parole de Dieu, on nous l'a lue d'après les Livres, pas d'après le cœur. Nous sommes venus aujourd'hui dans la maison de Dieu parce que nous sommes guidés par l'espoir. Que ceux qui veulent bâillonner l'espoir admettent publiquement qu'ils en ont peur. »

« Ce jeune homme a raison », dit un homme. « Oui, rabbin, comment sais-tu que le toit de ta maison ne sera pas demain détruit par un grand vent ? Tu as feint de ne pas comprendre la question de

427

Jésus, et pourtant, moi qui suis sans instruction, je l'ai comprise. Comment sais-tu qu'il n'y aura pas demain un autre grand prêtre ? Et sais-tu qui il sera ? Non. Moi, je ne forcerai pas Jésus à descendre de sa chaire. »

Rumeurs. « Non, moi non plus. » Et encore : « Qu'on le laisse parler, il n'a rien dit de mal. »

Une femme : « Ce n'est pas lui qui sème le trouble. Nous récitions un psaume avec lui et tu es venu l'interrompre. Quel mal y a-t-il à réciter un psaume ? Ses paroles nous faisaient du bien, et les tiennes n'expriment que de l'amertume et de la colère ! »

« C'est vrai, rabbin », s'écrie tout à coup Jean, « pourquoi es-tu en colère ? Aurais-tu peur que Jésus te prive d'une parcelle de ton autorité ? »

« Et comment s'y prendrait-il ? » rétorque le rabbin, guère gêné de discuter avec un pêcheur et, en plus, un adolescent.

« Pose-toi la question à toi-même », répond Jean de sa voix claire.

« Reprenons le psaume », dit Jésus. Et il récite les derniers vers d'une voix plus forte que tout à l'heure, martelant presque les mots quand il atteint un certain passage :

> « Il dit de moi : "J'ai couronné mon roi
> sur Zion ma montagne sacrée."
> Et je répéterai le décret du Seigneur.
> "Tu es mon fils", dit-Il ;
> "En ce jour, je deviens ton Père.
> Demande-moi ce que tu veux..." »

Le rabbin écouta un moment, puis hocha la tête de façon menaçante et partit. Jésus descendit de la chaire après le dernier vers du psaume.

« Rabbin », lui demanda un homme, « notre liberté est-elle proche ? »

D'autres demandaient s'il resterait à Capharnaüm,

s'il avait besoin d'autres volontaires, s'il avait besoin de soldats.

« J'ai besoin d'hommes courageux », répondit-il, « mais pas pour lever un glaive ou une massue. J'en ai besoin pour répandre la parole du Seigneur. »

Ils se pressaient tant autour de lui qu'il eut presque du mal à respirer. Il les apaisa et les écarta de telle sorte qu'il pût les examiner un à un.

« Toi », dit-il à un petit homme noiraud qui portait le tablier de cuir des publicains, ceux qui recueillaient les impôts. « Quel est ton nom ? »

« Maître, je ne suis qu'un publicain. » Il semblait porter le poids de l'aversion générale.

« Tu seras donc un publicain de moins sur le dos des pauvres. De nouveau, quel est ton nom ? »

« Matthieu. »

« Matthieu, mets-toi près de moi. Et toi ? » dit-il à un jeune homme de haute taille, au visage doux, aux yeux globuleux et à la barbe légère.

« Bartholomé. »

« Que fais-tu dans la vie ? »

« Je suis un travailleur temporaire. »

Thomas fit la grimace et Jésus le remarqua.

« Tu travailles dans les champs ? » demanda Jésus.

« Les champs et les vergers. J'ai aussi travaillé avec un boucher. Et comme débardeur sur le port. »

« Veux-tu te joindre à moi ? »

« Oui. »

« Pourquoi ? »

« Pour la première fois depuis que je suis né, la parole de Dieu, telle que tu la prononces, n'est pas un ordre de soumission et de résignation. » Il ferma les yeux et dit d'une voix bizarrement aigüe : « Liberté. »

« Bartholomé, mets-toi à côté de moi. »

Bartholomé franchit les trois pas qui le séparaient d'une autre vie et il ferma les yeux de nouveau. Jésus scrutait toujours les visages. Il en remarqua un qui était osseux, large crâne tendu de fine peau brune.

Dessous, un visage sans détour, celui d'un soldat vieilli sous le harnais et dessous encore, un enfant. Le visage soutint le regard de Jésus et, sans qu'on le lui eût demandé, l'homme dit : « Mon nom est Simon. » Il ajouta : « Mais on m'appelle Simon le Zélote, parce que j'ai levé le glaive contre nos ennemis. »

« Combien en as-tu tué ? »

« Je crois que nous en avons tué deux sur cinq, il y a quelques semaines. Et un autre avant ça. »

« Connais-tu l'histoire de l'enfant qui voulait vider la mer avec une écuelle ? »

« Je suis ici, maintenant », répondit Simon au bout d'un moment.

« Les citadelles ne sont pas rebâties avec des épées, Simon », dit Jésus. « Songes-y quand ta main cherche le pommeau du glaive. Il nous faut rebâtir Israël en une maison de Dieu. Alors ses murs seront si hauts qu'aucune citadelle ne pourra rivaliser avec elle. Es-tu avec nous ? »

« Je le suis », répondit Simon.

« Range-toi à mes côtés. »

Jésus poursuivit son examen. Il en avait remarqué un qui espérait depuis un moment rencontrer son regard et qui essayait encore. C'était un homme qui approchait de la trentaine, visage hâlé surmonté d'une tignasse décolorée par le soleil. Quand Jésus posa les yeux sur lui, l'homme ouvrit la bouche.

« Oui ? » demanda Jésus.

« Jacques ! » s'écria l'homme, avec tant d'ardeur que Thomas en sourit. « Jacques, fils d'Alphée ! Je suis pêcheur. »

« Qu'est-ce qui te fait penser que tu seras plus heureux avec nous que libre sur l'eau ? »

L'homme secoua la tête.

« Je sais que si je retournais pêcher, je penserais que je ne suis bon qu'à être un pêcheur. »

« Que crois-tu que soient les hommes qui sont avec moi ? »

« Ceux qui étaient déjà avec toi et ceux que tu viens de choisir sont certainement des hommes braves. Car ce sont des hommes braves que tu veux, n'est-ce pas ? Je peux être brave aussi. »

« Les soldats romains aussi sont braves, mais je ne voudrais pas d'un soldat romain. »

« Non, sans doute. Tu veux un soldat d'Israël », dit Jacques d'Alphée.

« Je ne veux pas de soldat du tout. Je veux des hommes qui aspirent à une vie nouvelle. Comprends-tu ce que je dis ? Je ne veux pas d'hommes qui soient aussi vieux que ce monde. »

« Suis-je vieux ? » demanda Jacques d'Alphée. « Ou bien est-ce que je te parais appartenir à un monde ancien ? »

« Non, peut-être pas », répondit Jésus après réflexion. Il aurait arrêté là son recrutement. Il était troublé. Tant d'espoirs qui reposaient sur lui, alors qu'il y avait tant de questions sans réponse. Ces hommes cherchaient-ils une fois de plus un chef militaire ? Ils avaient flambé dans les aspirations héroïques d'un moment, mais demain, quand les cendres seraient froides, qu'en resterait-il ? Avaient-ils saisi au contraire le fil ténu qu'il leur tendait pour sortir des ténèbres ? Il soupira et invita Jacques d'Alphée à se joindre aux autres. Il ressentit le poids des bonnes volontés qui s'offraient à lui et qu'il ne pouvait mépriser, sous peine d'offenser ceux qui les lui offraient. Son regard courait toujours sur la foule. Il y avait là, par exemple, un très jeune homme, de l'âge de Jean, qui le fixait avec reproche. Enfin sûr d'avoir été remarqué, le jeune homme s'avança et dit d'une voix étranglée :

« Je m'appelle Thaddée, Maître. »

« Que fais-tu ? »

« Je travaille à l'auberge qui se trouve à deux rues d'ici. »

« Et que faisais-tu avant ? »

« Je travaillais dans d'autres auberges de la Décapole. »

Thomas fronça les sourcils.

« Je connaissais son père », dit Matthieu.

« Pourquoi parles-tu de son père au passé ? »

« Il est mort. C'était un publicain comme moi. Il a
été assassiné. »

« Je sais ce que tu penses », dit Thaddée, d'un ton
qui surprenait par son âpreté. « Mais je te demande,
Maître, si ton enseignement n'est pas pour les gens
comme moi, alors à qui s'adresse-t-il ? »

« Tu m'as sans doute compris, Thaddée. Range-toi
à mes côtés. » En effet, son enseignement était pour
ces déshérités-là, les honteux, les exclus. Il se tourna
vers la foule : « Il est évident que je ne peux pas tous
vous prendre avec moi. Je ne lève pas une armée.
Mais cela ne signifie pas que ceux qui ne me suivront
pas devraient se sentir rejetés ou indignes ; ils
devraient être mes porte-parole ici à Capharnaüm,
comme j'espère qu'un jour tous les hommes de
bonne volonté de la Palestine le seront. »

Jacques d'Alphée chuchota à son oreille qu'il y
avait au moins un homme encore qui méritait son
attention, un pêcheur qu'il connaissait, là devant, et
qui s'appelait Judas. Jésus avait déjà remarqué son
visage buriné, parce qu'il lui rappelait celui de Thomas, sans pourtant l'irrésistible malice de Thomas.
Un visage martelé par la passion.

« Judas ! » dit-il, et à sa surprise, deux hommes
s'avancèrent, l'autre un rouquin fragile aux yeux
ronds et noirs.

« Tu t'appelles Judas aussi ? » demanda-t-il à ce
dernier.

« Oui, rabbin. On m'appelle Judas Iscariote, parce
que je suis le fils de Simon Iscariote. »

« Es-tu aussi corroyeur ? »

« C'est mon métier, de toute façon. Mais je ne le
pratique plus. »

Jésus attendit une explication ; ce fut Simon le

Zélote qui la lui fournit. Ce Judas-là était un Zélote aussi, qui s'efforçait de réunir les Zélotes autour de lui pour former un parti.

« L'as-tu suivi ? » demanda Jésus.

« Non, les Zélotes sont trop nombreux de toute façon. Nous aurions été encore plus vulnérables une fois réunis en parti. »

Jésus interrogea du regard Judas Iscariote.

« Tout cela est exact », dit Judas. « J'ai essayé de rallier à moi les Zélotes, qui n'ont pas de véritable chef. Je suis lassé de la passivité des Juifs. Ils geignent comme de vieilles femmes après la tyrannie étrangère et la décadence domestique, mais quand il faut agir, ils se dérobent sous le prétexte qu'ils ont des familles. Tout le monde dans les cinq provinces connaît la corruption d'argent qui règne à Jérusalem et la corruption de mœurs de la Décapole. Des voleurs et des prostituées de toutes dénominations se pavanent en plein jour dans toutes les grandes villes de ce pays, et je doute qu'il y ait un dieu païen qui n'ait son autel en Palestine. Des jeunes garçons juifs sont attirés dans des fêtes honteuses où tout le monde danse nu, ivre et peint, mais leurs pères n'osent pas les réprimander, parce qu'ils n'ont plus d'autorité, ni les dénoncer à la police religieuse, par peur de perdre leur honneur ou de déplaire aux Romains qui patronnent ces soi-disant rites. Cela arrive même à Capharnaüm, où un boucher a perdu l'autre jour sa meilleure source de revenus, la garnison romaine, parce qu'il avait dénoncé son fils au rabbin qui vient de partir. Tout le monde dans ce pays pourrait montrer du doigt un rabbin couard ou combinard, mais personne ne le fait. Ou presque personne. Ne sais-tu pas tout cela ? » demanda-t-il à Jésus. « N'est-ce pas la honte, attisée par l'espoir, qui t'anime ? »

Eloquent, révolté, probablement un fauteur de troubles. Articulé en tout cas. Tout le monde l'a écouté. Il n'est pas sûr, mais pas sûr du tout, qu'il tienne l'homme en face de lui pour le Messie.

« Judas », répondit Jésus, « tout à l'heure, quand j'ai dit ton nom, tu t'es avancé. Cela signifiait-il que tu veux te joindre à nous ? »

« Oui. Tu sembles être un chef et l'on te suit plus aisément que moi. Alors je te suis. »

« J'ai cependant représenté à Simon que je n'emploierai pas les méthodes des Zélotes. »

« Peu importent les méthodes, c'est le but qui compte. »

Le regard de Judas se posa longuement sur Jésus. Presque un défi.

« Tu dois toutefois être informé », ajouta Judas Iscariote, « que la police du Temple nous recherche, Simon et moi. »

« Tu seras quand même l'autre Judas avec nous », dit Jésus.

« Cela signifie-t-il que je suis aussi admis ? » demanda l'autre Judas, Judas de Jacques.

Jésus hocha la tête. Thomas se grattait le menton.

« Tu as quelque chose à dire ? » lui demanda Jésus.

« Oui, oui. Le temps seul dira sur quel air dansent les nouveaux disciples. Pour le moment, j'attire ton attention sur le fait que la plupart de mes compagnons sont des travailleurs itinérants ou des sortes de hors-la-loi, c'est-à-dire des gens qui ne sont pas en règle avec les autorités. Tu te rends compte que, s'ils doivent te servir de messagers, ils... »

Jésus le coupa : « Crois-tu que des gens établis et riches me suivraient ? » Thomas fit la grimace. « De plus, crois-tu que de telles gens seraient écoutées par ceux qui attendent des paroles d'espoir ? Ou que leurs pairs mêmes les écouteraient ? Ceci est une affaire de gens humbles, Thomas, et elle doit être menée avec des gens humbles, pour le compte de tous ceux qui craignent que Dieu ne les ait oubliés. »

« Tous les prêtres seront donc contre nous », dit Thomas.

Jean intervint. « Crois-tu, Thomas, que des gens qui détiennent un peu d'autorité toléreront facilement ceux qui mettent en cause l'état de choses grâce auquel ils détiennent cette autorité ? Il ne fait pour moi aucun doute que le rabbin de cette synagogue nous enverrait en prison avec plaisir. »

« C'est donc la guerre », observa Thomas.

Ils écoutaient tous.

« C'est bien un glaive que je porte », dit Jésus.

« Il ne fait non plus aucun doute que, si nous perdons notre combat, nous serons détruits et que, si nous le gagnons, nous détruirons ceux qui se sont opposés à nous. C'est donc bien la guerre, Thomas. » Et, se tournant vers Jésus : « C'est toi qui es responsable de nous. »

« Je le suis », dit Jésus. « Maintenant, je veux savoir combien nous sommes en tout. Il y avait déjà Simon, André, Thomas, Philippe et Nathanaël. Maintenant, il y a Matthieu, Jacques et Jean de Zébédée, Bartholomé, Simon le Zélote, Jacques d'Alphée, Thaddée, Judas de Jacques et Judas Iscariote. Quatorze en tout. Etes-vous tous prêts à agir en hommes libres, quelles que soient les pressions qu'exerceraient sur vous les pouvoirs de ce pays ? Si l'un de vous ne l'est pas, qu'il parte sans peur. »

Personne ne bougea.

« Cela ne signifie pas que vous ne serez pas libres de me quitter plus tard. Aucun lien ne vous attache à moi. Jacques d'Alphée, sais-tu ce que tu feras avec moi ? »

« Tendre les voiles pour le vent qui se lève. »

« Et où souffle le vent ? »

« Vers le milieu de la mer, où le poisson abonde et où les eaux sont claires. »

Le visage de Jésus exprima la joie.

« Vous baptiserez », dit-il. « Je pense que, presque tous ici, vous avez entendu parler du baptême, puisque vous avez entendu parler de Jokanaan. Le baptême purifie. Il lave l'âme des souillures du corps et le corps, de celles de l'âme. Car bien que l'un et l'autre appartiennent à des domaines différents, ils sont solidaires. Certains ont supposé un peu vite », dit Jésus, mais sans se tourner vers Thomas, « que le corps appartient au Démon comme les autres objets matériels, alors que l'âme appartient à Dieu, comme les entités spirituelles. Toutefois, le Démon peut aussi hanter le domaine de l'esprit et l'infecter, et Dieu, nous le savons, intervient aussi dans les affaires matérielles et fait aussi bien jaillir d'un rocher une source claire qu'il guérit le corps malade. »

Il arpenta l'allée de la synagogue. Un courant d'air faisait danser les flammes des chandelles et les lampes au bout de leurs chaînes.

« Peut-être comprendrez-vous », poursuivit-il. « Il est des hommes qui vivent des vies irréprochables, ne commettent pas de fautes et observent scrupuleusement le Sabbat, et pourtant leur âme est froide et leur cœur muet, car ils ne font que respecter la lettre de la Loi. Et il est des pécheurs qui sont proches du Seigneur. Leurs prières sont entendues, car c'est du cœur qu'ils s'adressent au Tout-Puissant. »

Il s'arrêta et fit face à son auditoire, disciples récents et moins récents, femmes vieilles et jeunes, commerçants, artisans. Ils semblaient attendre ses paroles comme une flamme qu'ils emporteraient chez eux pour s'éclairer. Lequel d'entre eux n'avait pas menti, triché, parjuré, forniqué ou même tué espérant qu'à ce moment-là Dieu somnolait ou était distrait ? Lesquels le comprenaient ? Ils exprimaient surtout la stupeur. Parlait-il dans un désert ? Ou bien à une assemblée de gens pétrifiés ?

L'un d'entre eux s'éclaircit la gorge ; c'était Judas de Jacques. « Maître, tu nous as dit que nous baptiserions les gens. Pouvons-nous donc le faire sans être nous-mêmes baptisés ? »

Ce vieux souci des rites !

« Je vous baptiserai », répondit-il.

Mais Judas de Jacques ne semblait pas satisfait par la réponse. « Tu as aussi dit », ajouta-t-il comme à regret, « que certains hommes sont des hypocrites, bien qu'ils observent scrupuleusement les rites, et que d'autres, qui sont pourtant des pécheurs, ont plus de mérite qu'eux. S'il en est ainsi, quel est l'usage du baptême ? Que changera-t-il aux hypocrites et aux pécheurs ? »

« Le baptême est un renouveau », dit Jésus. « Ce n'est pas un rite, mais un acte de foi. Mais il est vrai qu'il y aura toujours des gens qui changeront tout acte en sa parodie et mangeront la chair de la figue qu'ils offrent au Seigneur, ne laissant qu'une pelure sur l'autel. »

Judas Iscariote qui plissait le front pour assimiler la différence entre la lettre et l'esprit, Thaddée qui levait les sourcils d'étonnement, sans doute scandalisé par l'idée que des pécheurs vaillent mieux que des gens de vertu... Marteler les esprits ! Dire et redire !

« Vous savez aussi », ajouta Jésus, « que je suis l'instrument de ce renouveau, sans quoi, pourquoi seriez-vous ici à m'écouter ? » Oui, Seigneur, pourquoi donc étaient-ils là ? Attendaient-ils un prodige, comme le reverdissement du sceptre d'Aaron ? « Le baptême est le signe qui distinguera ceux qui aspirent au renouveau et qui veulent nous suivre. »

Pourquoi prenait-il tant de peine ? La volonté du Seigneur ne finirait-elle pas par prévaloir, quoi qu'il fît ? C'était là un point que Thomas le philosophe n'avait pas relevé : l'action de l'homme pouvait-elle modifier le dessein du Seigneur ? Il songea à Sodome et Gomorrhe. S'il était resté un juste dans ces villes, Dieu les aurait épargnées. L'homme possédait donc une puissance égale à celle du Seigneur, et du Démon ! Il était las, agressif, troublé. De l'argile sèche, voilà ce qu'étaient ses auditeurs ; il faudrait les imprégner de mots pour les remodeler. Et qu'en serait-il du reste d'Israël, Sadducéens, Pharisiens,

Samaritains, Zélotes, Esséniens, marchands, fermiers, fossoyeurs, bouchers et les autres ? Ô Jokanaan, combien tu fus sage de t'exiler dans le désert ! Mais ils étaient là, attendant quelque chose ou quelqu'un, ils aspiraient ardemment à la délivrance ! « Peut-être certains d'entre vous s'attendent-ils à ce que je fasse des prodiges ! Peut-être me prennent-ils pour un autre magicien ! Peut-être voudraient-ils que je frappe une dalle de ce sol et qu'une source en jaillisse ! » Une vibration dans la masse. « Dans ce cas, Thomas vous dira quelle est la différence entre un magicien et moi. Le pays pullule de magiciens, je ne suis pas l'un d'entre eux. » Il avait frappé juste. Ils bougèrent la tête, décroisèrent leurs bras, remuèrent les pieds, s'éclaircirent la gorge. Bien sûr, ils attendaient un Messie qui fût à la fois un général et un magicien !

« Mais tu accomplis des prodiges, non ? » demanda Bartholomé. « Et qu'y a-t-il de mal à être un magicien ? »

« Je n'accomplis pas de prodiges, non, Bartholomé. Je ne fais que me servir d'un pouvoir qui m'est donné par le Seigneur pour soulager ceux qui souffrent. Je ne traite pas avec les mêmes puissances que les magiciens. Car il semble qu'il existe des puissances intermédiaires entre Dieu et le Démon, qu'on peut invoquer pour faire des prodiges, comme tu dis. Mais les magiciens n'agissent que pour leur compte, et c'est ce qui fait la différence. »

« Il faudra quand même accomplir des prodiges pour atteindre Jérusalem », dit Judas Iscariote.

« Et que feras-tu à Jérusalem ? » s'écria Jésus. « Tu assassineras le grand prêtre, et puis quoi ? Tueras-tu aussi tous les prêtres ? Rêves-tu d'un bain de sang ? »

« Le siège du pouvoir auquel nous nous opposons est à Jérusalem », dit Judas Iscariote avec obstination, « et quoi qu'il advienne ailleurs est sans importance tant que Jérusalem n'est pas atteinte. »

« Et comment te proposes-tu de frapper Jérusalem ? » demanda Thomas.

« J'espérais que tu le saurais », répliqua Judas Iscariote.

« Si tu crois que nous nous proposons de prendre le pouvoir à Jérusalem », dit Thomas, « tu t'es trompé de chemin. Cela devrait être clair pour tous. »

« Et que comptez-vous faire, alors ? » demanda Simon le Zélote. « Et que doit faire le Messie ? Devrions-nous espérer que les murailles de Jérusalem s'écroulent au moment où nous y entrerons ? »

« Combien peu de foi vous avez ! » s'écria Jésus. « Ne savez-vous pas qu'un seul rat dans un champ de blé peut ameuter une armée de ses congénères et affamer toute une région ? Si nous rallions assez de monde en Palestine, les gens de Jérusalem se trouveront réduits à l'impuissance en dépit de tout leur pouvoir supposé. Et seules les paroles de foi peuvent rallier les gens. C'est pourquoi je veux que vous alliez prêcher et baptiser les gens. La Palestine ressemble à une terre frappée par la sécheresse ; vous serez la pluie ! » Il perdit patience. « Je vais sortir. Que ceux qui veulent m'écouter me suivent, que les autres restent. »

Il alla sur la grève, à quelques pas de là. Des nuages noirs accouraient de l'ouest. Thomas le rejoignit.

« Compte ceux qui restent », dit Jésus.

« C'est fait. Ils sont tous derrière toi, tous les treize. Nous sommes donc quatorze. »

Jésus se retourna. Le groupe se tenait devant la synagogue, robes et manteaux battus par le vent. Le premier éclair frappa la mer et presque tout de suite après, la pluie tomba à grosses gouttes.

« Le ciel nous baptise déjà », dit Thomas en se couvrant.

Jésus rit et secoua la tête. Ils coururent dans une auberge se réchauffer avec du vin à la cannelle.

439

IX

UNE PRINCESSE CONTRARIÉE
ET DES RUMEURS À JÉRUSALEM

Elle approchait la trentaine, le crépuscule oriental. Toute femme, alors, se serait résignée à entrer dans la condition austère d'une matrone, les séductions s'éteignaient au fur et à mesure que les hanches et les mollets s'épaississaient pour se changer en piliers de l'esprit familial. Pas elle, non. La façon dont sa blancheur dodue fleurissait au sommet de sa tête en une crinière roux sombre annonçait les plaisirs du premier été et non les rabougrissements de l'automne. Son royal éclat ne souffrait pas de la comparaison avec la blette lassitude des femmes de son âge, mais de moindre condition. Princesse de naissance, presque reine par mariage, puisque épouse d'un prince tétrarque, elle n'avait pas besoin d'autre plaidoirie que d'apparaître. Couchée comme elle l'était, dans cet après-midi d'automne, sur un amas de fourrures et de coussins brodés étalés sur une couche grande comme une estrade, vêtue d'une seule robe de voile à fils d'or, elle s'assura une fois de plus, dans le petit miroir d'argent poli qu'elle tenait en main, que ses seins n'avaient pas déchu, que le temps n'avait pas griffé ses orbites, ou si peu que l'antimoine le celait, et que son abdomen ne montrait que des plis en forme de sourires — « Ton nombril me fait de l'œil », lui disait son mari — sous les irisations qui sertissaient les aréoles de ses seins. Elle considéra ses pieds ; nul fardeau n'en avait affecté la cambrure. Son large visage, élargi encore par le maquillage des yeux à l'égyptienne, son teint sans reproche, sa bouche purpurine — du beurre de cochenille —, sa lèvre inférieure pleine comme un fruit, la fossette évocatrice qui ornait son menton, tout cela lui démontrait que sa puissance de séduction valait la politique. L'on ne savait, quand on com-paraissait devant elle, si l'on frémissait à son parfum, mystérieux mélange qui évoquait le miel brun et le jasmin, ou dans l'expectative d'une faveur accrue ou bien perdue. Elle, Hérodiade, femme d'Hérode, fut rassurée ; elle en avait besoin ; elle était anxieuse.

L'une de ses deux courtisanes offrit de lui dire un conte ; elle déclina l'offre en ne répondant pas. Sa nourrice, un fantôme au masque gris qui habitait des draperies sombres et comme vides, tisonna les braises dans les trépieds, jeta dessus des copeaux de santal et des écorces de citron, puis étala sur le sol de marbre un tapis de laine et par-dessus, un autre de soie, venu de Chine. L'attente flottait dans l'air, sa trame invisible ondulant dans les fumées bleuâtres des braseros.

« Donne-moi le collier de perles », ordonna Héro-diade à une esclave nubienne, toute satinée d'huiles, « tu sais, celui avec les grenats. » Elle plongea la main dans un bol de grenades égrenées et mâcha pensivement ces autres grenats, l'air morose. Une esclave rampa auprès d'elle et murmura à son oreille : « Maîtresse, le tétrarque requiert ta compa-gnie pour le dîner. » « Pas faim », grommela Héro-diade. « Fais-lui dire de ne pas m'attendre. Y a-t-il du vin grec à la cave ? Pas le résineux, le rose léger. » Une autre esclave courut porter le message au tétrarque et l'écho du désir d'Hérodiade pour du vin grec rosé parcourut le palais.

La Nubienne, treize, peut-être quatorze ans, se tenait devant la fenêtre, balançant le collier retiré du coffre à bijoux, admirant les reflets des perles et le feu des grenats qui les avivait. Elle sourit de plaisir et alla vers sa maîtresse, se penchant pour agrafer le bijou sur la nuque sans accrocher les cheveux. Puis elle contempla l'effet.

« Tu porterais une corde qu'elle ressemblerait à de l'or », murmura-t-elle.

« J'attacherai une corde à ton cou, oui ! » répliqua

Hérodiade, souriant malgré elle au compliment et roulant les pierres sous son doigt. Mais le sourire s'évanouit quand les pas familiers de la garde qui précédait Hérode résonnèrent dans le couloir.

Ce fut le tétrarque lui-même qui souleva l'épaisse tenture pendue devant la porte, se dispensant ainsi des services de l'eunuque. Celui-ci demeura avec les gardes, tous retenant leur souffle dans l'espoir de saisir des bribes de conversation. Mais ils furent déçus, car Hérode referma la porte derrière lui.

L'Antipas huma un bref instant les parfums de la pièce, comme pour y détecter l'humeur dominante. Le regard d'Hérodiade coupa court à ces subtilités. Elle était maussade.

« Ma perdrix bien-aimée veut du vin grec », dit-il de sa voix de basse. « Je lui ai apporté la rosée des vignobles d'Astérie, rafraîchie par le souffle des chérubins. »

Il rouvrit la porte et lança un ordre. Deux femmes esclaves apportèrent une jarre du breuvage requis et la stabilisèrent sur un trépied. L'une d'entre elles y plongea une louche pour remplir un gobelet et but une gorgée. La nourrice lui tendit alors un gobelet d'or, qui fut également rempli ; elle goûta à son tour au vin tout en jetant des regards malveillants à l'esclave, claqua sa langue et consentit enfin à tendre la boisson à sa maîtresse. Hérodiade y trempa ses lèvres, se sachant observée par Hérode, et soupira, les yeux mi-clos.

« N'est-il pas à ton goût ? » demanda Hérode.

« Si. Je ne sais pas pourquoi je l'avais imaginé plus léger et plus piquant. »

« J'espérais ta compagnie », dit-il. « Il y a des cailles grillées sur du thym, comme tu les aimes. »

« Je n'ai pas faim, ce soir. »

« Vraiment ? »

« Tu ne devrais pas retarder ton dîner pour si peu », dit-elle. « Je mangerai sans doute demain. »

Il fit la moue, visiblement contrarié par la perspective de ne dîner qu'en la compagnie de courtisans caqueteurs.

« Viens au moins boire ton vin avec moi. »

« J'ai mal à la tête. »

« Ma colombe des neiges ne serait pas malade, j'espère ? »

« Ta colombe des neiges est d'une humeur de chauve-souris. »

Hérode souffla par les narines. Le masque aimable qu'il s'était composé pour requérir la compagnie de sa femme s'effaça. Les traits tirés du potentat réapparurent.

« C'est encore cette affaire de l'ermite », dit-il.

« Tu ne seras pas surpris, je suppose, qu'une femme insultée publiquement et non vengée n'ait pas d'appétit », répondit Hérodiade sur un ton acrimonieux.

« Les chacals aboient, les caravanes passent. »

La nourrice et les esclaves s'étaient comme fondus dans les murs. Elles appréhendaient cette confrontation depuis des semaines. Toute rupture dans les délicats équilibres de forces à l'intérieur du palais risquait d'affecter leur sort.

« Ce ne sont pas des aboiements qu'on nous a rapportés et que l'on colporte dans le pays », rétorqua Hérodiade, « ce sont des mots et les mots peuvent être pires que des morsures de chacals enragés. Es-tu satisfait des ricanements des Pharisiens autour de nous ? Et seras-tu satisfait quand ces prétendus aboiements atteindront Rome et que l'on commencera à murmurer que le tétrarque perd de son autorité ? »

Hérode arpenta la pièce.

« Que suggères-tu ? » demanda-t-il.

« Agis ! Fais arrêter ce Jokanaan et fais-le condamner à mort ! » s'écria Hérodiade.

« Pour déclencher une émeute ! » cria-t-il. « Il passe pour un saint homme et il a beaucoup de disciples. »

« Dans quelques semaines », dit Hérodiade en se redressant tout d'un coup, « il aura encore plus de disciples et de pouvoir, et ses insultes deviendront plus impudentes. Alors tu ne te demanderas pas s'il faut l'arrêter, tu te débarrasseras de lui le plus vite possible. Mais entre-temps, mon maître, les dommages qu'il t'aura valus et qu'il m'aura aussi valus auront été plus graves. Il faudra tôt ou tard le réduire au silence et le plus tôt sera le mieux ! »

Hérode réfléchit à l'avertissement et dit : « Je ne peux pas le faire arrêter en ce moment ; il se trouve en Samarie, hors de ma juridiction. »

« Parlons d'un problème ! » cria Hérodiade. « Explique l'affaire au consul et il t'aidera. Ou voudrais-tu que je le fasse pour toi ? » ajouta-t-elle avec un sourire fielleux.

« Tu ne feras rien de tel. Laisse-moi y réfléchir. Dîneras-tu avec moi ou non ? »

« Tant que cette affaire n'est pas réglée, toute nourriture aura le goût du poison. »

Hérode se dirigea vers la porte, quand Hérodiade quitta sa couche avec tant d'emportement qu'elle perdit une sandale.

« Autre chose », dit-elle tandis que son mari lui tournait le dos, « dans ton propre domaine, la Galilée, il y a un ami de ce Jokanaan, un certain Jésus, qui est aussi en train de rallier du monde. Ils disent partout qu'il est le Messie. Tu sais ce que cela veut dire, n'est-ce pas, qu'il serait un descendant de David, et qu'en d'autres termes, il serait le véritable maître des cinq provinces. Qu'en pensent tes savants conseillers ? Que ce sont des aboiements ? »

« Cela est l'affaire du grand prêtre », répondit Hérode. « Il en est tout à fait informé. »

Et il sortit.

Hérodiade gronda de rage. Puis elle rencontra le regard de la nourrice, qui semblait s'apprêter à parler.

« Quoi ? » demanda Hérodiade.

« Aucun homme et un tétrarque moins qu'un autre ne tolère d'être gouverné par une femme. Peut-être faut-il feindre l'indifférence pendant quelque temps. Il est assez intelligent pour comprendre où se trouve son intérêt. Tôt ou tard, il réduira cet homme au silence. »

« Et si c'est trop tard ? »

« Nous aviserons dans quelques jours. Va te joindre au dîner. C'est encore plus habile. Tu as fait preuve de la puissance de ta cervelle. Va démontrer ta féminité. »

Hérodiade se lissa mollement les cheveux. La nourrice lui tendit un pot de graisse parfumée. Hérodiade la dévisagea. La nourrice soutint son regard et hocha la tête, tenant le pot toujours tendu. Hérodiade la laissa approcher d'elle et lui masser les bras et la poitrine. « Va au diable ! » murmura-t-elle, tandis que les mains noueuses de la vieille passaient sous ses aisselles et que les yeux rendus flous par l'âge plongeaient dans les siens. Finalement, Hérodiade esquissa un demi-sourire. La nourrice s'agenouilla pour masser les pieds de sa maîtresse. Hérodiade quitta la pièce, précédée par une esclave et suivie par une autre. La nourrice écouta le claquement des sandales s'éloigner, puis s'accroupit dans un coin et se cura le nez avec maussaderie.

A quelques centaines de coudées de là, dans la maison du grand prêtre, le dîner était également servi. Après s'être rituellement lavé les mains sur un bassin de cuivre avec l'eau qu'un Lévite versait d'une aiguière, Annas, chef de tous les rabbins de Palestine, se dirigea lentement vers la salle où le repas était servi, suivi d'un seul hôte, son fidèle confident Gedaliah. Debout devant la table, ils prièrent à mi-voix, puis s'assirent devant un plat de perdrix farcies aux raisins secs.

« Ce rabbin de Naïm... Quel était donc son nom ? » dit Annas.

« Perez. »

« Oui, Perez », reprit Annas, démembrant énergiquement son volatile, « eh bien, il n'avait pas tort. Les événements deviennent un peu incontrôlés, ne penses-tu pas ? Tu as eu comme moi les rapports. Ce Jésus se comporte comme s'il était le maître de Capharnaüm. Recruter ses acolytes dans la synagogue, en vérité ! Il nous faut arrêter quelque part ces agissements, sans quoi il viendra même au Temple y semer le désordre. »

« Je m'en féliciterais », répondit Gedaliah.

« Tu t'en féliciterais ? » répéta Annas, scandalisé.

« Certes. Nous le ferions arrêter sur-le-champ par la police du Temple. Puis nous le laisserions pourrir en prison un an ou deux. »

« Et les réactions ? »

« Quelles réactions ? » Il est inconnu ici. Après quelques empoignades et au bout de quelques heures, l'affaire serait oubliée. »

« Et s'il ne venait pas à Jérusalem ? »

« Il viendra, il viendra ! » assura Gedaliah, léchant une goutte de sauce sur sa lèvre inférieure. « Cet homme est ambitieux. Jérusalem sera son plus grand théâtre. »

« Mais enfin, suppose qu'il ne vienne pas ? »

« Alors, nous aviserons avec le tétrarque. Nous le ferons arrêter en Galilée. »

« Là, il y aura une réaction plus forte. »

« Sans doute, mais ce sera l'affaire d'Hérode. » Il sourit, mais Annas resta grave.

« Quelque faveur que nous requérions du tétrarque, il nous la fera payer chèrement », dit le grand prêtre.

« Il suffira de lui dire que cet homme prétend être le vrai descendant de David », suggéra Gedaliah. « Veux-tu me laisser y pourvoir par l'intermédiaire des gens du Palais ? »

« Essaie de les sonder », répondit Annas, examinant avec une tristesse soudaine et irrépressible un pilon de sa perdrix. C'était la nouvelle lune et il n'avait jamais aimé les nouvelles lunes ; elles correspondaient au moment du mois où il se sentait le plus las et, de plus, il souffrait cette fois d'un accès de goutte.

« A propos de sondages », reprit Gedaliah, « j'ai pris la liberté de déclencher une campagne de rumeurs contre cet homme. »

« Une campagne de rumeurs ? » répéta son interlocuteur, rotant et clignant des yeux tout à la fois.

« Tu sais, il est en bons termes avec les Samaritains, et outre qu'il est le fils putatif d'un vieux prêtre fou et rebelle, il fréquente des femmes de mauvaise vie. »

Gedaliah s'était attendu à plus de curiosité, sinon plus d'enthousiasme de la part de son chef, mais ses dernières paroles ne rencontrèrent qu'une apathie inattendue. Un silence morose régna dans la pièce. Les deux Lévites contre le mur ressemblèrent à des statues. Annas avait cessé de manger et considérait un point abstrait sur le sol. Gedaliah lui-même fut saisi d'un malaise inexplicable ; il essaya de localiser le point qui retenait l'attention du grand prêtre ; c'était un cafard qui semblait avoir été saisi par la même vague d'inhibition alors qu'il traversait témérairement les dalles. Les Lévites perçurent aussi ce point métaphysique et, d'un claquement sec de sandale tenue dans la main droite, l'un d'entre eux mit fin à la vie de l'intrus. Le grand prêtre soupira.

« Une campagne de rumeurs... » répéta-t-il. « Mais si... » Il se ressaisit. « En effet », dit-il d'un ton absent, presque stupide. « En effet. » Puis il se leva pour l'action de grâces. Gedaliah nota que, ce soir-là, Annas mâchait presque les mots.

A la même heure encore, dans la maison d'un marchand de légumes de Jérusalem, le souper approchait de sa fin. Le marchand, Jérémie, avait invité un parent éloigné, qui vivait à Capharnaüm. Celui-ci, qui venait d'arriver, ne parlait que du Messie. Les femmes de la maisonnée, la mère de Jérémie, sa belle-mère, sa femme, sa sœur, sa belle-sœur veuve et ses deux filles, ainsi que les deux servantes, debout à la porte de la chambre, écoutaient tout. Jérémie essaya plusieurs fois de changer de sujet de conversation, mais son hôte était trop plein du sien pour s'en rendre compte.

Le lendemain, tout le pâté de maisons alentour bourdonna de rapports selon lesquels le Messie était arrivé en Galilée. Des prêtres subalternes du Temple, jusqu'alors ignorants de l'existence de Jésus, eurent vent du souci qu'un homme qui passait pour le Messie, ou se faisait passer pour tel, causait au grand prêtre et à Gedaliah.

Dans le palais d'Hérode aussi, les rumeurs commencèrent à circuler. Les Pharisiens du rez-de-chaussée s'impatientèrent de devoir répondre à trop de questions qui se résumaient en fait à une seule : y avait-il dans les Psaumes ou dans d'autres Livres une référence au Messie ? Une semaine plus tard, tout Jérusalem débattait du Messie. Une autre semaine plus tard, c'était toute la Judée. Ce n'était pas tant que les gens prêtassent foi à la nouvelle selon laquelle le Messie était en Galilée, mais qu'ils espéraient confusément que cette nouvelle changerait leurs vies. L'espoir, la crainte, l'excitation se matérialisèrent en une agitation qu'un esprit sensible eût décelée surtout au Temple. Des gens qui arrivaient de bourgs et de villes lointaines et qui venaient d'entendre la rumeur demandaient naïvement si le Messie était arrivé à Jérusalem et s'il n'aurait pas été présent au Temple. De telles questions déclenchaient chez les prêtres et les Lévites des accès de colère, qui inquiétaient les changeurs.

« Non, ami, je n'ai pas entendu parler d'un Messie à Jérusalem ou ailleurs. Ce sera cinq deniers d'argent », dit un changeur empochant des monnaies étrangères.

« Qu'est-ce qu'ils ont tous ? C'est le troisième en

une heure qui m'interroge sur le Messie ! » dit-il à son collègue. « Tu es au courant ? »

« Non. J'ai demandé à un prêtre, il a été mal élevé », répondit l'autre en haussant les épaules.

X

UN FOUET DE BOUVIER
ET DES MALENTENDUS

Jésus habita trois jours chez Simon. Durant ces trois jours, les nouvelles, les impressions et les pressentiments se multiplièrent, comme si le temps s'accélérait.

Judas Iscariote, qui semblait avoir l'ouïe fine, rapporta que le rabbin avait projeté d'adresser un émissaire à Jérusalem, parce qu'il avait été dépossédé de sa synagogue, mais que plusieurs personnes pensaient l'en avoir dissuadé, parce que Jésus était non seulement un homme pieux comme on l'était autrefois, mais peut-être aussi le Messie. Judas estimait cependant que le rabbin avait quand même dépêché un homme pour alerter le Sanhédrin.

Des voyageurs qui venaient de Tyr et de Samarie colportaient des histoires de magiciens, assez confuses à vrai dire. A Tyr, il y aurait un étranger qui se serait appelé Ménandre et qui faisait reverdir des arbres morts. A Samarie, un certain Simon aurait été vu dans deux maisons distantes à la même heure. On disait qu'il volait dans l'air.

On avait encore vu la police d'Hérode à Aïnon-Salim, où elle avait malmené les disciples de Jokanaan et menacé Jokanaan lui-même en raison de ses imprécations contre le tétrarque et son épouse. Les menaces avaient exaspéré le Baptiste, qui avait exacerbé ses imprécations et les avait étendues aux sbires. Quelques-uns de ceux-ci avaient dû prendre la fuite, craignant d'être lapidés par la foule.

Des espions de Jérusalem, rapporta cette fois Thomas, répandaient en Galilée des rumeurs selon lesquelles Jésus était le fils bâtard d'un légionnaire romain, aussi bien qu'un sorcier qui avait appris son métier chez les Parthes et qui fréquentait des putains. Cette dernière calomnie, suggéra Thomas, avait sans doute pris naissance à Capharnaüm même, car il était notoire en ville que l'on comptait une jeune veuve et une femme de statut indéterminé parmi les plus ardents défenseurs de Jésus.

Enfin, un voyageur venu de Judée rapporta que les Esséniens de Quoumrân et d'autres communautés diffusaient des mises en garde contre Jésus et Jokanaan, qui n'étaient que des renégats et des illuminés.

Le ciel, jusque-là clair, tournait donc à l'orage.

Les disciples s'impatientaient. Ils voulaient agir et, pour eux, agir, c'était aller en découdre à Jérusalem.

« Il est évident que ta renommée s'étend à tout le pays, maintenant », dit Thomas, « et que, si tu n'en tires pas parti rapidement, nos ennemis passeront à la contre-attaque. »

Ils étaient assis sous un sycomore, dans un pré voisin de la maison de Simon. Des chèvres et des moutons broutaient ce qu'ils trouvaient, de la luzerne, de l'avoine, de l'ivraie, de la chicorée sauvage. Il avait plu pendant la nuit ; de petits nuages qui ressemblaient à des chutes de pâte à pain voguaient en rangs serrés et l'air était froid.

Jésus réfléchissait. On lui forçait la main ; mais étaient-ce les hommes, ou bien Dieu ? L'avis de Thomas était frappé au coin du bon sens ; le temps pressait.

Un volet claqua derrière eux. Marie et la femme de Simon aéraient la cuisine. Elles avaient seize hommes à nourrir et autant de femmes. N'eussent été les cadeaux abondants de blé, de farine, de pâte, de pain déjà cuit, de volailles, de viande, de légumes, d'huile, de sel et de vin, il y aurait eu disette. Mais on ne pouvait pas espérer que cette corne d'abondance continuât à se déverser ainsi ; les gens de Capharnaüm aussi attendaient de l'action.

Thomas devinait le cours des pensées de son maître.

« D'une certaine manière », dit-il, « tu es bien un général mandé par le Seigneur. Jokanaan ne peut rien faire. »

« Et si tu n'avais pas été un général du Ciel », reprit Simon le Zélote, « pourquoi nous aurais-tu recrutés ? »

« Peut-être es-tu prédestiné », suggéra Jean.

« Tu as un rival, Thomas », dit Jésus en riant. « Il sait sans avoir appris et répond aux questions que tu n'as pas posées. »

« Oui », dit Thomas, « il est intelligent. Prédestiné ! J'aurais dû y penser ! Peut-être, en effet, es-tu prédestiné. »

Le temps passa.

« Très bien », dit Jésus. « Nous irons à Jérusalem. »

« Quand ? » demanda Jean.

« Demain. »

Il fut décidé que Marie resterait à Capharnaüm. Quinze hommes prirent donc la route avec six mules. Ils arrivèrent à Jérusalem une semaine plus tard, un jeudi dans la soirée, par la porte des Brebis.

« Dès demain », dit Jean, « il faut leur faire savoir que nous sommes là. »

Et Jésus s'avisa que Jean était celui de ses disciples qui exerçait sur lui le plus fort ascendant, alors qu'il était le plus jeune. Il apparaissait limpide comme l'eau, et pourtant fort comme le vin.

Ils se mettent en route tôt dans la matinée. La foule se déverse déjà dans le parvis des Gentils, bousculée par des troupeaux de moutons et d'agneaux, des marchands portant sur leurs têtes des cages de colombes, des jarres de vin. Un marché. Bêlements, roucoulements, protestations. A droite, à gauche, des étals de changeurs, de marchands d'encens et de myrrhe, de fruits et de rafraîchissements. A droite aussi, la boutique de bois, que son père avait autrefois, sans doute, alimentée de chêne de Cilicie et de cèdre du Liban, juste à la porte du parvis des Femmes. Des cris de contestation, un changeur crie à un client qu'il doit percevoir sa part sur tout échange de monnaie. « C'est mon métier ! » jacasse-t-il. « Comment vivrais-je, alors ? » L'autre dit que c'est de l'usure. Jésus va vers le marchand et lui ordonne de s'en aller.

« Quoi ? » crie le marchand. « Qui es-tu ? »

« Tu m'as entendu, quitte le Temple. »

Les quatorze se tiennent en groupe serré derrière Jésus. Le marchand les prend pour des badauds. Jésus arrache à l'un des marchands de bestiaux son fouet de corde à nœuds. Le fouet vole et frappe la poitrine du marchand qui tombe en arrière. Il vole encore et frappe les cages de colombes du marchand voisin, empilées les unes sur les autres et qui se fracassent en tombant.

« A l'aide ! » crie le changeur. « A l'aide ! » hurle son compère.

Les colombes s'envolent, le fouet frappe un bélier et deux agneaux qui piquent un galop à travers le parvis. Jésus en est au marchand suivant, un fort gaillard qui s'avance menaçant ; il reçoit le fouet dans le visage, essaie de l'attraper, mais le fouet claque encore. Le visage du marchand saigne, mais il réussit à attraper une des cordes et tire dessus avec tant de force qu'il fait perdre l'équilibre à Jésus, tandis que, de l'autre bras, il allonge un formidable coup de poing vers son agresseur. Simon, Jean et les autres saisissent l'homme, Jésus tire sur le fouet et le libère et assène un coup formidable sur le dos du gaillard qui s'était penché pour ramasser sa marchandise et ses piles de pièces. Le voilà changé en quadrupède qui prend la fuite à travers la foule. Les autres marchands accourent à la rescousse, armés de bâtons, mais le fouet s'enroule autour d'un bâton qui tombe sur le sol, les autres cordes atteignent les visages et les cous des assaillants. Les femmes dans la foule commencent à crier, les enfants aussi, deux Lévites arrivent, mais Jésus, en quelques enjambées accompagnées de claquements de son fouet, fait voler ce qui reste des étals des autres changeurs. Les pièces roulent sur le sol. Jacques fracasse une des tables sur la tête d'un changeur et elle se change en carcan, Nathanaël et Bartholomé sont aux prises avec d'autres marchands qu'ils ont saisis par le collet, les brebis bêlent, le tumulte atteint son comble. La voix de Jésus résonne soudain : « Ceci est la maison du Seigneur ! Vous l'avez changée en marché de voleurs ! » Des gens font cercle autour de lui, tandis que les marchands fuient par la porte de Nicanor, là où les Lévites se tiennent d'habitude pour chanter. Un groupe de prêtres et de Lévites s'est formé en haut des marches, et ils observent la scène d'un air sombre. Un Lévite descend les marches et se dirige vers Jésus, autour duquel la foule entière fait cercle.

« C'est le Purificateur ! » crient des gens.

« Oui, c'est le Messie ! » crient d'autres.

Le Lévite embrasse la situation d'un coup d'œil, il entend les gens crier qu'il était temps d'en finir avec ces marchands et ces changeurs, tous des voleurs.

« Qui es-tu ? » demande-t-il à Jésus. « Quelle autorité te permet de troubler ce lieu saint ? »

« Dieu est notre Père à tous et j'ai donc autant de droit que n'importe qui qui croit en Lui d'empêcher Sa maison d'être changée en repaire de marchands. »

« Ce n'est pas ta maison. Elle a été confiée à des prêtres qui en prennent soin. »

« Si les prêtres permettent que la Maison de Dieu soit changée en marché, cette maison pourrait aussi bien être détruite. Et il suffirait de trois jours pour la rebâtir dans le cœur des hommes. »

Rumeur de surprise dans la foule.

« C'est facile à dire », répond le Lévite, « mais ce Temple a été construit en quarante-six ans. Et tu le reconstruirais en trois jours ? »

Jésus hoche la tête.

« C'est le Purificateur que nous attendons ! » crient encore des gens.

Le Lévite hausse les épaules. La police attend à la porte de Nicanor, prête à arrêter Jésus et les siens sur un signe du Lévite.

« Cet homme est envoyé par Dieu ! » crie un vieillard qui s'avance vers le Lévite. « Il est impie que les marchands tirent profit de la piété du peuple ! »

« Vous autres, prêtres, vous trouvez honnête que l'on fasse payer une paire de colombes trois fois le prix qu'elle coûte au marché ? » crie un autre.

Les autres Lévites arrivent. C'est par dizaines que des gens crient en faveur de Jésus. Que les prêtres sont les complices de voleurs, que les fidèles sont exploités par les changeurs, et autres protestations. Les Lévites font grise mine dans l'hostilité environnante. Celui qui était arrivé le premier dit à Jésus :

« Ce n'est pas de la sorte qu'on traite ces questions. »

Et il retourne lentement vers la porte de Nicanor. Ses compagnons hésitent avant de le suivre.

« Ces questions ne devraient pas exister, pour commencer ! » crie Jean à son adresse.

Le Lévite se retourne et répond qu'ils se reverront.

« Es-tu le Messie ? » répètent des gens autour de Jésus.

Un homme qui tient une paire de colombes par les pattes tire la manche de Jésus.

« Seul le Seigneur connaît celui qu'il destine à l'onction », répond Jésus.

« Tout le pays t'attend depuis Ezéchiel ! » dit l'homme. « Béni soit le jour ! »

D'autres reprennent la bénédiction.

« Pourquoi Ezéchiel ? » demande Jésus, lorgnant

avec inquiétude du côté de la police, toujours groupée près de la porte de Nicanor.

« Dans les derniers jours de ces royaumes », récite l'homme. « Ne connais-tu pas les mots ? "Dans les derniers jours de ces royaumes, quand leur péché est à son comble, un roi apparaîtra, sombre et dur, un maître du stratagème..." »

« Mais c'est dans Daniel », répond Jésus. « Je ne suis pas un maître du stratagème, et il n'est pas question dans ces vers d'une autre puissance que celle de Dieu. »

« Oui, oui », dit l'homme, béat, saisissant un pli de la robe de Jésus et le roulant entre le pouce et l'index, en souriant. « C'est du lin, n'est-ce pas ? Ne te rappelles-tu pas l'homme vêtu de lin dans Ezéchiel, qui fait une marque sur le front de ceux qui déplorent les abominations qui ont lieu dans le pays, afin que la colère du Seigneur leur soit épargnée ? »

« Je me rappelle », dit Jésus, tandis que Thomas fait signe qu'il vaut mieux s'en aller.

« Marque-moi sur le front », insiste l'homme. Et Jésus touche l'homme avec le pouce, entre les yeux. L'homme change d'expression, frissonne et s'écrie : « Ceci est autre chose ! Tu as en toi un pouvoir sacré ! »

« Marque-moi ! Marque-moi ! » plaident les autres. Mais Thomas vient lui murmurer à l'oreille que ce n'est pas la synagogue de Capharnaüm et qu'il y a ici une forte police qui ne demande qu'à intervenir. Jésus acquiesce et se dégage et les quinze hommes se pressent vers la porte la plus proche, qui est la porte des Chants, et suivant la suggestion de Thomas quittent Jérusalem au plus vite par la porte du Pot-de-Cendres, que d'autres appellent la porte Dorée. Ils dévalent la pente qui mène au Cédron, qu'ils traversent au gué et longent l'oliveraie de Gethsémani. Jésus demande en chemin à Judas Iscariote, qui a eu l'idée de se réfugier à Béthanie parce qu'il y connaît des amis sûrs, si ces amis sont toujours sûrs. Judas proteste qu'il est venu à Jérusalem au péril de sa vie, parce qu'il est recherché par les trois polices de Judée et qu'il sait ce dont il parle. Les amis en question sont deux frères qui l'ont caché et qui ont aussi caché Simon le Zélote. Jésus cherche celui-ci des yeux, mais on lui apprend qu'il est resté à Jérusalem pour voir des amis. « Sans doute des Zélotes », songe Jésus, car tous les Zélotes de Judée doivent maintenant exulter. Tôt ou tard, il faudra rendre bien clair que lui, Jésus, n'est pas un Zélote. Jean a les joues toutes rouges d'excitation.

« Un beau jour ! » dit-il. Et comme Jésus sourit sans répondre, Jean insiste : « n'est-ce pas un beau jour ? » « Pourquoi », lui demande Jésus. « Parce que les mots sont vite oubliés quand ils ne sont pas suivis d'actions. Maintenant tout est clair. » « Qu'est-ce qui est clair ? » « Que les gens du Temple sont immoraux. Et tout le monde le dira. » Tout cela est dit en haletant, parce qu'ils marchent vite.

« Je voulais faire ce que j'ai fait aujourd'hui depuis que je suis allé au Temple la première fois, il y a long-temps », dit Jésus.

« Et maintenant, tu as l'autorité pour le faire. »

Jésus médite un temps sur le mot « autorité ». Il l'a, certes, mais il ignore qui la lui a conférée. Il s'arrête, ils s'arrêtent aussi. « Ne vous attendez pas », dit-il d'un ton grave, « à ce que nous allions faisant des coups d'éclat tels que celui-ci. »

Une rafale descend sur la route, soulève la poussière et l'emmène danser dans les champs.

« Ce que nous devons faire dépasse le Temple et Jérusalem », dit-il encore.

Les voilà désemparés. Des corbeaux volent bas en croassant. Les choses vont vite, il convient de ne pas se laisser dépasser.

Ils arrivent enfin. Jésus est accueilli avec effusion. Cela se voit, ce sont des Zélotes qui le prennent pour un des leurs. Il reste silencieux. Ils sont tous déçus, ils s'attendaient à une soirée où l'on raconterait la bagarre, en la relevant de quelques détails piquants sur la pagaille qui s'en est suivie. Rien de tel, même si Judas Iscariote, Bartholomé, Jean et Jacques se lancent dans des récits en aparté, qu'ils ponctuent d'exclamations telles que « Une sacrée journée ! ». Ils se mettent à table, c'est-à-dire qu'ils s'asseoient par terre, dans la petite maison, une toute petite maison, pour un repas de soupe de blé avec des miettes de viande, en épiant Jésus du coin de l'œil. Quand même, ne pourrait-il pas encourager ses troupes un peu ? Ils n'ont rien fait de mal... Puis on frappe à la porte : c'est Simon le Zélote avec une femme. Une femme ! Derrière eux, un homme, un homme riche à en juger par son manteau de laine lustrée, sa barbe soigneusement taillée et huilée, ses sandales à boucles d'argent et surtout son port. Mais une femme !

« J'ai pris la liberté », dit Simon le Zélote en fermant la porte, « d'amener deux personnes qui veulent rencontrer notre maître. Voici Nicodème, qui appartient au Sanhédrin, et Marthe, la sœur d'un homme que nous connaissons bien à Béthanie, Lazare. »

Un membre du Sanhédrin ! Ils se figent de stupeur, la main dans le bol. Jésus se lève, Nicodème s'avance, digne, mais respectueux. La femme s'agenouille aux pieds de Jésus, saisit sa main droite et la baise. Jésus la relève. L'émotion l'embellit, chauffe son teint, harmonise ses gestes, illumine ses yeux.

« N'aie pas de crainte, je t'en prie », dit Nicodème, « je viens ici en pèlerin de la vérité et non en tant qu'allié de tes ennemis. »

« Je ne crains que le Seigneur », répond Jésus.

« Quelqu'un d'autre voulait se joindre à nous », dit Nicodème, « car il est presque sûr de t'avoir connu quand tu étais plus jeune. C'est un autre membre de notre assemblée, Joseph d'Arimathie. »

« Il aurait été le bienvenu », dit Jésus. « Pourquoi n'est-il pas venu ? »

« Par discrétion, supposant que deux membres du conseil quittant la ville ensemble auraient attiré l'attention. »

« J'étais au Temple », interrompt Marthe, « et soudain... Soudain, la lumière ! »

L'aîné des hôtes les prie à dîner. Marthe dit qu'elle va rejoindre les femmes. Après la soupe, on apporte la salade de chicorée et d'oignons, puis du fromage fermenté et des olives. Jésus place Nicodème à sa droite. Les disciples ont oublié leur déception. Ils frémissent d'étonnement, un membre du Sanhédrin dans la maison des Zélotes ! Après ce qui s'est passé ! Ils osent à peine mâcher, de peur de perdre une parole de la conversation entre Nicodème et Jésus.

« Je suis venu te voir », dit Nicodème, « parce que tout l'espoir qui reste dans ce pays repose maintenant sur toi. Un nombre considérable de gens espèrent que tu changeras leur destin. Les autres craignent que tu ne le fasses pas. » Il a déjà dîné, mais par courtoisie, il tranche une part de fromage et la pose sur du pain et mange donc le pain des Zélotes. « Je peux prévoir que de nombreux membres de notre conseil désapprouvent ton action au Temple aujourd'hui, mais moi, en tant qu'élu du corps le plus important du pays, je voudrais te dire que je l'approuve. Je déplore sincèrement le commerce des marchands et des changeurs dans l'enceinte de notre sainte maison. »

Les autres ont tout à fait cessé de manger.

« Alors, pourquoi n'as-tu pas fait quelque chose pour y mettre fin ? » demande Jésus.

« Moi et ceux de mes collègues qui y seraient disposés ne représentent qu'une minorité dans le Sanhédrin. Etant donné que toutes les décisions sont votées à la majorité, nous aurions perdu. Et, dans la défaite, nous aurions aussi perdu le pouvoir dont nous disposons pour résoudre certaines affaires tordues. Ç'aurait alors été une perte pour bien d'autres. »

« Comment un membre sain fonctionne-t-il dans un organisme qui se décompose ? » demande Jésus.

« Comme un membre sain dans un corps qui se décompose », répond Nicodème avec un demi-sourire, « tantôt bien et tantôt pas. Maintenant, je te demande ce que tu comptes faire. Vas-tu renverser le pouvoir ecclésiastique à Jérusalem ? »

Le visage de Thomas est méconnaissable, tant la tension le fait grimacer. Les autres sont changés en pierre.

« Le pourrais-je ? » demande Jésus, lui-même surpris.

« Oui, tu le pourrais. De nombreux prêtres se rallieraient à une révolte contre Annas et sa clique. »

« Et après ? » demande Jésus.

Un son bizarre sort du gosier de Jean, un « ah » étranglé.

« Après tu pourrais expliquer aux Romains que ce sont là des affaires juives, donc qui ne les concernent pas, puisque ce sont aussi des affaires religieuses, et qu'il est dans leur intérêt que le clergé soit respecté par le peuple. Je crois que cela ne susciterait pas de problème avec Rome. »

« Parles-tu en ton nom propre, ou bien es-tu délégué par une fraction du Sanhédrin ? »

« Je parle ici en mon nom propre, et je ne parle pas à la légère. Je pense que plusieurs de mes collègues seraient de mon avis. »

« Et qui serait ensuite le grand prêtre qui veillerait à l'ordre ? » demande Jésus.

« Toi, je suppose », dit Nicodème en regardant Jésus dans les yeux.

L'homme est un politique, mais il est honnête. Le regard est froid, mais droit.

Un régiment de mouches entrerait dans la bouche de Simon.

Le visage de Jésus semble privé de vie. La vie va se retirer du cœur de Simon, le plus âgé, si la tension persiste.

« Si tu es venu rencontrer le prochain grand prêtre, Nicodème, je regrette de te dire que tu fais erreur. Même si le Sanhédrin entier t'avait accompagné ici pour m'offrir le siège de grand prêtre, j'aurais refusé. Il semble que certains points aient échappé à ta sagacité. »

« Lesquels ? » demande Nicodème.

« Il faudrait changer les cœurs de tous les prêtres du Temple, et cela, je ne le peux pas. L'ivraie a envahi les champs. »

Jokanaan et les Esséniens le savaient, mais ils attendaient que le feu du ciel détruisît la dernière récolte. Or, ce n'est pas la dernière récolte, mais il faut quand même la brûler.

« On peut les réformer », suggère Nicodème.

« Toutes les récitations des Livres ne les ont pas réformés », observe Jésus. « Et je suis au-delà de tout cela. J'appartiens à l'au-delà. »

Nicodème s'agite. « Tu mangeais tout à l'heure du blé et de la viande, et tu as mâché du fromage, des olives et du pain. Tu n'es donc pas un fantôme et tu n'es, en tout cas, pas au-delà de la nourriture. Puis, il y a quelques heures, tu as fouetté les marchands et les changeurs du Temple, et cela n'était pas non plus immatériel. J'ai entendu les coups, vu les tables briser et les pièces rouler. Et maintenant, tu me dis que tu es au-delà de tout cela et que tu appartiens à l'au-delà. Je ne comprends plus. S'il y a de la cohérence dans tes actes et ceux des hommes qui te suivent, tu devrais maintenant prendre le pouvoir à Jérusalem. »

Jésus se penche en arrière pour s'adosser au mur. Entre ses paupières mi-closes, il scrute les disciples. Ce qu'ils pensent est évident : est-il ou non notre héros ? Sera-t-il le libérateur ou bien quoi ? De quel au-delà parle-t-il ? Seul Thomas semble sourire. Seul Thomas sans doute a compris.

« Construis une maison », dit doucement Jésus. « Après quelques années, il est inévitable qu'elle commence à s'altérer. Les poutres sont envahies par la moisissure, la pluie ronge la peinture, les gonds se rouillent. Mais la maison qui est dans ton cœur ne s'altère pas. La maison dans le cœur est le Temple Eternel. Laisse les autres s'occuper de temples de pierre, comme les Romains, et laisse-moi construire le Temple Eternel dans le cœur des hommes. Je ne suis pas le grand prêtre suivant. »

Jean fond en larmes.

« Et pourtant, nous avons aussi besoin d'un maître du temple de pierre », murmure Nicodème.

« Oh oui, Nicodème, vous avez besoin d'un tel maître ! Mais il vous en faut un après l'autre. Il vous faudrait un Jésus tous les dix ans ! Parce que, vois-tu, dès que l'on commence à couler l'esprit dans des moules matériels, les malentendus s'installent, comme la moisissure dont je parlais. Change la parole de Dieu en lois, comme l'ont fait les Pharisiens, et tu as mis le pied dans un labyrinthe d'interprétations sans fin. Ce n'est plus la parole de Dieu, mais un autre système de lois humaines. Et chercher la vérité divine dans ces lois devient aussi futile que d'essayer d'établir la vraie longueur de la coudée dont parle Ezéchiel. » Il semblait las et s'interrompit. « Le premier Temple », reprit-il au bout d'un moment, « fut construit dans l'innocence et détruit dans l'adversité. Il eût dû rester à l'état de souvenir. Construire un temple pour Dieu est absurde ! L'entreprise se résume en ces termes : "Ecoute, Seigneur, nous Te construisons un palais pour que Tu y restes et que Tu ne t'occupes pas de ce que nous faisons à l'extérieur. Nous T'y ferons des sacrifices, mais laisse-nous mener nos affaires à l'extérieur comme nous l'entendons." Ne vois-tu pas, Nicodème, que c'est Lui faire injure ! L'univers entier est Son Temple ! Celui-ci est dérisoire. Ce sont des hommes qui y exercent le pouvoir, et le pouvoir corrompt. Ils sont donc corrompus. Prendre la place du grand prêtre, et surtout la prendre sous la houlette des

461

Romains, c'est m'offrir un trône vermoulu. Je n'en veux pas. »

Son accent indiquait qu'il avait fini de parler. Ils respirèrent bruyamment, s'éclaircirent la gorge, remuèrent bras et jambes, se grattèrent.

« Mais à t'entendre, ta victoire, quelle qu'elle soit, représenterait la fin de la Loi ! » s'écria Nicodème.

« Non, Nicodème », répliqua Thomas, « ce serait le commencement de la Loi ! »

Ils burent ce qui restait de vin.

« On m'avait bien dit que tu avais été formé par les Esséniens », dit Nicodème d'une voix éteinte. « Je n'y avais pas assez prêté attention... Le monde est pour vous divisé en deux royaumes, la matière et l'esprit... Et tu ne te soucies pas de la matière ! »

Il paraissait contrarié. Jésus aussi. Essénien ! Un mot. Pourquoi pas un Gnostique grec ? « Tu fais erreur », dit-il, « je ne suis pas un Essénien. Les connais-tu ? Leur idée de la Loi est tellement étroite qu'ils n'osent pas uriner le jour du Sabbat ! Ils ont tellement raffiné leur définition de la Loi qu'ils en oublient de vivre et qu'ils attendent non seulement la mort, mais aussi la mort du monde ! Crois-tu que le Seigneur se soucie de savoir si les Juifs urinent ou non le jour du Sabbat ? Crois-tu que moi aussi je m'imagine que Dieu n'attend de Ses créatures que le renoncement à la vie ? » Il soupira.

« Et que vas-tu faire ? » reprit Nicodème. « Qu'est-ce que le Messie va faire ? »

« Nous allons détruire les édifices visibles et invisibles que les Juifs ont bâtis pour occulter la lumière de Dieu. Nous allons laver les corps et les âmes, purifier les yeux des souillures d'un sommeil hanté de mauvais rêves, déboucher les oreilles encrassées par la cire des mots creux, baigner les corps chargés des impuretés du passé. Et nous ferons ainsi une nation plus grande que les cinq provinces. »

« Je ne comprends pas », murmura Nicodème. « Comment cela se ferait-il ? »

462

« Toi, un maître d'Israël, tu ne me comprends pas ?
Si tu ne saisis pas ce que j'entends faire sur la Terre,
que serait-ce si je parlais des choses célestes ! »

« Quelles choses célestes ? »

« Aide le fidèle à se délivrer de lui-même et tu trouveras de nouveau en lui le reflet de son Créateur !
Enseigne-lui la vie et tu lui mets le pied sur l'éche-
lon de l'échelle de Jacob ! Ouvre ses yeux et il verra
la lumière éternelle ! Alors la Terre ne sera plus ce
qu'elle était et l'homme sera de nouveau le Fils de
Dieu ! »

Nicodème parut égaré. « Quelle doctrine est-ce
donc là ? » murmura-t-il tandis que les femmes
débarrassaient la table. Marthe saisit l'assiette de
Jésus et cria : « Seigneur, aie pitié de nous ! Je sens
un terrible malentendu ! » Et elle resta à genoux, la
tête penchée, pleurant, l'assiette dans ses mains.

« Oui, Marthe », dit Jésus en lui caressant la tête,
« tu as raison, il semble qu'il y ait un malentendu. »
Son regard parcourut l'assemblée stupéfaite et il
secoua la tête avec tristesse.

XI

UNE ÉPÉE HUMAINE

Cette nuit-là, dans la maison de Béthanie, il ne
trouva pas le sommeil. L'un des trois matelas disponibles avait été disposé pour lui dans une chambre
séparée. Mais la porte s'était déformée dans son
chambranle et ne fermait plus, et il entendait donc
les ronflements de ses quatorze disciples dans la
grande pièce où ils avaient dîné et d'autres ronflements dans d'autres pièces. Il essaya de prier, mais

n'y était pas disposé. Il poussa le vasistas qui se trouvait au-dessus de son lit et le froid entra, comme le pauvre qu'on admet à la fin d'un dîner. Des rumeurs flottèrent aussi dans la pièce, grattements, chuintements, ululements, signes d'un langage qui n'était pas adressé aux hommes. Il se leva et alla dans la pièce où dormaient les disciples, chauffée par les corps, et sentant encore la coriandre moulue dont on avait mélangé le sel, pour ouvrir l'appétit, et qui se mélangeait maintenant à l'odeur de la sueur. Des formes sombres sur le sol, emmitouflées dans les manteaux, composaient un paysage nocturne de montagnes et de vallées, comme celui que voyaient sans doute les hiboux quand ils volaient au-dessus de la Judée. Il buta sur une colline ; qui était-ce ? Il se pencha et reconnut Jean, dont une main reposait sur le sol, ouverte vers le ciel. Il éprouva le désir d'y placer un cadeau que Jean trouverait à son réveil, mais il n'avait rien d'autre à lui offrir qu'un souhait : qu'il vécût assez vieux pour comprendre ! Il atteignit la porte d'entrée, la déverrouilla et entra dans la nuit claire, où l'on eût presque entendu les étoiles grésiller. Un frôlement lui fit tourner la tête ; c'était un renard qui s'était probablement allongé devant la porte, pour y dérober un peu de chaleur ou de viande et qui venait de décamper ; il s'arrêta à trois pas de Jésus, sans crainte, humant l'air de haut en bas, d'un air interrogateur. Jésus sourit et poursuivit son chemin. Un coup d'œil en arrière lui apprit que l'animal s'était rassis. Un jeune renard.

Il s'engagea sur la route qui menait à Jérusalem ; elle s'élevait vers la colline que l'on appelait mont des Oliviers, qu'il atteignit en une demi-heure de marche rapide. Il n'éprouva pas le besoin d'aller plus loin, retenu par la présence de ces arbres ternes et tourmentés, mais généreux et endurants. Il s'adossa à une branche basse et reprit son souffle. Ses idées s'éclaircirent et la raison de son insomnie se dessina. Faux, tout était faux ! Les hommes changeaient ses actes et ses mots en ce qu'il n'avait ni voulu faire ni voulu dire. Ce Nicodème, par exemple ; il aurait voulu que Jésus et ses disciples prissent le Temple d'assaut. Et bouter hors le grand prêtre ! Un homme bon, certes, que Nicodème ; il avait sincèrement espéré voir Jésus revêtu de la robe du grand prêtre. Et après ? Nettoyer le bazar et changer quelques prêtres çà et là. Et tout le monde aurait recommencé les anciennes pratiques. L'on aurait recommencé à pratiquer la flatterie, qui se serait changée en corruption caractérisée, qui aurait engendré la prévarication impudente et le népotisme mafflu. Et que serait alors l'homme qui aurait revêtu la mitre d'Annas ? Un mauvais acteur ou une canaille. Comment des gens d'expérience tels que Nicodème pouvaient-ils donc être aussi peu avisés ? Et comment pouvaient-ils aussi supposer que les Romains se résoudraient au rôle de spectateurs ? « Ce n'est qu'une affaire religieuse interne, chevaliers, rien qui puisse vous alarmer, rien qu'une de nos querelles intestines juives. » « Que dites-vous ? Cet homme qui s'est nommé grand prêtre, croyez-vous que nous ignorions qu'on l'appelle le Messie et que nous ne sachions pas ce que cela signifie pour vous ? C'est un roi ! Devrions-nous donc nous croiser les bras tandis que vous élisez un roi de provinces romaines ? Que sont donc censés représenter le tétrarque, l'ethnarque et les gouverneurs romains ? Quelle est toute cette affaire ? Vous avez jusqu'à demain pour restaurer Annas sur son siège ! Nous ne voulons pas de Messie ! » Il haussa les épaules. Mais en attendant, les disciples, eux, partageaient les espérances de Nicodème. Ils voulaient un héros, David, Salomon, Josué, un Alexandre des Juifs ! Un prophète aussi, Néhémie, Isaïe, Ezéchiel, tous en un seul ! Ils n'écoutaient pas les explications, ils étaient sourds à la moindre suggestion qu'il ne fût pas le chef d'une révolte contre les Romains. Et s'il les abandonnait, il était seul, mais s'il restait avec eux, il était un otage, qu'il était en fait. Plus seul encore que s'il avait été solitaire ! Peu de lunes passeraient avant qu'ils essayassent à nouveau, dans leur obstination, de le transformer en un bélier avec lequel ils attaqueraient le Temple. Un bélier, lui, un agneau, plutôt, promis au sacrifice. Il frissonna. Ecervelés, aveugles, qui le propulsaient vers la catastrophe ! Il voulait vivre ! Il lui faudrait les renvoyer un temps, respirer et s'exprimer librement. Parlait-il donc si mal qu'ils ne comprissent pas ce qu'il disait ? Il passa leurs visages en revue, l'épais Simon, habité par une indignation vertueuse, un véritable Galiléen à jamais imperméable aux finesses judéennes, obsédé par sa haine du clergé. Thomas le simiesque, semi-Asiate ciselé par les Grecs et creusé par l'apprentissage de l'inaccessible, vif et sceptique jusqu'au cynisme. Judas Iscariote, opaque, agité d'ambitions inavouées, l'âme d'un soudard dans la peau d'un Zélote, trop intelligent pour n'avoir pas compris que les Zélotes n'aboutiraient à rien, mais pas assez pour deviner que, lui, Jésus, voulait échapper à l'enceinte étroite des problèmes juifs. André, copie estompée de son frère Simon. Simon de Judas, fruste et mal dégrossi par la révolte. Et les autres, les jeunes, Jacques, Jean, Nathanaël, Bartholomé, Barnabé, Thaddée, jeunes aventureux impatients de participer à une épopée ! A l'exception de Thomas, ne soupçonnaient-ils donc pas ce qu'il poursuivait ? Apprendre aux hommes à rester en présence de Dieu à chaque instant, au-delà des règlements et des rites, des Livres et du clergé, des prêtres et du Temple, n'avaient-ils pas compris cela ? Suivaient-ils un homme imaginaire ? Il agrippa une branche de l'olivier. Peut-être l'avaient-ils compris et ne voulaient-ils pas abandonner les accessoires de leur religion, de peur d'abdiquer aussi leurs personnages de Juifs. Et cela rien que pour atteindre à Dieu, rien que pour cela, se désister de leurs identités, de leurs aïeux, de leurs traditions, de leurs habitudes et de leurs vices ? Sans doute avaient-ils raison d'avoir peur.

Renoncer à tout cela pour quoi ? En fait, ils ne voulaient pas détruire le Temple, mais se l'approprier. Que l'on détruisît le Temple et ils se retrouvaient sans abri. Roi rusé, Hérode le Grand ! Il avait compris qu'en reconstruisant le Temple et en le contrôlant, il leur rendait la Maison Perdue et assurait sur eux son hégémonie ! Mais atteindre à Dieu par-delà les limites terrestres... Il avait compris quelque chose, ce Nicodème, « on m'avait bien dit que tu avais été formé par les Esséniens », avait-il dit, et ce n'était pas entièrement faux, quelle que fût l'aversion de Jésus pour l'étroitesse d'esprit des Esséniens. Ces gens avaient cherché à Quoumrân le chemin direct vers Dieu, mais ils avaient été incapables de surmonter la lettre de la religion et s'étaient enfermés entre les lignes des Livres, détaillant à l'infini les prescriptions d'un Dieu qui devenait de plus en plus lointain au fur et à mesure qu'on Le décrivait... Il leva les yeux et l'obscurité fondit dans le sentiment velouté de la confiance dans les millions d'yeux vigilants du Seigneur. Autrefois, il priait tellement intensément qu'il en oubliait son corps. Ce n'était pas arrivé depuis longtemps, parce qu'il croyait maintenant que Dieu ne demandait pas cette immolation de soi dans les flammes de la prière. Et aussi parce qu'il pensait qu'il y avait de l'arrogance dans cet effort surhumain pour échapper à sa condition. Il était un homme et Dieu marchait à ses côtés chaque fois qu'il L'invoquait. De plus, il avait remarqué que ces prières fiévreuses l'isolaient du monde. Un homme qui a aperçu la Lumière ne souhaite pas en parler, il se contente de savoir pour lui-même qu'elle existe. Alors il glisse dans une quiétude égoïste, comme les gens de Quoumrân encore, et la Lumière n'est de secours qu'à lui-même. Ç'avait été le cas dans ses années à Quoumrân. « Ô Seigneur, Ô mon Père », murmurat-il. Il priait désormais d'un niveau plus bas. « Seigneur, laisse-moi vivre pour Toi », dit-il. Il lui faudrait désormais dérouter ses amis autant que ses ennemis. Plus d'expéditions au Temple. Il aurait été absurde qu'il eût été arrêté là et jeté en prison, voire dépêché à la mort. Ç'avait été une erreur que de fouetter les marchands ; tant qu'à faire, il eût dû fouetter leur maître à tous, Annas ! Il avait eu de la chance d'échapper sans mal aux dangers du Temple. Désormais, il serait rusé, comme ses ennemis. Et il fallait donc gagner du temps. Il reprit son chemin et atteignit le flanc du mont des Oliviers qui dominait Jérusalem, vaste prostituée qui dormait sur sa colline. Le spectacle de ce Léviathan femelle assoupi fouetta son énergie. La colère des prophètes contre cette ville afflua à son cœur. « Ecoutez ceci, maîtres de Jacob, gouverneurs d'Israël », chantait le vieux Joseph, et son fils retrouva les mêmes inflexions, « vous qui rendez la justice haïssable et la détournez du droit chemin, construisant Sion dans le sang versé et Jérusalem dans l'iniquité », murmura-t-il avant d'arriver aux derniers vers, « Sion se changera en un champ labouré et Jérusalem en un monceau de ruines, et le Temple enfin un champ de bruyères ! » Avaient-ils lu les Prophètes, ces gens qui dormaient à Béthanie, mangés vivants par les songes ? Et tous les autres, noyés dans la nuit d'Israël ? Sans doute pas, et d'ailleurs, que leur aurait apporté la lecture des Prophètes ? Ils se seraient sentis tout aussi misérables et auraient nourri les mêmes visions de paix et de justice dans la Terre Promise. Il soupira. Ils ne savaient pas que les pays de miel et de lait ne fleurissent qu'un printemps. Le miel et le lait éternels ne coulaient que là-haut. Ici-bas, le lait était bu par les serpents et le miel attirait les mouches du Démon ! « Ô Seigneur ! » cria-t-il dans la nuit, et son cœur se gonfla et s'éleva, les picotements familiers engourdirent ses doigts, ses pieds devinrent plus légers... Puis le chaos, les ténèbres, la pesanteur et la peur ! Il tomba à genoux, son ascension spontanée s'était interrompue, l'angoisse emplissait sa cervelle et l'étranglait.

Quoi, pourquoi ? Il se rappela qu'il n'était pas seul. Tous les autres ! Les morts ! Cette masse de souffrance qui s'étendait maintenant dans l'espace environnant comme une mer de vers absorbant toute lumière, eux, cette chair éternellement pourrissante dans laquelle les mots d'amour anciens s'étaient depuis longtemps changés en gargouillements, eux, cette masse venimeuse de viscères contorsionnés et de souffrance, cette couche fétide qu'autrefois il traversait avec aisance, entendant à peine les sifflements lamentables et les murmures obscènes ! Il trembla d'horreur au contact du mal et, en même temps, souffrit de compassion. Il gémit. Seigneur, sauve le Démon, sauve Tes servants déchus, Seigneur ! Et pourtant, il savait que le Démon et les siens ne seraient sauvés qu'à la consommation de tout. La fin devait advenir au nom de l'amour ! Quand les flammes de la lumière tomberaient du ciel, toute matière serait détruite et comme il n'y aurait plus de bois à brûler pour le mal, le mal disparaîtrait...

Il haleta, toujours à genoux, transpirant abondamment. La Fin ! Seul le Seigneur savait quand Il la dépêcherait. Mais lui, comme tous Ses serviteurs, devrait la hâter. Son regard retrouva Jérusalem, la Prostituée couchée sur sa couche d'iniquité, la Femme Ecarlate, la source de tous les ruisseaux empoisonnés qui couraient à travers Israël. La brise rafraîchit son visage. Les fous ! Ils voulaient lui faire épouser Jérusalem et célébrer le Seigneur dans une maison profanée ! Le mariage blasphématoire avec le Léviathan ! Et c'étaient les mêmes qui croyaient qu'il était le Messie ! Le messager de Dieu en connivence avec la trahison de son Maître ! Une bouffée de haine l'agita. Il récita : « Mon cœur est ferme, Ô Dieu, mon cœur est ferme ! » Puis il douta de sa haine. Pouvait-on haïr au nom du Seigneur ? Le désarroi acheva de l'épuiser, il pencha la tête et roula par terre. Les larmes l'auraient soulagé, mais il n'en était plus capable.

Un long moment passa, dans la stupeur et le chaos. Il s'assit, très las, et son regard retourna vers la silhouette enténébrée de Jérusalem. Une vision surgit des profondeurs de son crâne, comme une bête endormie depuis longtemps et qui s'éveille avec violence. Il essaya de la chasser, mais trop tard ! C'était lui qui se tenait sur la colline d'en face, pareil à une épée dans la main de Dieu et l'épée s'enfonçait inexorablement dans le cœur de la Bête. Tout son corps était l'épée, sa tête, le pommeau, il n'y pouvait rien, le sort en était jeté.... Une vague nauséeuse, fétide, visqueuse de choses rampantes, grondantes, hurlantes déferla sur lui. Il eut un vertige. Il faisait nuit, mais cette vague était rouge et il savait ce qu'elle était, il l'avait frôlée dans ses ascensions vers la lumière, mais les êtres dont elle était constituée n'avaient pas osé l'approcher, parce qu'il se trouvait alors dans le faisceau de la lumière... Des démons, oui, non, les entrailles mêmes de la Terre, il n'avait plus assez de force pour se représenter ce que c'était réellement, ce n'était pas tout à fait le mauvais esprit qu'il avait affronté sur la route de Quoumrân, non, c'était autre chose, cela lui donnait un mal de tête intense, c'était si proche de lui qu'il lui fallut réunir toutes ses forces pour n'être pas dévoré par ces choses... Il était couvert de sueur froide, visqueuse. De la myriade de voix, non, de sons, qui émanait de cette plaie se dégageait un bourdonnement qui semblait emplir la nuit. Et ce bourdonnement était moqueur et lui signifiait qu'il était impuissant. Il se rendit compte qu'il allait rouler dans une machine immense qui le broierait inéluctablement... « Dieu, aide-moi ! » cria-t-il, mais le flot débordant de ces débris suffoqua sa voix. Dieu était loin, trop loin... La surprise s'ajouta à l'horreur, oui, ces lambeaux infects souffraient ! Il ressentait leur souffrance dans sa chair et la moelle de ses os. Ce n'étaient pas des démons, les démons souffrent-ils ? Ou bien... Il tomba de nouveau, face contre terre et vomit... Le mal de tête était tellement intense qu'il craignit d'en mourir. Son estomac était déchiré par des spasmes. Il vomit encore et toussa, puis s'écroula en sanglotant. Il tremblait aussi. Les légions rouges commencèrent à s'éloigner. Il haleta. Tout d'un coup, le silence revint. Il agrippa une branche pour se relever.

Ç'avait été cette nuée d'êtres à moitié matériels... Ç'avaient été des âmes... Une horde d'âmes démentes, aveugles implorant... implorant quoi ? Et pourquoi l'avaient-elles attaqué ? Pourquoi lui ? Quelles étaient ces âmes ? Des damnés ? Que pouvait-il faire pour les damnés ? Et pourquoi avait-il, lui, pensé qu'elles constituaient le cœur de la matière ?

« Maître ! »

Une voix de femme, alarmée. Il se retourna. Une femme drapée de sombre arrivait en hâte, un bras tendu.

« Maître, vas-tu mal ? Tu es tombé ! »

Il reconnut la voix de Marthe. Et l'accent de l'amour.

« Je vais mieux. Je vais rentrer. » Mais il titubait. Elle lui tendit son bras. Elle expliqua qu'elle avait entendu, une heure auparavant, la porte de la maison s'ouvrir et qu'elle était allée vérifier que ce n'étaient pas des voleurs qui l'avaient forcée. Puis elle l'avait vu s'éloigner et, inquiète, l'avait suivi. Elle était assez près de lui pour qu'il pût sentir sa chaleur et son odeur. Des bribes de désir charnel dansèrent dans la nuit. Cette agression l'avait troublé plus qu'il n'aurait cru. Elle lui avait révélé combien fragile était la flamme de son esprit et elle avait aussi piqué son instinct de survie. Un nouvel accès de tremblement le saisit, le forçant à s'arrêter, le souffle court, les dents serrées. A ce moment-là, il eût saisi Marthe et roulé avec elle sur l'herbe. Le contact de sa peau, le velours de ses seins, la soie de son sexe et de ses lèvres, le poids de sa chair, fentes et rondeurs gorgées de vie, cela l'aurait apaisé. Le comprit-elle ? Car elle lui pressait le bras de ses doigts... Il s'efforça de ne pas la regarder. Il se remit en route.

Qu'est-ce qui l'avait attaqué ?

Il aspira à être serré dans des bras.

Quand il atteignit son lit, il s'écroula et glissa dans le sommeil comme un cadavre dans la mer.

XII

UN PROPHÈTE EN SON PAYS

« Je te le dis, Yossi, toi et moi, maintenant, nous devons penser grand. Nous devons organiser notre commerce sur une plus grande échelle. Tu as vu comme moi quelles formidables quantités de légumes ils mangent, ces gens de Jérusalem, des lentilles, des laitues, des concombres, des salsifis, de la chicorée, des artichauts. Nous pouvons leur vendre tout ce que nous produisons et beaucoup plus si... »

Typique accent de Galilée. Un fermier. Yossi devait aussi être un fermier.

« Ouais », répliqua l'autre, Yossi, « mais songe à tous les ânes et à toutes les mules qu'il nous faudrait pour transporter tout ça à Jérusalem ! Et nourrir ces bêtes. Et qu'est-ce qui va rester des laitues et de la chicorée après cinq jours à dos de mule, au soleil... »

Les voix atteignirent la porte. Les hommes toquèrent et entrèrent sans attendre de réponse. Il n'y avait que Jésus, accroupi sur le sol, grignotant des graines de lupin trempées dans l'eau.

472

« Est-ce que Simon... » commença l'un des fermiers. Puis, apercevant Jésus, il s'interrompit.

« Simon reviendra bientôt », dit Jésus.

Les lèvres des visiteurs bougèrent, mais ils restèrent muets. Jésus sourit, se leva et brossa sa robe de la main.

« Vous étiez donc à Jérusalem », dit-il pour rompre le silence, par courtoisie.

« Maître ! » s'écria l'un des fermiers. « La ville ne parle de rien d'autre que de ce que tu as fait au Temple ! »

« Jérusalem est devenue une cité oisive », répondit Jésus.

Plusieurs des disciples revinrent alors, chargés de victuailles.

« Soyez sur vos gardes quand vous traitez avec les gens à Jérusalem », dit Jésus aux deux marchands, toujours éberlués, « certains marchands sont âpres en affaires. »

« Maître ! » insista celui des deux qu'on appelait Yossi, « on dit que même Hérode veut te voir ! »

Jésus enregistra l'information.

« Ce renard ! » murmura-t-il. « Et je suppose qu'après que nous eûmes quitté le Temple, les marchands et les changeurs ont repris leurs affaires comme à l'accoutumée. On aura juste posté un peu plus de policiers aux portes, pour le cas où je reviendrais », ajouta-t-il avec une pointe de sarcasme à l'adresse des disciples. « Non, je ne rencontrerai pas Hérode, à moins qu'il ne me suive en Galilée, où je retourne. » Et comme les disciples paraissaient étonnés : « Oui, je quitte Béthanie demain. Que croyiez-vous ? Que j'allais retourner au Temple pour y déclencher une émeute ? Et me faire arrêter ? »

Ils parurent désemparés.

« De toute façon », leur dit-il, « si vous ne voulez pas me suivre en Galilée, vous êtes libres. Tu voulais retourner au Temple ? » demanda-t-il à Simon, qu'il commençait à surnommer « Pierre », en raison de son crâne qui luisait comme un caillou et pour le distinguer de Simon de Judas. « Et toi, Thomas ? Non, toi tu ne crois pas que l'on change les gens à coups de bâton. Mais toi, Jean ? Et toi, Bartholomé ? Et Thaddée, et Judas Iscariote ? Vous vouliez retourner au Temple, sans doute ? Mon sentiment est que vous vouliez plutôt que je vous y conduise. Mais comme je l'ai dit, je n'ai pas l'intention de revêtir la robe d'Annas. »

Judas Iscariote fit pensivement craquer les jointures de ses doigts. Jean sortit, rouge d'un sentiment visiblement violent et contrarié. Jacques parut dépité. Les autres étaient embarrassés. Jésus sortit marcher dans la campagne, suivi de Thomas.

Ils ne rentrèrent que pour le dîner, qui se déroula à peu près dans le silence.

Mais quand Jésus s'éveilla, le lendemain à l'aube, et qu'il alla réveiller Thomas, il les trouva tous prêts, ayant même fait leurs ablutions avant lui.

Ils prirent, dans le bleu de l'aube, la route de Samarie, la plus courte vers la Galilée. Avant midi, ils avaient dépassé Béthel ; au crépuscule, ils étaient en vue du mont Garizim ; ils décidèrent d'y camper. Jésus n'avait guère parlé de la journée, sinon pour poser des questions d'ordre pratique à tel ou tel disciple. Quand Judas Iscariote et André eurent bâti un feu et que tous se furent assis par terre, déballant les vivres, pain, fromage, olives, oignons, volailles rôties, œufs durs, dattes et vin, Jésus promena son regard à la ronde, cherchant les yeux de chacun ; ils retinrent leur souffle.

« Si vous étiez des anges », dit-il, « vous sauriez que ce monde matériel est plus léger que la poussière. Oui, je sais que vous le pensez dans vos têtes, mais je doute que vous le sachiez dans vos cœurs. Même le Temple de Salomon a été détruit, et personne n'a pu en retrouver fût-ce une pierre. Mais les Livres ne peuvent pas être détruits », dit-il en jetant du bois dans le feu. « Toi, par exemple », dit-il à Jean qui avait retrouvé sa place près de son maître, « un scorpion ou une vipère pourraient te piquer à ce moment même et tu serais bientôt mort. Tout ce qui aurait été Jean, fils de Zébédée, retournerait à la poussière au bout d'un temps. Mais si tu as dit dans ta vie quelque chose qui vaille la peine d'être retenu, on se souviendra de toi. C'est pourquoi Isaïe n'est pas mort, ni Daniel ni les autres prophètes. Comprenez-vous ce que je dis ? Même si nous avions mis le feu au Temple d'Hérode, qu'est-ce que cela aurait changé ? Ils auraient rebâti un troisième Temple. C'est pourquoi seuls les mots sont importants. N'avaient été les mots de la Loi et des Prophètes, il n'y aurait pas de Juifs aujourd'hui. Alors, et bien que vous ne soyez pas des anges, essayez un peu de penser comme la meilleure moitié de vous-mêmes. »

Il sourit et cela atténua la tension qui régnait depuis la veille. Ils sourirent aussi et mangèrent de bon appétit.

« Comment se fait-il que tu saches mieux que nous ce que les anges pensent ? » demanda Judas Iscariote.

La question bloqua les mâchoires de Simon-Pierre, qui s'affairaient sur un pilon de volaille et du pain. Le pain émergea de sa bouche comme une dent et ses yeux furent comme vitrifiés par l'impertinence qu'il venait d'entendre.

« Peut-être ai-je moins de liens avec le monde que tu n'en as », répondit Jésus.

« Allons ! » s'écria Simon-Pierre, suffoqué. « Tu sais bien, Iscariote, que notre maître est le Messie ! »

« Il ne l'a jamais dit », observa l'Iscariote.

« Je ne l'ai jamais dit, Judas a raison. Je pense que, si je le suis, on ne le saura qu'à ma mort. Et je vous rappelle une fois de plus que vous êtes tous libres. »

« Je ne le suis plus », dit Jean.

« Moi non plus », dit Nathanaël.

Un peu plus tard, quand ils eurent étalé des couvertures sur le sol froid, pour dormir, Jean, qui avait encore choisi d'être plus près de Jésus, s'accouda pour lui demander, avec inquiétude : « Mais si je partais, est-ce que tu ne serais pas triste ? Est-ce que tu ne penserais pas que je fais erreur ? Est-ce que tu n'essaierais pas de me retenir ? »

« Peut-être le ferais-je », répondit Jésus en pensant à Eliphas, et se demandant pourquoi c'étaient toujours les plus jeunes qui s'attachaient le plus à lui, « mais si tu me faisais défaut, je penserais que c'est parce que moi d'abord je t'ai fait défaut. » Il s'enveloppa dans son manteau et s'endormit, pendant que Thaddée montait la garde près des mules, écoutant une fois de plus les voix de la nuit, ululements, coups d'ailes feutrés, aboiements lointains, susurrements proches. Quand il s'éveilla, à l'aube, Jean était lové contre lui. Il se pencha sur le visage de l'adolescent, fondu et poli par le sommeil, et le contempla de longs moments. Un des noms de l'impur, aussi naturel que la haine, la peur, la faim, l'instinct génésique. Informe et asexué, mais quand même de l'amour, l'amour de ce dont on a besoin, comme son amour à lui pour Dieu. Mais ne pouvait-il pas exister un amour encore plus pur, un amour sans besoin ? Ne pouvait-il vraiment exister d'amour sans besoin ?

Ils atteignirent Sichem vers midi. Le temps avait été sec et venteux sur la route, et ils avaient respiré beaucoup de poussière. Les disciples s'égaillèrent en ville, les uns cherchant une auberge, les autres, les bains publics. Jésus, qui avait surtout soif, s'arrêta d'abord à un puits que l'on appelait le puits de Jacob, parce qu'il était censé se trouver près d'un arpent de terre que Jacob avait donné à son fils Joseph. Puis il s'avisa qu'il n'y avait pas de seau à ce puits et qu'il devrait donc attendre que quelqu'un vînt tirer de l'eau. Il s'assit sur un banc, en se massant les épaules.

Un vagabond, pensa-t-il, voilà ce qu'il était. Avait-il marché ! Il examina ses pieds. Ils l'avaient porté sur des milliers de lieues. Encroûtés par les boues du Nil, durcis sur les cailloux de Syrie, glacés dans l'Euphrate, déchirés et cuits sur les terres brûlantes de Paphlagonie et du Pont, salés par l'écume de l'Egée, souillés par les égouts des villes de Cilicie... La terre de Palestine était douce, en comparaison, mais elle n'était plus aussi familière, car ce n'étaient déjà plus des pieds de Palestinien. Pourquoi les avait-il conduits si loin ? Qu'avait-il poursuivi ? Une lumière au loin, vivante et inaccessible. Une image de lui-même, cristallisée dans la lumière. Chaude, tendre, immatérielle, transparente et pourtant égale à lui-même. Et dans quel but ? Par désir. Désir d'amour, de Dieu. Qu'il avait donc tort, ce Grec que tant de gens révéraient, et selon qui il ne serait de désir que de la matière ! Peut-être cet Aristote parlait-il pour des gens tels que les hommes qui l'entouraient, ceux qui ne pouvaient pas comprendre son désir... Seul Thomas, peut-être, le comprenait, parce qu'il avait déjà cherché l'Innommé, l'Innommable. Les autres, c'était sûr, n'avaient même pas conçu une fois que l'on cherchât ce qu'il poursuivait depuis deux décennies. Ils cherchaient un général qui les menât en découdre avec les prêtres. Mais ils ressemblaient tant aux prêtres ! Ils étaient comme faucon et chasseur poursuivant le même lièvre !

Il ne s'avisa que c'était elle, que c'était bien elle qui se tenait devant lui que lorsqu'elle eut posé son seau par terre et qu'elle se fut croisé les bras. Les yeux n'étaient plus faits, et la bouche était aussi sans fard. L'expression était encore plus désenchantée qu'autrefois, chevelure maintenant tissée d'argent, le cou toujours souple, mais gras. Mais le même port. La seule encore qu'il eût connue et qui avait maîtrisé l'art suprême de prendre quand elle donnait et de donner quand elle prenait. Paysage infini. Il admira l'art que Dieu avait déployé en elle, la soie bleuâtre sous les yeux, le nez opalescent sous la peau, la plénitude maintenant brune, maintenant mûre des lèvres, la justesse des proportions entre le front et le nez, le menton et le nez, les traités de subtilités écrits dans les fines rides qui cernaient sa bouche. Elle le considéra un long moment, comme si, elle aussi, essayait d'extraire une réponse de la forme de sa mâchoire ou de la teinte plus sombre de sa barbe.

« Je pensais bien te revoir », dit-elle. « On m'avait dit que je pourrais te rencontrer le long du Jourdain. »

Vingt ans déjà. Un long temps pour un homme, mais pour une femme, alors...

« Donne-moi à boire », dit-il.

« Je suis une Samaritaine. Tu accepterais à boire d'une Samaritaine ? »

« N'est-ce pas le puits de Jacob ? Son eau n'est-elle pas bonne pour tous les hommes et toutes les femmes ? »

Elle jeta le seau dans le puits, laissant glisser la corde avec quelques gestes courts, qui firent tressauter les muscles de ses bras nus. Puis elle le remonta et ce furent, cette fois, ses seins qui tressaillirent. Elle tira de sa jupe une louche, la remplit d'eau et la lui tendit. Il but abondamment, assis. Ce fut alors que Matthieu revint. Jésus aperçut son regard par-dessus le bord de la louche et continua à boire. Matthieu approcha, le visage en bois. Puis vinrent Jean et Simon-Pierre. Une femme, sans doute une putain samaritaine, et leur maître qui buvait de son eau ! Simon-Pierre s'éclaircit la voix.

« Nous avons les vivres », dit-il, comme pour mettre un terme à cette rencontre scandaleuse.

Pauvre celui qui méprise la figue sauvage sur sa route ! Simon-Pierre, toi qu'on a élevé dans les vergers gardés ! Jésus but encore, puis jeta le reste de la dernière louche sur ses pieds.

« Et quand la soif du voyageur est étanchée », dit Sepphira, « que lui sert la louche du seau ? »

« Il n'y a pas qu'un voyageur. Tous les hommes sont des voyageurs. Et la soif, comme l'eau, est un don de Dieu. »

« Il est vrai que tu parles comme un prophète »,

dit-elle. « Ils m'avaient même dit que tu serais le Messie. Cela signifie-t-il qu'il n'y a plus de place dans ta bouche pour les mots ordinaires ? »

« Femme ! » cria Simon-Pierre, levant le bras soit par indignation, soit par menace.

Mais Sepphira haussa les épaules.

« Je te le redis, je te cherchais. Mais n'es-tu venu que pour ajouter des mots à ceux qui sont déjà dans les Livres ? »

« Maître, fais taire cette femme ! » s'écria Simon-Pierre.

« Si tu ne peux écouter ce que les gens ont à dire », répondit Jésus, « comment veux-tu qu'ils t'écoutent ? » Et, se tournant vers Sepphira : « Qui cherches-tu ? Si ce n'est ni un prophète ni le Messie, ce doit être un mari. »

« J'ai passé l'âge des noces », dit Sepphira. « Le soir après que tu eus quitté Scythopolis, j'ai rêvé que mes mains atteignaient les étoiles. Je les cueillais dans le ciel et je les jetais dans des paniers attachés à mes hanches. » Thomas, André et Bartholomé venaient aussi d'arriver. Elle regarda les disciples silencieux, puis se tourna vers Jésus. « Non, je ne cherchais pas un mari. Je suis lasse des hommes, de tous les hommes, les héros comme les esclaves, cette armée sans fin qui rampe entre les langes et le linceul. Je suis lasse de ces mangeurs d'or et de chair. Je pensais que tu pourrais être, en effet, le Messie, parce que tu sembles toujours tombé du ciel et que je ne sais pas ce que, toi, tu manges. Ni l'or ni la chair ! Mais tu n'es pas non plus un prêtre, c'est-à-dire un notaire ou un policier de Dieu. » Elle promena un regard insolent sur le cercle des disciples. « Dis-leur, Jésus » — elle savait son nom, elle l'appelait comme aucun d'eux n'osait le faire —, « dis à ces hommes qui te suivent pourquoi tant de Juifs se convertissent à d'autres religions. S'ils le savaient, ils ne jetteraient pas ces regards de mépris sur une femme comme moi ou sur ceux qui ne cachent pas leur cœur pourri sous les phylactères, qui ne sourient pas de peur de montrer leurs dents cariées ! »

« Et pourquoi les Juifs se convertissent-ils à d'autres religions ? » demanda Judas Iscariote avec un fin sourire.

« Comment t'appelles-tu ? » lui fit-elle.

« Judas Iscariote. »

« Iscariote ! J'ai besoin d'un miroir, homme ! Personne ici n'a-t-il un miroir pour que l'Iscariote que voilà puisse y vérifier pourquoi les Juifs se convertissent à d'autres religions ? » Et se penchant vers Judas : « Ne vois-tu donc pas ce qu'un enfant verrait ? Ne vois-tu pas qu'il n'y a plus en toi de rêve ni de joie ? Tu es ennuyeux, Judas ! Nous, Juifs, sommes las de l'ennui ! Tu respires la peur et le préjugé ! Qu'est-ce que cet homme fait avec toi, Jésus ? » cria-t-elle. « Il ne vaut pas mieux que les docteurs de la Loi qui détournent leur regard quand ils me voient, parce que la luxure détruirait leurs masques pompeux ! »

« Cette femme est soûle ! » cria l'Iscariote.

Les disciples guettaient un mot, un geste de Jésus. Chère Sepphira, âme sensible, ma sœur, non je ne suis pas un policier de Dieu. Il est vrai que cet homme est ennuyeux, mais je ne veux pas l'humilier, car il est possible que ses yeux se dessillent. Elle mit les mains sur ses hanches.

« Je m'en vais », dit-elle. « Mais pas avant que je vous aie dit combien vous avez raison de suivre cet homme, qui vous dépasse de mille coudées. Il est, en effet, envoyé par le ciel. Je le dirai en ville. »

Des badauds s'étaient joints aux disciples.

« Es-tu bien le Messie ? » demanda quelqu'un. « Le Messie est-il aussi venu pour les Samaritains ? Seras-tu notre roi ? »

« Vous n'avez pas besoin d'un roi », répondit Jésus. « Vous n'avez besoin que d'apprendre à partager la gloire du Seigneur. »

« Si tu n'es pas le Messie, qui es-tu ? »

480

« Dis-leur ! Dis-leur que tu es le Messie ! » cria Simon-Pierre. « Il est le Messie ! » dit-il à la foule.

« Dieu n'est-il pas le roi de tous les hommes ? » dit Jésus, comme s'il n'avait pas pris garde à l'éclat de Simon-Pierre, haussant la voix. « Pourquoi êtes-vous tous tellement impatients d'un Messie, c'est-à-dire d'un roi terrestre ? Même s'il est envoyé par Dieu, que ferait un Messie que vous ne puissiez faire vous-mêmes ? Tournez-vous plutôt vers Dieu, notre roi. »

« Tu n'es donc pas le Messie », insista un autre. « Que viens-tu faire, alors ? »

« Je vous apporte Sa parole et je vous dis qu'il est temps de moissonner. »

« Il y a plusieurs mois d'ici la prochaine moisson », rétorqua un autre. « Et que moissonnerons-nous ? »

« Si vous ne trouvez rien à moissonner, ce sera parce que le semeur aura semé les graines dans le vent et que les oiseaux les auront mangées. Mais si les graines ont été semées dans les sillons, la moisson sera trop grande pour vos granges. »

« De quoi parle-t-il donc ? » demanda un homme dans la foule.

« Ils ne te comprennent pas », murmura Simon-Pierre, « dis-leur que tu es le Messie ! »

« L'un sème, l'autre récolte », reprit Jésus. « Il est temps pour vous de récolter la moisson que d'autres ont préparée. »

Les disciples s'agitèrent. Tout à coup, l'Iscariote se mit à crier : « Honorez le Messie ! » Ceux qui n'avaient pas entendu les propos sur les moissons reprirent son appel. « Honorez celui qui vous apporte la parole de Yahweh ! Une grande aube se lève avec lui ! » Les cris reprirent. Jésus fut décontenancé. On ne l'avait pas compris, on l'interrompait et on le célébrait comme celui qu'il n'était pas. Ils serraient ses mains, on l'avait dupé. Et tant de joie, tant d'attente dans les visages, comment les désappointer ! Confusion ! On apporta des vivres, on lui demanda de rester à Sichem.

« Oui, oui, nous resterons », assurait Simon-Pierre. Au nom de qui ? Il chercha Sepphira des yeux, mais il était seul dans cette foule qui sentait l'ellébore, le henné et la terre.

Il ne revint pas sur cet épisode jusqu'au moment où ils s'apprêtèrent à quitter la ville. Il n'avait d'ailleurs pas beaucoup vu les disciples durant son séjour à Sichem, à l'exception de Jean, qui se tenait constamment près de lui, comme une gazelle apprivoisée, muet, consterné, les yeux effarouchés. Ils étaient occupés à voir des gens qui voulaient comprendre ce qu'il avait dit et s'assurer qu'il était bien le Messie. Ils avaient mangé et bu plusieurs fois par jour et, quand il les fit convoquer, ils n'étaient guère sobres. Une bande aux yeux rouges et bâillant, ils n'étaient pas frais à voir, dans la lumière froide d'un matin d'hiver. Même Thomas, pourtant avisé, et Jacques, de naturel tempérant, ressemblaient à des chouettes surprises par le jour.

« Certains ont des oreilles et n'entendent pas », dit-il d'un ton sarcastique. « Peut-être certains d'entre vous aspirent-ils à être le Messie ? »

« Si tu ne veux pas l'être, il faut bien qu'il y en ait un », dit l'Iscariote.

« La route est libre », dit Jésus.

« Mais je ne sais pas guérir les gens », répondit l'Iscariote.

« C'est tout ? Je t'apprendrai. En est-il d'autres qui veulent être le Messie ? »

« Nous voudrions savoir comment guérir les gens, en effet », dit Matthieu.

« Guérir les gens », répéta Jésus. « C'est là ce qu'un Messie est censé faire ? »

« C'est aussi ce que les gens attendent », dit Barthholomé. « Tu n'as guéri personne à Sichem. Est-ce parce que ce sont des Samaritains ? Tu as pourtant parlé à l'une de leurs femmes. Une certaine Sepphira. Qui assure, elle, que tu es bien le Messie. »

Jésus hocha la tête. « Un prophète en son pays

parle contre le vent », dit-il. Guéris un ulcère, redresse une boiterie, fais un emplâtre, et te voilà Messie. Ce n'est pas seulement un général qu'il leur faut, mais aussi bien un thérapeute. Nul mystère à ce qu'Apollonios soit allé voir ailleurs, les affaires juives ne l'intéressaient pas, un magicien n'a que faire de fouetter les changeurs du Temple. Il fut las d'eux, les quatorze d'entre eux. Y compris le subtil Thomas et le tendre Jean. Il serait mieux tout seul. Pour un peu, le vin aidant, ils lui apprendraient à faire le Messie. Il envisagea de les quitter sur-le-champ. Mais peut-être apprendraient-ils, avec le temps... « Mettons-nous en route », dit-il.

Sur la route de Capharnaüm une fois de plus, on lui fit fête, bien sûr. Attroupements, foules même, lauriers, cadeaux, vivres, vêtements, manteaux, sandales, argent. Matthieu comptait tout. Les gens avaient entendu parler de l'incident du Temple ; certains l'avaient déformé de façon extravagante, disaient qu'il avait souffleté le grand prêtre, fait l'aumône aux pauvres de l'argent des changeurs. « L'esprit d'Elie est en toi », disait l'un, mais pour l'autre, c'était celui d'Ezéchiel et, pour un troisième, celui d'Isaïe, selon les préférences. La tentation lui vint de repartir en Cappadoce, tout seul. Le dialogue entre lui et les disciples était rompu ou, du moins, le demeura jusqu'à ce qu'un soir, à dîner à Cana, où les gens croyaient dur comme fer qu'il était le Messie, Jean s'adressa à lui, avec un sourire malin :

« Maître, dirais-tu que parler contre le vent est la même chose que semer dans le vent ! »

C'était la première fois que l'adolescent rompait le silence depuis Sichem. Tous entendirent la question. Attendirent la réponse.

« Peut-être suis-je un mauvais semeur, Jean, en effet. Mais les graines sont bonnes. »

« Les graines ont germé », dit Simon-Pierre. « C'est pour toi qu'il sera bientôt temps de moissonner. »

« Certes. Mais la moisson ne sera ni pour moi, ni pour vous. »

« N'en aurons-nous rien ? » demanda l'Iscariote.

« Si la moisson est bonne », répondit Jésus, « vous serez nourris. »

« Par qui ? »

« Par l'Esprit qui sera en vous. »

« En nous seuls ? »

« Le riche qui refuse son pain aux pauvres est-il digne du Royaume ? Et que dire quand ce pain est celui du ciel ? »

« Même les femmes ? » demanda Judas de Jacques.

« N'ont-elles pas été créées par Dieu ? »

« Mais elles éveillent la chair et nous rendent lourds », insista Judas de Jacques.

« Si tu étais une femme, Judas, n'en penserais-tu pas autant des hommes ? »

Ils ruminaient encore sur son entretien avec Sepphira.

« Mais n'est-ce pas un péché contre l'esprit que de... s'associer avec une femme ? » demanda Simon-Pierre.

« Penses-tu que le Créateur n'ait voulu perpétuer la vie que dans l'impureté ? » répondit Jésus, élevant imperceptiblement la voix. « Quand un homme et une femme sont dans un lit, l'amour peut unir leurs esprits et les élever bien au-dessus de leurs chairs. » Et, après un temps : « Pensais-tu à cette femme à laquelle je m'adressais à Sichem ? »

Simon-Pierre devint écarlate.

« L'amour est aussi l'une des ressources de l'esprit, Simon-Pierre. Tu ne dois pas y penser en termes de conquête, mais en tant que reddition. Si tu ne peux pas te rendre à un être humain, comment pourrais-tu te rendre au Seigneur ? Car le Seigneur demande infiniment plus qu'un être humain. »

« Tu sembles entendre que l'amour est d'essence divine », reprit l'Iscariote. « Mais quand deux hommes prétendent s'aimer l'un l'autre, comme le

484

font certains païens, n'est-ce pas une abomination selon le Lévitique ? »

« Ce que tu me demandes, Iscariote, est une condamnation, et non une explication », répondit Jésus d'un ton coupant. « Si je ne devais répondre qu'à toi seul, je te rappellerais ce qui est écrit dans le Livre de Samuel, que David et Jonathan avaient conclu un pacte solennel, parce que chacun d'eux aimait l'autre autant que lui-même. Le Lévitique condamne la fornication entre hommes comme toute autre forme de fornication qui n'est pas inspirée par l'amour. Mais je veux vous répondre à vous tous, par ces paroles de Samuel, encore : "Le Seigneur n'a pas le même regard que l'homme ; l'homme juge par les apparences, mais le Seigneur juge par le cœur." Qui d'entre vous s'arrogerait le droit de juger quiconque par ce qu'il lit dans son cœur ? C'est de l'arrogance et non de la compassion que je détecte dans vos questions ! Pourquoi combattrions-nous les Pharisiens, si ce n'est que pour tomber dans leurs travers ? Si seulement vous pouviez ouvrir vos esprits au monde invisible qui vous entoure ! » s'écria-t-il avec colère. « Alors vous verriez des choses qui vous feraient comprendre combien frivole est votre prétendu souci de la Loi ! Ici, autour de cette table, l'air pullule d'esprits souffrants, ceux des êtres auxquels le Seigneur a refusé l'accès de Son royaume, parce que leurs cœurs étaient arides et leurs âmes grossières ! »

Ils regardèrent autour d'eux, effrayés.

« Tu ne sais pas l'art de guérir les autres, Iscariote, mais tu devrais commencer par te guérir toi-même ! Comment vous autres pourriez-vous guérir quelqu'un, si vous n'avez pas accès aux domaines supérieurs où réside la puissance ? Vos âmes n'essaieraient pas plutôt d'accéder à cette puissance que des légions d'esprits infects les mettraient en pièces. »

« Voilà des paroles alarmantes pour un dîner », dit le maître de maison qui les avait invités.

« Les esprits des morts ne viennent pas tourmenter les vivants ! » protesta Simon le Zélote.

« Tu essaies de nous effrayer », renchérit Bartholomé.

« Taisez-vous tous ! » ordonna Thomas. « Vous êtes de malheureux ignorants ! »

« Nous refusons de nous laisser terroriser », protesta l'Iscariote.

Ils se levèrent, invectivant Thomas, André, Simon-Pierre et Jean, qui s'opposaient à eux. Mais Jean observait du coin de l'œil Jésus. Il nota avec anxiété le tremblement qui agitait les mains de son maître, la pâleur, la fixité du regard ; il entendit Jésus murmurer : « Qu'il en soit donc ! » Puis Jésus se leva d'un coup, tendit les bras, et les flammes des lampes dans la pièce vacillèrent furieusement et s'éteignirent. Le vent claqua la porte ouverte, secouant les guirlandes d'aulx et d'oignons qui pendaient au plafond ; une carafe de vin se renversa. Le vent, déjà glacé, l'était encore plus par les sifflements et les gémissements qui semblaient en former la substance même, et par la hargne avec laquelle il tournait autour des gens présents. « Au secours, maître ! » criaient les uns, « au secours, Seigneur ! » les autres. Mais les mots le cédèrent aux cris de peur quand le vent sembla s'emmêler dans les chevelures et malmena les robes, et les cris se mêlèrent aux hurlements du vent. « Maître ! » s'écria Jean, s'accrochant à Jésus. « Apprends ! » lui répondit durement Jésus, « apprends et prie ! » Et il se dégagea de l'étreinte de l'adolescent. Il leva les bras. « Père Tout-Puissant ! » cria-t-il. « Aie pitié d'eux ! Aie pitié de nous ! Renvoie-les à leurs domaines ! Arrière ! Arrière ! Arrière ! » Les tourbillons s'élevèrent, faisant choir la poussière amassée sur les poutres, quelqu'un ouvrit la porte. Les derniers chuintements s'éteignirent. Un silence sans défaut régna dans l'obscurité. « Rallumez les lampes », dit Jésus. Un vieux domestique apporta un brandon de la cuisine, puis le tendit à Jésus, qui ralluma une lampe, puis les autres.

Ils étaient tous à terre, le manteau sur la tête, et la pièce ressemblait à un champ de bataille parsemé de cadavres. Le premier qui osa se lever fut Jean ; il fondit en larmes. Un à un, les autres aussi s'assirent, puis se levèrent, le regard prudent, comme s'ils craignaient d'affronter une vision insoutenable. Ce fut le regard courroucé de Jésus qu'ils trouvèrent. Il était baigné de sueur. Il arpenta la pièce.

« Ce n'est là qu'un aperçu du monde invisible », dit-il. « Vous n'êtes dignes que de ses régions les plus basses. »

Judas de Jacques tremblait comme s'il avait la fièvre. Jacques sortit vomir. Simon le Zélote était immobile, comme drogué.

« Peut-être comprendrez-vous à présent dans quel monde je mène mes combats. Peut-être vos esprits devineront-ils ce qu'est la vérité. »

« L'autre vérité », murmura Thomas.

« Ma patience se lasse », poursuivit Jésus. « Vous n'êtes pas plus perspicaces que ceux que vous prétendez combattre. Vous voyez l'écorce des choses, non leur substance. Qui croyez-vous que je sois ? Un meneur de bande ? Ou un magicien ? Priez-vous ? J'en doute. Vous récitez des mots. Si vous priiez, vos âmes s'ouvriraient à Dieu. Vous voulez que je sois le Messie. Je ne suis pas celui que vous croyez. Le Messie viendra à la consommation de toutes choses, comme la flamme qui s'élève du bois sec. Alors le Fils de l'Homme sera purifié. »

Il quitta la maison et sortit dans la nuit. Personne n'osa le suivre. Ils restèrent là, silencieux, pendant la plus grande partie de la nuit. Ils prièrent aussi, en silence.

XIII

« ÉCRIT-ON POUR LE FEU ? »

Ils vinrent en force, dix, à cheval, étincelants et luisants sous le soleil et dans la poussière jaune, l'éclat des armures brûlantes, les chevaux écumant et les peaux suantes, fondus dans le même fracas de lumière et de bruit, dix membres de la propre police d'Hérode. Jokanaan les vit d'abord dans les yeux de ses disciples, parce qu'il leur tournait le dos. Trop tard ! Il n'aurait jamais dû faire l'erreur de quitter la rive samaritaine du Jourdain pour celle-ci, la galiléenne. La police du procurateur de Samarie ne s'était guère souciée de lui, un Juif de plus qui criait dans le désert. Mais non, il avait dû traverser, parce que, de l'autre côté, il y avait trop de gens qui voulaient le voir et être baptisés par lui, et il y avait trop peu de bateaux et pas de pont. Il était donc tombé aux mains de celui qu'il avait si souvent et si violemment invectivé, Hérode Antipas, tétrarque de Galilée et de Pérée. La police avait dû le guetter. Il pensa se jeter à l'eau, mais il se serait noyé, parce qu'il était faible et que de forts courants hantaient la rivière.

Ils dessellèrent.

« Jokanaan de Zacharie ? » demandèrent-ils.

« C'est moi ! » s'empressa de répondre un disciple.

Jokanaan haussa les épaules et dit que c'était lui.

« Nous sommes venus t'arrêter sur ordre du tétrarque, parce que tu l'as calomnié d'innombrables fois. »

Ce n'était certes pas leur langage habituel ; ils avaient des accents étrangers, du moins celui qui s'était adressé à lui, un Syrien ou un Iduméen. Il se leva. Les disciples firent cercle autour des policiers, tentant de paraître menaçants. Les policiers n'en parurent pas émus ; ils attachèrent les mains de

Jokanaan avec une corde et dégainèrent leurs glaives. Les disciples n'avaient pas d'armes.

« Tu arrêtes un saint homme », dit l'un d'eux.

« Nous avons des ordres », dit le Syrien ou l'Iduméen en mettant le pied à l'étrier.

Deux policiers soulevèrent Jokanaan et le mirent en selle derrière celui qui semblait être leur chef, mais ils le placèrent à contresens, en signe d'indignité. Les disciples regardèrent leur maître avec consternation, tandis que les policiers reprenaient la route.

« Où m'emmenez-vous ? » demanda Jokanaan au premier homme d'escorte, qui lui faisait face.

« A Machaerus », répondit l'autre, avec une forte haleine d'ail.

Jokanaan ne le crut d'abord pas. Machaerus ! Sur la mer Morte, juste en face de Quoumrân ! La fin exactement en face du commencement ! C'était une plaisanterie. Mais ils avaient pris le chemin du sud.

A la première halte de nuit, ils lui délièrent les mains. Ils l'aidèrent à desseller, comme s'il eût été une femme. Ils essayèrent de le nourrir, mais de la viande de venaison, non ! Il n'accepta que leur pain au sésame. Le pire était d'avoir à entendre leurs conversations, qui tournaient autour d'intrigues de garnison, de comparaisons entre un poste et l'autre, entre un bordel et l'autre et entre les soldes dans les différentes provinces. Ils aspiraient à un poste dans la Décapole. Il n'avait auparavant entendu aucune conversation de ce genre, du moins quand il les entendait.

« Où m'emmenez-vous ? » demanda-t-il de nouveau.

« Je te l'ai dit, homme, Machaerus. Ne sais-tu pas où c'est ? Sur la mer Morte. »

« Je sais », dit-il avec lassitude.

Des chacals aboyèrent, de leurs voix de femmes haineuses, voix de Lilith. Il pleura.

« Dieu ! » cria-t-il dans la nuit. « Tu sais que ma

voix T'appartient ! Et pourtant ce soir je prie pour moi-même ! J'appelle Ton aide ! »

Les policiers s'interrompirent, mal à l'aise.

« La hache est plantée dans les racines de l'arbre, les heures passent comme s'égoutte le sang de l'agneau sacrifié et le vent court sa dernière course dans le désert. Souviens-Toi de moi, Seigneur, quand mon âme sera libérée ! Souviens-Toi que je n'ai jamais rogné les ailes de la colombe et que je me suis gardé dans Ta lumière ! Souviens-Toi que je me suis purifié les yeux comme le corps ! »

Le feu crépita. Les insectes dansèrent leur danse de mort vers les flammes. Une chauve-souris battit des ailes à portée de main.

« L'holocauste est proche, Ton messager est arrivé et ses pieds se hâtent sur Ton chemin, sa voix annonce Ton avènement. Ma voix ne montera plus, le désert est plein de Ton souffle. »

Il pencha la tête. Un policier lui demanda ce qu'était l'holocauste. Le feu final, dit-il. Pourquoi y aurait-il un feu ? demanda un autre policier. Parce que les iniquités de l'humanité ont changé le monde en étoupe, expliqua-t-il. Et tout le monde mourrait ? Tout le monde. Mais qui était le messager qui était arrivé ? Jésus, dit-il. Qui est Jésus ? Le fils de Dieu, dit-il. Où se trouvait cet homme ? En Palestine. Mais comment lui, Jokanaan, savait-il que c'était le fils de Dieu ? Parce que c'était écrit dans les Livres, ne connaissaient-ils pas les paroles de Samuel : « Je serai son père et il sera mon fils » ? Que ferait ce Jésus ? Il mettrait le feu. Et après le feu ? Avaient-ils vu la fournaise d'un forgeron ? leur dit-il. Le métal pur rutilait au-dessus, les impuretés brûlaient. Le métal serait la part de Dieu et le reste se dissoudrait dans les ténèbres éternelles. Ils méditèrent sur ces mots, puis l'un bâilla et les autres bâillèrent aussi. Ils finirent leur vin, se couchèrent et ronflèrent. Le policier de garde regarda Jokanaan et murmura :

« J'aimerais te libérer. Mais je ne le peux pas. Pardonne-moi. » Jokanaan sourit.

« Le jour de ta mort, je viendrai à toi, j'accompagnerai ton âme au Seigneur et je Lui demanderai Son pardon pour toi. »

Quatre jours plus tard, il aperçut un reflet métallique en tournant la tête et il reconnut la mer Morte. A l'heure qu'il était, ses compagnons d'antan travaillaient dans le champ. Des mouches bourdonnaient sous les murs blanchis à la chaux et des plumes grattaient le parchemin. Des scribes ajoutaient des mots à d'autres et le doute soudain l'étreignit : pourquoi écrire ? Le feu ne dévorerait-il pas tous les parchemins et tous les mots ? Croyaient-ils, là-bas, que leurs mots survivraient à l'apothéose du Verbe ? Ou bien ne croyaient-ils pas vraiment à l'Apocalypse ? Etait-il possible que, longtemps après sa mort, les moissons dorassent au soleil, que le raisin saignât et que les poissons fissent encore des bonds dans les rivières ? Seigneur, dis-moi que le monde ne me survivra pas ! L'avait-on trahi ? Avait-il tout manqué, le mélange des souffles dans l'amour, le mûrissement sucré de sa chair dans la coupe des mains unies et le chant du sang dans les vaisseaux, quand le soleil et l'âme sont au zénith ? Pourquoi ces hommes écrivaient-ils donc ?

Ils atteignirent la colline de Machaerus. Au sommet se dressait le palais d'Hérode. Les chevaux gravirent le chemin en lacet. Tantôt Jokanaan voyait Quoumrân, et tantôt il ne le voyait plus. Là-bas, par-dessus les eaux stériles, les scribes continuaient leur tâche. « Pourquoi ? » cria-t-il de toute la force de ses poumons. Son cri vola dans le désert, réverbéré de façon insane, métamorphosé en un son inhumain, « Eliiiiiii... » Les policiers étaient habitués à ses soliloques, ils ne se retournèrent même pas.

Quand ils l'enfermèrent, il était étourdi par le soleil. La cellule était grande, et fraîche aussi, parce que les prisons avaient été installées au rez-de-chaussée de l'une des tours de la forteresse qui ceignait le palais. Une petite brise s'insinuait par une ouverture carrée dans le plafond voûté et par un soupirail dans le mur épais d'une coudée, tous deux fermés par une croix de fer. Un rayon de soleil filtrant du haut indiquait une cour intérieure. Des soldats se penchèrent pour regarder le nouveau prisonnier. Jokanaan ne leur prêta pas attention, il ne vit que la face d'un geôlier à travers le judas de la porte.

« Ecrit-on pour le feu ? » cria-t-il.

« Trop de soleil, hein ? » demanda le geôlier.

« Donne-lui un peu de rue[1] ou bien il claquera dans son trou avant qu'Hérode le voie ! » cria un soldat d'en haut.

Un peu plus tard, un soldat lui jeta, en effet, quelques feuilles de rue, qui flottèrent dans le courant d'air avant d'atteindre le sol. Un rat se jeta dessus.

« Prends la rue, homme, ou tu vas devenir cinglé ! Bois de l'eau ! » cria le soldat d'en haut.

« Dites-leur de cesser d'écrire ! » cria Jokanaan. Il était épuisé et tomba sur ses genoux, puis sur le flanc et sombra dans des visions incohérentes. Quoumrân brûlait, des flammes s'élevaient de la mer Morte et des statues de sel scintillaient dans le brasier. Chacune était un compagnon d'antan. Une seule forme humaine traversait le feu, c'était Jésus. Ses pieds nus frôlaient les braises, la fumée se bouclait autour de lui et son visage était tourné vers le ciel rouge. Et lui, Jokanaan, baisait les pieds et le visage et les mains du survivant, foulant les rouleaux consumés. Et il perdit conscience.

Quand il se réveilla, il était assis sur le sol frais. Un soldat lui tenait la tête et l'aidait à boire d'une cruche. C'était le même qui, près du feu, dans le désert, avait demandé son pardon. Un autre soldat

1. La rue — *ruta* — était censée combattre les effets de l'insolation.

observait la scène. Trois rats morts gisaient à quelques pas de là, les entrailles rouge et rose brillant délicatement dans la lumière. Les soldats partirent, tenant les rats par la queue. Jokanaan fixa le soupirail ; la lumière était trop forte, il ne vit qu'une croix noire dansant sur le feu.

Jésus avait atteint Capharnaüm quand deux disciples de Jokanaan vinrent l'informer de l'arrestation. Il se trouvait à une fête donnée pour lui par un officier de la maison d'Hérode, dont il avait guéri le fils, atteint d'une fièvre maligne, à l'aide de décoctions d'écorce de saule. Les cithares résonnaient, des jeunes filles chantaient. Marthe était à ses pieds et Thomas buvait du vin. Ils le regardèrent se lever et partir, disant qu'il voulait être seul.

Il longea le rivage, songeant à cette nuit lointaine qu'il avait passée à parler du Messie avec son cousin. L'orage gronda sur l'autre rive. Son vacarme ressemblait à un roulement de tambour.

XIV

LA BIFURCATION

Des nuages noirs s'éboulaient sur Capharnaüm et le vent avait lâché ses chiens. La mer de Galilée s'était changée en un vacarme écumant. Une torche apparut à la porte de l'une des maisons du front de mer, échevelée par la tempête, et, tout autour, des visages luirent et des voix éclatèrent.

« Allez le chercher sur le rivage ! »

« Peut-être qu'il a pris un bateau avant la termpête et qu'il a gagné la terre ailleurs. »

« Ou bien il est chez moi », dit André, « je vais aller voir. »

Une autre torche fut allumée à la première ; trois disciples partirent le long du rivage, dans sa lueur qui colorait l'écume en rouge. Deux autres partirent dans la direction opposée, tandis qu'André et Simon-Pierre luttaient contre le vent, haletant, espérant trouver à la maison leur maître disparu. Thomas demeura dans le noir et serra son manteau sur lui aussi étroitement que possible. Il regarda alentour et reconnut Nathanaël, malmené par la tempête comme une torche d'ombre, à quelques pas de la maison où ils avaient banqueté avec tant d'abandon qu'ils n'avaient pas remarqué le départ de Jésus.

« Et où allons-nous le chercher ? » demanda Nathanaël, avec dépit.

« Je ne vais le chercher nulle part », répondit Thomas. « Il a disparu depuis près de trois heures. S'il souhaitait notre compagnie, il serait revenu. »

« Qu'est-ce que tu attends, alors ? »

« Je n'attends pas. Je prends un peu d'air frais. Va dormir. »

« Qui peut dormir ? »

« Et s'il était parti pour plusieurs jours ? »

« De quoi s'agit-il, à la fin ? » demanda Nathanaël.

« On a arrêté Jokanaan. La police d'Hérode. »

« Eh bien, il est en prison, il n'est pas mort. »

« Il le sera bientôt. Hérodiade ne lui pardonnera pas. »

« Et alors ? »

Les éclairs se multiplièrent et illuminèrent un rideau de pluie qui traversait la mer, allant vers eux. Ils se réfugièrent sous un porche.

« Jokanaan est l'homme le plus proche de Jésus. Non seulement ils sont cousins, mais ils étaient ensemble chez les Esséniens et ils en sont partis ensemble. Jokanaan est celui qui avait attiré Jésus à Quoumrân. Et c'est à Quoumrân que Jésus est devenu celui que nous connaissons », expliqua Thomas.

« Pourquoi ne parle-t-il jamais des Esséniens ? » demanda Nathanaël. « Je ne suis pas sûr que tu aies raison. Les Esséniens sont rigoristes et Jésus ne l'est pas. »

« D'où crois-tu que vienne le baptême ? » répliqua Thomas. « C'est un rite essénien. Ils se baignent tous les soirs. Et Jésus est un rebelle comme eux. »

« Les Zélotes aussi sont des rebelles. »

« Oui, mais il n'est pas un Zélote, tu le sais. C'est un rebelle spirituel. Tu vois bien qu'il rejette tous les rites officiels. Il recherche l'Esprit et non le mot. Il communique directement avec Dieu. Il est comme un prophète », dit Thomas d'une voix incantatoire.

« Que veux-tu dire par "comme un prophète" ? En est-il ou n'en est-il pas un ? »

« Les prophètes étaient des gardiens de la Loi », dit Thomas lentement. « Mais lui, il change la Loi. »

« Donc ce que disent de lui les Pharisiens est vrai, après tout, puisque tu admets toi-même qu'il change la Loi ? »

« Il la change, il ne la détruit pas. Les Pharisiens prétendent qu'il la détruit. »

« Si la Loi a été donnée par Dieu, pourquoi la change-t-il ? »

« Mais a-t-elle été donnée par Dieu ? » murmura Thomas. « L'a-t-elle été ? »

« Tu pourrais être lapidé rien que pour avoir posé la question », dit Nathanaël en frissonnant. « Et si la Loi ancienne n'a pas été donnée par Dieu, quelle est donc sa nouvelle Loi ? »

« Oui », dit Thomas. « Quelle est sa Loi ? Je ne le sais pas et pourtant je le sais. Il veut nous mener où les Juifs ne sont jamais allés. »

« Tu es si vague ! » s'écria Nathanaël. « Et où nous conduirait-il ? » La pluie crépita autour d'eux. « Maintenant il sera difficile de quitter ce porche !

Nous aurions mieux fait d'aller nous coucher avant. »

« Il nous conduit vers Dieu, bien sûr », dit Thomas en s'accroupissant dans une encoignure du porche. « Dieu ici-bas. »

« Qu'est-ce que tu dis ? Je t'entends mal. As-tu dit : "Dieu ici-bas" ? Que veux-tu dire ? »

« Est-ce que je connais toutes les réponses ? » s'écria Thomas. « Je suis dans le noir ! Je sais qu'au début, Dieu était en haut et les hommes ici-bas. Maintenant Jésus veut que l'homme charnel, tout entier, s'élève vers Dieu, et que Dieu descende donc ici-bas. Il veut que chacun de nous se fonde en Dieu au lieu de Le considérer comme une puissance terrible, étrangère, comme les dieux païens. Il veut marier la terre et le ciel. »

« Tu supposes tout cela, fils de l'homme. Jésus t'a-t-il jamais rien expliqué de ces choses ? »

« Comment sais-tu qu'il ne l'a pas fait ? »

« Pourquoi se serait-il confié à toi seul ? »

« Peut-être que j'étais mieux préparé à le comprendre que vous autres. »

« Pourquoi ? » demanda Nathanaël.

« J'avais un bon maître. »

« Cet Apollonios ? Que t'a-t-il enseigné ? »

« Comment s'élever de la matière vers l'esprit. Et se méfier des mots et des rites. Et c'est ce que Jésus fait, se méfier des récitations et des rites, fouettant les marchands du Temple et guérissant le jour du Sabbat. »

« Comment resterions-nous des Juifs si nous enfreignons notre Loi ? »

« Pourquoi veux-tu rester juif ? »

« Seigneur Tout-Puissant ! » s'écria Nathanaël. « Dis-moi plutôt pourquoi Jésus nous a quittés ce soir ? »

« La douleur. Le besoin de réflexion. »

« Je ne comprends pas. »

« Jokanaan aurait peut-être été un Messie. Mais

cette possibilité est désormais exclue et le seul Messie éligible est lui, Jésus. »

« Mais il ne veut pas qu'on l'appelle Messie ! »

« Pas le Messie auquel chacun pense. »

« Quel autre, alors ? »

« Le spirituel, le Messie d'Israël, pas d'Aaron. »

« Mes pieds sont mouillés et tout cela me dépasse. »

« Sans doute. Tu viens de commencer à penser. Le Messie ne viendra que lorsque tout sera sur le point d'être consumé, quand toute matière sera promise au feu de l'esprit, à brève échéance... »

Nathanaël ne posa plus de question.

« La question fondamentale », marmonna Thomas de façon inaudible, comme pour lui-même, « c'est la nécessité d'un Messie. Le Messie viendra à la consommation universelle, et Jésus est parti de chez les Esséniens parce qu'il n'y croit pas. Alors, qu'est-ce qui doit donc prendre fin ? Qu'est-ce qui doit donc prendre fin, Seigneur ! »

Nathanaël le regarda étonné.

« Tu es fou comme tous les Thraces », dit-il à Thomas.

La pluie criblait la boue jusqu'à former un ruisseau au milieu de la chaussée. Puis le ciel s'éclaircit et le vent de l'aube rida les flaques. Capharnaüm dormait encore. Les disciples n'étaient pas rentrés de leurs recherches. Les questions et les espérances s'étaient égarées dans la nuit. Les deux hommes étaient las et grelottaient. Nathanaël se leva et battit la semelle ; Thomas se leva aussi et essuya sa barbe détrempée ; il quitta son refuge et traversa la rue à grandes enjambées, prenant le chemin de la maison de Simon-Pierre. Nathanaël le suivit comme à regret, le pied incertain, frêle silhouette battue par le vent salé, le visage mouillé, luisant dans la lumière pâle, l'œil perdu.

Sept jours étaient passés. Simon-Pierre et André, laissés à eux-mêmes, s'étaient mis à baptiser des Galiléens sur la rive du Jourdain, pas loin de Chorazim, parce qu'ils se croyaient abandonnés pour toujours et qu'ils ne voulaient pas se résigner à l'échec de leurs espoirs, parce qu'ils s'imaginaient aussi que l'on ne pouvait pas baptiser ailleurs que sur le Jourdain. Ils accomplissaient la cérémonie avec une lenteur absente, se demandant combien de gens encore ils baptiseraient si leur maître ne revenait pas. Un matin, ils s'avisèrent que quelques badauds, des parents et des amis des néophytes, tournaient la tête dans la même direction ; ils tournèrent aussi la tête. Jésus était là-bas, dans un buisson de tamaris, les observant. Etait-ce un sourire ironique que le sien ? Attendri ? Ils lâchèrent là leurs impétrants à leurs péchés originels et coururent comme des enfants, dégouttant d'eau.

« Maître ! » bêlèrent-ils à l'unisson. « Où étais-tu ? »

Chacun d'eux lui tenait une main des deux mains.

« Dans la montagne », répondit-il avec le même sourire.

Comme il ne souriait pas souvent, ils furent alarmés. Avait-il consommé du champignon ?

« Où sont les autres ? » demanda-t-il.

Thomas était probablement resté à Capharnaüm avec Nathanaël, Jean était parti avec Jacques on ne savait où... Ils étaient embarrassés. Il hocha la tête.

« Retournons à Capharnaüm », dit-il.

Ils expédièrent les baptêmes en un tournemain, tandis que les néophytes écarquillaient les yeux, apparemment indifférents à la solennité de la cérémonie, et demandaient : Mais cet homme là-bas, c'est Jésus, n'est-ce pas, c'est le Messie, non ? Et pourquoi ne leur parlait-il pas ? Jésus les entendit et alla vers eux, deux vieillards à la toison blanche, trois adolescents grelottants et un unijambiste, qui se séchaient maladroitement.

« Le péché qui était inscrit dans vos chairs depuis le commencement a été lavé », dit-il. « Maintenant, gardez vos âmes propres. Il n'est pas important que

498

vos mains soient souillées par la boue ou le fumier ou même le contact avec des femmes qui ont leurs règles ou des cadavres. Ce qui est important est que vous n'oubliiez jamais que vos âmes appartiennent à Dieu. »

« A qui appartenait mon âme avant que tes hommes me baptisent ? » demanda un vieillard qui clignait des yeux.

« Elle aurait dû appartenir à Dieu qui l'a créée, mais tu croyais que les récitations ou les offrandes pouvaient la purifier, alors qu'elles ne le pouvaient pas. Ton âme n'appartenait donc à personne. Rappelle-toi qu'une âme n'est jamais purifiée par les mots ou le simple accomplissement des rites. »

« Mais ceci n'est-il pas aussi un rite ? » insista le vieillard.

« Etre pur aux yeux de Dieu domine tous les rites », répondit Jésus.

Il fit signe à Simon-Pierre et André de se mettre en route. Les deux frères se rhabillèrent en hâte et ils reprirent le chemin de Capharnaüm. Simon-Pierre avait conservé l'une des six mules qu'ils avaient reçues en cadeau lors de leurs pérégrinations, mais ni lui ni André n'osèrent l'offrir en monture à Jésus, tant ils étaient troublés par la froideur de leur maître. Et plus ils allaient, plus ils étaient angoissés par le mutisme de Jésus. Ils allaient donc à pied tous les trois, André tirant la mule.

« Combien de gens avez-vous baptisés depuis que je suis parti ? » demanda Jésus après un très long temps.

André dit qu'ils avaient, lui et son frère, baptisé près de deux cents personnes. Devraient-ils baptiser toute la Palestine ?

« Vous n'en baptiserez pas beaucoup à Jérusalem », répondit Jésus.

« Nous allons donc à Jérusalem après Capharnaüm ? » demanda Simon-Pierre.

« Où d'autre ? »

Quand ils furent sur l'avenue qui longeait le rivage, la nouvelle du retour de Jésus se répandit comme le feu. Au grand port, ils étaient suivis par une petite foule, où les enfants chantaient : « Le Messie est là ! » et où des femmes battaient des mains avec des extases, tandis que des mendiants et des infirmes sur le trajet appelaient à l'aide au nom de David, demandant à retrouver la vue, l'usage de leurs jambes ou la guérison de leurs ulcères. Jésus s'arrêta de façon abrupte. Un aveugle qui le suivait de trop près était tombé et il émettait des sons inarticulés. Jésus l'aida à se remettre sur pied.

« Pense à Dieu ! » lui ordonna Jésus.

L'aveugle leva les bras en criaillant. Jésus lui saisit le crâne et examina ses yeux.

« Va me chercher de l'eau de la mer », dit-il à André.

André revint avec une jarre pleine. Jésus la versa sur le crâne de l'homme, dont il saisit un pan de robe pour essuyer le pus séché qui scellait les paupières fermées, et qui se détachait par fragments. Les paupières lavées, les conjonctives enflammées apparurent.

« Regarde-moi ! » dit Jésus.

L'homme ouvrit les yeux et poussa un cri animal. Jésus versa le reste de l'eau dessus.

« Lave-toi ce soir et pendant tous les jours de la prochaine lune avec l'eau d'une écorce de saule bouillie et tu es guéri », dit-il.

L'ex-aveugle fixa la foule de ses yeux rouges, bouche bée, regarda ses mains et tomba à genoux aux pieds de Jésus. Les femmes glapirent et ululèrent. Les hommes crièrent. La scène se passait devant la synagogue. Jésus leva les yeux. Quatre hommes dévalaient le perron en fronçant les sourcils, quatre Pharisiens qui se dirigeaient vers lui.

« Tu guéris les gens dans la rue ? » demanda l'un d'eux, parvenu devant Jésus, d'une voix forte et menaçante. « Nous ne voulons pas que l'on invoque les démons devant la maison du Tout-Puissant ! »

« Qui a dit que des démons ont été invoqués ? » demanda Jésus sur un ton également impérieux.

« Tu es un magicien, et les magiciens guérissent au nom des démons. Je te dis de t'en aller ! » dit le Pharisien, un sexagénaire au masque de cuir.

« Je ne suis pas un magicien, et toi tu es un ignorant », rétorqua Jésus. « Si tu étais instruit, tu saurais qu'on ne peut pas chasser les démons au nom des démons, pas plus que l'on ne peut éteindre le feu avec du feu. »

« Tu n'es ni un prêtre ni un médecin », dit le Pharisien. « Je me demande même si tu es un Juif. N'estu pas Jésus, l'homme qui, dit-on, guérit la mère d'un pécheur un jour de Sabbat ? »

« Etait-ce un jour de Sabbat ? » demanda Jésus. « Et si ce l'était ? »

« Tu devrais être lapidé, impie ! » cria un autre Pharisien.

« Comme si je ne savais pas, comme si tous vos domestiques ne savaient pas que vous cuisinez à l'intérieur de la synagogue le jour du Sabbat », dit Jésus avec mépris. Et avançant vers eux : « Et ditesmoi, dites à tous les gens ici qui parmi vous ne tirerait pas ses moutons du fossé s'ils y tombaient un jour de Sabbat ? Aurais-je dû laisser cette femme malade ? Croyez-vous que c'est là ce que commande le Deutéronome ? Si un homme croit cela, il est plus impie que le dernier des païens ! »

« Tu oses ! » cria un Pharisien.

« Vous êtes prompts à porter des jugements au nom de la Loi et du haut de votre vertu », dit Jésus, « mais votre vertu est comme les corbeaux qui hantent les cimetières et la Loi n'est pas plus votre propriété que vous n'en êtes les gardiens. Si vous ne vous étiez pas hâtés de me juger, je n'aurais pas, moi, porté de jugement sur vous, mais puisque vous avez l'impudence de vous ériger en censeurs de mes actions, je dois vous dire et dire à tous ceux qui sont présents que vous n'avez pas d'autre autorité que celle que vous vous conférez par arrogance ! »

« Parle, parle », dit un Pharisien. « Nous t'aurons bientôt jeté en prison comme ton ami, le chien enragé Jokanaan. »

« Jokanaan », répéta Jésus. « Gens sans cervelle, quand il était libre et ne mangeait ni ne buvait, vous et vos semblables disiez qu'il était possédé, lui, l'Elie prédestiné ! Mais vous, vous vous enrichissez, vous buvez et vous forniquez... Oui ! » cria-t-il, les veines de ses tempes palpitant comme des serpents. « Vous forniquez et vous prétendez mépriser les femmes et les gitons avec lesquels vous forniquez, mais vous n'avez ni yeux ni oreilles, vous n'avez ni cervelle ni cœur, vous êtes des cadavres ambulants ! Et vous avez l'audace de mentionner Jokanaan ! »

Un silence mortel tomba sur la scène. Les quatre Pharisiens se mirent sur la défensive, les visages tendus par la fureur et la peur. Jésus éleva la voix de nouveau :

« La part que vous avez prise dans l'arrestation de Jokanaan retombera sur vous plus lourdement que la plus lourde des malédictions du Ciel ! Je sais que, lorsque le Fils de l'Homme viendra, vous le ferez arrêter aussi, parce que les créatures des ténèbres que vous êtes ne peuvent supporter la lumière de Dieu, mais la malédiction qui pèsera sur vous sera la plus cruelle que des enfants d'Israël aient jamais connue ! Les démons en vérité, Pharisiens ! Est-ce votre nom que j'ai invoqué pour guérir cet homme ! »

« Lapidez-le ! Il insulte la Loi et le Sabbat et Israël ! C'est le Diable qui parle par sa langue ! » hurla un Pharisien. « Lapidez-le, je vous l'ordonne ! »

Personne ne broncha. Mille paires d'yeux pesèrent sur les quatre Pharisiens. Un enfant saisit une pierre et la lança vers eux en criant : « Mauvaises gens ! » Une autre pierre suivit, puis une troisième... « Arrêtez ! » cria Jésus. Les Pharisiens reculèrent, terrifiés.

« Rentrez dans vos ténèbres et repentez-vous ! » cria Jésus. Les Pharisiens prirent la fuite.

L'Iscariote et Jean apparurent derrière Jésus.

« Pourquoi n'as-tu pas laissé la foule les lapider ? » demanda l'Iscariote, furieux.

« Ce ne sont pas les hommes qu'il faut lapider, mais l'erreur qui les habite », répondit Jésus. « M'as-tu jamais vu guérir un possédé en le lapidant ? »

« Maître, tu es en danger », dit Jean. « Ces hommes sont puissants, ils reviendront ! »

Ils n'étaient d'ailleurs pas loin, mais au sommet du perron de la synagogue, observant la scène comme des milans.

« Ils ont plus peur que j'aurai jamais peur », répondit-il. Puis il s'adressa à la foule qui s'était amassée et devait faire plus d'un millier de gens. « Prenez-en de la graine, hommes et femmes de Capharnaüm, et que l'expérience croisse en vous. Vous avez pu juger de l'amertume que la promesse de l'aube suscite dans les cœurs des ténébreux. Et ce sont pourtant là les gens qui dirigent nos vies et parlent au nom de la Loi ! Aucun signe de Dieu et aucun acte de bonne volonté ne pourra conjurer leur malveillance. Hélas, Cana et Chorazim, hélas, Magdala et Bethsaïde ! Si les bonnes actions qui ont été accomplies chez vous l'avaient été à Tyr et à Sidon, celles-ci se seraient repenties depuis longtemps et se seraient vêtues de jute et se seraient couvertes de cendres ! Mais le sort de Tyr et Sidon sera plus enviable que le vôtre le jour du Jugement ! Quant à toi, Capharnaüm, seras-tu exaltée dans les cieux ? Non, tu seras précipitée dans les abîmes ! »

Des femmes crièrent, se battirent la poitrine et s'égratignèrent de leurs ongles le visage, des hommes déchirèrent leurs robes, invoquant la miséricorde divine. Simon-Pierre observait son maître avec inquiétude ; Jésus était devenu pâle, ses yeux semblaient loucher, et pourtant, il parlait encore de manière cohérente, poursuivant ses imprécations contre Capharnaüm.

« Si les bonnes actions qui ont été accomplies chez vous l'avaient été à Sodome, Sodome serait encore debout ! »

Quelques-uns s'indignèrent de la cruauté de la comparaison avec Sodome.

« Nous ne sommes pas des Sodomites, Messie ! »

« Le sort de Sodome, je vous le dis, sera enviable par rapport au vôtre le jour du Jugement ! »

« Maître ! » souffla Simon-Pierre, alarmé.

Jésus n'écoutait pas, bien que la foule épouvantée commençât à se disperser, les femmes s'éloignaient avec des clameurs, les hommes secouant la tête comme s'ils étaient pris de démence. Au bout d'un moment, il ne restait plus que quelques poignées de gens, surtout des jeunes fascinés par la violence de l'orateur.

« Je te remercie, Maître du ciel et de la terre, pour avoir caché ces choses aux gens sages et instruits et pour les avoir révélées aux gens innocents. Et pourtant, Père, cruel est Ton choix ! »

« De quoi parle-t-il ? » demanda quelqu'un. « Qu'est-ce qui a été caché à qui ? Qui sont les sages et les instruits ? »

« Toute chose m'a été confiée par mon Père », dit Jésus. « Et personne ne connaît le Fils sinon son Père, et personne ne connaît le Père, sinon Son Fils et ceux auxquels le Fils choisira de se révéler. »

Le reste des auditeurs écoutait bouche bée. Simon-Pierre, André, Jean et l'Iscariote étaient consternés. Même l'aveugle guéri avait décampé. Jean eut la nausée. Et Jésus parlait encore.

« Venez vers moi, vous tous dont le travail est pénible et dont le fardeau est lourd, je vous soulagerai. »

Les quatre Pharisiens avaient descendu une marche du perron.

504

« Venez sous mon joug et je vous instruirai, parce que mon cœur est humble et tendre. Et vos âmes seront soulagées, car mon joug est doux et mon fardeau léger. »

« Il a perdu la raison ! » chuchota André.

« Tais-toi ! » coupa Simon-Pierre. « C'est le Messie ! »

Celui qui semblait mener les quatre Pharisiens descendit le perron, traversa la rue en prenant soin que les glands de son manteau ne touchassent pas terre. Jésus le fixa du regard. Quand l'homme fut à un pas de Jésus, il s'arrêta.

« Misérable bâtard », dit-il, « ta mère est une putain comme les femmes autour de toi, et tes hommes ne valent pas mieux que des femmes ! Je te maudis, bâtard, comme je maudis le jour où ta mère fit un pet foireux et où tu naquis ! » Et il cracha à la face de Jésus.

Jésus s'essuya. « Comme tu as peur », dit-il.

Le Pharisien retourna à la synagogue. Jésus se tourna vers les disciples.

« Venez, femmes », dit-il.

Ils ne bougèrent pas, stupéfaits par l'insulte.

« Cet homme avait raison, après tout », dit-il. « Vous n'avez pas levé un doigt pour me défendre. » Il sourit et ils furent encore plus épouvantés. « Vous voulez un Messie, mais vous ne vous battrez pas pour lui. Mais peut-être n'est-ce pas un Messie que vous voulez, peut-être est-ce Dieu Lui-même. Ce serait si facile, si c'était Yahweh Lui-même ! Vous n'auriez qu'à assister à la déroute des méchants. »

« Des méchants ? » s'écria l'Iscariote. « Où sont les méchants ? La place est déserte ! Tu avais mille suiveurs il y a une heure, il ne reste plus personne. Tu as comparé Capharnaüm à Sodome et maintenant, tu nous appelles des femmes. Si tu continues à parler ainsi, nous aussi nous serons bientôt partis. Comment peux-tu te dire tendre et humble ? »

« Je le suis pourtant », dit Jésus. « Mais peut-être

entends-tu les mots avec l'oreille et non avec le cœur. »

« Dis-nous plutôt quel est notre combat et où nous devons le mener », repartit l'Iscariote.

Jésus se croisa les bras et regarda la mer. « Il n'y a pas de combat », répondit-il au bout d'un moment. « Pas de combat. Rien qu'une longue et pénible marche vers le Père. Le Fils ira vers le Père et il se dissoudra dans la lumière céleste. Et puis il reviendra, mais il aura changé. Sa chair sera de la chair, mais pas la même qu'avant. Ce sera une chair de lumière. »

L'Iscariote haussa les épaules. Simon-Pierre et André fixaient le sol.

« Qui est le Fils ? » demanda Jean avec exaspération. « Est-ce le Messie ? Est-ce toi ? »

« Le Fils deviendra le Messie après sa rencontre avec le Père », répondit Jésus. « Comprends-tu ? Comprends-tu, Jean ? »

« Est-ce que cela signifie que tu seras le Messie à ta mort ? » demanda Jean.

Mais il n'obtint pas de réponse.

« Où sont les autres ? » demanda Jésus, impassible. « Allez les chercher. Je veux vous voir tous réunis le jour du Sabbat, après-demain, dans la maison de Simon-Pierre. »

Il les laissa là et partit le long du rivage. Ils le regardèrent s'éloigner jusqu'à ce qu'il ne fût pas plus grand qu'un charançon.

« Il a dû avoir un coup de soleil dans la montagne », dit l'Iscariote, à la fois triste et furieux. « Ses paroles n'ont plus de sens. »

« Pas pour moi », répliqua Jean.

Les quatorze furent donc réunis le jour du Sabbat dans la maison de Simon-Pierre. Marie était présente aussi. Et Marthe de Lazare, qui était venue de Judée. Et Rébecca la prostituée, qui était si souvent présente dans le groupe des suiveurs de Jésus et qui n'exerçait plus son métier, mais qui avait gardé l'habitude de se maquiller trop les yeux. Et quatre ou cinq femmes qui croyaient dur comme fer qu'elles étaient en présence du Messie, parce qu'il guérissait les malades et qu'elles ne comprenaient pas tout ce qu'il disait. Les hommes s'assirent par terre, les femmes se tinrent debout contre les murs.

« Où étiez-vous et que faisiez-vous ces derniers jours, depuis la fête dans la maison de l'officier ? » demanda Jésus.

« Nathanaël et moi avons baptisé les gens qui le demandaient, et puis nous avons cessé », répondit Thomas.

« Pourquoi avez-vous cessé ? »

« Pourquoi pas ? » répliqua Thomas. « Personne ne savait où tu étais, ni si tu reviendrais, et personne ne sait encore qui tu es. »

« Et toi, Judas de Jacques ? Et toi, Philippe ? Et toi, Matthieu ? Et vous, Bartholomé, Jacques, Simon, Jacques d'Alphée, Thaddée ? »

« Je suis retourné travailler dans une auberge », répondit Thaddée.

« Je suis retourné pêcher avec mon père », répondit Jacques d'Alphée.

« Je suis aussi retourné pêcher avec mon père », dit Jacques de Zébédée.

« J'avais quelques comptes en retard », dit Matthieu, tout rouge.

« Je... » commença Barhtolomé.

« Je vois », interrompit Jésus. « Du moment où je suis parti, c'est comme si j'étais mort. Vous n'avez rien retenu de ce que j'avais dit. Je veux que vous partiez demain et que vous alliez baptiser les gens dans toute la Galilée et au-delà. Vous irez par deux. Je veux que vous guérissiez les malades et que vous expulsiez les démons. Ne prenez pas d'argent, d'or, ni de cuivre dans vos bourses, pas de ballot, rien que vos sandales. Le travailleur gagne sa journée. Quand vous arriverez dans une ville ou un village, cherchez-y quelqu'un de confiance et demeurez chez lui jusqu'à votre départ. Appelez la paix du Seigneur sur la maison quand vous y entrez, de telle sorte que, si elle en est digne, votre prière soit exaucée. Si elle n'en est pas digne, c'est à vous que la paix reviendra. Si quelqu'un refuse de vous recevoir ou de vous écouter, battez la poussière de vos sandales en quittant son seuil ou la ville. Je vous le dis : le jour du Jugement, le sort de Sodome et de Gomorrhe sera préférable à celui de cette ville. »

L'Iscariote fronça les sourcils. Jésus feignit de ne pas le remarquer.

« Je vous envoie comme des brebis parmi les loups », reprit Jésus. « Soyez aussi prudents que des serpents, innocents comme des colombes. Et soyez sur vos gardes. Des hommes vous enverront devant leurs tribunaux, ils vous fouetteront dans les synagogues et vous traduiront devant les gouverneurs et les rois, par ma faute, pour témoigner devant eux et les païens. Mais si vous êtes arrêtés, ne vous souciez pas de ce que vous devrez dire. Le moment venu, les mots qu'il vous faut vous naîtront sur les lèvres, car ce ne sera pas vous qui parlerez, mais l'esprit de votre Père qui parlera par votre truchement. »

« Est-ce le même Père dont tu parlais l'autre jour ? » demanda André.

« Ce l'est. »

« Sommes-nous donc tes frères ? » demanda André.

« Vous l'êtes. »

« Notre chair sera-t-elle donc aussi une chair de lumière ? »

« Si vous suivez ce que je vous dis, elle le sera. Mais avant que cela advienne, le frère enverra son frère à la mort par trahison, et le père enverra son fils à la mort par trahison aussi ; les enfants se dresseront contre leurs parents et les enverront à la mort. »

Les femmes poussèrent un cri d'horreur.

« Pourquoi en sera-t-il ainsi ? » demanda l'Iscariote.

« Parce que la vérité du Seigneur tombe comme le

glaive, tranchant les chairs et les maisons, et que personne n'y échappe. Elle sépare la lumière de l'obscurité et ceux qui habitent l'ombre persécuteront ceux qui habitent la lumière. Tout le monde vous haïra en raison de votre allégeance à mon égard, mais celui qui persévérera jusqu'à la fin sera sauvé. Quand vous serez persécutés dans une ville, réfugiez-vous dans l'autre ; je vous dis ceci : avant que vous ayez fait le tour des villes d'Israël, le Fils de l'Homme sera venu. »

« Qui est le Fils de l'Homme ? » demanda Jean.

« Il est la perfection à venir », répondit Jésus, « mais ne me demandez pas comment la perfection viendra. Ecoutez-moi, parce que le temps fait défaut, ne soyez pas impatients. Un élève ne prend pas le pas sur son maître, ni le serviteur sur son maître. L'élève devrait être content de partager le savoir de son maître, le serviteur, celui de son maître. Si le maître s'appelle Belzébul, combien plus sa maisonnée[1] ! »

Thomas laissa échapper un bref gloussement de rire. L'Iscariote se mit aussi à rire. Jésus esquissa un sourire de connivence.

« Peut-être les Pharisiens ne savent-ils pas prononcer les mots correctement », dit-il. « De toute façon, n'ayez pas peur d'eux. Leurs mensonges seront dénoncés, mais ce que je vous dis en confidence, il vous faudra le clamer au grand jour. Ce que je vous murmure, il faudra le crier sur les toits. N'ayez pas peur de ceux qui ne tuent que le corps, mais qui ne

---

1. Il semble que ces mots, empruntés à l'Evangile, reflètent la tendance de Jésus à jouer avec les mots. Ce jeu-ci se réfère apparemment à l'accusation des Pharisiens selon laquelle il exorcisait les démons au nom du Démon, Belzébub ; ici, Jésus, change le nom du Démon en Belzébul, ce qui signifie « Maître du Temple ». Cette interprétation, avancée par Alfred Edersheim, semble être la seule qui permette d'interpréter correctement la citation de l'Evangile de Matthieu (10 ; 25), qui serait autrement incompréhensible.

peuvent pas blesser l'âme. Craignez plutôt ceux qui peuvent détruire à la fois l'âme et le corps en enfer. »

« Maître », dit Simon-Pierre, « nous te comprenons quand tu nous enjoins de ne prendre que nos sandales pour la route, parce que c'est ce que nous ont enjoint aussi les rabbins, quand nous sommes entrés dans l'enceinte du Temple, et nous comprenons aussi que tu nous conseilles d'être prudents comme des serpents et innocents comme des colombes, parce que c'est aussi ce qu'enseigne la Midrash, où il est dit qu'Israël doit être aussi inoffensive que la colombe à l'égard du Seigneur, et rusée comme le serpent à l'égard des Gentils. Tous les autres nous comprendront donc. Mais quand tu nous parles du Fils de l'Homme et de la perfection à venir, comment donc les gens nous comprendront-ils, si nous-mêmes saisissons à peine ce que tu veux dire ? »

« Rappelle-toi Daniel, Simon-Pierre », répondit Jésus, haussant les sourcils dans une expression qui était désormais familière à ses disciples. « Te souviens-tu de ses paroles ? "Je guettais encore les visions de la nuit et je vis ce qui semblait être un homme descendre avec les nuages du ciel ; il approcha l'Aîné et lui fut présenté..." »

« " ... la souveraineté et la gloire et la puissance royale lui furent conférées" », poursuivit Thomas, « " de sorte que tous les peuples et les nations de toutes langues le servissent ; sa souveraineté devait être éternelle, et sa puissance royale était de celles qui ne connaissent pas de limites..." »

« C'est bien cela », murmura Jésus.

Un silence passa.

« Es-tu le Fils de l'Homme que nous devons attendre ? » demanda Thomas.

« C'est la question dont Dieu seul connaît la réponse », répondit Jésus. « Ce que je serai à la fin, même moi je l'ignore. Seul mon Père en décidera. Ne sommes-nous pas des oiseaux à un sou la paire ? Et pourtant, sans la permission de notre Père, aucun d'eux ne peut tomber au sol. Quant à vous, même les cheveux de votre tête seront comptés. Soyez donc en paix, rien n'adviendra qui s'écarte d'un cheveu de la volonté de Dieu. »

« Pourquoi lutter, alors ? » demanda Thaddée. « La volonté de Dieu prévaudra toujours ! »

« Comment quelqu'un peut-il aimer son Père et ne pas se dresser pour Le défendre contre ceux qui déforment Ses paroles ? » répliqua Jésus. « Mais ceux qui me reconnaissent devant les hommes, je les reconnaîtrai devant mon Père aux cieux ; et ceux qui me désavouent devant les hommes, je les désavouerai devant mon Père aux cieux », dit-il d'une voix rauque. « Pourquoi lutter ? demande Thaddée, et plusieurs d'entre vous se demandent sans doute pourquoi nous n'irions pas pêcher ou labourer tranquillement, au lieu de risquer nos vies. Mais vous ne devez pas penser que je suis venu apporter la paix sur la Terre, non, je ne suis pas venu apporter la paix, mais un glaive ! Je suis venu pour dresser l'homme contre son père, la fille contre sa mère, le fils d'une femme contre sa belle-mère. Grâce à moi, un homme trouvera ses ennemis sous son propre toit ! »

« Mais qu'adviendra-t-il à notre nation, si nos familles sont déchirées de cette manière ? » s'écria André. « Et ce que tu dis n'est-il pas contre le Deutéronome ? » protesta-t-il. « Ne nous a-t-on pas enseigné le premier commandement avant quoi que ce soit d'autre ? » dit-il avec colère. « Le Seigneur n'at-il pas ordonné : "Honore ton père et ta mère comme le Seigneur ton Dieu te l'a commandé, afin que tu vives une longue vie et que tu prospères dans la terre que le Seigneur ton Dieu te donne ?" Et toi, qui es-tu, à la fin, pour dresser l'homme contre son père ? » cria-t-il avant de se lever et de quitter la maison de son frère.

Consternation et colère sur tous les visages.

« Il est vrai que si nous allions clamer ce que tu dis

sur les toits, nous serions lapidés ! » s'écria Matthieu le publicain. « Et pour le bénéfice de qui ? Cela équivaudrait à donner aux Sadducéens et aux Pharisiens des bâtons pour nous briser les os ! »

« Et toi-même », demanda Simon-Pierre, très pâle, « te dresserais-tu contre ta mère ici présente ? »

Les regards se tournèrent vers Marie, tendue et sombre. Jésus la fixa du regard et répondit avec froideur : « Je le ferais s'il le fallait. »

Marie quitta la pièce, suivie de Rébecca.

« Cet homme a perdu la raison, je vous le dis ! » vociféra Bartholomé, en se levant pour suivre André. Mais à la porte, il s'arrêta au commandement de Jésus : « Bartholomé ! au moins écoute ceci ! » Le disciple se tourna à moitié. « L'issue approche, et ceci est une guerre. Nous ne sommes plus aux temps où Israël écoutait la voix du Seigneur. La Loi est tombée en désuétude et les gens se dressent déjà les uns contre les autres, parce qu'il n'y a plus de droiture. Il nous faut maintenant faire comme le moissonneur qui sépare le grain du son et qui brûle celui-ci. »

« Mais pourquoi dresser le frère contre le frère et les deux contre le père ? » cria Bartholomé, défiguré par la colère. « Pourquoi veux-tu tourmenter les gens parce que leurs maîtres ont erré et créer la douleur chez tous à cause de quelques-uns ? Au nom de qui et de quoi », dit-il en se tournant vers l'assemblée, la voix tendue jusqu'à la brisure, « devons-nous apporter l'affliction en Israël ? D'où, Jésus, fils de Joseph, tiens-tu l'autorité pour juger les hommes avant que Dieu le fasse ? Qui donc a armé ton bras d'un glaive, toi qui clames que tu ne veux pas être un général ? Ton glaive s'abattra-t-il sur les Juifs, faute des Romains ? D'où tiens-tu ton autorité ? Dis-moi ! Mon droit de te le demander vaut l'autorité que tu t'arroges ! » cria-t-il, haletant.

« Réponds-lui ! » ordonna Simon-Pierre avec une violence inhabituelle. « Cet homme a comme nous le droit de savoir ! »

« La question de Bartholomé se résume avec simplicité », répondit Jésus, qui soudain semblait harassé. « Cet homme n'attend pas le Messie. » Il respirait avec peine. « Le glaive qui se lèverait contre l'étranger ne trancherait pas le membre pourri qui est dans le corps d'Israël... Il nous faut d'abord séparer le bon grain de l'ivraie... Trancher ce qui est pourri, même si c'est dans notre propre corps, dans notre famille... »

« Maintenant, va-t'en », dit l'Iscariote à Bartholomé. Bartholomé lui fit front et l'Iscariote le poussa. Ils échangèrent des coups de poing jusqu'à ce que Jean et Nathanaël se levassent pour les séparer. « Va-t'en ! Tu n'es pas un Juif ! » cria l'Iscariote, essuyant la salive et le sang qui coulaient au coin de sa bouche. « Tu veux vivre avec les Pharisiens ! Nous n'avons pas besoin de couards ni d'eunuques ! »

« Je croyais que tu apportais la liberté, que tu étais un messager de lumière », dit Bartholomé à Jésus, d'une voix rauque. « Mais tu es un fanatique et regarde ce que tu fais : tu sèmes la discorde parmi tes disciples eux-mêmes ! » Il agita un bras vers l'assemblée. « Cet homme qui se nomme Jésus se prétendait humble, il disait qu'il était venu restaurer la Loi, mais vous pouvez tous juger à présent que c'est le contraire. »

« Tais-toi ! » cria l'Iscariote se ruant une fois de plus les poings en avant, tandis que Jean et Nathanaël le retenaient.

« Et toi, l'Iscariote », dit Bartholomé, « tu es aussi un fanatique, et c'est pourquoi tu suis cet homme ! Mais tu ne le suivras pas toujours ! Car tu t'apercevras bientôt comme tous les autres qu'il mène ses suiveurs au désastre ! »

Cette fois, ce furent Jean et Nathanaël qui poussèrent Bartholomé vers la porte.

Ils étaient tous, Jésus compris, comme des gens qui ont eu un accès de fièvre.

« Mieux vaut s'assurer de la vertu des soldats avant

le combat », murmura Jésus. « Aucun homme ne mérite de se battre pour moi s'il me préfère son père et sa mère. Ou s'il me préfère son fils ou sa fille. Ou s'il ne marche pas dans mes pas. En épargnant sa vie, il risque de la perdre. En la perdant pour moi, il la gagnera. »

La voix de Bartholomé leur parvint de l'extérieur ; elle était défigurée par une frénésie voisine de la folie.

« Le signe de la mort est sur cet homme ! »

Jean frissonna.

Jésus feignit de n'avoir pas entendu Bartholomé. « Ceux qui vous reçoivent me reçoivent », dit-il avec lassitude, « et me recevoir, c'est recevoir Celui qui m'a envoyé. Quiconque reçoit un prophète comme un prophète recevra une récompense de prophète, et quiconque reçoit un homme bon parce que c'est un homme bon recevra une récompense d'un homme bon. Et si quelqu'un donne ne fût-ce qu'un verre d'eau à l'un de mes disciples, je vous le dis, cet homme recevra sûrement sa récompense. »

Ils n'étaient plus que douze, Jean, les deux Jacques, les deux Judas, Simon le Zélote, Nathanaël, Thaddée, Thomas, Matthieu, Philippe et Simon-Pierre.

« André reviendra », dit Simon-Pierre, notant le regard que Jésus promenait à la ronde.

« Vous partirez demain matin », dit-il. Et il quitta la maison.

Alors les larmes se donnèrent libre cours chez les femmes. L'épouse de Simon-Pierre, sa belle-mère, Marie, Rébecca, Marthe gémissaient au fond de la maison. L'Iscariote quitta aussi la maison avec impatience, suivi de Thomas, puis les autres.

Le soir tombait ; ils allèrent à l'auberge. Ils burent avec leur repas un peu plus que de raison, mais cela ne leur donna pas davantage d'appétit.

XV

LES PROSÉLYTES

André ne revint pas. Il expliqua à son frère qu'il avait été scandalisé.

Jean prit donc la route avec son frère Jacques, Thomas avec Nathanaël, l'Iscariote avec Simon le Zélote, en dépit de l'observation qu'avait faite Thomas : leur association induirait des gens à croire que Jésus était un Zélote. Simon-Pierre partit avec Matthieu, l'autre Judas avec Philippe et Jacques d'Alphée avec Thaddée.

Dans leurs premiers jours de route, les nouveaux pèlerins ne parlèrent guère ; ils étaient encore bouleversés. A Naïm, certains prirent Simon-Pierre et Matthieu pour des mendiants ou des espions, car ils étaient muets et hagards. A Cana, d'autres prirent Jean et Jacques pour des travailleurs d'occasion, et on leur offrit, en effet, de donner un coup de main dans les champs. Sur l'autre rive de la mer de Galilée, Jacques d'Alphée et Thaddée furent pris pour père et fils, parce qu'entre eux il y avait de la ressemblance. Seuls l'Iscariote et le Zélote évitèrent des malentendus, car leurs mines résolues laissaient entendre qu'ils avaient quelque chose à dire. Au moindre prétexte, tel un mendiant qui passait dans la rue, Judas lançait un coup d'œil ou de coude à Simon. « La misère physique », commençait à dire Simon, « n'est rien comparée à la misère morale », concluait Judas. Les gens acquiesçaient en marmonnant ; la conversation s'engageait. La colère du Seigneur pesait sur Israël à cause des péchés de Jérusalem. La tactique était aisée, en raison de la méfiance innée des Galiléens pour les gens de Judée. La première fois que Judas et Simon l'appliquèrent fut un matin à Chorazim. A midi on leur avait offert le repas et le soir des lits. Ils haranguèrent les gens d'abondance. Le lendemain, ils baptisèrent onze personnes et le jour suivant, vingt-sept. Le troisième jour, les néophytes se pressaient autour d'eux sur les bords du Jourdain, car chacun voulait être prémuni — et à si bon compte — le jour où les forces du Ciel convoqueraient celles du Mal pour le duel final. Le baptême étant représenté comme le symbole de la purification des péchés de la tribu, chacun y aspira. Puis Simon et Judas se présentaient au nom de Jésus, qui était connu. Etait-ce lui dont on disait qu'il était le Messie ? Etait-ce lui aussi qui avait fait enrager les rabbins de Capharnaüm, Cana, Naïm et d'autres lieux ? Oui, oui. Quand donc le conflit entre Dieu et le Démon aurait-il lieu ? A cette question, les femmes gémissaient, battaient leur coulpe, et les vieillards éclataient en bruyantes exhortations et en implorations au Seigneur, prenant la tête de récitations collectives du Livre de Job. Mais seul le Seigneur savait le jour où la coupe serait prête à déborder. « Ce jour-là », disait l'Iscariote, « chacun devra s'armer avec le glaive de Dieu et tailler ses ennemis en pièces, fût-ce son propre fils ou sa propre femme. » Par moments, Judas songeait qu'il était aussi bon orateur que Jésus et ce fut le Zélote qui corrigea les rumeurs selon lesquelles Judas aurait été, en fait, Jésus déguisé.

Ces tactique et rhétorique frappèrent des villages et des villes d'une peur qui n'avait d'autre exutoire que la volonté de chacun d'être prêt. Judas et Simon mobilisaient donc la Galilée. Et le rabbin de Chorazim n'eut pas d'autre choix que de se joindre au mouvement. Il n'était d'ailleurs pas vraiment contrarié qu'on lui forçât la main, car les gens étaient devenus excessivement pieux, et les offrandes abondaient à la synagogue depuis le passage des deux visiteurs.

Quoique moins charismatiques, Simon-Pierre et Matthieu finirent par attirer l'attention des gens en raison de l'apparence terne qui les avait gênés au début. Leur attitude soucieuse finit par inspirer du souci, justement, puis du respect. Deux hommes mûrs qui semblaient avoir été frappés par une catastrophe, mais qui pourtant conservaient la décence et des manières pieuses, ne pouvaient pas manquer de susciter l'intérêt. Avaient-ils perdu leurs familles dans un incendie ? Avaient-ils été ruinés par des usuriers ? se demandaient les femmes. Finalement, l'une des matrones du quartier riche de Cana qu'ils hantaient manda une servante s'enquérir de la raison de leur tristesse. Simon-Pierre leva les bras au ciel et Matthieu pencha la tête.

« Femme, femme ! » s'écria Simon-Pierre. « Tu évoques là des tribulations qui seront dérisoires comparées à celles qui nous attendent ! »

Matthieu hocha la tête sombrement.

« Qu'est-ce qui nous attend ? » demanda la servante, soudain inquiète.

« La colère de Dieu ! » répondit Matthieu d'une voix plaintive. « Malheur à la femme qui sera enceinte ce jour-là ! Malheur à l'homme riche qui sera en train de compter l'or qu'il aura refusé aux pauvres ! Le ciel sera noir et les rivières seront rouges et les moissons dans les champs seront les dernières qui s'offriront au regard de l'homme ! L'hirondelle cherchera refuge dans les troncs morts et le lièvre restera coi dans les buissons, car toutes les créatures vivantes sauront que l'heure du Seigneur aura sonné ! »

« Dieu tout-puissant ! » cria la servante en courant vers sa maison, n'en voulant pas entendre davantage sur le désastre. Et là, elle sema l'agitation dans les communs, épouvantée par les sombres prédictions qu'elle avait entendues, quand sa maîtresse, intriguée par les cris d'angoisse et les lamentations, la manda.

Ronde beauté d'antan, achevant désormais la quarantaine, elle était assise, jambes croisées, sur un divan couvert de coussins. « Maintenant, femme », demanda-t-elle à la servante, « pourquoi es-tu tellement agitée ? Les voisins vont penser qu'il y a une fille qui avorte. Qu'en est-il de ces deux hommes que je t'ai envoyée interroger ? »

« Maîtresse ! » s'écria la servante, s'éventant la poitrine avec l'éventail de paille avec lequel elle attisait le feu de la cuisine. « Ce sont de saints hommes ! Ils m'ont révélé toutes les misères qui attendent le pays tout entier ! Le ciel sera noir et les rivières seront rouges de sang ! Que le Seigneur ait pitié de nous ! »

« Pourquoi cela adviendrait-il, femme ? » demanda la maîtresse, fronçant les sourcils.

« A cause des péchés d'Israël, maîtresse ! Ne savons-nous tous pas que ce pays est condamné ? L'indécence n'est-elle pas étalée à la face divine comme si c'était la vertu ? Je peux entendre les ossements des morts s'entrechoquer de colère dans les tombeaux ! »

« Je n'entends rien qui s'entrechoque, si ce ne sont les cailloux dans ton crâne ! Qui sont donc ces diseurs de malheur ? »

« Des disciples de Jésus ! Jésus ! Le Messie ! » cria la servante, de plus en plus agitée. « Seigneur, aie pitié ! »

« Jésus », répéta pensivement la maîtresse, « c'est celui qui était à la Hakhnachah de la fille de Zébédée, il y a quelques mois. On dit que ce soir-là il changea l'eau en vin. Femme ! Calme-toi et invite-les ici. »

Une heure plus tard, l'invitation ayant été transmise, le maître de maison revint et trouva deux hommes à la mine saturnine qui attendaient à la cuisine comme s'ils allaient comparaître devant des juges. Il s'enquit de leurs identités et des raisons de leur présence. Simon-Pierre et Matthieu, ne sachant pas qui était cet homme, demeurèrent lugubres. Puis les domestiques intervinrent, expliquant que c'étaient de saints hommes.

« Maître ! Ils connaissent l'avenir ! Des choses terribles, terribles, attendent Israël ! » marmonna la nourrice du maître de sa bouche édentée. « Notre maîtresse veut que nous les nourrissions, »

Bien que le rapport entre la clairvoyance des visiteurs et la nourriture fût obscur, le maître hocha la tête et, tandis que les serviteurs se hâtaient de dresser la table et de la garnir de volaille, de fromage, de pain et de vin, il analysa les masques énigmatiques et ridés de Simon-Pierre et de Matthieu.

« Nous sommes de Capharnaüm », se résolut enfin à dire Simon-Pierre. « Nous avons mené des vies ignorantes jusqu'à ce que le Seigneur guide nos pas vers notre maître Jésus... »

« Jésus ! » interrompit le maître de maison. « Etes-vous de ses disciples ? »

« Nous le suivons humblement », répondit Matthieu. « Il nous a suffi de lever vers lui les yeux pour que fût guérie la cécité de nos cœurs, et de l'entendre, pour que fût guérie la surdité de nos esprits. »

« Est-il réellement le Messie ? » demanda le maître.

« Nous croyons qu'il l'est, parce que nous avons vu ses pouvoirs », répondit Simon-Pierre. « Nous l'avons vu, de nos yeux vu, convoquer les esprits de l'autre monde, aussi bien que nous l'avons vu guérir des gens malades, très malades. »

« A-t-il dit qu'il est le Messie ? »

« Son savoir est immense, mais le mystère scelle ses lèvres », répondit Simon-Pierre. « Il ne dit que les mots qui sont utiles aux hommes. »

Matthieu, qui avait faim, lorgnait la nourriture sur la table, et le maître de maison le remarqua. « Mangez, je vous en prie », dit-il. Simon-Pierre leva les bras et remercia le Seigneur pour la nourriture qui était offerte en Son nom par l'un de Ses serviteurs, puis il appela les bénédictions divines sur la maison et ses habitants, puis sur son maître Jésus, qui lui avait concédé l'honneur de répandre les paroles de vérité, et finalement, il rompit le pain et versa le vin sous les yeux avides de Matthieu. Les domestiques ne perdaient pas une miette de la scène et quand leur maîtresse descendit à son tour pour observer les disciples, le groupe de femmes qui se tenait par décence dans le recoin le plus reculé de la cuisine ressembla à une phalange de fidèles assistant à quelque rite religieux. Le maître de maison, lui, semblait conserver quelque réserve sous son masque de courtoisie.

« J'aurais pensé que ç'aurait été Jokanaan qui aurait été le Messie », dit-il d'une voix douce, en s'asseyant.

« J'entendis dire que votre maître Jésus n'est pas hostile à la compagnie de femmes légères ni aux banquets que donnent en son honneur des soldats d'Hérode. Et vous », ajouta-t-il avec un léger sourire, « vous vous conduisez comme on m'a dit que le faisaient les disciples de Jésus. Par exemple, vous ne vous êtes pas lavé les mains avant de toucher la nourriture. »

Simon-Pierre allait glisser une olive dans sa bouche broussailleuse ; il la reposa dans l'assiette. Les femmes s'agitèrent dans l'ombre.

« Sommes-nous malpropres, fils de l'homme ? » demanda-t-il. « L'un de nous deux souffre-t-il d'une maladie de peau ? Aurais-tu remarqué une pustule sur ma face, ou la tache dénudée d'une mauvaise maladie sur mon crâne ? Ou bien aurions-nous dû considérer ta nourriture comme sacrée ? Suis-tu les rites des Pharisiens ou bien l'esprit du Deutéronome ? »

« Qu'y a-t-il de mal à se laver les mains avant de toucher la nourriture ? » demanda le maître de maison. « Et qu'y a-t-il de mal à être pharisien ? Nos prêtres ne sont-ils pas pharisiens ? Rejetez-vous notre clergé ? »

« Nous ne rejetons personne », repartit Simon-Pierre, « mais pourquoi les Pharisiens nous rejettent-ils, si ce n'est pas parce qu'ils se sentent menacés par l'aube de la vérité ? N'est-ce pas en tous domaines que la chouette s'envole au chant du coq ? »

« Je ne doute pas de votre foi », répondit toujours

avec douceur le maître de maison, « mais le pays pullule de prophètes et de magiciens dont on ne sait que penser. En tant que marchand, je voyage, et au cours des derniers mois, j'ai, par exemple, entendu parler d'un certain Simon, qui accomplit des prodiges, tels que de faire reverdir des bâtons secs ou de faire jaillir la flamme au bout de ses doigts. On m'a même assuré que, la nuit, ce Simon vole dans les airs et qu'il a disparu à Sarepta sous les yeux de ses disciples pour reparaître à Tyr. Puis à Damas j'ai rencontré un homme remarquable appelé Dosithée, qui était suivi par de nombreux disciples, parmi lesquels des officiers romains, des princes nabatéens, des dignitaires syriens et, croyez-le, des Juifs. Je n'avais ni le désir ni le loisir de l'écouter, mais on m'a assuré aussi que le secret de son succès était qu'il enseignait comment atteindre la félicité divine par la communication avec ce qu'il appelait, que le Seigneur me pardonne, le Grand Esprit de l'Univers. Des Juifs m'ont juré qu'ils l'avaient vu s'élever au-dessus du sol, et quelques-uns d'entre eux étaient persuadés qu'il était le futur roi d'Israël et de l'univers ; ils osaient même l'appeler le Messie. D'autres voyageurs m'ont parlé d'autres maîtres encore, tels qu'un certain Apollonios de Tyane, qu'ils avaient rencontré à l'est d'Antioche, et qu'un certain Hermès Soter... Tous ces gens accomplissaient des prodiges et dispensaient un enseignement célèbre. Alors, pourquoi votre maître serait-il différent ? Et pourquoi, à propos, aurions-nous besoin d'un nouveau maître ? »

Simon-Pierre et Matthieu avaient écouté avec tension cette tirade sceptique, dite d'un ton presque nonchalant. Ou bien ils trouvaient une forte réponse, ou bien ils devaient quitter la maison.

« Tes propres mots contiennent les réponses à tes questions », répliqua Simon-Pierre. « Tous les maîtres que tu as cités démontrent que les hommes attendent un maître. Mais aucun d'eux n'est juif, et quelles que soient leurs vertus, ils ne parlent pas notre langage et ne partagent pas notre foi. Et pourquoi les hommes attendent-ils un nouveau maître ? » demanda Simon-Pierre en posant la main sur son genou. « Parce que l'esprit de la Loi est bafoué, parce que nous vivons sous un joug étranger et parce que la Terre Promise est profanée par les monuments et les statues de cultes étrangers. Cela t'aurait-il échappé ? Peut-être voyages-tu beaucoup, mais connais-tu mal ce pays. »

« Et tu as mentionné Jokanaan », ajouta Matthieu. « Et tu as dit que tu pensais que ç'aurait été lui, le Messie. Mais c'est Jokanaan lui-même qui a annoncé que Jésus est le Messie. »

Le maître de maison hocha la tête ; les femmes à l'arrière poussèrent un soupir de soulagement, et le poussèrent fort. Matthieu but enfin son vin. Le silence régna dans la cuisine. Le maître de maison remua les pieds et un petit nuage de poussière s'éleva dans la lumière.

« Resservez donc du vin à mes invités », dit-il aux domestiques, qui s'empressèrent d'obéir. « On apprend toujours. »

« Il est bon d'apprendre », admit Simon-Pierre, « car cela signifie que l'on est toujours jeune. Tu connais les mots de la Midrash : "Quand il n'y a pas d'enfants, il n'y a pas de disciples ; et là où il n'y a pas de disciples, il n'y a pas de sages ; sans sages, pas de maîtres ; sans maîtres, pas de prophètes ; et là où il n'y a pas de prophètes, Dieu ne laisse pas sa Shekhinah[1] se poser. "Que la Shekhinah du Seigneur se pose sur cette maison. »

Le maître se leva. « Mangez bien et louez le Seigneur de vous avoir menés ici », dit-il. « C'est votre maison pour aussi longtemps que vous le désirez. »

Les femmes applaudirent ; il feignit de ne pas les avoir entendues.

---

1. Une faveur divine comparable à la grâce.

« Je serai le premier que vous baptiserez »,
conclut-il.

La maison comptait neuf personnes ; elles furent
toutes baptisées le lendemain. Comme l'exemple
était donné par un riche marchand, les voisins se
pressèrent le lendemain. Le rabbin, le même qui
s'était opposé à Jésus quelques mois plus tôt, essaya,
mais en vain, de contrarier le courant. Il argua du
fait que nul Livre ne mentionnait que l'on pût laver
ses péchés dans l'eau. Il suggéra qu'un tel rite rele-
vait du paganisme et, à une réunion des doyens de
Cana, sa voix monta à l'aigu quand il mit en garde
contre les innovations qui compromettaient la tradition.

Les doyens hochèrent poliment la tête et répliquèrent que les rites de purification existaient bien
avant le baptême, qu'il n'y avait rien de mal à les
étendre aux autres péchés tels que le contact avec des
femmes en règles et des cadavres, et ils relevèrent
enfin que la tradition n'avait pas sauvé Jérusalem.
Deux ou trois d'entre eux se débrouillèrent pour
réduire le rabbin au silence en récitant, d'un air
entendu, des vers d'Isaïe :

> « Grand sera le royaume,
> et sans limites la paix
> concédée au trône de David et à son règne,
> afin de l'établir et de le consolider
> dans la justice et la droiture
> pour maintenant et pour toujours. »

« ... Le trône de David ! » Le rabbin saisit l'allusion ; même les doyens croyaient que Jésus était le
Messie. Car le rabbin connaissait les vers qui précé-
daient ceux qu'on lui avait récités et qui annonçaient
un héritier pour le trône de David. Il se tut. Mais il
n'était pas au bout de son épreuve ; le lendemain, à
une fête encore — elles ne lui étaient décidément pas
propices — que donnait un commerçant ami de celui

qui hébergeait les deux disciples, il aperçut Simon-Pierre et Matthieu ; il gagna la porte ; Matthieu lui en barra l'accès ; le rabbin blêmit ; il craignit l'empoignade. Tout le monde observait la scène. Alors s'éleva la voix de Simon-Pierre, ragaillardie par du vin de cette ville de Cana.

« " Tu as dédaigné ce qui m'est sacré et tu as profané mes Sabbats", dit Ezéchiel par la voix du vieux pêcheur, "en toi, Jérusalem, des indicateurs ont causé des effusions de sang ; en toi habitent des hommes qui ont festoyé aux sanctuaires des montagnes et se sont abandonnés au stupre..." »

Le rabbin poussa violemment Matthieu et parvint à franchir la porte.

« " ... En toi des hommes ont révélé la nudité de leurs pères, ils ont violé des femmes durant leurs périodes !" » tonna Simon-Pierre.

Plus d'un pensa entendre des malédictions dans la rue. Mais le vin attendait les vainqueurs. Ceux qui regardèrent le ciel y virent des nuages fuir comme des couards devant la lune.

Thomas et Nathanaël étaient partis pour Hippos. Ç'avait été le choix de Thomas, car on parlait bien le grec à Hippos, et l'ancien disciple d'Apollonios avait la nostalgie d'une bonne conversation érudite dans cette langue. Il n'entretenait guère de grands espoirs de baptiser beaucoup de monde dans cette ville païenne de la Décapole, mais il assura à Nathanaël que tout païen qu'ils baptiseraient vaudrait deux Juifs.

« Mépriserais-tu les Juifs ? » demanda Nathanaël.

« Ils sont devenus tellement provinciaux ! » murmura Thomas. « Attends de voir Hippos et tu comprendras. Les rues sont propres et éclairées la nuit, et les gens n'y prennent pas l'ignorance pour une vertu. » Et comme Nathanaël semblait embarrassé, Thomas ajouta : « Jésus est instruit, frère tandis que les rabbins ne font pas la différence entre Socrate et un pot. »

« Qui est Socrate ? » demanda Nathanaël.

« Tu vois ce que je veux dire, petit Juif ? » répondit affectueusement Thomas. « C'était un maître grec très célèbre, qui enseignait que l'esprit doit même se libérer de lui-même. »

« Ton esprit est-il libre, Thomas ? Toutes les choses que tu sais ne pèsent-elles pas trop lourd sur lui ? »

Thomas s'arrêta net. « Ecoute », dit-il avec véhémence, « plus tu en sais, plus rapide est ton esprit et plus ton esprit est rapide, meilleur est ton jugement. »

Nathanaël médita cette réponse jusqu'à ce qu'ils atteignissent Hippos. C'était au crépuscule. Le ciel était rose, roses aussi les pierres des monuments et des statues, étincelants les ors qui les garnissaient. Dans l'avenue qu'ils empruntèrent, les centaines de torches qui étincelaient déjà mêlaient leurs lumières à celles du soleil mourant.

« On a l'impression de baigner dans du vin de Samos », dit Nathanaël, émerveillé.

C'était la première cité romaine qu'il voyait.

« Nous sentons la sueur, allons aux bains », dit Thomas.

Ils traversèrent la grande place de l'Hippodrome, au-dessus de laquelle la citadelle virait au pourpre. Deux statues, l'une d'Apollon, l'autre d'Hercule, tous les deux nus, semblèrent de chair. Nathanaël rougit. Quand ils parvinrent aux bains, Thomas franchit le premier le vaste portique et s'enfonça dans les effluves humides et parfumés, passant d'autres statues encore plus offensantes. Nathanaël avançait à contrecœur, se demandant si c'était là vraiment un établissement de bains ou un palais, sinon quelque temple païen, quand Thomas héla l'un des préposés, un Syrien aux muscles de colosse, et s'adressa à lui avec une autorité gouailleuse qui acheva de décontenancer son compagnon.

« Je voudrais que tu ailles t'enquérir d'un client qui voudrait être diverti par deux hommes instruits pendant qu'il sue le produit de ses excès », dit Thomas. « Si tu en trouves un, ce dont je ne doute pas, car il saura te récompenser, dis-lui que j'ai beaucoup voyagé, que je parle plusieurs langues et que je connais des remèdes pour la goutte, les membres affaiblis et les cheveux qui tombent, mais que je peux aussi discuter de philosophie et même l'enseigner, qu'il s'agisse de stoïcisme, d'épicurisme, de gnosticisme ou de bouddhisme, que je suis rompu au mithraïsme et à la religion d'Isis et que j'ai des connaissances en astrologie. Te rappelleras-tu tout cela, fils de l'homme ? » demanda Thomas, répétant sa question en syrien, puis en grec. « Quand tu auras trouvé ce client, assure-lui que tu lui rends un service signalé. »

En vieux singe qui avait grimpé à bien des arbres, le Syrien fronça d'abord les sourcils, puis sourit et s'en fut. Nathanaël était à l'agonie.

« S'il en faut si peu pour te troubler », dit Thomas, « je ne parierais pas un sou de plomb sur l'issue de ta rencontre avec le Démon ! »

« Car nous sommes bien en enfer ! » souffla Nathanaël.

« Prie Dieu que l'enfer soit ainsi ! » répliqua Thomas. « Ce ne sont que des bains publics où des gens nettoient leurs corps et tentent de se divertir. Toi, nettoie tes yeux et tu verras sans doute des gens qui ont besoin de nous. »

« Jésus ne mettrait pas le pied dans un pareil lieu », objecta Nathanaël.

« Il y a mis les deux pieds », rétorqua Thomas, « et plus d'une fois. »

Nathanaël étouffa un cri de surprise. Le Syrien revint, suivi d'un homme dont la peau pendait sur le squelette comme un linge sur un échalas.

« Voilà l'homme », dit le Syrien, pointant du doigt et de sa barbe fourchue vers Thomas.

L'autre s'était immobilisé à trois pas, les jambes écartées, soit dans une attitude de défi, soit qu'il eût peu d'équilibre.

« Qu'est-ce qui fait rouler les pierres au bas des montagnes ? » demanda-t-il, tout à trac.

« Le vent ou le sabot d'une chèvre, te dira le paysan. L'appel de notre mère, la Terre, te dira l'homme sage. »

« Et qu'est-ce qui fait que les pierres s'arrêtent ? » reprit l'homme sans plus d'aménité.

« Le choc avec une pierre plus grosse ou leurs formes, te dira l'esprit superficiel ; l'essoufflement de leur élan, te répondra l'homme sage. »

L'homme hocha la tête.

« Et si je jetais une pierre pendant que je tourne sur moi-même, poursuivrait-elle une course circulaire ou rectiligne ? » demanda encore l'homme.

« Rectiligne, à moins que tu ne sois un Titan qui jette la lune autour du soleil », répondit Thomas.

« Bien ! » cria l'homme, souriant soudain de sa bouche mal dentée et se frottant les mains. « Je suppose donc que tu n'attribues pas les mouvements des pierres à des puissances surnaturelles, telles que les dieux ? »

« Je ne suis pas initié aux habitudes divines », répondit Thomas, « mais je me suis laissé dire qu'ils ont des caprices, et je sais que seuls les fous parient sur des caprices. Alors, qui oserait dire qu'un dieu ne changera pas la trajectoire, mettons d'un dé ? »

Le vieillard éclata de rire, et sa chair trembla sur lui.

« Apporte-nous de l'hydromel et du vin », dit-il au Syrien. « Et vous, suivez-moi à l'intérieur », dit-il à Thomas et Nathanaël, « vous êtes mes invités. »

Un autre préposé aida Thomas à se dévêtir. Nathanaël observa le dépouillement du corps noueux de son compagnon, considéra avec incrédulité le poil sur les jambes et l'abdomen, le contraste entre le cou tanné et la poitrine livide, le spectacle désolant des génitoires qui pendaient sur les cuisses blanches, puis il soupira et, saisi de vertige à l'infraction qu'il commettait contre ses propres principes, il se déshabilla aussi et alla s'asseoir près de Thomas sur un banc.

« Je m'appelle Hippolytos », dit leur hôte. « J'étais marchand jusqu'à ce que je devinsse riche. »

« Je m'appelle Thomas et je suis de Didymes, mon compagnon s'appelle Nathanaël et il est de Galilée. Es-tu grec ? »

« Ma mère l'était. Mon père était syrien et sa mère était iduméenne avec un peu de sang nabatéen. Pourquoi demandes-tu ? »

« Tu as parlé des dieux, alors j'ai pensé que tu n'étais pas juif », répondit Thomas avec un sourire.

« Es-tu juif ? Je n'ai jamais pu comprendre pourquoi les Juifs insistent pour n'avoir qu'un Dieu unique », répondit Hippolytos. « Après tout, puisqu'il faut croire à des puissances divines, on peut difficilement s'empêcher de penser que la fertilité d'une femme n'est pas régie par les mêmes puissances que le vent, par exemple. Imaginer qu'un seul dieu est responsable de tout me semble périlleusement proche de l'illusion que l'on est soi-même un dieu. »

Un garçon de bain apporta une cruche d'hydromel, une autre de vin et des gobelets de verre de Syrie.

« Buvez un peu d'hydromel avant d'aller transpirer », dit Hippolytos, « cela aide. Bois, jeune homme », dit-il à Nathanaël, « l'hydromel réveille les esprits terrestres dans un homme, et qui peut se targuer d'être un homme s'il craint d'affronter ses esprits terrestres ? »

Thomas ayant vidé son gobelet, Nathanaël, fort mal à l'aise, trempa les lèvres dans le sien.

« Je crains de ne pas saisir ton raisonnement », reprit Thomas. « Pourquoi donc l'adoration d'un seul Dieu entraînerait-elle des illusions de divinité ? »

« C'est facile à comprendre », répondit Hippolytos en allongeant les jambes et en tirant sur la peau de son ventre. « Quand on a plusieurs dieux, mâles et femelles, on ne court pas le risque de s'identifier avec eux. Car on a toujours tendance à prêter aux dieux ses propres traits. Moi, par exemple, j'ai une prédilection pour Dionysos, non parce que c'est un grand buveur et qu'il semble mener une vie dissolue, comme vous pourriez le penser, mais parce qu'il permet à la folie qui est au fond de nous tous de se donner de temps en temps libre cours, et je crois qu'il est salutaire de libérer ses élans profonds. Quand on laisse à l'occasion libre cours à ses démons, on les incite à dépenser leurs énergies et après, ils ont besoin de repos et vous laissent en paix. D'autres ont un penchant pour Apollon, Diane ou Vénus, et ils tendent de même à s'identifier avec eux. Mais si l'on n'a qu'un seul dieu que l'on affronte du premier au dernier jour et de l'aube au crépuscule, on s'identifie non seulement à lui, mais à toute la divinité. Cette identification est d'autant plus irrésistible chez les Juifs que, s'ils ne l'adorent pas comme il le faut, ils deviennent alors la proie de son antagoniste, le Démon. Les Juifs ont évidemment peur du Démon et supplient constamment leur Dieu de les garder de ses griffes. Evidemment, cela rend ce Dieu, du moins dans leur esprit, de plus en plus exigeant... Prenez encore de l'hydromel... Les Juifs ne semblent s'être jamais demandé si ce Démon détesté ne serait pas moins agressif s'ils lui rendaient à lui aussi quelques hommages, car il pourrait après tout être une part d'eux-mêmes, tout comme son ennemi. »

De larges gouttes de sueur ruisselaient sur le corps de Nathanaël, fonçant les poils naissants de son torse ; le jeune homme serra ses genoux de ses mains et si fort que les articulations de ses phalanges blanchirent.

« Ton compagnon semble tourmenté », dit Hippolytos à Thomas. « Il n'a pas desserré les dents et il semble près de se trouver mal. Devrions-nous changer de sujet ? »

« Au contraire ! » s'écria Thomas. « Ces conversations sont le gymnase de l'esprit ! Nathanaël devrait en écouter davantage. Tout à l'heure, la piscine froide lui fouettera le sang. »

« Peut-être qu'un peu de nourriture l'aiderait », suggéra Hippolytos, sincèrement soucieux de la contrariété ou du malaise de Nathanaël. Il appela derechef le Syrien pour commander du poisson séché, du fromage aigre et des olives.

« Pourquoi es-tu si prévenant avec moi ? » demanda Nathanaël avec une agressivité mal dissimulée, mais en faisant honneur aux amuse-gueule.

« Mon garçon », répondit Hippolytos en riant, « quand ce ne serait que pour te démontrer que le scepticisme engendre plus d'aménité que la dévotion rigide et que plusieurs dieux encouragent, eux, beaucoup plus la tolérance qu'un Dieu unique. »

Nathanaël hocha la tête.

« Allez vous faire masser », reprit Hippolytos, « et retrouvons-nous ici dans une heure. Je vous offrirai un véritable repas. Votre compagnie est, en effet, divertissante. »

En pénétrant dans la chambre basse du sudarium, Nathanaël commença à transpirer si abondamment que plusieurs personnes le dévisagèrent.

« Ce jeune homme a-t-il une fièvre ? » demanda un client.

« Non, il est en colère », répondit Thomas.

« La jeunesse est toujours coléreuse », observa l'homme.

« Est-il ton amant ? »

« Non », répondit Thomas, en souriant.

Nathanaël, qui avait entendu la question, quitta précipitamment le sudarium. Quand Thomas le retrouva à la piscine froide, il nageait avec une vigueur redoublée ; apercevant Thomas, il vint s'asseoir sur le bord de la piscine.

« Ce lieu est pire que l'enfer », dit-il sombrement.

« Eh bien, apprends donc ce qu'est l'enfer », rétorqua tranquillement Thomas, « car c'est aussi l'humanité que tu es censé conquérir. »

A la fin, les massages énergiques administrés par un Ethiopien aux doigts de fer finirent par tempérer l'humeur de Nathanaël. Les baumes parfumés le scandalisèrent d'abord, mais l'Ethiopien ne voulut pas entendre parler d'un massage sans baume. Quand les deux compagnons reparurent devant Hippolytos, Nathanaël était presque aimable.

« Je vois que la pratique païenne des bains romains a dépouillé notre jeune ami de ses mines hérissées », dit Hippolytos. « Puis-je demander ce qui vous amène à Hippos ? »

« Nous répandons l'enseignement de Jésus », répondit Thomas.

« Qui est Jésus ? » Les disciples se regardèrent, incrédules.

« Ai-je dit quelque chose de surprenant ? Je n'ai jamais entendu parler de ce Jésus qui dispense un enseignement, bien que je connaisse de nombreux Jésus en Palestine. »

« Celui-ci est le Messie », dit Nathanaël, utilisant le mot araméen, car il ne le savait pas en grec.

« *Khristos*, celui qui a reçu l'onction », murmura Hippolytos. « Est-il votre nouveau grand prêtre ? »

« Non. »

« Rome a-t-elle donc nommé un nouveau roi de l'une de ses provinces ? » demanda Hippolytos, avec une nuance d'inquiétude.

« Non. »

« Qu'entendez-vous alors par *Khristos* ? » demanda Hippolytos. « Seuls les grands prêtres et les rois reçoivent l'onction ! »

« Il la recevra », répondit Thomas.

« Vous êtes donc prophètes », observa Hippolytos. « Il est curieux que les Juifs seuls soient prophètes. Ni les Grecs, ni les Romains, ni les Parthes ou les

Egyptiens n'ont ou n'ont eu de prophètes. Les Juifs sont toujours tournés vers l'avenir, et maintenant, ils attendent un roi. »

Il se leva et le Syrien accourut pour l'aider à remettre ses vêtements.

« Notre repas ne retardera pas son arrivée, je pense », dit-il.

« Tu dois craindre Dieu ! » dit Nathanaël, élevant la voix.

« Et pourquoi ne crains-tu pas Zeus, toi ? »

« Ce n'est pas mon dieu. »

« Yahweh n'est pas le mien non plus », répondit Hippolytos, « et moi, je ne te menace pas des foudres de Zeus. La foi n'exclut pas l'urbanité. »

Il tendit une pièce au Syrien, qui se multiplia en courbettes. Tous trois sortirent. La soirée était fraîche et claire. Ils se dirigèrent vers la maison de leur hôte. Elle était spacieuse et richement décorée ; les domestiques étaient nombreux ; le repas fut servi ; le vin était parfumé, le poisson charnu, la volaille délicate, le pain savoureux. Nathanaël était redevenu sombre. Thomas parla de magie, de l'esprit et de la matière, des vertus de l'argile sur les entrailles et des différents rythmes de musique sur les humeurs. Le brillant même de sa conversation, la nonchalance avec laquelle il s'emparait d'une idée et en exposait les facettes pour la faire scintiller avant d'en indiquer les failles et de la rejeter exaspérait Nathanaël autant que leur hôte s'en enchantait. Quel était, se demandait le jeune homme, l'utilité de cet étalage de culture « grecque » ? Ce scepticisme élégant pouvait-il s'accorder à la ferveur coupante et conquérante d'un héraut du Messie ? Pourquoi donc Thomas n'avait-il pas mentionné une seule fois Jésus depuis qu'ils s'étaient mis à table ?

Allongé sur le triclinium recouvert d'un tapis, qui faisait face à la table, à la mode romaine, accoudé sur son bras gauche, Thomas devina les pensées de son compagnon. Feignant d'admirer la tête de bélier sculptée sur son rhyton d'albâtre, il dit avec détachement que son jeune ami attendait à l'évidence qu'on évoquât le motif qui avait conduit leurs pas dans cette cité de la Décapole.

« Vous l'avez évoqué aux bains », observa Hippolytos, « et je n'ai pas été convaincu. »

« Oui, il semblerait de prime abord », répondit Thomas, « que ce motif n'intéresse que les Juifs, voire quelques-uns seulement parmi eux. Il semblerait aussi qu'il ne puisse pas intéresser des gens riches tels que toi, Hippolytos. Mais une étude un peu plus minutieuse pourrait changer ce point de vue. La religion n'est pas seulement un pilier des cités et des empires, comme c'est le cas à Rome ; c'est aussi une affaire personnelle, un moyen d'établir une relation intime avec la puissance immortelle. Je l'appellerais une question de conscience, mon cher Hippolytos. Il est difficile d'entretenir un commerce fructueux avec les puissances supérieures si l'on change constamment d'interlocuteur et que l'on passe d'une forme imaginaire à l'autre, d'Athéna à Héra et d'Apollon à Dionysos. On finit, de la sorte, par verser dans l'inconsistance. La divinité n'est pas une monnaie à deux faces ni, comme tu parais le supposer, un miroir suspendu dans le ciel. »

Hippolytos sourit.

« Mon cher Thomas », répondit-il, « mais vous autres Juifs vous avez fait exactement ce que tu nous reproches à nous qui ne le sommes pas ! Vous avez changé notre Zeus en un autre, plus paternel encore, à cette différence près que le vôtre semble toujours en colère et que la réflexion de vos peurs dans le miroir céleste a fini par vous affecter au point que vos vies ne sont qu'un long tremblement ! »

« En vérité ! » souffla Nathanaël, indigné.

« Peut-être avons-nous été maladroits », concéda Thomas, « mais nous nous sommes certainement approchés de bien plus près de vous de l'essence immatérielle de la divinité. »

« Il me semble que ce propos dénote soit un manque de respect, soit un défaut de connaissance de nombreuses religions, telles que celles de Mithra ou des Egyptiens. Si tu trouves nos dieux trop humains, Mithra et Osiris, eux, sont surhumains. Et je crains parfois que les dieux humains ne soient plus accessibles et donc plus réconfortants pour les mortels que les dieux terribles tels que le vôtre. La preuve en est que les Dix Cités pullulent de Juifs qui, las de leur peur, vont s'y adonner à la chère, à la chair et au vin. C'est un fait bien connu que les joailliers de la Décapole vivent presque exclusivement de leur commerce d'amulettes païennes avec les Juifs », dit Hippolytos en se resservant du vin. Et, se tournant vers Nathanaël : « Si tu vas déshabiller une femme juive et regarder sous son matelas, tu verras combien d'effigies de Baal pendent sur sa poitrine avec les phylactères et combien de petits dieux sans nom au sexe érigé dorment sous les matelas ! Va donc demander aux tenanciers de nos bordels qui sont les plus grands amateurs d'esclaves à peine nubiles, surtout des Nubiennes. Quel genre de foi est-ce là qui... »

« Non ! » cria Nathanaël.

« Oui », répliqua Hippolytos, « je sais de quoi je parle ! Quel genre de religion est-ce donc que celle qui contraint les hommes à vivre en guerre avec eux-mêmes ? De toute façon, mes amis, vous chassez un mauvais lièvre. Ceux qui détiennent la puissance et la gloire, comme tu le disais, Thomas, ne vous écouteront pas. » Il vida son rhyton et s'essuya la bouche du revers de la main. « Vous devriez aller prêcher aux mendiants, aux malades, aux exclus, aux criminels, aux esclaves, aux prostituées, tous ceux sur lesquels les dieux ont baissé le pouce. Ceux-là espèrent un libérateur. Nous, païens, nous sommes déjà libres. »

Un silence de plomb tomba dans la pièce, recouvrant les guirlandes peintes sur les murs et la nappe brodée de la table ; il englua les carcasses de perdrix et les verseuses en verre teinté de Syrie. Nathanaël s'assit sur sa couche, enfila ses sandales, s'inclina sans mot dire devant le maître de maison et partit. Thomas s'assit lui aussi.

« Ce fut un dîner de princes », dit-il.

« Indigne hommage à ta cervelle et à la candeur de ton ami », répondit Hippolytos, le regard déjà ailleurs.

Nathanaël attendait dehors, adossé à un mur. Thomas se planta devant lui.

« Je suis désespéré », dit Nathanaël, « je me sens épuisé et sale. »

« Ta foi est à fleur de peau », dit Thomas. « Je ne me sens pas comme toi. De toute façon, c'est sur les terrains rocailleux qu'on se fait de bonnes jambes. Ou que l'on s'essouffle, comme tu préfères. »

« Je suis perdu ! » s'écria Nathanaël dans la nuit déserte. « Qu'est-ce que toi ou quiconque peut m'offrir qui me console ? Je me demande maintenant si je ne suis pas fou et si tu n'es pas dépravé, ou bien si ce n'est pas Jésus qui est fou. Peut-être est-ce tout cela à la fois. »

« Marchons », dit Thomas. « Qu'est-ce qui te fait penser que Jésus est fou ? »

« Comment ! » cria presque Nathanaël. « As-tu donc oublié ce qu'il a dit à la maison de Simon-Pierre ? Ou bien l'aurais-tu déjà oublié ? Qu'il est venu dresser le fils contre son père ? Et laissant entendre qu'il est la perfection à venir ? » Il soupira. « Quel gâchis j'ai fait de ma vie ! »

Ils étaient parvenus dans l'une des grandes artères d'Hippos, large et bien éclairée. Un jeune garçon passa, menant un âne chargé de fleurs, sans doute destinées à la distillation d'essences ; il caressa la tête de l'âne et lui donna une carotte. Nathanaël fondit en larmes. « Pourquoi ai-je choisi de suivre un

535

homme qui veut me dresser contre mon père et au nom duquel je risque de finir en prison ! Et la vie était si tranquille... »»

« Personne ne te force à le suivre », observa Thomas.

« Je l'aimais. »

« Peut-être ton amour est-il frivole. Cela advient. »

« Et toi, pourquoi le suis-tu ? »

« Longue affaire », dit Thomas en hochant la tête. « Il détient une clé... »

« Quelle clé ? »

« Comprendrais-tu ? Que la divinité est, en effet, à naître en nous. »

« Au prix de la vie ? »

« A quoi sert la vie si l'on n'achète rien avec ? »

« Pourquoi a-t-il tant changé depuis qu'il est revenu de la montagne ? »

« Jokanaan est arrêté et sera bientôt mort. »

« Et alors ? »

« Jokanaan aurait pu être le Messie. Maintenant, il ne reste que Jésus. Et il n'est plus temps d'hésiter ni de douter. Il faut assumer son rôle. Et Jésus a raison de dire qu'il est venu dresser le fils contre son père. Tous les pères demeureront attachés à la vieille religion. »

« La vieille religion ? »

« La religion juive est en agonie. »

« Ne sommes-nous plus juifs ? »

« Je crois que les Juifs sont appelés à changer », dit Thomas. « Des temps difficiles nous attendent. »

Ils arrivèrent à l'Hippodrome. L'air sentait le crottin.

« Et nous n'avons baptisé personne », dit Nathanaël.

« Mais nous avons appris une bonne leçon. Les riches ne nous écouteront pas, comme l'annonçait Hippolytos. Demain, nous irons dans les quartiers pauvres. »

« J'ai sommeil », dit Nathanaël. « Je dormirais jusqu'à la mort. »

536

XVI

ANNAS LE RÉALISTE

Joseph d'Arimathie digérait mal. Comme il n'avait mangé que deux bouchées de fromage blanc et trois figues sèches, il supposa que c'était la contrariété. Il avait le pressentiment de quelque chose de froid et de gluant qui tomberait bientôt près de lui. Et la foule des séminaristes, dans laquelle il se frayait un passage à travers le bazar du Temple, ne le réconfortait guère. Les lèvres peintes en plein jour, comme des putains, et ces gilets de fantaisie brodés, ouverts jusqu'au nombril, pour faire valoir les muscles de leur torse, en vérité ! Il soupçonna même ces jeunes gens de se teinter la pointe des seins à la cochenille ou au henné. Et c'étaient des fils de Sadducéens, et ils ricanaient de sa mine offensée ! Et tout cela au moment où il allait affronter le Sanhédrin, dont il avait demandé une réunion extraordinaire ! Il y aurait cette canaille de Gedaliah. Le voilà, d'ailleurs, souriant. « Paix sur toi, Joseph. » Joseph retint un soupir. « Paix sur mon frère, Gedaliah. » Des pigeons égarés se mirent dans leurs pieds. Gedaliah faisait des sauts pour les éviter, comme si ç'avaient été des rats.

Ils arrivèrent au Palais hasmonéen en même temps que les autres membres du Sanhédrin. Salutations, bénédictions, questions brèves et longues réponses sur la santé. Ils s'assirent à leurs places sur les estrades. La lumière faisait mal aux yeux de Joseph d'Arimathie.

« Notre vénérable et respecté collègue Joseph d'Arimathie nous a demandé de nous réunir pour demander notre opinion sur un point qu'il estime de la plus grande importance », annonça Gedaliah.

Joseph réprima une grimace ; il n'avait jamais dit que le point qu'il soulèverait était de la plus grande importance, mais enfin, il fallait bien justifier une réunion extraordinaire du Sanhédrin et puis, après tout, c'était, en effet, un point de la plus haute importance.

« Prions le Tout-Puissant de nous accorder Son conseil », dit Gedaliah.

Le grand prêtre Annas posa son éventail et, sans se départir de son expression ennuyée, bougea les lèvres en silence. Joseph, lui, ne pria pas ; il était contrarié. Un silence suivit la prière. Puis Gedaliah se leva et arpenta le petit espace qui se trouvait dans la Chambre de la Pierre Taillée, où ils siégeaient, entre la balustrade derrière laquelle comparaissaient témoins et accusés et l'espace réservé des estrades. Il n'y avait évidemment ce jour-là ni témoins, ni accusés, ni gardes, sinon les deux Lévites de service à la porte.

« Notre collègue Joseph d'Arimathie désire savoir si la Shekhinah du Seigneur peut descendre sur un homme qui serait à d'autres égards indigne d'un tel honneur. »

« Un eunuque, par exemple ? » demanda Ezra ben Mathias.

« Ce n'est pas à un eunuque que je pensais », dit Joseph.

« Bon », dit Ezra de sa voix cassée, « je pensais bien aussi que tu te souvenais du Lévitique. A qui pensais-tu ? »

« Je demande si la Shekhinah peut se poser sur un homme ordinaire. »

« La Shekhinah repose sur le mur occidental du Temple », dit Levi ben Phinehas, en tripotant ses phylactères, « on peut donc supposer que tous ceux qui se tiennent ou passent le long de ce mur sont honorés par l'esprit du Seigneur. Mais cela ne dure que tant qu'ils sont près de ce mur. N'importe qui reçoit donc temporairement la Shekhinah, c'est pourquoi tous ceux qui méditent sur une décision grave se rendent sous ce mur. Comme tu sais cela, Joseph, je suppose que tu songeais à un séjour prolongé de la Shekhinah, comme peuvent en revendiquer les grands prêtres et les élus. Me trompé-je ? »

Annas s'éventa le visage avec une lenteur étudiée.

« Je pensais, en effet, à une grâce plus durable », répondit Joseph.

« Avant d'envisager un événement aussi extraordinaire », dit Ezra, en rentrant son menton dans son cou, comme s'il régurgitait son repas, « comment vérifieras-tu, en présence de quelqu'un dont tu te demandes s'il a ou non reçu la Shekhinah, que c'est bien cette faveur qui est descendue sur lui et non une plume du Démon ? »

« Eh bien, je suppose... » commença Joseph d'Arimathie, avec une pointe d'irritation.

« Mon maître Mattathias m'a enseigné qu'il ne faut jamais supposer ! » interrompit Ezra. « Les choses sont dans la Loi ou elles n'y sont pas ! »

« Ton excellent maître Mattathias t'a certainement appris aussi à ne pas interrompre un collègue qui parle », dit Joseph. « Comme je le disais, un arbre doit être jugé à ses fruits et il est facile de distinguer un homme saisi par la Shekhinah d'un autre qui est possédé par le Démon. Mes collègues ici présents », dit Joseph en se tournant vers la droite, puis la gauche, « n'estiment sans doute pas que la confusion soit possible. »

« Affirmation discutable ! » s'écria Ezra en se caressant la barbe avec un fin sourire. « Voyons, tous nos maîtres ne nous ont-ils pas enseigné qu'il est permis, quoique dangereux, d'invoquer le Shedim pour le traitement magique des maladies désespérées ? Mon maître Mattathias a été une fois requis de se prononcer sur la guérison d'une femme par un magicien qui avait invoqué le Shedim. La femme, qui avait souffert d'épilepsie, était guérie, mais son mari refusait d'avoir des rapports avec elle jusqu'à ce qu'elle eût été déclarée pure et que le magicien eût été innocenté de tout crime... »

Annas s'éventait toujours, les yeux mi-clos.

« ... eh bien », conclut Ezra, « la femme fut déclarée pure et le magicien, innocenté, quoique imprudent. Mais dans le cas imaginé — et est-il bien imaginé ? — par mon estimé collègue Joseph d'Arimathie, il en serait autrement, car il faudrait pouvoir distinguer entre la Shekhinah et l'effet du Shedim et, pour cela, il faudrait que nous puissions établir que les signes relevés par nous et par les témoins correspondent bien aux nécessités du dessein divin, car le Tout-Puissant n'accorde pas la Shekhinah sans cause. Ces signes... »

« Nous n'allons pas ici faire l'inventaire des signes nécessaires à la reconnaissance de la Shekhinah », coupa Annas. « Je préfère que notre collègue Joseph d'Arimathie nous dise s'il pense à un homme déterminé. »

« Oui », répondit Joseph, « je pense à Jésus ».

Des sandales grattèrent les estrades, des toussotements éclatèrent. Le Sanhédrin était aux aguets.

« Crois-tu vraiment que la Shekhinah ait pu être accordée à cet homme dit Jésus de Galilée ? » demanda le grand prêtre. « Et s'il en est ainsi, qu'est-ce qui te le fait penser ? »

« Il guérit des gens et ne prend pas d'argent en échange. Et il y a maintenant des milliers de gens, dans les cinq provinces et à Jérusalem, qui croient qu'il est le Messie. »

« Voyez donc ! » s'écria Ezra d'un ton sarcastique. « Est-ce que ce Jésus n'est pas supposé être le fils d'un prêtre défunt, Joseph ben Heli, de Bethléem ? »

« C'est bien lui », dit Gedaliah. « L'histoire de sa naissance fut cependant peu commune. Sa mère, qui avait été confiée à la garde de Joseph, un Nazaréen respecté, devint mystérieusement enceinte sans être mariée. Et Joseph ben Heli reçut l'ordre de Son Eminence le grand prêtre d'alors, Simon, d'épouser la fille. Joseph reconnut l'enfant. »

« Sommes-nous supposés croire qu'un bâtard éventuel ait reçu la Shekhinah ? » s'écria Ezra, en proie à une soudaine agitation. Et, se levant, tout rouge : « Suis-je en proie à un rêve, ou bien ce Jésus est le même qui a causé un scandale dans ce même lieu saint, l'an passé, en se battant avec les marchands du bazar ? Est-ce à ce même homme que tu penses, Joseph d'Arimathie ? S'il en est ainsi, je demande des excuses ! »

« Il n'y aura pas d'excuses, Ezra », répliqua Joseph. « Plusieurs de mes collègues ici pensent que le bazar doit être réformé et tout le monde a le droit de poser une question sur la Loi. »

« La question a été posée et c'est notre devoir d'y répondre », dit Levi ben Phinehas. « Tu as dit, Joseph, qu'il guérit les gens et ne prend pas d'argent. Cela », reprit-il en se tournant vers Ezra, « me semble constituer un fondement à la question de Joseph, nonobstant ce qui a été rapporté sur la naissance de Jésus. Si je puis exprimer mon opinion, je dirais que, si l'homme n'est ni un magicien ni un médecin, la guérison des malades peut être en effet considérée comme une preuve d'un pouvoir spécial associé aux dons privilégiés du Tout-Puissant. »

« Il n'est ni un magicien ni un médecin », répondit Joseph.

« Nous ne l'avons vu guérir personne », dit Shemaya, l'un des membres les plus jeunes de l'assemblée, « et, quant à sa profession, nous ne disposons que de l'opinion de Joseph d'Arimathie, qui est tout à fait autorisée, mais qui n'est pas suffisante. »

« Ce qui plaiderait en faveur du privilège divin n'est que ouï-dire », observa Annas, « mais ce qui plaide en sa défaveur est connu de nous et prouvé. Ce Jésus me semble être un dangereux agitateur et je dois appeler l'attention de cette assemblée inspirée sur quelques faits recueillis par notre frère Gedaliah. L'homme fréquente des femmes légères et sans mari et l'on compte au moins un jeune homme qui fut un prostitué parmi ceux qui le suivent. De plus, il a causé du scandale dans de nombreuses synagogues du pays, surtout en Galilée, et il s'est même emparé une fois de la synagogue de sa propre ville, Capharnaüm, contre la volonté du rabbin de cette ville. Ces agissements déplorables concordent avec son comportement dans l'enceinte du Temple l'an dernier. Ce Jésus est un ancien disciple des Esséniens, qui l'ont chassé de Quoumrân pour rébellion. Cela », dit Annas avec force, « n'est pas ouï-dire. Nous avons reçu plusieurs plaintes de rabbins de diverses villes, parce que l'effronterie de ce Galiléen va jusqu'à prêcher ouvertement la rébellion contre nous, contre ce Sanhédrin même et contre toute autorité religieuse établie ! »

« Tout cela est extraordinaire ! » dit Ezra. « Pourquoi n'en avons-nous pas été informés auparavant ? »

« S'il y a quelqu'un dans cette assemblée qui devrait en être informé, c'est pourtant toi, Ezra », dit un autre membre, le marchand Nicodème ben Bethyra.

« Que veux-tu dire ? » demanda Ezra, pâle.

« C'est toi qui es en charge de nos espions, Ezra », dit Nicodème.

Ezra agita un bras et fut interrompu par Gedaliah.

« La raison pour laquelle Son Eminence ne nous a pas tous avertis solennellement de ces faits est qu'il ne soupçonnait pas que l'influence de ce Jésus atteindrait des membres distingués du Sanhédrin. » Et, s'adressant à Joseph d'Arimathie, qui faisait la moue, Gedaliah reprit : « Sais-tu qu'il a appelé des Pharisiens éminents, appartenant à la synagogue de Capharnaüm, des "cadavres ambulants" ? »

« Je ne le savais pas, mais je ne suis pas surpris », dit Joseph d'Arimathie. « Certains membres de notre clergé sont, en effet, des cadavres ambulants. »

« C'est un outrage ! » cria Ezra.

« Point tant de clameurs », dit Levi ben Phinehas. « Pas plus tard que la semaine dernière, Ezra, toi et moi avons dû instruire le cas d'un prêtre qu'on avait surpris en flagrant délit de prévarication. »

« Levi ! » menaça le grand prêtre.

« Je n'ai pas divulgué son nom, Eminence », dit Levi en retenant un sourire.

« De toute façon, si cet homme dit la vérité », reprit Nicodème, « je ne vois pas que cela plaide contre la possibilité qu'il ait reçu la Shekhinah. Il ne faut pas chercher loin dans les Livres pour trouver ce que les prophètes disent des prêtres corrompus de Jérusalem. »

« Si l'on poursuit de telles provocations, je quitterai cette assemblée », dit Ezra.

« Tu ne peux quitter cette assemblée sans mon consentement », rappela Annas.

« Venez, bêtes de la forêt, bêtes de la plaine... » commença Shemaya. Et Nicodème poursuivit : « ... Venez manger tout votre soûl, car les gardiens d'Israël sont aveugles et tous inconscients ! »

« Nous ne disposons donc pas des indices nécessaires en ce qui concerne la descente de la Shekhinah sur ce Jésus », dit Levi ben Phinehas de sa voix aiguë, « mais nous pourrions étudier celui dont nous disposons, le seul favorable avec la guérison des malades, et qui est qu'il passe pour le Messie. »

« C'est bien paradoxal ! » s'écria Gedaliah. « Crois-tu donc encore que l'homme que Son Eminence a décrit puisse être le Messie ? »

« Tous les crimes qui nous ont été rapportés se ramènent au scandale, et ce Jésus ne serait pas le premier dans notre histoire à avoir suscité du scandale pour de bonnes raisons, avec toute la révérence que je porte à Son Eminence », dit Levi ben Phinehas d'un ton déterminé. « Du strict point de vue de la Loi, la question posée par Joseph d'Arimathie demeure. Cet homme pourrait avoir reçu la Shekhinah et être le Messie. Après tout, Gedaliah, ni toi, ni moi, ni Ezra, ni Joseph, ni bien d'autres ici ne passent pour le Messie en dépit du respect qu'on nous porte. En voilà donc un qui passe pour l'être et je crois que c'est notre devoir d'examiner maintenant la question de Joseph, sans tergiversations, ni protestations offensées. »

Gedaliah et Annas échangèrent un regard.

« Très bien, examinons donc la question », dit Annas, « bien que j'estime un peu léger d'étudier un point aussi grave de façon impromptue. »

Bethyra, l'un des docteurs de la Loi les plus respectés du Sanhédrin, leva la main.

« Je désire parler », dit-il, gardant sa tête, singulièrement grosse, penchée et ses yeux baissés.

« Parle donc », dit Annas.

« Avant d'étudier les possibilités que l'homme nommé Jésus soit ou ne soit pas le Messie, je voudrais rappeler l'interprétation traditionnelle concernant l'avènement du Messie », dit-il d'une voix grave, la tête toujours penchée, de telle sorte que sa voix était difficilement audible. C'était sa tactique familière, et elle restait efficace, car tout le monde retenait son souffle pour saisir chaque syllabe prononcée par le vieillard. « On assure », dit-il, « que les prophètes ont annoncé cet avènement. Ezéchiel l'aurait fait en ces termes : "En ce temps-là, je ferai jaillir d'Israël des branches neuves, et je vous rendrai le pouvoir de parler parmi ses gens et ils sauront que je suis le Seigneur." Ensuite, Ezéchiel décrit la défaite de tous les ennemis d'Israël. Isaïe aussi annonce que le Messie vient dans le pays après la destruction des Gentils. Cela n'est pas advenu. L'Ecclésiaste annonce que la richesse du monde retournera à Israël à l'avènement du Messie. Cela n'est pas advenu non plus. Dans le Deutéronome, il est dit qu'"un roi se lèvera à Jeshurun, quand les chefs du peuple seront assemblés avec toutes les tribus d'Israël". Et cela non plus n'est pas advenu, bien au contraire. Il faudrait plusieurs jours pour reprendre toutes les références des Livres au Messie qui ont suscité son attente, et nous devrions nous reposer plus d'un Sabbat avant que cet inventaire soit terminé, mais n'en trouverions pas une seule qui corresponde à ce que nous savons du Galiléen nommé Jésus. J'ai parlé. »

Joseph d'Arimathie se leva pour se verser de l'eau. Les autres étaient plongés dans leurs pensées.

« Je voudrais ajouter une remarque », dit enfin Ezra. « Non seulement aucune référence des Livres ne correspond à cet homme nommé Jésus, mais encore, il nous est rapporté que cet homme fréquente des femmes légères. Or, le Messie sera à la fois roi et grand prêtre. Sommes-nous donc supposés attendre un roi et un grand prêtre sans ascendance établie qui fréquente des femmes légères ? »

Joseph d'Arimathie soupira et murmura : « J'espère, non seulement pour toi, Ezra, mais pour nous tous, que ce Jésus n'est pas le Messie. »

« Pour le moment », dit Nicodème, « Jésus est l'un des hommes les plus importants d'Israël, que sa nature messianique soit ou non reconnue. »

« Es-tu sérieux ? » demanda Gedaliah, sceptique.

« Je le suis. Cet homme incarne tous les espoirs de changement qui fermentent dans ce pays. »

« Quel changement ? » demanda Annas avec irritation.

« Je ne suis pas le porte-parole de ceux qui désirent ce changement », répondit Nicodème, « mais je sais, comme beaucoup de mes collègues ici présents, qu'il y a un mécontentement très répandu en Israël. Jésus pourrait très bien être le chef d'un soulèvement prochain. Alors, les considérations les plus érudites sur un sujet sacré ne changeront pas grand-chose au désordre. »

« Tout cela est excessif », dit Levi ben Phinehas.

« Non », objecta Bethyra, « il est vrai qu'il y a du mécontentement, puisque nous n'avons pas osé poursuivre Jésus quand il est venu malmener les gens du bazar, de crainte qu'il n'y eût émeute. »

« Nous ne voulions pas de troubles dans l'enceinte du Temple et c'est tout », rétorqua Gedaliah.

« Vous ne vouliez pas d'émeute, dans le Temple ou ailleurs », repartit Nicodème.

« Tu as parlé d'un soulèvement prochain », intervint Annas, s'adressant à Nicodème, « mais tu sais que, dans la situation actuelle, il ne pourrait que mener à un bain de sang. »

« Son Eminence a raison », observa Nicodème d'un ton imperceptiblement persifleur, « mais si tout le monde partageait son avis, une émeute aurait déjà mis fin à toutes les émeutes et à tous les projets d'émeute. »

« Qu'est-ce que ça veut dire ? » demanda Annas.

« Que la répression romaine ne semble pas représenter une dissuasion pour tout le monde », répondit Nicodème.

« Il y a donc beaucoup de fous en Israël », dit Annas.

« Il y a beaucoup de désespérés », répondit Nicodème.

Bethyra hocha la tête.

« Et les désespérés suivaient donc Jésus ? » demanda Ezra.

« Lui ou un autre », dit Nicodème.

« Qu'est-ce que tu suggères ? » demanda Annas à Nicodème.

« Que nous affrontions la situation d'un point de vue pratique », dit Nicodème.

« Ça, c'est l'affaire des Romains », répondit Annas. « Notre autorité est religieuse. Nous ne pouvons que décider si ce Jésus est le Messie ou non et s'il contrevient à la Loi ou non. »

« Joseph était donc bien avisé de nous convoquer », observa Bethyra.

« Mais ce Jésus contrevient bien à la Loi, non ? » dit Ezra.

« Pas que nous sachions », dit Gedaliah.

546

« Mais toutes ces rumeurs sur le fait qu'il serait le Messie ? »

« On n'a jamais rapporté qu'il ait dit l'être. Au contraire, il semble s'en défendre. C'est un ancien Essénien, Jokanaan, qui a commencé à répandre cette fable. On l'a mis en prison, mais les rumeurs circulent toujours. »

« Qui les répand ? » demanda Bethyra.

« Le peuple, sans doute incité par les disciples de Jésus », répondit Gedaliah.

« Eh bien, faisons-les arrêter par la police du Temple. Cela, nous en avons l'autorité ! »

Gedaliah haussa les épaules et Bethyra sourit.

« Cela ne me paraît pas avisé », dit Annas. « De l'heure où nous arrêterions un disciple pour le juger, l'affaire s'enflerait encore. Et quelle sentence pourrions-nous prononcer contre cet homme ? Certainement pas la mort. Ni même la prison, parce que nous ne pouvons pas condamner un homme parce qu'il croit au Messie et qu'il croit que c'est Jésus. »

« Dans ce cas, il faudrait aussi mettre en prison des docteurs de la Loi », dit Joseph d'Arimathie.

« De toute façon, nous n'avons même plus le pouvoir de condamner quelqu'un à mort, du moins sans le consentement des Romains », observa Bethyra.

« Nous l'avons ! » repartit Ezra.

« Fiction ! » dit Bethyra. « Nous devons rendre des comptes. »

« C'est donc grâce à l'initiative de Joseph d'Arimathie que nous sommes informés d'une situation qui pourrait se résumer en peu de mots : nous sommes à la merci d'un agitateur galiléen ! » dit Ezra.

Annas s'agita sur son siège comme s'il essayait en vain de trouver une position confortable.

« Je suis heureux, si je puis ainsi dire, que vous vous rendiez compte de la situation », dit-il. Il s'éventa. « Personnellement, et avant de clore cette séance, je rejette la possibilité que Jésus soit investi de la Shekhinah et qu'il soit le Messie. En fait cet homme est un ennemi. Devons-nous voter sur ce point ? »

« Cette séance n'a pas été conçue comme étant officielle », dit Gedaliah. « Les scribes ne peuvent être convoqués sur l'heure. »

« Nous ne pouvons pas voter sur un cas qui n'est pas instruit », rappela Bethyra, « et cela, en dépit de l'opinion du grand prêtre. Nous n'avons même pas un rapport de police. Le Sanhédrin ne peut voter quand les chandelles sont éteintes. »

« De toute façon », dit Gedaliah, « Bethyra nous a exposé qu'il ne répond pas à l'annonce du Messie, du moins selon les prophètes. »

« Je n'ai pas dit, toutefois, que le Seigneur ne puisse avoir de desseins secrets », remarqua Bethyra.

« La question de Joseph demeure donc sans réponse ; nous ne savons pas si cet homme est ou non investi de la Shekhinah et s'il est ou non le Messie. Mais il pourrait l'être. »

« Pourrait-il être le Messie d'Israël sans être celui d'Aaron et inversement ? » demanda à Bethyra Joseph d'Arimathie.

« C'est possible et peu probable. »

« Et s'il l'était ? » s'écria soudain Annas avec fièvre. « Que devrions-nous faire ? Je vous prie de considérer ce que cela impliquerait : que j'aille à Jésus et que je lui remette le pouvoir suprême sur le Temple et sur les établissements religieux du pays. Et alors, croyez-vous qu'Hérode et Ponce Pilate assisteraient sans réagir à cette incroyable passation de pouvoir ? Que Rome, une fois informée, serait assez sotte pour ne pas comprendre que cela entraînerait la réunification de fait des cinq provinces sous l'autorité juive et la déchéance immédiate de tous les pouvoirs délégués par l'empereur aux ethnarques, tétrarques, proconsuls et autres ? Croyez-vous qu'il existe un enfant à l'âge de raison qui ne comprendrait pas que cela sonnerait la fin d'une province romaine ? En est-il un seul parmi vous qui ne comprenne que cela équivaudrait à une déclaration de guerre ? Que ce qui nous reste de l'héritage juif serait balayé en quelques jours par les légionnaires romains ? Que si, dans un moment de folie, j'allais en effet remettre mon siège à Jésus, je consommerais la fin d'Israël ? Est-ce réellement ce que proposent des hommes sages tels que vous ? Répondez-moi ! »

Annas était devenu tout rouge, mais il ne s'éventa pas. Les hommes mûrs, les vieillards chenus, les hommes instruits et ceux qui détenaient l'influence, alliés, sceptiques, ennemis d'Annas étaient frappés de stupeur. La cervelle d'Annas avait donc pesé depuis longtemps les éléments de la situation créée par Jésus et elle en avait tiré les conclusions avec une parfaite clarté. Même ceux qui l'abhorraient devaient s'incliner devant sa supériorité. Il était bien digne d'être le grand prêtre, le maître du Sanhédrin et du Temple, l'ordonnateur des destinées de son peuple.

« Son Eminence a raison », dit Nicodème, « elle a tout à fait raison. Et pourtant... »

« Pourtant quoi ? »

« Je ne peux m'empêcher de penser que tôt ou tard, en effet, il y aura un conflit. »

Joseph d'Arimathie regarda son collègue, d'un air accablé.

Bethyra réarrangea les plis de son manteau.

Ezra se passa la main sur le crâne.

« Tu as rencontré cet homme, Nicodème, oui, je sais que tu l'as rencontré. Le temps n'est plus aux reproches, ni aux blâmes. Quelle est ton opinion ? »

« Je ne peux dire s'il est investi de la Shekhinah, ni s'il est le Messie », répondit lentement Nicodème. « Tout ce que je peux dire c'est qu'une autorité mystérieuse émane de lui. Et je dois dire solennellement ici que, contrairement à ce que certains peuvent penser, il ne veut pas s'emparer du Sanhédrin. Il ne veut pas s'asseoir dans ton siège. Il y est même hostile. Il veut changer... tout ! »

« Qu'est-ce que c'est que tout ? » demanda Annas.

« Il veut, il me semble, il est possible que j'aie mal compris, il veut changer les gens de l'intérieur. Pardonnez-moi, mais je ne puis parler en son nom. Vous feriez mieux de lui demander vous-mêmes, tous ici, ce qu'il veut. Mais je sais que son élan est assez fort pour lui prêter la force de dix mille béliers le jour où il se heurtera à un mur. »

« Offrons-lui un poste au Temple », suggéra un docteur qui n'avait pas encore pris la parole, Yoazar, « par exemple, la réorganisation du bazar. »

« C'est ça, faisons entrer le renard dans le poulailler », dit Gedaliah.

« De toute façon, il n'acceptera pas un poste au Temple », dit Nicodème.

« C'est inévitable », murmura Annas, mais tout le monde l'entendit, « il faut nous débarrasser de lui aussitôt que possible. Si nous ne le faisons pas, nous serons dans de grosses difficultés. »

Joseph d'Arimathie eut un sursaut.

« Suggères-tu que nous le fassions tuer ? » demanda-t-il.

« Non, il nous faut le juger publiquement et détruire son autorité. Il nous faut l'arrêter et le juger. »

« Nous n'aurons peut-être pas tous la même opinion quand nous siégerons en cour », dit tranquillement Levi ben Phinehas.

« Il y a ici assez d'hommes responsables pour savoir ce qu'il faut faire pour sauver le Temple et Israël », dit Annas. Puis se levant soudain, sa silhouette efflanquée dominant les hommes sur les estrades, il cria avec véhémence : « Es-tu avec nous, Yohanan ? Oui ! Es-tu avec nous, Ananias ? Oui ! Es-tu avec nous aussi, Yoazar ? Oui ! Et toi, Ezra ? Oui ! Et toi, Ishmaël, oui, tu es avec nous ! Et toi, Simon ? Non, tu ne l'es pas. Mais toi, Gamaliel ? Oui ! Toi aussi, Shaül ! Et toi, Levi ben Hananiah ? Oui... »

Quand il eut fini l'appel, il fut clair qu'il avait réuni

une majorité absolue. Seuls six hommes n'étaient pas disposés à condamner Jésus. Il se rassit, serrant les lèvres.

Joseph d'Arimathie hocha la tête. Il la hochait toujours en sortant.

« Nous pourrions quand même nous retrouver jugeant le Messie quand viendra cette sinistre audience », murmura-t-il. Il se sentait encore plus mal en sortant que lorsqu'il était entré au Sanhédrin. Un marchand syrien achetait un bélier au bazar ; il le paya avec des pièces d'argent ; une pièce lui échappa et roula sur le dallage jusqu'aux pieds de Joseph. Le soleil brillait, la pièce aussi. Le marchand et le Syrien attendaient qu'il se penchât et la leur rendît. Mais Joseph lui donna un coup de sandale. La pièce roula dans les pieds des visiteurs. Joseph descendit les marches de la porte des Offrandes, plein de colère, de honte, de peur et d'amertume. Quelqu'un cria derrière lui, mais il ne tourna pas la tête. Puis des pas précipités s'approchèrent de lui et le visage convulsé de Nicodème apparut près du sien.

Les deux hommes firent chemin en silence.

« Même la prière ne me calmerait pas », murmura enfin Nicodème.

« Qui a envie de prier ? » rétorqua Joseph.

XVII

FASCINATION

Hérode regagna la citadelle de Machaerus à la quatrième heure du jour, avant les grandes chaleurs, faucon au poing. Il gravit la route en lacet qui menait au portail, suivi de son escorte, le gibier de la matinée, en fait quelques lièvres, pendant à la selle de son premier intendant. Il goûta la fraîcheur de la cour intérieure où grelottait un jet d'eau, dessella, tendit le faucon à l'intendant qui le tendit au maître de chasse, et prit place sur la plate-forme de l'ascenseur qui menait au donjon. De grands ingénieurs, ces Romains, songea-t-il. Les esclaves s'attelèrent à la manivelle, les cordes grincèrent sur les poulies et la plate-forme s'éleva lentement, oscillant légèrement dans la cheminée qui menait à la terrasse, un peu moins de cent coudées plus haut. Il jeta un coup d'œil alentour sur le paysage aplati par le soleil et entra dans le donjon. Les gardes s'affairèrent, des cris brefs retentirent, Son Excellence était là, les courtisans apparurent, Manassah et Joshuah. Hérode ne retint que le premier et alla s'affaler sur un divan. Il jeta un regard ému sur un large bol de céramique de couleur turquoise garni de renoncules, de liserons et d'étoiles de Bethléem. Le contraste des jaunes, des mauves et des rouges avec le bleu vif du bol fit presque naître un sourire sur ses lèvres cendrées par la sécheresse. Exquise attention de Joshuah, qui avait fait venir ces fleurs de Jérusalem. Il darda ses yeux ronds, cernés, bouffis, vers le visage carré, faussement nonchalant de Manassah, assis près de lui sur un tabouret et caressant la barbe noire, artistement ciselée, qui décorait ses joues bleues.

« Comment va-t-il ? » demanda-t-il, articulant à peine.

« Le même. Ne mange pas beaucoup, sinon du pain et de l'eau. »

« Qu'on m'apporte du vin coupé ! Est-ce qu'il sait quelque chose ? Du calme avec les cithares, là-bas ! »

Les musiciens assagirent leur jeu. La célébration de l'anniversaire de la mort d'Hérode le Grand, père de leur prince actuel, le tétrarque ne commencerait que le lendemain ; ils feraient mieux de répéter avec plus de réserve.

« J'ai demandé est-ce qu'il sait quelque chose ? »
Manassah haussa les sourcils.

« Que saurait-il donc ? »

« Qu'il pourrait être exécuté demain, quoi d'autre ? »

« Mais va-t-il vraiment être exécuté ? » demanda Manassah.

« Fils de singe ! » dit Hérode. « Prétendrais-tu que les espions que tu paies sur ta solde dans les appartements de ma femme ne t'ont rien dit ? »

« Ah ça ! » répondit Manassah. « On sait bien que le désir de la reine est que le prisonnier soit mis à mort. Mais la reine n'est pas le roi. »

Cette manie servile de Manassah d'appeler Hérode un roi et Hérodiade une reine !

« La tétrarquesse avait raison depuis le début », dit Hérode. « Ce Jokanaan aurait fini par déclencher des émeutes si je l'avais laissé en liberté. »

« C'est aussi sûr que je suis béni de te voir », dit Manassah.

« J'aimerais parier que tu es béni », repartit Hérode. « Bref, cet anachorète n'arrêtait pas de clamer que mon mariage est illégal. »

« Misérable idiot ! » s'écria Manassah. « Imbécile blasphémateur ! »

Des danseuses commencèrent à marquer le rythme de leurs pieds nus sur le sol de marbre jaune. De très jeunes filles vêtues de gaze brodée de soie. Soixante aunes de cette gaze avaient été payées leur pesant d'or à des marchands syriens, mais le plaisir de deviner au travers...

« Et pourtant il pourrait bien être un prophète », murmura Hérode, comme s'il se parlait à lui-même.

« Il n'y a plus de prophètes », dit Manassah.

« Qu'en sais-tu ? » demanda Hérode. « Qu'en saurais-tu ? »

« Les Juifs ne sont plus ce qu'ils étaient », répondit Manassah. « Ils ont vu trop de Romains et trop de Grecs et trop de Syriens. »

Deux danseuses vinrent déployer leurs charmes devant le tétrarque, la pointe des seins rougie à la cochenille, les paumes des mains et les plantes des pieds dorés au henné, pas un poil sur les peaux finement huilées.

« Peut-être que tu parles pour toi », dit Hérode d'un ton moqueur, croquant des amandes sèches.

« Je suis bien juif, je devrais donc savoir », répondit Manassah. « A propos du prisonnier, je ne vois pas pourquoi on devrait le mettre à mort, maintenant qu'il ne vitupère plus qu'en présence des gardes. L'autre est plus dangereux. »

« Quel autre ? » demanda Hérode en fronçant les sourcils.

« Son acolyte, Jésus de Galilée. »

« Du calme, les cithares, j'ai dit ! » cria Hérode et, derechef, les musiciens qui s'étaient enhardis mirent la sourdine. « Que sais-tu de Jésus ? »

« C'est lui qui est maintenant capable de déclencher une émeute. »

« Si tu parles pour le compte de quelqu'un fût-ce ma femme, prends garde à ta langue, Manassah », prévint Hérode. « Dis ce que tu penses et rien d'autre, si tant est que tu penses. »

« Je dis ce que je pense », répondit Manassah. « Ce Jésus est le complice de Jokanaan. Ils étaient tous deux disciples des Esséniens, il y a plusieurs années. Puis Jésus est parti en voyage et quand il est revenu, Jokanaan a annoncé à cor et à cri que Jésus était le Messie. »

« Où est la menace d'émeutes dans tout cela ? » demanda Hérode, d'un air toujours soupçonneux. « Les Juifs attendent un Messie, on le sait, que ce soit Jésus ou n'importe qui d'autre. »

« Vraiment ? » répliqua Manassah. « Un Messie est un grand prêtre et un roi, je me suis renseigné. Que serais-tu donc si Jésus était proclamé roi des Juifs ? »

« Il ne le sera pas », trancha Hérode. « Les prêtres ne le permettraient pas, ces damnés hypocrites. »

Manassah haussa les épaules.

« Encore un haussement d'épaules et je t'envoie rejoindre Jokanaan ! » cria Hérode. « Pourquoi hausses-tu les épaules, cochon ? »

« Parce que les prêtres eux-mêmes s'inquiètent de Jésus. Ils ne savent que faire à son sujet. Lui et ses disciples vont chassant les rabbins de leurs synagogues en clamant que le temps est venu où le Messie se révélera dans la gloire du Tout-Puissant, quoi que cela veuille dire. Jésus est même allé au bazar du Temple à Jérusalem, il y a quelques mois, et il a battu les marchands et quelques fils de prêtres sans être inquiété par la police. »

« Alors les prêtres sont dans l'impasse, hein ? » dit Hérode avec un sourire de travers. « Annas aussi, ce vieux furet ? »

« Annas aussi », répondit Manassah en se servant de l'hydromel.

« Tu es sûr que tu n'es pas le messager des prêtres ? » demanda Hérode. « Tu vois trop de Pharisiens. »

« Je pêche les informations et je te les donne. »

La ruse fit place au souci sur le masque d'Hérode. Les lèvres se pincèrent, le nez aussi sembla se pincer. Le visage glabre parut plus bouffi. Le tétrarque se gratta les aisselles et s'agita.

« Tout cela semble signifier que quelque chose d'inéluctable mijote », finit-il par murmurer.

« Pourquoi inéluctable ? » demanda Manassah. « Arrête Jésus et l'affaire sera réglée. »

« Arrêter Jésus ? Sous quel prétexte ? Les disciples de Jokanaan répandent déjà le mécontentement à travers le pays et au lieu d'avoir affaire à un seul imprécateur, j'en ai vingt ! Après nous aurons affaire aux disciples de Jésus et là nous sommes sûrs que nous l'aurons, notre émeute ! Surtout si les Juifs croient que celui-là est le Messie », dit Hérode en se levant. « Pourquoi ne pas arrêter Annas, pendant que

tu y es ! Allons jeter un coup d'œil sur le prisonnier »,
dit-il en lissant les plis de sa robe.

« Il te fascine », dit Manassah en se levant aussi.

« Certainement plus que tu ne me fascines. »

« Voilà la récompense du respect et de la fidélité »,
dit plaisamment Manassah.

« Toi, tu n'es pas un prophète, tu es un singe. Les
singes ne sont pas fascinants. »

Hérode traversa la cour intérieure du donjon et se
dirigea vers une haute porte de bois armé. Les gardes
ouvrirent et Hérode descendit quelques marches,
suivi de Manassah. Ils parvinrent dans une loge où
deux gardes jouaient aux dés. Les gardes se levèrent
précipitamment et ouvrirent une trappe de bois sur
l'ordre du tétrarque. Celui-ci se pencha et essaya de
percer la pénombre au-dessous. Ce ne fut qu'au bout
de quelques instants qu'il reconstruisit une forme
humaine, en commençant par une omoplate qui luisait doucement, puis une cuisse nue. Jokanaan était
assis les jambes croisées sous lui, regardant par l'une
des meurtrières. Au loin s'étendait le pays où il avait
été enfant et où il s'était lentement éveillé à la
lumière de son Créateur, cette lumière qui n'a pas de
crépuscule. Il était immobile.

« Dort-il ? » chuchota Hérode à l'adresse d'un
garde qui regardait par-dessus l'épaule de son maître
ce spectacle qui lui était devenu familier depuis
dix mois que le prisonnier était là.

« Je ne dors pas, Hérode ! » clama la voix de Jokanaan, sonore et menaçante, sans que pourtant le prisonnier eût tourné la tête pour identifier le visiteur
princier. « Les témoins du Seigneur ne dorment
jamais, ni l'âme qui s'est consacrée à Lui, même
quand ses paupières tombent sur les turpitudes de
ce monde. »

Le tétrarque se redressa soudain, comme s'il avait
été piqué.

« Ta langue non plus ne s'est pas endormie,
hein ? » répliqua Hérode.

556

« Même quand tu l'auras fait couper, ô Hérode, tu entendras clairement ma voix ! » dit Jokanaan sans tourner son visage vers son interlocuteur. « Il y a longtemps que ni ma langue ni ma voix ne m'appartiennent plus, elles sont les servantes du Seigneur et les mots qu'elles prononcent ne sont pas les miens. Quand je me serai tu et que cette cellule sera vide, le donjon que ton crâne est devenu résonnera des mots du Seigneur, jusqu'aux profondeurs de cet antre d'iniquité que ton corps est devenu ! Repens-toi, Hérode, et c'est alors seulement que tu jouiras de la paix du Seigneur ! »

« Chien insolent, enragé, hurleur de lune ! » cria Manassah. « C'est toi qui es promis à la paix du Seigneur et bien plus tôt que tu ne penses ! »

« Seuls les fous parleraient à une puce », répondit Jokanaan. « Je ne te connais pas, fils de l'homme, mais je devine que tu es une puce d'Hérode. »

Hérode gloussa et Manassah blêmit.

« C'est à Hérode que je parle, parce que je connais ses péchés, et je lui dis : Hérode, ton lit est celui d'un usurpateur et la femme qui s'y trouve doit être renvoyée à son mari », dit Jokanaan.

Hérode entendit des pas derrière lui et se tourna. Mais au parfum d'ambre, il avait reconnu sa femme dans la forme sombre qui se tenait derrière lui et que suivait celle de sa nourrice. Les yeux des deux femmes étincelaient de tant de fureur qu'Hérode en demeura un instant interdit.

« Je t'ai entendu ! » cria Hérodiade en se penchant sur la grille. « Je t'ai entendu, nid de vermine ! Un seul regard à mon pied, hypocrite, et l'on éplucherait ta fausse vertu ! Tel un serpent écorché, tu te tordrais ! Qui crois-tu être pour calomnier un prince respecté par tous les prêtres ? Aurais-tu fondé une religion à toi seul ? Dans ce cas, tu es un renégat et devrais être mis à mort ! »

Les échos de la fureur d'Hérodiade se répercutèrent de mur en mur, puis se fondirent dans les pierres. Un silence suivit. Il eût semblé que Jokanaan était devenu muet.

Mais au bout d'un moment, sa voix s'éleva de nouveau, claire et puissante.

« Je ne vaux pas plus que la sauterelle dans le désert, femme. Même sa vie ne prend fin que lorsque le Seigneur en a décidé, et ainsi en sera-t-il de la mienne. Ma voix ne m'appartient pas et les mots qui te tourmentent ne sont que transmis par elle ; ce sont ceux du Seigneur. Hâte-toi d'en prendre acte, femme de Philippe, car la fin est proche ! N'as-tu donc pas d'oreilles ? N'entends-tu pas ce grondement qui ne cesse ni jour ni nuit et qui grossit ? Il est causé par les pas de l'élu du Seigneur, femme, il est causé par l'avènement du Messie ! Quand il se révèlera dans la gloire du Seigneur, le temps s'arrêtera. Et toi comme toutes les créatures, Hérodiade, tu seras pesée, et je te le dis, la honte de tes reins pèsera si lourd que le plateau de la balance se renversera et que tu basculeras dans les ténèbres éternelles de la matière ! »

Les gardes firent des yeux ronds ; leurs mines sarcastiques se changèrent en masques de peur. Hérode et Manassah le perçurent et furent effrayés autant par l'effet des mots du prisonnier sur les soldats que par les menaces dont ils étaient lourds. Le visage de la nourrice s'était plombé, celui d'Hérodiade était crayeux sous les fards.

« Insane gyrovague ! » cria Hérodiade, la salive lui coulant aux commissures. « Pet de démon ! Quel Messie ? Dis-moi, quel Messie ? Pourquoi ton Messie ne fait-il pas un prodige et ne te libère-t-il pas ? Pourquoi n'accourt-il pas à la tête d'une légion d'anges ou de sinistres esprits qu'il commande et ne vient-il pas t'emporter hors de ta prison ? Peux-tu me dire ? Moi je le peux : c'est parce qu'il n'existe pas ! Je sais qui est l'homme que tu appelles un Messie, Jokanaan, c'est ce nécromancien appelé Jésus, ce magicien pouilleux qui a été chassé avec toi de chez les Esséniens ! » cria Hérodiade, éclatant d'un rire frénétique. « Tu appelles cela un Messie, l'homme qui serait le futur roi d'Israël ? La faim a racorni ton cerveau, Jokanaan ! Elle l'a réduit à la dimension des cervelles de ces sauterelles dont tu es si friand ! Vous êtes tous deux des magiciens affamés et déchus ! Crois-tu que j'ignore ce que tu fais en prison, Jokanaan ? Crois-tu que j'ignore les tours auxquels tu te livres pour étonner les gardes ? Voler la nuit ! Hahahaha ! » Elle éclata encore de rire. « Comme une pipistrelle ! »

« Femme... » commença Hérode.

« Laisse-moi parler, Hérode ! » commanda-t-elle avec une soudaine autorité. « Il y a des dizaines de milliers de gens en Israël, et il y a aussi la puissance de Rome. Et ce misérable paquet d'os là-dessous ose t'insulter, toi, le tétrarque, et moi, ta femme et une princesse ? Et il prétend que le monde touche à sa fin ? C'est à ta propre fin que tu touches, Jokanaan ! Et on le tient en vie pour qu'il empoisonne les oreilles de ceux qui écoutent ses ruminations ? »

La voix de Jokanaan monta de sa cave.

« Il est toujours temps de te repentir, femme de Philippe. Retourne au mari que tu as quitté par attrait de la puissance. Quand le temps viendra, ta couronne sera plus lourde qu'une montagne. Tu seras nue devant toutes les générations au jour du Jugement, et tu tiendras ton ventre ballonné par des démons dont nulle couche ne te soulagera ! Retourne à Philippe, Hérodiade ! »

Hérodiade poussa un hurlement si long, tellement animal, qu'Hérode en eut la chair de poule. Dans un geste d'une force inattendue, elle déchira le manteau qu'elle portait et cria : « Cet homme doit mourir ! Je veux que cet homme meure tout de suite ! Et prends garde à mes mots ! »

La nourrice s'empressa de couvrir sa maîtresse de son propre manteau et l'entraîna hors du donjon. La face d'Hérode ruisselait de sueur. Manassah tremblait ; ils sortirent en titubant, tandis que les gardes marmonnaient.

Même en haut, dans la salle, les musiciens avaient entendu le cri d'Hérodiade ; la musique avait cessé.

Dans sa cellule, Jokanaan n'avait pas bougé.

« Seigneur », murmura-t-il, « mon heure est donc venue. Mais la Tienne ? Dis-le-moi, est-elle venue ? Le Messie est-il proche ? Jésus est-il bien le Messie ? Je Te l'ai demandé si souvent ! Pourquoi festoie-t-il avec les riches ? Pourquoi fréquente-t-il des femmes ? J'ai envoyé mes messagers pour le lui demander et ils ne sont pas revenus ! Et je mourrai dans quelques heures ! »

Accroupi comme il l'était, il commença à osciller d'avant en arrière, lentement, avec une régularité presque ménanique, comme les gardes l'avaient vu le faire si souvent durant les dix mois de sa captivité. Ils l'observaient d'en haut, plus terrifiés que jamais.

« Le voilà qui recommence ! » s'écria un garde, la gorge serrée. « Jokanaan, ne le fais pas ! Pas aujourd'hui ! »

Mais il n'écoutait pas, il n'entendait plus. Ils restaient penchés sur la grille, englués dans une fascination horrifiée. Le temps passa, Jokanaan oscillait toujours.

« Regarde, il flotte, maintenant ! »

Les ombres du midi avaient changé dans la cellule. Le lumière de la lampe à huile qui brûlait sur le sol s'étendit comme une flaque d'or au-dessous du corps de l'ascète, projetant son ombre suspendue sur le mur opposé.

« Il n'a jamais flotté si haut ! »

Ses jambes s'étaient dépliées, mais il gardait les mains jointes et serrées. Puis son corps se déroula complètement tandis qu'il s'élevait, les jambes pendant doucement, comme s'il flottait dans de l'eau.

« Au nom du Seigneur ! » murmura un garde. « Comment fait-il cela ? Ce doit être en vérité un saint homme ! Je te le dis, Saül, ils vont tuer un prophète ! »

« Tais-toi ! »

« Jokanaan ! »

Il s'éleva encore plus et son corps prit une position presque horizontale ; il flottait sur le dos, les yeux enfoncés dans une tête qui n'était plus qu'un crâne avec une peau mince tendue dessus et de longs cheveux qui s'étaient dénoués et qui pendaient. Le garde appelé Saül se mit à plat ventre pour mieux observer le prodige à travers les barreaux de la grille. Jokanaan montait vers lui. La lumière de la loge des gardes tomba sur son torse nu, polissant la peau sur les côtes saillantes, les clavicules et la gorge décharnées... Puis le visage arriva à la grille dans le lent balancement de la lévitation. Sa mâchoire inférieure pendait, sa bouche n'était qu'un trou noir entouré de lèvres blanches, les yeux clos à peine visibles au fond des orbites, presque un cadavre qui dansait dans la pénombre. Un garde poussa un cri et s'enfuit à l'extérieur, puis commença à trembler et à pleurer quand il fut sur la terrasse. L'autre garde le suivit, titubant et hagard. Les sentinelles sur la terrasse s'avisèrent du désarroi de leurs camarades et coururent dans la loge, mais dès qu'elles aperçurent la face de Jokanaan au-dessous de la grille, elles s'arrêtèrent, saisies. Puis elles ressortirent, agitant les bras de façon erratique. Le capitaine des gardes arriva en courant et, multipliant les ordres, secoua ses hommes, sans pourtant obtenir d'autres réponses que des balbutiements d'idiots ou des signes de la main vers la loge ; il y alla et resta un long moment à observer le corps qui flottait là-dessous, un homme noyé dans le néant. Puis il prit un pichet d'eau et en versa le contenu sur Jokanaan. Le prisonnier ouvrit les yeux, mais sans descendre. Son regard se fixa sur le capitaine ; celui-ci observait l'eau qui coulait sur la peau hâlée et qui crépitait sur le sol, à sept ou huit coudées au-dessous. Il dévisagea Jokanaan et ses cheveux blanchirent.

« Que Dieu soit avec nous ! » murmura le vétéran.

Des gardes s'étaient agenouillés à la porte et priaient.

Manassah et Joshuah, alertés, vinrent à leur tour observer le phénomène. Joshuah sortit vomir. Manassah fut sur-le-champ baigné d'une sueur profuse.

C'était donc la veille de l'anniversaire de la mort d'Hérode le Grand. A la première heure de l'après-midi, Jokanaan était redescendu. Il dormit jusqu'au soir.

Dans le froid bleu de l'aube suivante, deux messagers rampèrent sur la terrasse. Les sentinelles les reconnurent et hochèrent discrètement la tête, reconnaissant deux disciples de Jokanaan ; et les disciples, alarmés de ce que les sentinelles ne vinssent pas prendre l'argent qui leur était destiné, comme convenu, craignirent le pire ; ils coururent vers la loge des gardes, qui les laissèrent entrer sans difficulté, et regardèrent à travers la grille. Jokanaan était accroupi, comme à l'accoutumée, faisant face aux premières lueurs de l'aube, qui franchissaient la meurtrière en face de lui. Il leva la tête.

« C'est ma dernière aube », dit-il. « Avez-vous vu Jésus ? »

« Nous l'avons vu. Nous lui avons demandé, comme tu nous en avais instruit : "Es-tu celui qui doit venir, ou bien devons-nous en attendre un autre ?" Et il a répondu : "Allez rapporter à Jokanaan ce que vous voyez et ce que vous entendez : les aveugles recouvrent la vue, les infirmes marchent, les lépreux sont purifiés, les sourds entendent, les morts reviennent à la vie, les pauvres entendent la bonne nouvelle — heureux celui pour qui je ne suis pas la pierre d'achoppement." Nous avons vu et entendu ce qu'il a dit, mais... »

« Mais quoi ? »

« Il est entouré des mêmes gens, maître. Est-il vraiment celui-là ? »

« Il n'y a plus que lui, maintenant », dit Jokanaan. « Je serai parti dans quelques heures. »

« Pourquoi ne pouvons-nous pas te libérer ? Nous avons assez d'argent pour les gardes. Pourquoi ne vient-il pas te délivrer ? »

« Comme je l'ai déjà dit, je ne suis pas le Messie. Tandis qu'il grandit, je dois diminuer. »

Les disciples pleurèrent.

« Allez », dit Jokanaan, « Jésus est votre maître maintenant. »

Ils partirent pendant la relève de la garde. Les arrivants les reconnurent et hochèrent la tête. Le soleil se leva et commença à repeindre le monde.

Midi flamba et les musiciens reprirent leurs décorations sonores. Le son des cithares et des cistres, des flûtes et des triangles dévala les flancs brûlants de Machaerus et rebondit sur les rochers vers les monts de Moab et les rives de l'Arnon, éveillant des échos discordants.

Le soleil se coucha et la garde changea une fois de plus. Le vin commença à couler dans la forteresse, au réfectoire de la soldatesque, dans les petits appartements des courtisans et dans la salle de séjour d'Hérode. Les danseuses nubiles rafraîchirent une fois de plus leurs pieds tendres sur les marbres et les mosaïques, autour des trônes d'Hérode et d'Hérodiade, juchés sur une estrade. Le tétrarque entra, suivi par Manassah et Joshuah et quelques courtisans de moindre rang ; puis Hérodiade apparut, son masque d'ivoire peint sommant un manteau de pourpre brodée d'or et de perles, sa chevelure scintillant dans un réseau de chaînettes d'or ponctuées de grenats et de perles, suivie de sa nourrice comme la beauté est suivie de la mort. Le couple s'installa, les courtisans se disposèrent autour d'eux et les esclaves munis d'éventails achevèrent de composer le tableau. Les quelques douzaines de notables de province et de Hiérosolymitains de haut rang (qui avaient fait le voyage exprès) se partagèrent en deux groupes de part et d'autre, autour des deux prêtres délégués par le Sanhédrin.

Un chambellan annonça la journée mémorable. Un poète vint réciter en grec des vers sur l'union des grâces célestes et de la puissance terrestre qu'avait illustrées le potentat disparu et célébra l'incarnation du génie d'Israël dans l'homme qui avait reconstruit le Temple de Salomon. Un autre déclama en hébreu un parallèle entre Hérode et Salomon, louant le ciel que la féconde famille du Grand Reconstructeur permît aux descendants des Douze Tribus de jouir du soleil héréditaire de la sagesse.

Le premier délégué du grand prêtre présenta au tétrarque les vœux de prospérité d'Annas et du Sanhédrin. Le second présenta au couple princier les vœux de bonheur et de longue vie des sièges religieux de la tétrarchie.

Un coup de cymbales salua la fin des discours. Les courtisans s'empressèrent pour baiser les mains des princes. On servit à boire.

Un deuxième coup de cymbales annonça le début du spectacle. La musique ondula et les danseuses firent leur apparition, puis se disposèrent en deux rangs. Une danseuse entra, enveloppée de la tête aux pieds dans une gaze de soie comme Hérode n'en avait jamais vu. Tissu à la fois irisé et liquide, qui tantôt adhérait aux formes sveltes et tantôt s'en écartait comme s'il en était l'émanation. Les pieds chaussés dans des sandales d'or glissaient lentement sur le sol au son soutenu des flûtes, les bras à peine écartés du corps faisant frémir le voile miraculeux d'une vibration continue. Soudain, la danseuse s'immobilisa et leva les bras, révélant sa poitrine naissante, puis elle pirouetta et se changea en une flamme froide.

Les représentants du Sanhédrin écarquillèrent les yeux, puis froncèrent les sourcils.

La danseuse inconnue reprit ses lentes ondulations, tournant lentement sur elle-même et relevant progressivement le voile qui tantôt la masquait, tantôt la moulait. D'abord ses mollets apparurent, puis ses jambes tout entières, puis ses reins, puis elle virevolta et le voile se changea en un cercle chatoyant, révélant tout son torse pendant un fragment d'instant. Hérode retint une exclamation. La danseuse, dont on pouvait maintenant induire qu'elle comptait treize ou quatorze ans, avait les seins nus et son seul vêtement sous le voile était une bande étroite de soie brodée et frangée autour des reins.

Les membres du Sanhédrin toussèrent.

Les autres danseuses étaient sans doute tout aussi séduisantes, mais celle-ci ajoutait à l'ambiguïté acide et déjà fruitée de sa jeunesse une royale assurance. Elle n'était pas seulement une danseuse, mais déjà une femme sûre de son pouvoir.

Hérode ressentit le désir comme une crise cardiaque. Ce n'était pas là un des oiseaux de passage qu'il appeautait dans sa chambre, mais un oiseau de proie. Il eût fallu bien plus que son prestige pour la séduire, ou ses richesses ; il eût fallu être ce qu'il n'était plus.

L'œil de la nourrice étincela. Le masque d'Hérodiade devint dur comme la pierre.

Mais personne n'avait encore vu le visage de cette tentation.

« Qui est-elle ? » souffla Hérode à Manassah.

Mais le courtisan n'en savait rien.

Une fois de plus, le voile tournoya et, de son bras dressé, la danseuse le leva de plus en plus haut, jusqu'à ce que son visage fût révélé. Hérode eut mille ans. C'était Salomé, la fille d'Hérodiade et de Philippe, bref, sa nièce. Il avait reconnu les traits à la fois nouveaux et familiers, le nez qui bientôt se recourberait avec défi sur des narines subtilement écartées, la bouche hautaine ancrée dans l'ombre énigmatique des commissures, et les yeux en amande dont la froideur prétendait en vain démentir la ruse déjà peinte sur le visage. C'était l'Hérodiade d'antan, avant que l'appât du pouvoir, que le falot Philippe n'avait pas su apprivoiser, l'eût attirée, comme disait Jokanaan, dans ses draps ourlés de pourpre, Hérodiade avant que son éclat nacré ne se fût éteint dans les opacités de l'albâtre, ne laissant que çà et là des fragments translucides à travers lesquels brillaient les derniers rayons de la jeunesse.

« Ah ! » soupira simplement Hérode, partagé entre le désir et la brutale conscience de l'intrigue à la fois naïve et complexe d'Hérodiade, Hérodiade qui projetait devant lui l'image de sa propre jeunesse, justifiant ainsi sa trahison ! Hérodiade qui fouettait les esprits animaux d'Hérode, pour le ramener à lui, car Salomé était inaccessible.

Mais l'était-elle ?

Et si seulement Jokanaan pouvait voir danser Salomé ! Alors il comprendrait ! Peut-être, la confusion se glissant alors en lui avec le souffle de la concupiscence, l'ascète renoncerait-il à ses insultes. Hérode ne devrait plus le mettre à mort et Hérodiade serait captive de ses propres filets ! Il sourit de plaisir à la machination qu'il venait de concevoir et se tourna vers Hérodiade qui lui rendit son sourire avec une prétention de complicité amoureuse tellement outrée qu'elle en fut grotesque. Hérode gloussa.

« Va chercher Jokanaan tout de suite ! » ordonnat-il à Manassah.

Le courtisan regarda son maître un instant, sourit et courut.

« Tant d'astuce en vain, Hérodiade ! » songea Hérode. « C'est Salomé que je désire ! » Puis il se renfrogna en songeant aux imprécations renouvelées de Jokanaan si l'ascète soupçonnait jamais que le tétrarque projetait d'ajouter l'inceste à l'inceste. En fait, si son projet échouait, Hérode devrait faire exécuter rapidement Jokanaan. Maintenant, Salomé lançait des regards à Hérode, comme on le lui avait sûrement enjoint. Et penser qu'il y avait deux ans, la dernière fois qu'il l'avait vue, ce n'était qu'une petite vaurienne, quémandeuse de brimborions d'or ! Il cligna des yeux, feignant l'impassibilité, laissant le regard couler sur les cuisses de bronze pâle et s'attarder sur le pli que le triangle brodé faisait dans son ventre, au nombril qui ressemblait à une image corrigée de ce qu'elle cachait sous ce triangle, aux demi-grenades de ses seins sur lesquels se balançait un collier de perles...

Manassah revint. Il était suivi de Jokanaan et de deux gardes, et Hérode reprit le contrôle de ses pensées.

Les représentants du Sanhédrin ouvrirent la bouche et parurent éprouver toutes les peines du monde à la refermer. Une rumeur monta de l'assemblée et Salomé s'arrêta, incapable, elle aussi, de dissimuler son étonnement. Le tétrarque se retourna, souriant encore, et rencontra le regard hagard d'Hérodiade, tandis qu'elle serrait la main de sa nourrice.

« Danse, Salomé ! » ordonna Hérode.

Mais elle ne lui répondait pas, elle contemplait l'homme échevelé que l'on avait tiré de sa prison de dix mois pour le jeter dans une scène de réjouissance, chargée de parfums et d'épices, dans les sons d'une musique langoureuse, devant une jeune chair nue. Elle examina pensivement les membres minces, puis le visage de Jokamaan, architecture désormais ruinée par l'amour autodestructeur de Dieu et le farouche refus de la Création, paradoxe à la fois aussi lourd et fragile que ces rochers du désert qui tiennent sur des aiguilles de pierre. Elle regarda la bouche, où toute la vie et tout le sang de l'ascète semblaient s'être réfugiés, les lèvres pleines et délicatement ciselées, qu'avait rougies sous la moustache le brusque effort d'une marche à l'air libre, elle regarda sans réserve les pointes sombres des seins sur le torse émacié et lisse, esquissa un geste vers une épaule de l'ascète et frissonna. Jokanaan la regardait aussi.

« Danse, Salomé ! » ordonna de nouveau Hérode, pressentant qu'un accident contrariait son projet.

Elle se tourna, le visage triste, vers celui qui était à la fois son oncle et son beau-père. Et Hérode comprit, atterré, ce qu'elle pensait. Elle avait découvert l'homme dont la tête était en jeu et, non ! songea Hérode à l'agonie, non ! elle était éprise de lui ! Un bruit derrière lui fit tourner la tête au tétrarque. C'était Hérodiade qui s'était levée, laide d'anxiété.

« Danse, Salomé ! » ordonna son entremetteuse de mère.

La jeune fille oscilla dans l'incertitude. Puis, tournant le dos au potentat, elle dansa pour Jokanaan. C'était à présent pour lui qu'elle déployait sa séduction, les velours et les soies de son corps, pour cet ascète puant en jupe de peau de chameau qui la considérait d'un air incrédule. Hérodiade fit un pas pour descendre de l'estrade, mais Hérode l'immobilisa d'un ordre rauque. Leurs plans à tous deux avaient échoué.

Comme s'ils avaient saisi la situation, les musiciens avaient accentué leur accompagnement. Le commentaire de la flûte n'était plus de la musique, mais un pinceau qui suivait les courbes du corps de Salomé. Deux tambourins sur le rythme syrien de la mesure et demie matérialisaient l'anxiété des spectateurs, avec la complicité des cymbales, dont l'airain retentissait chaque fois que la danseuse levait les bras, et des tambourins qui prolongeaient l'éclat des cymbales par des secousses éréthiques que doublaient les crécelles. Tantôt se déroulant en volutes voluptueuses, tantôt déviant son discours indiscret dans de soudaines anacoluthes, la musique s'était changée en chœur qui commentait l'action pour les spectateurs. Et elle stimulait Salomé, qui arquait son corps en postures presque acrobatiques et levait ses jambes bien plus haut qu'elle ne l'avait fait pour

Hérode. Elle feignit aussi l'extase avec bien plus d'intensité qu'elle n'y avait daigné pour Hérode. Le mensonge révélait à tous l'évidence : elle était fascinée par Jokanaan. Elle avait à son insu dansé pour sa tête et, maintenant, elle dansait pour son corps tout entier.

Et même Jokanaan était fasciné. Il tremblait. Il fixait Salomé, la bouche entrouverte, les yeux mouillés, il regardait la vie qui dansait pour la mort. Il poussa un long hurlement jusqu'à ce que sa voix se cassât. La musique s'arrêta. Salomé cessa de danser et l'audience retint son souffle.

Salomé alla vers lui et murmura des mots que personne ne saisit sauf Jokanaan. Et personne d'autre que Salomé n'entendit la réponse. Elle lui fit face, figée. Hérode se leva à moitié.

Les représentants du Sanhédrin étaient défigurés par l'horreur du scandale.

« Manassah ! » ordonna Hérode, d'une voix étranglée. « Qu'on fasse décapiter cet homme sur-le-champ ! »

On traîna Jokanaan sur la terrasse. Quelques instants plus tard, sa tête roula.

La première qui vint l'examiner fut Salomé. Elle resta un long moment, dévisageant à la lueur des torches le visage du premier homme qu'elle eût aimé.

XVIII

LA TEMPÊTE

Leurs voix bourdonnaient à l'aube comme dans une litanie étouffée. Ils récitaient plus qu'ils ne racontaient, et n'avaient été les sanglots étranglés qui parsemaient leurs mots, on les eût pris pour des Nazaréens qui récitaient leurs prières du matin.

« ... Alors nous avons pris la tête où elle gisait, car les gardes n'osaient pas la toucher, et nous avons fermé ses yeux et lavé le sang qu'il y avait dessus. Puis nous avons lavé le corps et le sang et les avons rattachés ensemble et placés dans un linceul, que nous avons empli de myrrhe et d'aloès et que nous avons plié et cousu... »

Un enfant qui appartenait à une maison voisine dansa une gigue en chantant une ritournelle. Il aperçut Jésus debout sur le seuil de la maison de Simon-Pierre, en compagnie d'étrangers, et il lui sourit. Jésus hocha gravement la tête et l'enfant s'en fut à cloche-pied.

« ... Nous avons placé le corps sur une mule et nous sommes allés sur l'autre rive de la mer et nous l'avons enterré dans le désert, non loin de Quoumrân. »

La femme de Simon-Pierre sortit de la maison par la porte du jardin et vint vider dans le caniveau un bassin d'eaux usées. Ses filles revinrent de la fontaine, portant des jarres pleines sur la tête et entrèrent dans la maison sans un regard pour les étrangers, comme la décence le voulait.

« Tu es donc le Messie, puisqu'il l'a dit », déclara le chef des sept disciples de Jokanaan.

Jésus le connaissait bien ; il s'appelait Zacharie. C'était celui qui l'avait aidé à mettre fin à la lévitation de Jokanaan, une nuit à Aïnon-Salim. C'était le même que Jokanaan avait délégué quelques semaines plus tôt pour demander à Jésus la brûlante question : « Es-tu celui que nous attendons ? Ou bien en viendra-t-il un autre ? » Un autre ? Quel autre ? Il eût fallu avoir l'esprit dérangé pour nier qu'un dessein s'était posé sur lui, Jésus, même s'il était impossible de revendiquer la messianité. Zacharie semblait être un jeune frère de Jokanaan, mais ses yeux n'avaient ni la profondeur, ni la folie, ni le velours de ceux de son maître. Jokanaan avait le regard tourné vers l'intérieur, alors que Zacharie interrogeait le monde avec sauvagerie, avec amertume aussi, peut-être.

« Mais permets-nous de te dire que tu n'es pas notre maître. Nous restons fidèles à l'enseignement de Jokanaan. »

Jésus hocha la tête.

« De toute façon », ajouta Zacharie presque à contrecœur, « nous ne suivons pas les façons de tes disciples. Nous respectons le Sabbat, nous... »

Jésus leva la main pour interrompre ce qui s'annonçait comme une diatribe.

« Je connais déjà vos griefs », dit-il. « Maintenant, laissez-moi à mon chagrin. »

Il sentit les regards des disciples peser sur lui ; regards sans chaleur. Il savait pourquoi ; il avait quitté le désert ; il n'était pas nu ; il mangeait avec des gens riches, voyait des femmes, n'observait pas l'immobilité du Sabbat et, sans doute aussi, il ne méprisait pas assez le monde. Il offrait de la compassion, parce qu'il guérissait les malades au lieu de les abandonner aux desseins du Seigneur. Car il fallait aussi lutter contre le Seigneur, comme il fallait lutter contre le Démon. Voilà pourquoi il avait répondu à Zacharie que les aveugles recouvraient la vue et que les infirmes marchaient. C'en eût dû être assez pour l'édification de Jokanaan, Jokanaan qui méprisait les médecins comme les Pharisiens et qui trouvait suspect que l'on guérît les gens, puisque c'était se substituer à la volonté du Seigneur, voire la contrarier.

« Avant que je parte », dit Zacharie, « je dois te remettre ceci. »

Il tira de son manteau une écorce de grenadier qui semblait souillée, un fragment grand comme la moitié de la main. A la seconde vue, les souillures étaient des mots écrits à la pointe d'un brandon. Jésus tint le fragment sur sa paume. Trois mots, à moitié effacés mais lisibles.

« Notre maître le portait attaché à sa ceinture », expliqua Zacharie. « Il nous a dit qu'il te le léguait. »

Il médita sur les trois mots, les sourcils levés par l'étonnement. Jokanaan avait donc tourné la tête et porté son regard ailleurs. Quand Jésus leva les yeux, les disciples étaient partis ; les siens n'étaient pas là non plus. Il alla marcher au bord de la mer et finit par s'accroupir sur la grève boueuse, regardant les voiles vibrer sur la peau de vif-argent de la mer. Comment se faisait-il qu'une telle catastrophe spirituelle ne se reflétât pas dans le monde de la matière ? Les deux n'étaient-ils donc pas liés ? Les pêcheurs ignoraient-ils que Jokanaan avait été décapité ? Et s'ils le savaient, pourquoi étaient-ils partis pêcher ? L'homme resterait-il donc aussi désinvolte jusqu'à son dernier jour sur la terre ? Le chagrin lui fit comme une pierre sur le cœur. Un poisson bondit très près du rivage. Peut-être les lèvres de Jokanaan avaient-elles frémi après sa mort. Maintenant elles s'emplissaient de sable. Les fluides de son corps filtraient à travers sa peau, le sang et la bile et l'urine et les corps vitreux de ses yeux, séchant dans la myrrhe et l'aloès, brunissant et durcissant les bandelettes et le linceul pour leur prêter les couleurs mêmes de la terre. Les lèvres du garçon autrefois veloutées se retroussaient sur les dents et les dents tomberaient bientôt des mâchoires ; il ne resterait que le crâne vide. Tout cela avait été autrefois plein d'amour et de l'attente de l'amour. Jokanaan n'avait au début aimé que Jésus et cet amour plus grand que la vie l'avait conduit à Dieu. Il avait aimé Dieu à travers Jésus et Jésus dans le Seigneur. C'était comme les deux faces d'une pièce de monnaie, sauf que cette monnaie-là était de verre et qu'on en voyait les deux faces à la fois.

Il se leva et jeta l'écorce à la mer ; elle flotta un instant, puis ses fibres assoiffées absorbèrent l'eau et elle sombra. Là-bas la chair sombrait dans le sable, ici les mots dans l'eau. Mais les mots avaient sombré paisiblement ; Jokanaan avait-il affronté la mort paisiblement aussi ? Ou bien était-il mort doutant encore ? La question surgit avec l'acuité d'une écharde. Jokanaan s'était-il satisfait des rapports de ses disciples, lui qui les avait délégués porteurs de cette question terrible : « Es-tu celui que nous attendons ? » Jésus rougit rien qu'au souvenir de cette question que Zacharie lui avait posée crûment. Car elle signifiait : « Es-tu le Messie, ou bien un imposteur ? Avais-je raison ou tort ? » Rien que de la poser s'apparentait à une insulte, autant que le permettait l'intimité qui avait existé entre les deux hommes. Et l'attitude de Zacharie tout à l'heure n'avait guère constitué un apaisement. Cette raideur avec laquelle il avait déclaré que Jésus était le Messie, puisque Jokanaan l'avait dit ! Sans cela, il n'aurait pas été le Messie ! En d'autres termes, il n'était le Messie que pour Jokanaan, c'était Jokanaan qui l'avait sacré et cela impliquait que l'homme qui avait sacré le Messie détenait une autorité supérieure à celle du Messie lui-même ! Bref, que c'était lui, Jokanaan, qui était le délégué de Dieu, Jésus n'étant en quelque sorte qu'un proconsul. Il respira profondément et chercha du réconfort dans d'autres paroles de Jokanaan : « Je ne suis pas digne de délacer ses sandales. » Oui, il avait dit cela, mais ç'avait été dans les premiers jours de l'enthousiasme, quand Jésus était revenu de ses voyages et que Jokanaan attendait un Messie en pleine gloire. La ferveur avait commencé à tourner court chez les disciples de Jokanaan, et si Jokanaan n'avait pas renié que Jésus fût le Messie, son austère désapprobation des disciples de Jésus ne s'était pas démentie jusqu'à la fin. Les paroles de Zacharie en attestaient : « Nous ne suivons pas les façons de tes disciples. » Oui, les disciples de Jésus ne jeûnaient pas, eux ! Il eût dû leur imposer le jeûne le premier et le cinquième jour de chaque semaine, à l'instar des Pieux, les Pharisiens et les propres disciples de Jokanaan ! Jeûner ! Se laver les mains chaque fois que l'on s'asseyait pour manger ! Jokanaan n'avait-il pas eu sa ration des rites esséniens ? Apparemment non. Jésus secoua la tête. A quoi servait le jeûne ? A exprimer le repentir de ses péchés, comme c'eût dû être le cas, ou bien à se punir d'avoir péché ? Non, c'était une punition que s'infligeaient les Juifs, Sadducéens, Pharisiens, Nazaréens, Esséniens, rabbins et docteurs. Ces gens s'appliquaient à eux-mêmes la Loi du Talion. Tu as offensé Dieu, paie donc, prive-toi de nourriture ! Tu veux Lui plaire, offre-Lui de la nourriture ! Il devint tout rouge. Dieu était donc pour eux un publicain réclamant son dû en nourriture ! Insupportable ! Comme si n'importe qui pouvait payer à Dieu Son dû ! D'où le raisonnement que, si les hommes n'étaient pas des pécheurs, ils n'étaient rien, que, s'ils ne jeûnaient pas et ne se lavaient pas les mains avant de manger, ils offensaient Dieu et que, s'ils refusaient de se punir eux-mêmes, ils appelaient sur eux la vengeance publique. Et telle avait été aussi l'attitude de Jokanaan. Mais Dieu n'était pas un publicain ! Et encore les publicains n'exigeaient-ils que la dîme de César...

Ses ruminations s'interrompirent ; un groupe d'hommes arrivait à sa rencontre au pas de course. « Maître ! » criaient-ils. Il les reconnut, tous des gens de Capharnaüm, Phiabi, qui faisait de la caque, Saül, le charpentier, collègue de Zibéon et d'Elie, Yuda et Baba, deux pêcheurs amis d'André et de Simon-Pierre, plus deux jeunes hommes qui étaient les fils d'un pêcheur ou d'un autre.

« Ils ont décapité Jokanaan ! » dit Saül, haletant, quand le groupe eut rejoint Jésus.

Il hocha la tête, signifiant qu'il le savait déjà. Les disciples de Jokanaan avaient été vite en besogne, informant toute la ville. Le charpentier tomba à genoux, baisant les mains de Jésus, puis levant les bras au ciel et déplorant le crime hideux.

Cette grandiloquence ! Saül essayait-il de se convaincre lui-même ?

« Œil pour œil ! » cria Saül, se battant la poitrine.

« Nous décapiterons ce soir un soldat de la garnison ! »

Les autres marmonnèrent des mots sur un ton passionné, à l'appui de la proposition. Le calme de Jésus refroidit leur agitation.

« Quelle vie pourrait valoir celle de Jokanaan ? » demanda-t-il.

« Décapitons trois soldats ! » déclara Phiabi.

« Si vous décapitiez tous les soldats romains, cela ne ramènerait pas Jokanaan à la vie. De toute façon, les soldats de la garnison de Capharnaüm dépendent de l'autorité de Rome et ceux qui ont arrêté Jokanaan dépendent de celle d'Hérode. Et puis, qu'adviendrait-il de vos femmes et de vos enfants dans le bain de sang qui s'ensuivrait ? »

« Mais... maître ! » protesta Baba. « Allons-nous rester impuissants dans notre douleur ? Toute la ville est frappée d'horreur ! »

« Est-ce que le fait de changer la douleur en colère meurtrière apporte quelque apaisement ? » demanda Jésus.

« L'honneur ! » s'écria Saül, en se relevant, faisant face à Jésus avec des yeux enflammés. Jokanaan n'était-il pas ton précurseur ? Laisseras-tu son corps pourrir sans un mot de deuil ? »

Jésus croisa les bras.

« Jokanaan était mon cousin autant que mon précurseur, comme tu dis. S'il est ici un homme qui devrait prendre sa défense, je suis celui-là. Mais si vous l'aimiez tellement et s'il pèse d'un si grand poids dans votre cœur, pourquoi n'êtes-vous pas allés à son secours quand il a été arrêté ? Et s'il était mon précurseur, ma parole ne vaut-elle pas la sienne ? Ecoutez-moi et renoncez à toute idée de vengeance. »

Ils restèrent là, pas convaincus, tandis qu'il soutenait leurs regards. Comprenant qu'il ne changerait pas d'attitude, ils bredouillèrent qu'ils consulteraient leurs aînés et s'en furent. Jésus resta seul. Un problème de plus. Bientôt villes et hameaux de Galilée, alertés par les disciples de Jokanaan, retentiraient d'appels au meurtre. Bonne occasion de faire échec à Jésus ! Il retourna rapidement en ville, songeant qu'il devrait partir aussitôt que possible, bien que ses propres disciples ne fussent pas revenus. Car s'il restait à Capharnaüm, il serait assiégé par une foule qui lui demanderait de diriger une révolte. Arrivant à la maison de Simon-Pierre, il vit André accroupi sur le seuil ; si André était de retour, son frère l'était aussi. André mangeait un oignon et du pain, les tenant chacun dans une main. Il ne s'était certes pas lavé les mains. Dès qu'il reconnut Jésus de loin, André courut à sa rencontre, tenant encore l'oignon et le pain.

« Maître ! » cria-t-il, embrassant Jésus de ses bras puissants, premier geste d'affection depuis longtemps. Jésus se dégagea.

« Où est ton frère ? Où sont les autres ? Il nous faut quitter Capharnaüm dès que possible. »

« Simon-Pierre fait un somme », dit André.

Dès qu'ils entrèrent pour le réveiller, des bruits de voix les engagèrent à se retourner. Un autre groupe était venu en délégation. Jésus sortit leur parler, tandis qu'André observait la scène de l'intérieur.

« La paix soit avec vous », dit-il.

« Maître », dit un jeune homme joufflu, « les païens doivent payer pour le sang de Jokanaan. »

« Personne ne peut rendre la justice en son nom propre, surtout pas pour venger la mort d'un saint homme. »

« Renies-tu Jokanaan ? » demanda le jeune homme, qui semblait servir de porte-parole.

« Je vous l'ai dit tout à l'heure, le mal fait au nom du bien fait tort au bien », dit Jésus. « Si un homme doit répondre de la mort de Jokanaan, c'est celui qui a ordonné sa mort. Pouvez-vous atteindre cet homme ? Non. Vous proposez donc de sacrifier un innocent à sa place. Ce serait là un meurtre. »

« Aucun païen n'est innocent ! » cria le jeune homme, et les autres lui firent écho avec force.

« Rappelez-vous les paroles de votre Seigneur ! » répliqua Jésus avec une exaspération mal dissimulée. « Quand un homme est l'ennemi d'un autre, qu'il l'attaque et lui porte un coup mortel, ne montrez aucune miséricorde, mais purifiez Israël de la faute du sang innocent, a dit le Seigneur. Mais il n'a jamais dit que vous puissiez sacrifier quelqu'un de sa tribu. »

La frustration se peignit sur les visages.

« Rappelez-vous aussi que ce ne sont pas vos mains seules qui détiennent un glaive. Le meurtre d'un Romain appellerait d'autres vengeances, et au lieu de ce que vous espériez, vous feriez payer le sang de Jokanaan par encore plus de sang juif. Est-ce cela que vous cherchez ? Je vous ai également dit que les Romains ne sont pas responsables de la mort de Jokanaan. C'est Hérode qui l'a fait mettre à mort. Allez et réfléchissez à ce que je vous ai dit. »

Ils partirent contrariés. Simon-Pierre, qui s'était réveillé, observait la scène de l'intérieur.

« Vous voyez pourquoi il nous faut quitter Capharnaüm maintenant », dit Jésus. « Savez-vous où sont les autres ? »

« Mon fils aîné a vu Thomas et Nathanaël il y a une heure. Ils sont partis se baigner et se restaurer », répondit André.

« Envoie ton fils les chercher et leur dire de nous rejoindre dès que possible au port, là où ton bateau est ancré. Et laisse aux autres un message pour leur dire de nous rejoindre à Bethsaïde de Julie dès que possible aussi. »

Quand les cinq hommes atteignirent le port, il apparut que Jean et son frère Jacques, puis Matthieu et Jacques de Zébédée étaient de retour, tous pour la même raison : Pâque était dans quatre jours et ils voulaient la passer avec Jésus. Manquaient à l'appel, donc, Thaddée, Judas, Philippe, l'Iscariote, Simon le Zélote et Bartholomé. André avança qu'ils seraient peut-être de retour dans la soirée et que cela valait la peine de les attendre, mais Jésus voulait que l'on mît les voiles tout de suite, alors ils embarquèrent. C'était un jour venteux et le bateau fila vite vers l'est.

« Passerons-nous la Pâque à Bethsaïde de Julie ? » demanda Matthieu.

« C'est possible », répondit Jésus. « Je ne veux pas que l'on me demande dix fois par jour de diriger une révolte pour venger la mort de Jokanaan. »

« Pourquoi crois-tu que les gens de Bethsaïde ne te le demanderont pas ? »

« Parce qu'ils n'en auront pas la possibilité. Nous irons dans la montagne dès notre arrivée. »

Les hameaux sur le rivage se fondirent en une chaîne de points dorés.

Une fois de plus, se dit Jésus, il fallait fuir le rôle qu'on voulait lui imposer.

Certains disciples dormaient, d'autres semblaient perdus dans leurs pensées. Seul Thomas affrontait son regard, avec l'esquisse d'un sourire.

« Eh bien », dit Thomas, « ne vas-tu pas nous demander comment cela a été pour nous ? »

« Comment cela a-t-il été ? »

« J'ai baptisé un vieillard et Nathanaël, un couple de nouveaux mariés. »

« Tu n'as baptisé qu'un seul homme ? » demanda Simon-Pierre, incrédule.

« En fait, il veut dire qu'il n'a convaincu qu'un seul homme de se laisser baptiser », corrigea Nathanaël. « Beaucoup d'autres sont venus lui demander de les baptiser au nom de Jésus, et il les a baptisés, bien sûr. Il ne dira pas combien. »

« Combien ? » demanda Jésus.

« Trop peu », répondit Thomas. « Songe à tous les Romains que je n'ai pas baptisés ! »

« Soixante et un, moi ! » s'écria André, et Simon-

Pierre lui donna un coup de coude pour le rappeler à la discrétion.

Je suppose donc que vous avez baptisé beaucoup de monde », dit Jésus.

« Il y a beaucoup de pêcheurs, aujourd'hui », remarqua Jean, regardant par la poupe.

« Oui, presque une flotte », convint Matthieu.

« Je n'en ai jamais vu autant », dit Simon-Pierre.

Jésus parut soucieux. En fait, il y avait trop de bateaux pour que ce ne fussent que des pêcheurs ; ils le suivaient. Quelques-uns, montés sur des bateaux plus fins, les devançaient même. Enfants et vieilles femmes, jeunes hommes et jeunes filles, hommes sains et infirmes, près de la moitié de Capharnaüm allait à Bethsaïde de Julie. Quand il mit pied à terre, ils le laissèrent à peine avancer. Ils l'interpellèrent et comme ils parlaient tous ensemble, chacun essayait de parler plus fort que l'autre. Ce fut une mêlée. Il avança quand même, ils le suivirent, en proie à des gesticulations passionnées, saisissant sa robe. Un aveugle tomba et fut piétiné. Jésus le releva et l'examina. Un de plus dont la cécité était causée par des sécrétions purulentes et séchées et qu'il guérit en lui lavant longuement les yeux. Et les cris quand l'homme cria : « Lumière ! » Il manqua lui-même perdre l'équilibre tant on le poussait. Il se retrouva avec la tête d'une vieille femme dans le ventre. Elle était pliée en deux par un rhumatisme. Il la fit asseoir ; elle tomba par terre, grotesquement désarticulée. Il la saisit à bras-le-corps par l'arrière et demanda à Simon-Pierre de lui tirer les jambes. Ils tirèrent en directions opposées. La femme cria.

« C'est le démon qui quitte son corps », dit un badaud.

« Tiens-toi à part, qu'il ne t'entre pas dans le corps quand il la quittera », dit un autre.

Les gens s'écartèrent. Jésus souleva le torse de la femme d'un coup sec. Il perçut un craquement et la femme perdit connaissance. Il la laissa retomber et elle se déroula, à plat sur le sol, sans doute pour la première fois depuis longtemps. Jésus lui enfonça les pouces dans les orbites, au-dessus des yeux. Elle hurla ; elle n'était pas morte. Simon-Pierre la remit sur pied ; elle se tint d'abord voûtée, comme elle en avait l'habitude ; la foule retint son souffle. Puis la vieille femme se redressa lentement en se tenant les reins. Elle béa de stupeur.

« Louez le Seigneur ! Voyez la puissance de notre maître Jésus ! » hurla une femme.

Ils applaudirent, ils crièrent, ils battirent le sol de leurs pieds, ils pleurèrent. Une heure passa ainsi, tandis que Jésus en guérissait quelques autres.

« Je suis fatigué », dit-il. « Mangeons. »

Il avisa dans la foule Simon le Zélote en compagnie de l'Iscariote, qu'il n'avait pas vus jusqu'à présent. Etaient-ils arrivés avec les autres, en bateau ? Et pourquoi ne venaient-ils pas le saluer ? Il les visa du regard ; ils lui répondirent par des yeux froids. « Ils pensent probablement qu'ils suivent un guérisseur », songea-t-il. Il fut désagréablement impressionné par le regard de l'Iscariote. Froid et sombre. La foule montait la colline qui s'élevait non loin de la grève et, jouant des coudes avec vigueur pour le protéger de la suffocation, la poignée des disciples qui l'entourait lui permit d'atteindre le sommet sans trop de difficulté.

« Regarde », dit Thomas, « ils sont plus de mille. »

Le regard de Jésus descendit la colline et rebondit sur un troupeau de têtes, des chauves et des hirsutes, des nues et des voilées.

« Comprends-tu maintenant que la Galilée est bien conquise ? » demanda Thomas.

« Conquise ? » demanda Jésus.

« Attends que nous ayons atteint la Judée ! » cria Jean.

De là-haut, des cyclamens saignaient jusqu'à la brume bleue qui dansait au bord de la mer, entre les groupes qui s'étaient formés et qui maintenant s'asseyaient. Pourquoi donc tous ces gens étaient-ils venus ? Allaient-ils encore parler du Baptiste et demander vengeance ? Il fallait les devancer.

Il étendit les bras.

« Il va parler ! » murmurèrent les plus proches, et l'information dévala les pentes. Ils se turent et tournèrent leurs têtes vers lui.

« La semaine prochaine », dit-il, d'une voix claire qui porta loin, « commence la semaine de la Pâque. Je veux que vous vous rappeliez le sens de cette célébration. Avant le temps de Moïse, elle marquait le commencement de la nouvelle année et servait au peuple d'Israël à se défaire des impuretés de l'année écoulée, grâce à un sacrifice au Seigneur. Elle signifiait donc que chaque homme et chaque femme qui y participait se libérait du passé. » Il descendit la colline ; ils l'écoutaient tous, mais le comprenaient-ils ? Ils avaient apporté avec eux des paniers de victuailles, surtout du pain et du poisson séché, et la brise marine leur donnait sans doute faim. Ils attendaient qu'il commençât à manger, pour qu'ils pussent manger, eux aussi. « Autrefois, les Egyptiens ne voulurent pas permettre aux Juifs cette célébration », poursuivit-il, « alors Moïse décida de mettre fin à notre esclavage et nous conduisit hors d'Egypte. Quand nous avons atteint cette Terre Promise, la Pâque a pris pour nous un autre sens. Elle a représenté la liberté pour laquelle nous avions combattu avec l'aide du Tout-Puissant. Le pain sans levain devait nous rappeler les sacrifices que l'on doit consentir pour obtenir la liberté. Car si nous avions pris le temps d'ajouter du levain à la pâte, nous aurions été pris par les armées du pharaon. » Il parlait aussi simplement qu'il pouvait, mais il n'était pas certain qu'ils comprissent l'essence de son discours. « Et la signification de la Pâque demeure inchangée à ce jour, c'est celle de la liberté. » Une femme murmura, mais il l'entendit : « Il parle comme le rabbin. Est-il un rabbin, après tout ? » Combien d'entre eux faudrait-il guérir de la cécité et de la surdité ? se demanda-t-il. « La Pâque, c'est aussi l'espoir. Je vous le dis, le blé nouveau ne pousse pas avant que le blé mûr n'ait été moissonné et que le grain nouveau n'ait été semé. Chaque année qui passe pour vous doit être comme la paille sur laquelle pousse le blé nouveau. » L'Iscariote et le Zélote, assis à quelques pas, l'écoutaient impassibles. « Aucun homme », dit Jésus, « ne peut garder toute sa récolte s'il en espère une autre. L'homme qui a confiance dans le Seigneur met de côté un boisseau pour chaque dix boisseaux qu'il compte récolter. » Il se tourna. André et Jacques aussi étaient impassibles. Quand il aurait fini, ils viendraient sans doute lui demander une fois de plus ce qu'il avait voulu dire et pourquoi il s'exprimait en paraboles. « L'oiseau descend du ciel pour prendre la nourriture dont il a besoin et remonter là-haut. Regardez donc les oiseaux, ils vous offrent un exemple. Le pain n'est pas fait pour engraisser le croyant, mais pour lui permettre d'atteindre le jour suivant. La seule nourriture que l'on puisse amasser toute sa vie est la parole de Dieu. La nourriture que vous allez prendre tout à l'heure ne vous permettra d'atteindre que le jour suivant, mais la parole de Dieu vous mènera vers l'éternité. Demandons tous au Seigneur de bénir ce repas. »

La colline bourdonna d'une prière que la brise marine emporta au large. Jésus retourna vers ses disciples. Les gens commencèrent à manger, volaille, œufs durs, poisson.

« Où ces gens ont-ils trouvé cette nourriture ? » demanda Matthieu à Simon-Pierre.

« Ils l'ont apportée avec eux », répondit Simon-Pierre.

« Avez-vous apporté avec vous de quoi manger ? » demanda Jésus.

« Nous n'avons que cinq pains d'orge et sept poissons séchés », répondit Matthieu, confondu.

« Nous les partagerons entre nous », dit Jésus.

Et quand il eut fini le partage, Jean s'écria qu'il n'avait rien gardé pour lui-même.

« Je mangerai plus tard », répondit Jésus.

Dans la foule, on l'entendit. Quelques minutes plus tard, on apporta des paniers entiers.

« Voilà », murmura Matthieu, « il n'avait rien pour lui et maintenant, il a des paniers entiers ! »

Jésus prit ce qu'il lui fallait et renvoya les vivres. Puis il fallut recommencer à soigner les malades. Un enfant de trois ans qui souffrait d'un abcès à l'oreille : moudre une poignée de grains de moutarde et les laisser macérer la nuit dans de l'huile de lin avec des fleurs de grenadier, puis en enduire une mèche et l'introduire dans l'oreille de l'enfant jusqu'à ce que l'abcès crevât. Un jeune homme avec un ulcère au crâne. Un vieillard impuissant. Une femme stérile. Des compresses de miel pour le premier. Des bains froids pour le second. Quant à la femme, qu'elle adoptât l'orphelin le plus proche. Il s'impatientait et Thomas s'en aperçut.

« Un Messie n'est pas un médecin pour vos misères physiques », dit Thomas, « mais pour les ulcères de vos âmes ! »

L'Iscariote et le Zélote se joignirent aux autres pour former une garde autour de leur maître. Jésus s'étendit, haletant et ferma les yeux. Quelques-uns vinrent le regarder dormir.

« Il dort aussi ! » s'émerveilla un jeune homme.

Il dormait donc ; que croyaient-ils ? Il dormait et il souffrait, il excrétait et il riait ; il s'ennuyait parfois, aussi. Il s'ennuyait maintenant de l'immense inutilité de ce qu'il faisait. La faim, la lubricité, la cupidité, la peur et la colère étaient les forces qui menaient les hommes, et quand elles les avaient menés, s'il leur restait assez de temps pour réfléchir à ce qui est bien et à ce qui est mal, il leur fallait des règles simples et éprouvées, pareilles à des lames d'airain qui séparaient ce qu'il fallait faire de ce qui était interdit. Ils ne réfléchissaient pas à ces règles, ils les suivaient aveuglément. Après tout, si l'on devait discuter des règles, ce n'étaient plus des règles ! Non. Alors les règles se changeaient en mots, signes et sons. Si l'on essayait d'éveiller leurs intelligences, ils étaient perdus. Quoi, des mots nouveaux ? Des règles nouvelles ?

Il ne se reposa pas longtemps.

Un brouhaha, puis des éclats de voix. Thomas, Simon-Pierre et Jean aux prises avec une demi-douzaine d'hommes, et Jésus compris sur-le-champ pourquoi. Jokanaan. Des fragments de phrases atteignirent ses oreilles, bien que le vent soufflât dans l'autre sens et que les disciples tentassent de tenir les fâcheux à distance. « ... Nous serions pires que les païens si nous laissions le sang de ce saint homme répandu sans que... Nous lui avions deux fois adressé des délégations, mais il n'a pas voulu... S'il est le Messie... » La colère s'empara soudain de Jésus, il se leva et alla affronter les dissidents. D'après leurs attitudes, les menaces de coups volaient bas.

« De quoi s'agit-il ? » demanda-t-il d'un ton volontairement excédé.

« Pourquoi ne veux-tu pas venger Jokanaan ? » demanda un homme âgé.

« Jokanaan appartenait au royaume du divin. La vengeance n'est pas de ce royaume. Il ne peut donc pas être vengé. »

« Tu n'as pas lu les Livres ! » cria l'autre. « Dieu n'a-t-Il pas imposé Sa vengeance aux infidèles ? N'a-t-Il pas envoyé le feu pour détruire les cités maudites ? Réponds-moi ! »

« Dieu est plus grand que tout ce que tu peux imaginer, et aucune vengeance ne peut compenser une offense qu'on Lui a faite. »

« Tu insultes les Livres ! cria l'homme au sommet de la fureur. « Tu n'es pas le Messie ! Tu n'es qu'un autre magicien ! »

« Je n'insulte pas les Livres, je n'insulte que ceux qui n'y lisent que des mots. Allez donc venger Joka-

584

naan en versant le sang de soldats romains, et vous en répondrez sur le sang de vos femmes et de vos enfants. »

« Il a peut-être raison », suggéra quelqu'un dans le groupe.

« S'il a raison, nous n'avons donc pas d'honneur ! » cria l'homme.

« Si ton honneur réside dans le sang versé, vieil homme », dit Jésus serrant les dents, « alors cet honneur n'est pas supérieur à celui d'un boucher ! »

« Il a raison », dit un témoin.

« Jokanaan a été tué par Hérode », reprit Jésus, « que viennent faire les Romains dans votre vengeance ? »

« Ô Israël ! » se lamenta l'homme. « Ta honte est infinie ! »

On finit par l'entraîner. Les badauds paraissaient troublés.

Le soir approchait. Ceux de Capharnaüm prirent le chemin de leurs bateaux, ceux de Bethsaïde allèrent à pied. Les oiseaux s'abattirent sur la colline, en quête de miettes, fauvettes, pinsons tardifs, premiers verdiers. Thomas les considérait d'un œil vague et morose. Une période s'achevait. La patience de Jésus faisait place à des accès d'exaspération et d'inertie quand les gens venaient se faire soigner. La Galilée était peut-être conquise, mais à fleur de peau. La vraie partie se jouerait en Judée. Et alors ?

Le vent se leva, Jésus soupira.

« Tu as l'air las », dit Jean.

« Cela aurait pu durer des jours et des mois », dit Jésus. « Et qu'est-ce qui aurait vraiment changé ? Ce travail-là, c'est vous qui devez le faire pour moi. »

« Nous avons essayé et nous essaierons encore », répondit Matthieu, « mais nous n'avons pas ta maîtrise. Nous ne sommes pas des thérapeutes, nous. »

« C'est un bon vent qui souffle », dit André. « Nous devrions aller pêcher un peu de poisson frais, ce n'est pas sain de ne se nourrir que de poisson séché. »

« Je dirais plutôt que vous voulez rentrer à Capharnaüm », dit Jésus en souriant. « Eh bien, rentrez. Je vais rester ici quelque temps. Je suppose que nous entendrons crier vengeance pour Jokanaan jusqu'en Judée. Je vous rejoindrai à Capharnaüm. Attendez-moi là-bas. »

Ils descendirent la colline. Il les regarda embarquer, lever l'ancre, charger les paniers de pain qu'ils avaient pris avec eux, délier la grand-voile, la monter et partir vers la gauche, presque vers le soleil couchant.

Il resta seul. Au bout d'un moment, il frissonna. Le vent avait certes fraîchi, mais ce n'était pas pour cela qu'il frissonnait. Une force qu'il avait tenue en laisse tant qu'il avait été entouré de gens se libérait, indépendamment de sa volonté. Ses dents claquèrent et il respira fort pour se contrôler. Ce n'était pas arrivé depuis longtemps, il aurait dû savoir que cela se reproduirait un jour. Il eut un sursaut, presque un spasme. « Seigneur », pria-t-il, « je Te retrouve comme autrefois. Sois loué, je T'aime ! » Les mots sortaient de ses lèvres hachés par les frissons. De toute façon, les mots ne comptaient guère, c'était « amour » qu'il voulait dire, c'était le seul mot qu'il connaissait pour cette irrésistible violence qui jaillissait de ses fibres. Des nuages en plaques d'ardoise glissèrent bas et vite sur le couchant, venus du nord. Un bref instant, le soleil saigna à travers une trouée dans cette draperie funèbre et le sang éclaboussa la mer Noire, puis tout s'assombrit et les rivages de Capharnaüm disparurent dans la nuit qui s'accélérait. Les tremblements s'apaisèrent au fur et à mesure que la tempête montait ; il respirait en unisson avec le vent, fortement, violemment. Il ne se résistait plus, il se sentait léger et devinait pourquoi : il avait retrouvé la sensation, à la fois alarmante et exaltante, qui s'emparait de lui quand il s'arrachait à l'attraction de la terre. Il s'éleva imperceptiblement, il glissa vers la grève. Un éclair maria les nuages et la mer, puis un autre encore, puis plusieurs autres, tous peignant le paysage de couleurs cadavéreuses. Il entendit des cris, était-ce un homme qui disait : « Nous allons sombrer ! » ? Mais il reconnut la voix de Jean et il entendit un autre qui commandait d'amener la voile et c'était Simon-Pierre. Il longeait la grève, touchant à peine le sol. Les vagues éclataient devant lui. Il s'élança, frisant les crêtes, comme s'il nageait au-dessus de l'eau, vers le bateau des disciples. Ils ne devaient pas mourir maintenant, pas maintenant, non, pas maintenant. Un éclair craqua à brève distance, fouettant un bref tourbillon de vapeur et d'écume. Il aperçut le bateau, qui gîtait dangereusement quand il n'était pas précipité dans des abîmes liquides. Les premiers qui l'aperçurent furent Simon-Pierre et Jean. Comme tous les autres, ils étaient agrippés à la plus proche pièce de bois pour n'être pas balayés. Les deux hommes, le plus âgé et le plus jeune, perdirent prise et roulèrent dans le bateau. Les autres s'avisèrent alors de cette forme humaine, mais phosphorescente, qui longeait le bateau, et la peur de la tempête le céda à celle du surnaturel. Simon le Zélote, qui se tenait près du mât, s'effondra. Seul Thomas l'observait sans peur apparente.

« Ayez confiance ! » dit-il. « C'est moi. N'ayez pas peur. »

Il fut à bord, Thomas le fixant toujours du regard. Cheveux et vêtements plaqués par l'eau sur le crâne et le corps, les autres aussi le regardaient, au-delà de l'épouvante. Puis Jean se jeta à ses pieds et les enserra dans une étreinte si forte que Jésus perdit l'équilibre et tomba aussi, le jeune homme toujours agrippé à ses mollets. Jésus se redressa. Jean était secoué de sanglots et Jésus le prit dans ses bras tandis que les autres, malmenés par le roulis et le tangage, assourdis par le fracas des vagues et des éclairs, trempés jusqu'à la moelle, observaient, comme des loques médusées.

Il pleuvait encore quand ils atteignirent Capharnaüm, mais l'orage roulait vers l'est. Les nuages se déchirèrent, révélant des étoiles. Jean s'était endormi. Quand le bateau fut amarré et qu'ils mirent pied à terre, le seul qui parla fut l'Iscariote.

« Maître », dit-il, « tu es vraiment le roi ! »

« Où est mon royaume ? » répondit Jésus.

XIX

TROIS INTRIGUES DE PALAIS

Hérode ne put pas fermer l'œil la nuit où Jokanaan fut décapité.

Salomé avait été dépêchée sous bonne escorte à Jérusalem, en pleine nuit, contre toutes les protestations de sa mère. Hérodiade elle-même, livide de dépit, et comprenant l'échec qu'avait entraîné le succès même de ses intrigues pour faire décapiter le Baptiste, avait été consignée, également sous garde militaire, à ses appartements. Le vieux sang du Grand Hérode parlait ; elle risquait le glaive, le lacet ou le poison, au mieux la répudiation. Les courtisans perdirent leur désinvolture. Les délégués du Sanhédrin se raidirent d'anxiété. Le fantôme du père semblait être revenu pour l'anniversaire de sa mort, jetant les ombres jaunes de la peur et les rouges de la mort violente dans cette fausse fête de despote solitaire, à trois vols d'aigle de Sodome.

L'exquise aube nacrée qui filtrait à travers les rideaux de gaze de la chambre du tétrarque ne lui apporta aucun réconfort. Tantôt il suait, tantôt il frissonnait.

Manassah, à qui il avait donné l'ordre de passer le reste de la nuit avec lui, couché à son chevet, n'avait guère dormi non plus. Trop de vin et trop d'alarmes aussi lui avaient prêté une pâleur cireuse, que l'aube révéla ensemble avec sa peau luisante et ses yeux de lapin.

« Fais-moi préparer un bain », commanda Hérode d'une voix rauque. « Beaucoup d'huiles. Et à propos, tu le prendras avec moi. »

Quand ils descendirent dans le bassin de marbre, respirant les vapeurs des huiles de cèdre et de girofle qui montaient dans la buée, et buvant du lait d'amande et du jus de grenade, le ventre mou du courtisan face à la panse de son maître, Hérode dit :

« Tu aurais dû me conseiller autrement. »

Le corps de Manassah sombra un peu plus dans l'eau.

« Tu l'aurais fait si tu avais un peu plus de cervelle », ajouta Hérode, se grattant le gras du bras, qui était justement assez gras.

Manassah connaissait cette humeur, cette voix, ce ton ; ils annonçaient des décisions brusques. Dans de pareilles tempêtes, le plus sage était d'amener les voiles et de se ficeler au mât. Hérode, quand il changeait d'avis, n'allait pas dans un sens, non, il allait ensuite dans le sens opposé. Il était prudent de ne pas le suivre au près. Et Hérode savait qu'il le savait et Manassah savait qu'il savait qu'il le savait. Ce qui bloquait presque le jeu.

Manassah resta donc muet.

« Je rentre aujourd'hui à Jérusalem. Qu'en dis-tu ? » demanda Hérode.

Manassah se lissa la poitrine.

« Tu veux être là-bas pour la Pâque », répondit-il. « Et tu veux être là-bas pour le cas où il y aurait une révolte, pour affirmer ta présence. Mais je doute qu'il y ait une révolte, parce que je ne vois pas qui la déclencherait. Je veux parler d'une grande révolte. Ce ne sont pas les Esséniens qui la déclencheraient, parce qu'ils sont trop peu nombreux à Jérusalem et que, de plus, Jokanaan était pour eux un renégat. Quant à ses disciples, ils ne sont qu'une poignée. »

Un esclave vint savonner les cheveux du tétrarque au savon spécialement importé de Rome, un autre en fit de même, un peu plus tard, avec Manassah. Les deux hommes fermèrent les yeux.

« De toute façon », reprit Manassah, « pardonne-moi de te rappeler que tu n'as aucun pouvoir à Jérusalem. Tu n'y possèdes que le palais de ton père. S'il y avait une révolte, ce serait l'affaire de Ponce Pilate, et comme Jérusalem est justement sous la coupe du procurateur de Judée, il y a bien peu de chances pour que les quelques suiveurs d'un ermite de Galilée s'enhardissent à y faire du grabuge. Enfin, ton beau-frère Agrippa est presque certainement à Jérusalem, et cette crapule vaniteuse et percluse de dettes ne songe qu'à te jouer un mauvais tour. Jérusalem ne t'offrira donc pas un séjour de tout repos. »

« Autant de raisons d'être à Jérusalem », rétorqua Hérode. « Si une révolte y éclatait, Agrippa s'empresserait de faire courir le bruit que j'en suis responsable, à l'intention de Tibère, par l'entremise de Ponce Pilate. Si j'y suis, on dira que les disciples de Jokanaan ont trop peur de moi. Et Agrippa la bouclera ! »

Un esclave descendit dans la piscine lui masser les épaules.

« J'ai donc tout intérêt à me trouver le plus vite possible à Jérusalem », reprit Hérode. « Et tu oublies l'autre, Jésus. »

« Qu'est-ce qu'il ferait, Jésus ? »

« Il a bien plus de suiveurs que Jokanaan, lui », dit Hérode.

« S'il déclenchait une révolte à Jérusalem, ce serait la même chose que pour Jokanaan, c'est-à-dire que cela ne concernerait que Pilate ou le Sanhédrin... »

« Je ne parle pas d'une révolte à Jérusalem », coupa Hérode en s'essuyant le menton qui dégouttait de sueur, « mais d'une révolte en Galilée, qui menacerait mon autorité. Comme tout se joue à Jérusalem, c'est là qu'il faut être pour assurer ses arrières. Et savoir ce que mijotent les intrigants et les parleurs du Sanhédrin. »

« Allons donc à Jérusalem », concéda Manassah. « Mais garde en mémoire que si Jésus déclenchait une révolte où que ce soit, elle concernerait Rome et le Sanhédrin beaucoup plus que toi, parce que cet homme passe pour être le Messie, c'est-à-dire le roi de tout Israël, non seulement la Galilée et la Pérée, mais aussi bien l'Iturée, la Trachonitide, la Samarie et la Judée, et pourquoi pas la Phénicie et l'Idumée, c'est-à-dire l'ensemble des provinces romaines de Palestine. Plus que le Sanhédrin, ce seraient Pilate et Tibère qui seraient bafoués. Là, c'est une tout autre affaire. Laisse donc Pilate et Annas s'occuper de ce Jésus. A moins que... »

« A moins que ? » demanda Hérode, rejetant la tête en arrière sous l'effet du pétrissage que lui infligeait le masseur.

« A moins que tu n'aies maille à partir toi-même avec Jésus. Qu'est-ce que tu vas faire à Jérusalem ? Demander l'arrestation de Jésus ? Et recommencer la même affaire qu'avec Jokanaan ? » dit Manassah.

Hérode s'aspergea le visage d'eau fraîche, que lui versait son esclave, et se frotta les yeux.

« Tu oublies aussi que c'est en Galilée, dans un territoire sous ma juridiction, que ce Jésus a le plus de suiveurs. Toute la Galilée lui est acquise, mes espions m'en assurent. Qui sait ce que ce vieux singe d'Annas, appuyé par Agrippa, pourrait faire de cela pour me mettre en échec. »

« Tu courtises le danger, Hérode », dit Manassah, « tu le dis toi-même en assurant que la Galilée est conquise à Jésus. Son arrestation, où qu'elle se fasse, sera dangereuse pour le maître de la Galilée. »

« Nous verrons cela ! » déclara Hérode d'un ton sec.

Il sortit de la piscine et offrit son corps au séchage de l'esclave. Manassah resta assis, troublé.

Un peu plus tard, la galère royale d'Hérode Antipas mit les voiles, lestée de fer, pour le rivage opposé de la mer Morte. Quarante rameurs s'activèrent aux postes de la birème, dix marins et le capitaine sur le pont tirant le meilleur de la grand-voile et du foc. Hérode était assis sous un dais, Manassah et Joshuah à ses côtés ; les gardes veillaient à proximité ; à la poupe, les six chevaux des étables princières hennissaient dans les enclos spécialement conçus pour eux. En dépit du vent, le soleil pesait de tout son poids sur les eaux de plomb, élevant des buées qui dansaient par-dessus les images des rives, miroitant à la façon de l'eau, illusion d'eau sur une fausse eau qui ne pouvait étancher aucune soif. Les rameurs juraient. Hérode les entendait vaguement, louchant sur les réflexions de la lumière, pareil à un Léviathan assoupi qui transpirait une sueur visqueuse tandis que les gargouillements de son tube digestif se mélangeaient aux ruminations de sa cervelle. Manassah l'observait du coin de l'œil, s'efforçant de distinguer le fil conducteur des événements aussi bien que des pensées de son maître, mais distrait par des pensées parasites, tantôt la vision d'Hérodiade, blême de rage à l'idée d'être abandonnée dans la forteresse de Machaerus, tantôt la promesse des félicités que lui réservaient les bordels de Lydda ou de Jéricho, où il ferait sûrement une escapade. Il somnolait, dolent, quand une révélation lui perça la cervelle à travers la chaleur, la réverbération insoutenable, les vapeurs tenaces des vins nocturnes et les humeurs toxiques instillées par les malaises de la matinée et des anxiétés sans nom. Hérode avait peur ! Hérode avait peur de Jésus parce qu'il pensait que le Galiléen était en effet le Messie ! Comment ne l'avait-il pas compris auparavant ! Voilà l'objet véritable de cette visite soudaine à Jérusalem ! Il claqua le plat de sa main sur sa cuisse et le tétrarque sursauta.

« Quoi ? » dit Hérode avec malveillance.

« Ces damnées mouches. »

Hérode retomba dans sa torpeur et commença même à ronfler. Manassah reprit le cours de son enquête sur la situation qu'avait soudain éclairée son intuition. Hérodiade avait été l'instigatrice de l'exécution de Jokanaan. Hérode s'y était prêté à contre-cœur, séduit par sa propre belle-fille. Maintenant, et c'était là le premier et le seul sentiment qu'il avait exprimé lors de la conversation au bain, il regrettait la mort de Jokanaan et manifestait son mécontentement en laissant Hérodiade à Machaerus. Il avait cru que le Baptiste était un saint homme, peut-être un prophète et il craignait que son meurtre n'incitât Jésus à se venger. Hérode n'avait aucune querelle déclarée avec Jésus, mais il le craignait. Pourquoi ? Parce que le Galiléen passait pour le Messie. Et le tétrarque, qui maniait si bien les ficelles politiques, se trouvait mal à l'aise dans les problèmes religieux, surtout quand ils étaient de ce niveau-là. Un Messie ! C'était un ennemi dangereux, même pour un tétrarque, un protégé de Tibère. Manassah sentit peser un regard sur sa nuque ; il regarda Hérode et affronta les yeux vulpins du potentat, le fils de la Samaritaine Malthace. Quelle engeance !

« Qu'est-ce qui mijote sous ton crâne ? » demanda Hérode.

« La maladie », répondit prudemment Manassah.

« Ne mens pas, tu n'arrêtes jamais de penser, même quand tu as un accès de ta fièvre quarte. Dis-moi. »

« Très bien. Je pesais tes chances de trouver des alliés. »

« Et qu'as-tu trouvé ? »

« Zéro en ce qui concerne Pilate. En ce qui concerne les prêtres, et en particulier Annas et sa punaise de Gedaliah, je conseillerais de suivre une stratégie. »

Hérode grogna et demanda laquelle.

« Prétends que tu te trouves à Jérusalem par hasard. Aie l'air content comme une taupe dans son terrier, un peu ironique. Essaie d'inquiéter les prêtres à propos de Jésus, évoque la menace qu'il constitue pour eux. Ricane un brin. »

« Il faudra quand même m'assurer que Pilate ne va pas s'en mêler. »

« Je ne suis pas de cet avis, mais c'est toi qui décides. »

Ils accostèrent non loin de Quoumrân. Hérode, ses deux conseillers et son escorte prirent les chevaux et filèrent au trot vers Jérusalem ; ils arrivèrent dans l'après-midi. Le vieux Palais hasmonéen, qui était la résidence d'Hérode quand il séjournait à Jérusalem, le nouveau palais de son père ayant été converti en résidence préfectorale, était tout prêt à l'accueillir comme durant toute l'année, même quand il était vide. Hérode prit un autre bain et adressa un messager à Pilate pour requérir une entrevue. Le messager revint pour annoncer que le proconsul attendait le tétrarque. Hérode revêtit une robe blanche à l'ourlet de pourpre, un manteau brodé également ourlé de pourpre, attacha une ceinture d'or autour de sa taille, une boucle également d'or sur son épaule, goba un verre de vin à la cannelle et monta dans une chaise, précédé et suivi de gardes porteurs de torches et de huit membres de sa garde gauloise, armés.

Là-haut dans ses quartiers, Pilate observa de la fenêtre l'arrivée du tétrarque et de sa suite. Son masque vérolé, cuit au brun sombre par plusieurs mois sous le soleil d'Orient, se peignit de maussaderie. Les commissures affaissées de ses lèvres et de ses yeux se creusèrent. Il était notoire que le délégué impérial et sénatorial n'était guère à l'aise dans les tractations avec les Levantins. Et il convenait d'être désormais réservé dans les rapports avec les Juifs.

Tibère n'avait toujours pas relevé le culte israélite à Rome. De plus, Hérode Agrippa, le neveu d'Hérode, entre nous un épouvantable vaurien, couvert de dettes d'Alexandrie à Antioche, était à couteaux tirés avec Hérode Antipas, mais au mieux avec les proches de l'empereur. Pilate versa quelques gouttes d'esprit-de-vin parfumé d'une fiole de verre syrien sur une serviette et se frotta la face et les mains. Armes et armures cliquetèrent à l'étage au-dessous, et un officier entra pour annoncer l'arrivée du tétrarque de Galilée et de Pérée. Pilate hocha la tête et alla prendre place sur une chaise curule, mit à l'aise des fesses ravagées par la gratte d'Orient, figea son secrétaire d'un geste de la main et le tétrarque fut introduit. Pilate demeura assis un instant, rien qu'un, pour marquer la prépondérance romaine, puis se leva et fit deux, exactement deux pas vers son visiteur et força son masque au sourire. Hérode fit les cinq pas restants.

« Un honneur de bon augure, Excellence », dit Pilate en latin, de sa voix râpeuse. « Si je l'avais prévu, j'eusse fait préparer un festin pour toi. »

Puis il se rassit et invita Hérode à s'asseoir en face de lui.

« Honneur inattendu, aussi », ajouta Pilate.

« L'honneur est pour moi », répliqua Hérode. « Je suis venu requérir un avis de Son Excellence le procurateur de Judée. »

« Mes modestes compétences sont acquises aux alliés de l'empire. »

Hérode arrangea sa robe.

« Tu as entendu parler de Jésus, sans doute ? » demanda le visiteur.

« Jésus ? » répéta Pilate, se tournant vers son secrétaire.

« Le thérapeute et magicien de Galilée », dit celui-ci.

« Ah oui », dit Pilate. « Le thérapeute. » Ma femme

se propose de lui faire demander un remède pour ses insomnies. »

« Thérapeute ? » dit Hérode, décontenancé, l'œil gauche clignant d'incrédulité. « Bon, je suppose qu'on pourrait le définir ainsi. Mais on le connaît davantage comme quelqu'un qui prétend être le Messie. »

« Qu'est-ce qu'un Messie ? » demanda Pilate. Il paraissait sincère et interrogea son secrétaire du regard. Le secrétaire avoua son ignorance.

« Après tout », se dit Hérode, « il n'est pas juif et il n'attend personne. » Et le tétrarque essaya d'expliquer aussi brièvement que possible qu'un Messie serait quelqu'un qui aurait reçu l'onction à la fois comme roi et comme grand prêtre.

« Comme feu ton père, je présume ? » dit Pilate.

« Quoi ? » murmura Hérode, scrutant activement l'expression de Pilate, en quête d'un clin d'œil. Hérode le Grand un Messie ! La carcasse de la crapule devait en être secouée de rire dans son tombeau.

« Je suppose », dit Hérode, en s'efforçant de ne pas rire non plus, « qu'on pourrait comparer mon père et un Messie. A cette différence près qu'un Messie est censé être délégué par Dieu. »

« Je vois », dit Pilate, qui ne voyait rien du tout et qui perdait pied. Ces histoires d'un dieu juif unique l'embarrassaient toujours. « Est-ce que, euh, Dieu envoie souvent des Messies ? »

« Incroyable ! » pensa Hérode. « Et dire que cet âne est procurateur de Judée ! » Il sourit d'un air bénin. « Personne n'a encore vu de Messie. Néanmoins, les Juifs en attendent un », expliqua-t-il.

« Pourquoi ? » demanda Pilate.

« Ce serait un roi parfait, qui ferait de la Palestine un paradis », répondit Hérode, qui commençait à perdre patience. Peste fût de Manassah ! Ce rat avait eu raison en ce qui concernait Pilate ! « Et puis », ajouta Hérode, « un Messie serait un roi qui libérerait Israël de la domination étrangère. »

Pilate parut perplexe.

« Est-ce que les Galiléens aussi attendent un Messie ? » demanda-t-il.

« S'ils en attendent un ! » s'écria Hérode. « Ils comptent même parmi les plus ardents partisans de Jésus. »

Pilate se gratta le menton et dit : « Je comprendrais que les Judéens attendent un roi, puisqu'ils n'en ont pas, et qu'il les affranchirait de notre tutelle, mais les Galiléens ! N'ont-ils pas déjà un roi en quelque sorte, Excellence ? Le tétrarque de Galilée n'est-il pas assis en face de moi en ce moment ? N'est-il pas juif ? N'est-ce pas son père respecté qui a construit le monument, me dit-on, le plus cher aux Juifs, le Temple de Jérusalem ? Toute cette affaire me déconcerte. »

Hérode fit un effort pour rester impassible.

« J'ai oublié de dire que le Messie serait un roi d'ascendance davidique », dit-il.

« Quel est l'avantage ? » demanda Pilate, de plus en plus étonné.

« La légitimité », dit Hérode en soupirant. « Pour être bref, Excellence, si Jésus et ses suiveurs réussissaient à faire croire à tous les Juifs qu'il est le Messie, c'est-à-dire un roi de la lignée de David, toi, Annas et moi, ainsi qu'Hérode devrions affronter un problème épineux. »

« Un problème d'Annas ne peut être le mien », observa Pilate. « Je ne m'occupe pas de problèmes religieux. L'autorité du grand prêtre et du Sanhédrin me paraît bien suffisante pour régler des querelles religieuses. Nous les avons autorisés à avoir une police, et il est bien établi que l'autorité de César n'interfère pas avec les décisions prises dans le domaine de la religion juive. » Pilate s'interrompit, laissant peser son regard sur son visiteur. « Avant que j'envisage de prendre aucune mesure contre Jésus, il faudrait que je m'assure qu'il a pour but une rébellion politique. Pour autant que je sache, cet homme semble être, euh, un mystique, ou bien — Pilate passa au grec — un *mustès*, un initié. Tu sembles laisser entendre que la prétention à la royauté est absurde. Si elle l'est, je doute qu'elle incite un Juif à s'insurger contre tes hommes ou contre les miens. Mais si cela advenait, tu devrais, bien sûr, prendre les mesures qui s'imposeraient. » Le procurateur s'agita sur sa chaise. « Et pourtant, on dit que ce Jésus est un bon médecin. On m'a dit qu'il a même guéri des cas de cécité. Je pourrais moi-même lui demander un remède pour me débarrasser de mes éruptions. »

Hérode se leva, agacé.

« Des éruptions », dit-il, l'air absent. « Essaie des bains d'eau de son. Je dois remercier Son Excellence pour sa sollicitude. » Il s'inclina, le Romain se leva aussi et s'inclina.

Quelques instants plus tard, le tétrarque était parti. Dans la rue, les torches de la suite projetèrent des ombres fugaces sur les pavés et les murs, puis le cortège disparut. Le chant d'une caravane de Nabatéens s'éleva doucement dans la nuit, puis s'éteignit. Pilate se gratta furieusement les fesses.

Une couche supplémentaire d'obscurité s'étala sur Jérusalem. Les rêves violets des vertueux et les songes pourpres des vindicatifs, les rêves spongieux des vierges et les fantasmes viscéraux des matrones, les rêves reptiliens des lascifs et les visions minérales des mourants, tous ces investissements dans l'imaginaire engendrèrent des courants, des torrents, des fleuves d'âmes qui tourbillonnèrent au-dessus des pierres de la ville qui s'appelait : « Que la Paix Soit », comme la fumée sur le bois qui brûle. Quand les rêveurs retrouvèrent l'aube, ils ignoraient que Jérusalem avait, en effet, brûlé. Lentement, mais sûrement.

Annas prenait généralement sa collation du matin — du lait chaud et des raisins secs — seul. Puis il se retirait dans ses appartements et, quand il avait pris son bain de siège froid, il se rendait dans la partie de l'ancien palais d'Hérode le Grand, le même bâtiment où Pilate avait installé sa résidence en ville, où le Sanhédrin tenait ses sessions ordinaires, le Boulê ou chambre de la Pierre Taillée. Les sessions n'étaient pas quotidiennes, mais il y avait toujours des affaires à régler, qu'Annas étudiait avec Gedaliah et quelques fonctionnaires, plainte de veuve spoliée par un testament douteux, accusation d'escroquerie contre un marchand, naissance prématurée, en plus des arrangements ordinaires des circoncisions, des relevailles, des enterrements.

Ce matin-là, Gedaliah se fit annoncer à la porte des appartements d'Annas, initiative tout à fait inhabituelle qui ne pouvait être dictée que par le désir de discuter confidentiellement de quelque information.

« Hérode est en ville », annonça Gedaliah, après de brèves courtoisies cérémonieuses. « Il a fait décapiter Jokanaan la nuit avant-dernière dans son fort de Machaerus, et il a couru voir Pilate dès qu'il est arrivé. »

Annas leva les sourcils.

« Jokanaan décapité ? » dit-il, surpris.

« La décollation a eu lieu après une orgie où la fille d'Hérodiade et de Philippe a dansé nue devant Jokanaan. C'est l'un des gardes mêmes d'Hérode qui nous a vendu ces informations. »

Annas réfléchit un temps, puis demanda :

« Sait-on de quoi Hérode s'est entretenu avec Pilate ? »

Gedaliah secoua la tête.

« Manassah aurait pu le savoir, mais il s'est précipité dans un bordel encore plus vite que son maître ne s'est pressé de rendre visite à Pilate. Il n'était donc pas avec son maître. De toute façon, Manassah ne parle plus beaucoup, ces derniers temps. Il a amassé suffisamment d'argent, maintenant. »

« Hérode n'avait pas le droit de mettre Jokanaan

à mort sans nous demander notre avis », dit Annas. « Après tout, c'est là une affaire religieuse. »

« Certes », admit Gedaliah, « mais Jokanaan a été arrêté en Galilée et mis à mort en Pérée, et Hérode est le tétrarque de ces deux provinces. Nous n'avons rien à opposer à cela, formellement du moins. »

« Mon autorité religieuse s'étend à toute la Palestine et à toutes les communautés juives au-delà », dit Annas avec hauteur. « Si Jokanaan avait été un prophète, nous aurions pu condamner le tétrarque lui-même à mort pour le meurtre d'un prophète juif. »

Il arpenta la salle avec un mécontentement évident.

« J'en apprendrai à Hérode », dit-il.

Gedaliah s'étonna de la défaillance du sens politique de son maître, mais n'en dit mot.

« Quand l'occasion s'en présentera », dit-il. « Mais pour le moment, il nous faut être sur nos gardes, car cette vieille belette prépare un coup, je le sens. »

« Et Jésus ? » demanda Annas.

« Quoi donc, Jésus ? » dit Gedaliah. « Il n'a probablement pas encore appris la nouvelle. »

« Quand il l'entendra, d'autres aussi l'auront entendue et l'on pourra craindre des troubles. Des appels à la vengeance sont inévitables et Jésus mènera probablement la sédition. »

« Je ne vois pas que cela nous concerne », observa Gedaliah. « Ce n'est pas nous qui avons mis Jokanaan à mort. »

« Allons ! » répliqua Annas. « Ne vois-tu pas que nous passons aux yeux des imbéciles pour être de mèche avec Hérode et Pilate ? Dès que ces cervelles de mouches s'imagineront que nous avons trempé dans le meurtre de Jokanaan, ils accourront à Jérusalem pour y semer le désordre. »

« Très bien, qu'il en soit ainsi ! » dit Gedaliah. « Nous transformerons Jérusalem en piège. Si Jésus met le pied ici, nous le ferons arrêter pour fomentation d'émeute », dit Gedaliah.

« Il faudrait d'abord s'assurer que nos motifs sont strictement religieux », dit Annas, « sans quoi Pilate en prendrait ombrage. Nous ne sommes pas chargés de faire respecter la loi dans les rues, c'est l'affaire du procurateur. De plus, le temps que les rebelles arrivent de Galilée, à supposer qu'ils entendent la nouvelle d'ici deux ou trois jours, nous serons en plein dans les préparatifs de la Pâque ou pis, en pleine Pâque. Nous ne pourrons donc pas arrêter Jésus et le laisser en prison parce que ce serait là provoquer les agitateurs et les troubles, ce dont Pilate nous tiendrait pour responsables. Il nous faudrait donc le juger sur-le-champ, mais ce serait extrêmement difficile, parce que nous ne pouvons pas convoquer de session après le jeudi à midi, comme tu sais, puisque toute procédure légale doit être suspendue depuis le coucher du soleil ce jour-là jusqu'au lundi suivant. Ce qui signifie que, si nous arrêtions Jésus à son arrivée à Jérusalem, il nous faudrait aussi faire exécuter la sentence, quelle qu'elle soit, dans des délais excessivement brefs. Tout cela, c'est une course sur le fil de l'épée, parce que le moindre imprévu dans cette affaire nous réduirait à l'impuissance. »

« Une sentence », reprit Gedaliah prudemment, « quelle sentence ? »

« Une condamnation à mort, quoi d'autre ? » s'écria Annas exaspéré. « Si nous ne l'arrêtons pas, nous risquons des émeutes. Si nous l'arrêtons et que nous nous contentons de l'emprisonner, ces suiveurs assiégeront la prison ou pis. La seule manière de régler le problème une fois pour toutes est de nous débarrasser complètement de cet homme. Oh, Hérode paiera pour ces soucis ! S'il n'avait pas exécuté Jokanaan, nous ne serions pas contraints d'agir en hâte ! »

Il recommença d'arpenter la salle.

« Ce ne fut pas l'idée d'Hérode, mais celle d'Hérodiade », remarqua Gedaliah, « ce qui prouve que la détestation que lui portait Jokanaan était fondée. De plus, rien ne prouve que Jésus vienne à Jérusalem pour fomenter le désordre. Il pourrait venir et ne rien faire. Enfin, nous avons négligé un bœuf de problème, qui est le Sanhédrin. Suppose un instant que tu ne rassembles pas la majorité nécessaire pour le condamner, je veux dire, Jésus, pour quelque crime qu'il ait commis ou se prépare à commettre. Ça, ce serait pire que de le laisser libre. »

« Le Sanhédrin se ralliera à moi », répliqua Annas. « Attends qu'ils commencent à trembler pour leurs sièges ! »

« Tu ne peux être sûr que de la moitié environ des voix », prévint Gedaliah. « Nous l'avons vu, l'autre jour, des gens tels que Joseph d'Arimathie, Bethyra, Nicodème, Levi ben Phinehas et une trentaine d'autres constituent un noyau de résistance déterminé. Joseph d'Arimathie, en particulier, s'est livré à des efforts de persuasion souvent efficaces auprès de ses collègues. Il a réussi à en convaincre plusieurs que Jésus pourrait bien être un Messie non révélé, cela je l'ai appris par mes informateurs. »

« Très bien », s'écria Annas avec détermination, en saisissant les pans de son manteau, « je vais m'en occuper immédiatement. »

Et il descendit les trois marches qui menaient à la porte. Gedaliah suivit. En dépit de ses ans, le grand prêtre allait à une allure remarquablement vive.

Manassah revint au palais vers midi, portant une guirlande d'iris mauves et roses. Fraîchement décapé, massé, les cheveux huilés et parfumés, il respirait l'astuce et le contentement. Il gravit les marches qui menaient à l'appartement d'Hérode, passa devant les gardes gaulois sans se faire annoncer, s'inclina très bas devant son maître, allongé sur un divan, et lui présenta les fleurs.

« Les premières de l'année », dit-il d'un ton enjoué. « Dès que je les ai vues, j'ai compris qu'elles avaient été cueillies pour toi. Que Ta Hautesse jouisse mille ans de ces primeurs. »

Hérode prit les fleurs, passa un doigt rêveur sur les bords sinueux des pétales, puis tendit le tout à un esclave, pour en orner un vase.

« Le temps n'est guère aux guirlandes ni aux célébrations », dit-il.

Manassah soupira et s'assit sur un tabouret bas, près du divan.

« Je suppose que rien de bon ne s'est produit dans la cervelle de chou de Pilate », dit-il. « La tristesse est le lot de la clairvoyance, et pourtant, en dépit de ma déception, je ne peux feindre la surprise. C'est pourquoi j'ai pris l'initiative d'aborder le problème sous un angle différent. »

« Quelle initiative ? » rétorqua Hérode. « Tu faisais la fête au bordel ! »

« Les bordels sont injustement décriés », dit Manassah. « Libérés des liens matrimoniaux et des rênes de la décence, leurs habitués débouchent là leurs oreilles cireuses en même temps qu'ils défont leurs ceintures et dénudent leurs âmes. Au coucher du soleil, mon seigneur, tous les gens qui comptent à Jérusalem sauront qu'une horde de rebelles menés par un mystagogue nommé Jésus se dirige vers Jérusalem, bouillant d'intentions aussi séditieuses que le détrônement d'Annas, sombre inspirateur de la décollation de Jokanaan. Quelques manants et de nombreux citoyens de marque rencontrés aux bains répandront les nouvelles. »

« Comment sais-tu cela ? »

« Je ne le sais pas. C'est moi qui en suis cause. Un membre du Sanhédrin, un certain Nicodème qui essayait de faire suer sa goutte, a été tellement saisi par ce qu'il a entendu qu'il a quitté l'établissement précipitamment. »

« Un membre du Sanhédrin était au bordel ? » demanda Hérode, incrédule.

« Pas au bordel, au bain. Le bordel, c'était après. A Lydda. »

« Tout ça est amusant, mais probablement inefficace », dit Hérode en se massant le gros orteil. « Tout le monde te connaît dans ces repaires et soupçonnera que tu diffuses des rumeurs. Comment pourrais-tu créer un lien entre Annas et l'exécution de Jokanaan ? Et qu'adviendra-t-il si Jésus ne venait pas à Jérusalem ? »

« Jokanaan ne vouait-il pas le Temple et ses serviteurs aux gémonies ? N'a-t-il pas assourdi les sauterelles du désert, les gerboises et les lézards de ses imprécations contre les usurpateurs de la prêtrise et de la royauté ? N'a-t-il pas créé assez de scandale partout où des humains ont entendu ses soliloques fanatiques ? Qui donc s'étonnerait que tu aies cédé aux instances d'Annas, en considération de tes devoirs royaux, et décidé de restaurer la décence dans tes provinces et ailleurs en réduisant l'impiété au silence ? Voilà donc Annas mouillé dans cette affaire, et comme la responsabilité de l'ordre à Jérusalem incombe à Pilate pour les affaires civiles et à Annas pour les affaires religieuses, tu peux attendre tranquillement la venue de Jésus à Jérusalem. »

Hérode sourit de la verve de Manassah. Quand le courtisan était de bonne humeur, c'est qu'il était sûr d'avoir réussi un coup, et Manassah se trompait rarement. Mais Hérode restait mal à l'aise en ce qui concernait Jésus. Il était partagé entre la frustration à l'idée que ce personnage énigmatique lui échappât et tombât sous la coupe d'Annas et de Pilate, et l'angoisse à l'idée qu'il risquât d'être responsable de la condamnation d'un vrai Messie.

« Quant à la venue de Jésus à Jérusalem », poursuivit Manassah, se servant sans façon de l'hydromel apporté pour le tétrarque, « elle ne fait aucun doute. La destination de cet homme ne peut être que cette ville. Tout ce qu'il a fait jusqu'ici, et que nous ont rapporté nos espions, n'a été que la répétition d'une grande démonstration à Jérusalem. En Palestine, on ne fait rien d'important en dehors de Jérusalem. Tu le constateras toi-même une fois de plus dans peu de jours, quand près d'un quart de million de gens, dix fois la population ordinaire de la cité, viendront de tous les rivages de la Méditerranée, pour assister aux cérémonies de la Pâque, acceptant de dormir sur le pas des portes et sur les toits, rien que pour pouvoir se vanter d'avoir été à Jérusalem, et, mon seigneur, pas tous les Juifs, loin de là ! Mais aussi bien des adorateurs de Mithra, d'Isis, de Baal, de Zeus, de Brahma et du reste ! Le climat de Jéricho et de Ptolémaïs est paradisiaque, et les délices disponibles dans la Décapole surpassent même celles d'Antioche et d'Alexandrie, mais où donc leurs pas mènent-ils d'abord les étrangers qui viennent en Palestine ? A Jérusalem ! Où voudrais-tu donc que Jésus aspire à son couronnement en tant que Messie ? Où ailleurs que dans cette ville ? »

« Couronnement », répéta Hérode, rêveusement.

« Je ferais un pari, mon seigneur. Avant deux crépuscules, le chien d'Annas, Gedaliah-aux-mâchoires-pendantes, requerra de toi une audience. Le prétexte sera futile, la raison, t'arracher des informations sur l'exécution de Jokanaan. Aie l'air désinvolte. Gedaliah insinuera, par chantage, que tu as mis à mort un personnage religieux. Réponds que Jokanaan compromettait ton autorité politique. Que tu es maître par-devers Rome de ce qui se passe dans tes provinces. Et que si les gens du Temple sont tellement soucieux de Jokanaan et des affaires religieuses, ils vont trouver à s'occuper avec Jésus. Car les disciples de Jokanaan ont grossi les rangs des thuriféraires de Jésus et se dirigent vers Jérusalem. Tu en as averti loyalement le procurateur et tu espères que la légion et la police du Temple sauront secouer ces agités. Ça donnera de quoi penser à Annas. »

Hérode grogna, méditant sur le raisonnement de Manassah.

« Laisse-moi me reposer, maintenant », dit le tétrarque.

« Et mon pari ? »

Hérode prit l'expression affligée.

« Une jarre de vin de Chios. D'accord ? »

« J'espère que tu t'y noieras », répliqua Hérode, ne réprimant plus son sourire.

En effet, Gedaliah apparut le lendemain au palais. Et cette nuit-là, les lumières brillèrent très tard dans les appartements d'Annas.

Le piège était dressé. Annas s'occupait de rallier une majorité parmi les membres du Sanhédrin.

La femme de Pilate, Procula, matrone insomnieuse, passait le plus clair de ses nuits à écouter les fadaises superstitieuses que lui racontaient ses esclaves, pendant que Ponce ronflait à deux chambres de là. Elle consommait avidement des aunes d'histoires de fantômes, de lémures, de statues marchantes, de voix s'élevant des tombeaux, de lait tombé des étoiles pendant qu'elle sirotait du vin chaud au suc de pavot — qui la constipait. Lampes et bougies vacillaient dans sa chambre aux vents de la nuit, peut-être de l'au-delà, parmi une multitude de statues et statuettes qu'elle amassait avec une frénésie obstinée depuis son arrivée en Orient, sur des étagères, des tables, par terre autour de son lit, paradoxale population de l'imaginaire où, par exemple, le démon Pazuzu, roi du vent et de la peste, ricanait de manière sinistre entre les cuisses de l'Aphrodite-aux-seins-multiples, horde de génies de marbre, de bronze, de calcaire, de diorite, de porphyre ou d'albâtre auxquels, chaque soir, les récitations chuchotées des esclaves prêtaient un semblant de vie. Procula déplorait qu'elle ne pût mettre la main sur aucune effigie d'un faiseur de miracles auquel elle portait une dévotion croissante, un Galiléen nommé Jésus. Osiris, Mômos, ni Tinia n'étaient plus de ce monde, mais ce Jésus en était, et il vivait en Palestine, accomplissant des prodiges que même les espions de son mari tenaient pour vrais. Procula rêvait de partir pour la Galilée où, imaginait-elle, elle ferait sculpter dans la pierre un portrait de lui par le meilleur artiste disponible, mais elle n'osait réaliser sa lubie, par crainte de compromettre son statut et de se voir reprocher par Pilate une intrusion dans des affaires que la femme d'un dignitaire romain eût mieux fait d'ignorer.

Mais Procula commençait à se consoler de sa frustration, car l'esclave éthiopienne lui avait assuré que Jésus serait à Jérusalem pour la Pâque. Elle avait même convaincu Ponce d'inviter ce Jésus à la préfecture pour guérir ses insomnies. Et, à coup sûr, cet homme remarquable ne refuserait pas l'offre d'un portrait. Et aussi, comme elle avait entendu dire que le Sanhédrin — cette bande de gérontes et d'intrigants pleins de dépit — et Hérode — ce pervers éhonté — détestaient beaucoup Jésus, elle avait conçu pour eux une aversion dont elle avait contaminé Pilate. Elle comptait les jours qui la séparaient de la Pâque, et pour être sûre de ne pas manquer ce Jésus, qu'on appelait également, elle n'avait pas très bien compris pourquoi, le Messie, elle avait organisé un réseau étonnamment vaste d'informateurs, s'étendant, entre autres lieux, à la domesticité même d'Annas.

Etant donné que ses fenêtres, au premier étage, dominaient l'aile où se trouvait la chambre de la Pierre Taillée, pour elle un antre d'iniquité, Procula pouvait surveiller du regard ce qui se passait là, et elle ne s'en privait pas. C'est ainsi que, le jour suivant l'entrevue de Gedaliah avec Hérode, elle s'avisa d'une animation inaccoutumée dans le hall du Sanhédrin. Alors que, d'habitude, les sessions se succédaient à un pas de sénateur, se terminant toujours et paresseusement avant le crépuscule, les visiteurs allaient et venaient bien après le crépuscule et quelquefois demeuraient jusqu'à des heures avancées. Si elle tendait son cou à un certain angle, Procula pouvait observer les gérontes gesticuler passionnément ou rester mystérieusement figés. Elle pouvait les voir quand les fenêtres étaient ouvertes, ce qui était le cas de plus en plus fréquemment lors des séances tardives, car il fallait évacuer la fumée des lampes. Elle pouvait même les entendre, mais elle ne comprenait pas l'hébreu et, de toute façon, ne captait que des bribes des phrases les plus véhémentes. Tout cela était bizarre, et Procula dépêcha donc l'Ethiopienne, qui parlait l'hébreu et qui partageait passionnément les superstitions de sa maîtresse et sa révérence pour Jésus, afin d'écouter sous les fenêtres. L'esclave revint un peu plus tard, hochant la tête avec tristesse, pour informer Procula qu'Annas, le grand prêtre, organisait l'arrestation de Jésus pour le moment où celui-ci mettrait le pied dans la cité, à trois semaines de là. Procula en fut très irritée. Il était dix heures du soir, selon la clepsydre ; Ponce ne dormait pas encore ; elle courut à son appartement. Le procurateur prenait un bain d'eau de son, comme l'avait conseillé Hérode. Procula communiqua son information quand même, sans égard pour les règles de décence, qui interdisaient à une épouse de regarder son mari nu ailleurs que dans l'intimité de la chambre à coucher. L'intrigue, soutint-elle, constituait une grossière offense à l'autorité du procurateur, étant donné que le Sanhédrin n'avait pas le droit d'arrêter qui que ce fut sans en référer d'abord à l'autorité romaine, même si l'arrestation se fondait sur des raisons purement religieuses. Puis elle sortit en coup de vent.

Pilate à son tour s'énerva, se rendant compte qu'Hérode avait contourné son autorité et avait alerté le Sanhédrin pour réaliser son projet d'arrêter Jésus. Une telle ténacité, se dit Pilate, indiquait donc qu'il s'agissait d'une affaire d'importance et qu'il y avait davantage en jeu que les prétentions vraies ou non d'un magicien de Galilée. S'il en était ainsi, aucune décision ne devait être prise dans son domaine sans son consentement. Il détenait la plus haute autorité en Judée et il commençait à être excédé des façons insidieuses, sinueuses et visqueuses de tous ces Juifs.

Le lendemain même, au matin, Pilate convoqua Annas avec le plus bref des préavis. A midi, le grand prêtre se rendit au palais, l'air offensé, accompagné de Gedaliah. Après les salutations d'usage, Pilate entra dans le vif du sujet.

« Il n'y aura pas d'arrestation à Jérusalem ou n'importe où ailleurs sans mon consentement », dit-il tout sec. « Je considère comme une grave atteinte à l'autorité que je représente que vous ayez comploté sur mon territoire, avec la complicité d'autres membres du Sanhédrin, d'arrêter un homme qui n'a commis aucun délit dont j'aie connaissance. Cela équivaut à un délit de trouble prémédité de l'ordre public. »

Annas blêmit et respira profondément, mais parvint à répondre, après que les échos de la voix de Pilate se furent éteints :

« C'est l'homme qui prétend être le Messie qui menace l'ordre public, Excellence. Tu n'es pas au fait des résonances de sa prétention, qui, laisse-moi l'affirmer, ressortissent aux affaires religieuses. Ni moi, ni personne agissant sous mon autorité n'avons eu l'intention d'offenser ton autorité. »

« Ce n'est nul autre que le tétrarque lui-même qui m'a dit que vous, Juifs, avez attendu un Messie pendant des années. Je comprends qu'il n'y a aucun crime dans la prétention d'être un Messie », répliqua Pilate d'un ton également ferme. « Etant donné que cet homme Jésus que vous comptiez arrêter a de nombreux disciples, j'en conclus que vous avez sciemment pris le risque d'une révolte ouverte sur mon territoire, et cela sans m'en aviser. »

« Je te consulte maintenant », dit Annas.

« Tu as entendu mon opinion. »

« Un Messie menacerait aussi l'autorité romaine. Il devrait être roi des cinq provinces. »

« S'il y a quelqu'un que cela concerne », répondit Pilate, « c'est Tibère. Pas toi. J'entends que le projet d'arrestation de Jésus soit immédiatement démantelé. »

Annas, désarçonné, tenta une dernière carte.

« C'est ma démission que tu demandes », dit-il.

« Et c'est toi qui m'y contrains. Je la tiens pour effective avant le coucher du soleil. »

La conversation n'avait duré que quelques minutes. Ce fut assez pour changer Annas en un homme voûté, qui dut s'appuyer sur le bras de Gedaliah pour descendre les escaliers.

« Il y a un espion parmi nous », dit Gedaliah quand ils eurent regagné les appartements du grand prêtre.

« Nous vérifierons cela plus tard », répondit Annas d'une voix rauque. « Pour le moment, il nous faut réunir le Sanhédrin d'urgence. »

Dans l'heure qui suivit le crépuscule, les soixante-dix membres de l'assemblée avaient pris place dans la chambre de la Pierre Taillée, en grande agitation. Annas se leva.

« Frères », dit-il, « ce matin, le procurateur de Judée, Ponce Pilate, a demandé ma démission en présence de Gedaliah. Il en a le pouvoir effectif, sinon légal. Ni Hérode Antipas, ni Hérode Philippe ne plaideraient ma cause. Le procurateur a pris ombrage de notre plan d'arrêter Jésus, car il estime que la prétention d'être le Messie n'est pas un délit religieux, et que son arrestation déclencherait des troubles qui sont du ressort du pouvoir impérial et sénatorial romain. Je vous ai demandé de venir ce soir ici en urgence pour élire mon successeur. »

Plusieurs voix s'élevèrent à la fois, certaines

exprimant l'indignation, les autres proclamant leur loyauté à Annas, d'autres encore proposant de résister à Pilate et d'adresser une lettre de protestation à Tibère.

« Il y a un espion parmi nous ! » cria Gedaliah.

Murmures encore indignés.

« Je ne crois pas qu'il y ait des espions, ni même un seul », observa calmement Gédéon ben Hannoun. « Nous ouvrons tout le temps les fenêtres. Il y a chez Pilate des gens qui parlent hébreu. »

Les Lévites se pressèrent pour refermer les fenêtres, qui étaient, en effet, ouvertes.

Les soixante-dix parurent consternés par les répercussions de cette futile imprudence.

« J'ai déjà prévenu que la Shekhinah pourrait être investie en Jésus », dit Joseph d'Arimathie. « Je forme le souhait que nous ne poursuivions pas le projet funeste dont, pour ma part, je n'ai pas été avisé. Ni bien d'autres membres de cette assemblée. Pour l'honneur du Sanhédrin, et bien que je déplore vivement l'initiative du grand prêtre, je propose de différer l'élection d'un autre grand prêtre et d'écrire à Tibère. »

« Soyons pratiques », dit Annas, « une lettre n'atteindrait pas Rome avant deux semaines et la réponse impériale avant deux autres. Cette assemblée doit avoir un chef demain et pour la Pâque. Je vous demande d'élire un successeur. Les greffiers ont enregistré ma démission. »

Il se rassit.

Ils délibérèrent. Et ne parvinrent à rien. Il était tout aussi difficile d'élire un grand prêtre parmi les partisans de l'arrestation de Jésus que parmi les opposants à ce projet.

Bethyra leva les mains.

« Parle », dit Annas.

« Le seul moyen à la fois de satisfaire à l'ordre du Romain et de le défier pour maintenir notre honneur est d'élire quelqu'un de ta maison. J'ai nommé ton beau-fils Caïaphas. »

Stupeur.

« Il n'est pas membre du Sanhédrin », observa Levi ben Phinehas.

« Nous pouvons l'élire sur-le-champ et tout de suite après l'élire grand prêtre », répondit Bethyra.

« Allez chercher Caïaphas », ordonna Annas aux Lévites.

Une demi-heure plus tard, il arriva, tiré de son lit. Trapu, le poil d'un noir sans reproche, pâle. Bethyra l'informa. Il accepta.

Peu avant minuit, il fut désigné. L'intronisation se ferait dès que possible.

Les électeurs se retirèrent. Annas, Caïaphas et Gedaliah, qui détenait les clés de la porte, restèrent en dernier. L'ancien et le nouveau grand prêtre s'apprêtèrent à partir aussi. Gedaliah leva un doigt.

Ils le regardèrent, intrigués.

« Il nous manque une information vitale pour réaliser notre projet », dit Gedaliah.

« J'y ai aussi pensé », dit Annas. « Qui nous avisera de l'arrivée de Jésus à Jérusalem ? Le chercher parmi ces dizaines de milliers de visiteurs serait chercher une aiguille dans une botte de foin. »

« Exact », dit Gedaliah. Il nous faut un informateur. Un des propres disciples de Jésus. »

XX

LE PAIN ET LA CHAIR

Une voix heurta l'autre versant de sa conscience. Une voix tendre et vraie, qui ne répétait qu'un mot : « Maître ! » Il remua dans son sommeil déclinant. Ses mains et ses pieds revinrent aux sensations de la réalité de sa peau, encore humide des pâturages du rêve, souffrit du vide qui soudain l'entourait.

« Maître ! Réveille-toi, s'il te plaît ! »

Il ouvrit les yeux sur le visage de Jean, penché sur lui et qui semblait pourtant distant d'une lieue. Il y déchiffra de l'anxiété.

« Maître, il y a une foule dehors, qui t'attend. Ils savent tout... que tu as marché sur les flots. »

Il s'assit sur sa couche, un matelas de paille bosselé, à même le sol. L'aube prêtait des reflets bleutés à son nez, ses épaules, son torse. Il ajusta ses braies et se leva pour prendre la gargoulette posée sur l'appui de la fenêtre ; il en but une longue goulée.

« Ne vas-tu pas leur parler ? Ils sont venus ici au lieu d'aller à la pêche. »

« Il y a quelqu'un qui aurait dû aller à la pêche au lieu de parler de la nuit dernière », dit Jésus, frissonnant et tendant la main vers sa robe. « Va, laisse-moi faire mes ablutions et dis-leur que je les verrai dans un moment. »

« Tu le feras, vraiment ? »

Jésus sourit.

« Les autres sont ici, enfin. Thaddée, Judas Philippe, Bartholomé », dit Jean.

Les coqs chantaient. Il sortit par la porte arrière et alla en direction des champs. L'odeur de la terre humide montait encore. Les dernières étoiles scintillaient dans le ciel clair. Ce serait une belle journée. Il revint se laver avec une éponge, au baquet d'eau froide que les femmes lui avaient préparé comme d'habitude. Il commença par le visage et les cheveux et termina par les reins et les pieds. Il se frotta les membres, légèrement surpris par ses mouvements lents, comme s'il s'émerveillait de leur fonctionnement. Puis il se peigna, ramena ses cheveux en arrière en chignon, les attacha avec une bandelette de lin et enfila sa robe, puis son manteau.

Jean avait dit vrai ; c'était bien une foule. Mille,

deux mille peut-être, en tout cas bien plus qu'il n'en aurait été pêcher. Ils l'acclamèrent ; il hocha la tête.

« Allons à la synagogue », dit-il.

Il les mena vers le monument de basalte noir qui commençait à rosir sous le premier soleil. Il déplora quelques bousculades à la porte. Il monta en chaire, comme il l'avait fait deux ans plus tôt, quand il avait rallié le reste de ses disciples. Le rabbin qui s'était opposé à lui n'était plus là ; il avait eu une attaque et déraisonnait, maintenant, une ruine baveuse ; il avait été remplacé par l'homme qui se tenait maintenant sous la chaire au premier rang, un quidam tellement timoré qu'il osait à peine dire s'il faisait jour ou nuit. Des colombes voletaient avec coquetterie sous la voûte, et Jésus les observa, en attendant que tout le monde se fût placé avant qu'il ne prît la parole. Un tohu-bohu agita les rangs.

« Regardez ! Regardez ! C'est sa mère ! Et voilà ses frères ! Cède le passage, femme ! Laisse-les passer ! »

Jésus baissa les yeux et ressentit un trouble. Marie avait un regard sombre et tendu. Et ses quatre demi-frères, les fils de Joseph et d'une autre Marie, qui donc les avait alertés ? Il leva les bras et le silence se fit.

« Je sais que vous n'êtes pas venus me chercher parce que vous avez été avisés des signes », dit-il, « mais parce que ceux de vous qui étaient avec moi à Bethsaïde ont mangé le pain du ciel et qu'ils ont été rassasiés, tandis que les autres ont toujours faim et demandent le seul pain qui apaise la faim. Je vous le dis à tous, le pain que l'on cuit dans son four est une nourriture périssable, mais le pain de la vie éternelle n'est ni cuit, ni périssable, ni encore vendu. »

Ils faisaient des yeux ronds. Marie ne cillait pas.

« Ce pain », poursuivit-il, « le Fils de l'Homme vous le donnera, parce que c'est sur lui que Dieu a mis le sceau de son autorité. Si vous ne croyez pas en lui, vous n'aurez pas ce pain. »

« Ce sont là tes mots », dit avec force un homme

dans l'assemblée, « mais quels signes peux-tu nous montrer que nous croyions en toi ? J'étais à Bethsaide aussi, mais le seul pain que j'y aie mangé est celui que j'avais emporté avec moi. Tu ne nous as pas donné du pain, comme le Seigneur envoya la manne à nos ancêtres dans le désert et comme il est dit dans les Livres : "Il leur donna du pain du ciel pour qu'ils mangeassent." Tu nous as donné tes mots, disant qu'ils étaient le pain du ciel, et maintenant tu le répètes. Tu accomplis des prodiges, mais les magiciens en font aussi ; donne-nous un signe, homme. »

« Il a marché hier sur les flots, que veux-tu de plus, incroyant ? » s'écria une voix, que Jésus reconnut comme celle de Simon-Pierre. « J'étais dans le bateau, avec mon frère André ici présent, et Jacques et Jean et Thomas, et nous l'avons vu, lui que nous avions laissé à Bethsaïde, marcher sur les flots comme tu marches sur le sol, pour venir à notre secours dans la tempête ! Quels autres signes veux-tu ? »

Des discussions éclatèrent dans l'assemblée. Jésus y coupa court.

« Je vous dis ceci : ce ne sont pas signes qui doivent compter. Moïse vous a donné le pain du ciel, mais c'est le vrai Père qui donne le vrai pain du ciel. Ce pain est celui qui apporte la vie au monde. »

« Donne-nous ce pain maintenant et toujours ! » s'écrièrent plusieurs voix.

Jésus laissa la rumeur s'apaiser et dit :

« Je suis le pain de vie. »

Stupeur, scandale.

« Ceux qui viennent vers moi n'auront plus jamais faim », dit-il, « et celui qui croit en moi n'aura plus jamais soif. Mais vous ne croyez pas en moi, bien que vous ayez été témoins. »

Ils n'étaient pas prêts pour ces mots, oh oui, il ne le savait que trop. Aucun d'entre eux ne pouvait comprendre une bribe de ce qu'il disait. Ils s'attacheraient aux mots, et les mots les scandaliseraient.

Mais, de toute façon, ils ne seraient jamais prêts à le comprendre. Et il n'était pas venu à la synagogue pour les apaiser. Le temps n'était plus à l'apaisement ; il était à l'éveil. Ces mots-là étaient prêts depuis longtemps ; il avait simplement attendu qu'ils s'échappassent de sa bouche, comme il avait depuis longtemps compris qu'il était le seul capable de les guider hors de leur désert intérieur, comme Moïse les avait affranchis de l'esclavage. Ils avaient toujours besoin de libérateurs, ces gens, ses gens. Mais s'ils avaient été des Romains, par exemple, ou des Scythes, c'est-à-dire des gens qui n'avaient pas de chaînes à rompre, ils n'auraient pas eu besoin de lui.

« Qu'est-ce que c'est que tout cela ? Qu'est-ce que tu racontes, homme ? » s'écria un autre. « Que signifies-tu en disant que tu es le pain envoyé par le Seigneur et que, si nous ne mangeons pas de ce pain, nous serons privés de la vie éternelle ? Et notre foi, nos Livres, nos prophètes ? »

Le rabbin s'agita, mal à l'aise. Peut-être ferait-il mieux de quitter la synagogue, sans quoi il semblait patronner des déclarations aussi extravagantes. Marie semblait exprimer la réprobation.

« J'ai été envoyé par le Père, non pour accomplir ma volonté ni prononcer mes propres paroles, mais pour accomplir la volonté et prononcer les paroles de Celui qui m'a envoyé. C'est Sa volonté que je ne perde pas une seule brebis du troupeau qu'Il m'a confié, mais que j'en prenne garde sans défaillance jusqu'au dernier jour. »

« Tu en as déjà perdu une, de brebis ! » s'écria quelqu'un. D'autres crièrent aussi qu'ils quittaient le prétendu troupeau.

« Nous sommes venus chercher un homme qui consoliderait les fondations d'Israël », dit un vieillard, « pas pour écouter quelqu'un qui les ébranle ! »

Il se fit un mouvement vers la sortie. Marie, les disciples et les autres qui étaient restés étaient consternés.

« C'est la volonté de mon Père que tous ceux qui tournent leurs regards vers le Fils et mettent leur foi en lui possèdent la vie éternelle », dit Jésus d'une voix ferme, « et je les ressusciterai au dernier jour. »

« Cet homme est fou ! » cria encore un contestataire. « Il y a un instant, il disait qu'il est le pain envoyé par le Seigneur pour nous nourrir, et maintenant il dit qu'il est le fils du Seigneur et qu'il fera sortir les morts de leurs tombeaux ! Cela défie le sens commun ! Cet homme joue-t-il avec les mots ? Est-il l'un de ces parleurs creux de la Décapole qui changent leurs auditeurs en ânes ? Ou bien est-ce parce que son nom, quand il est mal prononcé, sonne comme le mot "pain" qu'il croit être le pain du Seigneur ? Nous sommes des Juifs, ici, homme, tu as voyagé trop loin ! C'est la terre de Moïse et de David, ici, et maintenant celle de Job ! Parle clairement ! »

Le pouls qui s'accélère, les tempes qui battent, les mains qui deviennent moites. Un picotement dans la nuque, la colère qui monte et tout de suite après, une tristesse de plomb. Jésus considéra tranquillement son adversaire.

« Le païen croit que le croyant est fou, et le croyant croit que le païen est fou », dit-il, « parce que chacun d'eux utilise des mots anciens. J'utilise des mots neufs. Le Seigneur a lavé les mots pour moi. Tu es de la même race que ceux qui ne comprenaient pas les prophètes, et tu cites Moïse, mais quand Moïse est descendu de la montagne, homme, il a trouvé tes ancêtres, ceux-là mêmes qu'il avait nourris et affranchis, en train de danser autour du Veau d'Or, parce qu'ils ne l'avaient pas écouté ! Car tes ancêtres connaissaient mieux le Veau d'Or, homme, que les paroles qu'il ramenait de la montagne ! »

Face tendue de Marie, ruisselante de Jean, hagarde de Simon-Pierre.

« Moïse nous a apporté la Loi, toi tu la détruis. Tes disciples ne respectent pas le Sabbat et ils ne se lavent pas les mains avant de manger. Et toi, homme, il est bien connu que tu parles à des filles perdues et que tu cultives la compagnie des mangeurs d'ivraie et des frôleurs de tavernes ! » répliqua l'homme avec un ricanement étouffé.

« L'invective ne te mènera nulle part », répondit Jésus. « La Loi, vous l'avez vous-mêmes piétinée. Un homme sage ne coud pas une pièce neuve sur un vieux tissu. »

« La Loi serait-elle donc un vieux tissu ? »

« Je te demande : a-t-elle habillé l'impudicité d'Israël ? » dit Jésus.

« Tu dis que tu es envoyé par le Seigneur », intervint un autre, « mais nous savons tous que tu es le fils de Joseph, le charpentier nazaréen qui travaillait ici, et de Marie, sa seconde femme ici présente. Quand le Seigneur t'a-t-il délégué ? L'as-tu vu ? »

« Vous êtes venus me chercher, je ne vous ai pas appelés, mais je répondrai ceci : je ne veux pas dire que personne ait vu le Père. Celui qui vient du Seigneur a vu le Père et lui seul L'a vu. En vérité, ce que je vous dis est que le croyant possède la vie éternelle. Celui qui mange le pain de vie possède la vie éternelle et je suis ce pain-là... »

Nouvelle interruption, causée par plusieurs personnes qui protestèrent à la fois. Les frères de Jésus levèrent les yeux au ciel, de désespoir. Marie était crayeuse et les disciples tournaient la tête à droite et à gauche, comme s'ils cherchaient une issue. L'Iscariote prit une tête de vautour et la bouche de Jean fut déformée par des sanglots ravalés. « Incompréhensible ! Outrage ! Sortez cet homme de la maison du Seigneur ! » Le rabbin, lui, s'était depuis longtemps esquivé. Les gens qui sortaient se heurtaient à ceux qui voulaient entrer pour savoir la cause de ce nouveau chahut. Il y eut des empoignades où les disciples furent pris à partie. Simon-Pierre cria : « Silence ! Au moins laissez cet homme s'expliquer ! » Et des voix répondirent : « Ouais, qu'il s'explique ! » Le calme revint, fragile. La voix accusatrice de Jésus s'éleva de nouveau.

« Cessez de murmurer ! Les prophètes vous ont avertis et ont pris le Seigneur à témoin, mais vous avez mis leurs mots dans des Livres et vous les récitez avec vos lèvres, mais vos yeux sont aveugles, vous êtes sourds et vos cœurs se sont changés en pierre ! Vos ancêtres ont mangé la manne dans le désert, mais ils sont morts ! Je vous parle du pain du ciel, celui qu'un homme peut manger et qui le rend immortel. »

Sa voix monta à la puissance d'un stentor.

« Je suis ce pain vivant ! Si quelqu'un mange de ce pain, il vivra toujours ! »

Il laissa les échos se répercuter sous la voûte.

« De plus, le pain que je donne est ma propre chair ! Je la donne pour la vie du monde ! »

Pandémonium, cris et hurlements.

« La même chose et pire ! Non seulement cet homme ne s'est pas expliqué, mais il est devenu sacrilège ! Homme là-haut, Jésus, es-tu donc un païen que tu ignores l'interdiction du cannibalisme ? Et crois-tu que nous ayons l'appétit de ta chair ? »

Le rabbin était revenu, visiblement contre sa volonté, car il était poussé par deux hommes qui lui enjoignaient de parler. Sa voix faible finit par se dégager du tumulte.

« Dans la liste des malédictions prononcées par le Seigneur tout-puissant sur les Juifs qui lui désobéiraient, il est dit dans le Deutéronome : "Ils t'assiégeront dans toutes les cités, sur toute la terre que le Seigneur ton Dieu t'a donnée. Alors tu mangeras tes propres enfants, la chair des fils et des filles que le Seigneur ton Dieu t'a donnés, à cause de la famine à laquelle tu seras réduit, quand ton ennemi t'assiégera. L'homme délicat, gâté, ne partagera pas avec son frère, ou son épouse, ou les propres enfants qui lui restent la viande qu'il mangera, la chair de ses propres enfants." C'est ce que le Deutéronome dit au sujet de la consommation de chair humaine. »

« Les autres citations, rabbin ! » cria Jésus. « Les autres citations ! N'es-tu pas ici pour défendre la Loi ? N'es-tu pas un homme instruit ? Ne t'a-t-on pas enseigné les Livres ? N'es-tu pas ici, tremblant sur tes jambes, pour nous rappeler ce qui y est aussi écrit ? N'es-tu pas payé pour cela ? Alors parle, rabbin ! »

Le rabbin devint luisant de sueur. Marie éclata en larmes et partit précipitamment, suivie par les frères de Jésus. Simon dit :

« Cet homme a perdu la raison ! Qu'on lui donne de la rue ! De l'ellébore ! »

« Il est écrit, rabbin, dans les Confessions et les Adresses de Jérémie, celles où le prophète a consigné les menaces du Seigneur aux princes impies de Juda et aux habitants de Jérusalem, il est écrit ceci, rabbin, et vous autres, entendez : "Je changerai cette ville en une scène d'horreur et de mépris, de telle sorte que tout passant sera frappé d'épouvante et grimacera de dégoût au spectacle de ses plaies. Je forcerai les hommes à manger la chair de leurs fils et de leurs filles. Ils se dévoreront la chair les uns les autres dans la famine à laquelle leurs ennemis et ceux qui veulent leur mort les réduiront durant le siège." C'est ce qui est écrit dans le Livre de Jérémie concernant la chair humaine ! »

Jésus faisait face à ceux qui restaient, quand même assez nombreux pour remplir la moitié de la synagogue, avec un masque de pierre.

« Il a réellement perdu la raison », murmura Thomas.

« Il est le Messie », objecta Simon-Pierre.

« Non, il est devenu fou », dit l'Iscariote.

« Fou, oui », dit Jacques.

« Je vais quitter ce lieu sur-le-champ », dit André.

« Il est toujours le Messie, nous ne comprenons pas ses mots, mais nous devons les écouter », dit Jean. « Nous a-t-il jamais induits en erreur depuis tant de mois que nous le suivons ? Non, pas une seule fois ! Donc, je reste. »

Un vieillard voûté s'avança au pied de la chaire et, agitant les bras de façon menaçante en direction de Jésus, lui dit :

« Tu prétends que tu nous donnerais le pain de la vie éternelle, mais en fait, c'est la nourriture du plus sombre péché que tu nous offres ! De la chair humaine, en vérité ! Avons-nous si gravement désobéi au Seigneur que nous soyons maudits, pour te sacrifier et manger tes membres ? » Et, s'adressant à l'assemblée : « En vérité, moi Zacharie, fils d'Ephraïm, je vous le dis, le seul péché que nous ayons commis a été d'écouter cet imposteur. Chassez-le d'ici ! »

Quelques hommes s'avancèrent pour expulser Jésus.

Il ne cilla pas.

« Descends et va-t'en »

« Il s'en ira tout seul. Ne profanez pas davantage ce lieu par des empoignades ! »

« En vérité, en profonde vérité, je vous le dis », reprit Jésus impavide, « à moins que vous ne mangiez la chair du Fils de l'Homme et que vous ne buviez son sang, vous ne pouvez avoir de vie en vous ! Quiconque mange ma chair et boit mon sang possédera la vie éternelle, et je le ressusciterai au dernier jour. Ma chair est le vrai pain, mon sang est le vrai vin. Quiconque mangera ma chair et boira mon sang demeurera à jamais en moi, et moi en lui. De même que le Père vivant m'a envoyé et que je suis vivant à cause de Lui, celui qui me mangera vivra à cause de moi. Ceci », dit-il en frappant sa poitrine, « est le pain venu du ciel ; il n'est pas comme celui que nos pères ont mangé. Ils sont morts. Mais je le répète et je le répéterai jusqu'à ce que vous le compreniez, quiconque mange ce pain vivra à jamais. »

« Je n'en peux plus », s'écria l'Iscariote, qui sortit.

Tous les autres disciples le suivirent, à l'exception de Simon-Pierre, de Thomas et de Jean.

Jésus descendit de la chaire et passa devant les hommes qui l'avaient menacé. Il alla vers la mer. Arrivé au rivage, il respira profondément. Comme les mots s'étaient échappés de lui ! Il les avait confusément pensés auparavant, puis ils s'étaient organisés tout seuls ! Ils l'ébranlèrent. Voilà donc qu'il s'était offert en sacrifice au Père pour racheter les péchés d'Israël ! L'idée de son changement en agneau le jeta dans la confusion, son esprit tournoya, désorienté... Voilà donc la trame qui s'était secrètement tissée autour de lui jusqu'à ce jour ! S'il ne délivrait pas Israël par la force, il devrait se sacrifier pour Israël. Aimait-il tant Israël ? Pas Israël seulement. Il avait dit qu'il donnait sa chair pour le monde ! Le monde ! Il revit les rues d'Alexandrie à midi et celles d'Antioche le soir, l'aube verte au-desus d'Oxus et le couchant indigo à Memphis, et les milliers d'humains qui voulaient croire qu'ils avaient un Père et que ce Père se souvenait d'eux, que l'Unique les aimait au-delà de leurs péchés. Mais le Père voulait s'assurer que Ses créatures voulaient vraiment Son amour... Il fallait donc lui offrir un sacrifice assez grand pour racheter les innombrables offenses à Sa Loi. Et aucun agneau n'était assez beau pour cela, nulle colombe assez blanche, aucun lait, ni aucun vin n'était digne d'être présenté à l'autel... Le seul sacrifice que l'on pouvait Lui offrir était... les mots vacillèrent. Le sacrifice requis serait celui du seul homme choisi pour traiter avec le Père, celui qui avait été capable de s'élever vers Lui, celui qui s'en était approché assez près pour être appelé le Fils, lui-même, Jésus... Voilà donc ce qui avait mûri en lui, à son insu ! Il fallait un sacrifice, le sien, pour changer le cours du monde.

Il soupira. La mer de Galilée était un immense lingot d'argent en fusion sous le soleil du matin.

Comment se sacrifierait-il ? Ou bien serait-il sacrifié ? Les yeux pleins d'horreur, il s'imagina démembré sur un autel... Et abandonné ! Ils ne le mangeraient pas, non, c'était vrai, les Livres interdisaient la consommation de chair humaine... Il ne savait plus qué penser. Il sentit des présences à ses côtés. Simon-Pierre, Thomas et Jean.

« Vous voulez me quitter, vous aussi ? » dit-il d'une voix lasse, sans les regarder.

« Où irions-nous ? » répliqua Simon-Pierre. « Tu es notre maître et nous n'en avons pas d'autre. Nous ne comprenons pas tes mots, mais peut-être les comprendrons-nous plus tard. »

« Les autres sont partis », dit Jésus.

« Ils reviendront. »

« Pas tous », répondit Jésus. « De toute façon, parmi ceux qui reviendront, il y aura des traîtres. »

« Pourquoi ? » s'écria Jean.

« Il y en aura certains qui croiront que je les ai menés sur un chemin détourné. Et ils voudront se venger. »

« Je ne trahirai pas », dit Thomas.

« Mais tu es ici ? » dit Jean, intrigué par le ton de Thomas.

« Il n'est plus ici pour longtemps, il s'en va aussi », dit Jésus. « N'est-ce pas Thomas ? »

« Oui », répondit Thomas.

« Tu me désapprouves. »

« C'est exact. Entièrement. »

Les quatre hommes regardèrent la mer pendant un moment.

« J'avais espéré que tu nous sortirais de ce désert », dit Thomas, « ce désert éternel des Juifs où Dieu n'est qu'une puissance vengeresse. »

« Tu blasphèmes ! » s'écria Simon-Pierre.

« C'est décidément le jour des blasphèmes ! » répondit Thomas. « Toute parole différente sonne comme un blasphème aux oreilles de certains. Mais je n'accuse personne. Je ne veux pas d'un Dieu à qui il faut encore offrir des sacrifices. »

« Tu as trop fréquenté les Grecs », dit Simon-Pierre. « Tu veux un Dieu qui ne jouerait aucun rôle dans nos vies. »

« C'est parce que j'ai trop fréquenté les Grecs, en effet, que je ne veux plus de sacrifices humains, comme ces omophagies où les célébrants dévorent Dionysos, et boivent son sang. Je m'en vais. »

« Va avec les Grecs, va donc », dit Jean.

« Oh non, je te l'ai déjà dit, je suis las des Grecs. Ils ont aussi un dieu qui est monté sur le bûcher pour apaiser son père Zeus... Il s'appelle Héraclès. »

Jésus se tourna pour regarder Thomas. L'ancien disciple soutint son regard.

« Je ne suis pas juif, et je ne suis pas non plus grec », dit Thomas. « Mais il me semble que vous êtes plus grecs que vous le croyez. Ou peut-être les Grecs sont-ils plus juifs que les uns et les autres le savent ! »

« Tu n'as pas de racines, toi », dit Simon-Pierre. « Tu joues. »

« Nos ancêtres non plus n'avaient pas de racines », dit Thomas.

Il tourna les talons. Jésus le regarda s'éloigner jusqu'à ce qu'il ne fût plus qu'une ombre tremblante sur le rivage.

Ils rentrèrent chez Simon-Pierre. La femme de l'ancien pêcheur leur prépara un repas d'un air sombre.

« Nous devrions être à Jérusalem pour la Pâque », dit Jésus.

Il semblait perdu dans ses pensées. Une ou deux fois, il murmura quelques mots et Jean crut entendre : « Dionysos ! »

XXI

UN OTAGE NOMMÉ JUDAS

« Ne pouvons-nous donc pas faire quelque chose contre les prostituées ? »

La question vola comme une pierre dans la chambre de la Pierre Taillée, inondée de soleil. Le chef de la police du Temple sembla l'avoir reçue en plein visage ; il renversa la tête. C'était la première fois que le grand prêtre mentionnait la prostitution. Il est vrai que c'était un jeune, celui-là, ce Caïaphas. Son beau-père ne se serait pas permis une telle question.

« Un rapport qui t'est parvenu », dit Caïaphas d'un ton faussement détaché, « et qui, d'ailleurs, m'est également parvenu, établit que, l'an passé, il y avait en gros trois mille prostituées, sans compter les garçons et les jeunes hommes, dont la proportion est d'un cinquième des putains. Cette année, on en signale déjà quatre mille. A ce rythme-là, d'ici quelques années il y aura autant de prostituées à Jérusalem durant la Pâque qu'il y a de Hiérosolymitains durant le reste du temps. Je te demande : que pouvons-nous faire ? »

Le chef de la police plissa le visage dans une longue grimace.

« C'est un problème délicat », dit-il.

« En effet », admit Caïaphas avec un soupçon d'ironie.

« En premier lieu », dit le policier, « comment établir qu'une femme ou un homme sont prostitués ? Il faudrait pour cela les surprendre en flagrant délit et faire la preuve qu'ils ont accepté un commerce charnel pour de l'argent. »

« Fais-les surprendre », dit Caïaphas.

« Excellence, j'ai moins de cinq cents policiers. Il m'en faudrait dix fois autant durant la Pâque pour contrôler Jérusalem et les champs et collines avoisinants, chaque nuit. »

« Tu pourrais commencer par harasser ceux qui se peignent les yeux et portent des vêtements voyants. »

« Le pourrais-je, Excellence ? » demanda le policier avec un regard sournois. « Les enfants de quelques membres importants du Sanhédrin lui-même ont adopté la mode de ces ornements et justifient leur maquillage en soutenant que l'antimoine avec lequel ils agrandissent leurs yeux est une protection contre les miasmes. Tu ne voudrais pas que j'arrête le fils d'une personnalité éminente du Sanhédrin à la Pâque ou à n'importe quel autre moment, n'est-ce pas ? »

Caïaphas songeait à ses propres beaux-frères et à certains neveux et fit la moue. Il conviendrait quand même de mettre bon ordre à tout cela. Il ordonna au policier de lui communiquer au moins les noms de ceux dont les comportements étaient provocants.

« Puis », reprit le policier, « il faut tenir compte du fait que les visiteurs païens sont nombreux à la Pâque et qu'ils contribuent à la prospérité de la ville. S'ils ne trouvaient pas les... services auxquels ils sont habitués dans les autres villes, ils commenceraient à importuner nos propres filles, nos épouses et, puisque tu les as mentionnés, les garçons et les jeunes hommes. Certes, ceux-ci résisteraient, mais avec le temps, l'argent devient persuasif, et le seul effet d'une chasse inconsidérée à la prostitution aurait été d'avoir corrompu nos propres citoyens et d'avoir élevé le prix des services charnels. Tandis que, les choses étant ce qu'elles sont, nous souffrons d'un moindre mal. Le scandale ne dure que trois semaines et laisse la cité sans cicatrices quand les visiteurs sont repartis. »

« Je vois », dit sombrement Caïaphas. « Tu peux disposer. »

Mais le chef de la police restait là, l'expression légèrement insolente.

« As-tu quelque chose à ajouter ? » demanda le grand prêtre, irrité.

C'est alors que Gedaliah entra ; le policier lui lança un regard et parut satisfait.

« Oui, Excellence, j'ai quelque chose à ajouter. Non seulement je m'abstiendrai d'une vaste chasse à la prostitution, mais aussi de toutes recherches excessivement zélées d'inconduite sexuelle. »

Gedaliah ferma les yeux pour dissimuler son exaspération.

« Il est troublant pour mes hommes d'arrêter des citoyens éminents engagés dans un rapport charnel, mettons sur le toit d'une maison, et de s'entendre assurer plus tard qu'ils ont été victimes d'une illusion. Avec ta permission, Excellence. »

Et le chef de la police quitta la salle.

« Qu'est-ce qu'il voulait dire ? » demanda Caïaphas.

« Une déplorable affaire », murmura Gedaliah. « Un collègue estimé. Tu m'obligerais en ne me demandant pas son nom. Je suis venu t'informer d'autres affaires. Jésus a quitté Capharnaüm après un scandale, que je détaillerai plus tard. La plupart de ses disciples l'ont abandonné, et parmi ceux-là, deux éligibles pour l'affaire que nous projetons, l'un est Thomas de Didymes, et l'autre Judas Iscariote. Le premier est milésien d'origine thrace, semble-t-il, le second est de Judée. Il semble qu'il y a quelques jours, après avoir accompli un prodige douteux, qui consista à marcher sur les flots de la mer de Galilée durant un orage, Jésus s'est adressé aux gens de Capharnaüm et, du haut de la chaire de la synagogue, a tenu un discours incompréhensible et blasphématoire. Je ne me fie pas trop à l'ouï-dire, mais je suis raisonnablement sûr qu'il a répété à plusieurs reprises qu'il est le pain de l'éternité et que tous habitants d'Israël et du monde devraient manger sa chair et boire son sang pour atteindre à la vie éternelle. Sa mère et ses demi-frères, ainsi que la plupart des disciples, comme je l'ai dit, et la meilleure partie de l'audience ont quitté le lieu saint dégoûtés... »

« Le pain de l'éternité ! » s'écria Caïaphas, abasourdi. « Le pain de l'éternité ! Mais c'est là un discours païen ! » ajouta-t-il en claquant une paume sur la cuisse.

« De toute façon, ce n'est pas là un discours juif, et ses implications cannibales lui valent d'être seul. Ces informations nous ont été mandées par courrier spécial du rabbin de la synagogue de Capharnaüm, assorties de quelques détails sur les disciples que j'ai cité », dit Gedaliah. « L'Iscariote est un Zélote, qui a déjà eu maille à partir avec notre police, il y a deux ans, à la suite d'un vol dont les légionnaires romains furent les victimes. Le même Judas prétend maintenant, mais nous savons que ce ne sont là que des vantardises, qu'il a tué ces légionnaires. On suppose qu'il s'est rallié à Jésus parce qu'il désespérait de la cause zélote, qui est évidemment perdue, et aussi parce qu'il n'avait pas pu s'imposer comme chef d'une bande de Zélotes, quelque part en Judée. Comme j'espère l'avoir indiqué », dit Gedaliah, scrutant le visage de son nouveau maître, « celui-ci est une tête brûlée et un raté. Thomas est tout son opposé. C'est un homme instruit, qui a beaucoup voyagé et qui parle plusieurs langues. Le rabbin de Capharnaüm nourrissait une certaine appréhension à son endroit, parce que ce Thomas était beaucoup plus prompt que lui à citer les Livres et à le faire correctement. Ce Thomas, qui était déjà versé dans la religion juive — nous croyons savoir que sa mère était juive —, semble s'être, lui, rallié à Jésus après une rencontre accidentelle à Antioche, il y a quelques années, et comme il cherchait un maître, il s'est placé sous la dépendance de Jésus jusqu'à l'épisode de la synagogue. Voilà les deux hommes entre lesquels nous avons le choix », conclut Gedaliah en allant se verser de l'eau.

« Savons-nous pourquoi ces deux hommes ont

628

quitté Jésus ? » demanda Caïaphas, comprenant une fois de plus pourquoi son beau-père avait insisté pour qu'il conservât Gedaliah à son service. C'était un cerveau efficace et clair.

« Nous disposons de quelques indications. Judas a déclaré haut et clair que Jésus avait perdu la raison et que non seulement il ne pourrait jamais délivrer Israël du joug romain, mais encore que deux hommes de la même farine enfonceraient Israël dans l'esclavage. Quant à Thomas, il aurait été en désaccord philosophique avec Jésus sur cette affaire de chair et de pain, de sang et de vin. »

« Et les autres ? »

« J'ai analysé leurs cas sur la base des informations disponibles, et je les ai rejetés pour deux raisons principales. Un, ce sont tous des Galiléens et ils sont restés en Galilée. Or, bien qu'ils soient en désaccord avec Jésus, ils n'affronteraient à aucun prix la honte d'avoir aidé des ennemis à s'emparer de celui qui fut leur maître. Deux, ils sont trop jeunes, ou bien ils n'ont pas d'ambition. Ce n'est le cas ni de l'Iscariote, ni de Thomas de Didymes. Judas n'a pas de liens avec la Galilée et ne serait pas hostile à l'idée de trahir son maître, et Thomas est un vagabond-né et personne ne pourrait lui reprocher son infidélité. »

« Mais toi, tu as une préférence », dit Caïaphas, qui n'était toujours pas à l'aise dans ses nouvelles responsabilités et qui soupesait prudemment la loyauté et la compétence de Gedaliah.

« Nous y arrivons », dit Gedaliah, arpentant la salle. « Tout d'abord, quel sera notre discours ? Nous n'allons certes pas proposer à l'un ou à l'autre de trahir tout uniment leur maître. Ils nous exècrent tous, et ces voyous ont aussi une sorte d'honneur ; ils nous enverraient donc promener en ricanant. Il faut leur dire que nous avons besoin d'un homme fort qui succède à Jésus à la tête du groupe démantelé, étant donné que Jésus a manqué de chance. »

« *Nous* leur dirions cela ? demanda Caïaphas, abasourdi.

« Exactement cela », dit Gedaliah. « Un groupe rebelle bien organisé, agissant pour des motifs purement religieux, serait vital pour nous ; il nous permettrait de reprendre le contrôle de la Judée, parce que nous aussi trouvons insupportable que la province où s'élève le Temple soit directement gouvernée par un païen. Nous laisserions entendre que quelques accusations de décadence durant la Pâque, quelques scandales, l'arrestation de quelques prostituées trop voyantes suffiraient à faire des merveilles, c'est-à-dire à susciter une insurrection. Celle-ci nous donnerait des éléments de marchandage avec Rome. Nous représenterions que l'administration du procurateur est dangereuse, parce qu'inefficace et que, de toute façon, il est impensable que la Ville Sainte elle-même soit gouvernée par un païen, alors que les provinces du Nord, elles, sont sous la responsabilité de Juifs, les tétrarques Hérode Antipas et Hérode Philippe. Nous ferions également observer que la paix ne fut jamais menacée à Jérusalem tant que le pouvoir y était exercé par un Juif, le père des deux tétrarques, Hérode le Grand. »

Caïaphas remua à peine sur son siège ; il était de plus en plus stupéfait. Admiratif aussi. Ce Gedaliah était un conseiller hors pair. Annas avait eu raison de l'imposer.

« Mais tu crois qu'ils goberaient cela ? » demanda le grand prêtre.

« Goberaient ? » répéta Gedaliah, presque offensé. « C'est là une histoire tout à fait plausible. S'il y avait un soulèvement durant la Pâque et que le Sanhédrin rétablissait l'ordre par son autorité, un porte-parole un peu éloquent persuaderait Rome sans difficulté qu'il est dans l'intérêt impérial de retourner à l'état de choses ancien, c'est-à-dire de rappeler le procurateur et de rendre le pouvoir temporel au grand prêtre, qui serait alors aussi prince de Judée. »

Gedaliah scruta le visage de Caïaphas et Caïaphas scruta celui de Gedaliah. Le premier guettait un signe de compréhension, le second s'efforçait de distinguer la frontière entre le mensonge que l'on administrerait à un renégat et le projet politique véritable.

« Tout cela est-il plausible ? » demanda Caïaphas. « Pourquoi l'un ou l'autre de ces disciples accepterait-il de jouer un jeu dont le bénéfice nous reviendrait ? »

« S'il s'agit de gens sincères, ce qui n'est pas à exclure d'emblée », répondit Gedaliah, « ils ne pourront pas rester insensibles à un projet dont la réussite aboutirait à relever le joug de Rome et à rendre aux Juifs l'autorité sur Jérusalem et la Judée. S'il ne s'agit que d'ambitieux, nous leur offrirons un poste honorifique quelconque, fût-ce un siège au Sanhédrin. Il faut garder en mémoire que ce sont maintenant des hors-la-loi ou des vagabonds déçus, habités par le sentiment de l'échec, et que toute proposition qui leur rendrait de l'importance sera écoutée avec l'intérêt le plus vif. »

« Mais ils objecteront que nous nous sommes comportés comme leurs ennemis ! » dit Caïaphas.

« Faux ! » s'écria Gedaliah. « Nous rappellerons que nous n'avons pas donné suite à l'incident des marchands du Temple, alors que nous aurions pu les faire arrêter sur-le-champ. » Il sourit. « C'est moi qui suis responsable de notre singulière tolérance. Il faut toujours se ménager une porte de sortie », dit-il.

« Et le reste, c'est de la fable, évidemment », dit Caïaphas.

« Pas du tout. »

« Tu te moques de moi ? »

« Pas du tout, Excellence. »

« Tu penses vraiment que moi, grand prêtre, je pourrais devenir prince de Judée ? »

« N'était-ce pas le cas il y a une vingtaine d'années ? » répondit Gedaliah. « Il suffirait, comme je l'ai dit, de donner des gages d'allégeance à Rome

631

et d'expliquer à Tibère que son intérêt réside dans le maintien de la paix en Judée et à Jérusalem. »

« Tu étais et tu restes, je crois, parfaitement dévoué à mon beau-père. Pourquoi ne lui as-tu pas d'abord suggéré cette possibilité ? »

« Chaque situation nouvelle engendre de nouvelles possibilités. La situation que voici n'existait pas alors. Jésus, ses disciples et leurs suiveurs constituaient une force cohérente ; ce n'est plus le cas. A nous d'exploiter ces circonstances. Peut-être aussi que j'essaie de me venger de Pilate pour ce qu'il a fait à Annas. Peut-être es-tu celui qui doit bénéficier de cette vengeance. Tu fais partie de la maison d'Annas. »

« Et toi ? »

« Moi ? » dit Gedaliah, s'arrêtant. « Tu veux dire, quelle serait ma récompense ? Mais personne a-t-il décelé en moi la moindre fibre ambitieuse au cours de mes trente années au service du Sanhédrin et du Temple ? »

« Tu proposerais donc à l'Iscariote ou à ce Thrace de reconstituer la bande de Jésus à Jérusalem et de susciter à Jérusalem, durant la Pâque, des troubles que nous finirions par contenir. N'est-ce pas risqué ? Cela pourrait nous mettre à la merci de Pilate et même d'Hérode, qui n'ambitionne rien de moins que de retrouver le pouvoir de son père en Judée. »

« Ç'aurait été le cas si le soulèvement était organisé par Jésus, parce que c'est un homme imprévisible et incontrôlable. Mais un soulèvement mené par un homme à nous serait tout à fait différent. Un homme à nous que nous encadrerions discrètement, évidemment. Pilate n'oserait pas intervenir dans une affaire purement religieuse. D'ailleurs, pour désarmer le procurateur, nous organiserions le soulèvement d'abord à l'intérieur du Temple, avec menaces de débordement en ville, pour effrayer Pilate. Nous pourrions, par exemple, rééditer l'incident du bazar. L'autorité de Pilate ne s'étend pas à l'intérieur du

Temple. D'où le fait que nous soyons autorisés à avoir notre propre police. »

« Je voudrais que nous ne nous laissions pas emporter par notre imagination », dit Caïaphas, qui commençait à ne plus très bien maîtriser les machinations théoriques de Gedaliah. « Supposons pour commencer que l'un ou l'autre des disciples gobe l'histoire que voilà. Comment cela nous aiderait-il à arrêter Jésus ? »

« C'est très simple. Celui que nous choisirions devrait rejoindre Jésus à son arrivée à Jérusalem et nous informer de l'heure et du lieu où nous pourrions l'appréhender.

« Tout cela est bien compliqué », observa Caïaphas. « Je me demande s'il ne serait pas plus simple, après tout, de nous servir de nos espions. Etant donné que ses disciples l'ont abandonné, Jésus n'est plus dangereux. Nous pourrions alors l'arrêter facilement et personne ne s'en soucierait. »

Gedaliah parut surpris. Puis désolé. Ce Caïaphas n'était décidément pas une tête politique !

« Tu ne dis plus rien », dit le grand prêtre.

« Excellence, ou bien Jésus n'est plus dangereux, comme tu le supposes, et je ne vois alors pas pourquoi nous prendrions la peine de l'arrêter. Ou bien il l'est et, dans ce cas, il me paraît téméraire de nous en remettre à nos espions. Trouver Jésus parmi une foule de plus de deux cent cinquante mille personnes, à Pâque, c'est chercher une aiguille dans une botte de foin ! Supposons donc que nous tardions à mettre la main sur lui et qu'il ait eu le temps de fomenter une vraie révolte, une grande, sur laquelle nous ne pourrions exercer aucun contrôle, nous serions dans le pétrin. Le mérite de rétablir l'ordre reviendrait alors à Pilate. »

« Tu sembles penser que Jésus est toujours dangereux. »

« Il l'est. Il ne faut pas croire qu'il n'a plus de pouvoir parce que ses disciples l'ont abandonné. Son nom sert toujours de signe de ralliement à des milliers de gens dans le pays, en Judée, à Jérusalem même. »

« Bon, bon », concéda Caïaphas, agacé. « Servons-nous donc d'un de ces deux disciples. Nous lui proposons de succéder à Jésus. Et après ? »

« La situation est désamorcée », répondit Gedaliah.

« Désamorcée ? Désamorcée, mon œil ! » s'écria Caïaphas, descendant soudain de son trône avec une prestesse qui saisit Gedaliah. « Tu sais très bien que Jésus est protégé par Pilate ! Tu me ferais risquer mon siège ! Annas a déjà perdu le sien pour la même raison ! »

Il semblait fort en colère.

« Tu as dit toi-même, il y a quelques instants, que Jésus est toujours dangereux et qu'il mobilise des milliers de gens », reprit le grand prêtre. « Si nous l'arrêtons, nous aurons sur le dos non seulement Pilate, mais des milliers de gens aux portes du Temple ! » Il se passa la main dans la barbe, se rasséréna un peu. « Nous ne pourrions arrêter Jésus que si nous le discréditions. Tu avais théoriquement raison en proposant de le faire remplacer à la tête de son mouvement par quelqu'un d'autre. Mais les descriptions que tu as données de ses disciples excluent cela ! Le dénommé Judas Iscariote est un forban, l'autre, Thomas, un songe-creux. Aucun des deux n'a l'envergure nécessaire pour succéder à Jésus. De toute façon, Pâque est dans six jours, nous n'avons plus le temps pour un projet d'aussi longue haleine. »

« Le pouvoir rend donc parfois intelligent », songea Gedaliah. « Je n'avais pas pensé à cet aspect de la situation. » Mais il sentait obscurément qu'il avait quand même raison de vouloir faire arrêter Jésus.

« Son Excellence a raison », admit-il. « Demeure un fait infrangible : si une émeute éclate lors de la Pâque, la situation devient incontrôlable et plus que périlleuse pour le grand prêtre. Il faut neutraliser

Jésus et on ne peut le faire qu'en l'arrêtant. Il faut donc affronter Pilate. »

« Affronter Pilate », répéta Caïaphas, recommençant à arpenter la salle.

« Il lui serait difficile de destituer deux grands prêtres à la suite. Et l'on peut lui représenter qu'il doit prendre devant Rome la responsabilité de l'alternative suivante : ou bien Jésus est arrêté ou bien c'est le désordre. » Il se lissa la barbe. « Pilate sait très bien qu'il est sous la surveillance des espions d'Hérode Agrippa, qui n'en finit pas d'intriguer entre Jérusalem et Rome. Il sera prudent. »

« On ne pourrait pas... faire assassiner secrètement ce Jésus ? » suggéra Caïaphas.

« C'est risqué. Et ce serait se mettre là Pilate à dos pour de bon. De plus, comment le trouver ? Une fois de plus, il nous faut un espion. »

« Et une fois arrêté, qu'est-ce que nous en faisons ? »

« Nous le faisons juger selon nos lois », répondit Gedaliah. « C'était là le projet d'Annas, qui avait commencé à rallier une majorité dans le Sanhédrin. »

« Je sais », dit Caïaphas. « Nous le condamnons donc à mort. » Il soupira. « Entreprise risquée. »

« C'est cela ou le chaos », dit Gedaliah.

« Je sais », dit encore Caïaphas.

« Une fois tout cela terminé, nous pouvons envisager notre mission à Rome. »

« Pour quoi faire ? » demanda Caïaphas.

« Pour représenter que l'ordre serait beaucoup mieux assuré par un grand prêtre qui serait prince de Judée », répondit Gedaliah.

« Ah oui, prince de Judée », répéta Caïaphas sans trop y croire. « Commençons par le commencement. Qui choisissons-nous parmi les deux disciples renégats ? »

« L'Iscariote. »

« C'est aussi ce que je pensais », dit Caïaphas. « Convoque-le. »

« C'est facile. Il se cache à Béthanie. Je lui ferai miroiter la grâce d'un pardon. »

Caïaphas hocha la tête, en proie à une soudaine migraine.

Judas fut amené au Temple le lendemain même. Hagard et mauvais. On l'avait arrêté pendant son sommeil. Il n'avait pas eu le temps de se renouer les cheveux sur la nuque ; il était hirsute.

« Laissez-nous et restez à la porte », commanda Gedaliah aux policiers qui avaient escorté l'Iscariote. Et, se tournant vers Judas, qui observait le grand prêtre à la dérobée : « Si ton vol n'avait pas été commis, il y a trois ans, à l'intérieur du Temple, tu serais dans les mains de la justice romaine. Nous pouvons toujours, d'ailleurs, te livrer à la justice romaine, étant donné que ce sont des Romains que tu as escroqués, leur vendant des amulettes de cuivre pour de l'or et les soulageant ensuite de leurs bourses. Qui plus est, tu as prétendu que tu les avais tués. »

Judas les regarda par en dessous, flairant un marché.

« Ce serait vraiment dommage », dit Gedaliah, « qu'un homme qui croit avoir lutté pour libérer son pays du joug romain finisse sur une croix romaine pour de minables larcins. Divine ironie que de grands projets soient enrayés par des incidents triviaux ! Le lion est transpercé par la lance du chasseur parce qu'une épine à la patte a gêné sa fuite, et l'épervier chavire dans le ciel parce qu'il a mangé un rat empoisonné ! » Il eut un petit rire. « Dis-nous, Iscariote, Jésus t'a-t-il chassé à cause d'un autre petit vol ? Qu'avais-tu volé ? »

« Pourquoi ne me jugez-vous pas sur-le-champ ? » répliqua Judas avec un geste de défi. « Même un criminel a droit à un jugement ! Je ne traite pas avec des gens comme vous ! Vous et les Romains, vous êtes des concubins ! »

« Très bien », dit Caïaphas, « appelle la police. »

Gedaliah alla vers la porte.

« Un instant », dit Judas.

Gedaliah s'immobilisa.

« Non, appelle la police », répéta Caïaphas.

Gedaliah mit la main sur la poignée.

« Attends ! » cria Judas.

« Attends quoi ? » demanda Gedaliah.

« Vous voulez quelque chose. Qu'est-ce que c'est ? »

« Nous voulons quelque chose ! » s'écria Gedaliah. « Quelle impertinence ! Je vais vraiment appeler la police. Cet homme, Excellence, devrait être crucifié et il ose prétendre que nous voulons quelque chose ! »

« Pitié ! » cria Judas en tombant sur ses genoux. « Pitié ! Dites-moi ce que je dois faire ! »

Gedaliah revint sur ses pas.

« Pour commencer, Judas Iscariote, quitte ton arrogance. Tu es probablement intelligent. Tes grands airs méprisants ne te mèneront nulle part. »

Judas hocha la tête.

« Pourquoi as-tu quitté Jésus ? »

Judas, toujours à genoux, ferma les yeux et renversa la tête, comme s'il souffrait.

« J'étais... déçu », murmura-t-il. « Terriblement déçu. Scandalisé. »

« Cette histoire de chair et de pain, n'est-ce pas ? »

« Vous savez beaucoup de choses », dit Judas.

« Oui, c'est cela. Mais pas seulement cela. »

« Quoi d'autre ? » demanda Caïaphas.

« Puisque vous en savez tant, vous devriez aussi savoir quoi d'autre », répondit Judas, retrouvant son agressivité.

« Nous voulons l'entendre de ta bouche. »

L'Iscariote s'assit par terre.

« L'échec », dit-il. « Tout ce que j'ai fait s'est achevé sur un échec. Les Zélotes sont des ratés. Ils ne peuvent pas s'organiser. Un coup de dague par-ci, par-là, ça ne mène nulle part. J'avais espéré que Jésus rallierait assez de forces dans les provinces pour renverser tout le système, les gros bonnets comme vous, et les Romains. Et le voilà qui se met à parler d'être mangé... » Judas soupira et se tordit lentement les mains, comme s'il ne savait qu'en faire. « Tant d'années d'efforts et d'espoirs envolées en fumée ! Le dernier chef possible qui tend son cou au bourreau... Vous ne pouvez pas comprendre. Personne ne le peut. » Il s'affaissait misérablement devant les deux procureurs. « Pourquoi vous ai-je empêchés d'appeler la police ? Que puis-je espérer d'autre que la mort ? Appelez la police. »

Caïaphas fixait l'homme, fasciné. L'âme était si facile à comprendre de loin, songea-t-il ; on la dépeignait en quelques phrases et tout semblait clair, ceci était bien et cela, mal, cet homme était honnête et celui-là, non. Mais quand on observait les gens de près... Il s'était représenté Judas comme un forban grossier ; il s'était trompé. Judas l'intéressait.

« Tu veux libérer Israël », dit-il, moitié faisant un constat, moitié posant une question. « Mais tu es mal informé. »

Judas ne réagissait pas.

« Je te parle », dit Caïaphas.

« Je t'ai entendu. Je suis mal informé. »

« Ne renonce pas. Aide-nous. »

« Vous aider ? »

« Nous, les gros bonnets. »

Judas fit une grimace.

« Jésus est sur le chemin de Jérusalem, n'est-ce pas ? »

« Je le suppose. »

« Imagine. Il arrive ici, dans une petite semaine. C'est le début de la Pâque. Il commence à parler, il réunit vite toute une audience. Les gens disent qu'il est le Messie et quoi qu'il articule, c'est de la pure révélation. Il appelle au désordre. Brûlez le Temple, délogez les prêtres et tout ça, n'est-ce pas ? Et qu'est-ce qui arrive, je te le demande ? »

« Un soulèvement. »

« Très juste », dit Caïaphas, d'un ton conciliant.
« Des émeutes. Des meurtres. Le sang dans les rues.
Des incendies. Qu'est-ce que font alors les Romains ?
Ils interviennent, bien sûr, assommant et taillant tout
ce qui bouge. L'ordre est rétabli. Qui a gagné ? Les
Romains ! Parlons donc de libération d'Israël ! Le
joug romain sur Jérusalem et la Judée se fait ensuite
plus lourd que jamais. Mais on peut empêcher cela. »

« Comment ? »

« Aide-nous à arrêter Jésus. Tu as déjà renoncé à
lui. »

Judas se leva, l'expression dégoûtée. Caïaphas et
Gedaliah l'observaient intensément.

« Tu sais quoi, Gedaliah ? » dit soudain Caïaphas.
« Je perds tout intérêt. Cet homme-là songe à hausser la mise. Qu'a-t-il en main, je te le demande ?
Rien ! Une corde de chanvre ou des clous. Mais il a
des principes, Judas Iscariote, c'est un homme hono-
rable, ne penses-tu pas ? Il se défendra très bien
quand il sera dans les mains des Romains. Nous ne
sommes pas dignes de traiter avec lui, ne penses-tu
pas, Gedaliah ? Il faut donc nous rendre à ses souhaits. Appelle la police ! »

Judas pâlit et serra les dents.

« Non ! » marmonna-t-il. « Non ! »

L'expression de Caïaphas se durcit soudain.

« Dernière chance », dit-il. « Notre temps est précieux, Judas. Le tien aussi est précieux, parce que tu
peux sauver ta vie en quelques minutes. Pense bien,
cette fois. Tu sais, Judas, quel est ton problème ? Tu
es comme ces grenades qui sont moitié bonnes, moitié pourries. D'une part, tu es un malfaiteur commun, de l'autre, quelqu'un qui voudrait voir Israël
libéré de ses chaînes. D'une part, tu es un chef de
bande ambitieux et sans scrupules, de l'autre, tu
crois que si tu réussissais à renverser les autorités,
tu aurais travaillé pour le bien d'Israël. L'ennui,
Judas, est que, bien que tu sois une graine de tyran,

tu n'as pas la capacité nécessaire à un chef, celle de fasciner. Tu es grossier. Ton discours est élémentaire, ton nez, bulbeux, tes mains et tes pieds sont d'un paysan, et ta démarche, celle d'un homme qui n'est pas sûr de lui. Pas de perspectives, Judas », dit Caïaphas, hochant la tête avec commisération. « A moins que la chance ne vienne à ton secours, tu es fichu. »

Il consulta Gedaliah du regard ; le premier assesseur était surpris ; il avait lui-même méjugé Caïaphas.

« Nous sommes ta chance, Judas Iscariote », reprit Caïaphas. « Si tu nous aides à arrêter Jésus, tu pourrais essayer ensuite de lui succéder. Je ne dis pas de prendre la tête du petit groupe qui le suivit jusqu'à il y a quelques jours. Je parle de tous ses suiveurs, ceux qui constituaient la foule qu'il a scandalisée à Capharnaüm. Cela satisferait ton ambition, non ? »

Judas ne bronchait pas.

« Mais il faudrait aussi que cela nous fût utile, Judas. Tu te demandes comment tu pourrais nous aider en prenant la place de notre ennemi. C'est pourtant simple : en déplorant non l'hypocrisie des gens en place, mais leur désarroi. Car nous ne sommes pas, comme tu le penses, les concubins des Romains. Seuls les faibles d'esprit et les ignorants croiraient une telle fable. Pilate nous exècre, Hérode aussi. Si nous étions complices des Romains, nous n'aurions pas besoin de toi et nous ne nous inquiéterions pas de Jésus. Ce qu'il te faudrait faire, si tu lui succédais, c'est déplorer le déclin de la Loi causé par la présence étrangère sur notre terre. »

« Mais c'est ce que font les Zélotes ! » dit Judas. « Et Jésus a rallié beaucoup de monde, non parce qu'il déplore ceci ou cela, mais aussi parce qu'il fait des prodiges. »

« Les Zélotes sont comme les mouches qui attaquent un chacal », dit Caïaphas. « Les mouches n'ont jamais tué un chacal. D'où l'échec des tiens. Quant aux miracles, les magiciens et les imposteurs en font aussi, et ils ne passent pour autant pour des messies. Nous pourrions très bien demander à Simon le Magicien de prendre la place que nous te proposons. Simon brûle d'être pris pour le Messie. »

« Simon a abjuré sa judaïté », observa Judas. « Il ne vous serait d'aucun secours. »

« Et c'est pourquoi nous nous adressons à toi », intervint Gedaliah. « Ce que tu devrais faire, c'est ce que Jésus n'a pas fait. Parler clairement et demander que l'on restaure la tradition qui unit la couronne d'Israël et la grande prêtrise. »

« Mais c'est aussi ce que fait Jésus, en un certain sens », dit Judas.

« Peut-être, mais ses ambitions sont condamnées s'il vise à être roi et grand prêtre. Il faut pour cela que l'on soit déjà l'un ou l'autre ; il n'est ni l'un ni l'autre. Il est donc un usurpateur. »

Judas médita la réponse de Gedaliah. De toute façon, il n'avait pas été convoqué par le grand prêtre en personne et son acolyte pour discuter de points de droit.

« Qu'est-ce que je suis supposé faire ? » demanda-t-il.

« Il faut lui retirer l'ascendant qu'il a indûment acquis sur les foules. C'est-à-dire l'écarter de la vie publique. Pour cela, il faut que tu retrouves Jésus et que tu nous informes de ses tenants et aboutissants. Nous nous occuperons du reste. Ce sera ensuite à toi de témoigner de tes talents. Tu es libre de choisir la stratégie que tu veux, pour autant que tu n'attaques pas le Temple et les prêtres et que tu ne causes pas d'effusion de sang », répondit Gedaliah, qui ajouta après un moment : « De toute façon, tu n'as pas le choix. »

« Et vous ne me dénoncerez pas aux Romains ? »

« Puisque tu nous aides, nous agirions contre nos intérêts si, comme tu le crains, nous jouions double jeu. »

Judas restait songeur.

« Tu ferais fausse route », dit Caïaphas, « si tu pensais qu'il s'agit d'un marché, ta liberté contre une trahison. Il s'agit de la sauvegarde d'Israël. »

Judas parut surpris.

« Que tout cela soit bien clair », dit Gedaliah. « L'homme dont il faut nous défaire n'est pas un héraut d'Israël. S'il avait une mission, il l'a compromise. Il avait des disciples, il les a perdus. S'il venait pour la Pâque, et qu'il tenait les discours que tu as entendus sur la nécessité de le manger, il ne compromettrait pas seulement sa personne, mais aussi l'idée même de Messie. Cela, nous ne pouvons pas l'accepter, et tu ne l'as pas accepté non plus. Si nous étions aussi perfides que tu semblais le supposer, il y a un instant », dit Gedaliah, se plaçant en face de Judas avec une expression empreinte de sincérité, « il nous suffirait de le laisser faire. Qu'il vienne, qu'il s'adresse aux foules, qu'il leur dise que sa chair est le pain de la vie éternelle et il perdrait en quelques heures le prestige qu'il a mis trois ans à acquérir. A la condition qu'il ne soit pas lapidé ! »

Là, il fut évident que Judas était ébranlé. Il hocha la tête.

« A supposer qu'il soit un peu plus rusé et qu'il s'abstienne de ce discours-là, qu'il parvienne à enflammer les foules et à causer des troubles, cela ne changerait pas l'issue finale de l'affaire. Car tu sais très bien, Judas, que l'homme se considère maintenant comme un perdant, non, une victime, sinon pourquoi se comparerait-il à un agneau que l'on sacrifie sur l'autel ? Je le répète : nous ne pouvons pas accepter qu'une notion aussi héroïque que celle du Messie soit ridiculisée. Aucun Juif ne le pourrait. Maintenant que tu as retrouvé ta clarté d'esprit, tu peux voir combien l'homme est néfaste. »

Judas hocha encore la tête, mais avec plus de conviction.

« Très bien », dit-il d'une voix enrouée.

« Tu es libre », dit Caïaphas.

Judas prit le chemin de la porte.

« Judas ! » cria Gedaliah.

L'autre se retourna. Gedaliah tenait une bourse.

« Il te faudra de l'argent pour rallier des hommes. Prends ceci. Trente deniers, cela devrait suffire. »

« C'est beaucoup d'argent », dit Judas.

« Tu en auras besoin. »

Gedaliah accompagna Judas à la porte pour informer les policiers que l'homme était libre, puis il referma la porte.

« Que penses-tu ? » demanda Caïaphas en se grattant la barbe.

« Ça marchera. »

« Je me demande si l'autre, Thomas, n'aurait pas été une recrue plus brillante », demanda Caïaphas.

« Désirons-nous vraiment entrer dans des dissertations sur la définition du Messie ? » demanda Gedaliah.

« Et maintenant, il faut se préparer à affronter Pilate », dit Caïaphas.

Il descendit de son siège et se dirigea vers la porte, que Gedaliah ouvrit pour lui. Dehors attendaient deux Lévites accompagnés par un docteur de la Loi, qui voulaient soumettre un cas complexe d'esclave émancipé qui était devenu plus riche que son maître et qui lui avait prêté une forte somme pour épouser sa fille.

« Demain », dit Caïaphas, se pressant vers ses appartements et, d'un geste brusque, il se drapa dans son manteau avec tant d'élan que les glands dorés qui ornaient la frange du vêtement dansèrent comme des cloches silencieuses.

XXII

LES DISCIPLES
VONT ET VIENNENT

Ils étaient depuis l'aube sur la route de Tibériade. Leurs pieds leur faisaient mal et bien que le temps eût été jusqu'alors particulièrement froid, ce jour-là, le soleil tapait. Ils s'assirent donc sous un prunellier, déjà en fleur. Simon-Pierre défit un ballot préparé par sa femme et en étala le contenu à l'ombre. Du pain, des œufs durs, du fromage aigre et des olives. Il se tourna imperceptiblement vers André, l'expression pressante et impatiente. André déballa son ballot à lui et en tira de la volaille et une grosse gourde de vin qu'il tendit à son frère.

Car André était revenu.

« Seigneur, notre Père, bénis ce repas », dit Jésus.

Il rompit le pain avec ce geste désormais familier à ceux qui avaient partagé tant de ses repas, les pouces joints au-dessus du pain, mais pas enfoncés, comme le faisaient les autres, le partage étant réalisé par un tour énergique des poignets. Simon-Pierre, André et Jean prirent leurs parts du pain et chacun tint la sienne pensivement, presque avec embarras. Quand ils se furent servis des volailles, des œufs, du fromage et des olives, ils hésitèrent, attendant que Jésus mordît dans son pain avant de se résoudre à planter les dents dans le leur. Même alors, ils mâchèrent leur pain précautionneusement, comme quelqu'un qui s'attend à trouver du gravier sous sa dent.

« Simon-Pierre t'a-t-il beaucoup tancé ? » demanda Jésus à André.

André cessa de manger et baissa les yeux. « Oui », murmura-t-il.

Simon-Pierre aussi avait l'air embarrassé.

644

« Qu'est-ce qu'il t'a dit qui t'a fait changer d'avis et nous rejoindre ? »

« Que tu es le Messie et que nous ne sommes pas censés comprendre tout ce que dit le messager de Dieu », répondit André, « et aussi que ce n'était pas la première fois que nous avions de la peine à comprendre ce que tu disais. Et qu'il ne fallait pas prendre tes mots littéralement. Le faut-il ? » demanda André, soudain enhardi.

« Si tu me demandes si tu devras manger mes membres », dit Jésus, « la réponse est non. »

André parut soudain soulagé.

« Mais les mots veulent dire plus que les mots, André. Le pain n'est pas seulement du blé moulu et cuit. Le blé est produit par la terre et la terre n'est qu'un grand tombeau. Quand tu manges du pain, tu manges aussi la substance des générations passées. »

André mâchonna son pain avec encore plus de prudence.

« Mais toi, tu mourras sur la terre, non ? » demanda André.

« Seul le Père le sait », répondit Jésus. « Toutefois, je dois mourir pour que cette terre revive. »

André frissonna et saisit la gourde. Jésus se tourna vers Jean. Il fallait s'adresser à celui que, parfois et familièrement, il appelait « l'enfant », puisque Jean était, et de loin, le plus jeune des disciples, quand il fut saisi, comme s'il voyait Jean après une très longue absence. Les yeux de Jean rencontrèrent les siens, impatients, questionneurs, mais Jésus resta muet. La lumière qui filtrait à travers les branches révélait dans le visage de Jean des changements bien plus profonds que ceux qui eussent dû se produire normalement entre la quinzième et la dix-septième année d'un homme. Allumant des éclats de verre sur la barbe naissante, creusant les orbites, creusant les lignes fines qui descendaient des narines aux commissures des lèvres, elle révélait un visage coupant, dans lequel il ne restait guère de place pour les incertitudes qui brouillent les traits dans la plupart des visages. Un visage rude, aiguisé par des vides et des pressions inhabituels. Jésus soupira, troublé. Si tous les disciples étaient partis, Jean aurait été le seul qui serait resté. Et quand lui, Jésus, aurait disparu, Jean aurait continué à se comporter exactement, fanatiquement, de la même manière que si son maître avait été là. « Les Esséniens l'auraient recruté sans hésiter », songea Jésus. Jean appartenait à l'espèce de Jokanaan. Et Jean rougit.

« Es-tu en train de me juger ? » souffla-t-il.

« Oui », répondit Jésus. « Tu es béni. »

Jean détourna son regard. Un peu plus tard, il dit :

« Il, je veux dire Jacques, reviendra, n'aie crainte. »

« Comment le saurais-tu ? »

« Il ne peut pas faire autrement. »

« Je préférerais qu'il revienne parce qu'il le veut », dit Jésus.

« Il n'est pas facile à tout le monde de se rendre. Nous sommes chair et sang, et il est difficile de se rendre, chair et sang, au Père. »

Jésus cilla. C'était presque le testament de Jokanaan.

« Seulement par la chair ! »

« Ai-je dit quelque chose de faux ? » demanda Jean.

« Non. Tu es béni. »

« Tu n'as pas sondé mon cœur et mes reins. »

« Si. »

« Et les autres ? »

« Chacun son lot. »

Il se leva et alla dans les champs. Ils firent comme lui, puis reprirent la route. Au crépuscule, ils furent à Tibériade. Presque immédiatement, un attroupement se forma. On l'acclama. Une femme cria : « Celui-ci est le Messie, écoutez-le ! » Un homme lui demanda : « Où vas-tu, Fils de l'Homme ? » Quand ils surent qu'il allait à Jérusalem, ils protestèrent. « Le berger abandonne-t-il ses brebis par peur du loup ? » répliqua-t-il. « Je suis le berger. Je connais mes brebis et mes brebis me connaissent comme je connais le Père et que le Père me connaît, et je donnerais ma vie pour mes brebis. » Des hommes élevèrent des torches au-dessus de leurs têtes pour apercevoir Jésus dans la nuit qui tombait. Dans la foule, Jésus reconnut quelqu'un.

« Est-ce toi, Thomas ? » cria-t-il.

Thomas se détacha de la foule et vint vers lui.

« Me voici, maître ! »

Il semblait au bord des larmes, et las.

« Tu es riche d'intelligence, Thomas, c'est dire que tu es pauvre, car l'intelligence est peu. C'est le cœur qui est intelligent. »

« Je suis avec toi, maître. »

« Qu'est-ce qui t'a fait changer d'avis ? » demanda Jésus.

« La première fois, ou bien celle-ci ? » demanda Thomas.

Jésus fut saisi d'un rire irrépressible. Thomas aussi se mit à rire. Tous les regardaient stupéfaits. Le Messie pouvait-il donc plaisanter ?

« Vieux singe », dit Jésus.

« Tu as fait rire le Messie ? » demandèrent les gens à Thomas, surpris jusqu'à la vexation.

Même Simon-Pierre et André semblaient piqués par cette gaieté dont ils ignoraient la cause. Seul Jean souriait, parce qu'il avait compris.

« Les Grecs t'ont donc renvoyé ? » demanda Simon-Pierre.

« Peste des Grecs ! » s'écria Thomas. « Ils ne rient pas assez ! »

« Peut-être ris-tu trop », rétorqua Simon-Pierre.

« Et toi, pas assez », dit Thomas. « Le Seigneur rit, alors qui serais-tu pour rester grave ? »

« Le Seigneur rit ? » dit Simon-Pierre, scandalisé.

« Blasphème ! » décréta André.

« De quoi parlent donc ces hommes ? » demanda un spectateur.

« Je te le dis, Simon-Pierre, un visage chagrin ne te mènera pas loin ! » dit Thomas.

« Le Seigneur rit-il ? » demanda un jeune homme dans la foule, s'adressant à Jésus.

« Si le Seigneur peut être en colère, pourquoi ne pourrait-Il pas rire aussi ? » répondit Jésus.

« De quoi le Seigneur peut-Il rire, alors ? » demanda le jeune homme.

« De l'absurdité de la vie », répondit Jésus.

« Pourquoi ne pleure-t-Il pas dessus ? » demanda un vieillard.

« Et pourquoi vous représentez-vous toujours le Seigneur comme une puissance furieuse ou chagrine ? » répliqua Jésus. « Pourquoi croyez-vous qu'Il ait concédé le rire à l'humanité ? Les chiens rient-ils ? Ou les crocodiles ? Ou les liens ? Ou les poissons ? Si l'homme est Son reflet sur terre, cela ne signifie-t-il pas qu'Il rit aussi ? »

« C'est décidément trop pour ma pauvre cervelle ! » dit le vieillard. « C'est la première fois que j'entends dire que le Seigneur rit ! Et il faut que ce soit le Messie qui le dise ! »

« J'aime pourtant l'idée que le Seigneur rit », dit le jeune homme.

« Moi aussi », dit Jean.

Des conversations s'engagèrent dans la foule sur les raisons d'hilarité du Seigneur, idée qui déconcertait tout le monde. Un homme riche invita à dîner Jésus et ses disciples. Jésus semblait tonifié par le retour de Thomas. Jean s'en avisa. Assis près de Jésus pendant le dîner, il lui demanda :

« Penses-tu toujours que tu doives être sacrifié ? »

Jésus hocha la tête.

« Mais tu es si plein de vie ! »

« Crois-tu que ce soient les agneaux malades que l'on sacrifie au Seigneur ? » répliqua Jésus. « Ou bien que le rire embrume le cerveau ?

Thomas avait entendu la question de Jean ; il se pencha vers le jeune homme.

« C'est l'écueil le plus dur de toute pensée », lui murmura-t-il, « que les contraires sont unis. »

Quand Jésus se fut retiré dans les quartiers que son hôte lui avait réservés, il s'endormit vite. Au milieu de la nuit, ses pieds rencontrèrent un obstacle chaud ; c'était un corps humain. Il n'eut pas besoin de s'asseoir pour le reconnaître. Recroquevillé comme un chien de berger, c'était Jean. Cela le tint éveillé longtemps, que l'amour et la mort fussent si proches de lui, comme l'eau douce et l'eau salée à l'embouchure d'un fleuve.

La halte qui suivit sur le chemin de Jérusalem fut Nazareth. Le hameau où, tant d'années auparavant, Joseph avait prévenu son fils qu'il ne serait pas un prêtre n'avait guère changé ; il n'avait à offrir qu'une foule maigre, de la volaille, des œufs et du fromage. Et sa part de malades qui attendaient que Jésus les guérît. Certains espéraient même être guéris de la vieillesse, puisque le Messie était arrivé. « Et les morts ? » demanda un vieux paysan. « Ne pouvait-on les ressusciter ? » Cette dernière question fut posée en présence de tous les Nazaréthains, le premier soir, devant la vieille synagogue, si petite et si étouffante que les gens se tenaient à l'extérieur. Jésus garda d'abord le silence, sentant l'embarras de ses disciples, tandis qu'ils le voyaient affronter la question naïve, mais logique : pourquoi ne tirait-il pas les morts de leurs tombeaux, puisqu'il était l'envoyé de Dieu ?

« Pourquoi arracherais-je les morts à la terre ? » demanda-t-il. « Ou bien pourquoi rajeunirais-je les vieux ? Serait-ce pour nier que la vie humaine doit, selon la volonté du Seigneur, avoir un terme ? Ou bien serait-ce pour anticiper sur le Jugement dernier, dont Lui seul décidera le jour ? Est-ce là réellement ce que vous attendez de moi ? Que j'inverse les lois que le Seigneur, notre Père, a énoncées dans Sa divine sagesse depuis l'origine des temps ? Dans ce cas, vous vous êtes égarés. Je suis le serviteur du Seigneur et je respecte Sa volonté. Non, je croirais plutôt que vous attendez de moi un signe qui prouve les pouvoirs dont Il m'a investi. Ainsi, je conforterais votre foi. Mais laissez-moi vous dire une histoire. Il y avait une fois un homme riche, vêtu de pourpre et du lin le plus fin... »

Une histoire, ils aimaient les histoires, tout le monde aime les histoires ! Ils retinrent leur souffle, une candeur enfantine brilla dans leurs yeux.

« Cet homme festoyait tous les jours avec faste. A sa porte, couvert d'ulcères, se trouvait un pauvre homme nommé Lazare, qui aurait été heureux de calmer sa faim avec les miettes tombées de la table de l'homme riche. Même les chiens venaient lécher ses ulcères. Un jour, le pauvre Lazare mourut et fut emporté par les anges auprès d'Abraham. L'homme riche mourut aussi et, dans l'Hadès où il était tourmenté, il leva les yeux ; là-haut, bien loin, se trouvait Lazare avec Abraham tout près de lui. "Abraham, mon père", cria-t-il, "aie pitié de moi ! Envoie-moi Lazare qu'il trempe le bout de son doigt dans l'eau, pour rafraîchir ma langue, car j'agonise dans ce feu." Mais Abraham répondit : "Rappelle-toi, mon fils, que toutes les bonnes choses t'appartenaient quand tu étais vivant, et que toutes les mauvaises étaient le lot de Lazare ; maintenant, il se console ici et c'est toi qui souffres. Mais ce n'est pas tout : il existe entre nous un grand abîme ; nul, de notre côté ni du tien, ne peut le franchir." »

Jésus fit une pause.

Thomas grimaça et Jean le vit.

« Que se passe-t-il ? »

« C'est une affreuse, affreuse histoire ! » murmura Thomas.

« Mais pourquoi ? »

« C'est une sinistre et basse affaire de vengeance, ne vois-tu pas ? »

« Laisse-le finir », souffla Jean.

« " Alors, père", répondit l'homme riche à Abraham, "laisserais-tu Lazare revenir à la maison de mon père, où vivent mes cinq frères, afin de les mettre en garde et qu'ils ne finissent pas dans ce lieu de tourments ?" Mais Abraham répondit : "Ils ont eu Moïse et les prophètes ; qu'ils les écoutent." "Non, père Abraham", répliqua l'homme riche, "mais si quelqu'un parmi les morts leur rend visite, ils se repentiront." Abraham répondit : "S'ils n'écoutent pas Moïse et les prophètes, ils ne feront pas davantage attention à quelqu'un qui revient du tombeau." »

L'audience resta silencieuse un moment, pensive, terrifiée. Des chauves-souris volèrent bas ; des criquets grésillèrent. L'humidité du soir tomba. Les femmes et les enfants frissonnèrent.

« Vous voyez donc », conclut Jésus, « qu'il n'y a pas de raison de rajeunir les vieux ou de ramener les morts du tombeau. »

Jean tourna la tête ; Thomas était parti.

Au dîner que les Nazaréthains offrirent à Jésus et à ses disciples, l'absence de Thomas fut remarquée de tous.

« Il est reparti, n'est-ce pas ? » demanda Jésus. Et, après un moment : « A-t-il dit pourquoi ? »

Jean baissa la tête. Jésus récita la prière et rompit le pain, Et quand Simon-Pierre et André se furent retirés pour soulager leurs cervelles et leurs pieds, Jésus redemanda à Jean :

« Qu'a-t-il dit ? »

« Il a désapprouvé la parabole. »

Jésus hocha la tête. Il s'allongea et écouta les bruits de la nuit.

« Ne te couche pas à mes pieds, tu n'es pas un chien », dit-il à Jean. « Tu peux dormir près de moi. »

Jean s'allongea et ne dormit pas, même quand Jésus se fut assoupi. Il se pencha par deux fois sur son maître, pour s'assurer qu'il respirait et qu'il dormait seulement. Il essaya de comprendre la désapprobation de Thomas, y renonça et s'endormit peu avant l'aube, pour voir en rêve Thomas qui lui faisait le signe du silence, l'index sur les lèvres. Il avait beau questionner Thomas, l'ancien disciple restait muet. « Quel est ton secret ? » lui cria-t-il. Cela le réveilla.

« Quel secret ? » lui demanda Jésus.

Et Jean ne savait pas.

Sur la route de Naïm et de Scythopolis, Jean guetta sans cesse le retour de Thomas, cherchant dans les foules le sourire mince au-dessus de la barbiche articulée, les yeux de belette sous le front en dôme et les sourcils broussailleux ; Thomas n'était nulle part.

« Il a probablement traversé le Jourdain », dit André, « et on le trouvera dévidant sa rhétorique avec des vagabonds parthes ou des gyrovaques scythes à Philadelphie. »

« Mais les autres, tous les autres, où sont-ils ? » demanda Jean, anxieux. « Où est mon frère ? »

Ils retrouvèrent Jacques à Archélaüs, en compagnie de Nathanaël, et de Judas de Jacques. Ce ne furent pas eux qui vinrent à Jésus, ce fut Jean qui tomba par hasard sur leurs traces, après qu'on lui eut parlé d'un homme qui avait été un compagnon de Jésus et qui travaillait dans une taverne. Il chercha dans toutes les tavernes de Jéricho, qui étaient nombreuses, se demandant quel était le disciple égaré qui était devenu serveur de salle. Puis il arriva dans une taverne où six hommes se querellaient à grands cris, son frère, Nathanaël et Judas de Jacques, donc, contre trois disciples de Simon le Magicien. Les insultes volaient. « Tête de cochon ! Parasite des boyaux ! Retourne donc à ton fabricateur de maître ! » et encore : « Vendeur de crottes de nez ! Cul-terreux ! Ton Jésus n'est qu'un diseur de fariboles voué au trou ! » De temps en temps, un horion ou un coup de pied agrémentait l'altercation. L'aubergiste, quelques soldats romains et des enfants observaient la scène avec amusement.

« Jacques ! » cria Jean.

Jacques tourna la tête et s'immobilisa. Comme Nathanaël et Judas de Jacques. Echevelés, la mise en désordre, ils avaient l'air de voyous. Ils firent un pas vers Jean.

« Quel sens cela a-t-il que de défendre Jésus dans un lieu pareil ? » demanda Jean, indigné. « Pourquoi n'es-tu pas revenu, et d'ailleurs, pourquoi nous as-tu d'abord quittés ? »

« Notre maître, lui, il vole dans les airs ! » cria un des disciples du magicien, croyant que leurs adversaires avaient abandonné le combat.

« Les chauves-souris le font aussi ! » leur rétorqua Jean.

Les soldats rirent.

L'un des hommes du magicien se précipita vers lui, mais fut arrêté net par un coup de poing que Jean lui administra en pleine face. L'homme vacilla et s'écroula.

« Vous en voudriez encore ? » demanda Jean aux deux autres sycophantes. « Nous vous aplatirons avant que vous ayez su ce qui vous arrive ! »

Son ton et la supériorité numérique des disciples de Jésus furent persuasifs. Les autres tournèrent casaque.

« Hé, petit, veux-tu être légionnaire ? » demanda un soldat.

« Allons », dit Jean à son frère et à Nathanaël et Judas de Jacques, « nous n'allons pas nous éterniser ici. »

« Et où allez-vous ? » demanda Judas de Jacques.

« A Jérusalem pour la Pâque. »

« Pourquoi devrions-nous vous suivre ? »

« Faites ce que vous voulez ! » dit Jean, las, se dirigeant vers la porte de l'auberge.

« Attends ! » cria Jacques.

« N'ai-je pas assez attendu ? »

« Il ne... Comment allons-nous l'affronter ? » dit Jacques.

« L'affronter ? » répondit Jean sur un ton parodique. « Et toi, comment t'affrontes-tu, Jacques ? Et comment affronteras-tu notre père ? »

« Il m'insultera », dit Jacques.

« Peut-être. Tu ne peux pas échapper toujours à ton destin. »

« Et qu'est-ce qui te rend tellement fendant ? » demanda Nathanaël, pointant le menton. « Est-ce que c'est parce que tu es son favori ? Dis donc que tu ne l'es pas, qu'on voie ! Alors, maître Jean, quoi qu'il dise, tu gobes. Il dit "Mangez-moi" et Jean le crédule dit "Oui". Qu'est-ce que tu viens raconter, Jean ? Que nous devons retourner et ramper ? »

Jean soupira.

« Peut-être ne devrais-je rien dire, Nathanaël, Jacques, Judas. Peut-être n'entendez-vous pas sa manière de parler, paraboles, métaphores. Peut-être n'avez-vous pas envie de vous battre contre d'autres ennemis que des braillards dans des tavernes. Peut-être même allez-vous prétendre qu'il n'est pas le Messie. Peut-être enfin serez-vous en paix avec vous-mêmes quand vous l'aurez abandonné. »

« C'est ça », dit Judas de Jacques, « allons, frères, acclamer le perdant. Parce que c'est désormais un perdant, nous le savons tous. Il a renoncé. »

« Un perdant, Judas ? Qu'a-t-il perdu ? Cherchais-tu un général zélote, Judas ? Ne te l'a-t-il pas assez répété, qu'il ne commandait pas une armée ? Que ce sont les mots qui défont les citadelles plus sûrement que les béliers et les glaives ? Crois-tu que les milliers de Juifs qui se sont ralliés à lui depuis la Galilée se soient trompés ou qu'il les ait trompés ? »

Ils restèrent embarrassés en face de l'adolescent. Au bout d'un temps, Jacques finit par dire :

« C'est mon frère, je le suis. »

Judas de Jacques et Nathanaël se concertèrent du regard et lui emboîtèrent le pas. Quand ils revirent Jésus, il était assis sur le pas d'une maison opulente, entouré de gens. Il racontait une parabole. Il les vit arriver et prit l'air grave. « Bienvenue », dit-il.

« N'avais-tu pas davantage de disciples ? » demanda une vieille femme, indiquant du geste les cinq hommes qui entouraient Jésus.

« J'en aurai d'autres », dit Jésus.

« N'es-tu pas un thérapeute ? Tout le monde dit que tu as fait partie des thérapeutes ! » demanda-t-elle encore.

« Tout homme animé de foi peut guérir, femme, et tout homme animé de foi peut être guéri. »

« Les malades sont-ils donc des incroyants ? »

« Le manque de foi est comme le vent du sud, il dessèche le corps. »

« Et la mort ? » demanda-t-elle encore, s'accrochant au bras de Jésus.

« Il n'y a pas de mort », dit-il, « rien qu'une disparition qui confond la mémoire. »

Ils descendirent ensuite vers Jéricho, puis Ephrem ; ils étaient entrés en Judée. Le premier jour de la semaine précédant celle de Pâque, ils étaient à Béthanie. A travers les oliviers cendrés et les cyprès bleus, ils distinguaient Jérusalem.

On les acclama de façon étrange.

« Regardez ! Regardez ! Il est vivant ! Ils ne l'ont pas mangé ! Venez voir ! »

André se saisit d'un homme qui n'arrêtait pas de nasiller que Jésus n'avait pas été mangé et lui demanda de s'expliquer sur le sens de ses mots. L'homme s'étonna : tout le monde savait que ses ennemis à Jérusalem avaient formé le projet de capturer Jésus, de le mettre à mort et de le manger comme les païens d'Afrique. Jésus entendit l'explication et sourit. Nathanaël prit l'air entendu.

Vers le soir, Jésus et les cinq disciples étaient assis sous un sycomore entourés de gens qui avaient fini leur journée de travail et qui avaient apporté, qui de la volaille, qui du poisson séché, des œufs, des salades, des crèmes, quand un inconnu vint et dit à

Jésus qu'un homme, qui l'attendait depuis plusieurs jours à Béthanie, demandait l'autorisation d'être reçu. Etait-il très important ? demanda Jésus. Infirme ? Non, dit le messager, mais il craignait d'être repoussé par Jésus. Et son nom ? Judas Iscariote.

« Judas Iscariote m'attendait donc ici », dit pensivement Jésus.

« A-t-il besoin d'un ambassadeur ? » grommela Simon-Pierre. « Je n'aime pas cela. »

« Je l'attends », dit Jésus.

L'Iscariote n'était pas loin, car il apparut peu après. Il s'approcha jusqu'à quelques pas de Jésus et de ses compagnons, puis les regards qui se concentrèrent sur lui agirent comme des lances ; ils le tinrent à distance.

« Bienvenue, Judas », dit Jésus. « Approche. »

Judas fit quelques pas en avant.

« Comment savais-tu que je serais à Béthanie ? » demanda Jésus.

« N'as-tu pas dit que tu irais à Jérusalem pour la Pâque ? Et n'est-ce pas une halte plausible, que Béthanie ? »

« J'aurais pu descendre par la mer et m'être arrêté à Emmaüs », observa Jésus.

« Quand as-tu décidé que tu reviendrais avec nous ? » demanda Simon-Pierre.

« Il y a quelque temps. »

« Combien de temps ? » insista Jésus.

« Dix jours, environ. »

« Tu nous as quittés il y a quinze jours ; tu es donc à Béthanie depuis dix jours, puisqu'il fallait près de cinq jours pour venir de Capharnaüm, n'est-ce pas ? »

« Juste », répondit Judas, troublé.

« Bien sûr, tu es de Judée et tu te sens chez toi dans cette province, même si tu n'y as rien d'autre à faire que d'attendre », dit Jésus d'une voix égale. « En tout cas, tu as eu le temps d'acheter des vêtements

neufs », ajouta-t-il en regardant la robe et les sandales neuves de l'Iscariote.

« Mes sandales étaient usées, et ma robe était
déchirée », dit Judas.

« Je suis heureux que tu aies eu de l'argent pour
en acheter d'autres. »

Deux serviteurs arrivèrent pour inviter Jésus et ses
disciples au premier souper de la semaine de Pâque,
chez Simon le Lépreux. Ce Simon-là était riche ; il
l'était devenu grâce à Jésus, qui l'avait guéri de ses
ulcères trois ans auparavant. Une fois guéri, il était
aussi devenu célèbre. Même les Pharisiens lui rendaient visite, pour s'assurer qu'il avait été définitivement guéri. Etant désormais propre, bien que son
ancien surnom lui demeurât, il avait ouvert un petit
commerce de légumes, et celui-ci avait si bien pros-
péré qu'un peu plus tard Simon avait acheté un verger et engagé un homme pour s'en occuper. Il possédait maintenant de nombreux arpents, il s'était
marié et son premier fils venait de naître ; et il devait
tout cela à Jésus. Qui lui rendit volontiers visite.

L'accueil fut riche d'effusions.

« Ce sont les vergers du ciel qui comptent », lui dit
Jésus avec un sourire.

« Rabbi, quand je mourrai, il n'y aura pas là-haut
un jardinier plus industrieux ! » répondit Simon.

Ils rirent.

Simon n'avait pas organisé un souper, mais une
fête. Les serviteurs qui se tenaient à l'extérieur de sa
maison expliquaient aux passants que le rideau
tendu devant la porte ne serait pas levé avant minuit,
ce qui signifiait que la maison serait alors ouverte à
tous. Il y avait déjà place pour trois douzaines
d'invités.

Simon offrit à Jésus une bourse pesante, puis lui
fit visiter sa maison et fit amener son fils pour la
bénédiction, enfin, il lui présenta tous les membres
de sa maison et les invités les plus éminents. L'on servit le souper, Simon ayant laissé à Jésus la place du

maître de maison et s'étant assis à sa droite. L'on accourut baiser les mains de Jésus avant le repas, et il en vint tant qui essayaient tous de poser leurs lèvres sur Jésus en même temps qu'ils finissaient presque par lui baiser les coudes. Les bénédictions plurent. Le premier des quinze services fut présenté — de la viande d'agneau roulée dans des feuilles de vigne — et le vin fut servi non coupé, à la manière hiérosolymitaine, dans des gobelets de verre, par-dessus le marché. L'allégresse monta, un chœur de jeunes filles chanta si gaiement, les pieds tressautant, qu'une douzaine des invités les plus jeunes se levèrent pour danser un coup. Les jeunes filles jetèrent des fleurs partout et des tambourins venus de nulle part tintèrent. Nathanaël, Jacques et Judas de Jacques ne résistèrent pas au rythme et rejoignirent les danseurs, dont plusieurs vinrent prier Jésus de danser avec eux.

« Je préfère vous regarder », dit-il, « car, de la sorte, je peux vous voir tous. Continuez donc à danser, vous êtes tous des David, et il n'y a pas de Saül. »

Ils dansèrent donc, Simon le Lépreux, légèrement gris, passant entre les danseurs et chantant : « Louez le Seigneur qui fit ce jour et cette nuit ! Louez le Seigneur qui nous a envoyé un Messie ! Louez le Seigneur qui nous a reproché notre désespoir ! »

« Tu vois, tu as chassé le chagrin », dit Jean, qui avait préféré rester près de son maître.

« Les sentiments sont comme les vagues de la mer », dit Jésus.

« Mais il reste de la tristesse dans tes yeux », dit Jean, qui ajouta après réflexion : « Est-ce à cause de l'Iscariote ? »

« C'est le seul qui ait témoigné de la peur quand il est revenu. Pourquoi devrait-il me craindre ? » dit Jésus.

« Ne te craignons-nous pas, tous ? Mon frère Jacques, Judas de Jacques et Nathanaël aussi avaient peur de revenir. »

« Quand ils m'ont vu, ils sont venus vers moi. Et maintenant, ils dansent. Mais regarde l'Iscariote. »

L'Iscariote était, en effet, morose.

« L'épervier fend l'air comme un voilier, mais quand il marche au sol, il est gauche. Le pinson sautille gracieusement dans les champs et les vergers, bien qu'il puisse voler. Chaque créature adopte le comportement qui convient à ses habitudes. M'as-tu compris cette fois ? Et d'ailleurs, pourquoi me demandais-tu si j'étais triste à cause de l'Iscariote ? »

Les invités chantaient que le Messie était arrivé, et Jésus s'assombrit.

« S'ils savaient ce qu'apporte un Messie », murmura-t-il, « ils ne chanteraient sans doute pas de la sorte. Et pourtant, j'aime la joie ! »

« Tu es leur Messie », dit Jean.

« Je suis pour eux le Messie », reprit Jésus. « J'essaie de les guider, comme Moïse les a guidés hors d'Egypte. Mais veulent-ils la liberté ? »

Puis il se figea, à la surprise de Jean. Ils se retournèrent tous deux. Une femme se tenait là. Jean ne l'avait jamais vue. Avec ses yeux sombres, assombris encore par des cernes et l'antimoine que mettaient sur leurs paupières les femmes qui avaient trop pleuré, avec ses joues creuses et son expression grave, elle contrastait violemment avec la fête. Son spectacle dégrisa Simon le Lépreux.

« Marie », dit-il, « bienvenue dans ma maison », laissant peser sur elle un regard inquiet. Et, à l'adresse de Jésus : « C'est la sœur de Lazare, l'homme que tu as guéri le même jour que moi. »

« Oui », dit Jésus, sans lever son regard de Marie. « Il souffrait de convulsions. »

« Lazare est mort », dit Marie. « Ce ne serait pas arrivé si tu avais été ici le mois dernier. »

« La mort n'est pas la destruction, Marie », dit Jésus. « Et il n'est pas dans mon pouvoir de conférer l'immortalité ici-bas. »

« Réjouis-toi, Marie, le Messie est parmi nous »,
dit le Lépreux.

Marie hocha la tête et tira de son manteau un flacon. Elle le déboucha et le versa lentement sur la tête
de Jésus, frottant doucement le contenu sur les cheveux. Une odeur de nard se répandit alentour. Puis
elle versa le reste du flacon sur les mains, les bras et
enfin les pieds de Jésus. Et elle resta alors age-
nouillée, noir paquet de chagrin chu dans l'allégresse
du festin.

« Quel gâchis ! » s'écria Simon-Pierre. « Il y en
avait au moins pour trente deniers ! »

L'Iscariote sursauta.

« Quelle est cette folle ? » s'écria-t-il aussi. « Le
parfum aurait pu être vendu et l'argent, donné aux
pauvres. Simon, il faut chasser cette femme ! »

Jésus, qui était jusqu'alors resté immobile et muet,
éleva enfin la voix. « Il y aura toujours des pauvres
parmi vous », dit-il, « mais je ne serai pas toujours
parmi vous. Peut-être lui restera-t-il du parfum pour
le jour où l'on m'enterrera. Lève-toi, Marie. »

Les mains de Marie traînèrent par terre et elle
s'assit aux pieds de Jésus, tandis que les danseurs
continuaient leur ronde. On servit la suite du repas.
Elle se leva et partit.

« Il se fait tard », dit Jésus. Il serra le Lépreux dans
ses bras et partit. Nathanaël, Judas de Jacques,
Jacques et Jean partirent après lui.

Ils marchaient vers la maison que le Lépreux
leur avait prêtée, quand une ombre accourut après
eux. L'ombre criait : « Maître, attends-moi ! » Jésus
s'arrêta. L'ombre, le rejoignit, haletante.

« Maître, c'est moi, Philippe ! J'étais à Jérusalem
quand des pèlerins m'ont dit que tu étais à Béthanie... Je suis venu tout de suite ! » Il vacilla. « Ou
peut-être ne me veux-tu plus ? »

« Mais si », dit Jésus. « Viens te reposer avec nous.
Tu as l'air épuisé. »

« Je suis venu aussi vite que j'ai pu », dit Philippe.
« Où est l'Iscariote ? »

« Je suis ici », dit l'Iscariote, qui se tenait dans l'ombre.

« Tes sandales », dit Philippe en les lui tendant. « Ce sont tes vieilles sandales, celles que tu as laissées chez le savetier, à Jérusalem. C'est chez lui que je me trouvais quand on m'a dit que le Messie était à Béthanie. Je les ai rapportées avec moi. »

Judas reprit ses sandales.

L'aube ramena Matthieu. Simon-Pierre, qui s'éveilla tôt, trouva le publicain à la porte, comme un fils prodigue. Ou un chien battu. Il but d'un trait le lait que Simon-Pierre était allé lui chercher et demanda s'il pouvait faire un somme. Lui aussi avait entendu dire par des pèlerins que Jésus était à Béthanie.

« Tout le monde à Jérusalem sait donc que Jésus est ici ? » demanda Simon-Pierre, vaguement inquiet.

« Ai-je dit tout le monde ? Non, j'ai dit que des pèlerins savaient que Jésus était près de Jérusalem. C'est moi qui en ai déduit que c'était à Béthanie. Mais ç'aurait pu être aussi Bethphagé. Pourquoi ? »

« Il ne faudrait pas que l'on nous trouve si aisément. Ils cherchent Jésus. Ils nous cherchent sans doute aussi. »

« Qui, "ils" ? » demanda Matthieu.

« Le Sanhédrin, les prêtres, Hérode, que sais-je ! »

« Va dormir », ajouta Pierre au bout d'un moment. Il réveilla Matthieu à midi.

« On change d'adresse. Toi et Philippe, vous nous avez trouvés trop facilement. D'autres aussi pourraient nous trouver », dit Simon-Pierre.

Ils quittèrent Béthanie deux par deux, à intervalles, pour ne pas attirer l'attention. Ils ne marchèrent pas longtemps, car le soleil était encore haut, ce 5 de Nisân, quand ils atteignirent leur destination, Bethphagé. André s'était fait prêter une maison un peu isolée, sur le versant oriental du mont des Oliviers. Matthieu somnolait ; à peine assis sur le sol, il s'allongea, se demandant confusément où se trouvait Jésus, ferma les yeux et s'endormit. Une main secoua son épaule, le ciel était vert.

« Bienvenue, Matthieu. Le temps n'est pas au sommeil. »

C'était Jésus ; les autres l'entouraient. Matthieu se releva, titubant.

« Voilà qui est mieux. Sois alerte. Tu ne sais pas quand viendra le moment. C'est comme lorsqu'un homme a quitté sa maison ; il a laissé ses domestiques à leurs postes et il a ordonné au portier de rester aux aguets. Restez donc aux aguets, toi Matthieu et vous autres, parce que vous ne savez pas quand le maître de la maison reviendra. Que ce soit le soir ou à minuit, au chant du coq ou le matin, s'il vient à l'improviste, il ne doit pas vous trouver endormis. »

Le lendemain était le jour du Sabbat ; ils écoutèrent la parabole de l'aveugle et de l'homme dans la nuit.

Le dimanche, 7 de Nisân, il trouva un jeune âne en train de paître près de la maison, se le fit prêter par son propriétaire et annonça qu'il allait donc à Jérusalem.

« Sur un âne ? » s'étonna Simon-Pierre.

« Rappelle-toi les Ecritures. "Ne crains plus, Fille de Sion ; vois, ton roi arrive, monté sur un jeune âne" », récita-t-il avec un sourire.

« Il nous faut t'accompagner, tu ne peux pas y aller seul », dit Simon-Pierre.

Il disposa son manteau sur l'âne, pour en faire une sorte de selle, et Jean aussi ajouta son manteau. Jésus monta sur l'âne. Matthieu et Simon-Pierre le précédèrent, les autres suivirent, Matthieu gardant la main sur sa dague. Au bout d'un quart d'heure, ils étaient au sommet du mont des Oliviers. Jésus s'arrêta. Devant lui se dressait le cœur d'Israël. A gauche, les déserts de Judée, vaste peau de lion que l'on avait étendue à sécher au soleil, avant que la mémoire eût été donnée aux hommes. Plus loin, comme deux pattes de la bête enserrant la mer Morte, les monts de Judée et les monts de Moab qui se perdaient à l'horizon. Là-bas, à Quoumrân, des hommes travaillaient dans la sueur comme Jokanaan et lui avaient autrefois travaillé, dans l'attente de la fin qui était maintenant si proche. Et le regard revenait invinciblement à la Cité, qui dominait la rive orientale du Tyropoeion, par-dessus les collines de la Bezetha, la Moriah, sur laquelle le Temple avait été reconstruit, l'Ophel ou Cité de David, et sur la rive occidentale, le mont Sion et le Gareb. Ç'avait été la cité de David et celle d'Ezéchiel. « Embouche la trompette à Sion, sonne l'alarme sur ma colline sacrée, que tous ceux qui vivent sur cette terre tremblent, car le jour du Seigneur est venu, assurément un jour de ténèbres et d'affliction... » L'âne pencha la tête pour paître. Jésus cligna des yeux. Erigée sur son roc, au nord-est, l'arrogante tour Antonia captait la lumière. Sur le mont Sion, les fenêtres de l'ancien Palais hasmonéen étincelaient comme des escarboucles, afin d'aveugler ceux qui tentaient de percer le secret de ses murs, les machinations du Sanhédrin et de Pilate. Des gens parlaient ; Jésus se retourna et trouva les regards intimidés et surpris de pèlerins. Les disciples expliquaient que c'était là Jésus, oui, et qu'il se rendait à Jérusalem sur un âne, pour accomplir les Ecritures. La foule grossit et certains commencèrent à demander qu'on les guérît de ceci ou de cela. Il n'atteindrait jamais Jérusalem. Il donna un coup de talon à l'âne, l'engagea sur l'un des trois chemins qui coupaient la vallée du Cédron et gravit celui du Temple. Des enfants gambadaient autour de lui, chantant le Messie sur des airs improvisés. Les aînés bénissaient celui qui venait au nom du Seigneur et le Messie, le retour du sceptre de David. A la porte Dorée, ils étaient plusieurs centaines. La quatrième heure de l'après-midi s'engageait, les cours se vidaient. Des Lévites balayaient le sol avant de se laver. Des plumes de pigeon volaient. L'escorte de Jésus chantait des hosannas sous le regard froid des Lévites. Le Temple allait fermer bientôt, la foule s'égailla. Ils diraient, le soir, qu'ils avaient été au Temple avec le Messie.

Le lendemain, mardi, 9 de Nisân, Jésus et les disciples partirent plus tôt, ayant passé la nuit à Béthanie pour égarer les recherches, pensait Simon-Pierre. Ils arrivèrent suivi d'une foule plus grosse et plus enthousiaste que celle de la veille. Quand les Lévites essayèrent de la réduire au silence, sous le prétexte que ses chants étaient incohérents et dérangeants, quelques hommes chantèrent encore plus fort.

« Les serviteurs du Temple devraient être mieux informés », dit l'un d'eux. « Le Messie est avec nous dans cette Maison de Dieu. C'est à vous de vous taire. » Les autres pèlerins déferlaient dans les cours. La nouvelle de la présence du Messie se répandit comme la poussière au vent, l'excitation gagna, avec une certaine anxiété. Les gens du bazar regardèrent à gauche et à droite pour repérer la cause de l'agitation. Les Lévites hâtèrent le pas dans des directions opposées, se heurtant parfois, car ils ne savaient pas où était Jésus, ni comment le reconnaître, et ressemblèrent à des fourmis dont la fourmilière vient d'être attaquée.

« Ceux-là, là-bas ! » s'écria Jésus, désignant du doigt les marchands et les changeurs. « Eux encore ! » Il s'élança vers leur quartier, comme il l'avait fait quelques années plus tôt, le pied élastique, le poing rigide. Les disciples l'encadraient, mentons, coudes et genoux prêts aux coups. « Je vous l'ai déjà dit une fois », dit Jésus, renversant la table d'un changeur et renversant des centaines de pièces d'argent et de bronze sur les dalles. « Je vous avais prévenus, non ? » dit-il, saisissant un homme par son col brodé. « Mais vous n'avez pas voulu comprendre ! Il est dit dans les Ecritures : "Ma maison sera appelée une maison de prière pour toutes les nations", mais vous l'avez changée en caverne de voleurs ! » Il repoussa l'homme qui essaya de viser du poing le menton de son agresseur, mais Jésus esquiva le coup et poussa le marchand sur une rangée d'autres tables sur lesquelles les disciples s'activaient déjà. « C'est encore cet homme ! » cria quelqu'un, essayant de récupérer ses pièces. « Appelez la police ! » Le mot « police » retentit de-ci, de-là, dans des appels frénétiques. Les Lévites vinrent à la rescousse, mais ils ne savaient contre qui ils se battaient, car de nombreux pèlerins s'étaient associés au raid de Jésus et de ses disciples. Les coups de poing et de pied, les croche-pieds engendrèrent bientôt une intense cohue, entretenue par les Crétois, les Scythes, les Parthes, les Cappadociens qui avaient une fibre bagarreuse. Et les Lévites n'étaient pas rompus à la bagarre, non plus que la police. Jacques de Zébédée renversa un Lévite rien qu'en le faisant tournoyer sur lui-même par le bras de son vêtement, Simon-Pierre en expédia un autre, d'une seule poussée de ses muscles de pêcheur, dans les bras d'un collègue. « Appelez la police ! » criaient les Lévites, mais la police était déjà là et ne savait à qui s'en prendre, saisissant parfois un marchand, parfois un pèlerin qui n'y était pour rien. Dans la confusion, Jésus et ses disciples avaient déjà gagné la porte. A l'extérieur, la police du Temple était impuissante. Ils reprirent leur souffle. Philippe éclata de rire. Jean, se retournant pour regarder les murailles extérieures, dit :

« Quand même, quel bâtiment ! »

« Regarde-le bien », dit Jésus, « il n'en restera bientôt plus pierre sur pierre. » Et puis il ajouta : « Et sa poussière sera stérile. »

Mais Jean semblait déconcerté.

« Songe qu'un grain de blé demeure solitaire, à moins qu'il ne tombe dans la terre et ne meure. Mais s'il meurt, il portera une riche moisson. De même, l'homme qui s'aime est seul, mais s'il se déteste et meurt à ses yeux, il récoltera les moissons de la vie éternelle. Ce temple est arrogant et plein de faste creux. Quand il tombera, il ne portera aucune moisson. »

Mais Jean fut sans doute le seul à écouter la parabole, parce qu'il se trouvait près de Jésus ; les autres avaient été distraits par l'algarade. Ils retournèrent donc à Béthanie, cette nuit-là, Matthieu tirant l'âne par sa longe ; le chemin parmi les rochers de la vallée du Cédron fut malaisé. Il faisait froid. Jean et Jacques, à l'arrivée dans la maison qui les avait abrités l'avant-veille, s'empressèrent de rallumer le feu et remplirent de braises un brasero de poterie. Les autres s'affairèrent aux préparatifs du dîner.

« La Pâque devrait être célébrée le jour vrai », dit Jésus quand ils eurent mangé.

Etonnement. Ne l'était-elle pas d'ordinaire ?

« Oui, à Jérusalem », reprit-il, « on la célèbre le jour du Sabbat. Mais si l'on veut être fidèle à la tradition, il faut se référer au Livre des Jubilés, comme nous le faisions à Quoumrân. »

Encore plus d'étonnement ; c'était la première fois que Jésus mentionnait Quoumrân. Ils savaient tous qu'il avait appartenu aux Esséniens, mais comme il ne le mentionnait jamais, ils s'abstenaient aussi de le faire.

« Nous célébrerons donc la Pâque demain mercredi, le 10 de Nisân », conclut-il.

« Mais nous l'avons toujours célébrée avec les autres », dit André.

« Oui, mais celle qui vient est spéciale. Et je veux la célébrer à Jérusalem, et je veux encore que vous trouviez un lieu où nous puissions partager ce repas dans le secret. Matthieu, toi qui es publicain, tu sais que les gens riches ont des demeures qu'ils gardent secrètes. Tu mèneras donc les recherches. Judas de Jacques, l'Iscariote, Nathanaël et Philippe t'accompagneront. Simon-Pierre te donnera l'argent. »

Simon-Pierre s'exécuta sur-le-champ.

« Vous partirez à l'aube. Je vous attendrai à midi. »

Ils essayèrent de se réchauffer. Les papillons de

nuit assiégeaient la maison, chassés par le froid extérieur.

« Dès demain soir », dit Jésus, « nos pas seront dangereux. Nous pouvons nous perdre. Soyez donc sur vos gardes. Si vous ne me voyez plus, méfiez-vous des émissaires qui se présenteraient en mon nom ou de ceux qui revendiqueront ma succession. Si vous entendez le fracas de batailles proches et les nouvelles de batailles lointaines, ne vous alarmez pas. Ces événements doivent arriver. Et la fin sera proche. Les nations et les royaumes se battront entre eux, il y aura des catastrophes et des famines, mais ce seront les douleurs de l'enfantement d'un âge nouveau. Peut-être vous traînera-t-on devant des tribunaux, peut-être vous flagellera-t-on dans les synagogues. Des rois et des gouverneurs vous convoqueront et vous sommeront de témoigner sur mon compte. Ne vous tourmentez pas à l'avance sur ce que vous devez dire, le moment venu, vous direz ce qu'il faut dire, parce que l'esprit divin vous inspirera. L'époque sera cruelle, comme je l'ai dit, les enfants se révolteront contre leurs parents et les enverront à la mort, et tous vous haïront en raison de votre allégeance à mon égard ; celui de vous qui résistera jusqu'à la fin sera sauvé. Après cette détresse, le soleil s'obscurcira, la lune sera sombre, les étoiles tomberont du ciel et les puissances célestes seront bouleversées. Ils verront alors le Fils de l'Homme arriver dans les nuages avec la puissance et la gloire, et dépêcher les anges aux quatre vents pour rallier ses élus, depuis les confins de la terre jusqu'aux limites du ciel. Restez sur vos gardes. »

Ils frissonnèrent encore plus.

« Je vous retrouverai demain soir à midi », dit-il, et il sortit.

L'Iscariote se tordit les mains.

« Je ne reverrai donc plus la Galilée », dit André d'une voix plaintive. « Pourquoi fallait-il que tout cela advienne ! »

« Réjouis-toi », dit Jean, « tu es parmi les élus. »

« Ou comme l'agneau qui, le vendredi, ne sait pas qu'il sera sacrifié le soir », murmura André.

« N'y a-t-il donc pas de terme à la souffrance sur la terre ? » s'écria Simon-Pierre. « Qu'aura donc changé le Messie à tout cela ? Est-ce donc cela que nous attendions ? »

« Réjouis-toi », répéta Jean.

Mais il se demanda, lui aussi : et après ?

La prostration et la fatigue les précipitèrent dans le sommeil.

Le lendemain, ils furent désemparés, ceux qui restèrent à Béthanie, désœuvrés, encore plus que ceux qui partirent chercher cette demeure secrète à Jérusalem. Il fallait vraiment être Jésus pour espérer trouver une maison vide à Jérusalem pendant la semaine de Pâque.

Ils reprirent cœur quand ils le virent, à midi, au bout du chemin. Il était là, ils ne pouvaient penser à rien d'autre. Ils avaient oublié leurs révoltes et leurs désarrois. Que feraient-ils sans lui ?

Et presque aussitôt, les quatre qu'il avait mandés à Jérusalem revinrent, Matthieu en tête.

« J'ai trouvé », dit simplement le publicain.

C'était une maison proche de la piscine de Siloé, dont le rez-de-chaussée servait ordinairement d'entrepôt. Une salle avait été nettoyée, garnie d'une table, de bancs, de candélabres et de torches. La table était mise avec faste, couverte d'une nappe de lin brodé, de carafes de verre remplies à ras bord et de gobelets de verre. Le repas était servi ; il y avait deux fois plus de victuailles qu'il n'en eût fallu.

« Qui a payé tout cela ? » demanda Jésus.

Matthieu tendit à Simon-Pierre la bourse qu'il avait reçue.

« Il a demandé à ne pas être nommé, mais il dit qu'il te connaît depuis des années et qu'il est ton serviteur. C'est Joseph d'Arimathie. »

« Un membre du Sanhédrin ! » s'écria Simon-Pierre. « C'est un piège ! »

« Non », observa Jésus, « il n'est pas du parti de Caïaphas. Et comment l'as-tu rencontré ? » demanda-t-il à Matthieu.

« Curieusement, c'est lui qui nous a rencontrés », expliqua Matthieu. « J'interrogeais un commerçant sur la possibilité de trouver un lieu disponible, comme tant de gens à Jérusalem, lorsqu'un homme d'un certain âge, richement vêtu, s'est arrêté à proximité, dans le but à peine déguisé d'écouter notre conversation. Lui et le commerçant échangeaient des signes d'intelligence. Puis celui-ci a ouvertement invité l'homme à participer à notre entretien, et l'homme, Joseph d'Arimathie, donc, nous a demandé ce que nous entendions faire de ce local, puisque nous avions précisé que nous n'en avions besoin que pour quelques heures. J'ai répondu que c'était pour un repas. Sur quoi, il a hoché la tête et dit : "Oui, je sais, c'est pour célébrer la Pâque selon les Jubilés." Ce qui nous a un peu étonnés. Puis il nous a dit qu'il mettait ce local à notre disposition et qu'il prendrait soin de tout. Il a refusé tout argent. N'aurais-je pas dû accepter ? »

« Tu as bien fait », dit Jésus.

Matthieu rayonna.

« Il a ajouté ceci », dit aussi Matthieu, légèrement embarrassé, « c'est que nous devrions quitter Jérusalem tout de suite après le repas, comme nos ancêtres l'ont fait avant l'Exode. »

« Et que nous devrions nous cacher », ajouta Judas de Jacques.

« Donc, un membre du Sanhédrin est de notre côté », observa Simon-Pierre. « Cela en fait deux avec Nicodème. Tu te rappelles Nicodème ? »

Jésus restait pensif.

« Je me demande qui de nous il connaissait », dit Judas de Jacques, « car s'il s'est arrêté pour écouter notre conversation avec le marchand c'est, il nous l'a dit, qu'il avait reconnu l'un d'entre nous. Or, moi je ne l'ai jamais vu. »

Les autres non plus ne l'avaient jamais vu auparavant, dirent-ils.

Ils tirèrent les bancs près de la table. Ces bancs étaient garnis de coussins brodés à la manière de Syrie.

« Voilà bien un homme généreux ! » s'écria Jacques d'Alphée, rayonnant.

Jésus s'assit au centre, toujours grave. Puis, soudain, il enleva sa robe et resta dans ses braies, torse nu. Ils le regardèrent, stupéfaits.

« Apportez-moi un baquet d'eau », dit-il.

Pendant un moment, personne ne bougea. Etait-il devenu fou ? Il répéta sa demande. Jean alla chercher le baquet. Jésus tira le baquet vers l'homme qui était assis à l'extrémité de la table et lui saisit les pieds ; c'était André. Il lui lava les pieds et puis les essuya, dans un silence total. Après quoi, il passa à Judas de Jacques.

« Qu'est-ce que... ?» commença à dire Matthieu, incapable d'achever sa question.

Quand Jésus fut arrivé à Simon-Pierre, le vieux disciple protesta bruyamment.

« Je ne te laisserai jamais me laver les pieds, maître ! »

« Si tu refuses, tu n'es pas en accord avec moi. »

« Lave-moi donc tout entier, comme cela je serai entièrement en accord avec toi ! »

« Rien que les pieds », dit Jésus, « rien que les pieds. »

Il lava donc les seize pieds, grattant un peu de boue ici et là, puis il se rhabilla et se rassit. Ils regardèrent leurs pieds, puis le regardèrent, puis regardèrent encore leurs pieds, comme s'ils s'étaient attendus à y déceler un changement extraordinaire.

« Comprenez-vous ce que j'ai fait pour vous ? » demanda-t-il.

Expressions éberluées.

« Vous m'appelez "Maître" et "Seigneur", reprit-il, « alors si moi, votre maître et seigneur, je vous ai lavé les pieds, vous devriez vous laver les pieds les uns les autres. Je vous ai donné un exemple ; vous devriez faire ce que j'ai fait pour vous. En vérité, je vous le dis, un serviteur n'est pas supérieur à son maître, ni le messager à celui qui l'a envoyé. Si vous comprenez cela, ce sera heureux que vous vous y conformiez. » Il soupira. « Et pourtant, il y en a un parmi vous qui ne s'y conformera pas, parce qu'il ne pense pas que je sois son maître, bien qu'il m'ait appelé ainsi. » Il avait jusque-là parlé d'un ton égal, et même sourd, mais tout à coup il éleva la voix. « Il me trahira ! Il m'a déjà trahi ! »

Jean poussa un cri étranglé.

« Il ne se nettoiera jamais lui-même et personne sur la terre ni au ciel ne le nettoiera ! » cria Jésus.

Leurs expressions étaient décomposées.

« Qui est-ce, maître ? » s'écria Judas de Jacques.

« Qui est-ce ? » demanda Simon-Pierre.

« Qui est-ce ? » souffla Jean tendant le cou vers Jésus.

Jésus trempa un morceau de pain qu'il venait de rompre dans un bol de sésame pilé avec du sel et le tendit à l'Iscariote, qui le prit à contrecœur.

« C'est celui à qui je tends ce morceau de pain », dit Jésus.

L'Iscariote jeta le pain et courut à la porte. Les autres se levèrent, les yeux écarquillés, Jean courut à la porte après l'Iscariote. L'homme était parti, dans la nuit. Au tumulte succéda un silence consterné. Les mouvements se ralentirent. Les torches craquèrent.

« Mais il faut le tuer ! » cria Matthieu.

« Tu le savais depuis longtemps, n'est-ce pas ? » demanda Simon-Pierre à Jésus.

« Je n'en ai été sûr qu'il y a un moment. C'est lui que Joseph d'Arimathie a reconnu, parce qu'il l'avait vu avec Caïaphas. »

« Je le tuerai ! » cria Jacques d'Alphée.

« Quand tu le reverras, il sera sans doute trop tard », dit Jésus. « Mangeons, maintenant. »

XXIII

LA SOIRÉE DU 11 AVRIL, À JÉRUSALEM, EN L'AN 34

Hérode plongea la main dans un grand bol de cuivre plein de dattes rouge rubis, importées du delta d'Egypte, les mêmes dattes que prisait Cléopâtre, et en saisit une. Il croqua bruyamment sa chair fibreuse, impeccablement blanche.

« Manassah avait raison », marmonna-t-il, l'air faussement absent, tandis que sa femme Hérodiade, Manassah lui-même et la pâle contrepartie de ce dernier, Joshuah, écoutaient attentivement ses feintes ruminations.

Ils se tenaient tous quatre dans une petite salle du nouveau palais royal, emmitouflés dans leurs manteaux de laine, parce que le temps était frais en ce début d'avril à Jérusalem, en dépit des deux braseros chargés de bois à ras bord. Ils n'étaient d'ailleurs pas quatre, mais cinq, si l'on devait inclure la nourrice d'Hérodiade, cette lémure que semblaient soutenir les plis de son manteau, désincarnation en sursis de poussière qu'Hérode exécrait passivement.

« Manassah a prédit que Jésus serait attiré à Jérusalem, pour la Pâque, très exactement », reprit Hérode dans un soupir, « et dimanche dernier, l'homme a fait une entrée très remarquée dans la ville, monté sur un âne et acclamé par des centaines de pèlerins. »

Il avala une longue gorgée d'un vin rose pâle et remarqua qu'il était sucré.

« C'est étonnant comme la varíété de vins a augmenté depuis ma jeunesse », dit-il. « Nous n'avions alors que deux ou trois vins, un très sombre tiré des raisins de Judée, qui soûlait vite et même rendait fou, un autre pressé à partir des raisins de Galilée ou de Sýrie, qui, à peu de différence près, était parfumé et qu'on pouvait boire sans trop de risque, à condition de le couper d'un tiers d'eau, et un vin sirupeux qui venait de Chios et qu'il fallait couper de moitié. Maintenant, nous avons deux ou trois douzaines de vins différents, des vins légers de la Gaule, dont deux ou trois fermentent agréablement et font même exploser les jarres, des vins ambrés et résineux de Crète et de Chypre, et l'on importe même des vins italiques, qui me donnent mal à la tête, dois-je dire... De toute façon, qu'est-ce que je disais ? Oui, que Jésus est donc arrivé dans toute sa gloire et que le Sanhédrin en a mal au foie. Caïaphas en a la quarte, ou la quinte, peut-être la sixte. Etrange, n'est-ce pas, comme un saint homme peut agiter certaines personnes ? »

Il s'interrompit, fixant Hérodiade d'un regard vide, comme s'il avait considéré une mouche sur un mur. Elle lui tira un regard crépitant. Joshuah écoutait bouche bée. Manassah suçait consciencieusement un noyau de datte.

« Manassah, ici présent », dit Hérode en s'étirant et en regardant le plafond lambrissé et peint de vignes, « avait également raison en postulant, car ce n'était qu'un postulat, n'est-ce pas, Manassah ? que je voulais venir à Jérusalem à cause de Jésus. Mais » — et là Hérode leva l'index, observant une pause — « Manassah avait tort en supposant que je voulais faire arrêter Jésus. C'est une idée que j'avais considérée... »

« Je t'avais déconseillé d'aller voir Pilate, ne l'avais-je pas fait ? » s'écria Manassah.

« Laisse ton maître parler ! » dit Hérodiade.

Hérode les considéra tous deux avec condescendance.

« Je disais que c'est une idée que j'avais titillée. Mais j'ai changé d'avis. »

Des diables silencieux dévalèrent du plafond, agitant l'air et faisant mille grimaces. Tout le monde s'efforça de rester impassible.

« Tu as changé d'avis », dit Hérodiade. « Tu as décidé de lui laisser la tétrarchie. »

« L'homme est seul sur la terre ! » soupira Hérode, levant les yeux une fois de plus vers le plafond, détaillant les chapiteaux corinthiens d'albâtre qui sommaient les pilastres de marbre bleu de Belgique. « Ses amis tendent à le confondre avec l'une de leurs possessions, un singe ou un perroquet, et prennent pour acquis qu'il partage leurs préférences et leurs aversions. Les femmes le prennent pour une monture rétive. Ah, j'échangerais un ami ou une épouse contre un bon ennemi ! Heureusement, la réflexion m'a élevé au-dessus des pensées médiocres de ma propre épouse et de mon conseiller favori. Jésus est un allié. »

« Quoi ? » dit Hérodiade.

« Tu as bien entendu : Jésus est un allié », répéta Hérode. « Evidemment, vous ne pouvez saisir la signification secrète des événements. Qui est Jésus ? Un homme qui a déclaré la guerre aux institutions juives, parce qu'il les juge corrompues, sottes et, pis que tout, dommageables au peuple juif. N'est-ce pas vrai ? Répondez-moi ! »

« C'est vrai », dit Joshuah, éternellement fasciné par les volte-face de son maître.

« C'est vrai », admit Manassah, sur ses gardes.

« Très bien. Quelle était la conviction majeure de mon noble père, Hérode le Grand, Hérode le Très Grand ? Quelle était-elle, Manassah ? Je vais le dire pour toi : qu'à moins qu'on ne les expulsât de leur juiverie, leurs obsessions des prophètes, des gens qui

674

s'exprimaient en termes si vagues, mais toujours pleins de bile, qu'on peut les interpréter comme on veut, qu'à moins qu'on ne les purgeât de leurs rires pointilleux, de leurs catégorisations infinies, de leurs aversions pour tout ce qui n'est pas juif, les Juifs sont voués à la décadence et à la servitude. Eh bien ? »

« Eh bien, quoi ? » rétorqua Hérodiade.

« Eh bien, ne voyez-vous pas qu'Hérode le Grand et Jésus poursuivaient le même but ? Hérode le Grand a forcé les Juifs à emprunter de larges avenues et à vivre dans des maisons bien construites et propres, au lieu des venelles et des ratières qu'ils hantaient jusqu'alors. Il a éclairé les rues la nuit, pour expulser les anges et les démons qu'ils voyaient dans tous les coins sombres. Il a développé le commerce pour les contraindre à admettre que le monde extérieur existait et que les païens ne sont pas moins intelligents ou braves ou décents qu'ils le sont. Il a laissé construire des temples païens pour les familiariser avec les autres croyances, il a déblayé des esplanades pour les forcer à respirer un air plus pur que celui que les vapeurs d'encens et les fumées de sang calciné empuantissent dans les synagogues, il... »

« Il a rebâti le Temple de Salomon », dit Manassah.

« Ah, comme c'était intelligent ! Mais il l'a reconstruit dans le style romain et il a chassé les prêtres et les docteurs malodorants qui s'efforçaient de maintenir les Juifs sous leur juridiction, dans la stérile nostalgie des temps passés ! »

Hérode leva les bras d'exaltation.

« Il a aussi exterminé quarante-cinq membres du Sanhédrin », observa Joshuah.

« Exact ! Quarante-cinq têtes de mules en moins ! Splendide initiative ! »

« Et fait brûler vifs les rabbins qui avaient abattu l'aigle d'or au-dessus du Temple », ajouta Manassah pour ne pas être en reste.

« Et fait brûler vifs les rabbins iconoclastes ! » répéta Hérode. « Quel homme ! Maintenant, tous ces gens sont assagis. Tout cela, c'est ce à quoi rêve Jésus. Je vous le dis : si Jésus avait vécu à son époque, mon père en aurait fait un gouverneur ! »

Manassah sourit de l'exagération. Joshuah fut, comme à l'accoutumée, saisi. Hérodiade haussa les épaules.

« A quoi se résument ces beaux discours ? Jésus est un acolyte de Jokanaan, qui nous a insultés jusqu'à ce qu'on lui eût tranché le chef. »

« Femme », répliqua Hérode d'un ton sec, « sois assurée que je ne suivrai pas avec Jésus le cours que tu m'as fait suivre avec Jokanaan. »

« Que comptes-tu faire ? » demanda Hérodiade au bout d'un temps.

« Je vais m'opposer à son arrestation. »

Hérodiade, Manassah et Joshuah méditèrent sur cette information inattendue. La nourrice cessa de masser ses pieds ridés.

« J'attire humblement ton attention sur le fait que Jésus se trouve maintenant sous la juridiction de Pilate », dit enfin Manassah, « et qu'il pourrait être mal avisé de demander sa grâce à Pilate après que tu as demandé son arrestation. »

« Sottises ! » répliqua Hérode. « Seuls les sots ne changent pas d'avis. De toute façon, Pilate était opposé à l'arrestation de Jésus. Puis j'ai appris que sa femme Procula souhaitait le rencontrer. Le procurateur sera donc certainement content de trouver un nouvel allié et un tétrarque par-dessus le marché. »

« Nous verrons », dit Manassah.

« C'est tout vu pour moi », dit Hérodiade en se levant pour quitter la pièce. « Viens, nourrice. »

Demeuré seul avec ses courtisans, Hérode hocha plusieurs fois la tête.

« Ce Jésus pourrait être un allié si l'on sait le manipuler », dit-il. « Si on lui donne la Judée... Et cela peut se plaider à Rome. »

Le grand prêtre Caïaphas s'efforça de faire honneur à son dîner, mais les muscles de son visage trahissaient une tension peu propice à l'appétit. Il grignota pendant un moment, avec un retroussis canin de la lèvre supérieure, une demi-caille, puis abandonna son entreprise. Son beau-père Annas, qui lui faisait face, l'observait avec préoccupation. Gedaliah, qui partageait le repas de son ancien et de son nouveau maître, feignait de ne pas remarquer l'anxiété de ce dernier.

« Tout est prêt », dit enfin Annas, « je ne vois pas pourquoi tu te ronges au lieu de manger ton souper, mon fils. Tout ira bien. »

« Mais enfin ! » répondit Caïaphas. « Tu as entendu parler de l'entrée de Jésus à Jérusalem, dimanche dernier. Il a été accueilli comme un roi ! Imagine combien de partisans il pourrait avoir ! Imagine que Pilate sévisse contre nous et non contre lui s'il y avait un soulèvement ! Imagine que l'arrestation ne puisse se faire parce que Judas ne serait pas au rendez-vous ! Que Pilate s'oppose à l'arrestation ou donne l'ordre de libérer Jésus après l'arrestation ! Et que... »

« Paix, paix ! » interrompit Annas. « Je pourrais aussi bien imaginer que les poules se mettent à parler. » Il s'empara d'une autre caille et la démembra énergiquement de ses doigts osseux, détacha adroitement la poitrine avec ses ongles, l'avala et la fit accompagner dans son estomac par une longue gorgée de vin. « Judas viendra », dit-il. « Il nous dira où se trouvera Jésus. Nous enverrons la police arrêter l'homme. Pilate ne s'opposera pas à l'arrestation parce qu'il ne s'intéresse pas vraiment à Jésus. Nous aurons l'autorisation de faire fouetter et crucifier l'homme avant le Sabbat. Il n'y aura pas de soulèvement parce que les partisans de Jésus sont moins nombreux que tu ne penses, qu'ils seront noyés dans la foule des visiteurs, qui n'a pas la moindre notion sur Jésus, et aussi parce que les foules sont frivoles. Tu t'inquiètes trop. J'aurais attendu plus de fermeté de cœur. »

Caïaphas avala cette remontrance avec du vin.

Un serviteur apparut pour dire qu'un homme singulier demandait à voir le grand prêtre en urgence.

« A cette heure-ci ! » s'écria Caïaphas. « Renvoie-le ! »

« Il dit que son nom est l'Iscariote et qu'il dormira sur le seuil s'il ne voit pas Son Excellence sur-le-champ. »

« Fais-le entrer tout de suite ! »

Judas entra, défait. Plus que défait, livide.

« Que se passe-t-il ? » demanda Caïaphas, quittant la table. « Pourquoi fais-tu cette face de pendu ? »

« J'ai été trahi », dit l'Iscariote d'une voix rauque.

« Trahi ? » répéta Caïaphas, incapable de réprimer un sourire.

« Il m'a traité de traître ! Nous allions commencer notre souper, il y a une demi-heure, quand il a déclaré que quelqu'un parmi ses disciples le trahirait, et il m'a désigné ! Ils ont essayé de s'emparer de moi, mais j'ai réussi à m'enfuir. »

« Tu vois ! » dit Caïaphas à son beau-père. « Maintenant les poules vont parler ! »

« Quoi ? » dit Judas.

« Patience », dit Annas. « Quand cela s'est-il passé et où ? »

« Il y a une demi-heure, dans un entrepôt près de la piscine de Siloé. Je vous montrerai le chemin. »

« Un entrepôt », observa Gedaliah. « Je ne serais pas étonné que Joseph d'Arimathie soit mêlé à cela. »

« Il l'est », dit l'Iscariote.

« Peu importe à qui appartient l'entrepôt », dit Annas. « Il faut envoyer la police tout de suite. »

Gedaliah, à qui s'adressait l'ordre, s'essuya la

678

bouche avec lenteur. Il se tourna posément vers Annas et dit :

« La seule mission que nous pourrions confier à la police serait de faire la vaisselle là-bas. »

« Comment ? » s'écria Caïaphas.

« Les dîneurs ne nous auront pas attendus. »

Un Lévite entra pour annoncer qu'un officier romain demandait à voir le grand prêtre. L'Iscariote tremblait. Les trois prêtres se concertèrent du regard.

« Fais-le entrer », dit Caïaphas, visiblement troublé.

« Bonsoir, Excellence », dit l'officier entrant dans la pièce et la traversant d'un pas décidé, en direction du grand prêtre.

« C'est une maison de prêtre, ne touche à rien ! » dit Caïaphas.

« Seuls mes pieds touchent le sol », répondit ironiquement l'officier, en se mettant au repos. « Mais j'avais cru que c'était vous qui n'entriez pas dans les maisons païennes. »

Il parlait un excellent araméen ; il devait être en Palestine depuis de nombreuses années. Caïaphas, Annas et Gedaliah perçurent vite la menace subtile que recouvraient le calme du visiteur, l'éclat de ses yeux et de son armure ; ils ne répliquèrent pas.

« Son Excellence le procurateur de Judée, Ponce Pilate », dit l'officier, « m'a chargé de vous faire savoir que Jésus le Galiléen ne doit pas être arrêté sans la coopération d'une escorte militaire romaine. »

Il regarda l'Iscariote, qui tremblait de plus en plus fort, avec l'indifférence qu'il aurait eue envers un chien. Les trois prêtres restèrent muets, pesant la signification du message.

« Ces précautions sont superflues », dit enfin Caïaphas. « L'homme sera arrêté discrètement. Cela ne devrait causer aucun trouble. »

Et comment Pilate avait-il été informé du projet ? se demandaient Annas et Gedaliah.

« Discrétion ou pas », rétorqua l'officier, « les ordres sont les ordres. Je peux vous dire que, si l'arrestation se faisait en dehors de la présence d'une escorte, Jésus serait libéré sur ordre du procurateur de Judée. »

« Il s'agit là d'une affaire religieuse », observa Caïaphas, pâle. « Nous interdit-on d'arrêter un fomentateur de troubles ? »

« Il n'a encore causé aucun trouble », dit l'officier. « Vous êtes simplement priés de suivre les ordres du procurateur de Judée, c'est tout. Bonne nuit. »

Et il s'en fut.

Les trois hommes restèrent accablés. Judas respirait l'air à grandes goulées.

« Qu'est-ce que ça signifie ? » dit à la fin Caïaphas. « Ou bien il nous interdit d'arrêter Jésus, ou bien il s'en désintéresse. A quoi sert l'escorte ? »

Gedaliah fit un pas dans un sens, puis encore un pas dans l'autre.

« Pilate », dit-il, « admet que c'est une affaire religieuse et que la police du Temple est qualifiée, selon nos accords avec Rome, pour arrêter Jésus. Donc », conclut-il en levant l'index, « il consent à ce que nous sauvions la face, mais pas plus. Il ne veut pas que l'homme soit tué durant son arrestation, par exemple. »

« Et pourquoi Pilate s'intéresse-t-il donc tant à Jésus ? » murmura Annas.

Le Lévite entra de nouveau pour informer Caïaphas qu'une escorte romaine de six hommes attendait à la porte, sous le commandement de l'officier qui venait de sortir.

« Ils connaissent tous nos faits et gestes et même nos projets », dit Gedaliah.

« Bon, bon ! », cria Caïaphas, exaspéré.

« Nous laissera-t-il alors le crucifier ? » demanda Annas à Gedaliah.

« J'en doute », dit Gedaliah. « Tant d'intérêt indique qu'il refusera son autorisation. »

680

« Damné ! » cria Caïaphas en frappant du poing sur la table. « Damné soit Pilate ! »

« La colère ne servira à rien », dit Annas. « Je suggère que nous acceptions les dés qu'on nous offre, pipés autant qu'ils soient, et que nous redoublions d'astuce. Arrêtons toujours l'homme. Où serait-il, maintenant ? » demanda-t-il à l'Iscariote, proche de l'effondrement.

« Ils ont dû fuir au jardin de Gethsémani. »

« Très bien », dit Annas. « Gedaliah, envoie la police au jardin de Gethsémani. »

« Une question encore », dit Caïaphas. « Nous l'arrêtons. Et puis ? Si Pilate s'oppose à la crucifixion, nous devons affronter la honte d'avoir arrêté cet homme et puis de l'avoir relâché. »

« Pilate n'est pas le maître du jeu », rétorqua Annas. « Nous pouvons forcer sa main. Nous organiserons une manifestation devant sa résidence, de l'autre côté de la rue, pour demander la mort de Jésus. Je peux réunir au moins cinq cents hommes. Cela alarmera le Romain. Ce sera alors lui qui serait responsable de troubles dans les rues. »

Gedaliah se dirigea vers la porte. Annas le rappela.

« Pourquoi penses-tu que Pilate s'intéresse tant à Jésus ? » demanda-t-il.

« Sa femme. Cette vieille folle croit que Jésus est un magicien. »

« Non ! » protesta Annas. « Un procurateur romain n'agira pas en fonction des caprices de sa femme. Il y a une autre raison. »

« Que crois-tu ? » demanda Caïaphas.

Annas se gratta la barbe.

« Jouer de Jésus contre nous. Le nommer de fait roi de Judée. »

« Quoi ? » cria Caïaphas, incrédule.

« Un roi-client. Comme Hérode le Grand. Comme le tétrarque », dit Annas. « Commode. Un homme qu'on a fait roi et grand prêtre facilitera beaucoup les choses. C'est, pour Rome, la paix assurée. Ne te fais pas d'illusions, Caïaphas, si l'on nous met à la porte, dans le meilleur des cas, personne ne pleurera sur nous. »

« Tu veux dire », marmonna l'Iscariote, « que Jésus pourrait devenir vraiment roi de Judée et grand prêtre ? »

« Avance, Iscariote. Le sort en est jeté », dit Gedaliah.

« Non ! » inspira Judas.

« Tu veux qu'on te fasse arrêter tout de suite ? » dit Gedaliah, crachant presque les mots. « Avance, dis-je ! »

Il poussa Judas devant lui, dans la nuit.

Annas et Caïaphas se versèrent à boire.

« Es-tu sûr ? » demanda Procula, s'adressant à son époux par-dessus le bol de fruits qui terminait leur repas. « Es-tu sûr qu'ils ne vont pas lui faire de mal ? »

« Je t'ai déjà répondu. En tout cas pas avant qu'ils l'aient jugé. »

« Et ensuite ? »

« Peut-être qu'ils le flagelleront. »

« Flagelleront ! » répéta Procula, horrifiée. « Mais ce n'est pas un brigand ! Ne peux-tu les en empêcher ? »

« Je ne sais pas », répondit Pilate, agacé. « Je n'ai pas encore vu cet homme. Comment saurais-je s'il vaut la peine qu'on le sauve ou non de leurs mains et que l'on risque des ennuis avec ces Juifs ? »

« Mais hier, tu disais... » protesta Procula.

« Oui, je disais qu'il pourrait faire un bon roi de Judée. Mais le peut-il ? Il faut d'abord que je le voie. Suppose que ce soit un rêveur, un illuminé, un de ces Juifs pythiques à la tête pleine de fumées et de malédictions prophétiques. A quoi cela servirait-il de prendre sa défense ? Mais, rien que pour te satisfaire, je n'autoriserai que la flagellation. Ça ne le tuera pas ! »

« Ils veulent le crucifier, Pilate, et tu le sais. Peux-tu l'empêcher ? »

« Probablement », dit Pilate en se levant pour aller à la fenêtre.

« Probablement ? » cria Procula, les yeux agrandis par l'indignation.

« L'homme est, comme tu le sais, l'enjeu d'une grave dissension parmi les Juifs. Je ne peux pas prendre d'emblée sa défense, sous peine de troubles. On peut crucifier un homme pendant quelques heures, puis le faire descendre secrètement de la croix. Cela ne le tuera pas non plus. Mes soldats ont subi parfois bien pire et ils y ont survécu. Caius Sempronius, que tu connais, a été pendu à un arbre la tête en bas pendant plusieurs heures et il se porte mieux que toi et moi. »

« Il est devenu sourd », observa Procula.

« Eh bien, il est devenu sourd ! » dit Pilate, excédé, se tournant pour faire face à sa femme. « Voyons d'abord l'homme, n'est-ce pas ? Et fais-moi confiance. » Et il se tourna de nouveau vers la fenêtre.

En bas, des gardes veillaient sur la terrasse éclairée par des torches, qui dominait la vallée du Cédron, noyée d'ombres. Au-delà se dressait la masse noire du mont des Oliviers. Sombre paysage que hantaient des dieux inconnus. Superficiellement, il aurait pu ressembler à celui des collines de Rome. Mais Pilate savait dans son cœur, par les poils de son cuir tanné et les veinules de son cerveau que rien de tout cela n'était romain. Ces ténèbres étaient menaçantes, hantées par une force que son esprit géométrique ne savait définir. Peste soit de l'Orient ! Il avait entendu bien des histoires folles, distillées par des esprits faibles, certes, comme en dévidaient ses soldats dans les soirées d'oisiveté, quand le vin grec qui avait arrosé l'agneau au safran, et quand les senteurs mélangées du réséda et du bois de santal dissolvaient leur logique romaine, des histoires de braves qui se battaient contre des fantômes, de glaives qui traversaient des chairs intangibles ; il les avait traitées avec condescendance, et maintenant lui, le représentant de Rome, il traitait avec un adversaire immatériel, non pas la divinité qui se levait en pleine lumière sur la terre ferme, mais plutôt une brume tombant au crépuscule sur un terrain incertain, bourdonnant, pulsatile. Cette idée d'un homme qui serait l'envoyé d'un dieu unique. Il haussa les épaules.

« A quoi penses-tu ? » demanda Procula.

Il mentit.

« Salomé », dit-il.

« Qu'en est-il de Salomé ? »

« Des espions ont rapporté... »

« Oui ? »

« Des espions ont rapporté qu'elle complote avec sa grand-mère, la première femme d'Hérode le Grand, Marie de Cléophas, pour sauver Jésus », dit Pilate, détournant son regard du paysage de Judée.

« Salomé ? » s'étonna Procula. « Mais j'avais pensé que c'était elle qui était responsable de l'exécution de cet ermite, Jokanaan, qui était l'allié de Jésus ? »

« C'est pourtant bien elle. »

Des moustiques tournoyèrent au-dessus des fumées d'aloès, jouant sur des violons minuscules des chants de frustration. Procula en tua un d'une claque sur son pied.

« De toute façon, mes hommes veillent à ce que rien n'advienne ce soir à Jésus. Bonne nuit. »

Un serviteur vint informer Joseph d'Arimathie que deux détachements de police, l'un romain, l'autre du Temple, avaient été vus peu auparavant à la porte de Caïaphas. Puis il débarrassa la table sur laquelle son maître et son hôte, Nicodème, venaient de dîner, et il plaça devant chacun d'eux une aiguière d'eau parfumée et un hanap plein de vin de Samos, aux reflets de topaze.

« Ils sont allés arrêter Jésus », dit Joseph d'Arimathie. « Nous aurons d'autres nouvelles dans une heure. »

Nicodème claqua la langue.

« L'un des meilleurs vins que j'aie bus », dit-il. « Il évoque la résine de bois et il n'est pas aussi sucré que certains autres vins grecs. »

« Ils le laissent macérer pendant un an dans des tonneaux de chêne, après qu'ils l'ont clarifié au blanc d'œuf. »

« Au blanc d'œuf ? »

« Ils versent les blancs de quelques œufs au sommet du tonneau. Les blancs tombent comme une voile vers le fond, entraînant avec eux les impuretés qui produisent du sucre par fermentation. Puis ils versent le vin dans un autre tonneau. Ils obtiennent ainsi un breuvage clair, qui voyage bien. »

« Que se passera-t-il si Pilate fait libérer Jésus ? » demanda Nicodème après une longue réflexion.

« Il deviendra un héros en quelques heures. Il y aura des cortèges chantant et réclamant son couronnement. En peu de temps, le Sanhédrin perdra tout son pouvoir. Il y aura des émeutes au Temple, les gens refusant de payer les marchands, par exemple. Des choses comme ça. Pilate pourra s'incliner hypocritement devant la volonté du peuple et démettre Caïaphas pour le faire remplacer par Jésus. » Il soupira. « Pilate et Rome sont las du mécontentement populaire. Ils veulent la paix et l'ordre. Ils seront donc favorables à l'instauration d'un nouveau grand prêtre qui rétablira le calme à Jérusalem et en Judée et qui mettra fin aux émeutes de Sicaires. Reste à savoir si c'est Pilate qui ira plaider à Rome le changement de statut d'une province impériale et un royaume indépendant, comme c'était le cas avec Hérode le Grand. C'est-à-dire faire de Jésus le roi de Judée. »

« Roi de Judée », murmura Nicodème. « C'est-à-dire, roi d'Israël. Et Hérode ? »

« Hérode pourrait garder sa tétrarchie, comme Philippe. Jusqu'à leur mort. Après, on pourrait restaurer un royaume unique d'Israël. »

Nicodème caressa sa barbe raide, taillée comme le faisaient les Egyptiens, en souvenir d'un long séjour à Alexandrie.

« Mais nous connaissons Jésus », objecta-t-il. « Il ne suivra pas forcément ce plan. Il parle vague. Il n'a même pas reconnu qu'il est le Messie. »

Joseph battit des mains et un esclave apparut.

« La chambre est infestée de moucherons », dit-il. « A-t-on fait mettre des filets aux fenêtres ? »

« Un filet est troué, maître. »

« Alors ferme la fenêtre en attendant qu'on le remplace, et apporte des feuilles de citronnier et de la poudre d'aloès à brûler. Oui, c'est vrai », admit-il en se tournant vers Nicodème, « il parle vague. Je le trouve même parfois incohérent. Prenons par exemple cette idée, qu'il a développée ces derniers temps, que le monde s'achève. Qu'est-ce que cela implique ? Que le Tout-Puissant a mystérieusement attendu des siècles pour révoquer l'Alliance. Pourquoi ? Pourquoi maintenant ? »

« Les desseins du Seigneur... » murmura Nicodème, banalement. Puis, se ressaisissant : « Peut-être parce que c'est — en tout cas cela semble bien être — la fin d'Israël. Des groupes armés ici et là, un clergé corrompu, deux tétrarques pour gouverner des provinces, un procurateur romain, un peu aigri et démoralisé. Ce sont là bien des signes. »

« J'entends bien », répondit Joseph, « mais nous pourrions quand même être réunifiés par un roi, sans que cela amène pour autant la fin des temps. Ce pourrait être Jésus. »

« Mais tu as admis toi-même qu'il est vague. »

« Une couronne pourrait consolider et clarifier ses idées. »

« Mais est-ce bien un saint homme, après tout ? »

demanda Nicodème, ramenant sur lui les pans de son manteau. « Il fait bien froid, ce soir. »

« Oui, c'est pour cela que les insectes se sont réfugiés dans la maison. » Joseph d'Arimathie jeta un coup d'œil par la fenêtre. « Mais il neige ! » s'écriat-il. Il appela un serviteur pour qu'il allumât un brasero de plus. « Oui, c'est un saint homme, il n'y a pas de doute sur ce point. Et c'est pourquoi je vais m'efforcer de le sauver des griffes de Caïaphas. »

Le serviteur apporta le brasero, activa les braises et annonça qu'un homme était arrivé, qui demandait à voir le maître de maison en urgence.

« Fais-le entrer tout de suite », dit Joseph.

L'homme, ou plutôt le manteau qui entra, soufflant de froid, laissa apparaître un fragment de son visage. C'était un homme dans la force de l'âge. Joseph tendit un gobelet de vin à l'espion et lui demanda les nouvelles.

« La police du Temple et une escorte militaire romaine sont allées au jardin de Gethsémani pour arrêter Jésus. Gedaliah mène la police du Temple et il a emmené avec lui un Iscariote qui s'appelle Judas. Je les ai quittés à mi-chemin. Ephrem, lui, suivra jusqu'au bout et te tiendra informé. »

Joseph lui tendit une pièce d'argent et l'homme partit.

« Faire ça au milieu de la nuit ! » s'écria Nicodème. « Cela montre comme ils ont peur de Jésus. Et Pilate a donc fait déléguer une escorte ! Qu'est-ce que ça veut dire ? »

« Qu'il n'entend pas laisser au Sanhédrin la direction de cette affaire. »

« Qu'allons-nous faire ? »

« Faire un somme. Le Sanhédrin sera certainement réuni très tôt. Tu peux dormir ici, je pense que ce serait plus commode. »

Nicodème en convint et Joseph fit dresser un lit avec des couvertures de fourrure. On éteignit les lampes, sauf celles du vestibule. Les braises grésillaient dans les braseros. Phalènes et papillons de nuit constellaient par centaines les murs blanchis à la chaux, saisis par le froid soudain de cette nuit d'avril.

Même les guépards enchaînés s'étaient endormis, après bien des étirements et bâillements, dans le palais d'Hérode. Les quatre gardes au portail se tenaient aussi près que possible des torches, pour leur dérober un peu de chaleur. De temps en temps, une goutte de poix tombait sur leurs casques, ils battaient des pieds et buvaient à la dérobée une lampée de vin grossier, à une gourde dissimulée sous l'entablement d'une fenêtre, bien que ce fût strictement interdit. Ils n'entendirent pas une porte grincer à quelques pas de là, et même s'ils l'avaient entendue, n'y auraient pas fait attention ; un cuisinier partant tard après avoir farci quelques volailles et récuré quelques pots.

Mais ce n'était pas un cuisinier. Emmitouflée dans un lourd manteau de poil de chameau, c'était une fille. Elle trottait rapidement, prenant soin d'éviter le caniveau, tourna quelques angles de rues et finalement s'arrêta à une porte et frappa trois coups brefs. La porte s'ouvrit, un serviteur apparut et s'inclina aussi bas qu'il le put. « Son Altesse est attendue », dit-il. La fille connaissait son chemin ; elle gravit avec agilité l'escalier qui menait au premier étage.

« Entre, Salomé, entre », dit une vieille femme recroquevillée sur un divan, entre deux braseros. Un lourd collier de grenats pendait à son cou ridé, un bijou royal témoignant de ce qu'elle, Myriam, fille du grand prêtre Simon, avait été l'une des dix épouses d'Hérode Antipatros, dit le Grand, dont elle avait enfanté Hérode Antipas, le tétrarque. Sa robe noire disait qu'elle était en veuvage, son second mari, Cléophas, étant mort plusieurs années auparavant. Assise à ses pieds, l'autre Myriam, la fille de l'un de ses fils, la sœur de feu Lazare, celle qui avait versé le parfum sur la tête de Jésus, leva les yeux, puis se leva pour baiser la main de sa cousine.

« Eh bien, ma fille, qu'as-tu entendu ces dernières heures ? » demanda Myriam de Cléophas.

« Puis-je avoir un peu de vin chaud ? » demanda Salomé en se frottant les pieds. « On gèle ! Père dit qu'il s'opposera à l'arrestation de Jésus, bien que ma mère, elle, exècre l'homme autant qu'elle exécrait Jokanaan. »

« Hah ! "Père dit !" Salomé n'est-elle pas une jeune fille avisée ! » s'écria la vieille femme, s'adressant à l'autre Myriam, qu'on appelait aussi Myriam de Lazare, car Lazare était aussi le nom de son père. « Elle n'a pas dit : "Père s'opposera à l'arrestation de Jésus", non, mais : "Père dit", parce qu'elle connaît son père. Et qu'est-ce qui a induit ton père à contester la volonté de sa femme ? »

« Qui sait ? » répondit Salomé, trempant ses lèvres roses dans le vin rouge. « Le dépit contre Caïaphas, peut-être. Ou bien contre Hérodiade. » Comme si ç'avait été une teinture qui gagnait le cœur, le vin lui colora les joues. Elle laissa tomber son manteau. Son buste apparut, drapé d'une robe de laine brodée sous laquelle apparaissent l'échancrure d'une robe de lin, brodée aussi, mais d'or. Durcis par le froid, ses seins se dressaient sous les plis. Sa grand-mère plissa les yeux pour la détailler. « A quoi ressemble ce Jésus ? » demanda Salomé.

Myriam de Lazare parut contrariée. Elle se força à répondre.

« Il est grand et calme et commande la vénération. » Puis elle se tourna vers sa grand-mère et demanda la permission de se retirer parce qu'elle était fatiguée.

« Myriam ne m'aime pas à cause de la mort de Jokanaan », dit Salomé. « Mais ce n'est pas moi qui l'ai fait décapiter. J'aurais décidé autrement », dit-elle, songeuse.

« Fille », dit la vieille Myriam d'un ton sévère, « ce sont là de saints hommes. »

« Est-ce à dire que ce ne sont pas du tout des hommes ? » dit Salomé.

Myriam de Cléophas fit une grimace.

« Tu es bien du sang des Hérodes », dit-elle d'un ton amer. « Mais cette proie-ci est trop grande pour tes petites griffes, Salomé. Celui-ci est le Messie, peux-tu comprendre cela ? Un homme envoyé par le Seigneur ! » Elle ferma les yeux et ajouta : « De toute façon, un espion nous a informés qu'il a été arrêté il y a un moment. Que le Seigneur ait pitié de nous ! » Elle leva ses mains noueuses vers le ciel.

« Tout est donc perdu ? » demanda Salomé. « Hérode ne peut rien ? Hérode ne me refuserait pas... »

« Ton beau-père n'a aucun pouvoir à Jérusalem ! » coupa Myriam de Cléophas. « Ici, c'est Ponce Pilate qui commande. Mais peut-être réussirai-je à empêcher que Jésus ne meure sur la croix. »

« La croix ? » cria Salomé.

« Que croyais-tu, petite princesse ? Caïaphas et son beau-père Annas et toute la bande du Sanhédrin ont plus de détermination que mon fils au ventre mou ! Ils veulent la mort de Jésus, parce que son existence même met la leur en danger ! Quant à Pilate... Mais si tu répètes ceci, fillette, tu ne franchiras jamais plus ce seuil ! »

« Je n'ai jamais confié un secret », dit Salomé, hautaine.

« Eh bien, la femme de Pilate est venue me voir tout à l'heure. Pilate aussi est opposé à la mort de Jésus, mais ses raisons sont absurdes ! »

« Quelles raisons ? »

« Il s'imagine que Jésus pourrait être nommé roi de Judée sous la tutelle de Rome ! Y a-t-il quelque chose de plus opaque que la cervelle d'un Romain quand il se mêle d'affaires juives ? »

« Et comment empêcheriez-vous Jésus de mourir sur la croix ? » demanda Salomé en vidant son verre.

« Par la corruption. Nous ne le laisserons pas rester longtemps sur la croix. Et nous empêcherons qu'on lui brise les tibias. »

« Le verrai-je ? »

Mais Myriam de Cléophas ne sembla pas l'entendre. Elle leva encore les bras au ciel, se battit la poitrine et pleura, disant que le Seigneur avait abandonné les Juifs. Salomé s'assit près d'elle pour lui tenir les mains.

« Il te faut rentrer, maintenant », dit la vieille femme en séchant ses larmes. « Il se fait tard. Es-tu certaine que ta nourrice est endormie ? »

« Je lui ai donné du vin à l'opium », dit Salomé en souriant. « Il faudrait un gong pour la réveiller. Et quand elle se réveillera, je lui donnerai de la rue, et elle sautera comme une possédée ! »

Dehors, une pellicule de neige glaçait Jérusalem. Un rat qui traversa la rue devant Salomé laissa une traînée d'empreintes délicates sur ce voile virginal.

XXIV

LA JOURNÉE ET LA SOIRÉE
DU 12 AVRIL

Les mains de Jésus tremblaient imperceptiblement. Il était pâle. La porte par laquelle l'Iscariote s'était enfui était toujours ouverte. Jean et Matthieu se tenaient près d'elle.

« Mangeons, et mangeons vite », dit Jésus, « car il pourrait revenir avec la police. »

« Un traître ! » dit Simon-Pierre.

« Laisse-moi aller le chercher, je le ramènerai et nous l'attacherons », dit Matthieu.

« Trop tard », dit Jésus. « Viens t'asseoir. Viens, Jean. » Il leva les yeux. « Le Fils de l'Homme suit donc le Chemin qui lui a été assigné dans les Ecritures. Hélas pour l'homme qui l'a trahi, il eût mieux valu qu'il ne fût jamais né. »

Ils mangèrent peu et mal, les yeux fixés sur la porte.

« Nous avons le temps de finir notre souper. Le temps qu'il arrive chez le grand prêtre, qu'ils convoquent la police et qu'ils viennent ici, nous serons partis. »

« Depuis combien de temps le soupçonnais-tu ? » demanda Nathanaël.

« Depuis que Philippe lui a rendu ses vieilles sandales, ce qui révélait qu'il avait été à Jérusalem. Et aussi depuis que Joseph d'Arimathie avait reconnu l'un des compagnons de Matthieu, à Jérusalem. Contrairement à ce que l'Iscariote avait dit, il ne m'avait pas attendu à Béthanie. »

« Nous aurions pu alors le réduire au silence », dit Simon-Pierre. « Nous aurions pu le faire tout à l'heure. »

« C'était déjà trop tard », dit Jésus. « Si je l'avais renvoyé après le souper chez Simon le Lépreux, le Sanhédrin aurait dépêché après nous des légions de policiers, tandis que, l'Iscariote étant des nôtres, le grand prêtre pouvait entretenir l'illusion qu'il nous contrôlait et il prenait donc son temps. »

Les assiettes étaient vides, mais les plats à moitié pleins. Jésus prit le pain, qu'ils avaient à peine touché, le rompit et le distribua entre eux, disant :

« Prenez ceci, c'est mon corps. »

Il remplit son verre de vin et le fit passer à la ronde, disant :

« Buvez, c'est mon sang, le sang de l'Alliance qui a été versé pour tous. Je vous le dis, je ne boirai plus du fruit de la vigne jusqu'au jour où je serai dans le royaume de Dieu. »

Plusieurs d'entre eux fondirent en larmes.

« Nous avons assez de temps pour fuir Jérusalem, maître », dit Simon-Pierre. « Partons sans tarder. Ils ne te trouveront jamais. »

« Partir comme un voleur ? La vérité doit éclater dans la Cité de David et de Salomon. »

Il entonna l'hymne de la Pâque. Ils se joignirent à lui, les yeux fixés sur la porte.

« Les serviteurs prendront soin des restes », dit Matthieu.

Jésus se leva, ramassa les miettes sur sa robe et les mangea. Jean courut vers la porte et sortit un instant, puis revint annoncer que la voie était libre.

Les rues étaient encombrées de visiteurs étrangers, les tavernes, pleines.

Les sandales glissaient sur la chaussée neigeuse.

Ils descendirent la vallée du Cédron, se dirigeant vers le mont des Oliviers.

« Pourquoi ne quittons-nous pas tout à fait la région ? » demanda Jacques d'Alphée.

« Tu la quitteras assez tôt, Jacques, parce que vous perdrez tous la foi, car il est écrit : "Je frapperai le berger et les brebis seront dispersées." »

« Maître », protesta Simon-Pierre, « tout le monde perdra la foi, mais pas moi. »

« Je te le dis, Simon-Pierre, cette nuit même, avant que le coq chante trois fois, toi aussi tu me désavoueras. »

Iraient-ils à la maison de Béthanie ou à celle de Bethphagé ? L'Iscariote connaissait les deux adresses, si la police ne les trouvait pas à l'une, elle irait à l'autre. Fallait-il fuir au-delà, franchir le Jourdain, aller encore plus loin ? Ils étaient transis, ils avançaient de plus en plus lentement. Parvenus au pressoir d'huile qui se trouvait sur la pente du mont des Oliviers, un lieu que l'on appelait le jardin de Gethsémani parce que les violettes et les cyclamens y faisaient un parterre fleuri pendant les premières semaines du printemps, ils firent une pause. Le parfum des violettes écrasées s'éleva.

« Arrêtons-nous un instant », dit Jésus. Il voulait prier.

Jean était d'avis de poursuivre la route, afin de se perdre dans les bois, mais on ne l'écouta pas. Simon-Pierre s'assit et s'endormit d'un coup. Matthieu suivit son exemple.

« Déjà endormi ? » dit Jésus. « Ne peux-tu rester éveillé une heure ? Restez éveillés, vous tous. »

Simon-Pierre promit de ne plus s'endormir ; sa voix était épaisse.

« Oui », murmura Jésus, « l'esprit veut, mais la chair est faible. »

Il cherchait l'inspiration. S'il fuyait, il abandonnait son peuple. S'il restait, il était perdu.

« Eveillez-vous ! » cria Jean.

Des armes et des armures étincelèrent dans la lueur des torches. La police était à quelques pas, ne sachant pas quel homme parmi les neuf il fallait arrêter. Les ombres tremblaient sur le sol plaqué de blanc.

« Celui-là ! » cria Judas, se précipitant vers Jésus et saisissant son bras. « Voici votre homme ! »

Vingt policiers s'avancèrent, juifs ou romains, entourant Jésus, chlamydes rouges des Romains, capes noires des Juifs, les épées tirées hors du fourreau, ou bien des massues à la main. Ils le saisirent par les épaules, les poignets, la robe, et le poussèrent devant Gedaliah. Un cri, des malédictions. Un domestique de la maison de Caïaphas, la bouche tordue par la douleur, se tenait la main sur la joue, le sang coulant d'abondance sur son épaule. Un policier fixait du regard un morceau de chair rose qui luisait dans la neige, aux pieds du domestique. C'était une oreille.

« Bandez-lui la tête, qu'il cesse de saigner », dit l'un. « Rattachez-lui l'oreille par en dessous, peut-être qu'elle se recollera », dit l'autre.

« Pourquoi ne demandes-tu pas au Messie de faire un miracle ? » dit un autre.

Gedaliah s'énervait ; qui avait tranché l'oreille ? Seul Matthieu portait une arme ; Jésus le chercha du regard ; pas de Matthieu. Plus de Simon-Pierre, de Jacques, de Jean, de Nathanaël non plus.

« Allons », dit un officier. « Claudius, qu'est-ce que tu fais là-bas ? »

Dans l'obscurité, à quelque distance, un officier jurait, se battant avec une ombre ; il semblait que cette ombre fût Jean. L'officier l'avait agrippé par la robe. Un déchirement, l'officier poussa un cri, un jeune homme s'échappa nu parmi les oliviers. Gedaliah ordonna qu'on levât une torche au-dessus du visage de Jésus et avança pour dévisager le prisonnier.

« Me prenez-vous pour un bandit, que vous soyez venus avec des glaives et des massues pour m'arrêter ? » demanda Jésus. « Jour après jour, j'étais à votre portée, mais vous ne m'auriez pas arrêté au grand jour, non ? »

« Allons », dit un officier romain.

Ils prirent le chemin de Jérusalem. Un lièvre courut entre leurs jambes. L'aube délava l'horizon. Un officier éternua à plusieurs reprises.

Ils se dirigèrent vers une maison que Jésus ne connaissait pas. Gedaliah frappa à la porte ; elle s'ouvrit immédiatement. Un esclave aux yeux rouges aperçut le cortège ; sa mâchoire tomba ; il courut à l'intérieur de la maison. Quelques instants plus tard, Annas lui-même vint à la porte, tout habillé, dévisagea à son tour Jésus, très longuement, et hocha la tête.

« Le grand prêtre est dans la salle de la Pierre Taillée », dit-il.

Le cortège se remit en route.

Le Palais hasmonéen brillait de tous ses feux, entouré de policiers romains. Le cortège s'y engouffra, traversa la cour carrée qui séparait la résidence de Pilate du bâtiment du Sanhédrin et, transi, hagard, assoiffé, Jésus fut poussé dans une antichambre. Une lourde porte s'ouvrit à deux vantaux. Un certain brouhaha y avait régné jusque-là ; le silence tomba.

Il leur fit face. Quatre-vingts hommes. Quatre-vingts hommes qui s'étaient levés en pleine nuit, à l'heure des songes, pour juger le porteur d'un songe. Il se redressa. Ils s'attendirent à un défi. Le silence dura encore un peu.

« Es-tu Jésus, fils de Joseph, charpentier, né à Bethléem ? »

« Je le suis. »

« Tu comparais aujourd'hui pour répondre de tes actes devant le tribunal de la Loi d'Israël. »

« Voici l'homme qui pendant des années a défié les lois du Tout-Puissant et des hommes. Il a insulté des citoyens éminents, causé deux fois le désordre dans le saint Temple, il a pris le parti des Zélotes, qui sont les ennemis de notre société, accompli des actes de sorcellerie comme les magiciens païens, proclamant qu'il guérissait les gens par la volonté de Dieu, annoncé qu'il détruirait le Temple et le rebâtirait en trois jours, puis encore accompli des actes de sorcellerie le jour du Sabbat, il a tenu des discours de cannibale et tenté de jeter le discrédit sur cette assemblée. Chacun de ces chefs d'accusation mériterait à lui seul une lourde peine. Mais les crimes qu'ils désignent ne sont que peccadilles, bagatelles, égratignures sur la pierre de la Loi et des lois, comparés aux deux mensonges phénoménaux que cet homme a répétés et laissé répéter par ses délateurs. » Gedaliah s'interrompit et son regard balaya l'assemblée de gauche à droite des bancs où siégeaient soixante-dix-neuf hommes non compris le grand prêtre, les trésoriers de la tradition juive, les héritiers de Salomon, vingt-trois experts de la Halakah ou Loi rabbinique et quarante-six aînés de la nation, le Grand Sanhédrin au complet. L'aube qui blanchissait les fenêtres révélait çà et là les lividités d'une nuit sans sommeil, de l'inquiétude, de la révolte. Jésus écoutait immobile, comme s'il s'était minéralisé. « Père de cette assemblée », reprit Gedaliah, à la fois procureur et chef de la police, « permets-moi de me décharger devant toi du terrible fardeau qui consiste à nommer les péchés de l'accusé. Car il y a, mes frères, mes pères, d'autres manières de se profaner que de toucher un cadavre ou une femme en travail. Certains mots prononcés de manière impie peuvent aussi souiller. Cet homme a prétendu qu'il est à la fois le Fils du Très-Haut et le Messie ! »

« Est-ce prouvé ? » demanda la voix frêle de Bethyra.

« Vingt-trois témoins en ont prêté serment, non compris les rabbins de plusieurs villes de Galilée », répondit Gedaliah, « dont les témoignages sont ici sous la main du greffier. »

« L'outrage est incalculable », dit Ezra ben Mathias. « Je proposerai après la Pâque une pénitence collective pour l'expiation de ces péchés immenses ! »

« Ta motion sera soigneusement examinée », dit Gedaliah. « Entre-temps, nous devons décider ici, avant midi, si l'inculpé est coupable ou non. C'est notre tâche, ce matin. »

Il y eut un brouhaha mené par les acolytes de Caïaphas, qui feignaient de s'indigner et criaient déjà : « Coupable ! » pour expédier l'affaire. Bethyra, docteur de la Halakah, leva la main. Le silence se rétablit. Comme la plupart des experts de la loi rabbinique, Bethyra avait refusé de prendre parti sur le projet secret de Caïaphas ; nul ne savait ce qu'il pensait.

« Nous avons déjà examiné en ce lieu même la nature de la prétention à la messianité et, si ma mémoire ne me fait défaut, nous avons conclu qu'elle ne peut être tenue pour peccamineuse. Etant donné que cette séance doit s'achever avant midi et qu'il y a peu de chances que l'opinion des docteurs ait varié sur ce point, je suggère que nous éliminions ce chef d'accusation et que nous nous concentrions sur l'autre, la revendication d'ascendance divine, ou bien alors que nous rejetions ces deux chefs ensemble, car ils pourraient être liés, et que nous nous occupions des premiers chefs d'accusation cités par Gedaliah. »

Caïaphas fronça les sourcils. Gedaliah se figea.

« Les deux chefs d'accusation de la messianité et de l'ascendance divine ne peuvent-ils pas être séparés ? » demanda Caïaphas.

Bethyra leva ses yeux mi-clos et les posa sur Caïaphas.

« Les docteurs vont en délibérer sur-le-champ », répondit-il.

Les vingt-trois hommes s'inclinèrent les uns vers les autres, s'entretenant à voix basse. Gedaliah lança un regard sombre à Caïaphas. Au bout d'un moment qui sembla interminable, les docteurs reprirent leurs postures et se turent.

« Etant donné que le Messie, lorsqu'il est révélé, revêt des vertus divines et incommensurables, les deux chefs d'accusation ne sont pas séparables si l'inculpé a revendiqué l'ascendance divine parce qu'il est le Messie », dit Bethyra.

Nouveau brouhaha. « La Loi protégerait-elle donc les profanateurs ? » s'indigna Ezra ben Mathias. Joseph et Nicodème semblaient pétrifiés sur leurs bancs.

« Toutefois », reprit Bethyra d'une voix suraiguë — et le silence se fit instantanément —, « si les deux revendications ont été faites séparément, comme doivent l'attester les témoignages chez le greffier, elles peuvent être séparées. »

« Les revendications étaient séparées », dit Gedaliah. « Greffier, fais passer les témoignages. »

Les feuilles passèrent de main en main. Leur examen dura près d'une demi-heure. Bethyra finit par hocher la tête.

« Je désire interroger moi-même l'accusé », dit Levi ben Phinehas.

« Sur tous les chefs ? » demanda Gedaliah, alarmé.

« Pourquoi pas ? » dit Levi. « De toute façon, je voudrais moi-même l'entendre dire qu'il est le Fils du Très-Haut. »

« Très bien », dit Gedaliah, qui ne pouvait que déférer à la demande.

« Tu as entendu la question », dit Levi, s'adressant à Jésus. « Es-tu le Fils du Très-Haut ? »

« Il s'est référé plusieurs fois au Tout-Puissant comme à son père », dit Gedaliah, « les faits sont là. ».

« Ne sommes-nous pas tous les fils du Seigneur ? » répondit Jésus, prenant la parole pour la première fois.

« As-tu dit que tu es le Messie ? Et si tu l'as dit, quelles preuves en donnes-tu ? »

« Je n'ai jamais dit que je suis le Messie. »

« Mais nous savons », dit Gedaliah, « des témoignages recueillis sous le serment selon lesquels tu as dit à Capharnaüm : "C'est la volonté de mon Père que tous ceux qui se tournent vers le Fils et mettent leur foi en Lui posséderont la vie éternelle ; et je les ressusciterai au dernier jour." As-tu ou n'as-tu pas prononcé ces mots ? »

« Je les ai prononcés. »

« Il semble donc que tu prétendes être le Fils du Très-Haut sans être le Messie ? » demanda Levi ben Phinehas.

« Toutes les graines ne se changent pas en arbres et toutes les fleurs ne portent pas des fruits », répondit Jésus.

« Tu as également dit que le Temple est un repaire de forbans et qu'on pourrait aussi le détruire et que tu le relèverais en trois jours. Par quels pouvoirs ? » demanda Gedaliah.

« L'esprit divin peut faire que l'homme accomplisse des prodiges », répondit Jésus.

« Vous pouvez donc juger, mes pères et mes frères, que les deux revendications sont bien séparées. L'inculpé admet qu'il détient le privilège spécial de ressusciter ceux qui croient en lui, ce qui signifie qu'il est immortel, puisqu'il sera présent au Jour du Jugement, et qu'il détiendra alors les pouvoirs mêmes du Très-Haut, seul capable de ressusciter les morts. Il ne se définit donc pas comme l'un des innombrables enfants du Seigneur, ainsi qu'il l'a d'abord suggéré, mais comme un enfant unique. De plus, il prétend détenir le pouvoir extraordinaire de détruire un édifice que l'on a construit en quarante-six ans et de le relever en trois jours. Sommes-nous satisfaits ? »

Les docteurs hochèrent la tête.

« Es-tu satisfait aussi, Levi ? »

« J'aurais préféré que l'inculpé confessât d'emblée qu'il est à la fois le Messie et le Fils du Très-Haut », répondit Levi.

« Qu'est-ce que cela aurait changé ? » demanda Caïaphas.

« J'aurais alors pu conserver mes doutes sur sa messianité. Mais je peux difficilement me représenter un Messie qui renie sa messianité », dit Levi.

« C'est cela ! C'est bien la question ! » cria une voix.

C'était Nicodème.

« Qu'est-ce qui est la question, Nicodème ? » demanda Caïaphas.

Nicodème se leva.

« Certains de mes honorables collègues trouvent qu'il y a des contradictions dans les déclarations de l'inculpé et les rapports qui ont été faits sur lui. Tel n'est pas mon cas. Je peux très bien imaginer que le Messie ne revendique pas sa messianité, car elle est secrète, tout comme aucun prophète n'a jamais dit qu'il était un prophète. Nous n'avons aucune idée de la manière dont doit ou ne doit pas se comporter un Messie, parce que nous n'en avons jamais vu. Je peux aussi m'imaginer un Messie qui, bien qu'ignorant de son essence, soit tout à fait conscient de ses liens célestes et de ses pouvoirs. Or, nous savons au moins que cet homme a accompli des prodiges. Je demande que nous en revenions au chef d'accusation cité par Gedaliah, selon lequel Jésus est bien le Messie, et que nous lui donnions le bénéfice du doute. C'est un bénéfice qui rejaillirait sur nous, car je vous supplie de considérer l'effroyable erreur que serait la mise en accusation d'un Messie ! »

Jésus posa les yeux sur l'orateur, qui venait de se rasseoir. Un long silence suivit l'intervention de Nicodème. La lumière baignait les fenêtres.

« J'aurais été mieux préparé à cette éventualité », dit enfin Gedaliah, « n'était la personnalité de l'accusé, esquissée par les autres chefs d'accusation. Car voilà un homme qui, en peu d'années, a amassé les preuves les plus flagrantes contre sa prétendue messianité. Il fréquente des femmes douteuses, ne respecte pas le Sabbat et fait du scandale. En peu de mots, cet homme s'est comporté davantage comme un voyou que comme un citoyen décent et certes pas comme s'il était investi de la qualité suprême de Messie. Je vous demande à tous s'il demeure dans vos cœurs l'ombre d'un doute : est-ce là donc un homme apte à devenir un grand prêtre et l'héritier du trône de David ? Est-ce là l'homme qui va incarner nos vertus aux yeux de l'étranger ? Est-ce l'homme qui va restaurer la Loi, dont il prétend qu'elle est tombée en déréliction ? Sommes-nous donc tombés si bas à nos propres yeux que nous puissions envisager de céder la magistrature suprême à un magicien qui devrait être au ban de la société ? » Gedaliah laissa les échos de sa voix se réverbérer sur les murs, puis alla faire face au Sanhédrin. « Car, mes pères, mes frères, je vous demande de considérer vos responsabilités dans le jugement qui vous incombe. Ou bien l'accusé est le Messie et, dans ce cas, il peut revendiquer la filiation divine et nul doute ne peut alors subsister : le grand prêtre doit ici et maintenant lui remettre son siège et les insignes de sa fonction. Pareillement, vous devez aussi vous considérer renvoyés d'emblée, puisque vous serez considérés comme indignes d'être les gardiens de cette loi que vous avez laissé déchoir. Ou bien il n'est pas le Messie, ses revendications de filiation divine sont des divagations impies, et l'ambiguïté qui a trop longtemps présidé à cette affaire doit être éliminée de la manière la plus exemplaire. Nous ne pouvons plus admettre que des bandes de vagabonds délirants continuent à prétendre de par les cinq provinces que Jésus est le Messie et que le Temple, cette assemblée même et les plus respectables institutions d'Israël ne sont que des nids de vipères ! Car tous ces sycophantes écumants répondent aux ordres de l'homme présent devant vous ! »

Gedaliah indiqua Jésus de la main. Ses yeux flambaient. Même Caïaphas était saisi par son éloquence.

« Quelle est donc la sentence que demande le procureur ? » demanda Joseph d'Arimathie.

« La mort », répondit Gedaliah.

Jésus ne tourna même pas la tête.

« La flagellation ne suffirait-elle pas à discréditer l'accusé ? » demanda Levi ben Phinehas.

Ce fut alors que Caïaphas bondit sur ses pieds, le visage convulsé, et cria :

« Avons-nous donc perdu toute notion du blasphème ? N'est-ce pas le blasphème que de se prétendre le Fils du Très-Haut et Son seul Fils ? Je dis, moi, que c'est un blasphème abominable ! »

Et il déchira sa robe de ses mains. Crissement violent comme un cri. Sa poitrine velue palpitait.

« Père ! » s'écria Gedaliah, tendant les mains devant lui.

« Je demande que le jugement sur cette affaire soit rendu ici et maintenant ! » cria Caïaphas. « Et je vous rappelle que l'excès de scrupules est la marque des âmes faibles ! » Il se rassit.

« Greffier », dit Gedaliah, « ouvre ton livre et prépare-toi à compter les mains en faveur de la peine de mort. »

« Un dernier mot ! »

La voix avait retenti de manière impérieuse ; c'était celle de Nicodème.

« Nous savons tous que nous n'avons pas le pouvoir d'exécuter une sentence de mort, car nous ne sommes plus une autorité souveraine, mais strictement religieuse, seulement habilitée à prononcer et à exécuter des sentences d'amendes et de punitions physiques non mortelles. Ces punitions ne doivent pas dépasser la flagellation, et encore, seul un certain nombre de coups nous est autorisé. Donc, la sentence de mort que cette assemblée pourrait être poussée à rendre » — et là, Nicodème dirigea un regard coléreux vers Gedaliah et Caïaphas lui-même — « sera purement symbolique, mais ses conséquences pour nous ne le seront pas ! Tout ce que nous pouvons faire si nous voulons que la sentence soit exécutée, c'est de remettre le condamné aux mains du procurateur de Judée, Ponce Pilate, avec une recommandation de crucifixion. Et si Pilate n'accepte pas notre recommandation et fait libérer l'homme, nous serons désavoués et humiliés ! C'est là prendre de grands risques. Aussi je déclare d'emblée que je ne voterai pas la mort. Je recommande la flagellation, qui ne menace pas notre autorité et notre dignité. »

Un martèlement sourd fit tourner les regards vers Annas, qui faisait toujours partie du Sanhédrin, en qualité d'ancien. Il frappait du poing contre l'accoudoir de son siège.

« Nous ne sommes pas ici pour nous livrer à ce genre de considération tactique », dit-il sombrement. « Le blasphème est le péché, le blasphème doit être sanctionné. »

Jésus tourna légèrement la tête pour regarder Annas.

« Greffier, prépare-toi », dit Gedaliah.

Le greffier déroula un rouleau aux poignées polies par le temps ; un assistant tint le rouleau ouvert. La plume fut trempée dans l'encre et commença à gratter le parchemin.

« Que tous ceux qui sont en faveur de la peine de mort lèvent la main », dit Gedaliah.

Quelques mains se levèrent tout de suite ; d'autres avec retard, comme hésitantes. Soixante-quatre.

« Cette Cour décrète que l'accusé Jésus le Galiléen, fils du prêtre Joseph, charpentier de son état, âgé de quarante et un ans, est, en ce jour du 12 de Nisân de la 3 795ᵉ année depuis la Création du Monde, condamné à mort pour blasphème par une majorité de soixante-quatre du Grand Sanhédrin de Jérusalem », lut le greffier. Caïaphas descendit signer. Un Lévite se précipita pour lui couvrir les épaules de son manteau. Gedaliah signa ensuite, puis l'aîné des docteurs, Bethyra, puis l'aîné des Anciens, Levi ben Phinehas.

« Emmenez le condamné chez Pilate », ordonna Caïaphas.

Les portes s'ouvrirent. Quatre policiers entrèrent et entourèrent Jésus. La Cour sortit par la droite, les policiers et leur prisonnier, par la gauche. Jésus tremblait ; l'air était froid.

Parfois, des hommes s'emparent de la vie d'autres hommes. Ce ne sont pas seulement des vivants qui commettent ce forfait, mais aussi des morts, leurs ancêtres. Les fantômes sont les procureurs les plus féroces, les policiers les plus brutaux, les geôliers les plus cruels.

A la porte du Sanhédrin qui donnait sur la cour intérieure, les serviteurs avaient disposé des braseros pour réchauffer les policiers de garde. Quelques passants se chauffaient là les mains, dont un vieillard déjeté et morose.

« Dis donc », dit un serviteur, « n'es-tu pas l'un des partisans de celui qu'on juge à l'intérieur ? »

« Je ne connais personne qu'on juge », marmonna le vieillard.

« Oh si ! » insista le serviteur en regardant le

vieillard sous le nez. « Je t'ai vu avec lui plus d'une fois, dans la rue. Tu sais bien, Jésus ! »

« Ah, lui », dit le vieillard, « j'ai écouté une fois ou deux ses discours. »

Le serviteur eut un sourire sarcastique.

« Les voilà qui sortent, la séance est terminée. »

Gedaliah franchit la cour, en direction de l'aile où résidait Pilate. Jésus suivit, entre les policiers. Peut-être remarqua-t-il le vieillard, car il sembla ralentir son pas pendant une fraction d'instant, tourna la tête et plongea son regard dans les yeux du vieillard. Celui-ci fondit en larmes.

« Maintenant, je me rappelle même ton nom », dit le serviteur, « tu es Simon-Pierre ! »

Un jeune homme apparut près du vieillard, marchant comme un somnambule. Il suivit des yeux Jésus qui disparaissait sous la voûte du Palais hasmonéen, puis s'en retourna, du même pas désarticulé.

« Je connais celui-ci aussi », dit le serviteur. « Jean, c'est son nom. Arrête de pleurer, vieux, ou bien ils t'arrêteront. Ton Messie est fini. Cuit. Fais attention, ils vont ensuite s'en prendre à ses partisans. »

Simon-Pierre frissonna et partit.

Pilate ne put refréner un bâillement, même en présence de son secrétaire ; il avait peu dormi.

« Excellence, le Sanhédrin communique par l'entremise d'un de ses membres, Gedaliah ben Yeazar, la sentence de mort qu'il a prononcée contre Jésus. Le prisonnier a été condamné pour blasphème. Le Sanhédrin s'en remet au pouvoir romain, avec vive recommandation pour l'exécution immédiate de la sentence. »

« Blasphème », répéta Pilate.

« L'homme prétend être le fils du Dieu juif et son envoyé sur terre », expliqua le secrétaire.

« Je sais, je sais », dit Pilate.

« Le prisonnier est en bas, encadré par quatre policiers juifs. »

« Fais renvoyer les policiers et monter l'accusé », dit Pilate.

Le secrétaire descendit transmettre les ordres. Les policiers juifs se concertèrent du regard, guère enclins à partir. Puis ils attendirent la décision de Gedaliah.

« Vous avez entendu les ordres du procurateur », dit le secrétaire. « Allez-vous-en. »

Gedaliah hésita un instant, puis dit :

« L'homme est un prisonnier du Sanhédrin. Nous entendons en conserver la garde. »

Le secrétaire toisa son interlocuteur.

« Nous sommes en province impériale romaine. Le prisonnier est sous la juridiction du procurateur de Judée. Vous n'avez pas pouvoir d'emprisonnement », dit-il calmement. « Vous n'avez plus rien à faire ici. »

Gedaliah médita ces mots. Le bluff avait échoué. Les cinq hommes s'en furent, sous le regard ironique du Romain. Jésus fut accompagné à l'étage, chez Pilate.

Le procurateur s'assit. Jésus, debout, lui faisait face.

« Parles-tu latin ? » demanda Pilate.

« Un peu. »

« Y a-t-il quelque raison que tu sois roi des Juifs ? »

« Je ne demande pas de royaume. »

A travers les fenêtres, de l'autre côté de la pièce, des clameurs montaient de l'étroite terrasse qui séparait les murs du palais de ceux de la forteresse.

« Y a-t-il en toi du sang royal ? »

« Pas que je sache. »

« Je ne connais pas vos coutumes, mais je sais que si quelqu'un est votre Messie, comme on dit que tu l'es ou que tu prétends l'être, il est destiné à occuper le siège de grand prêtre et que, traditionnellement, et jusqu'à ce que ce pays fût devenu une province romaine, la mitre de grand prêtre allait avec la couronne royale. »

« Tu es bien informé. »

« Bon, puisque tu dis que tu es le Messie, tu revendiques le trône royal, non ? »

Les clameurs dans la rue se firent plus fortes. Des gens répétaient trois ou quatre mots. Pilate tourna à peine la tête.

« Je ne me suis jamais appelé Messie », dit Jésus.

« Qui es-tu alors ? Pourquoi t'ont-ils condamné ? »

« Le Messie est à venir. »

« Quoi ? » dit Pilate, en se grattant la barbe. « Ecoute, je n'ai aucune raison de complaire à tes juges et de faire exécuter leur sentence. Il faut que tu comprennes cela. Mais je ne peux pas me satisfaire de tes réponses obscures. Parle clairement ! »

Maintenant, on comprenait ce qu'ils criaient en bas : « Mort au blasphémateur ! »

« Je crois que je sais ce que tu penses », dit Pilate. « Que si, moi, procurateur de Judée, je te laisse aller libre, tu auras l'air d'être un pion dans mes mains. Mais tu dois t'être rendu compte à présent que c'est ta vie qui est en jeu. »

Pilate se leva et alla à la porte.

« Dites à ces gens en bas de se taire ou je vais sévir ! »

« Je le leur ai déjà dit », répliqua un lieutenant. « Mais c'est une foule de prêtres. Faut-il quand même aller les bâtonner ? »

Pilate grogna d'impatience et claqua la porte. Il interpella Jésus, qui n'avait pas changé de position et qui tournait donc le dos au potentat : « Ecoute-moi bien, c'est une émeute qui se prépare dans la rue à cause de toi. Tu ferais bien de trouver rapidement un argument pour ta défense. Nous n'allons pas passer la journée ici. Es-tu d'ascendance davidique ? Si c'est le cas, dis-le, et ce serait d'ailleurs plus utile que tu le penses. Mais dis-le vite. Je peux te libérer et faire plus tard établir ton ascendance. »

Pilate fit les cent pas.

« Rome ne serait peut-être pas hostile à un roi légitime de Judée. »

Jésus leva les yeux vers Pilate. Ruses. Ambitions. Donne-moi un mensonge et prends une couronne. Sous les yeux du Seigneur ?

Une pierre heurta la fenêtre. Les clameurs étaient devenues enragées. Une ou deux centaines de vieux fanatiques barbus demandant du sang ! Et tout cela, parce que leurs vieilles habitudes étaient compromises ! « Si quelqu'un prétendait à Rome être le fils de Jupiter... » songea Pilate. Non, il ne serait pas bienvenu ; César en prendrait ombrage. Les dieux avaient tout intérêt à rester là-haut et à ne pas engendrer de bâtards ! Même Hercule serait jeté en prison ! « Malédiction ! » murmura-t-il en araméen. Il avait appris le mot : « *Maflouq* ! » Sans équivalent en romain, en tout cas pas aussi violent. Il ouvrit la porte. « Lieutenant ! » L'appel fit sursauter tout le monde. Le lieutenant se présenta. Pilate réfléchit un instant. Ce Juif énigmatique n'allait décidément rien dire de déterminant et lui, Pilate, n'avait pas envie de faire plaisir au Sanhédrin. Il fallait prendre les choses en main. « Lieutenant, faites disposer vingt hommes armés devant la terrasse. » Et s'adressant à Jésus : « Tu n'as donc rien à dire ? »

« Je suis innocent. »

Pilate le dévisagea d'un air incrédule. Innocent, oui, mais pas dans le sens opposé à « coupable ». Etait-ce là l'homme qui faisait trembler le Sanhédrin ?

« Ton innocence n'a aucun intérêt ! » s'écria Pilate. « L'innocence n'a jamais pesé d'aucun poids devant les intérêts des hommes et des peuples ! » Les minutes comptaient, et cet homme dont la tête était en jeu ne trouvait rien d'autre à dire que son innocence ! « C'est l'intérêt de ton peuple dont tu décides en ce moment. Veux-tu être le chef de ton peuple ? Les intérêts des Juifs et de Rome peuvent se conjuguer. Ils se sont rejoints sous Hérode le Grand. Me comprends-tu ? »

Jésus était totalement stupéfait. Ces gens ne comprenaient-ils donc rien d'autre que le pouvoir temporel ? Mais en même temps, une autre interrogation commençait à poindre en lui : n'avait-il donc rien fait d'autre de toute sa vie que de préparer son propre sacrifice ? Et à quelle fin ? Il fut saisi d'angoisse et ne trouva rien à dire.

Il ne me croit pas, songea Pilate ; il croit que tout cela est une feinte. Procula entrouvrit la porte et contempla longuement Jésus, puis battit en retraite devant le regard de Pilate.

« Nous allons descendre », dit Pilate.

Il ouvrit la porte et, d'un geste brusque de la tête, mobilisa le secrétaire et des gardes.

« Faites-le descendre avec moi. »

Ils arrivèrent sur le podium qui surplombait la terrasse et que couvrait un dais. La petite foule s'approcha, se gardant cependant de toucher les pierres du palais du païen, de crainte de se profaner. Bien sûr ! Une rumeur de scandale monta. Pilate les parcourut du regard ; tous des rabbins, hommes de paille et sycophantes manipulés par les Sadducéens ! Rien que pour cela, il souhaitait leur jouer un tour.

Ils recommencèrent à crier. A glapir.

« Silence ! » ordonna-t-il, en romain, avec rudesse. Les échos de l'ordre s'égaillèrent par-dessus les remparts réverbérés par les murs du palais jusqu'aux monts de Judée. Alarmés par la colère du Romain, les manifestants se turent. Au centre du groupe, Gedaliah serrait les mâchoires.

« Je vois », dit Pilate, « que vous êtes venus me demander de relâcher votre roi. » Et de la main, il indiqua Jésus, qui fixait l'attroupement, le masque tendu.

Cris, sifflets, poings tendus.

« Silence ! » ordonna encore Pilate. « Que vais-je faire avec le roi des Juifs ? »

Gedaliah devint écarlate. Loin de l'épuiser, la nuit blanche et le jugement avaient fouetté son énergie.

« Cesse de nous insulter ! Cet homme n'est ni notre roi ni un roi tout court ! C'est un imposteur ! »

Pilate eut plaisir à voir l'habile Gedaliah perdre le contrôle de lui-même.

« Crucifie-le ! » reprit Gedaliah. « Nous l'avons condamné à mort parce qu'il bafoue notre religion ! »

Les rabbins répétèrent : « Crucifixion ! »

Cette foule pouvait quand même déclencher une émeute. Aucun procurateur ne se réjouirait d'une émeute. On en viendrait facilement à bout, mais Rome ferait une enquête.

« Pourquoi, quel mal a-t-il fait ? » demanda Pilate.

« Tu ne comprends pas notre religion ! Crucifie-le. »

Pilate se tourna vers Jésus.

« Parle, maintenant ! » lui souffla-t-il.

Mais Jésus semblait pétrifié. Prendre le pouvoir et devoir traiter avec ces gens !

« C'est la coutume que je libère un prisonnier pour votre fête », dit Pilate. « J'ai maintenant deux prisonniers, celui-ci et Jésus Barabba[1] ! »

« Qui est Barabba ? » demanda un rabbin, fronçant les sourcils. « Est-ce l'un des nôtres ? »

« Qui est ce Barabba ? » demanda Gedaliah à un Lévite. Le Lévite haussa les épaules ; il ne le connaissait pas ; le nom même semblait douteux.

« Qui vais-je libérer, Jésus ou Barabba ? » demanda Pilate.

1. Les Evangiles, qui rapportent le nom de Jésus Barabba, ne semblent pas tenir compte du fait que ce nom signifie en hébreu « Fils du Père » ou, dans une acception plus large, « Fils du Seigneur ». La coïncidence entre ce nom et la filiation divine qui fut l'un des chefs d'accusation de Jésus semble beaucoup trop singulière pour ne pas comporter une explication ; celle-ci serait que Pilate a fabriqué le nom de ce prisonnier, évidemment fictif, pour se donner un dernier prétexte pour libérer Jésus.

710

« Relâche qui tu veux, à la condition que ce ne soit pas cet homme-là », répondit Gedaliah.

Pilate médita la réponse et, se tournant vers son aide de camp, lui dit :

« Emmène le prisonnier. Qu'on le flagelle. »

Il essaya d'accrocher le regard de Jésus et n'y parvint pas. Il rentra au palais.

« Allons », dit un rabbin à Gedaliah, « nous avons eu gain de cause. »

« Pas si sûr. Il n'a pas donné l'ordre de crucifier l'homme. Je retourne au Sanhédrin, mais dis aux autres de ne quitter cette terrasse à aucun prix. Pilate pourrait la faire occuper par ses troupes et nous n'aurions pas d'autre lieu pour manifester. »

Il était dix heures du matin. Un vent coupant commença à souffler. Gedaliah éternua.

« Allons », dit un lieutenant à Jésus, en le prenant par l'épaule. Lui aussi essaya de capter le regard du condamné et n'y parvint pas.

« Déshabille-toi. »

L'ordre claqua entre les murs de la cour du Prétoire. Jésus regarda autour de lui ; des soldats l'observaient avec gravité. Pas un criminel ordinaire, puisque le procurateur voulait l'épargner. Il leva la tête. Pas de peur, pas de larmes ; un homme hors du commun. Il enleva sa robe sans coutures, celle que lui avait tissée Marie et la laissa tomber à terre. Deux gardes le poussèrent vers une colonne qui se dressait comme un tronc d'arbre mort au centre de la cour et attachèrent ses poignets autour de ce pilier qui ne soutenait rien que le poids des souffrances passées et futures. Un sifflement, une douleur fulgurante, plusieurs griffes qui déchiraient ensemble la peau du dos. Un autre sifflement — il frissonna dans l'attente de la douleur — et une autre pluie de souffrances. Il le savait, c'était un fouet à neuf queues, aux extrémités garnies de plomb. Un spasme lui arqua le dos, il écrasa son visage contre le pilier — son nez ! Et de nouveau ! Son nez saignait. Un autre sifflement et les plombs labourèrent les mêmes blessures ! Le corps peut être maîtrisé — il haleta. Son corps s'effondra, les genoux avaient cédé. Les coups tombèrent sur ses épaules. Ténèbres.

« Vingt et un ! » dit quelqu'un.

Il se tordit sur de la glace. On l'avait délié. Il tomba sur le sol. Ils jetèrent sur lui un seau d'eau. Le froid le secoua. Il ouvrit les yeux et s'assit, très lentement. Ils faisaient cercle autour de lui.

« De l'eau », dit-il.

On lui en versa un gobelet, puis un autre. Ses dents claquaient si fort qu'il versa la moitié de l'eau sur sa poitrine. Il avait froid, froid... Il rampa vers sa robe et, assis sur le sol, se débattit pour l'enfiler. Gelé et l'échine en feu. « Père... » murmura-t-il, et les plis de sa robe tombant sur sa bouche étouffèrent sa voix et sa prière.

« Certains disent que c'est un roi », dit un soldat.

Il jeta un regard au soldat et secoua la tête.

« Il semble dire qu'il n'est pas un roi », reprit le soldat.

« L'ont-ils condamné parce qu'il est roi ? » demanda un autre.

L'aide de camp de Pilate arriva et considéra Jésus.

« Dès qu'il pourra se tenir debout, emmenez-le chez Hérode. Ordre du procurateur. »

« Un roi va rendre visite au tétrarque », dit un soldat.

Il ne parvenait pas à affermir sa posture ; ils le soutinrent. Ils longèrent le rempart du nord, suivis par des rabbins curieux et d'autres gens. Le petit cortège suscita la surprise des Gaulois au poste de garde du palais d'Hérode. On prévint le tétrarque.

« Père... » souffla Jésus. Il s'appuya contre un mur.

On le prit par les aisselles pour le faire monter chez Hérode.

« Ils l'ont bien malmené », murmura le potentat. « Je n'aurais pas cru que Pilate serait allé si loin. »

« Il l'a fait pour lui éviter la crucifixion », souffla Manassah. « Ce devrait être assez comme punition. »

« Donnez à cet homme de l'hydromel très allongé et du pain. Asseyez-le et aidez-le », ordonna Hérode en élevant la voix.

Les serviteurs s'affairèrent. Jésus but l'hydromel. Le gobelet lui tomba des mains. Il se força pour manger un peu de pain. Et après ? Ceux qui essayaient de l'aider ne pouvaient pas comprendre ; la volonté du Seigneur suivait son cours.

« Peux-tu m'entendre ? » demanda Hérode, debout devant Jésus. « Peux-tu parler ?... Ecoute, ni le procurateur ni moi-même n'entendons donner satisfaction au Sanhédrin. Il te suffit de dire, pour sauver ta vie, que tu descends de David par ton père, car je sais que ton père est de la tribu de David. Nous organiserons d'abord ton départ, le procurateur et moi-même, pour te donner le contrôle de la Judée. La couronne de Judée. M'entends-tu ? »

« Pilate m'a fait la même offre », dit à la fin Jésus. « Cela ne mènera à rien. Je ne demande pas de royaume. »

« Avec le royaume viendra le siège de grand prêtre », dit Hérode, « cela tu le sais. N'est-ce pas ce que tu as cherché jusqu'ici ? Tu y es presque parvenu ; tu as semé l'anxiété chez les membres du Sanhédrin. »

« Je ne veux rien », répéta Jésus. La souffrance avait rendu sa voix rauque. « J'ai été envoyé pour... » Il perdait son souffle. « ... Pour annoncer la venue de Son royaume. Tu ne peux m'aider. »

« Qui t'a envoyé ? » demanda Hérode, tendant le cou, sur lequel les veines saillaient. « De quoi parles-tu ? Tu as agité toutes les puissances de ce pays. Cela, c'est bien terrestre et réel ! »

« J'ai enseigné à plusieurs, mais peu ont écouté. Tu n'as pas écouté. »

« Ecouté quoi ? » s'impatienta Hérode. « Tu es en danger de mort et je t'offre la sécurité et le trône de Judée en échange d'une reconnaissance selon laquelle tu es vraiment de sang royal. Et qu'est-ce que

tu fais ? Tu me réponds de façon incompréhensible !
Nous n'avons pas toute la journée pour régler ceci.
Ressaisis-toi et donne-moi une réponse claire ! »

« Nous ne parlons pas le même langage », répondit Jésus. « Un agneau ne peut pas apprendre à hurler. » Il ferma les yeux. Hérode continua à parler
jusqu'à ce que sa face fût congestionnée. Le silence
finit par tomber.

« Quel genre d'homme est-ce là ? » dit Hérode,
comme s'il pensait tout haut.

« Le même genre que Jokanaan », dit Manassah.
« Ils étaient d'ailleurs cousins. »

Hérode se pencha vers Jésus, qui gardait toujours
les yeux clos, et dévisagea l'homme qui venait de refuser un royaume. Jésus rouvrit les yeux et les plongea
dans ceux d'Hérode, qui clignaient à quelques pouces
de distance. Des yeux noisette, las. Des yeux brun
sombre, à la sclérotique injectée de sang.

A-t-il réellement une volonté de fer ? se demanda
Hérode. Ou bien est-il fou ? Pas de défi dans les yeux
du flagellé, pas de détermination héroïque ; rien
qu'une expression qui signifiait : « Tu ne pourrais pas
comprendre. »

« Renvoyez-le à Pilate », dit Hérode, dépité et
décontenancé.

Les mêmes rabbins qui avaient suivi le cortège à
l'aller le suivirent au retour.

Pilate faisait les cent pas dans la salle du premier
étage. Procula était assise, affligée.

« Le prisonnier est de retour », vint annoncer un
garde.

« Faites-le monter », dit Pilate.

Procula se leva et se jeta aux genoux de Jésus, puis
fondit en larmes.

« Lève-toi », dit Jésus, « tes larmes ont effacé tes
péchés. »

Pilate observait la scène, perplexe. Procula

demanda de l'eau chaude et des linges, qu'on apporta sur-le-champ.

« Laisse-moi laver tes blessures, j'ai des baumes », dit-elle.

Jésus hocha la tête. Un esclave l'aida à ôter sa robe. Pilate fit la grimace devant les stries noires qui rayaient le dos de Jésus. Procula versa des huiles balsamiques dans l'eau, du suc de plantain, de l'huile de girofle, des écorces de saule broyées, trempa un linge dans le bol où elle avait réalisé sa mixture et commença à humecter le sang séché sur le dos de Jésus. Le sang perla à nouveau, çà et là.

« Nous n'avons pas beaucoup de temps », dit Pilate.

Tout cela défiait le sens commun, à la fin ! Il avait fait flageller un homme, fût-ce à contrecœur, et sa femme le soignait devant lui !

« Cela doit être fait », répondit Procula.

Le procurateur recommença à arpenter la pièce.

« J'espère que cela satisfera ces gens », marmonna-t-il. Et à sa femme : « Assez ! » Puis à Jésus : « Viens avec moi ! »

Ils réapparurent sur le podium. Des centaines de barbes pointèrent vers eux.

« Le voici », dit-il. « Je n'ai rien trouvé à lui reprocher. Regardez-le. »

Huées, poings tendus. Puis un remous aux premiers rangs. Caïaphas, Annas et Gedaliah se frayaient un chemin jusqu'au podium.

« Fais-le crucifier ! » ordonna Caïaphas.

La foule reprit le cri. Pilate montra littéralement les dents. Il a été puni par la flagellation. »

« J'ai dit : crucifier ! » cria Caïaphas.

« Je répète que je ne lui ai trouvé aucune faute. »

« Nous avons une loi, et selon cette loi, que César s'est engagé à respecter, cet homme doit être mis à mort, parce qu'il a blasphémé en prétendant qu'il est le Fils de Dieu ! » cria Gedaliah.

« Faites rentrer l'accusé », dit Pilate aux gardes. Et il les suivit à l'intérieur du palais. « Ecoute, il est toujours temps de changer d'avis. Qui es-tu ? » dit Pilate à Jésus.

« Cela ne servira à rien que de dire que je suis le fils de Joseph et de Marie. J'ai trouvé mon Père et ils ne Le connaissent pas. Je représente le Père qu'ils bafouent. Toi et Hérode voulez m'enchaîner dans vos intrigues, mais vos projets feraient long feu. Ils ne peuvent me sauver. Le sort en est jeté. Tout cela doit prendre fin. Le seul moyen de détruire le mal est de m'offrir en sacrifice. »

« Tu sais sûrement que j'ai l'autorité pour te libérer et le pouvoir de te faire crucifier ? » dit Pilate. « J'ai essayé de te sauver la vie, mais il faut aussi que tu m'aides. »

« Tu n'aurais aucune autorité sur moi si elle ne t'avait pas été concédée là-haut, et la faute retombe donc sur l'homme qui m'a livré à toi. »

Procula s'avança du fond de la pièce et dit d'une voix cassée :

« Ne pouvons-nous briser les liens invisibles qui te tiennent à la merci de tes bourreaux ? »

Jésus se tourna vers elle. Pathétique créature qui se tordait les mains.

« C'était écrit depuis le début », dit-il.

« L'était-ce vraiment ? » demanda-t-elle.

« " Il était dans l'affliction, il a accepté d'être jeté à terre et il n'a pas ouvert la bouche" », récita Jésus en hébreu. « " Il a été conduit comme une brebis à l'abattoir, comme un bélier à la tonte. On l'a emmené, sans protection, sans justice..." Comprends-tu l'hébreu, femme ? »

Elle secoua la tête.

« Quand tu le comprendras, lis Isaïe. »

Elle hurla.

« Je hais les Juifs ! Ô combien je hais la soumission au destin ! » Et elle quitta la salle.

« Le membre du Sanhédrin nommé Gedaliah demande à s'entretenir avec Son Excellence, mais à l'extérieur », dit le secrétaire de Pilate.

Pilate sortit, descendit le lithostroton du podium. Gedaliah seul s'avança vers lui.

« Cela a assez duré, Excellence », dit Gedaliah. « Il devrait être clair pour toi que nous ne changerons pas d'avis. De plus, le condamné doit être crucifié avant le coucher du soleil. »

« Me donnerais-tu des ordres ? » répliqua Pilate, avançant la mâchoire.

« Nous te disons simplement que si l'accusé n'est pas crucifié dans les délais normaux, nous enverrons une délégation à Rome pour nous plaindre que tu as bafoué nos lois pour protéger un imposteur qui revendique une province impériale. Est-ce clair ? »

Pilate tourna le dos à Gedaliah, retourna au palais et dit à son secrétaire de faire porter une bassine d'eau sur la terrasse et une serviette. Reparaissant sur le podium, il s'écria, à l'adresse de la foule :

« Le sang de cet innocent ne souillera pas mes mains ! »

« Qu'il retombe sur nous et sur nos enfants ! » cria la petite foule.

Il rentra pour la dernière fois et leur fit livrer Jésus.

XXV

DE MIDI À MINUIT

Midi noir. Des nuages de plomb s'amassèrent avec une rapidité stupéfiante au-dessus de la Judée.

Les soldats romains emmenèrent Jésus à l'extérieur, au sommet des marches qui séparaient le lithostroton de la terrasse. Il oscilla un bref instant, considérant la police du Temple qui l'attendait en bas.

« Descends-le », dit un officier juif à son homologue romain. « Nous ne pouvons pas monter. Nous n'allons pas nous purifier toutes les heures à cause de cet insensé ! »

Le Romain tenait la robe de Jésus. La robe sans couture. Où était donc sa mère ? N'avait-elle pas été informée ? Où étaient les autres ?

Les Romains jetèrent un coup d'œil empreint d'ironie sur les policiers juifs. Se purifier, vraiment ! Ils ne bougèrent pas, figés dans une attitude qui signifiait : « Montez donc le chercher si vous le voulez tellement ! » Jésus descendit les marches. Les policiers juifs lui sautèrent presque dessus dès l'instant où il eut quitté l'édifice païen. D'en haut, le Romain lui jeta sa robe, qu'il s'empressa d'enfiler. Car il frissonnait.

Le monde toucherait-il à sa fin maintenant ? Ou bien un peu plus tard ? Il dévisagea la foule, où Annas, Caïaphas, Gedaliah et d'autres le fixaient du regard. Pourquoi ne criaient-ils pas leur triomphe ? Leur faisait-il tellement peur ? Un policier du Temple se détacha de la masse et tendit à Jésus un tasseau de bois. Oui, les bras de la croix.

« Allons », dit le policier.

Jésus essaya de traîner le tasseau, mais le poids dépassait ses forces. Il essaya de le porter sur ses épaules, mais il ne fit qu'aviver la douleur des plaies et retint un cri de douleur. L'officier et son escorte de six s'arrêtèrent.

« Nous n'arriverons jamais », dit l'officier. Il était embarrassé.

La foule avait changé, mais elle était toujours muette. Etait-elle impressionnée ? Pourquoi donc le ciel était-il devenu noir ? Quelqu'un s'en détacha et dit à l'officier qu'il porterait le tasseau. On lui demanda son nom. Simon de Cyrène. L'officier s'empressa d'accepter. Simon de Cyrène mena le cortège. Jésus suivait, les policiers fermaient la marche.

« Qu'est-ce que c'est que ça ? » demanda un policier en regardant derrière lui.

Un détachement romain de dix suivait le cortège. Les policiers se sentirent mal à l'aise.

Un jeune homme bouffi agita l'index vers Jésus.

« Ah, tu voulais abattre le Temple en trois jours ! Tire-toi donc d'affaire maintenant ! »

Une vieille femme lui cracha au visage.

A la porte d'Ephraïm, le cortège se dissipa. Ils ne sortiraient pas de la Grande Jérusalem à la veille de la Pâque. Sans quoi, il leur faudrait se purifier de nouveau. Seul Simon de Cyrène semblait ne pas s'en soucier.

La fin du monde allait-elle tarder ? Parce qu'elle était désormais certaine, il n'y avait qu'à voir la couleur du ciel. Sous peu, il en pleuvrait des pierres.

Il y avait du monde sur le Golgotha. Deux autres avaient été condamnés à la crucifixion. On venait d'en hisser un, on allait hisser l'autre ; on lui passait déjà les nœuds coulants aux avant-bras. Des hurlements. Le bourreau martelait le premier clou à travers le premier poignet. Le crucifié pissa. La police ricana. D'autres hurlements.

Simon se déchargea du tasseau sur le sol et reprit son souffle en regardant Jésus, puis il redescendit vers Jérusalem.

« Bois », dit à Jésus le chef de l'escorte, lui tendant un gobelet plein d'un breuvage noir. Jésus y trempa le bout de la langue. Du vin. Amer. Drogué. Pour l'aider à perdre connaissance. Son regard tomba sur l'un des officiers romains qui surveillaient la scène. Le Romain secoua la tête. Cela signifiait-il : « Ne bois pas » ? De toute façon, il n'aurait pas pris ce breuvage.

« Es-tu sûr que tu n'en veux pas ? » demanda le policier juif.

Jésus fit un geste de dénégation. Tout d'un coup, il frissonna violemment. Réunir ses forces, réunir ses forces ! Il en restait si peu ! Ils le saisirent, le déshabillèrent entièrement. Il fut entièrement nu, claquant des dents. Le bois rugueux contre son dos, les cordes sous les aisselles. On le hissa. Les plaies de feu dans le dos ! L'horrible haleine du bourreau ! Une douleur fulgurante au poignet. Mais c'était le corps qui souffrait. Réunir ses forces ? Une autre douleur fulgurante. Il n'était plus qu'une douleur grande comme son corps. Il en restait une, dans les pieds ! Il suffoqua. Son corps reposait sur trois centres de douleur. Les muscles de son corps étaient tellement tendus qu'il n'arrivait plus à respirer. Père ! Il essaya d'avaler autant d'air qu'il pouvait. Sa bouche était sèche. « Pas la chair seule... » dit une voix lointaine. « Mais ce n'est pas mon corps ! » répondit une autre voix, à l'intérieur. Père ! Le problème était de respirer. Il s'entendit dire qu'il avait soif. Une éponge trempée de vin aigre et d'eau atteignit ses lèvres. Il la téta.

« Pourquoi, pourquoi m'as-Tu abandonné ? »

Le noir du ciel descendit en lui. Des voix, en bas.

« Tu n'étais pas censé lui donner à boire. »

« C'est moi qui commande maintenant. Ordre de Pilate. »

« Pour les trois croix ? »

« Les trois. Tu peux rentrer te purifier. Tu ne verras pas le coucher du soleil par ce temps-là, n'est-ce pas ? »

« Il a appelé Elie. Voyons si Elie viendra le chercher ! »

Une douleur de plus, une nouvelle, dans le thorax. Etrangement, elle fut suivie d'un soulagement.

Le Père lui avait donc fait défaut. Rien ne se passait jamais comme on pensait — l'âme qui se déloge du corps —, un sentiment de départ, mais pour où ? Père, Tu n'étais pas là, Tu n'es plus là — Tu n'es plus...

« Dis donc, je t'ai averti que c'est moi qui commande ici. Tu n'avais pas à lui percer le thorax de ta lance ! Va-t'en ! »

« Hé, tu penses peut-être que c'est ton roi ! »

« Ce n'est pas son cœur qu'on a percé, il y avait beaucoup d'eau qui est sortie de la blessure... »

« Maintenant, je donne l'ordre à tous les policiers du Temple de quitter le Golgotha par ordre du procurateur ! »

« Où est cet ordre ? »

« Voici. »

« Hé, qu'est-ce que c'est que cette inscription que l'autre cloue là-haut ? Quoi ? "Jésus le Nazaréen, roi des Juifs !" Et en trois langues encore ! Dis donc, ça ne va pas se passer comme ça ! Cet homme n'est pas notre roi ! »

« J'ai dit : dehors ! Gardes, arrêtez toute la police du Temple sur le Golgotha ! »

« Tu répondras devant Pilate de cette inscription ! »

« C'est tout répondu. Ton grand prêtre a déjà essayé de s'y opposer. N'oublie pas, Juif, que nous gouvernons la Palestine. Garde, arrête cet homme tout de suite ! »

« Bon, bon, on s'en va. Allons, les autres, on nous cherche noise ! »

« Emmène le bourreau et ses aides avec toi. »

« Quoi encore ? Mais... »

« J'ai l'ordre de faire flageller toute personne qui résiste aux ordres du procurateur de Judée demain matin, jour du Sabbat, et le jour de la Pâque. Les bourreaux doivent partir avec toi. »

La voix de Jokanaan emplit l'espace, se répercutant sur le ciel de pierre. Elle parlait et elle chantait des mots incompréhensibles. « Rien que par la chair ! » Jokanaan, mais la chair n'est rien... Le corps, mon corps se dissipe, ce n'est qu'une feuille d'arbre qui se consume. Mes pieds brûlent, ma poitrine est un brasier. Mes bras sont des flammes et mon dos un vaste tison ardent ! Ma chandelle s'éteint. Paquets de nuit qui déferlent. Nuit rouge ! Nuit de feu ! Le cœur — il bat si lentement —, quelle différence centre la lenteur et l'arrêt ? La cire se répand. La flamme palpite, agonise. Paquets de glace. La tempête souffle sur le Golgotha. La mer des âmes souffrantes déferle sur le pays. Elle atteint les murs de Jérusalem. Elle monte jusqu'au sommet de la croix. Père, Père... Coups d'ailes fous de l'oiseau transpercé en vol.

« Bourreau, j'ai donné l'ordre que toi et tes aides partiez avec les policiers. Qu'est-ce que tu fais ici encore ? »

« Ecoute, Romain, les corps doivent être descendus avant le coucher du soleil. Qui va les descendre ? Toi et tes hommes, vous voulez le faire à ma place ? »

« Nous le ferons. Laisse ton échelle. Les tenailles aussi. »

« Depuis quand les Romains ?... »

« Tu veux que je te fasse flageller demain ? »

« Flageller le bourreau ? Tu es plein de drogue ! Et qui va enterrer les hommes ? »

« Toi. »

« Moi ? Je serai damné si je reviens ici après le coucher du soleil ! »

« Très bien, alors nous les laisserons sur le sol. »

« Des corps sans sépulture la veille de la Pâque ? »

« Alors tu reviens les enterrer demain matin. N'abuse plus de ma patience. »

Jurons.

« Le vent hurle. Le ciel est trop près de la terre. Ce n'est pas bien quand le ciel est si proche. Le ciel doit être en haut. Et y rester.

« Cestus, tu prends la masse du bourreau et tu brises les tibias des deux voleurs, celui de droite et celui de gauche. »

Hurlements de douleur et de désespoir. Un coup sec. Un craquement de bois. Un autre. Un autre encore. Et le dernier.

Un éclair révéla la nature putride de la substance dont le ciel était constitué. Puis s'abattit ce que, faute de mots, il fallait appeler un orage. Une masse d'esprits gangréneux se déversa sur la terre, démons morts et anges pourris tous ensemble. La pluie. Pas la pluie, leurs fluides visqueux dégoulinant à travers l'air électrique.

Les Romains jurèrent. Saleté d'Orient !

Pilate était écrasé sur sa couche. L'orage avait exacerbé ses rhumatismes. Et ses démangeaisons. Il se gratta la croupe. Un coup à la porte. C'était le secrétaire.

« Excellence, deux hommes du Sanhédrin demandent à te voir. »

Procula avait donc été bien informée ; elle lui avait annoncé qu'en effet deux hommes du Sanhédrin se manifesteraient ; et qu'ils demanderaient qu'on leur remît le corps de Jésus, parce que, disait-elle, avec un peu de chance, et si les bourreaux n'avaient pas brisé les tibias de Jésus, le crucifié serait encore vivant. Mais l'essentiel des informations de Procula venait de sa négresse, une effroyable ragoteuse, et Pilate n'y avait pas prêté attention. De plus, il semblait à Pilate que son épouse souffrait d'un dérangement du raisonnement à l'égard de ce Jésus. S'en était-elle énamourée ? Toujours était-il qu'une seule autorité avait le pouvoir d'empêcher que l'on brisât les tibias de Jésus et cette autorité, c'était lui, Ponce Pilate, procurateur de Judée. Comment donc quelqu'un d'autre, et des membres du Sanhédrin par-dessus le marché, pouvait-il espérer que l'on n'accomplît pas cette mise à mort ? Il savait bien, lui Pilate, que le Sanhédrin voudrait faire mettre à mort les trois crucifiés avant le coucher du soleil, parce qu'il était interdit par leur religion qu'il y eût des agonisants en croix à la veille de la Pâque, et c'était lui, et lui seul, qui avait fait évacuer le Golgotha par les Juifs, police du Temple et bourreaux tous ensemble. Peu après le coucher du soleil, il ferait descendre Jésus de la croix, à la dérobée. Si l'homme était toujours en vie. Pourquoi ? Pour faire pièce au Sanhédrin. Evidemment, à Rome, ces agissements subreptices fondés sur des calculs arachnéens autant que venimeux sembleraient futiles. Mais il n'allait pas, lui Pilate, laisser le dernier mot à cette phalange de barbus vétilleux et fielleux. Que ferait-il de Jésus ? Il le leur agiterait sous le nez, à partir de Césarée ou de Jéricho...

« Oui. Fais-les entrer. »

Deux hommes las, soufflant, enveloppés, non, cachés dans les plis détrempés de manteaux boueux. Les glands avaient ramassé toute la fange du chemin. Et ces deux-là, bizarrement, ne semblaient pas se soucier du tout de franchir le seuil d'une demeure païenne. Il se leva, intrigué, mal à l'aise, vaguement nauséeux, urticant, pris de vertiges. Ils laissèrent les capuches retomber un peu en arrière. Pilate les reconnut, Joseph d'Arimathie et Nicodème.

« Excellence, nous sommes venus demander si nous pouvons disposer du corps du crucifié Jésus. »

« Le corps ? Déjà ? » demanda Pilate.

« Nous venons du Golgotha. L'homme est mort. La police du Temple lui a percé le cœur. »

Pilate devint cramoisi. Ses ordres n'avaient donc pas été exécutés ! La police du Temple était demeurée sur le Golgotha ! Elle avait tué l'homme en croix !

« Comment ? » demanda-t-il.

« Avec une *lancea.* »

Une lame fine et plate, un pouce à sa plus grande largeur. Pilate alla ouvrir la porte et aboya presque :

« Caius ! »

Bon vieux visage crayeux et raviné de Caius. Heureusement qu'il restait encore des soldats pareils.

« Caius, le crucifié Jésus serait déjà mort ? »

« Je vais envoyer un homme vérifier cela, Excellence. »

« Au pas de course ! »

Pilate lança à ses visiteurs un regard de travers. Se moquaient-ils de lui, prétendant que Jésus était mort alors qu'il ne l'était pas, par exemple ? Et au nom de quoi ces deux-là, deux membres du tribunal même qui avait condamné Jésus, venaient-ils réclamer le corps ? Procula avait dit, et Procula avait eu raison jusqu'à un certain point, qu'ils espéraient que Jésus serait vivant ; alors pourquoi viendraient-ils réclamer un cadavre ? Tout cela était bourbeux.

« Qu'est-ce que vous voulez faire de ce cadavre ? » demanda Pilate.

« Je veux l'enterrer dans mon propre caveau. Un caveau tout neuf », dit Joseph d'Arimathie.

Pilate se servit un gobelet d'hydromel.

« Est-ce que vous ne vous compromettez pas aux yeux de vos collègues du Sanhédrin ? »

« Il est notoire que nous avons plaidé en faveur de Jésus », répondit Nicodème, offensé qu'on le soupçonnât de jouer double jeu. « Nous avons agi et nous agissons ouvertement. »

« Etiez-vous les deux seuls en faveur de Jésus ? »

« Il y en avait quelques autres qui estimaient l'homme innocent, mais nous n'étions qu'une minorité », répondit Nicodème.

Pilate arpenta la pièce, essayant d'ajuster chaque pas à la largeur des dalles.

« Comment peut-il se faire qu'il soit mort ? » dit-il enfin. « J'avais donné l'ordre qu'on ne lui brisât pas les tibias. »

« Nous savons », dit Joseph d'Arimathie. « Mais il y a eu ce coup de lance. »

Le centurion de garde qui avait laissé agir la police du Temple lui en répondrait sur son échine ! Pilate serra les dents.

« Un coup de *lancea* n'est pas nécessairement fatal », observa Pilate. « Beaucoup de soldats ont survécu à de pires blessures, infligées, non avec une *lancea*, mais même avec une *hasta* ou un *pilum*[1]. » Il

---

1. La *lancea* avait une tête très plate, large de quelque trois centimètres, tandis que la *hasta* avait une tête plus épaisse, creusée

s'arrêta et fit une brusque volte-face. « Qu'est-ce que vous croyez ? L'homme est vraiment mort ? »

Nicodème écarquilla les yeux.

« L'homme a été mis en croix peu après midi », s'écria Pilate, observant sa clepsydre, « et il est cinq heures. Il serait étonnant qu'il soit mort seulement après cinq heures de crucifixion ! Allons, vous savez aussi bien que moi qu'il y a eu des hommes qui ont survécu une semaine sur la croix et le temps le plus court qui soit nécessaire à la suffocation ne peut être inférieur à une douzaine d'heures ! Et même alors, il faut briser les tibias pour accélérer la mort, ce qui n'est pas le cas pour Jésus ! Car on ne lui a pas brisé les tibias, n'est-ce pas ? »

« Non », dit Joseph d'Arimathie.

Pilate se remit à arpenter la pièce, où les lampes, allumées depuis midi, jetaient une lumière sinistre.

« Vous avez admis tout à l'heure que vous saviez que j'ai donné l'ordre de ne pas briser les tibias de Jésus. Comment le saviez-vous ? »

Joseph d'Arimathie scruta les ravines et les monticules piqués du visage de Pilate, le crâne dévasté par les intempéries de la vie et qui n'était plus piqué que de rares brins raides et blancs. Et Pilate examina le tissu ridé qui pendait sur le crâne du marchand juif et la pomme blette qu'était le visage de Nicodème. Et l'idée lui vint que la bonne volonté avait peut-être bien échoué, que le Sanhédrin avait gagné la partie, que Jésus était mort et qu'ils n'étaient là que trois hommes dépités dans un vénéneux après-midi levantin, déserté par le soleil, et que, finalement, en dépit de la puissance de Rome dont il était investi, il n'avait pas pu sauver la vie d'un homme !

« Nous avons approché tes hommes pour leur demander qu'on ne brisât pas les tibias de Jésus, et

de gorges de part et d'autre de l'arête, et que le *pilum,* la plus lourde des trois lances, avait une lame épaisse et beaucoup plus large.

ils nous ont répondu que tu avais déjà donné des ordres en ce sens », répondit Joseph d'Arimathie. « Quant à la blessure, c'est vrai, elle n'est pas forcément mortelle, mais l'homme nous a semblé mort, la tête de Jésus le Messie était penchée en avant. »

Jésus le Messie ! Dans quelle aventure sans fond me suis-je engagé ! songea Pilate. Messie ! Moi, procurateur de Judée.

« N'y avait-il que vous, là-bas ? »

« Rien que nous. »

« On m'a dit qu'il avait des disciples dévoués ? »

Les deux Juifs haussèrent les épaules.

« L'aîné d'entre eux, un certain Simon-Pierre, se chauffait ce matin à la porte du Sanhédrin et, quand on l'a interrogé, il a prétendu qu'il ne connaissait pas le condamné. Un autre qui était pourtant à Jérusalem, Jean, dont on dit que c'est un parent d'Annas, a disparu depuis midi. »

Pilate plaça soigneusement le bout de sa sandale sur la raie de ciment qui séparait deux dalles de marbre.

« Avec tous les partisans qu'il avait... » commença-t-il à dire, puis il tourna les yeux vers la fenêtre, que secouait le vent. Des nuages enflés semblaient près de se précipiter sur le paysage, comme des léviathans morts. Un coup à la porte. Le secrétaire et, derrière lui, un soldat haletant et ruisselant.

« Excellence, l'homme semble, en effet, mort. »

« A-t-il beaucoup saigné ? »

« Pas beaucoup, Excellence, à part les blessures sur les mains et les pieds. Et une blessure fine au flanc. Mais la pluie a pu le laver. »

« Qui est là-haut ? »

« Le détachement désigné par Son Excellence. Mais il y a des gens embusqués, çà et là, pour épier. »

Pilate hocha la tête. Le secrétaire se retira et ferma la porte derrière lui.

« S'il n'a pas beaucoup saigné », dit Pilate en se

tournant vers Joseph d'Arimathie et Nicodème, « cela pourrait signifier, et je parle d'expérience, qu'il est resté vivant après la blessure. Sans quoi, il n'aurait pas saigné du tout, ou bien aurait perdu une eau noire, comme certains cadavres. Bon, il est à vous. Tenez-moi informé. »

La fausse nuit cédait la place à la vraie. Le vent chassait les nuages vers l'ouest.

« Je veux y aller tout de suite ! » dit Salomé à sa grand-mère.

« Les femmes ne vont pas sur le Golgotha », dit Marie de Cléophas. Des hommes nus sur des croix, songea-t-elle. « De plus, on s'est occupé de lui. Nous le verrons plus tard s'il est encore vivant. »

Marie de Lazare restait silencieuse ; elle aussi cherchait un prétexte pour se rendre au Golgotha. Mais, à la veille de la Pâque, des femmes franchissant la porte d'Ephraïm seraient certainement remarquées.

« J'irai seule », dit Salomé, se drapant dans sa cape et se dirigeant vers la porte.

« J'irai avec elle », dit Marie de Lazare, se levant.

« Attendez ! » cria Marie de Cléophas. « Bon, j'irai avec vous. » Elle battit des mains et une esclave apparut. « Donne-moi un manteau noir, fille, et dis à Hussein de se préparer à nous escorter en dehors de la ville. »

Quelques instants plus tard, sous la garde d'un Nabatéen armé, les trois femmes prenaient le chemin de la porte d'Ephraïm. Les trois ombres longèrent le Palais hasmonéen, qui flambait de lumières, puis franchirent le premier rempart. Les gardes, réfugiés dans leurs postes à cause du froid, ne remarquèrent pas leur passage. En arrivant sur le Golgotha, le pas des trois femmes ralentit ; elles venaient de voir les trois croix, les corps à la lumière des torches, les éperviers et les vautours qui tournoyaient dans le ciel. Elles se tinrent à distance, observant la scène. Il y avait bien là deux douzaines d'hommes, dont la moitié étaient des soldats romains. Ils allaient vite. Un Romain s'arma de tenailles et arracha le clou qui transperçait les pieds de Jésus et le jeta au sol. Le clou heurta une pierre et rendit un bruit clair. Puis le Romain, qu'assistaient trois autres, sous le regard de deux hommes vêtus de capes, adossa une échelle au côté gauche de la croix et arracha le clou qui transperçait le poignet droit. Le corps du crucifié tomba sur lui, retenu seulement à la croix par le poignet gauche. Ses trois aides s'affairèrent pour soutenir le corps par les pieds, qui se trouvait à quelques trois coudées du sol, car la croix n'était pas très haute, tandis qu'il descendait l'échelle, puis la transférait du côté droit. Il arracha l'autre clou et, s'efforçant tout à la fois de garder son équilibre et de maintenir le bras libéré, redescendit précautionneusement. Quatre hommes tenaient donc le corps, qu'ils déposèrent sur le sol. Un des deux spectateurs vêtus de capes se pencha sur le corps et posa son oreille sur le cœur du crucifié. Le vent emporta les mots qu'il prononça à l'adresse des autres. Sa capuche était tombée et Marie de Cléophas le reconnut, c'était Joseph d'Arimathie. L'autre devait être Nicodème. Ce fut Nicodème qui déroula le linceul qu'il avait sous le bras. Prenant Jésus par les aisselles et par les pieds, ils le déposèrent sur le linceul, une longue bande de tissu, le saupoudrèrent du contenu de deux sacs qui, à distance, ressemblait à du sable, puis rabattirent le linceul sur le corps. La myrrhe et l'aloès, songea Marie de Cléophas, pour tenir la pourriture en respect, comme si l'on pouvait tenir la pourriture en respect ! Vingt livres de myrrhe et d'aloès, songea-t-elle, encore, mais ils ne lui ont pas placé le sudarium sur le visage ni mis de mentonnière ! Elle était troublée. Jésus était-il bien mort ? Mais le comportement de ces croque-morts improvisés était singulier. A coup sûr, ces membres du Sanhédrin savaient qu'un corps doit être lavé avant d'être mis dans un linceul ! Qu'il faut lui fixer le menton ! Qu'il faut placer le sudarium avant de rabattre le linceul ! A quoi songeaient-ils donc ? Ils avaient bien placé une pièce d'argent sur chaque œil, mais... Marie de Cléophas plissa les yeux : ce que Nicodème tenait en main, ce mouchoir, mais c'était le sudarium ! Elle donna un coup de coude à Marie de Lazare. « Le sudarium... » souffla-t-elle Marie de Lazare hocha la tête ; elle aussi avait remarqué la bizarrerie du cérémonial. Les Romains s'affairaient à descendre les autres crucifiés. Un conciliabule réunit Joseph d'Arimathie, Nicodème et l'officier qui commandait les soldats romains. Deux soldats soulevèrent le corps dans son linceul, qui n'était pas cousu, par-dessus le marché, contrairement à la coutume, et se dirigèrent vers le cimetière tout proche. Les trois femmes prirent le chemin du retour. Marie de Cléophas marmonnait tout au long. Pourquoi n'avait-on pas mis le sudarium sur le visage de Jésus ?

« Et pourquoi l'un des hommes qui l'ont mis dans le linceul jouait-il avec son bras ? » demanda Salomé.

Marie de Cléophas s'arrêta net, peu après que le petit cortège eut franchi la porte d'Ephraïm en sens inverse. A la lumière des torches, ses yeux agrandis par l'antimoine semblaient crier au fond de leurs orbites, mais sa bouche demeurait muette, elle n'était plus qu'une vieille reine hagarde privée de la dernière raison de compenser les frustrations de sa longue vie, pleurer sur un Messie mort ou se réjouir parce qu'il restait un espoir, l'espoir d'espérer.

Deux serviteurs attendaient Joseph d'Arimathie au cimetière, deux autres, Nicodème. Ils dirigèrent les soldats qui portaient le corps de Jésus vers une tombe creusée dans le roc, une tombe toute neuve, à moins d'un quart d'heure du Golgotha. C'était un caveau à peu près cubique, évidé dans la colline, auquel donnait accès une porte basse et voûtée. Les serviteurs s'emparèrent du corps, Joseph donna une bourse aux soldats, et s'empara lui-même de l'une des torches que tenaient jusqu'alors ses serviteurs, tendant l'autre à Nicodème. Les serviteurs entrèrent dans le caveau et déposèrent le corps sur un des quatre lits rocheux sculptés à même les parois. Nicodème tenait toujours le sudarium en main ; il le posa près de la tête de Jésus. Aucune prière. Les six hommes sortirent, il y eut un grincement pesant, les serviteurs roulèrent devant l'entrée la large pierre plate et ronde, le golel, qui servait de porte. Puis ils la calèrent avec une pierre plus petite, le dopheq. Dans deux jours, après la Pâque, Caïaphas viendrait sceller les deux pierres. Ils avaient à peine fini qu'ils virent apparaître, venus on ne savait d'où, deux policiers du Temple.

« Ordre du grand prêtre », expliqua l'un. « Nous gardons le sépulcre. »

La vieille belette voulait s'assurer qu'on ne lui volerait pas le cadavre de son ennemi. Joseph d'Arimathie haussa les épaules. Pauvre, pauvre Caïaphas ! Les six hommes rentrèrent à la lueur des torches. Loin derrière eux, les Romains suivaient. Ils iraient boire. Joseph d'Arimathie se retourna une dernière fois. Il ne restait qu'une croix sur le Golgotha. Pour descendre les deux criminels, les soldats avaient simplement coupé les cordes qui liaient le tasseau transversal au poteau. Les criminels étaient tombés encore à moitié crucifiés.

Rentrés à Jérusalem, les deux hommes congédièrent les serviteurs, après les avoir grassement rémunérés. Ils ne regagnèrent pas leurs maisons, mais restèrent dans l'ombre, devant le portail de celle de Joseph. Ils se firent face un instant, guettant les passants.

« Les membres étaient souples », finit par murmurer Nicodème.

« J'ai noté », dit Joseph d'Arimathie. « Et tu n'as pas mis le sudarium. »

« Tu n'as pas fait coudre le linceul non plus », chuchota Nicodème. « Il était presque tiède près du cou ! Par ce temps ! »

« De toute façon, nous étions obligés de procéder à l'inhumation. Nous ne pouvions pas emporter le corps comme cela. Même Pilate ne nous l'aurait pas pardonné. »

« Que faire ? » dit-il encore au bout d'un moment. « Nous ne sommes pas absolument certains qu'il soit vivant ! »

« Mais nous ne pouvons pas non plus aller nous coucher dans l'incertitude ! Car il faut le soigner. Et s'il s'éveillait dans le sépulcre ! » dit Nicodème.

Ils battirent la semelle.

« Il faut donc y retourner », dit Joseph d'Arimathie.

« Mais les gardes ?... »

« Les gardes ! » dit Joseph d'Armiathie. « Ils ont leur prix ! Peux-tu m'aider à pousser la pierre ? Je préférerais que mes serviteurs ignorent tout cela. »

« Je peux certainement pousser la pierre. Elle est ronde. Mais si tu crois que mes serviteurs et les tiens ne se sont doutés de rien... »

« Mieux vaut se passer d'eux », dit Joseph.

Et s'il est bien vivant, qu'est-ce que nous faisons ? »

« Nous ne pouvons pas aller très loin. J'ai une maison près d'Emmaüs. Ce sera la première étape. Après... C'est au Seigneur de nous aider à le faire fuir. »

« Et s'il est mort ? » demanda Nicodème.

« Nous le laissons sur place, bien évidemment. »

« Et comment irons-nous à Emmaüs ? Il nous faut une monture. Veux-tu que j'aille chercher mon cheval ? »

« Non, pas de cheval, cela attirerait l'attention. Un mulet. Je t'attends ici. Prends deux bâtons et une dague. »

« Nous n'avons rien mangé », dit Nicodème. « S'il faut aller cette nuit à Emmaüs... »

Ils allèrent dans une taverne et, pour ne pas attirer l'attention, parlèrent grec. Ils mangèrent peu. A dix heures du soir, deux hommes et un mulet franchissaient la porte d'Ephraïm.

... Le monde hurle. Le monde est une mer de hurlements et ne peut rien être d'autre. Le Seigneur ne peut régner que si les hurlements s'arrêtent, et ils ne s'arrêteront pas de sitôt. Pourquoi ne pas hurler aussi, au sommet des arbres et au niveau des vers... C'est de cela que sont fait les oiseaux et les fleurs, de hurlements... Les lis et les hirondelles hurlent, même le soleil hurle et la lune n'est qu'un tombeau encerclé par les hurleurs. Un fil... Un fil très fin, plus fin que la plus fine toile d'araignée... Reviens, douleur, tu es la vie... Soif, soif ! Chaleur et soif ! Les yeux sont-ils donc morts, que tout soit ainsi ténèbres ? Tambours. Soif. Tambours. Qui bat des tambours ? De l'air ! Soif. De l'eau, de l'air ! Et ce parfum, est-ce la terre qui sent la myrrhe ? Mer noire. Soif. Tambours.

La nuit éclata en lambeaux et des ruisseaux de sang descendirent d'en haut, sur un rythme de tambours. Une vague déferla sur un mur plus haut que mille montagnes. Un feu blanc ravagea les collines d'Israël, tandis que des hommes murmuraient obstinément. Une étoile rouge dansa au bout d'un bâton dans un fracas de tremblement de terre. Une ombre d'homme fendit le mur du sépulcre. Joseph d'Arimathie se pencha fiévreusement sur le linceul et le releva lentement. Puis il poussa un cri. Les gardes accoururent. Jésus le regardait avec des yeux rouges. Les pièces d'argent qui avaient été placées sur ses paupières étaient tombées sur ses oreilles.

Nicodème poussa un cri.

Les gardes aussi crièrent et se mirent à trembler.

Les torches vacillèrent dans les mains des hommes.

Jésus tenta d'étendre un bras.

Puis il demanda de l'eau.

Nicodème, hagard, alla prendre une des gourdes des policiers. Ceux-ci étaient tombés, face contre terre, demandant miséricorde.

Le mulet battit du sabot. Les étoiles crépitèrent comme des œufs frits.

XXVI

« LA FIN EST UN COMMENCEMENT »

Le scandale éclata samedi, peu avant midi, et se répandit comme le sable du simoun dans les bouches. Les marchands du Temple, qui blêmirent, les femmes qui faisaient leur marché et qui n'achetèrent rien, les putains du quartier de la Citadelle, qui s'étaient soudain voilées, les cuisiniers dans le sous-sol du palais d'Hérode, qui restèrent la poêle en l'air et le doigt dans le perdreau, le marchand d'épices qui avait vendu la myrrhe et l'aloès à Joseph d'Arimathie et à Nicodème, le serviteur qui avait parlé à Simon-Pierre l'avant-veille et même la femme sourde de Levi ben Phinehas en étaient instruits. On avait trouvé la tombe vide. Le repos du Sabbat devint lettre morte.

La nouvelle saisit Caïaphas alors qu'il était en route pour le Saint des Saints, comme la fièvre quarte saisit le voyageur. Le grand prêtre manda Gedaliah, mais Gedaliah était introuvable. Il manda le chef de la police, mais celui-ci était parti avec Gedaliah. Caïaphas entra dans le lieu le plus sacré du Temple chargé d'une pierre de meule invisible, qui était le sentiment d'un désastre imminent.

Gedaliah réapparut à la troisième heure de l'après-midi.

« Où étais-tu ? » demanda Caïaphas, d'une voix blanche.

« J'enquêtais. »

« Et qu'as-tu trouvé ? »

« Une tombe vide. Des gardes frappés de folie. »

Gedaliah s'assit en face du grand prêtre ; il avait une couleur cendrée.

« Qui a trouvé le premier la tombe vide ? » demanda Caïaphas.

« Une femme appelée Marie de Lazare, une nièce de Marie de Cléophas. Selon l'histoire, elle est allée prier devant la tombe, l'a trouvée ouverte et a trouvé du même coup les gardes en état de quasi-catatonie. Elle s'est alarmée et a interrogé deux hommes qui traînaient là, dont il est apparu que c'étaient des disciples de Jésus, un Simon-Pierre et un Jean, qui serait un petit-neveu d'Annas, qui sont allés vérifier ce qu'elle disait. Puis elle est allée informer Marie de Cléophas. Puis la mère de Jésus. Il y a maintenant cinq cents personnes sur le Golgotha. J'ai fait remplacer les gardes, mais ça ne sert plus à rien, évidemment. »

Caïaphas se massait nerveusement le visage.

« Mais les gardes, qu'est-ce qu'ils disent ? »

Gedaliah eut l'air sombre.

« L'un d'entre eux m'a craché au visage », finit-il par avouer. « Ils ont tous deux vu Jésus ressuscité. C'est tout ce que l'on peut tirer d'eux. »

« Jésus a ressuscité, poussé à l'intérieur le dopheq et le golel et il est parti dans la nuit ? » cria Caïaphas.

« Bien sûr que non. Les gardes ont été achetés.

Mais ils ont quand même vu quelque chose d'anormal qui leur a fait perdre la raison. Ils ont jeté leurs uniformes par terre, déchiré leurs vêtements et, quand je les ai fait relever, ils hurlaient et se tordaient les mains devant tout le monde. Donc il est vraisemblable, voire certain, qu'ils ont vu quelque chose de troublant et que ce fut Jésus vivant. »

« Jésus vivant », répéta Caïaphas, atterré.

« Jésus vivant », répéta Gedaliah. « Il n'est resté sur la croix que cinq heures et on ne lui a pas brisé les tibias. Sur ordre de Pilate. A cinq heures du soir environ, une escorte de dix légionnaires sous le commandement d'un officier a expulsé la police du Temple, puis le bourreau et ses assistants. Nos hommes ne pouvaient que se plier aux ordres du procurateur. Le bourreau est venu se plaindre que les Romains lui avaient ordonné d'aller ce matin, sous peine de sévices, c'est-à-dire le jour du Sabbat, enterrer les cadavres, mais seulement les cadavres des deux voleurs. »

« Je sais cela », dit Caïaphas, « mais j'avais supposé que les Romains voulaient seulement nous contrarier en empêchant les crucifixions et les enterrements de se dérouler comme nous l'avions prévu. Cela n'a rien à voir avec le fait que Jésus soit vivant ! »

« Si fait », objecta Gedaliah, « cela faisait partie d'un complot. Si les tibias de Jésus n'ont pas été brisés, c'était pour lui conserver le maximum de chances de rester en vie. L'enterrement organisé par Joseph d'Arimathie et Nicodème n'était qu'une comédie. L'homme était vivant quand nos deux éminents membres du Sanhédrin l'ont déposé dans le sépulcre. Ils savaient très bien qu'ils iraient quelques heures plus tard l'en retirer. »

« Donc Joseph d'Arimathie et Nicodème étaient de mèche avec Pilate ? C'est impensable ! » s'écria Caïaphas, se levant soudain, en proie à une agitation furieuse. « Fais-moi chercher Joseph d'Arimathie !

736

Qu'on l'interroge ici même ! Il sera chassé du Sanhédrin ou... »

« Joseph d'Arimathie a quitté Jérusalem hier, et c'est probablement le cadet de ses soucis que d'être chassé du Sanhédrin. Qui le chasserait ? » s'écria Gedaliah.

« Comment ? » dit Caïaphas.

« Il faudrait le juger. Je ne me risquerais pas à le soumettre au jugement du tribunal. »

« Pourquoi ? »

« Ce matin, six de ceux qui s'étaient prononcés pour la peine de mort m'ont demandé si nous décréterions une semaine de pénitence, dès lundi, pour avoir condamné celui qui est le Messie. Il y en a d'autres, sans doute, qui estiment que nous avons fait une erreur. Tout le monde croit à la résurrection de Jésus d'entre les morts. Bethyra lui-même s'est rendu sur le Golgotha, il a vu les soldats et il a conclu qu'ils avaient été frappés par un événement surnaturel. »

« Donc, la crucifixion n'a servi à rien », murmura Caïaphas.

« Nous n'avions pas le choix », observa froidement Gedaliah.

« Mais qui a subtilisé le corps de Jésus ? »

« Je ne sais pas. Il est possible que ce soient des hommes de main de Pilate. Il est également possible que ce soient des gens d'Hérode, parce que le Tétrarque ne s'est jamais consolé d'avoir dû faire décapiter Jokanaan. Il est même possible que ce soit sa propre mère, Marie de Cléophas, et même la belle-fille d'Hérode, Salomé. Il est possible encore que ce soient Joseph d'Arimathie et Nicodème. Nous ne connaissons pas l'ampleur de la conjuration, car c'en était bien une. »

« Quel intérêt auraient tous ces gens à garder Jésus en vie ? »

« S'en servir comme pion contre nous. S'il réapparaissait... »

« Eh bien ? » demanda Caïaphas.

« C'en serait fait du Sanhédrin », répondit Gedaliah en fixant Caïaphas dans les yeux.

« Et où peut être Jésus, maintenant ? Peut-être que Judas le saurait. »

« Judas s'est pendu hier », répondit Gedaliah.

« Pilate me le paiera ! » dit Caïaphas.

« Les choses ne sont pas si simples », observa Gedaliah au bout d'un moment. « Si Jésus reparaît, Pilate est perdant autant que nous. Je ne suis même pas sûr que la légion romaine puisse contrôler le soulèvement qui aurait lieu. Il faudrait que Rome envoie des troupes des provinces voisines et que l'on massacre tous les gens de Jérusalem et des villes voisines pour en venir à bout. Et si l'on apprenait que c'est Pilate qui en était responsable, parce qu'il a sauvé la vie de Jésus, son sort ne serait pas plus enviable que le nôtre. Quant à Hérode, il serait étripé dans la rue. » Il observa une pause. « C'est pourquoi je pense que Jésus ne reparaîtra pas. Que nous le voulions ou pas, Excellence, nous sommes dans le même bateau. » Il se leva.

Caïaphas était abîmé dans des réflexions moroses.

« Si tu n'as plus besoin de moi », dit Gedaliah, « je vais m'occuper des affaires du Temple. »

Il se dirigea vers la porte et, là, hésita un instant, puis se tourna vers le grand prêtre :

« Un dernier mot. Jésus doit avoir compris, lui aussi, que sa réapparition pourrait contrarier Pilate et que ce serait peut-être le procurateur lui-même qui le ferait mettre à mort. »

Il ouvrit la porte. Pendant une fraction d'instant, la rumeur de l'extérieur et les roucoulements des colombes emplirent la salle. Puis le silence retomba sur Caïaphas et sa solitude.

L'homme qui se dévêtit à la source chaude de Hammat, au sud de Tibériade, ne semblait pas requérir les vertus de ses eaux, du moins pas autant que les autres baigneurs, en majorité infirmes, hydropiques, rhumatisants, ulcéreux (ceux-ci n'avaient droit qu'à une piscine isolée.) Bien bâti et mince, on se serait demandé pourquoi il était là, n'étaient des cicatrices profondes aux poignets, qui semblaient gêner les mouvements de ses mains ; c'était d'ailleurs pourquoi il les exerçait dans l'eau chaude. Son visage aurait eu le type sémitique parfait, s'il n'avait été glabre à son âge. Car il avait dépassé la quarantaine.

Son regard errait pensivement sur la scène ; il s'arrêta sur une petite fille que sa mère portait précautionneusement au bord de la piscine ; une jambe émaciée, elle semblait difforme et paralysée. Sa mère descendit dans la piscine tout en la portant. Il alla l'aider, car elle semblait craindre de glisser sur le fond.

« Je vais la tenir pour toi », dit-il.

La mère soupira de soulagement, sans accorder à l'homme plus qu'un regard triste et distrait. Elle témoigna cependant plus d'attention à l'inconnu qui tenait sa fille à fleur d'eau, la tête seule émergeant, quand il commença à parler à l'enfant et à lui masser doucement les jambes. Voilà un qui avait de la compassion pour les malades et les enfants. Il parlait à mi-voix, disant à la fillette ce qui semblait n'être que ces riens que l'on dit aux enfants qui souffrent. Combien de temps dura la scène, la mère n'eût su le dire. Mais son attention s'éveilla tout à fait quand la fillette poussa de petits cris et dit qu'elle pouvait plier sa jambe. Fronçant les sourcils, s'appuyant sur le bord de la piscine, la mère se pencha pour vérifier le prétendu prodige. Sa lourde poitrine sembla mettre son équilibre en péril.

« Seigneur tout-puissant ! » murmura-t-elle. « Sa jambe était paralysée depuis deux ans ! »

« Cette eau est souvent très efficace, surtout sur des enfants », dit l'homme.

« Nous sommes pourtant déjà venues, et cela n'avait eu aucun effet », dit la femme, reprenant son enfant et dominant sa peur de glisser. « Dieu te bénisse ! » dit-elle à l'inconnu. « Comment t'appelles-tu ? »

« Emmanuel. »

« C'est comme un miracle, Emmanuel. Un miracle comme les faisait Jésus le Messie. Vis-tu à Tibériade ? »

« Non, mais je suis galiléen », répondit-il. « Que le Seigneur veille sur ta fille. »

Il sortit lentement de l'eau et se sécha, tandis qu'un petit groupe se formait autour de la mère et de sa fille. Puis il se rhabilla et attacha des bandes de tissu, fortement serrées, autour de chaque pied avant de remettre ses sandales, et reprit son bâton. Un bâton de noyer, fort et déjà poli au sommet. Puis il sortit et prit la route vers le nord, le long de la mer de Galilée.

Le crépuscule le trouva dans les faubourgs de Capharnaüm. C'était la fin de l'été. Des éclats de cuivre scintillèrent sur les toits et la mer, puis le ciel mit sa robe de deuil indigo, en souvenir du jour qui était mort. Emmanuel allait comme quelqu'un qui connaît son chemin et il entra presque distraitement, comme un habitué, dans une taverne près de la mer. L'aubergiste l'accueillit d'un vague coup de menton et lui indiqua une place au bout d'une table, où trois Grecs grignotaient du poisson séché avec de l'oignon, arrosé de vin frais.

« Comment était la pêche aujourd'hui ? » demanda-t-il à l'aubergiste.

« Médiocre. Temps plat. Mais j'ai des perches quand même. »

« Il y aura du vent vers minuit. Il y avait tout à l'heure des nuages qui venaient du nord. »

« Ouais », fit l'aubergiste. « Mais ce n'est pas commode de pêcher la nuit. On ne sait pas vraiment où

740

est le poisson. Parfois, il est tout près du bord, parfois il est tout au milieu de la mer. »

« Cela dépend des courants », dit Emmanuel. « Quand le vent souffle du nord, les courants au sud se refroidissent en une heure environ, alors on trouve de bonnes quantités d'ombles, de perches et de carpes noires au large de Tibériade. »

« Mais tu connais bien la pêche ! Je devrais t'envoyer mon fils, qui apprend le métier. Es-tu de Galilée ? Tu as l'accent ! »

« Oui, je suis de Galilée, mais j'ai été absent quelque temps. Je prendrai une perche, je te prie. »

« Tu étais absent... Cela explique que tu aies la face rasée. Je t'avais pris pour un Grec ou quelqu'un de la Décapole qui aurait vécu dans les parages. Et on me dit aussi qu'en Judée les barbes se portent moins. De toute façon, tu n'as pas perdu grand-chose à n'être pas ici », dit-il d'un ton morne avant d'aller à la cuisine.

L'un des Grecs lui sourit et lui offrit du vin. Emmanuel accepta.

« Je t'ai entendu dire que tu rentrais de voyage. Etais-tu loin ? » demanda le Grec.

« Pas très loin, en Judée », dit Emmanuel.

« Que s'est-il donc passé, là-bas ? »

« De quels événements parles-tu ? » demanda Emmanuel.

« Il paraît qu'ils ont crucifié un homme dont tout le monde disait qu'il était le Messie, un certain Jésus, qui devait devenir roi des Juifs, puis qu'ils l'ont enterré et que le Messie a disparu et ressuscité, je ne sais pas au juste... »

« Oui, ils ont crucifié un certain Jésus », dit Emmanuel. « Et son corps a disparu, en effet. »

On lui apporta la perche et du vin.

« N'est-ce pas étrange ? » dit le Grec.

« Peut-être valait-il mieux qu'il disparût », dit Emmanuel. « Peut-être un Messie n'était-il pas le bienvenu dans ce pays. »

« Je l'ai entendu, ce Jésus, tu sais, une ou deux fois. En fait, je l'ai entendu dans cette ville même, il y a trois ans. Je suis marchand, à Scythopolis, et je vais souvent à Ptolémaïs, en Phénicie, pour acheter de la marchandise, des épices, des bois précieux, et je m'arrête soit à Tibériade, soit à Capharnaüm. Comme je disais, je l'ai entendu parler. Il n'était pas toujours très bon orateur. Parfois, trop obscur ou trop intelligent pour l'homme de la rue sans éducation. J'ai l'impression que son message n'a pas porté, autrement, il aurait eu beaucoup de partisans pour le défendre et il n'aurait pas été crucifié. »

Emmanuel séparait à la pointe du couteau la chair de sa perche du squelette. Il hocha la tête pour signifier à l'homme qu'il l'écoutait. Et l'homme était un parleur.

« J'ai le sentiment que ce Jésus ne s'y est pas bien pris. Pardonne-moi de parler d'affaires qui ne sont pas les miennes, puisque je ne suis pas juif mais j'ai vécu dans ce pays de nombreuses années et je crois connaître les Juifs. Ils disent qu'ils veulent un changement, mais quand les gens disent qu'ils aspirent au changement, ils demandent en fait que l'on en revienne à une situation ancienne. Les Juifs veulent donc en revenir au temps du roi David, mais ce n'est plus possible, maintenant que les Romains dominent la terre entière. Alors, ce Jésus, ils voulaient qu'il soit leur roi et leur Messie, mais, lui, il ne voulait pas être roi. Ils voulaient, eux, qu'il détrône le grand prêtre à Jérusalem et il ne voulait pas non plus être grand prêtre. Alors ils l'ont abandonné. »

Emmanuel mangeait pensivement.

« C'était une situation tragique », reprit le Grec. « D'un côté, il y avait les Juifs qui voulaient une liberté impossible, de l'autre, il y avait un chef qui avait mené ses troupes au bord de la victoire et qui, soudain, renonçait au pouvoir. »

Ses deux amis l'écoutaient en opinant du chef.

« Si Sophocle avait été témoin de l'histoire de ce

Jésus, il aurait écrit une belle tragédie ! *Les Juifs*, par exemple ! »

« Ce Jésus était donc un aveugle », dit-il à la fin.

« Je ne vois pas où son enseignement aurait mené », répondit le premier Grec. « C'est une bien vieille histoire que la sienne. Les hommes veulent leur liberté, mais ils veulent aussi des Etats puissants et ils sont humiliés quand leurs chefs sont vaincus. Ils veulent donc à la fois la tyrannie et la liberté. Ce Jésus, il prêchait l'amour de Dieu et la liberté, alors que les Juifs voulaient reconquérir un Etat puissant. »

« On ne peut donc pas aimer à la fois Dieu et sa patrie ? » demanda Emmanuel, qui avait fini de manger.

« Non, je ne crois pas », dit le Grec, soudain grave. « Les dieux sont les ennemis de toutes les patries. Les premiers Juifs devaient le savoir, d'ailleurs. Ils l'avaient sans doute compris quand ils étaient en Egypte. Peut-être as-tu entendu parler de ce pharaon malheureux qui s'appelait Akhenaton, qui avait remplacé tout le panthéon égyptien par un dieu unique, Aton ? Il révérait ce dieu unique comme les Juifs le leur. Eh bien, son empire a périclité et Akhenaton a perdu des provinces entières. L'Egypte n'est redevenue une puissance que lorsque l'un de ses successeurs a rétabli l'ancien panthéon et les prêtres hypocrites. »

Emmanuel leva sur son interlocuteur un regard tellement sombre que l'autre en fut saisi.

« Les dieux sont donc les ennemis des hommes », dit-il. Et au bout d'un moment, il ajouta : « Mais comment peut-on vivre sans Dieu ? »

Le Grec, toujours interdit, ne répondit pas. Emmanuel paya son repas et quitta la taverne. Il alla marcher sur la grève. Les pêcheurs du matin avaient ramené leurs filets et leurs barques et vendu leur poisson. Ceux du soir appareillaient à la lueur des torches.

« Nous aurons du vent tantôt », dit un de ces pêcheurs, un homme d'une soixantaine d'années. « Peut-être ferons-nous bonne pêche. »

Les torches, en effet, commençaient à s'écheveler. La flamme dansait même dans le phare du môle.

Ils étaient là, six ou sept hommes, dévisageant distraitement Emmanuel.

« Viendras-tu, Thomas ? » demanda l'un d'eux, roulant les filets étalés sur la grève, tandis que deux autres poussaient leur barque à l'eau.

« Je ne suis pas pêcheur », dit Thomas, « tu le sais bien, Nathanaël. Je ne sais que déguster le poisson ! »

« Et tu manges aussi des anguilles[1] ! » repartit plaisamment Nathanaël.

« Et je mange des anguilles ! » répondit Thomas, sur le même ton. « Ramenez-moi donc des anguilles ! » Et il se leva et se perdit dans la nuit après avoir dévisagé Emmanuel avec un peu plus d'intérêt que les autres. Le vent se leva, en effet, mais au lieu de souffler du nord, comme il avait d'abord semblé qu'il le ferait, il changea au nord-est. Emmanuel s'allongea, s'enveloppa dans son manteau et somnola.

Il songea à Marie de Lazare. Que faisait-elle à Emmaüs, ce jour-là ? Il réapprenait à marcher, avec un bâton, dans les bosquets saisis par la générosité de l'été. Elle était assise ; sans doute cherchait-elle un compagnon. Ou le cherchait-elle ? Ou l'avait-elle toujours cherché comme époux ? Le hasard ignore les femmes. Elle l'avait vu et l'avait regardé. C'était aussi l'été de sa vie et elle avait peur de l'automne. Assise, elle l'avait invité à s'asseoir ; il était resté debout, appuyé sur son bâton. Il avait joué, lui avait demandé si elle attendait son amant. Mais son amant, disait-elle, avait disparu ; elle le cherchait

1. Poisson dont la consommation était interdite aux Juifs.

sans savoir où le trouver. Il s'était troublé. Il s'était dit, renaissant à la vie, que, oui, l'interminable célibat n'avait plus de raison d'être. Il n'y avait eu dans sa vie que Sepphira ; il pourrait désormais y avoir d'autres femmes. Qu'est donc un homme sans femme ? Une autre femme sans homme. Une vigne stérile. « Vraiment ? » avait-il demandé. « Est-ce un amant infidèle ? » Il avait essayé de maîtriser l'émotion dans sa voix. « Non », avait-elle dit, « c'est l'amant parfait. » Masqué par son absence de barbe, il l'avait attentivement détaillée. Elle ne feignait pas la mélancolie. Elle parlait de lui comme s'il avait partagé sa couche, fendu son corps en deux comme on fend l'amande pour l'hôte. « Marie ! » avait-il alors crié. Spasmes d'épouvante, halètement, petits cris semblables à ceux de l'orgasme, puis la défaillance. Elle avait longtemps tremblé de terreur, puis s'était lentement rassérénée. Et elle avait rampé vers lui, touché ses pieds, baisé ses pieds. « Ne me touche pas », avait-il dit. Il était un autre, elle en avait aimé un, il en était devenu un autre. Il n'était plus le Messie, non. Il ne voulait plus être celui-là. Il eût voulu une femme sans mémoire. Il l'avait d'ailleurs trouvée plus tard, hier, une fille de pêcheur dont le mari était indifférent ou stérile. Il la retrouverait ce soir. Ou demain.

Il s'éveilla dans le froid de l'aube, se massa les pieds, toujours endoloris au réveil, et se lava le visage dans la mer. Le ciel était couvert et le vent était tombé. Tout près, un navire approchait, la voile flasque. C'était celui qui était parti au début de la nuit. Quatre de ses occupants sautèrent à l'eau, torse nu, pour tirer le bateau sur la grève, puis jeter la pierre d'ancre qui s'enfonça dans le sable.

« Avez-vous eu bonne pêche ? » cria-t-il.

« Non », cria en retour Simon-Pierre.

« Où êtes-vous allés ? »

« A mi-chemin de Kursi. »

« Si vous retournez tout de suite vers Bethsaïde, vous trouverez plein de carpes et de brochets. »

Il le disait avec tant d'assurance qu'ils ne répondirent pas ; ils se contentèrent de le dévisager.

« Qu'est-ce que tu en saurais ? » demanda Jean.

« Allez tant que l'eau est fraîche, et draguez près du bord. »

Ils hésitèrent, tout près de faire la grimace. Puis ils remontèrent la pierre d'ancre en se retournant pour le regarder d'un air méfiant. Jean, Jacques, Nathanaël et Philippe poussèrent le bateau jusqu'à ce que l'eau leur fût arrivée aux aisselles, puis rejoignirent sur le bateau Simon-Pierre et André. Jusqu'à ce qu'ils fussent à portée de vue, ils clignèrent des yeux en direction de cet étranger glabre qui prétendait savoir où était le poisson.

Il alla faire ses ablutions, manger un peu, et revint les attendre. Le bateau était à une centaine de coudées quand Jean se dressa les bras en croix à l'avant du bateau, plongea et nagea jusqu'au rivage. Soufflant, dégouttant d'eau, il se jeta aux pieds d'Emmanuel, les enlaça passionnément et ne se leva que lorsque Emmanuel lui eut mis la main dans les cheveux mouillés et l'eut relevé pour le prendre dans ses bras. Le jeune homme était secoué de sanglots. Autour d'eux se tenaient les autres, touchant Emmanuel, son visage, ses bras, baisant les mains qui étaient posées sur les épaules de Jean.

Il pleura. Eux aussi pleurèrent, sans fin.

« Le bateau va dériver », dit-il, « jetez l'ancre. Et apportez votre pêche. »

Seul Jean ne se joignit pas à eux, incapable de se détacher d'Emmanuel.

Ils ramenèrent les filets, pleins à craquer. Il les regardait s'émerveiller, les yeux partagés entre les poissons et le maître retrouvé. Mais son regard était oblique, comme les rayons du soleil couchant. Maintenant qu'il les avait retrouvés, il les perdait. Non qu'il souffrît de rancœur pour avoir été autrefois abandonné, non. Humains, trop humains, ils l'avaient déserté parce que leur vie était en péril. Leur émotion, maintenant, les submergeait, il ne pouvait qu'en être ému. S'il les perdait, c'est qu'il avait déjà commencé à vivre ce qui lui restait de vie.

« Faites un feu », dit-il, « nous allons faire griller un peu de poisson. Et allez chercher Thomas. » Il donna une pièce à Judas pour aller acheter du pain en même temps qu'il chercherait l'homme de Didymes.

Le poisson grillait, dûment éviscéré et gratté, quand Thomas vint. Pauvre Thomas, défait par le doute !

« Es-tu vraiment Jésus ? » dit-il à Emmanuel en se penchant vers le visage glabre.

Jésus montra ses poignets.

« Et la plaie, la plaie au flanc ? » cria Thomas.

Jésus souleva sa robe. La cicatrice était fine et rouge.

« M'aimez-vous ? » demanda-t-il avant de rompre le pain.

Ils dirent : « Plus que tout. »

« Prenez soin de mes brebis. Que ceux auxquels est venu l'espoir ne le perdent plus. »

Quand ils eurent fini de manger, ils enterrèrent les restes dans le sable. Les autres pêcheurs vinrent admirer la prise.

« Pourquoi es-tu revenu ? » demanda Thomas.

« Ne vous avais-je pas donné rendez-vous en Galilée ? »

Comment aurait-il su qu'il ne mourrait pas ? Qu'il ne mourrait pas sur la croix ? se demanda Thomas.

« Songez à l'avenir. Quand vous étiez jeunes, il vous suffisait de nouer votre ceinture et de chausser vos sandales, et vous alliez où vous vouliez. Quand vous serez vieux, vous tendrez les bras et un étranger viendra vous emmener où vous ne voulez pas. »

Une pluie fine commença à tomber. Le feu grésilla. Emmanuel se leva en s'appuyant sur son bâton. Il songea à ce que lui avait dit le Grec, la veille. Qu'il avait été un échec.

Sans doute, sans doute. La vie avait continué à Capharnaüm, comme si de rien n'était. Dans les autres villes de Palestine aussi. Caïaphas était toujours grand prêtre et le Temple était toujours debout. Et le Père était resté muet.

Non, on ne pouvait pas contraindre le Père à se mêler des affaires humaines. Il fit quelques pas. Les autres l'observèrent, debout autour de ce feu qui s'éteignait. Ou bien le Père avait d'autres projets.

Il se retourna et appela Jean, qui arriva en courant.

« Ma mère est-elle toujours en vie ? »

« Oui. »

« Tu es le plus jeune. Occupe-toi d'elle comme si elle était ta mère. »

Puis il appela Thomas. Il ne put s'empêcher de sourire en le voyant arriver, la barbiche détrempée, ce nœud de doutes et de foi obstinée.

« Ne te laisse plus égarer, Thomas. Le corps et l'âme sont un. »

« Où vas-tu ? » demanda Thomas.

« Suis mes mots, c'est tout. »

« Où vas-tu ? Je te suis depuis Antioche. J'ai le droit de savoir. »

« A l'est. »

Il se tourna vers les autres ; ils accoururent.

« Rappelez-vous, la fin est un commencement. »

Il continua, le long du rivage. Ils le suivirent des yeux, aussi loin qu'ils purent, jusqu'à ce qu'il semblât prendre la route du nord, vers Chorazim et le lac Merom.

« Il est donc ressuscité d'entre les morts », murmura Thomas.

« Seul le Fils de Dieu pouvait le faire », dit Simon-Pierre.

Ils trièrent le poisson et partirent avec leurs filets vers la ville.

Postface

Quand j'ai entrepris ce récit, j'étais assez intimidé par ses ambitions, sans parler de son ampleur matérielle, pour décider que j'expliquerais chacune de ses apparentes inventions romanesques par une note. Mais il apparut vite que le nombre des notes dépasserait deux mille, et que leur rédaction prendrait autant de travail que le récit lui-même. Mon conseiller d'alors, M. Theron Raines, de New York, émit également des réserves sur les inconvénients d'un appendice aussi volumineux, près de quatre cents pages en petits caractères, et je me résolus à me dispenser de ce qui pouvait passer pour un formidable étalage d'érudition. Après tout, un récit est le territoire réservé d'un romancier.

Au fil des années, toutefois, ces notes ont crû ; leur volume actuel avoisine celui de ce livre. Elles portent aussi bien sur l'extrême singularité du fait que les deux hommes qui se présentent pour réclamer à Pilate le corps de Jésus sont, comme le spécifient — imprudemment — Marc et Luc, des membres du Sanhédrin, que sur le fait que Jésus n'eut pas à tirer sa croix tout entière sur le chemin du Golgotha, comme le laissent entendre les Evangélistes, à moins que ce soient leurs transcriptions ultérieures, fortement manipulées, mais seulement la barre transversale de l'instrument du supplice. Il m'est apparu nécessaire de relever les invraisemblances flagrantes des Evangiles canoniques, comme la description de la foule qui, demandant à Pilate la mort de Jésus, déclare qu'elle n'a qu'un roi et que c'est César, ce que nul Juif n'eût jamais admis et encore moins clamé devant le représentant de César.

Nombre de ces notes tendent à rappeler que le corps des commentaires chrétiens sur Jésus est une mosaïque d'emprunts étrangers, bien souvent pris tels quels dans les croyances d'origine. C'est ainsi que la désignation de Bon Pasteur a d'abord été portée par Apollon, dieu des troupeaux, puis par Mithra et Hermès et que les trois sont représentés portant un agneau sur les épaules. Détail, sans doute, mais révélateur. C'est ainsi que nous avons rejeté la nomination de Simon-Pierre comme pierre de fondation de l'Eglise et porteur des clefs du ciel, parce que ces symboles sont repris, avec une candeur excessive, aux mithraïstes, qui révéraient le rocher mystique de Pétra et qui avaient attribué à Mithra les clefs du ciel comme emblème. Peut-être un jour publierai-je ces notes dans un ouvrage distinct. On y verra que, dans le Livre des Morts égyptien, Pétra est aussi, curieusement, le nom du gardien des portes du ciel...

Toutefois, et ne serait-ce que pour le divertissement des lecteurs dotés de la fibre érudite, je voudrais indiquer ici même que je ne me suis pas laissé emporter par la libre fantaisie. L'essentiel de ce livre est fondé sur des analyses historiques, des déductions et des reconstitutions. Moyennant plusieurs années de lecture, je suppose que de nombreux lecteurs parviendraient aux mêmes conclusions que moi.

La principale difficulté de l'ouvrage a consisté à harmoniser les données historiques disponibles, les données de la tradition chrétienne et celles offertes par les structures de nombreuses traditions religieuses méditerranéennes.

Les données historiques nouvelles, dirais-je laïques, concernant directement ou indirectement Jésus, ont abondé depuis quelque cinquante ans. Elles sont dominées par les célèbres Manuscrits de la mer Morte, dont les premiers rouleaux furent retrouvés en 1949 par un berger, et dont le seul destin est passablement romanesque. Non seulement, en effet, leur conservation et leur interprétation ont posé des problèmes considérables de technique et de philologie, mais encore leur collecte a-t-elle parfois participé de l'aventure policière, comme le racontent de manière colorée Edmund Wilson dans *Israel and the Dead Sea Scrolls* et John Allegro dans *The Dead Sea Scrolls — An appraisal*. Le pire risque qu'affrontent bien souvent les trésors archéologiques, c'est bien leur découverte !

Le plus singulier en ce qui concerne ces rouleaux est que, près de quarante ans après leur découverte, et alors que leur déchiffrement est quasiment achevé, on n'en a pas publié plus de vingt pour cent. Tout le monde sait ce qu'ils sont, très peu de gens savent ce qu'ils contiennent et, n'eût été un opuscule discret du cardinal Jean Daniélou, d'une surprenante liberté, encore moins de gens imagineraient ce qu'il convient d'en penser. Mais cela même explique aisément, si tant est qu'il y ait rien d'aisé dans ce domaine, la très réelle conspiration du silence qui règne sur les Manuscrits de la mer Morte : ils indiquent, avec une marge d'erreur qui semble dérisoire, qu'une part importante de l'enseignement de Jésus et de la structure même de cet enseignement préexista à Jésus. C'est-à-dire, et pour parler bref, privilège des profanes, que Jésus a été fortement influencé par l'enseignement dispensé par les maîtres de la communauté essénienne de Quoumrân. En d'autres termes encore, cela indique que la transition entre le judaïsme et le christianisme s'effectue par le relais du millénarisme d'une secte juive qui apparaît quelque 150 ans avant notre ère et disparaît au siège de Masada, en tout cas avant la fin du Ier siècle. En dernier recours, cela implique

que la césure entre judaïsme et christianisme est un mythe qui fut propagé durant vingt siècles, mais que son ancienneté ne renforce guère pour autant.

Une autre découverte majeure, qui a inspiré bien des pages de ce livre, est celle de l'Evangile de Thomas, retrouvé en Haute-Egypte, à Nag Hamadi, en 1945, et sur laquelle on a prudemment jeté le voile opaque de l'érudition. N'eussent été les remarquables travaux d'Henri Puech, réunis et publiés en 1978 sous le titre *En quête de la Gnose*, et dont le deuxième volume comporte une analyse détaillée de l'Evangile de Thomas et de ses implications, bien peu de gens seraient en mesure de savoir qu'il a existé dans la première tradition chrétienne un long et considérable filon gnostique, que les théologiens ont mis, par la suite, beaucoup de soin à occulter aussi. En d'autres termes, il y a eu, peut-être dans l'entourage immédiat de Jésus, en tout cas parmi sa succession, au moins un Gnostique exemplaire, c'est-à-dire un adversaire déclaré du dogme de l'incarnation. En tout état de cause, le Cinquième Evangile jette un éclairage particulier sur le personnage du disciple Thomas, dont je ne crois guère, pour maintes raisons philosophiques — sans parler du scepticisme que reflètent les Evangiles canoniques ! —, que l'éponyme grec Didymes, *Didumos*, indique qu'il ait été le jumeau de qui que ce fût ; pour moi, Thomas venait du sanctuaire milésien de Didymes, l'un des plus célèbres du monde antique.

Le Cinquième Evangile apparaît certes comme déroutant au regard de l'enseignement chrétien contemporain. Et pourtant, il fut lu et pratiqué par les Chrétiens de toutes dénominations jusqu'au Ve siècle environ. Plus déroutant encore est le fait que, en plus des quatre Evangiles canoniques du Nouveau Testament, les Chrétiens ne lisaient pas moins de trente et un autres Evangiles, depuis lors retirés de la circulation. Le retrait fut décidé par le décret gélasien, au Ve siècle, mais plutôt que de l'attribuer au pape Gélase Ier, qui n'y fut sans doute pour rien, il semble plus raisonnable de l'imputer aux autorités religieuses qui suivaient en cela l'opinion de saint Jérôme.

Plusieurs de ces Evangiles sont, d'après les fragments qui nous en sont parvenus, des hagiographies naïves tenant davantage du conte fantastique que du témoignage. Beaucoup sont contradictoires, et ce fut sans doute aussi la raison de l'hostilité de Jérôme, qui, reprenant le terme de son prédécesseur Origène, les qualifia d' « apocryphes », ce qui ne veut pas du tout dire « faux », comme beaucoup de gens le pensent aujourd'hui, mais littéralement « secrets » et, en langage contemporain, « parallèles ». Je compterai parmi les données historiques récentes le fait qu'il existe plusieurs excellentes éditions critiques des Apocryphes. Parmi elles, je me suis beaucoup servi, pour reconstituer le personnage de Joseph, du Protévangile de Jacques. Et cela pour une raison psychologique : il « sonne » particulièrement vrai.

Dans les Evangiles canoniques, Joseph est mentionné de façon quasi contrainte ; c'est une image nécessaire, mais sans vie, qui ne sert qu'à fournir à Jésus une ascendance davidique. Malheureusement, les généalogies extensives de Matthieu et de Luc sont inutilisables, notons-le en passant, et le décret gélasien eût aussi bien fait de les expurger, parce qu'elles sont contradictoires. Incapables de s'accorder sur celui des enfants de David qui aurait été à la source de l'ascendance royale de Jésus, point essentiel, puisque les Evangiles canoniques mentionnent à plusieurs reprises l'origine prédestinée et naturellement davidique du Messie, les deux apôtres ont affligé des générations d'exégètes avec un casse-tête. Casse-tête d'autant plus inutile que tous les Evangélistes déclarent que Joseph n'a pris aucune part à la conception de Jésus, ce qui invalide a priori sa capacité déjà douteuse d'agir comme chaînon davidique. De plus, un auteur ancien, Jules l'Africain, rapporte qu'Hérode le Grand avait enterré les généalogies de toutes les familles juives, pour mettre un terme à toutes prétentions dynastiques.

L'on affronterait donc sans recours l'énigme d'une vision floue de Joseph, n'étaient quelques indices que l'on peut glaner d'ailleurs dans les Evangiles canoniques autant que dans les Apocryphes. Joseph était un prêtre. Cette affirmation audacieuse dérive du fait que, selon Luc (I ; 6), Marie, mère de Jésus, est une parente d'Elisabeth, mère du Baptiste Jokanaan, femme du prêtre Zacharie et elle-même d'une famille de prêtres. Ce qui signifie que Marie appartenait à une famille de prêtres. Comme telle, et selon la coutume juive, stricte à cet égard, elle ne pouvait épouser qu'un prêtre, à moins qu'elle ne fût une enfant naturelle, l'enfant d'un prosélyte ou d'une esclave libérée. Toutefois, l'importance accordée au sort de Marie par les prêtres, selon le Protévangile de Jacques, exclut ces trois hypothèses, nous laissant avec une quatrième, c'est que Marie était une orpheline, fille d'une famille de prêtres.

On peut se demander, et on me l'a de fait demandé, quelle peut être l'importance de ce point. Elle est considérable, parce que ou bien l'on défend l'hypothèse d'une existence historique de Jésus, et dans ce cas, la personnalité de son père, fût-il adoptif, est déterminante, ou bien l'on se retranche dans le mythe pur, arguant que la personnalité de Jésus est immatérielle, parce que divine, et dans ce cas, on voit difficilement l'intérêt des précisions temporelles données par les Evangiles, canoniques ou pas.

C'est Joseph qui a inculqué à Jésus ses premières notions religieuses ; les convictions et l'âge de l'enseignant à cet égard sont déterminants. Et d'autant plus que Joseph avait appartenu à une secte rigoriste, celle des Nazaréens, dont le purisme sourcilleux prépara, à notre avis, Jésus à suivre l'enseignement également rigoriste, mais celui-là millénariste, c'est-à-dire apocalyptique, des Esséniens. Rejetons à ce propos l'allégation selon laquelle Joseph aurait exercé son second métier, celui de charpentier, à Nazareth. Les fouilles menées sur le site ont révélé que la synagogue de Nazareth ne pouvait accueillir plus d'une quarantaine de personnes ; on voit donc mal comment un aussi modeste hameau aurait pu assurer sa subsistance à un charpentier qui, de plus, serait allé s'installer là-bas à près de quatre-vingts ans. Pourquoi donc la légende de « Jésus de Nazareth » ? Elle s'explique, à notre avis, par une confusion des copistes tardifs qui, ignorant quasiment tout des choses juives, ont cru que le terme « Nazaréen » désignait un originaire de Nazareth, alors qu'en araméen, la langue la plus courante en Palestine à l'époque, il existait une nette différence entre « *Nàzàri* », c'est-à-dire « observant », c'est-à-dire encore membre de la secte des Nazaréens, et « *Nazéri* », « Nazaréthain ».

De plus, une analyse, même cursive, du voyage que Joseph aurait fait de Nazareth à Bethléem avant la naissance de Jésus pour faire enregistrer son fils, conformément à l'édit romain de recensement, affaiblit encore, voire élimine totalement l'hypothèse de l'installation à Nazareth. La route de Nazareth à Bethléem aurait été longue de quelque quatre-vingts kilomètres si Joseph avait emprunté l'une des voies intérieures, et de cent vingt kilomètres s'il avait emprunté la route côtière, nettement moins dangereuse, les deux autres étant fréquentées par des voleurs et des assassins. Dans le premier cas, le voyage à dos d'âne aurait duré au moins quatre jours, dans le second, six. On peut douter que n'importe quel homme, aussi mal informé fût-il, sans parler d'un homme qui avait déjà été veuf et qui avait eu au moins six enfants — j'y viendrai plus tard — comme l'était Joseph, aurait délibérément négligé les périls d'un tel voyage pour une femme sur le point d'accoucher et à laquelle une aussi dure épreuve risquait d'infliger la honte de l'avortement. Et tout cela rien que pour enregistrer un enfant qui n'était pas le sien dans la ville de ses ancêtres ! Hypothèse d'autant plus insoutenable que Joseph aurait pu sans problème faire enregistrer son enfant dans une ville proche, telle que Césarée de Samarie ou Tibériade de Galilée. L'on peut aussi se demander si Marie, aussi jeune fût-elle, n'aurait pas eu son mot à dire sur ce projet extravagant. D'où ma conclusion : le voyage de Nazareth à Bethléem n'a jamais eu lieu. C'est une invention des copistes — qui avaient pris bien d'autres libertés avec les textes des actuels Evangiles synoptiques — qui, s'étant encombrés de la notion de Nazareth, avaient cherché à rendre leur récit cohérent. Joseph alla de Jérusalem à Bethléem, voyage beaucoup plus court et totalement plausible, puisque le vieux prêtre était originaire de Bethléem. L'Evangéliste Jean, d'ailleurs, ne souffle mot de Nazareth, que l'on ne trouve que dans les plus remaniés des Evangiles canoniques, les trois synoptiques, de Luc, Marc et Matthieu.

Comment un homme de principe aussi sourcilleux que l'était Joseph, et qui avait déjà été marié, puisque les Canoniques même parlent des frères et des sœurs de Jésus, s'était-il engagé dans un mariage aussi épineux que celui qui lui valut de devoir adopter Jésus ? La vérité est que la main du prêtre fut forcée. Selon le Protévangile de Jacques, le grand prêtre l'avait désigné comme tuteur de la jeune Marie, sans nul doute parce qu'il était respectable, et sans doute aussi parce qu'il avait été désigné par tirage au sort, comme c'était la coutume au Temple : une colombe avait symboliquement atterri sur sa tête ! Il refusa d'abord, nous dit le Protévangile ; le grand prêtre lui intima l'ordre de prendre Marie sous son toit, ce qui, notons-le au passage, est une preuve supplémentaire que l'affaire se passa à Jérusalem, car le grand prêtre ne voyageait pas pour chercher des tuteurs, et que Joseph travaillait bien au Temple. Pourquoi refusat-il ? Parce qu'il était vieux. Selon l'Evangile arabe de l'Enfance, Joseph se serait marié la première fois à quarante ans et serait devenu veuf de sa première femme, également nommée Marie, quarante-neuf ans plus tard ; ç'aurait été une année plus tard encore qu'il aurait épousé Marie. On peut supposer, mais ce n'est qu'une supposition, que l'Evangile arabe tire un peu sur les chiffres, pour prêter à Joseph une longévité testamentaire, quatre-vingt-neuf ans est un bel âge, pas interdit certes, mais peu plausible, parce qu'il eût fallu que Joseph vécût jusqu'à près de cent cinq ans pour se retrouver au Temple, une semaine de Pâque, avec un fils majeur, c'est-à-dire de quatorze ans, comme nous le rapportent les Evangiles. En fait, Joseph dut être un peu moins âgé, et je lui prête, à son second mariage, quatre-vingts ans au maximum.

Joseph avait eu quatre enfants mâles dont les noms varient selon les sources : Jacques, Joseph, Simon et Judas selon Matthieu (XIII ; 55-57) ; Jacques, Juste, Simon et Judas selon les Apocryphes, ainsi que deux filles Lydia et Lysia selon l'apocryphe Histoire de Joseph le Charpentier. On a supposé que ces demi-frères auraient compté parmi les disciples, vu la similitude des noms ; mais Jean clôt ce débat dans le texte suivant : « Après cela [le premier miracle à Cana de Galilée], il se rendit à Capharnaüm en compagnie de sa mère, de ses frères et de ses disciples... » (II ; 12). Au moment de la naissance de Jésus, les demi-frères devaient avoir entre cinquante ans pour le plus âgé et vingt-cinq pour le plus jeune.

Joseph était donc un patriarche vénérable, et l'on comprend que, lorsque Marie devint mystérieusement enceinte, Joseph frémit à l'idée du scandale ; ce fut encore le grand prêtre qui le contraignit à prendre Marie pour épouse, sous peine de prison. Les termes dans lesquels j'ai rapporté cet épisode sont directement inspirés des Apocryphes.

Détails essentiels, car ils éclairent d'un jour neuf

les relations, sans doute délicates, que le vénérable Joseph dut avoir avec un enfant qui n'était pas le sien, quoi qu'en ait l'hagiographie chrétienne. Et que Jésus n'ait pas été prêtre, voire que Joseph soit allé le retirer du Temple où l'enfant passait son examen traditionnel devant les docteurs de la Loi.

Egalement importante est la raison pour laquelle Joseph quitta précipitamment la Palestine et celle pour laquelle, à son retour, il s'installa à Capharnaüm. Prêtre et charpentier, car de nombreux prêtres exerçaient certains métiers autorisés, tels que, justement, celui de charpentier, Joseph semble avoir été une recrue toute désignée pour la construction du Temple décidée par Hérode le Grand en 20 avant notre ère. Car il fallait des artisans, et il n'en manquait certes pas dans la province romaine, mais, pour fouler le sol du Temple, il fallait qu'ils fussent consacrés, donc prêtres. Des phalanges entières de prêtres travaillèrent donc à la construction ou, plus exactement, à la reconstitution du Temple, non seulement charpentiers, mais aussi bien maçons, couvreurs, menuisiers, marbriers, décorateurs, etc. La tribu de David — titre aléatoire —, à laquelle appartenait Joseph, avait comme privilège celui de fournir le bois nécessaire à l'entretien de l'ancien Temple. Joseph se trouva donc tout désigné pour fournir aussi bien ses compétences de charpentier ; il devait alors avoir entre quarante et cinquante ans. Flavius Josèphe, l'une des sources d'information les plus précieuses sur l'histoire des Juifs, rapporte que les prêtres, et surtout les Pharisiens, passaient leur temps à comploter contre Hérode le Grand, s'engageant dans des intrigues innombrables et complexes qui pullulaient jusque dans la famille royale — et même dans les cuisines du vieux Palais hasmonéen. Joseph était presque certainement un Pharisien, d'abord parce que la secte des Nazaréens ne recrutait que parmi les Pharisiens, ensuite parce qu'il n'y avait apparemment pas de Sadducéens artisans. On peut supposer sans grand risque qu'en Juif loyal, et légitimiste, Joseph exécrait Hérode, auquel on ne pardonnait pas ses nombreuses fautes, dont celle d'avoir fait mettre à mort d'un coup quarante-cinq membres du Sanhédrin, décidément trop hostiles. Joseph devait partager le sentiment d'un très grand nombre de Juifs selon lesquels — et le sentiment s'est aussi fortifié dans la tradition chrétienne — Hérode Antipatros était un usurpateur et un assassin. Une des intrigues dans lesquelles il trempa dut sans doute faire fiasco, et comme Hérode n'était guère tendre avec ses ennemis, Joseph prit donc, à l'improviste, la fuite vers l'Egypte. Bon choix, d'ailleurs, car il y avait à Alexandrie une colonie juive nombreuse et prospère.

Notons au passage que l'on n'a pas retrouvé trace d'un quelconque massacre de nouveau-nés, qu'aurait perpétré Hérode le Grand. Tous ses actes étaient passés au peigne fin et tous les événenents de son règne ont été enregistrés. Un massacre de nouveau-nés ne serait certes pas passé inaperçu. La cause prétendue, avancée par les Synoptiques, est invraisemblable : Hérode savait bien, et pour cause, que les généalogies davidiques, qui eussent pu promouvoir la prétention d'un hypothétique héritier, étaient inexistantes puisqu'il les avait enterrées. Le fameux massacre n'est qu'une fabrication pieuse, destinée à soutenir l'idée d'une ascendance royale de Jésus.

Le choix de Capharnaüm comme ville d'établissement au retour d'Egypte, après la mort d'Hérode le Grand, était logique. C'était une grande ville dans une province notoirement rebelle, la Galilée. Joseph pouvait donc y trouver du travail et engager des apprentis. De plus, un verset particulier des Canoniques me fait désigner Capharnaüm comme la ville de Jésus et, par conséquent, de Joseph : « Quand, après quelques jours, il revint à Capharnaüm, la nouvelle circula qu'il était rentré dans son foyer » (Mc. II ; 1).

Voilà donc esquissé le personnage majeur de Joseph. C'est un pratiquant vétilleux et un légitimiste amer, qui est allé vivre les dernières années de sa vie aussi loin que possible de Jérusalem sans pour cela quitter son pays. Il est impossible de déterminer pour quelle raison il n'a pas fait donner à Jésus l'instruction rabbinique, peut-être était-ce parce qu'il avait ses réserves en ce qui touchait aux vraies circonstances de sa conception et qu'un enfant illégitime n'était pas éligible à la prêtrise, mais peut-être aussi était-ce par mépris pour l'administration ecclésiastique de Jérusalem. De toute façon, une telle éducation constituait une introduction parfaite au noviciat essénien.

Des trésors d'érudition ont été dépensés à l'analyse des Manuscrits de la mer Morte, corpus de croyances et de règles légués aux générations ultérieures par des hommes qui, paradoxalement, pensaient que la fin du monde était imminente, les Esséniens. Ayant lu la totalité des minces fragments disponibles et une partie seulement des vastes commentaires qui les accompagnent, ayant lu par la suite l'audacieux opuscule du cardinal Daniélou, déjà cité, j'en ai conçu à mon tour l'intime conviction que les Esséniens avaient joué un rôle décisif dans la structuration des enseignements de Jésus. Le détachement suprême à l'égard du royaume de la matière, l'attente de l'avènement imminent du Royaume de Dieu et la pratique systématique du baptême pour la purification des péchés du corps et de l'esprit, ces trois caractéristiques esséniennes, pour ne citer qu'elles, se détachaient avec beaucoup trop de relief du tissu pourtant hétérodoxe des croyances juives pour s'être par hasard retrouvées aussi dans l'enseignement de Jésus. Les Esséniens avaient existé un siècle et demi avant Jésus ; ce ne pouvait être qu'eux qui l'avaient influencé. Il fallait un lien ; ce fut Jokanaan, que les Evangiles donnent comme le propre cousin de Jésus, et dont la ressemblance avec les Esséniens, à la fois dans l'enseignement et dans le mode de vie, était également trop grande pour être une coïncidence.

Je postule dans ce livre que c'est Jokanaan qui a introduit Jésus à Quoumrân. Les érudits, qui répugnent aux présomptions, trouveront sans doute celle-ci infondée. Sans doute trouveront-ils encore plus gratuite l'hypothèse qu'à un certain moment les deux hommes ont dû quitter Quoumrân. Je voudrais cependant rappeler deux assertions évangéliques qui soutiennent l'un et l'autre postulat.

La première de ces assertions est que l'enseignement de Jokanaan précède celui de Jésus, le Baptiste annonçant le Messie à venir, la seconde étant que Jokanaan vit en ermite, apparemment en dehors de toute communauté, ce qui ne cadre pas avec le mode de vie essénien, essentiellement communautaire. Or, il a, selon toute évidence, été formé par les Esséniens, car il parle leur langage ; donc, à un certain moment, il les a quittés. A quel moment ? Les Evangiles ne comportent guère d'indications chronologiques suffisantes pour répondre à cette question, mais il semble que ce soit au moment où Jésus commence sa vie publique, après « les années dans le désert ».

Ces années dans le désert, sans doute le lecteur en aura-t-il aussi l'intuition à ce point-ci, qui semblent séparer la majorité de Jésus, peu après l'âge de quatorze ans, et son entrée dans la vie publique, se sont déroulées à Quoumrân, qui est bien dans le désert, sur la mer Morte. C'est là sans doute qu'il aura contracté son style cryptique, au contact d'un enseignement restreint, sinon ésotérique.

Je ne crois pas que Jésus ait passé la totalité des vingt années « dans le désert » enfermé à Quoumrân, parce qu'il me semble qu'un aussi long séjour aurait irrévocablement consommé sa fusion dans la communauté essénienne. Au terme d'un aussi long séjour, il n'y aurait plus eu de raisons de quitter les Esséniens. Et cependant il les a quittés ; pourquoi ?

Deux raisons semblent s'imposer pour ce départ. D'abord, Jésus exprime à plus d'une reprise son agacement à l'égard de ceux qui s'attachent trop étroitement à la lettre de la Loi et en négligent l'esprit, critique qui peut très bien viser les Esséniens, qui s'étaient imposé des rituels aussi nombreux que scrupuleux, sinon vétilleux, dont le détail nous est parvenu. Alors qu'il conserve leur refus de la propriété privée en ce qui le concerne, il rejette l'une des prescriptions auxquelles les Esséniens sont le plus attachés, les ablutions complètes avant tout contact avec la nourriture, ce qui lui sera d'ailleurs reproché par les Pharisiens. Et surtout, il enfreint les interdits draconiens touchant au Sabbat ; par exemple, il guérit le jour du Sabbat, ce qui scandalise encore les Pharisiens et qui dut révulser les Esséniens. Ces derniers, en effet, s'interdisaient même de satisfaire leurs besoins naturels le jour du Sabbat, puisqu'il fallait, toujours selon leur rituel, aller creuser un trou avec une pelle spéciale, à une profondeur déterminée, pour y déposer les déjections. Un tel rigorisme dut être insupportable à Jésus, pour qui, de toute évidence le salut d'Israël et de l'homme était une bien autre affaire.

Un point, enfin, semble confirmer l'appartenance de Jésus aux Esséniens, à un certain moment de sa vie, c'est qu'il épargne mystérieusement aux Esséniens les imprécations dont il accable surtout les Pharisiens et, accessoirement, les Sadducéens.

Toutefois, la dette idéologique partielle de Jésus à l'égard des Esséniens ne s'étend pas à son génie personnel. Il me paraît vraisemblable que l'expression de ce génie s'est améliorée au cours de la vie publique de Jésus, alors qu'il enrichissait son expérience d'orateur au fur et à mesure de ses rencontres avec le peuple de Palestine. Comparés à ses enseignements, les écrits esséniens sont secs et ennuyeux comme un Code civil. Les Esséniens n'avaient, eux, aucune raison de cultiver le style oratoire ; ils avaient abandonné les autres Juifs au destin terrible qu'ils leur croyaient promis, puisqu'ils attendaient la fin du monde d'une heure à l'autre. Ils la crurent d'ailleurs venue quand, en 31 avant notre ère, un terrible tremblement de terre ravagea la Palestine, faisant plus de 30 000 morts, et endommagea la tour et les citernes de Quoumrân. Ils s'égaillèrent dans le désert. Mais la Fin n'était pas pour cette année-là, comme on sait.

J'ai dit plus haut que la période de Jésus « dans le désert » — et qui, en fait, comprend sans doute des voyages d'apprentissage dans la Méditerranée orientale — recouvre une vingtaine d'années, et cette estimation peut surprendre le lecteur ordinaire, qui, ajoutant vingt à quatorze ou quinze, arrivera à l'âge de trente-cinq ans, alors que l'on nous assure traditionnellement que la vie terrestre de Jésus s'acheva à trente-trois ans. Il serait donc contradictoire qu'il commençât à trente-cinq ans une vie publique qui dura, selon nous, quelque trois ans, alors qu'il était censé être mort depuis deux ans. En fait, et quelque désinvolture que les textes évangéliques témoignent à l'égard de l'histoire — ils parlent, par exemple, du « roi Hérode » pour désigner Hérode Antipas, l'un des fils du roi Hérode le Grand, alors qu'Hérode Antipas n'était que tétrarque de Galilée et de Pérée —, ils comportent quand même quelques données factuelles qui peuvent parfaitement servir de repère, alors même qu'elles sont déformées. Or deux données de ce genre indiquent avec une probabilité intéressante que Jésus est né en 7... av. J.-C.

La première nous est fournie par Luc, qui écrit : « En ce temps-là, César Auguste rendit un décret de recensement du monde entier. Ce recensement, le premier, eut lieu alors que Quirinius était gouverneur de Syrie, et chacun se rendit dans sa ville de naissance pour y être recensé » (II ; 1-3). Luc ou son copiste tardif confondent toutefois les dates, parce que, par ailleurs, il dit ou bien ils disent qu'Hérode le Grand régnait alors sur les Juifs ; or Hérode le

765

Grand est mort en 4 av. J.-C., et les Romains n'auraient pas pu ordonner un recensement direct avant que la Judée devînt une province romaine en bonne et due forme, ce qui ne se produisit qu'en 6, soit dix ans plus tard. Et P. Sulpicius Quirinius, qui n'avait gouverné la Syrie que de 8 à 2 av. J.-C., n'était alors plus légat de Syrie.

Il n'y a donc pas eu de recensement en l'an 1 de l'ère chrétienne.

Plus important encore est le fait que, du temps d'Hérode le Grand, d'ailleurs lié à Quirinius par l'amitié, la Judée était exemptée par Rome d'impôts et de conscription. Rome avait même renoncé, pour satisfaire ce roi-client, à y entretenir des garnisons, et même à y faire passer des troupes.

Mais il est, par ailleurs, exact que Quirinius, au cours de sa seconde légation, après la mort d'Hérode le Grand, a bien levé en 7 un impôt en Judée, et que ce prélèvement fut mémorable, parce qu'il déclencha une révolte de la société secrète des Sicaires ou Iscariotes, comme le rapporte Flavius Josèphe, ainsi que des répressions sanglantes. Mais en 7, comme on l'a vu, Hérode le Grand était mort depuis onze ans ; or Luc dit que le recensement eut lieu sous le règne d'Hérode le Grand. Le texte de Luc, qui a été, à cet égard particulier, l'objet d'innombrables gloses et commentaires, est donc aberrant : Auguste n'a pas commandé de recensement du vivant d'Hérode le Grand. Ce texte serait donc inutilisable.

Toutefois, il est généralement admis qu'Auguste mettait occasionnellement à contribution les Etats alliés et surtout tributaires, comme la Palestine. D'où mon intervention d'un légat qui fait le voyage exprès pour demander au potentat de verser sa part de charge aux dépenses de l'empire. A quel moment ? Hérode le Grand prélevait déjà des impôts très lourds pour son armée, le Temple, l'administration, et Rome le savait. Mais cela n'excluait nullement que Rome, qui avait la haute main sur la Palestine et dont Hérode n'était, à tout prendre, qu'un vassal (Auguste lui ordonna même de mettre à mort son fils Hérode Antipater, parce qu'il avait comploté contre lui), eût pu demander en tout cas un recensement, par exemple aux fins de savoir ce que pourrait rapporter la Palestine. Et de fait, comme l'a démontré l'historien anglais D. W. Hughes, un tel recensement fut bien ordonné par Auguste, en 8 av. J.-C.[1]. Le temps que ce recensement fût organisé en Palestine, et l'on est en 7 av. J.-C. Donc, il apparaît que Luc ou son copiste a confondu deux recensements symétriques, l'un en 7 av. J.-C., l'autre en 7, ce qui était pour eux sans importance puisque les Juifs unissaient Hérode le Grand, son fils Hérode Antipas et les Romains dans la même exécration.

Cette date de 7 av. J.-C. coïncide avec une autre indication des Evangiles, qui est celle de signes célestes qui auraient alerté les astrologues du temps. L'on s'est perdu en conjectures sur ce qu'aurait pu être l'Etoile de Bethléem, qui guida les fameux Rois mages. Fut-ce la comète qui brilla en mars de l'an 5 av. J.-C. pendant soixante-dix jours dans la constellation du Capricorne ? Fut-ce la nova qui explosa en avril de l'an 4 av. J.-C. dans la constellation de l'Aigle ? Il semble plutôt qu'il n'y ait pas eu du tout d'étoile. Le texte évangélique révisé dit qu'« après sa naissance, des astrologues arrivèrent de l'Orient à Jérusalem, disant : ... Nous avons observé le lever de son étoile et nous sommes venus lui rendre hommage ». C'est bien évidemment d'un lever héliaque qu'ils parlaient, c'est-à-dire de l'apparition d'une étoile aux premiers rayons de l'aube, avant le lever même du soleil. En fait, il se produisit en 7 av. J.-C. un événement astronomique dont la singularité ne pouvait que frapper les astrologues : Jupiter et Saturne apparurent très proches l'un de l'autre trois

1. En témoigne une inscription mise au jour à Ankara, en 1924.

fois de suite, c'est-à-dire dans une triple conjonction, en mai, septembre et décembre, dans la constellation du Poisson. Cette triple conjonction ne se produit que tous les 139 ans, la dernière ayant eu lieu en 1961, elle ne se reproduira pas avant 2100. Mais ce phénomène ne se produit que tous les 900 ans dans la constellation du Poisson. Il y avait de quoi alerter des astrologues. Mais ceux-ci avaient déjà dû être intrigués par un phénomène immédiatement visible.

A la mi-mars, en effet, les deux planètes revêtent une brillance extraordinaire à leurs levers héliaques conjugués : Saturne a une magnitude + 0,5, ce qui le rend trente-huit fois plus brillant que toutes les étoiles avoisinantes, et Jupiter, lui, est treize fois plus brillant que Saturne. Quand on connaît la symbolique astrologique des deux planètes, on peut imaginer aisément que, dans une époque empreinte de superstition, les astrologues s'agitèrent. Il se préparait un événement hors série !

Les conséquences de ces calculs sont considérables, parce qu'elles font apparaître que, si Jésus, né en 7... avant lui-même, a été crucifié en 30, comme le suggère Luc, en 33, comme le suggère par ailleurs Jean, voire en 37 comme l'a brillamment calculé le contemporain H. Schonfield, il avait trente-sept, quarante ou même quarante-quatre ans. Or, la psychologie d'un homme de quarante ans n'est pas la même, encore plus à l'époque, que celle d'un homme de trente.

Ces précisions historiques et astronomiques peuvent paraître vétilleuses en regard des dimensions de l'aventure de Jésus et de ses répercussions sur le destin de la civilisation occidentale. Elles présentent toutefois un intérêt déterminant ; en effet, elles constituent pratiquement les seules preuves de l'existence historique de Jésus. Car il y a bien eu un consul Quirinius et il y a bien eu une triple conjonction planétaire à l'époque. Ainsi est-il possible de prendre ses distances à l'égard des thèses selon lesquelles Jésus ne serait qu'un mythe. Mais ainsi est-il également possible de prendre ses distances vis-à-vis des Evangiles.

Même réduits à quatre, pour satisfaire aux objections du clergé gelasien, les Evangiles abondent en contradictions, ce qui n'est pas étonnant quand on sait que les trois synoptiques dérivent d'une même source perdue, dite traditionnellement Q (de l'allemand *Quelle*, source), et que celui de Jean, le seul qui ait été rédigé par un seul auteur, a vraisemblablement été remanié vers l'an 80, sans doute par Jean lui-même à la fin de sa vie.

Quoi qu'en aient certains auteurs qui, tout à la fois, plaident pour la réalité de l'existence historique de Jésus, mais en rejettent la discussion, arguant que l'Evangile, où résident ces preuves, est d'abord, ensuite et enfin une catéchèse — et s'il en était ainsi, le moins que l'on en attendrait est la cohérence —, il ne fait guère de doute pour les philologues que l'exactitude du récit initial a beaucoup souffert de transcriptions réalisées à la fin du Ier siècle ou au IIe, par des copistes qui ignoraient tout de l'histoire de la Palestine à l'époque de Jésus, sans parler des enjolivures qu'ils ajoutèrent. Ce n'est pas d'hier qu'on a inventé le coup de pouce à la vérité. Or, il existe des données historiques, non seulement évangéliques, mais encore et surtout extra-évangéliques, et le moins qu'on puisse dire est qu'elles ne correspondent pas toujours à la tradition chrétienne.

Passons ici sur divers détails qui ne jouent dans mon récit qu'un rôle secondaire, tels le jour de naissance de Jésus, qui me paraît s'être situé au printemps, au moment de la Pâque[1], mais certes pas la

---

1. En effet, le seul moment de l'année où il n'y aurait pas eu de place dans les auberges de Bethléem est celui de la Pâque, qui amenait à Jérusalem une affluence exceptionnelle, près d'un quart de million de visiteurs. Beaucoup d'entre ceux-ci devaient aller prendre logement à Bethléem, tout proche.

nuit du 24 au 25 décembre, qui est celle d'une vieille fête païenne et, entre autres, celle de la victoire de Mithra sur les ténèbres ; ou encore le nombre de disciples, que l'on s'obstine à fixer à douze, l'un des chiffres symboliques, mais qui furent au moins quatorze, si l'on prend la peine de reporter sur le papier tous les noms cités par les Evangélistes. Venons-en plutôt aux deux dernières des données historiques que j'évoquerai ici, et qui sont absolument essentielles à la compréhension de l'histoire de Jésus telle que j'ai pris la liberté de la reconstituer : celle du jugement et celle de la crucifixion, qui, dans les Evangiles, sont déformées à outrance, au point même d'en devenir incompréhensibles.

Les Evangiles, mais aussi les innombrables commentateurs qui, au cours des siècles, ont repris les détails de l'arrestation et du jugement de Jésus, ainsi que la décision de crucifixion, ont témoigné d'une extraordinaire désinvolture avec la réalité historique ; ils confondent dans la même abomination Hérode Antipas, Pilate et le Sanhédrin, les rendant tous trois responsables de la crucifixion de Jésus. Le procès de Jésus est donc expédié par les Evangélistes comme une formalité dans l'accomplissement du sacrifice.

Or, il faut rappeler que Jérusalem, en Judée, était une province placée sous l'administration de Rome, représentée par le procurateur (ou préfet) Ponce Pilate. Celui-ci détenait le pouvoir juridique et exécutif délégué par Rome depuis l'an 6 pour toutes affaires de Judée qui ne touchaient pas à la foi juive. Il y avait à Jérusalem une police romaine comme dans toute la Judée. L'autorité du Sanhédrin se limitait donc aux affaires religieuses. La police juive n'avait qu'un champ d'action très limité, essentiellement circonscrit au périmètre du Temple, ou à la convocation d'inculpés et de témoins.

Quand Jean écrit (XVIII ; 12) que des troupes *et* la police du Temple vinrent arrêter Jésus, ce n'est ni par inadvertance ni par redondance. Ces troupes ne peuvent être que romaines, car il n'y en a pas d'autres en Judée. Et cela indique que Pilate était donc au fait de l'arrestation. Comme Pilate ne semble pas du tout, et dans aucun Evangile, a priori hostile à Jésus, il faut donc qu'il ait délégué ses troupes dans une intention particulière ; celle qui m'a paru la plus plausible est qu'il ait voulu protéger Jésus de la police du Temple. On verra plus loin mon hypothèse sur la raison de cette sollicitude à l'égard de Jésus. En tout état de cause, nul commentateur n'a relevé la singularité extrême de la présence de troupes romaines au jardin de Gethsémani.

Luc (XXIII ; 6-12) avant que Pilate, apprenant que Jésus était galiléen, l'aurait remis à Hérode, en effet tétrarque de Galilée. C'est plausible, mais également intriguant. D'abord, parce qu'une sentence de mort éventuelle prononcée par Hérode n'aurait pu être appliquée sans le consentement de Pilate. Hérode n'avait aucune autorité pour faire crucifier qui que ce fût en Judée ; il était étranger dans cette province. Ensuite, parce que la suite des événements était prévisible : Hérode Antipas était, comme tous les Hérodiens, exécré par le Sanhédrin. Confier à Hérode un ennemi du Sanhédrin tel que Jésus, c'était quasiment l'arracher aux menées du Sanhédrin, dont la sentence de mort prononcée contre Jésus serait alors restée lettre morte. C'est là aussi une singularité qui n'a pas été relevée. Hérode, en tout cas, doit être innocenté de toute responsabilité dans la condamnation et la crucifixion de Jésus. Il a simplement rejeté toute intervention.

Que le Sanhédrin ait été en majorité violemment hostile à Jésus est une certitude, qu'il ait expédié le jugement sans débats sérieux est plus que douteux. Caïaphas dut convoquer les soixante-dix-neuf membres de cette assemblée pour qu'ils fussent réunis à l'aube, et s'il les avait convoqués si tôt, c'est qu'il s'attendait à des débats approfondis ; il se donnait donc six heures pour arriver, éventuellement, à la sentence de mort — sentence virtuelle, soulignons-le, le Sanhédrin ne pouvant non plus faire ériger de crucifix.

Il restait ensuite à arracher à Pilate l'approbation de la sentence rendue par un tribunal religieux. Pilate, comme on le voit bien dans les Evangiles, n'y est pas du tout enclin. Le Sanhédrin, se sentant mis en échec, recourt au chantage et à la menace d'émeute, et Pilate prend peur. Aucun fonctionnaire romain n'aime être responsable de troubles dans une province impériale (non plus qu'aucun ministre de l'Intérieur dans aucun pays contemporain, fût-ce dans une dictature). Après maintes tergiversations, il cède, apparemment du moins : que Jésus soit crucifié !

Le supplice fut excessivement fréquent dans l'empire ; il a été infligé des milliers de fois, y compris par des Juifs tels que le grand prêtre Alexandre Jannée à d'autres Juifs. Son horreur procédait de sa lenteur. Dans son *Etymologia*, Isidore de Séville déclare que « la pendaison est une moindre peine que la crucifixion. Car le gibet tue la victime immédiatement, alors que la croix torture pendant longtemps ceux qui y sont fixés ». Les blessures infligées aux mains et aux pieds n'étaient certes pas mortelles. Des combattants de toutes les guerres ont survécu à bien pire, et il faut rappeler que les soldats que Larrey amputait sur-le-champ, et sans anesthésiques, puisque ceux-ci n'existaient pas, mouraient surtout d'infections, puisque l'on ignorait aussi l'asepsie. Le crucifié endurait — en plus de la honte d'être nu — une tétanisation progressive des muscles thoraciques, qui pouvait durer des jours avant que l'asphyxie survînt. Pendant plusieurs jours, donc, le crucifié était réduit à une respiration superficielle. Certains crucifiés conservaient toutefois assez d'énergie pour défier leurs tourmenteurs. Dans son dialogue *De vita beata*, Sénèque fait dire à l'un de ses personnages : « Certains d'entre vous n'ont-ils pas craché sur les spectateurs du haut de leurs croix ? » Et Aristophane rapporte dans *Les Thesmophories* qu'après être restés dix jours « cloués » à des planches, certains crucifiés ne mouraient que lorsqu'on leur fracassait le crâne. Il était toutefois plus expéditif, car cela ne requérait pas d'échelle, de leur casser les tibias. En effet, les crucifiés prenaient appui par les pieds sur une sorte de billot auquel leurs pieds étaient attachés ou cloués. Dès que l'appui faisait défaut, le corps n'était plus soutenu que par les liens ou les clous qui soutenaient les poignets ; la traction sur les muscles thoraciques s'accentuait jusqu'à accélérer l'asphyxie.

Certains criminels, tels que les pirates, rapporte l'*Historia Augusta,* étaient torturés avant la crucifixion, afin d'aggraver leurs souffrances. La flagellation était le plus courant de ces supplices supplémentaires.

Dans le cas de Jésus, nous disposons d'une indication importante. C'est que, rapporte Marc, lorsque Joseph d'Arimathie et Nicodème, membres du Sanhédrin donc, le tribunal même qui avait condamné Jésus à mort, vinrent demander à Pilate, la veille de la Pâque, le droit de disposer du corps du crucifié, « Pilate s'étonna d'entendre qu'il [Jésus] était déjà mort ; il fit donc appeler un centurion et lui demanda s'il y avait longtemps que Jésus était mort » (Mc. XV ; 44). Plus vraisemblablement, Pilate dépêcha le centurion du Palais hasmonéen, où il prenait ses quartiers quand il résidait à Jérusalem, au Golgotha, qui se trouvait juste au-delà du deuxième rempart, c'est-à-dire à moins de 500 mètres. La course ne dut pas prendre plus de dix minutes, escaliers compris.

Pilate avait, en effet, de quoi être surpris. Selon les témoignages des Evangélistes, Jésus avait été crucifié entre midi et midi et demi ; vers trois heures et demie, selon les Synoptiques, et six heures, selon

Jean (dont nous avouons préférer le témoignage[1]), il était donc mort. Or, et cela est clair, on ne lui rompit pas les tibias. Surpris, lui aussi, par cette mort prématurée, voire inexplicable, un garde au Golgotha piqua la poitrine de Jésus de la pointe de sa *lancea* et même l'y enfonça, lui infligeant une blessure profonde, mais comme Jésus ne réagit pas, il supposa qu'il était mort et qu'il était donc inutile de lui rompre les tibias. C'est alors que les deux membres du Sanhédrin, qui avaient sans doute observé la scène, coururent chez le procurateur pour lui demander la disposition du corps.

Cette blessure appelle quelques observations. On assure généralement, du moins dans la tradition chrétienne, qu'elle perça le cœur. Mais la description de Jean ne correspond pas exactement : à ce postulat. Jean, en effet, ne spéficie pas de quel côté fut porté le coup de lance. Ni à quelle hauteur. Il est donc tout à fait gratuit de comparer ce coup de lance à un coup de grâce porté au cœur. Il me semble même que, s'il avait été porté au cœur, Jean n'eût pas manqué de le relever.

Car Jean avait l'œil sensible aux détails ; il écrit, par ailleurs, qu'il sortit de la blessure beaucoup d'eau et un peu de sang. Ne nous appesantissons pas sur le symbolisme que certains auteurs ont voulu trouver là. L'abondance d'eau rapportée par Jean révèle avec le minimum de doute possible que le coup de lance — la *lancea* avait une lame plate et effilée — perça la plèvre et non le cœur. Du cœur, il ne serait certes pas sorti beaucoup d'eau. L'abondance d'eau concorde avec le début de pleurésie que peut causer l'exposition d'un corps nu au froid — avril est un

---

1. Parce que, des quatre Evangiles, c'est le seul qui ait été écrit par un seul auteur, comme l'indiquent les études philologiques, alors que les trois autres, dits synoptiques, sont visiblement dérivés d'une source perdue et qu'ils constituent des transcriptions tardives et indirectes.

mois froid en Palestine et à Jérusalem — aggravée par l'extension des muscles thoraciques. Le sang fut celui qui sort de toute plaie.

Selon un médecin légiste interrogé, toutefois, une plaie infligée à un cadavre peut entraîner un épanchement de ce que l'on appelle du « sang de cadavre », fluide constitué de sérum et d'hémoglobine décomposée. Il s'agit alors d'un liquide brunâtre. On ne sait pas si Jean, qui est le seul des quatre Evangélistes qui à la fois fut présent et l'auteur intégral de son Evangile, eut le loisir d'observer la couleur du fluide qui s'échappa de la plaie. La distinction qu'il fait entre « eau » et « sang », la succession de l'épanchement d'eau, puis de saignement, semblent indiquer qu'il vit bien ce qu'il décrit, et que ce ne fut pas du sang de cadavre. Mais ne sollicitons pas les faits ; d'autres données, déchiffrables à la lumière de l'histoire, méritent également l'attention.

Ces données concernent le comportement hautement singulier des deux Juifs Joseph d'Arimathie et Nicodème. Voilà deux membres du Sanhédrin, en tout cas deux Juifs respectés, qui enfreignent ouvertement deux formidables interdits, l'un politique, l'autre religieux. L'interdit politique consiste à se distinguer, à la fois aux yeux de Pilate et du Sanhédrin, qui a condamné Jésus à mort par vote majoritaire, en allant réclamer au procurateur le corps de l'agitateur qui a subi la sentence le matin même ! Cette provocation est renforcée par le fait que Joseph d'Arimathie se propose d'inhumer Jésus dans un tombeau tout neuf qui lui appartient, excentricité aussi flagrante que si un membre de la Cour suprême des Etats-Unis avait demandé à inhumer Sacco et Vanzetti dans son propre caveau de famille !

L'interdit religieux n'est pas moins formidable. La religion juive prescrit d'avoir accompli les rites de purification à la veille de la Pâque, avant le coucher du soleil, et spécifie que le contact avec un cadavre constitue, de même que le contact avec les menstrues, une cause majeure d'impureté. Et voilà encore Joseph d'Arimathie et Nicodème qui s'improvisent fossoyeurs ! De plus, la coutume veut que tout Juif se soit retiré avant le coucher du soleil dans l'enceinte de la Grande Jérusalem. Loin de là, ils s'affairent sur le Golgotha à assurer l'inhumation d'un ennemi public !

Un tel comportement ne peut que laisser rêveur. Ou sceptique. En réalité, une infraction explique l'autre. Joseph d'Arimathie et Nicodème savent que Jésus n'est pas mort. D'où la légèreté avec laquelle ils assument l'infraction religieuse.

Si l'on reconstitue leur emploi du temps après la mort supposée de Jésus, on aboutit au déroulement hypothétique suivant :

18 h : Jésus est présumé mort par le garde en faction au Golgotha ; Joseph d'Arimathie et Nicodème courent chez Pilate ; à noter que le soleil est couché depuis 17 h 47 ce jour-là, et que les deux hommes devraient être dans l'enceinte de la Grande Jérusalem.

18 h 10 : Joseph d'Arimathie et Nicodème arrivent au Palais hasmonéen et demandent audience à Pilate.

18 h 15 : ils sont reçus par le procurateur.

18 h 20 : le procurateur envoie un centurion s'enquérir de la réalité de la mort de Jésus.

18 h 40 : le centurion revient et confirme la nouvelle ; Pilate donne son assentiment à ses visiteurs.

18 h 50 : Joseph d'Arimathie et Nicodème vont en ville acheter un linceul et des aromates et repartent pour le Golgotha, sans doute accompagnés de serviteurs.

19 h : ils arrivent au Golgotha et entreprennent de faire déclouer le crucifié. Pour cela, il faut des échelles et des tenailles, ainsi que l'aide de trois hommes.

19 h 20 : Jésus est posé sur le sol ; est-il lavé,

comme le veut le rituel ? Jean ne le mentionne pas. Il est posé sur le linceul, couvert d'aromates.

19 h 40 : un cortège porte le corps de Jésus au tombeau neuf de Joseph d'Arimathie.

20 h 10-20 h 30 : le corps est déposé dans le sépulcre et celui-ci est fermé. Joseph d'Arimathie et Nicodème rentrent à Jérusalem.

Nos deux sauveteurs ont à peine le temps de prendre leur repas du soir, car leur tâche n'est pas achevée. Outre cette bizarrerie de première grandeur, il en est au moins deux autres. La première est que la loi juive interdisait qu'il y eût un corps en croix sur le Golgotha la veille de la Pâque après le coucher du soleil. Comme on ne pouvait pas descendre les crucifiés encore vivants, cette prescription explique que l'on ait brisé les tibias des deux voleurs crucifiés en même temps que Jésus, pour les descendre en hâte et les enterrer. Mais on ne brisa pas ceux de Jésus, comme le spécifie nettement Jean ; pourquoi ? Théoriquement, parce qu'il était déjà mort. A notre avis, parce qu'il y eut complot. Les gardes en faction au Golgotha ne devaient pas être difficiles à corrompre. Furent-ils payés par Joseph d'Arimathie et Nicodème ? Le complot fut sans doute plus vaste, et il n'est pas interdit de penser que Procula, la femme de Pilate, y participa, de même que Marie de Cléophas, qui était de la maison d'Hérode, et pourquoi pas le procurateur lui-même, qui n'était pas, on le sait, hostile à Jésus.

De fait, quand le tombeau fut trouvé vide, Matthieu rapporte que ce furent les prêtres qui payèrent les gardes pour ne pas parler de la lumière éblouissante qui les avait aveuglés quand un ange roula la porte ronde du sépulcre, et pour dire : « Ses disciples sont venus la nuit et ont volé le cadavre pendant que nous dormions. » Naïf stratagème qu'on hésite à imputer aux prêtres ; car si les gardes étaient endormis, comment auraient-ils su qui avait volé le corps ? Et s'ils avaient été réveillés par ces violeurs de sépulture, pourquoi ne leur avaient-ils pas couru après ? Cette contre-histoire est d'autant plus douteuse qu'en XVIII ; 3-4, Matthieu parle de plusieurs gardes, alors qu'en XVII ; 66, il n'en mentionnait qu'un.

Deux éléments de réflexion closent cet exposé sur les données historiques dont je me suis servi pour étayer ma théorie d'un complot en faveur de Jésus. Le premier porte sur les efforts patents, étranges et quelquefois astucieux pour sauver Jésus. Bien que le procurateur soit avec sa femme l'objet d'un culte religieux et ardent chez les chrétiens d'Ethiopie, il ne se dessine pas comme une figure pieuse. Josèphe et Philon le décrivent comme une brute et un assassin, « naturellement inflexible et obstinément sans merci », selon les termes de Philon. Il est vrai que Josèphe et Philon sont tous deux juifs et qu'ils ne portent pas dans leur cœur les fonctionnaires romains. Mais on peut rejeter quand même l'hypothèse que Ponce Pilate ait été soudain frappé par la grâce divine en présence de Jésus, ou qu'il ait été saisi d'admiration à tel point qu'il essaya de lui éviter la crucifixion.

Le second porte sur la fascination d'Hérode pour Jésus. Si l'on veut bien négliger les caricatures grossières d'Hérode le Grand et de son fils Hérode Antipas, on doit admettre qu'ils furent, l'un et l'autre, d'excellents gouverneurs. Hérode Antipas n'était sans doute pas l'imbécile obtus ébauché dans les Evangiles ; même Jésus le traite de « renard ». S'il céda aux pressions d'Hérodiade pour faire décapiter le Baptiste, c'est qu'il y allait, à la fin, de son autorité. Les Evangiles mêmes, en tout cas, mentionnent son remords d'avoir mis Jokanaan à mort, puisqu'il imagina que Jésus, quand il entendit parler de lui pour la première fois, était le Baptiste ressuscité, ce qui indique au moins quelques sentiments, superstitieux, sinon religieux.

Quand Jésus fut arrêté, rapporte Luc (XXIII ; 8), Hérode était à Jérusalem. Mais certes pas accompa-

778

gné de « troupes » comme le prétend Luc, lettré grec peu habitué à l'exactitude, car Hérode Antipas, tétrarque de Galilée, n'avait absolument aucun pouvoir à Jérusalem et n'aurait donc pu y entrer avec des « troupes », mais tout au plus une garde restreinte. Luc prétend que le Sanhédrin fit pression sur Hérode pour obtenir sa condamnation de Jésus ; autre fabrication, car Hérode n'avait pas non plus de pouvoir juridique à Jérusalem. Si Hérode voulut donc rencontrer le prévenu Jésus, ce ne fut pas pour des raisons juridiques.

Les raisons de l'intérêt de Pilate et d'Hérode étaient politiques, mais différentes.

Israël était alors en ruine, divisé géographiquement en cinq provinces attribuées à des gouverneurs différents, et divisé socialement contre lui-même : Samaritains haïs de tous les autres Juifs et le leur rendant bien, Galiléens méprisés des Judéens et le leur rendant également, Pharisiens légitimistes exécrant les Sadducéens — dont un représentant, Alexandre Jannée, déjà cité, les avait fait crucifier moins d'un siècle auparavant — ainsi que les « traîtres » du clergé de Jérusalem, Zélotes meurtriers ici, Sicaires ou Iscariotes également meurtriers là, Esséniens apocalyptiques dans le désert haïssant tout le monde et tout le monde communiant dans une aversion combinée pour les enfants d'Hérode le Grand et pour les Romains. Situation protobalkanique lourde de menaces, car le peuple, lui, et de nombreux membres de la classe dirigeante aussi bien aspiraient à l'indépendance, à l'unification et à la restauration du trône de David et, quoique ce fût pour des raisons différentes, Pilate, Joseph d'Arimathie et Hérode croyaient que Jésus pourrait s'imposer comme vrai descendant de David.

Pour Pilate, Jésus pourrait restaurer la paix en Palestine et la tenir en main comme l'aurait fait Hérode le Grand. Vrai roi des Juifs, il ne serait pas contesté comme les Hérodes. Encore faudrait-il le convaincre d'accepter la tutelle romaine. Mais Rome serait la grande bénéficiaire d'un royaume christique, puisque celui-ci amènerait la fin de la fermentation continue qui transformait ce pays, au demeurant peu rentable pour l'empire, en marmite de sorcières.

Pour Hérode, Jésus représentait certes une menace : roi des Juifs, le Messie sonnait le glas de sa tétrarchie. Mais peut-être était-il possible de l'amener à se contenter de la Judée, en assortissant l'offre d'une ou deux autres provinces ; ainsi Hérode se défaisait-il de l'hypothèque que faisait peser sur lui l'insupportable Hérode Agrippa.

Pour Joseph d'Arimathie et pour Nicodème, c'était le Libérateur qui mettrait fin à l'ère d'intrigues, de corruptions et de compromissions du Sanhédrin.

Mais le personnage fut énigmatique et sans doute déçut-il les deux notables. Toujours est-il qu'il détenait une considérable aura de prétendant et que sa mort ne faisait que le jeu du Sanhédrin, également exécré par tout le monde. Il n'y avait pas lieu de faire tellement plaisir au Sanhédrin ; on pouvait lui éviter de perdre la face et d'éviter des émeutes, mais on pouvait aussi sauver la vie de Jésus, pour se garder une carte en réserve.

Et c'est ici qu'il faut faire intervenir les données de la tradition chrétienne.

D'Origène à nos jours, en passant par les innombrables disputes et gloses des conciles, des schismes, des hérésies, toute l'Eglise chrétienne semble considérer que la notion de Messie est la réalisation d'une aspiration chrétienne qui aurait été comme préexistante, ou encore, rétroactive. Il n'en est strictement rien : c'est une notion fondamentalement juive. Jésus ne réalisait qu'une aspiration spécifiquement juive, et encore ne la réalisait-il qu'à contrecœur, car il n'a pas dit une seule fois : « Je suis le Messie. »

La même Eglise semble considérer que la notion de Messie est non seulement chrétienne, mais encore très précise. Il n'en est rien non plus. Le « Messih », terme araméen qui signifie « oint », était un envoyé de Dieu destiné à être à la fois roi des Juifs et grand prêtre, détenteur donc des sceptres d'Aaron et d'Israël, monarque spirituel et temporel. Il pouvait aussi bien arriver sur des nuées que se trouver déjà parmi les Juifs, Messie secret. De toute façon, c'était là une affaire exclusivement juive. Dans les siècles ultérieurs, sa condamnation est quasiment apparue comme une persécution fomentée contre les chrétiens et dont les Juifs auraient à répondre dans les siècles des siècles. En tant que catholique, je ne peux cacher que je vois dans cette contre-vérité la source fondamentale de l'une des plus virulentes persécutions religieuses de tous les temps.

Corrompu autant qu'il put l'être, le Sanhédrin qui condamna Jésus le fit pour des raisons essentiellement politiques. Il avait une bien meilleure connaissance du mouvement messianique qu'un Pilate ; des gens tels qu'Annas et Caïaphas ne se faisaient guère d'illusion sur le point suivant : si Jésus visait la royauté messianique, il ne saurait accepter aucune compromission avec les Romains ; la guerre civile devenait inévitable. Les deux dignitaires pensaient donc agir dans l'intérêt de ce qui restait du peuple d'Israël. Les décennies suivantes devaient cruellement justifier leur calcul. Quand, en 66, les Juifs finirent par bouter les Romains hors de Jérusalem, la riposte romaine fut d'une brutalité inouïe. En 70, après un siège atroce, Jérusalem tomba, les Juifs n'eurent plus pendant des siècles le droit d'y retourner et l'Etat juif cessa d'exister. N'eût été l'initiative de Jahan ben Zakkaï, qui obtint des Romains la permission d'aller fonder une école juive à Jamneh, la religion juive elle-même aurait peut-être disparu. Il m'est donc apparu nécessaire de mettre en lumière à la fois la judaïté de l'aventure de Jésus et son caractère politique. Bien que ce livre soit un roman, et non un pamphlet, certains événements du XXe siècle, que l'horreur a hissés au niveau de l'intemporel et de l'inoubliable justifient ici le rappel de cette vérité fondamentale : la condamnation de Jésus fut destinée à éviter un bain de sang ; hélas, elle en a causé bien d'autres, de l'Amérique du Sud précolombienne à Auschwitz.

J'ai évoqué au début de cette postface des données structurelles des religions méditerranéennes et orientales. Celles-ci ne peuvent manquer de recouper les données traditionnelles chrétiennes. Certes, il faudrait l'envergure d'un Georges Dumézil pour épuiser la multiplicité des domaines couverts par une étude comparative des différentes idées de messie qui ont marqué les cultures antiques aux environs du Iᵉʳ siècle. L'époque pullulait de héros messianiques ; ce livre ne mentionne que trois parmi les plus célèbres, Dosithée, Apollonios de Tyane et Simon le Magicien. Il y en eut bien d'autres, à commencer par le Maître de Justice des Esséniens, qui fut aussi mis à mort et dont le « profil » préfigure étrangement celui de Jésus.

Un point leur est commun : ils sont tous des Gnostiques, c'est-à-dire, historiquement, des héritiers de ce corpus de croyances originaire d'Asie, qui s'est coagulé au Iᵉʳ siècle au contact de l'hellénisme et du judaïsme, et que l'on désigne de nos jours sous le nom de mysticisme. L'essence de la Gnose est la recherche de la connaissance transcendantale, par l'illumination. La Gnose imprégnait toute la Palestine, à telle enseigne que les disciples samaritains de Jokanaan étaient connus sous le nom de Dosithéens aussi bien que les Nazaréens (autre preuve que l'on pouvait être nazaréen sans avoir aucun lien avec Nazareth).

Le courant gnostique n'épargna pas Jésus. Tout son comportement est celui d'un Gnostique, comme ses discours paraboliques, tel celui-ci, l'un des plus éloquents : « A vous, il a été donné de connaître le mystère du royaume de Dieu ; mais pour ceux qui sont en dehors, tout est annoncé en paraboles, afin qu'entendant, ils ne comprennent pas » (Mc IV ; 11). Tout l'homme est là, il n'a cure d'être compris et cultive sciemment l'obscurité, et c'est d'ailleurs ce qui manquera le perdre. Les Juifs lui ont fait endosser contre son gré l'uniforme de Messie, qui ne peut être le sien. Il est pour la masse de ses suiveurs, disciples compris, aussi incohérent que le Cid qui, au Théâtre-Français, réciterait « La Jeune Parque ». Même Thomas, pourtant familier avec l'ésotérisme gnostique, croira l'avoir compris et ne l'aura pas compris. Dans mon récit, Thomas, comme tous les autres disciples, est scandalisé par deux paraboles, surtout par celle de l'omophagie. Il retrouve trop bien les échos de la religion grecque qui est morte et qu'il fuit, et surtout le martyre de Dionysos, dont les célébrantes, les Bacchantes, en effet mangèrent le corps et burent le sang.

Ce point est crucial, car il explique que Jésus a été victime d'un malentendu juif et d'un malentendu historique. Tout le monde, contemporains et successeurs, veut absolument faire de lui un Messie ; pas une fois il ne dit qu'il l'est. Il est tout à fait conscient du rôle qu'il s'est laissé imposer, mais s'il l'a supporté, c'est pour imposer à son tour le thème gnostique de la montée de l'Homme vers Dieu, exactement antagoniste de la descente de Dieu dans le Messie. D'exaspération, Pilate se désintéressera de lui et le grand prêtre déchirera ses vêtements. Ils ne comprennent pas le personnage et croient qu'il se moque d'eux. Et c'est encore à ce malentendu qu'il devra, selon moi, de survivre à sa crucifixion : il a encore des partisans persuadés qu'il est un Messie, fût-ce un Messie secret.

Personnage énigmatique, s'il en fut. C'est qu'il apparaît à la croisée des chemins du mythe et du millénarisme méditerranéen. Au Ier siècle, toutes les grandes religions d'Orient sont mortes ou agonisantes. Thèbes est en ruine, le mithraïsme n'est plus pratiqué que dans des contrées reculées, d'où Julien l'Apostat tentera de l'exporter, le culte de Baal et celui de Cybèle sont réduits à des pratiques superstitieuses pour femmes stériles. La religion romaine triomphe partout, des Colonnes d'Hercule aux confins du Pont, de la province impériale de Lusitanie aux Etats clients du Bosphore et de Cappadoce, grâce non seulement à ses temples magnifiques, mais encore aux bienfaits de l'administration romaine, décidément bénie des dieux, eau potable courante, chaude et froide quand c'est possible, béton, ascenseurs, égouts, éclairage nocturne municipal, pavage des rues, postes et même gazettes. Le vieux monde méditerranéen, cuit pendant des siècles dans ses magies obscures, est en état de choc ; il pressent que c'est la fin d'une époque. Il attend des envoyés qui éclaireront la voie à venir. Ce seront les proto-Messies déjà cités. Leur succès est, on l'a oublié, immense. Apollonios de Tyane, par exemple, traite d'égal à égal avec des rois. Ils n'ont cependant pas d'influence profonde ; ce sont, en effet, des philosophes plus que des personnages qui fixent l'imagination. Leur discours est syncrétique — celui de Jésus l'est aussi, mais dans une bien moindre mesure — donc sans racines ethniques. Leurs charismes ne mobilisent pas l'élan naturel de l'homme vers le surnaturel. Simon le Magicien, enregistrant le succès de Jésus, en mourra littéralement de dépit ; ayant appris que Jésus a ressuscité après son inhumation, il se fait aussi inhumer vivant et n'en réchappe pas ! Environ cent cinquante ans avant notre ère, les Juifs subissent aussi cette vague d'angoisse. Ce seront les Esséniens qui en seront les supports, avec leur Maître de Justice. Mais les autres Juifs, y compris les Samaritains, rejetés pourtant par les Juifs, y succomberont ; tout le monde époussette l'idée antique, et jusqu'alors reléguée d'un Messie.

Notons au passage que, seuls dans le monde du Ier siècle, les Romains restent imperméables à cette angoisse religieuse ; ils n'ont, eux, aucune raison de croire à la fin du monde ; la fin du leur est encore distante de plus de quatre siècles. Comme quoi le millénarisme est le fait des vaincus politiques.

Puis il y a le mythe qui naît de cette attente. La croyance dans une divinité agissante aboutit inexorablement à la création d'un personnage extraordinaire, généralement d'ascendance semi-divine, en l'occurrence le Messie, et à la notion de sacrifice. Pour créer la catharsis et forcer le dieu à intervenir, il faut un sacrifice, et quel sacrifice plus magnifique que celui du héros ?

C'est ainsi que naissent tous les mythes. Le héros obligé en est un homme, fils d'un dieu et d'une mortelle, Héraclès, Mithra, Tammouz, Dionysos, allégorie de la semence divine qui organise la matière (et ce n'est certes pas par hasard que, dans toutes les langues indo-européennes, les mots de « mère » et de « matière » sont si proches). La femme, telle la mère de Mithra, qui le conçut après avoir été fécondée par la semence tombée de la Lune, met au monde un héros qui, fatalement, sera un Etranger, *allogênon*. Tous ses bienfaits ne lui vaudront que l'ingratitude des hommes, tel Héraclès, à qui ses douze travaux n'éviteront pas une mort atroce. C'est l'Incompris par définition, et l'on retrouve là un thème fondamental de la Gnose : personne ne comprend ce qu'il dit ; on finit par le mettre à mort, ou bien il meurt dans un combat céleste. Mais il acquiert l'immortalité et sert de phare également céleste à l'humanité. Même les Egyptiens, qui pourtant précédèrent de loin la majorité des mythes, ont à peu près respecté ce schéma : Osiris est mis à mort par Seth, démembré, reconstitué — péniblement, par Isis, qui ne retrouve pas le treizième fragment, le sexe — puis il monte au ciel.

Les Esséniens, maîtres supposés de Jésus, suivent la même structure. Ils ont eu leur Messie déjà, le Maître de Justice, ils n'attendent donc plus que la fin du monde. Ils se comportent justement parmi les

Juifs comme des étrangers, *allogênoi*, et d'ailleurs, ils exècrent paradoxalement les Juifs. Ce qui peut expliquer, chez les post-Gnostiques, et notamment les Evangélistes, de singuliers relents d'antisémitisme. Canoniques ou apocryphes, les Evangiles tendent à parler des Juifs comme d'étrangers, comme si les auteurs mêmes des textes n'étaient pas des Juifs. Ce qui, théologiquement, s'explique : le judaïsme exclut la révélation personnelle, qui fleure dangereusement les religions asiatiques et les extases de la drogue — car la drogue joua un rôle considérable dans les religions d'Asie.

Jésus utilise de temps en temps une expression dont l'exégèse chrétienne a pratiquement oblitéré le sens, c'est « Fils de l'Homme ». En Hébreu, *BN 'DM*, elle est totalement insolite. Mais il est très peu probable que Jésus parlait hébreu au cours de ses déplacements, car c'était une langue de lettrés et notamment celle du clergé ; il parlait donc araméen et, dans cette langue « populaire », l'expression laisse rêveur : *Bar anas*, cela signifie aussi bien « Fils de l'homme » que « Fils de l'époux », c'est-à-dire, dans ce dernier cas, enfant légitime. Et il l'utilise avec une solennité particulière, qui semble aussi bien en harmonie privilégiée avec l'Anos-Uthra des Gnostiques qu'avec ses discours sur l'avènement du Fils de l'Homme. Peut-être faut-il y voir la notion de ce Fils en tant que reflet parfait de son Créateur, qui reviendra à la fin des Temps. C'est son interprétation personnelle de l'idée de Messie. C'est, à mon avis, dans ce thème gnostique qu'il faut chercher l'une des clés de son enseignement.

Mais je m'en voudrais fort de paraître ici régler en un tournemain une appellation qu'un philosophe aussi avisé que Guignebert, par exemple, définit comme « le plus embrouillé de tous les problèmes néo-testamentaires » !

Toutes ces considérations se prêtaient difficilement à un récit romanesque. J'ai tenté, dans cette postface, de les abréger autant que possible.

Restent deux points à commenter, l'attitude des disciples et le devenir de Jésus après la crucifixion.

L'attitude des disciples fut déplorable, disons-le tout net. Jean, qui semble avoir été le seul témoin de Jésus dont le récit nous soit parvenu, avec celui de Thomas, ne cite pas la présence d'un seul disciple, sinon lui-même, auprès de la croix, ni à l'ensevelissement. Il paraît suspect que Jean soit le seul à citer sa présence au pied de la croix, que ne mentionne aucun autre Evangile, canonique ou apocryphe. Et cela est d'autant plus suspect que Jean prétend que Marie, mère de Jésus, était là aussi, et que Jésus lui aurait dit, désignant Jean : « Mère, voici ton fils. » Jean se désigne ainsi comme le successeur direct de Jésus. Malheureusement, ni Matthieu, ni Marc, ni Luc ne font la moindre mention de la présence de Marie de Jésus. Matthieu cite Marie de Magdala, Marie mère de Jacques et de Joseph (quel Joseph ?) et la mère des fils de Zébédée (XXVII ; 55) ; Marc, lui, cite Marie de Magdala, Marie, mère de Jacques et de Joseph et Salomé (la petite-fille de Marie de Cléophas, sans doute), mais non Marie, mère de Jésus, qui n'était tout de même pas un personnage négligeable (XV ; 40). Luc ne cite personne, sinon des « femmes » (XXIII ; 49), mais comme les précédents, il précise que ces spectateurs se tenaient « à distance », très probablement à la porte du deuxième rempart, d'où l'on pouvait observer la scène, pour peu que l'on eût de bons yeux. Il faut donc, à regret, renoncer à l'image des trois Marie, chère à l'iconographie chrétienne, et encore plus à celle des pietà. On peut d'ailleurs comprendre l'absence de Marie, car elle subit des rebuffades insultantes, telles que celle que rapporte Matthieu (XII ; 50) : ayant envoyé un messager pour demander à voir son fils, celui-ci s'écrie : « Qui est ma mère ? » Mais l'absence des disciples, elle, est déroutante.

Que Simon-Pierre ait été un couard est abondamment rapporté. Le vieux pêcheur craignait plus la police du Temple qu'il ne désirait le ciel, dont, par ironie, les clés lui furent données. Mais Jean, favori apparent de Jésus, est beaucoup moins pardonnable. Ou bien alors il faut reconsidérer une clé secrète qu'il nous livre dans son Evangile (XVIII ; 15-16), quand il parle d'« un disciple qui connaissait le grand prêtre », qui suivit Jésus après son arrestation dans la cour du grand prêtre encore, tandis que « Simon-Pierre s'était arrêté à la porte extérieure », puis qui « ressortit, parla à la femme à la porte et fit entrer Simon-Pierre ». Qui est donc ce disciple, et pourquoi n'en donne-t-il pas le nom ? Ne serait-ce pas lui-même, puisqu'il connaît si bien tous ces détails ? Car Jean a l'habitude de parler de lui-même à la troisième personne et de recourir à l'anonymat quand il est en cause. En d'autres termes, Jean aurait été persuadé par le grand prêtre ou une personne proche de celui-ci de ne pas se manifester. Reste à trouver le motif de cette singulière collusion entre le disciple favori et l'ennemi juré de Jésus, Caïaphas. Toujours est-il que le résultat n'en est pas édifiant.

Thomas était parti avant les prolégomènes du drame ; l'Iscariote avait trahi ; mais les dix autres ? André, frère de Simon-Pierre ? Jacques, frère de Jean ? Jacques d'Alphée, Thaddée, Bartholomé, Simon le Zélote, Judas de Jacques, Matthieu, Philippe, Nathanaël ? Plus personne ! Hélas, l'histoire récente nous a donné l'exemple de plus grandes fortitudes ! Je confesse n'avoir qu'une estime médiocre pour les disciples.

Et que devint Jésus ? Etrangement, il demeura quelque temps sur les lieux de son supplice. Un peu plus tard — et certes pas les trois jours symboliques des Evangiles —, un personnage réapparaît dans le jardin de Gethsémani ; il y rencontre Marie de Magdala ; elle ne prête pas attention à lui ; elle le prend pour le jardinier. Pourquoi le jardinier ? Il lui parle, elle ne le reconnaît pas. Il lui dit : « Marie ! » Elle reconnaît la voix et sursaute. Elle ne le reconnaît donc qu'à la voix. On a peine à croire qu'une femme qui a suivi un homme pendant plusieurs mois, pour ne dire que cela, ne le reconnaisse qu'à sa voix. C'est donc qu'il a changé d'apparence. Mais pourquoi donc un ressuscité changerait-il d'apparence ? Pour échapper à la police. Comment aurait-il changé ? En se rasant la barbe. Bouchers et jardiniers à Jérusalem avaient interdiction de se laisser pousser la barbe. L'épisode est comparable à ce qui se serait passé si Nina Kroupskaïa n'avait pas reconnu son mari Lénine sans la barbe.

Même aventure avec les disciples sur la route d'Emmaüs. Ils rencontrent un étranger et ne le reconnaissent pas non plus. Ils l'invitent à souper ; il accepte. Ils ne savent toujours pas qui il est. C'est au moment où il rompt le pain que leurs yeux se dessillent. Ce geste ! Mais bien sûr... Même explication.

Ce que put ressentir plus tard un homme qui, sur sa croix, avait adressé à son père céleste ce cri affreux : « Pourquoi m'as-Tu abandonné ! » et dont la fin de la vie publique n'avait été qu'un tissu de trahisons, de malentendus et d'intrigues, nous nous refusons à l'imaginer. Jésus avait à coup sûr la fortitude pour dominer ce qui dut lui apparaître comme un effroyable échec. Il avait tenté d'ouvrir à son peuple la route vers un Dieu qui ne fût pas seulement la puissance vengeresse et sourcilleuse qu'entretenait la tradition par l'intermédiaire des Livres. Pour cela, il fallait déblayer l'inextricable barrage de rites, prescriptions et interdits, dont on trouve un reflet dans les 637 commandements du Talmud, et que le clergé cultivait d'autant plus jalousement qu'il y fondait son pouvoir. Tout au long de ses années publiques, Jésus témoigne une impatience déclarée pour les prescriptions rituelles, et les Pharisiens le lui reprochent-ils assez ! Il cueille du blé le jour du Sabbat et ses disciples ne se lavent pas les mains avant de toucher à la nourriture ! Crimes qui frisent l'hérésie ! Et je suis enclin à penser qu'en plus du désespoir que les Esséniens avaient érigé en doctrine, et qui ne correspondait aucunement à l'élan conquérant de Jésus, ce qui lui fit quitter Quoumrân fut le babylonien entassement de rites qu'on y imposait aux disciples. Dieu pouvait-il vraiment se refuser à un disciple que sa vessie pressait le jour du Sabbat, par exemple ? Fallait-il vraiment, pour atteindre à Dieu, passer par les vétilleuses spécifications de l'administration humaine du Seigneur ? Jésus, dont la révolte évoque à plus d'un égard celle de Luther contre le trafic d'indulgences, s'était donc heurté au clergé. Puis à une situation politique où toute promesse de libération religieuse agitait le risque d'une rébellion temporelle. Mais quelle que fût l'amertume de l'échec, il ne pouvait renier un enseignement basé sur une immense ouverture de l'être à la divinité et à ses frères humains. Du moins d'après ce qu'en ont transcrit, tel qu'ils l'ont compris, les trois seuls Evangélistes qui l'aient entendu, Jean, Matthieu et Thomas. L'homme, enfin, était un rebelle. Sa générosité violente se mêlait en lui à la rébellion.

Je voudrais, avant d'achever, rappeler qu'il existe une tradition où se tissent les fils de l'exégèse, de l'analyse historique et de la philologie, qui nie l'existence historique de Jésus. Ses raisons sont certes « intéressantes » : il n'existe d'autres preuves de cette existence que celles qu'offrent les disciples mêmes de Jésus, ce qui, en effet, peut inciter à la méfiance. Les deux seules allusions de contemporains à l'existence de Jésus qui ne soient pas le fait de zélateurs, celles, célèbres, de Flavius Josèphe et de Tacite, paraissent suspectes ; elles pourraient bien avoir été ajoutées a posteriori par des copistes indiscrets. Cette tradition sceptique va avec un Bernard Dubourg[1], jusqu'à

1. *L'invention de Jésus*, t. I, Gallimard, 1987.

soutenir que l'existence de Jésus est le produit d'un malentendu, dont se seraient rendus coupables les traducteurs en grec d'une version originelle des Evangiles, écrite en hébreu ; ces traducteurs, totalement ignorants du système d'interprétation numérique de la Kabbale, auraient en somme pris des vessies pour des lanternes et des symboles pour des réalités.

Il est exact que les textes des Evangiles fourmillent de non-sens et de contresens par rapport à un texte perdu qu'on devine en filigrane. Fort jeune, je me suis déjà scandalisé que l'Eglise fût censée avoir été fondée sur un calembour accessible seulement aux Français. Mais il demeure que les Evangiles racontent, aussi mal cela soit-il, une histoire, et que cette histoire, quoi qu'en aient les sceptiques, est plausible et qu'elle correspond étonnamment avec la réalité historique de la Palestine au Ier siècle. La philologie n'y peut rien changer. Un homme est là. Et son caractère autant que son histoire restent rebelles aux théologies autant qu'à la philologie. D'où sa formidable fascination.

« Vous prétendez qu'il n'est pas mort sur la croix. Et alors, qu'advint-il de lui ? » me demande-t-on après avoir lu ces pages. C'est ignorer qu'il laissa des traces de ses pérégrinations après la Passion.

Emmaüs, où quelques disciples et d'autres encore, dont Cléophas, le virent pour la première fois, se trouve sur la route de Joppé, qui est un port. Sans doute Jésus s'embarqua-t-il pour l'étranger ; où alla-t-il ? Peut-être en Asie.

Paris, 1977-1987.

Table

Première partie

LES ANNÉES OBSCURES

I. *Vignette* 9
II. *Un souper avec Hérode* 15
III. *Le fils d'un fils* 46
IV. *Alexandrie* 74
V. *Les mangeurs de sauterelles près de la mer Morte* 86
VI. *Échos d'une mort royale* 99
VII. *Un passage à Nazareth* 107
VIII. *Première visite au Temple* 115
IX. *Conversation entre deux Grecs à Jérusalem* 132
X. *Une entrevue avec des docteurs* 140
XI. *Une autre conversation entre les deux Grecs, mais cette fois sur un bateau* 152
XII. *Visiteurs nocturnes, visiteurs diurnes* 160
XIII. *Jokanaan* 170
XIV. *Mort d'un charpentier* 176
XV. *Rencontre avec un magicien* 181
XVI. *Sepphira* 195
XVII. *Sophia* 203
XVIII. *Ce que dit le voleur* 219
XIX. *Ceux qui attendent la fin* 233
XX. *Le procès des trembleurs* 252

XXI. *Une idée de Tibère* 267
XXII. *Duel à Antioche* 272

Deuxième partie

LES ANNÉES PUBLIQUES

I. *Ce que croyait Jokanaan* 311
II. *Du blé sous le vent* 333
III. *Une pythonisse à Sébaste* 346
IV. *Un Messie malgré lui* 367
V. *Un rabbin troublé* 378
VI. *D'autres rabbins inquiets et un miracle à Cana* 390
VII. *Conversation dans une taverne* 408
VIII. *Les Quatorze* 417
IX. *Une princesse contrariée et des rumeurs à Jérusalem* 440
X. *Un fouet de bouvier et des malentendus* ... 449
XI. *Une épée humaine* 463
XII. *Un prophète en son pays* 472
XIII. *« Écrit-on pour le feu ? »* 488
XIV. *La bifurcation* 493
XV. *Les prosélytes* 515
XVI. *Annas le réaliste* 537
XVII. *Fascination* 551
XVIII. *La tempête* 569
XIX. *Trois intrigues de palais* 588
XX. *Le pain et la chair* 612
XXI. *Un otage nommé Judas* 625
XXII. *Les disciples vont et viennent* 644
XXIII. *La soirée du 11 avril, à Jérusalem, en l'an 34* 672

XXIV. *La journée et la soirée du 12 avril* 691
XXV. *De midi à minuit* 717
XXVI. « *La fin est un commencement* » 734

Postface 749

DU MÊME AUTEUR

Un personnage sans couronne, Plon, 1955.

Les Princes, Plon, 1957.

Le Chien de Francfort, Plon, 1961.

L'Alimentation-suicide, Fayard, 1973.

La Fin de la vie privée, Calmann-Lévy, 1978.

Bouillon de culture, Robert Laffont, 1986
(en collaboration avec Bruno Lussato).

Les Grandes Découvertes de la science, Bordas, 1987.

Les Grandes Inventions de l'humanité jusqu'en 1850,
    Bordas, 1988.

Requiem pour Superman, Robert Laffont, 1988.

L'homme qui devint Dieu :
    1. Le Récit, Robert Laffont, 1988.
    2. Les Sources, Robert Laffont, 1989.
    3. L'Incendiaire, Robert Laffont, 1991.
    4. Jésus de Srinagar, Robert Laffont, 1995.

Les Grandes Inventions du monde moderne, Bordas, 1989.

La Messe de saint Picasso, Robert Laffont, 1989.

Matthias et le diable, Robert Laffont, 1990.

Le Chant des poissons-lunes, Robert Laffont, 1992.

Histoire générale du diable, Robert Laffont, 1993.

Ma vie amoureuse et criminelle avec Martin Heidegger,
    Robert Laffont, 1994.

29 jours avant la fin du monde, Robert Laffont, 1995.

Coup de gueule contre les gens qui se disent de droite et
    quelques autres qui se croient de gauche, Ramsay, 1995.

Tycho l'Admirable, Julliard, 1996.

La Fortune d'Alexandrie, Lattès, 1996.

Histoire générale de Dieu, Robert Laffont, 1997.

Moïse I. Le Prince sans couronne, Lattès, 1998.

Moïse II. Le Prophète fondateur, Lattès, 1998.

David, roi, Lattès, 1999.

Madame Socrate, Lattès, 2000.

25, rue Soliman Pacha, Lattès, 2001

Les cinq livres secrets dans la Bible, Lattès, 2001.

L'Affaire Marie-Madeleine, Lattès, 2002.

mas », dit Philippe avec un soupir. Il s'étira et ferma les yeux.

« Philosophie ! » grommela Thomas. « Il n'y a pas de philosophie dans ce que je dis. Il n'y a que du bon sens. »

« Et où nous conduira donc cet homme ? » demanda Philippe.

« Si on vous le disait, vous ne le comprendriez pas. Tout ce que je peux vous dire, frères, est que vous le suivez parce que vous le trouvez irrésistible et que vous ne pouvez pas faire autrement. Il est comme la musique qu'on joue au loin. On n'en voit pas les joueurs, mais le cœur bat quand même à son rythme. »

« On pourrait en dire autant du Démon », murmura Nathanaël.

« Oui, on le pourrait », admit Thomas sous le regard scandalisé de Simon. « Et pourtant, nous savons qu'il n'est pas le Démon. Comment le savons-nous ? Pas par nos cervelles. On ne sait jamais rien par la cervelle ! Non, Simon, ne me regarde pas ainsi, nous savons tout ce que nous savons par le cœur et la chair, la vérité pénètre en nous comme le glaive. Tu n'as aucune preuve que rien n'existe, Simon, même pas Dieu. Tu le sais, pourtant. Il perce les boucliers des mots pour atteindre nos cœurs. »

« Tu es soûl », dit André en se levant.

« Ton malheur, André », répliqua Thomas, « est que tu tiens ta cervelle en telle estime que tu ne te permettras jamais d'être soûl. Et sais-tu pourquoi, André, parce que tu crains que l'ivresse ne révèle ta nudité. »

« Que les autres couvrent donc la tienne », dit André en partant.

« La manière dont tu te sers des mots est dangereuse, Thomas », dit Simon en vidant son gobelet. « Dès que tes sentiments vacilleront, tu seras rongé par le tourment du doute. »

« Je préfère le doute à l'opacité des Sadducéens », répondit Thomas. « Je bois au doute. »

Il resta seul avec Philippe et Nathanaël blaient attendre le mot de la fin.

« Nous sommes sur Terre », dit-il, vidan son gobelet. « Tout cela se passe sur la Te est sur la Terre et il dort comme n'importe q être humain, parce qu'il est fatigué. Ne nous pas. Ceux qui pensent que le Ciel les a cho enclins aux pires erreurs. Si ce n'avait pas é d'Israël... »

« Mais tu es, tu l'as dit, de Didymes, donc pas juif », observa Philippe sur un ton interro

« Non, je suis en fait de Thrace. »

« Que fais-tu donc avec nous ? Ceci est u toire de Juifs. »

« Je n'en suis pas sûr, je n'en suis pas sûr du t répondit Thomas avec un demi-sourire. Il se l son tour et souhaita bonne nuit aux deux jeunes Ils demeuraient immobiles. La chandelle sur la table vacilla dans le vent du soir. Un papillon brun vint affoler les moucherons qui dansaient autour de la flamme et tomba dans un gobelet vide. Ses battements d'ailes firent résonner le métal. Les senteurs de la nuit s'insinuèrent. Le silence se coagula autour de Philippe et Nathanaël. Ils échangèrent un regard. Tout cela était beaucoup plus compliqué qu'ils ne l'avaient cru.

VIII

LES QUATORZE

Quand ils se réunirent, le lendemain matin et André annoncèrent qu'ils prenaient don pour deux ou trois jours, afin de retrou familles, qui habitaient le faubourg or

« L'ennui dans tout cela », dit Jésus au bout d'un moment, « est que tu prends plaisir à tourmenter les gens. Tu es un provocateur, Thomas », dit-il avec l'ombre d'un sourire. « Tu as épouvanté Simon et André. »

« Ils dorment debout ! » cria Thomas. « Je ne peux pas m'empêcher de les tourmenter pour les réveiller ! Ils croient que tu es un pur esprit et qu'un matin ils vont te trouver assis sur un trône et rendant la justice, avec des nuées de feu au-dessus de ta tête ! Qu'est-ce qui vaut mieux, les laisser croire ces fadaises, ou bien les tourmenter ? »

Comme toujours, lorsque Thomas s'agitait, il ressemblait à une poupée ensorcelée et ses cheveux rares se hérissaient.

« Allons marcher sur la plage », dit Jésus conciliant.

Sur le chemin, ils passèrent un petit groupe qui les observait. Thomas, Nathanaël et Philippe leur rendirent leurs regards, mais Jésus ne parut pas désireux de répondre à l'envie de l'approcher que leurs attitudes exprimaient. Bien au contraire, il pressa le pas, allant vers la mer d'un pas vif, comme pour distancer même ses compagnons. Les vaguelettes clapotèrent à ses pieds. Des voiles lointaines picoraient la mer. Les nuages jouaient. C'était la même plage sur laquelle, autrefois, il s'était mêlé aux pêcheurs qui venaient de rentrer après leurs moissons, les aidant à tirer leurs filets et à les réparer, tandis que d'autres comptaient les prises et appariaient les poissons selon l'espèce, barbeaux, flets, perches, écrevisses et quelques tortues, qu'ils rangeaient dans des paniers... Quelques-uns, déjà rentrés de la pêche de l'aube, répétaient aujourd'hui les mêmes gestes ; il les observa. C'est alors que deux jeunes hommes, sans doute des frères à en juger par leur ressemblance, le remarquèrent lui-même. Debout dans la barque, torse nu, ils le dévisagèrent en clignant des yeux tandis qu'un homme plus âgé ramassait des filets à l'arrière. Jésus s'avisa de leur curiosité et soutint cette fois les regards. L'homme les appela et ils attirèrent son attention sur Jésus, derrière lequel les disciples se tenaient comme une garde. Un groupe approcha. L'homme vint à la proue et observa Jésus un long moment. Puis il mit ses mains en cornet et cria :

« N'es-tu pas le Messie ? »

« Je suis Jésus », lui répondit son interlocuteur avec un sourire.

L'homme bondit sur la plage, avec une agilité inattendue. L'eau gicla. Il courut aux pieds de Jésus.

« Je suis Zébédée », dit-il, « bénis-moi. »

Ayant eu satisfaction, il indiqua ses fils du doigt.

« Mes plus jeunes fils, Jacques et Jean », dit-il. « Ne veux-tu pas les bénir aussi ? »

Ils sautèrent aussi et se rangèrent aux côtés de leur père.

« Quelles âmes lisses ! » songea Jésus.

Ils tendaient leurs cous, dans l'expectative de la bénédiction, probablement sans savoir grand-chose de l'homme qui la leur concédait. Puis il reprit son chemin. Les deux garçons le suivaient, les jambes garnies d'écailles de poisson, les cheveux raidis par le sel. Ils étincelaient. L'un était imberbe, l'autre, déjà duveté.

« Quel âge avez-vous ? » leur demanda-t-il, tandis qu'un attroupement grossissait le groupe qui avait tenté de rejoindre Jésus quelques moments plus tôt.

« J'ai quinze ans et Jacques en a dix-sept. »

C'était lui le parleur. Jacques paraissait énervé.

« Qui suis-je pour vous ? »

« Mais... le Messie ! »

« Et qui est le Messie ? »

« C'est un grand prêtre », dit Jacques, se décidant à parler.

« Mais il y a déjà un grand prêtre à Jérusalem, ne le savez-vous pas ? »

« Pour le moment, oui. Mais après, c'est toi. »

Le père les suivait.

« Tu es un bon professeur », lui dit Jésus. « Veux-tu que dorénavant ils pêchent des âmes au lieu des poissons ? »

« Tu commandes », dit le père. « Et je te les confie avec fierté. »

« Ils te manqueront », dit Jésus. « Avec qui pêche-ras-tu ? »

« Si je refusais, le remords me suivrait jusqu'au Jugement. »

Jésus les envoya chercher leurs vêtements.

« Désormais, nous sommes sept », dit-il aux trois disciples.

« Ils sont bien jeunes », observa Thomas.

« Peut-être te trouvent-ils vieux », dit Jésus.

Les badauds se trouvaient à portée de bras, écoutant chaque mot.

« Recrute-t-il une armée ? » dit l'un.

« Pourquoi ne m'a-t-il pas demandé, moi ? » dit l'autre.

« Tu ne songes qu'à te battre ! Ce n'est pas un recruteur de rétiaires ! »

« En tout cas », murmura Thomas, « ces deux-là, ils croiront dur comme fer que tu es le Messie ! »

Zébédée tenait les bras levés au ciel.

« Qu'as-tu ? » lui demanda Jésus.

L'homme regarda sa barque.

« On rentre de la pêche. C'est un jour comme les autres. Mais non, c'est le jour du Seigneur ! Le Messie passe et lève l'armée d'Israël ! »

Les badauds se rapprochaient de plus en plus. Ils commencèrent à interroger Thomas, puis Nathanaël, puis Philippe, enfin, ils s'enhardirent à parler à Jésus. Pouvaient-ils le suivre, eux aussi ? Payait-il ses hommes ? Jacques et Jean revinrent, baignés et rhabillés. Merveilleuse promptitude ! Ou témérité. Ils embrassèrent Zébédée et le groupe s'en fut.

« Je suis content », dit Jean, sans qu'on lui eût rien demandé.

« Jokanaan à son âge », se dit Jésus. Il interrogea les deux garçons sur leur éducation, leurs espérances, les motifs de la facilité avec laquelle ils l'avaient suivi. Ils s'étonnèrent ; ils avaient entendu parler du Messie ; il était arrivé ; auraient-ils pu continuer à pêcher comme si de rien n'était ? Jacques tenait que tous les prêtres du Temple, qu'il n'avait jamais vu, devraient être arrêtés et envoyés au diable. Jean, pour sa part, et sur la base de conversations qu'il avait sans nul doute entendues, proposait que l'on réunît les douze tribus ou ce qu'il en restait et que cette assemblée élût un roi, qui serait bien évidemment le Messie. L'assemblée, soutenait-il, devrait se tenir sur le mont Thabor, et les Romains n'y pourraient rien. Jésus se garda de sourire, quelque envie que lui en donnât tant de naïveté. Jacques et Jean étaient à coup sûr plus vivifiants à écouter, pour le moment, que les subtils discours de Thomas. Il leur répondit avec patience et sa bonne humeur fut évidente pour tous. Thomas, qui écoutait aussi, faisait des mines condescendantes. Que ces jouvenceaux exposent donc leurs idées en public et devant quelque rabbin fourbe ! Et Simon, qui semblait avoir entendu les pensées de Thomas, murmura à son oreille qu'il voudrait voir ce que vaudrait le vin versé dans des outres toutes fraîches ! Jésus, qui avait l'oreille fine, se tourna un peu plus tard vers Simon, alors qu'ils rentraient en ville, pour lui faire observer que les vieilles outres avaient commencé par être fraîches.

Les deux garçons, enhardis, devinrent effervescents. Ils demandèrent quand commencerait la nouvelle éducation des Juifs et Jean ajouta que Jésus devrait aller sur-le-champ prêcher dans la synagogue, suggestion que les autres accueillirent en se récriant, soudain saisis de stupeur quand Jésus déclara que c'était là une suggestion opportune et qu'il allait donc la mettre en pratique sur-le-champ, en effet. Jacques et Jean verraient donc leur héros en action et Philippe et Nathanaël, contaminés par l'esprit d'aventure des derniers venus, se déclarèrent enthousiasmés. Simon, André et Thomas se placèrent donc en maugréant à la queue du groupe qui, peu avant midi, par une journée de fin d'été, à la veille du Sabbat, se dirigea vers le bâtiment.

Jésus gravit les marches allègrement. On comptait à peine une douzaine de personnes à l'intérieur, sans doute venues régler des affaires de vœux, de relevailles ou de circoncision, toutes gens qui circulaient à pas lents et feutrés. Deux ou trois le reconnurent et la rumeur circula en quelques instants. Une demi-heure plus tard, trois douzaines de gens étaient là. Un peu plus tard, on ne les comptait plus. Jésus se tenait du côté des hommes, les sept disciples derrière lui, la foule en face, attendant un événement en silence. Il grimpa à la chaire.

« Peuple de Capharnaüm », dit-il, « l'oiseau dans le ciel cherche le blé mûr dans les champs et le narcisse attend la rosée de l'aube pour s'ouvrir, mais l'homme attend la parole de Dieu. Le blé est vite mangé et la rosée, séchée au soleil, mais la parole de Dieu nourrit l'homme pour l'éternité, et ceux qui s'en sont nourris n'ont plus jamais faim. » Il parcourut l'assemblée du regard ; elle semblait encore plus dense. « Certains d'entre vous sont venus ici dans l'espoir de voir, non seulement un messager qui leur apporterait la parole de Dieu, mais aussi un héraut qui relèverait le glaive et l'étendard de David, qui sont si longtemps demeurés à terre. Je leur rappelle que la parole de Dieu est plus forte que n'importe quel glaive et plus glorieuse que n'importe quel étendard. Nombreux sont les chefs des siècles passés qui ont vaincu par le glaive et fait claquer leurs bannières sans s'élever d'un pouce dans la faveur du Seigneur. Je leur rappelle aussi, à ceux qui attendent le glaive et l'étendard, que la possession de toutes les richesses du monde ne vaut pas celle d'une parole de Dieu. »

Lèvement de sourcils, bouches ouvertes ; surprise.

« Je suis cependant venu vous dire que personne ne possède seul la parole de Dieu. Cette parole n'est pas comme le bétail qu'on peut enclore, ni le blé qu'on peut engranger. Elle ne donne à personne d'autorité sur personne. Elle ressemble à l'air que nous respirons et à l'eau que nous buvons, à cette différence près que, sans elle, nous serions comme des animaux ou des esclaves, et que c'est parce que le peuple d'Israël n'a pas bien écouté cette parole qu'il est aujourd'hui réduit en esclavage. »

Légère rumeur, qui s'enfle en brouhaha.

« Prions donc afin que nos cœurs restent toujours ouverts à la parole de Dieu, afin que nous puissions retrouver notre force. Mais que nul ne s'avise de marchander avec le Seigneur et de Lui dire que, s'Il donne ceci, Il aura cela, comme on le voit trop souvent. La parole divine ne s'échange contre aucun bien terrestre. »

Maintenant, créer un sentiment d'unité. Récitation du second psaume, avec pauses, afin qu'ils pussent reprendre après lui :

« Pourquoi les nations sont-elles donc agitées ?
Pourquoi les gens ourdissent-ils leurs complots futiles ?
Les rois de la terre se sont armés,
et les puissants conspirent ensemble
contre le Seigneur et son Messie... »

Interruption. Une voix qui crie le long d'un bras noueux :

« Qui es-tu pour parler du haut d'une chaire ? Es-tu un rabbin ? »

Un cercle se creuse autour de l'importun ; c'est un rabbin, celui de la synagogue, évidemment.

« N'as-tu pas entendu, rabbin, ce que je disais tout à l'heure ? Je disais que personne seul ne possède la parole de Dieu. Prétends-tu en être le détenteur unique à Capharnaüm ? »